산과 삶과 사람과

국립공원의 산

산과 삶과 사람과
국립공원의 산

발 행 | 2022년 03월 2일
저 자 | 장순영
펴낸이 | 한건희
펴낸곳 | 주식회사 부크크
출판사등록 | 2014.07.15.(제2014-16호)
주 소 | 서울특별시 금천구 가산디지털1로 119 SK트윈타워 A동 305호
전 화 | 1670-8316
이메일 | info@bookk.co.kr

ISBN | 979-11-372-7594-2
www.bookk.co.kr

글머리에

가까이 북한산과 좀 더 떨어져 설악산을 탐방하다 보면 카키색 유니폼을 입고 분주하게 움직이는 분들을 자주 보게 됩니다. 그들은 곳곳에 떨어진 오물들을 줍기도 하고 보수해야 할 곳들을 여기저기 더듬어 살펴보기도 합니다.

국립공원을 찾은 탐방객들의 안전을 도모하고 공원의 쾌적한 환경을 유지하며 자연 그대로의 순수함을 유지하려는 그들의 노력이 자주 눈에 띄는 것입니다.

국립공원을 지키는 그분들의 노고에 감사하지 않을 수 없는 건 산을 좋아하고 산을 자주 접하는 사람으로서 마치 내 집을 지켜주고 보듬어주는 듯한 기분이 들어서일지도 모르겠습니다.

1967년 지리산이 우리나라 제1호 국립공원으로 지정된 이후 지금까지 스물두 곳의 국립공원이 지정, 관리되고 있습니다. 우리나라의 대표적 명산들을 찾다 보면 그곳이 국립공원이고, 국립공원을 방문하게 되면 수려한 산세에 청담옥수가 흐르는 계곡이 거기 있음을 알게 됩니다.

한마디로 국립공원은 후대에 물려줄 우리 세대의 위대한 자연유산이라 할 수 있습니다. 그러한 국립공원의 의미와 감동을 다소나마 표현하고자 거기 있는 명산들의 탐방기를 추려보았습니다.

'국립공원의 산'은 산을 사랑하는 평범한 산객山客이 탐방한 산에서의 느낌과 함께 그 산의 문화유적, 역사의 자취 그리고 전해 내려오는 설화들을 묶어 옮겨놓은 글입니다.

감히 책으로 꾸며 세상에 내어놓는 무지한 용기를 발휘한 것은 산이 주는 행복을 보다 구체화해 산을 좋아하는 이들과 공유하고 싶었기 때문입니다.

시시때때로 자연의 위대함을 되뇌고, 교만해지려 할 때 인자요산仁者樂山의 귀한 의미를 새기면서 거기로부터 충분한 에너지를 받을 수 있었기에 감사한 마음으로 대자연에서의 행보를 기록하였습니다.

산이라는 이름의 공간, 거기서도 가장 높은 곳

저는 그곳에 올라 그 높고도 웅장함 속에서 저 자신이 얼마나 낮고 하찮은 존재인지를 깨달았습니다. 그런데도 그곳에서 내려와 다시 세상에 들어서는 순간, 저는 거기서 얻었던 가르침을 까맣게 잊고 말기에 다시 깨우치려 또 산으로 향하게 됩니다.

이 책 '국립공원의 산'을 접하는 분들께 국립공원이 얼마나 소중한 우리 이웃이고 삶의 커다란 활력소이며, 동시에 자연과 더욱 가까이 할 수 있는 계기가 된다면 그보다 큰 행복은 없을 것입니다.

아무쪼록 국립공원을 통해, 그곳의 자연을 접하면서 무한한 삶의 긍정을 만끽하시고 행복하시기를 염원합니다.

장 순 영

산과 삶과 사람과
국립공원의 산

\<차 례\>

지리산국립공원

지리산은 1967년 국내 최초의 국립공원으로 지정되었다.
경남의 하동, 함양, 산청, 전남의 구례, 전북의 남원 등 3개
도, 5개 시군에 걸쳐 483,022㎢의 가장 넓은 면적을 지닌 산
악형 국립공원으로 우리나라의 상징적 산이자, 지리산 자체
로서 대한민국의 역사이며 사연 절절한 삶터이다.

지리산 화대종주, 화엄사에서 대원사까지

오고 나면 진작 왔어야 할 곳, 힘들고 지루해
다신 오지 않으리라 맘먹고 떠나 미안해지는 곳,
예정하고도 여기저기 들르느라 늦어
멀리 돌아온 듯싶어 고개 숙이게 되는 곳

8월 중순 오후 5시, 서울에서 출발하여 전남 구례 화엄사 입구에 도착했을 때는 밤 9시가 넘었다. 함께 산행하며 우정과 의를 다져온 네 사람, 친구 병소와 계원, 은수 두 명의 후배가 동행했다.

깜깜한 어둠, 화엄사 인근에 터를 잡아 준비해온 먹거리를 풀어놓고 저녁 식사를 한다. 정각 자정에 출발하기로 했으니 두 시간여 시간이 남아있다.

"여기 화엄사에 우리나라에서 가장 큰 목조건물이 있다고 들었는데."
"맞아. 각황전이지."

조선 숙종 때인 1699년 공사를 시작하여 4년 만에 완공되었는데 숙종은 각황전이라는 이름을 내려주었다.

본래 이름은 장육전丈六殿이었다. 계파 스님은 스승인 벽암 스님의 위임을 받아 장육전 중창 불사를 하고자 했는데 건축비 걱정에 밤새 대웅전에서 기도하였다.

"그대는 걱정하지 말고 내일 아침 길을 떠나라. 그리고 제일 먼저 만나는 사람에게 시주를 부탁하라."

비몽사몽간에 한 노인이 나타나 그렇게 말하고는 사라졌다. 다음 날 아침 일찍 절을 나서 길을 걷는데 간혹 절에 와서 일을 도와주고 밥을 얻어먹곤 하던 노파가 걸어오고 있었다. 스님은 난감하였지만, 간밤에 계시받은 대로 그 노파에게 장육전 건립을 위한 시주를 청했다.

"잘 아시다시피 밥도 구걸해 먹는 제가 어떻게……"

노파는 어이없었지만, 스님이 워낙 간곡하게 부탁하는지라 눈물을 흘리며 간절히 기원했다.

"이 몸이 죽으면 다시 왕궁에서 태어나 큰 불사를 할 수 있기를 원하나이다."

그리고는 길옆 늪에 몸을 던졌다. 너무도 갑작스러운 일에 스님은 놀라 도망쳤다. 몇 년간 걸식하며 돌아다니다 한양에 나타난 계파 스님은 궁궐 밖에서 유모와 함께 나들이하던 어린 공주를 보게 되었는데 공주는 스님에게 다가와 반갑게 매달리는 것이었다.

태어날 때부터 꼭 쥐어진 한쪽 손이 펴지지 않은 공주였는데 계파 스님이 쥔 손을 만지니 신기하게 손바닥이 펴졌다. 그런데 그 손바닥에는 '장육전'이라는 세 글자가 씌어 있었다. 이 소식을 들은 숙종은 계파 스님을 불러 자초지종을 듣고 감격하여 장육전을 지을 수 있도록 시주하였다고 한다.

"최대 목조건물이 어떻게 지어졌는지 알았으니 출발하자."

랜턴 불빛을 밝혀 이틀간의 여정을 최종적으로 점검한다. 도상거리 40km가 넘는다. 어느 정도의 긴장감은 보약이 될 수 있다고 여겼는데 이들은 이미 보약 한 첩씩을 먹은 표정이다. 정각 자정, 장도의 첫걸음을 내디딘다.

칠흑 어둠 걷어가며 하늘길 노고단을 오르다

지리산 화대 종주의 들머리 화엄사 탐방안내소에서 노고단

고개까지 7km, 성삼재에서의 비교적 편한 출발점을 시작으로 천왕봉을 찍고 중산리로 하산하는 일명 성중 종주는 일행 모두 경험이 있다. 이번에는 단일산 종주 코스로는 국내 산을 통틀어 최장인 전남 구례의 화엄사에서 경남 산청 대원사까지의 이른바 화대 종주이다. 어디선가 읽은 글귀다.

'화대를 염원하는 산객은 많지만, 화대를 품에 안은 산객은 그리 많지 않다.'

그만큼 고행길이라는 의미를 함축한 말일 것이다. 과연 그걸 품을지는 지리산을 안아보고 지리산에 안겨본 다음의 일이다. 예로부터 구례는 세 가지가 크고 세 가지가 아름다운 곳이라 하였다.

지리산, 섬진강, 구례 들판이 삼대三大에 속하고 수려한 경관, 넘치는 소출, 넉넉한 인심을 삼미三美로 들었다. 이중환의 택리지에도 '봄에 볍씨 한 말을 논에 뿌리면 가을에 예순 말을 수확할 수 있다'고 구례의 풍년 농사에 대해 언급하고 있다.

구례의 가파른 밤길 걸으며 올려다본 하늘은 온통 성전星田이다. 칠흑 어둠 뚫고 화사하게 부서지는 별빛 받아 오르며 우리 네 사람 모두에게 의미 충만한 도전이며 행복한 결실로 마무리되기를 소망한다.

"이 근방 어디에 매천사가 있을 거야."

조선 후기의 우국지사 매천 황현을 기리기 위한 사당인 매천사梅泉祠(전남 문화재자료 제37호)를 말하는 것이다. 매천은 28세 때 과거시험에 장원급제하였으나 시골 출신이라는 이유로 차석으로 떠밀리자 벼슬길을 마다했다.

5년 후 아버지의 권유로 생원시에 응시해 역시 장원으로 합격했지만 썩은 관리들의 행태에 질려 관직을 버리고 구례로 내려와 후학 양성에 온 정성을 쏟았다.

백발이 성한 나이에 난리 속을 만나니
이 목숨 끊을까 하였지만 그리하지 못하였네
오늘에는 더 이상을 어찌할 수 없게 되었으니
바람에 날리는 촛불만이 푸른 하늘에 비치도다

매천은 조선이 일본에 합방되자 절명시絶命詩를 남기고 목숨을 끊었다.

"올곧다고 해야 하나, 아니면 사회성이 떨어진다고 봐야 하나. 아리송하네. 생가가 있는 광양에 매천 역사공원이 조성되었고, 이곳 구례에는 매천도서관이 있다더군."
"애국심으로 똘똘 뭉친 충직하고 강직한 선비라고 들은 바 있어요."

14

바람도 잠이 들어 고요하여 별빛 부서지는 소리라도 들릴 것만 같은 어둠을 뚫고 코재라고도 불리는 무넹기고개에 이르렀다. 출발지부터 5.9km의 가파름을 오르자 숨이 가쁘다. 노고단대피소에서 배낭을 내려놓으니 역시 산은 인생과 크게 다르지 않다는 걸 거듭 느낀다. 힘들었다가 풀리고 풀린 듯싶으면 다시 버거운.

산에서 먹는 식사는 때와 장소와 관계없이 꿀맛이다. 이른 새벽 식사를 마치고 노고단 고개에서 대장정의 각오를 새롭게 다져본다. 오늘과 내일, 자신과 험한 투쟁이 되겠지만 이들 두 후배와 친구에게 평생 간직할만한 추억의 장이 되었으면 좋겠다.

지리산 산신이자 한민족의 어머니라고 전해 내려온 노고 할미의 유래가 있는 곳, 막 올라온 화엄사계곡과 심원계곡이 발원되는 길상봉이 표고 1440m의 노고단이다. 700m 거리의 노고단까지 다녀오고 싶었지만, 오전 10시에나 출입할 수 있단다.

여기서부터 길고 지루한 능선이 시작된다. 많은 재와 령을 넘고 그만큼의 봉을 거슬러 올라야 천왕봉까지 닿게 된다.

"우리 모두에게 육신의 힘과 강한 정신력을 주시어서 우리가 목적하고 고대한 종주 산행을 안전하게 마무리하도록 해주소서."

헤드랜턴을 접어도 될 만큼 여명이 밝아오자 끝도 없는 바다에 파도가 출렁인다. 구름이 해일처럼 높아지는 곳에 잠기지 않으려는 봉우리는 작은 섬처럼 삐죽하게 꼭지만 보일 뿐이다. 지리산 10경 중 하나인 노고 운해다.

좁은 능선에서 눈 돌리는 곳마다 큼지막한 신작로가 하얗게 펼쳐져 있다. 마루금마저 가려져 아무것 없이 구름안개만 널브러졌다.

그러나 가려졌어도 모든 걸 뚜렷하게 보여주고 있다. 가려짐 속에서 저처럼 확연히 드러나는 면모가 세상 어디엔들 있을까 싶다. 무언가를 보여주려 애쓸수록 하염없이 가려지기만 할 뿐인 인간사 허다한 행태와 너무나 다른 모습을 지금 두 눈으로 확인하고 있다.

이원규 시인은 '행여 지리산에 오시려거든'에서 노고단 구름바다에 빠지려면 원추리꽃 무리에 흑심을 품지 않는 이슬의 눈으로 오라고 했다. 이슬의 눈을 되뇌다가 고개가 숙어지며 가늘게 눈을 접고 만다.

"아직도 나한테 미련처럼 남아있지는 않을까."

무언가에 대한 집착이 아직 남았다면, 누군가에 대한 원망이 아직도 다 스러진 게 아니라면 저 속에 모두 던져버리고 싶다. 여기서 그런 생각이 드는 게 우스웠고 그런 것들

16

을 저 속에 버리는 건 자연훼손일 게 틀림없다고 생각하며 피식 웃는다.

멧돼지가 많이 출몰해서 이름 붙여진 돼지령, 돼지 평전에서 겹겹 산산, 첩첩 골골 그득 담긴 운해를 바라보는 일행들의 모습이 아직 싱싱하다. 멧돼지라도 잡으면 안주 삼아 술잔을 기울일 수 있는 표정들이다.

운해와 이들을 번갈아 보노라니 속세에서의 근심과 갈등은 먼지처럼 사라지고 비단결 같은 포용과 살가운 배려, 자애로운 풍요가 내면에 자리 잡는다. 역시 산은 자아를 돌아보게 한다. 특히 광활한 지리산 사방으로 뚫린 공백에서는 더욱 그렇다. 결국에는 집착이나 원망 따위의 하찮은 사고를 평화로 대체시켜주지 않는가 말이다.

이들이 산에서처럼 영원히 선후배 이상의 우정을 새길 수 있기를, 우리가 시간이 지날수록 건강하게 더 많은 추억을 만들 수 있기를. 산에 존재하므로 현재의 순간들이 중하고, 머문 공간마다 귀함을 깨닫게 된다.

사람 변하고 세상 바뀌어도 저 깊은 골 푹신한 운해는 늘 거기 그대로 있을 것이다. 사람이 변해 속상하거든, 세상 바뀌어 어지럽거든 우리 오늘 속에 꾹꾹 눌러 담은 지리 운해 떠올리며 지혜로이 풀어 가세나.

유순한 동물의 등짝만큼이나 아늑한 능선에서 진정 바라는 걸 염원하고 소망하며 걷다 보니 임걸령이다. 표고 1320m 의 임걸령은 주변에 큰 나무들이 많이 늘어서서 녹림호걸 들의 은거지로 삼았다 하여 붙여진 이름이라고도 하고, 의 적 두목 임걸林傑의 본거지라 불린 명칭이라고도 한다. 10m쯤 아래의 임걸령 샘은 한겨울 눈이 펑펑 내리고 얼음 이 꽁꽁 얼어도 물이 콸콸 나온단다.

다시 고개 돌리면 저 아래로 피아골이다. 인위적으로는 도 저히 빚어낼 수 없는 현란한 색상의 단풍, 양력 시월이면 산이 붉게 타고, 물도 붉게 물들고, 그 가운데 선 사람까지 붉게 물든다는 삼홍三紅의 명소이자 지리산 10경에 속하는 피아골이다. 설악산 천불동이나 흘림골의 단풍과 비교하라 면 쉽사리 답을 낼 수 없을 만큼 극도의 아름다움을 지닌 곳이다.

"6.25로 인해 피아골이라고 불린 거죠?"

6.25 한국전쟁 때 피를 많이 흘려 '피의 골짜기'라는 의미 의 명칭은 와전이다. 피아골은 전쟁이 발발하기 전에도 그 렇게 불렸었다.

피아골의 '피稷'는 논밭에서 자라는 1년생 볏과잡초로 어 원상 피밭골이 변해 칭하게 된 지역명이라는 게 정확할 것 이다.

18

시련을 흔쾌히, 마고할미 만나러 반야봉으로

아침 햇볕이 따가워지면서 머리와 이마에서 땀방울이 솟기 시작한다. 지리산 주 능선의 구간들을 하나씩 둘씩 거쳐 가는 게 흥미로움보다 지루함이 먼저 앞서면 힘에 부치고 있음이다. 아직은 다들 그 정도는 아닌가 보다. 걸음걸이가 가벼워 보인다.

노루가 지나는 길목이라는 설도 있지만, 반야봉의 지세가 피아골 쪽으로 가파르게 흐르다가 잠시 멈춰 노루가 머리를 치켜든 형상과 흡사하여 명명된 노루목. 삼거리에서 가던 방향인 삼도봉 쪽으로 직진해서 체력을 아낄 수도 있겠지만 굳이 오르막 좌회전 신호를 받고 만다.

노루목에서 1km의 거리지만 천왕봉에 이어 지리산 제2봉인 반야봉(해발 1732m)인지라 녹록지 않을 것이다. 해발 1875m로 지리산에서 두 번째로 높은 중봉보다 낮지만, 반야봉은 높이에 구애받지 않고 지리산 이인자로 자리 잡았다. 반야봉 오르는 것이 시련이라면 그걸 사서라도 우린 해내련다. 다들 그런 마음이다. 일부러 찾지 않는다면 쉽사리 오기 힘든 곳이다.

본래 천신天神의 딸이었다가 지리산에 머물게 된 마고할미와 혼인한 도사 반야가 불도를 닦던 봉우리라 하여 명명된 곳이다. 또 우리나라 제일의 반야 도량이라고도 하는데 여길 100번 오르면 득도의 경지에 오른다고 한다.

"우리가 득도할 일 있겠나."

한 번 오르고 무겁게 지닌 허황한 보따리 있거들랑 내려놓으면 그만 아니겠나. 단지 더 지혜로울 수 있다면 만족하는 거지. 반야般若란 불교의 반야심경에서 지혜 또는 밝음을 뜻한다.

"이 봉우리 아래로는 환란幻蘭이라고도 부르는 풍란이 꽤 많이 자생한다더군."

마고할미는 천상에서 지리산에 왔다가 한눈에 반한 반야와 결혼하여 천왕봉에서 행복한 나날을 보내며 딸만 여덟 명을 두었다. 그러던 어느 날 반야는 자신의 도가 부족함을 느끼고 반야봉으로 떠난다.

"도를 깨우치면 바로 돌아오겠소."

그러나 반야는 수많은 세월이 흘러도 감감무소식이었고 마고할미는 그리움을 견디며 나무껍질을 벗겨 남편이 돌아오면 입힐 옷을 만들었다.

그러는 사이 마고할미가 늙어 딸들을 부양할 수 없게 되자 전국 8도에 한 명씩 내려보내 무당이 되게 하였고 기다림에 지친 마고할미는 끝내 돌아오지 않는 반야를 원망하며 정성껏 만든 옷을 갈기갈기 찢어버린 뒤 숨을 거둔다.

천왕봉에서 찢겨 날린 옷 조각들은 반야봉으로 날아와 소나무 가지에 흰 실오라기처럼 걸려 기생하는 풍란風蘭으로 되살아났다.

이후 후세 사람들은 반야가 불도를 닦던 이 봉우리를 반야봉으로 지칭했고, 8도로 내려간 마고할미의 딸들은 무당의 시조가 되었다고 한다. 그 후 수많은 무속인이 마고할미(천왕 할머니)의 제를 지내기 위하여 몰려들고 있다.

"우리가 엄청난 곳에 올라와 있는 거로군."
"엄청난 곳이지. 여인네의 엉덩이 위에 올라와 있으니."

반야봉은 지리산의 어느 방향에서 보아도 여인네의 엉덩이와 비슷한 모양을 하고 있다.

"갑자기 조심스러워지는데요."
"하하하!"

지리산 제3경인 반야 낙조는 시간대가 맞지 않아 접할 수 없지만, 저 아래 만복대와 정령치 쪽을 내려다보노라면 해 넘이의 장관이 얼마나 멋질지 상상이 되고도 남음이 있다. 내려가며 둘러보면 한쪽은 운무가 피어오르고 다른 쪽은 마루금이 선명하다. 지리산은 한순간에도 온갖 다양한 모습을 창출한다.

임걸령 지나 노루목에서 방향 틀어
반야봉 오르는 가파른 고갯길
만복대에서 정령치로 운무 가득 고여
산자락 바다 되어 포말처럼 물결 일고
진초록 녹음은 가을 향할 기약 없이
폭염 막아주는데
그려, 계절이 무슨 상관이랴
지리산 길고 지루하나 우리 네 사람
한데 어우러져
마냥 호기롭고
무르팍 아직 싱싱하기만 한데

오고 나면 진작 왔어야 할 곳, 힘들고 지루해 다신 오지 않으리라 마음먹고 떠나 미안해지는 곳, 예정하고도 여기저기 들르느라 늦어 멀리 돌아온 듯싶어 고개 숙이게 되는 곳. 둘러보면 그간의 삶 부끄럽게 다그치는 곳이다. 내려가서 세상 찌든 삶에 허접스럽게 섞이노라면 다시금 마음 추스르게 하는 곳이다.

지리산은 그래서 어머니의 품이고 내 친구의 우정이며 내
내일의 멘토이다. 여러 번 왔었지만 올 때마다 그런 생각
들게 하는 곳이 지리산이다. 그런 지리산을 그저 걸어 종주
하는 장소로만 여긴다면, 그건 어리석다.

또 가자. 칠선봉 넘고 영신봉 넘어 세석으로

전라남북도와 경상남도의 접경인 삼도봉을 지나고 꽃이 활
짝 핀다는 고갯마루, 화개재에 이르렀다. 지날 때마다 느끼
지만 여기서 물물교환의 장터가 열렸다는 게 좀처럼 실감
나지 않는다. 뱀사골 입구의 반선 마을과 목통 마을에서 올
라온 짐들을 여기 풀어놓고 서로 흥정하며 거래가 이루어
졌다고 한다.

"참으로 가공할 생활력이군."
"도대체 얼마만큼의 짐을 이고 왔을까요?"
"적어도 우리 배낭보다는 무겁지 않았을까?"
"어휴, 내려갈 때도 그만큼의 짐을 지고 내려갔을 텐데."

큰 산 너머 이질적인 지역에 사는 사람들이 서로의 삶과

애환을 풀어 갔던 시절을 떠올리다가 문득 조선 건국에 대한 설화가 떠오르는 것이었다.

"태조 이성계는 지리산을 불복산이라고 불렀다더군."

고려 말 이성계가 뜻을 펼치고자 전국 명산을 찾아 기도 드렸는데 지리산에서만은 태우려는 종이에 불이 붙지 않았다고 한다. 그래서 반역을 의미하는 불복산不服山으로 불렀으며 조선 건국 후에는 지리산 자락에서 태어나고 자란 사람한테 국사를 맡기지 않았다고 한다. 자신에게 불복하고 반역을 꾀할 수 있을 거라고 판단했기 때문이었다.

"지역감정을 조장하는 계기가 되었군."
"역성혁명을 반대한 호남지역의 정서를 반영한 설화이기도 하겠지."

그 옛날 장날의 화개재를 상상하며 다시 걸음을 옮기는데 느닷없이 지리산 반쪽이 운무로 덮인다. 왔던 길이 흔적 없이 가려졌다. 연평균 강우량이 1200mm가 넘고 연중 맑은 날이 100일도 되지 않는다는 지리산답다.

아마 지리산 일대 주민들이 불교보다 하늘을 믿고 하늘에 운명을 맡기는 민간신앙에 치중했던 건 지역에 따라 심한 기온 차와 강우 등 급변하는 기후조건 때문이 아닌가 싶다. 지나와 바라보는 봉우리들은 자취를 감추었고 다가갈 봉우리들은 멀고도 높다. 체력소모를 체감할 만큼 걸었다.

"여기서 쉬었다 가자."

숲속 개울물 줄기가 구름 속에서 흐른다고 하여 명명된 연하천烟霞泉은 그 명칭만큼이나 아름답고 물이 넘쳐흐르는 곳이다. 연하천 대피소에서 식수를 보충하고 허기진 배를 채운다.

역경을 이겨낸 사람만이 거기서 얻어낸 극복의 진가를 맛보는 것. 평생 행복하기만 한 사람이 행복의 개념을 잘 모르듯 달콤한 초콜릿처럼 고행 후의 휴식 중에 그늘과 양지가 반복되는 장점을 사고해본다.

형제봉 지나 벽소령에 이를 즈음 언제 그랬냐 싶게 꾸물거리던 운무가 말끔하게 걷혔다.

시오리 지나 급살 맞은 봉우리 또 올라서면 발목 시큰해도 보이는 것마다 황홀경이다. 굽이돌고 또 굽이돌아 허리 뻐근해도 내려다보아 눈에 박히는 곳마다 무아지경이다. 안개가 걷혀 산그리메 수려하거늘 한여름 더위는 더욱 뜨겁게 내리쬔다. 태양열을 그대로 받아들이며 소소하게나마 고산 능선에 바람이 불어주기를 기대하게 된다.

창백한 달빛에 드리운 그림자
새벽 햇살이 걷어내니
벽소령 고목은 속살까지 투명하다.
햇살 피해 숨어있던 작은 실바람이
부러지고 찢긴 나뭇가지에 붙었더니
검붉게 멍든 생채기도 참하게 아물었다.
그래도 아직 먼 여름
폭우에 젖었다가 폭염에 버티려면
지리산 능선만큼 요원하기만 하다.

태고의 정적 속에서 고사목을 비추는 벽소령의 밝은 달빛은 천추의 한을 머금은 양 시리도록 차갑고 푸르다고 하는데 지리산 10경 벽소 명월을 표현한 말이다.

하늘을 흐르는 은하수와 함께 창백하게 뜬 보름달을 바라보노라면 얼마나 신비스러울지 그림이 그려진다. 벽소령대피소를 떠나 선비샘에 이르러 목을 축인다.

"지금은 서서 물을 받을 수 있지만, 예전에는 고개를 숙여야 물을 받을 수 있었다더라."

산 아래 상덕평 마을에 평생 가난하여 사람들한테 천대만 받으며 살아온 노인이 있었다. 이 노인의 유언은 죽어서라도 사람들한테 인사를 받아봤으면 하는 것이었다.

후에 노인이 죽자 아들들은 이곳 선비샘 위에 아버지를 묻어 많은 사람이 샘에서 물을 뜨려면 반드시 무릎을 꿇고 고개를 숙이도록 함으로써 아버지의 무덤에 절하는 격이 되게끔 하였다고 한다.

"똑똑하고 효자인 아들들을 둔 노인이었네."

덕평봉에 이르렀을 때는 수분이 모두 빠진 것처럼 땀으로 축축하다. 칠선봉과 영신봉을 지나 세석에 이르는 약 4km 길만 견디면 오늘 행군을 마치게 된다. 덕평봉에서 둘러보는 첩첩 산마루도 편안하고 아늑하다. 지리산이 종종 설악산과 비교되는 건 화려하진 않지만, 도저히 자기주장이라곤 없을 듯한 광활한 품새 때문일 것이다. 아무리 잘못을 저지른 자식에게도 회초리를 들 것 같지 않은.

세석평전이다. 철쭉 대신 희열이 만발한 고원이 너른 품을 벌린다. 5~6월 저기 안갯속에 결코, 호사스럽지 않게 피는 연분홍 철쭉의 목가적 풍치 또한 지리산 10경이다. 실제 도보거리 30km가 넘는 오늘 하루의 강행군을 세석대피소에서 마감한다.

천왕봉, 해 뜨는 지리 제1봉으로 다시 어둠을 뚫고

대피소에서 이번처럼 편안하게 잠든 적이 없었다. 새벽 두 시에 기상하여 수프로 간단히 요기하고 화대 이튿날의 긴 거리를 잇는다. 어둠 속 촛대봉을 지나 장터목까지 새벽바람 가르는 걸음걸이가 경쾌하다.

봉우리 하나 넘어서면 또 하나의 봉우리가 다가선다. 여기 지나서도 곧 다른 봉우리 있으리니 서둘지 마라. 붙들어 세운다. 온통 까만 세상이지만 연하 선경의 중심 연하봉을 모른 채 지나칠 순 없다. 여기도 지리 10경에 드는 곳으로 신선의 세계를 눈에 담을 수는 없지만 늘어선 고사목의 향이 그윽하고 바람결에 무언의 소리를 듣게 된다.

"바위에 이슬 고이면 길 더 미끄러워 조심스러우니 마음 앞서지 말고 지친 다리 주무르고 거친 숨결 고르시게."

장터목대피소에 머무는 것도 잠깐, 또 다른 봉우리 제석봉에서는 늙은 고목이 쓸어주는 비탈길 살그머니 밟고 바삐 지나간다. 혹여 천왕봉 일출에 늦을까 봐 속도를 붙였으나 해는 구름 속에서 뒤척거리며 게으름을 피우는 중이다.

통천문을 지나면서 동이 트기 시작한다. 새벽 땀방울에 젖은 산 사나이들의 모습이 이슬보다 청초하다는 생각이 든다. 일행의 땀방울을 말려주는 여명이 명품 코디의 화장술처럼 느껴진다.

"제발 오늘도 어제만큼 날씨가 좋았으면."

지리산은 국지성 호우가 자주 발생하는 산악지형이라 언제 날이 급변할지 모른다. 1년 강수량이 1300mm가 넘는다. 금요일이었던 1998년 7월 31일 밤 10시경부터 8월 1일 오전까지 영호남 지역에 퍼부은 폭우로 지리산 일대, 특히 피아골, 뱀사골, 대원사 계곡 등지에서 산악지역 재해 사상 최대의 수해가 발생하였다.

영호남에 최고 226mm의 폭우가 쏟아져 8월 2일 오후 9시까지 105명의 사상자 중 지리산에서만 27명의 사망자와 60여 명의 실종자가 발생하였다. 여름 최성수기 휴가철이자 주말을 끼고 있어서 가족 단위의 수많은 피서객이 지리산 계곡에 몰려 야영하다 참변을 당한 것이다.

그보다 한참 전 학생 시절, 2박 3일의 지리산 종주 내내 빗속을 행군하고 비에 젖은 텐트에서 축축하게 밤을 보냈던 기억이 생생하게 떠오른다. 그런 지리산인지라 비에 젖을세라 떠오르던 태양이 숨어 버릴까 봐 조바심이 생긴다.

'한국인의 기상 여기서 발원되다.'

천왕봉, 해발 1925m. 남한 내륙에서 가장 높은 봉우리다. 정상은 일출을 맞이하려는 산객들로 붐볐다. 3대가 덕을 쌓아야 볼 수 있다는 천왕 일출, 지리산 제1경이다. 두 해 전 계원이와 둘이 왔을 때의 새벽엔 추적추적 비가 내렸었다. 작년에도 해 뜨는 걸 못 보고 등을 돌렸다. 천왕봉에서 해 뜰길 기다리는 게 이번이 다섯 번째다.

"오늘은 우리 할아버지, 아버지와 저 자신을 다시는 원망하지 않게 하소서."

작년에 처음 와서 일출을 본 친구 병소의 충만한 덕으로 인해 무임 승차할 수 있으려나 모르겠다. 30분을 기다렸으나 동편 하늘은 잿빛 구름 그대로다.

"줄듯 말 듯 애태우는 그대는 붉은 서기 내뿜으며 정녕 뒤태만 보여줄 것인가."

시간을 아껴 중봉으로 향해야 할지 갈등이 생긴다. 여명을 가린 구름은 더 위로 치솟으며 불안감만 증폭시킨다.

"에이, 오늘도 틀렸어."

그런데, 등을 돌려 다음 행선지로 방향을 틀었는데 회색

구름밭을 뚫고 붉은 광채가 홀연히 솟아오르기 시작하는 게 아닌가.

"우와! 대박!"

날마다 뜨는 해가 이리 반가울 줄이야. 지리산에서의 일출이기에, 올라온 이만 볼 수 있는 천왕에서의 해돋이이므로.
그래서 천왕봉 일출은 지리산 비경 중 으뜸이라는 비주얼적 아름다움보다 또 다른 의미가 내재해 있는 것 같다. 삶에서의 여러 긍정적 측면을 상징하는 의미, 진인사대천명의 숙어처럼 성실한 노력을 다한 자의 숙연한 기다림 같은, 의지와 창의로 소망하는 걸 이루고야 마는 인내의 표상 같은…….

어쨌거나 오늘 보는 일출은 마치 천지개벽의 순간을 연상하게 한다. 천왕봉에서 새벽 추위에 떨며 기다린 지 다섯 번째 만에 그예 보게 된다. 너무나 찬란하여 황홀하기까지 한 장관을 보고 있으려니 어제부터의 피로가 일순간에 가신다.
조상의 덕으로 보게 되는 일출이 아니라 오늘 우리가 천왕 일출을 봄으로써 우리 자손들이 충만한 덕을 쌓아 많은 이들에게 선을 행할 수 있기를 기도한다.

오늘 우리가 무사히 하산하고 또 삶이 다할 때까지 우정 이어가며 오래도록 함께 산행할 수 있기를 소망하며 다음 여정 중봉으로 향한다.

"또 오게 될 때까지 편안히 계십시오. 오늘 해 뜨는 모습 보여주어 감사합니다."
"잘들 가게나. 난 항상 여기 있으니 그대들이 오랫동안 발 길 끊으면 세상 떠난 거로 알겠네."

내려서면서 뒤돌아본 천왕봉의 산객들은 아직도 환희에 휩 싸여 있다.

바위 녹아내릴 듯 뜨거운 여름 천왕봉
치렁치렁 매달리고 목말 탄 식구들
모두 떠나도
헐거워진 고목들 늘어세워
다시 올 새 날 위해
기도 올린다.
계절 지나 갈색 낙엽 뒤엉키고 부스러져도
엷은 햇살 뿌려가며 또 오는 이 마중하고
떠나는 이 배웅한다.
다 주어도 모자라
안타까움 금치 못하는 그대는

맛난 반찬 고른 젓가락 자식 입에 넣어주는
자상하기 그지없는 어머니이다.

속세로 내려서는 긴 유람을 안전하게

산행의 최종 목적은 안전한 하산이다. 그러려면 끝까지 적
당한 긴장감을 유지하는 것이 관건이다. 좁은 산길, 이슬
젖은 산죽이 바지와 신발을 젖게 하지만 싱그럽다. 끈 풀린
등산화 조여 매고 몇 바퀴 굽이돌자 중봉이다.

걸어온 길, 까마득히 보이는 노고단과 여인네의 풍성한 엉
덩이 같은 반야봉을 바라보며 어제부터의 여정을 되짚어본
다. 짚이는 곳마다 숨이 가쁘지만 현란한 여정이다.

산에 오르면 헤아리고 가다듬어 차곡차곡 쌓아두게 된다.
산에 오면 아쉬워 남겨두었던 것들 쓸어 모아 툭툭 던져버
리게 된다. 눈에 가득 아름다웠던 날들, 감사했던 이들 여
미어 담아두게 되고, 없어져도 그만일 욕구 부스러기들 훌
훌 털어버리게 된다. 겹쳐 포개진 산그리메를 바라보며 버
려야 할 것들, 간직해야 할 것들 새기고 되새기며 잇고 끊
음의 진리를 깨닫게 한다.

그늘 길이지만 건조한 무더위가 따갑다. 그래도 막바지 하
산하는 걸음은 가볍고 경쾌하기만 하다. 써리봉을 내려와

시야에서 곧 사라질 지리 제1봉을 아쉬워한다. 몇 번의 나무계단 오르고 내려서길 반복해서 하산길 유일한 대피소, 치밭목 산장에 도착한다. 여기서 식수를 보충하고 다시 하산할 즈음 화대 종주 산악마라톤 참가자들이 눈에 띄기 시작한다.

치밭목부터 보폭을 늘려 속도를 냈다. 막바지에 흘린 땀이 아마도 어제와 오늘을 더 진한 추억으로 각인시켜줄 것 같았다. 안전이 최우선이지만 일행들의 걸음걸이는 붙은 가속을 소화해내기에 충분해 보인다.

마라토너들이 줄줄 꼬리를 물자 이들에게 식수 대주는 보조 임무까지 맡게 된듯하다. 개인적인 견해지만 산에서, 특히 우리나라 최고의 명산에서 산악마라톤을 개최하여 나무와 새들을 놀라게 하면서 뛰게 한다는 발상이 너무나 독선적이고 이기적이란 생각이 든다.

"반달곰이 다른 산으로 피신하는 이유가 있었군."
"지리산에 반달곰을 방사한 건 곰과 사람이 자연과 함께 공존하자는 거였는데 말이야."

단순한 멸종위기 동물의 복원에 그칠 것이 아니라 상생의 효과가 얼마나 지대한지를 깨우쳐 반달곰과 함께 살아가기 위해 사소한 부주의라도 놓쳐서는 안 될 것이다.

"원래 지리산의 주인은 곰이었고 호랑이였었거든."

  마라토너들에게 길 비켜주며 보폭의 리듬을 깨뜨리긴 했지만 무제치기 다리를 지나 냅다 유평 날머리까지 이르렀다. 한적해서 을씨년스럽기까지 했던 유평 등산로 입구가 오늘은 자주 접한 마을처럼 다감하게 느껴진다.
  결과가 좋을 때 고행을 함께 겪은 이들은 공통된 행복감을 느낀다. 함께이기에 그 포만감은 큼직하다. 감사하다. 고맙다. 그 어떤 인사말로도 속에서 부풀어 오르는 감사의 마음을 전달하기엔 부족하다.
  전우로서 함께 전투를 치르며 삶과 죽음의 경계를 넘어선 상황과 비교하는 건 무리가 있지만, 산에서 함께 땀을 흘리고 고초를 극복해내며 목표 지점까지 완주한다는 건 동반의 가치, 서로라는 의미를 가슴 뜨겁도록 각인시킨다.

"화대를 같이 했다는 건 삶의 한 구간을 같이 했음이다."

  병소, 계원, 은수. 함께한 이틀 밤낮의 여정은 두고두고 가슴 뭉클한 감사의 심정으로 남게 될 것이다. 단 한 번도 산행에 개인 의사를 표하거나 힘든 내색을 하지 않은 이들이 대견스럽고 역시 고맙기 한량없다.
  대원사 계곡 맑고 풍부한 계류에 풍덩 뛰어들어 몸을 푹 담그고 지난 이틀의 땀을 씻어내는데 이 이상 행복할 수는 없다는 표정들이다.

때 / 여름
곳 / 1일 차 : 화엄사 – 화엄사 매표소 – 화엄사계곡 – 무넹기고개 –
돼지령 – 임걸령 – 노루목 – 반야봉 – 삼도봉 – 화개재 – 토끼봉 –
명선봉 – 연하천 대피소 – 형제봉 – 벽소령대피소 – 덕평봉 – 칠선봉
– 영신봉 – 세석대피소 (도상거리 30km)
　　　2일 차 : 세석대피소 – 촛대봉 – 삼신봉 – 연하봉 – 장터목대피
소 – 제석봉 – 통천문 – 천왕봉 – 중봉 – 써리봉 – 치밭목 대피소 –
유평 계곡 – 유평리 – 대원사 탐방안내소 (도상거리 18km)

철쭉의 극치를 음미, 지리산 서북 능선

태어나서 학업, 사회생활, 결혼, 자녀교육 등 틀에 박힌 삶만
살짝 틀어버릴 수 있다면 지리산이야말로 영혼이 편안하고
자유로울 수 있는 천혜의 세상이 아니겠는가.
그런 생각이 드는 것이다

내륙 최대의 산인 지리산은 단일 산의 종주 코스로 노고
단에서 천왕봉까지의 주 능선을 포함하여 구례 화엄사에서
유평 대원사까지 화대 종주 코스가 산객들의 로망처럼 여
겨진다. 도상거리 약 45km에 달하는 화대 종주는 주 능선
에 노고단, 연하천, 벽소령, 세석, 장터목에 각각 대피소가
있어 1박을 할 수 있다.

주 능선 종주와는 전혀 다른 길을 걷는 코스로 서북 능선
을 많이 찾는데 지리산의 서북쪽에 해당하는 성삼재에서
출발하여 고리봉, 만복대, 정령치, 세걸산, 바래봉을 지나고
덕두산을 거쳐 구인월까지 연결되는 능선이다.

주 능선과 달리 이 구간에는 대피소가 없다. 백두대간과
겹치는 약 22km의 거리로 10시간 남짓 소요되므로 시간만
잘 조절하면 당일 산행이 가능하다. 식수도 성삼재 휴게소,
정령치 휴게소, 바래봉 아래의 샘터에서 조달할 수 있으므
로 굳이 무리하게 준비하지 않아도 될 것이다.

부실한 궁둥이로 따라붙는 반야봉을 대동하고

산악회에서 미세먼지 없이 기상이 무난한 날을 잡아 덕분에 서북 능선에 설 수 있었다. 새벽 4시 30분 성삼재 휴게소에 도착하여 산행 준비를 하는 사이에 서서히 어둠이 걷히고 있다.

행정구역상 전남 구례군 산동면과 광의면 사이에 있는 성삼재(해발 1102m)는 지리산 천은사에서 861번 지방도로가 있는 정상부의 성삼재 휴게소까지의 구간이다. 이곳을 기점으로 하여 동쪽으로 노고단과 주 능선의 고봉들이 이어지며 서북 능선의 시발점이 되기도 한다. 마한 때 성씨가 다른 세 장군이 지켜 성삼재로 명명하였다고 한다.

휴게소에서 도로를 따라 30m 정도 내려가 들머리에 접어들자 막 기지개를 편 연한 분홍 철쭉이 꽃잎을 펼쳐 화사하게 맞아준다. 계속해서 철쭉이 따라붙어 제철을 맞아 잘 왔노라고 강조한다.

아침 안개가 옅게 깔려 흐릿하다가 새벽 시야가 트이면서 멀어지기 시작한 노고단이 끝까지 손을 흔들어준다. 주봉인 천왕봉의 반대편 서쪽에서 굳건하게 지리산을 수호하는 노고단은 가끔이지만 볼 때마다 뿌듯하고 상큼하다.

그리고 저만치 떨어져 모습을 보이는 반야봉 뒤로 해가

솟아오른다. 지리산에서의 여명, 그 하루의 열림이 장엄하다. 천왕봉에서 보는 일출과는 확연히 다르지만, 노고단과 반야봉을 드러내며 하늘 가까운 곳부터 온통 산뿐인 세상을 밝히는 태양의 솟아오름이 신비스럽다. 지리산 봉우리 중 가장 덩치가 큰 반야봉의 한쪽 부실한 짝궁뎅이가 오늘따라 유난히 매력적이다.

"이번엔 서북 능선으로 갔구먼. 실컷 철쭉을 즐기시게."
"넵, 편안하시죠? 여기서나마 뵙게 되어 반갑습니다."

3년 전, 화대 종주를 하며 힘겹게 올랐던 반야봉이 엉덩이를 흔들며 아는 체해주는 게 고맙다. 고리봉으로 향하면서 지나온 성삼재 쪽을 돌아보니 구름안개가 능선을 흘러넘는 풍광을 보여준다. 얼핏 산까지 고인 물이 수로가 열리면서 산 아래로 물을 쏟아내는 것처럼 보인다. 아니나 다를까, 금세 성삼재가 물에 잠기고 만다. 지리 8경의 하나인 노고 운해의 멋진 단면이다.
작은 고리봉(해발 1248m)에 이르러 진행하게 될 능선 너머 아득하게나마 바래봉이 눈에 들어오고 그 위로 솜이불처럼 구름이 덮고 있다. 이곳 서북 능선에는 두 곳의 고리봉이 있는데 먼저 접한 이곳이 작은 고리봉이고 정령치를 지나 백두대간 분기점에 큰 고리봉이 있다.

지리산 주 능선을 오른쪽으로 바라보면서, 특히 반야봉을 대동하고 걷는 게 서북 능선 종주의 참맛일지도 모르겠다. 꾸준히 따라붙는 반야봉을 배경으로 철쭉과 산죽, 소나무가 어우러진 모습에 초점을 맞추면 영락없이 한 폭 산수화가 그려진다.

작은 고리봉 올라 휘이 둘러보니
어깨너머 바로 반야봉일세.
분홍 연달래 군락 너머 묘봉치 마주하니
무관심하게 터억 내던졌던 기억들
하나둘씩 도드라지네.
떠오르면 미소 머금게 되는
옛 얘기들 수북이 바위 위에 쌓아놓네.

서북 능선 휘덮은 붉은 물결 때문이리라
뾰족하여 굴곡진 흔적은 언제 존재했던가.
안개 걷히듯 사라지고
움켜쥐어 부서뜨리고 싶었던 속앓이
죄다 털어버리네.
아직 남았을 삶의 파문일랑
흐르는 바람에 실어 보내고
허虛해서 더더욱 가벼운 가슴에
청량한 봄바람으로 그득 채운다네.

구례, 남원 쪽의 마을을 내려다보고 작은 고리봉, 성삼재, 종석대로 이어지는 능선을 돌아보다가 묘봉치에 이른다. 성삼재에서 2.1km를 왔고, 만복대를 2.2km 남겨두었으며 꺾어져 3km를 내려가면 상위마을로 빠지는 지점이다.

고개를 의미하는 우리말의 재처럼 한자어로는 령嶺, 치峙 등의 단어를 사용한다. 대관령, 한계령처럼 큰 산맥, 대체로 높고 험한 고개에 '령'을 쓰며, 높은 언덕을 뜻하는 '치'나 '티'는 그리 높지 않고 규모도 크지 않으나 가파른 고갯길에 주로 사용한다.

봄철의 서북 능선은 1000m가 넘는 봉우리의 오르내림이 반복되지만, 대다수 완만한 꽃길이고 숲길이라 그리 힘들지 않은 편이다. 산죽밭을 걷고 비탈 아래 얼레지 군락도 지나친다. 묘봉치에서 긴 능선을 오르다가 초원에 외떨어진 바위를 보게 되는데 만복대 지킴이 바위라고 부른다. 만복대 萬福臺(해발 1438m)에 이르자 많은 등산객이 모여 있다. 천왕봉, 반야봉, 노고단에 이어 지리산에서 네 번째로 높은 고지이다.

구례군 산동면과 남원시 경계에 솟아 일대가 부드러운 구릉으로 형성되어 있는데 풍수지리상 지리산 10 승지에 속하는 명당으로 많은 사람이 복을 누리며 살 수 있다고 하여 이름 지어졌다고 한다. 그런데도 사계절 사방에서 몰아치는 비바람, 칼바람을 몸으로 뚫고 지나야 하는 곳이기도

하다. 아래로 달궁계곡이 그 깊이가 어디까지인지 가늠할 수 없을 정도로 깊게 패 있다.

조선 초까지도 지리산은 사람이 거의 살지 않은 곳이었다. 기록에 의하면, 순례와 유람을 위해 찾는 사람들은 있었으나 상주하는 사람들은 나무꾼과 사냥꾼, 그리고 승려와 무당 등 특수한 계층이 고작이었다고 한다.

임진왜란 당시 왜군과의 격전장이었던 경상도와 전라도의 접경에 위치하여 숨을 만한 곳이 널려 있는 지리산으로 피난민들이 몰려들면서 삶의 터전을 이루기 시작했다.

"이만한 곳이 또 있을까."

멀리 둘러보고 깊이 내려다볼수록 한평생을 보내는데 이만한 곳이 있을까 싶다. 자연인이 되고자 하는 사람들이 많이 스며드는 곳이 지리산이다.

태어나서 학업, 사회생활, 결혼, 자녀교육 등 틀에 박힌 삶만 살짝 틀어버릴 수 있다면 지리산이야말로 영혼이 편안하고 자유로울 수 있는 천혜의 세상이 아니겠는가. 그런 생각이 드는 것이다.

"그렇지만 지리산은 지혜로운 이들이나 들어와 살 수 있는 곳이잖아."

42

지리산은 지혜로운 이인異人의 산이라고 글자 풀이를 하는데 이 때문인지 여느 산보다 많은 은자隱者들이 꼭꼭 숨어들어 도를 닦으며 정진했던 곳이므로 자격 미달인 자에겐 그저 다녀갈 뿐인 곳이다.

18~19세기경 영호남과 인근 지역에서 기근, 역병, 전쟁, 노역과 조세의 부담 등 혼란과 갈등을 피해 많은 이들이 지리산으로 이주하였다. 19세기 후반에는 진주 농민항쟁과 동학 농민전쟁에 참여했다가 패배한 농민군과 함께, 전쟁의 폐해를 겪은 사람들이 입산하였다.

요즘에는 지리산을 자락으로 끼고 300여 많은 마을이 존재하는데, 대부분 농업을 기반으로 한 주민들이 마을을 형성하고 있다. 1948년 여순반란사건을 계기로 1000여 명의 반란군이 들어오고 한국동란을 거쳐 빨치산이 거의 토벌된 1956년 무렵까지 빨치산과 군인, 경찰 간에 치열한 공방전이 벌어지면서 지리산은 많은 마을이 불에 타거나 주민들이 희생되는 커다란 변화의 계기를 맞는다.

그런 지리산 자락을 둘러보고 또 둘러보아도 그건 이미 지나간 한때의 역사라는 양, 살아가다가 생긴 작은 일상 중하나라는 듯 아무런 흔적을 보이지 않고 그저 깊은 포용으로 팔을 벌리고 있다. 아기자기하게 맛깔스러운 맛은 덜해도 중후하고 인자한 나름의 산악미와 넓은 풍모로 지리산은 1967년 국립공원 제1호로 지정되었다.

지리산 주 능선 백 리 길을 한눈에 담으며

 능선의 방향이 틀어지면서 반야봉의 부실한 오른쪽 궁둥이가 점차 제 모습을 회복하는 중이다. 멀리 천왕봉과 중봉도 머리를 드러내니 무척이나 반갑다. 지나온 성삼재와 그 뒤의 노고단은 떠나온 친정처럼 아득해졌다.

 남원시와 운봉읍을 내려다보고 정령치로 향하고자 고도를 낮춘다. 철쭉은 말할 것도 없거니와 능선 곳곳의 야생화와 희귀 야생초들에 눈길을 주고 간간이 새들 울음에 귀 기울이다 보면 걸음은 지체되기 마련이다. 그러나 시간에 쫓겨 대자연의 풍물을 소홀히 할 수는 없으므로 느긋하게 시공을 즐기기로 한다.

 성삼재와 정령치 사이의 반선으로 내려가는 산 중턱에 달궁계곡이 있다. 마한, 진한, 변한의 삼한시대에도 부족 간의 전쟁이 숱했었는데 진한군에 쫓기던 마한의 왕이 신하와 궁녀들을 이끌고 지리산 계곡으로 들어와 오랫동안 피난 생활을 하였다. 그때 임시 도성이 있던 자리가 지금의 달궁이다.

 달궁계곡은 지리산에서도 가장 깊은 곳에 자리 잡고 있어 적을 피하거나 방어하기에 적합한 위치였다. 휴정 서산대사의 황령암기黃嶺庵記에 의하면 마한 왕은 달궁을 방어하기

44

위해 서쪽 10리 밖의 산마루에는 정 장군을, 동쪽 20리 밖의 산마루에는 황 장군을, 남쪽 20리 밖의 산마루에는 성이 각기 다른 세 명의 장군을, 북쪽 30리 밖의 산마루에는 여덟 명의 젊은 장군을 배치하여 지키도록 함으로써 각각 현재의 정령치, 황령재, 성삼재, 팔랑치라는 명칭이 지어지게 되었고 한다.

사람들 목소리가 커지고 자동차 소리까지 들려온다. 정 장군이 지키던 정령치鄭嶺峙(해발 1172m)에 이르렀음이다. 남원시 주천면과 산내면에 걸쳐 백두대간 상에 자리한 정령치는 지리산에서 차로 넘을 수 있는 가장 높은 고개이며, 주천면에서 내기리를 거쳐 이곳 정령치까지 이르는 12km 거리 861번 지방도로는 가을 지리산을 충분히 만끽할 수 있는 최적의 드라이브 코스이다. 많은 등산객이 여기서 산행을 시작하여 바래봉을 정점으로 하고 운봉으로 하산하기도 한다.

정령치 휴게소는 지리산을 두루 조망할 수 있는 전망대이기도 하다. 동으로 바래봉과 뱀사골 계곡, 서쪽으로 천왕봉과 세석평전, 반야봉과 발밑으로 남원시가지가 펼쳐져 있다. 지리산 주 능선 백 리 길을 한눈에 담을 수 있다.

우리나라에서 최초로 차茶를 재배한 곳이 지리산이다. 828년 당나라에 사신으로 갔던 신라의 대렴이 종자를 가져와 본격적으로 재배하기 시작했다고 한다. 차 재배에 가장 좋은 자연조건을 갖추고 있었기 때문일 것이다.

"차 재배에 관광 사업까지?"

지나온 고리봉이 행글라이딩 최적지로 활용되고 있는데 지리산에 활공 레포츠 조성사업의 목적으로 정령치를 국제 활공장으로 개발하여 관광자원으로 활용하려 사업을 진행 중이라 한다.

관광자원으로 개발하여 많은 돈을 벌되 제발 대자연에 흠집을 내어 소탐대실의 우를 범하지 않기를 진정으로 바라게 된다.

차 종자를 가져오고 540여 년이 지난 고려 때 문익점은 서장관 자격으로 원나라에 가는 사신과 동행했다가 귀국하면서 목화씨를 몰래 가져왔다. 이듬해 지리산 자락인 산청군 단성면에 시배하여 3년 만에 널리 퍼지게 하면서 백성들이 삼베麻布에서 무명옷綿布을 입을 수 있게 되었다.

목화를 처음 심은 이 마을을 배양마을이라 불렀으며 1965년 4월, 박정희 대통령의 지시로 '삼우당 문선생 면화시배 사적비'가 세워졌다. 지금도 문익점 선생의 업적을 기리기 위하여 해마다 옛터에 밭을 일구어 면화를 재배하고 있는데 산청군 단성면 사월리 106-1번지에 있는 이곳 목면 시배지木棉始培地는 사적 제108호로 지정되기도 하였다.

정령치에서 약 300m 거리의 북고리봉 아래에 고려 때 제작된 남원 개령암지 마애불상군을 보고자 내려선다. 절벽 바위에 여러 부처 형상을 조각하였는데 전체 12구로 3구는 비교적 잘 보이며, 나머지 9구는 마모가 심한 편이다. 이 중에서 가장 큰 존상은 마애여래입상으로 높이가 4m 정도인데 조각 솜씨도 뛰어나 으뜸의 존격으로 추정된다.

이제 반야봉은 짝궁뎅이가 아니라 삼각으로 곧게 솟은 봉우리로 깔끔하게 성형을 마쳤다. 능선에 핀 철쭉도 연분홍에서 진홍, 흰색 등 다양한 색깔을 보여준다.

철쭉 철에 내려서서 눈꽃 철을 염두에 두는 서북 능선

정령치를 지나 만나는 첫 봉우리 북고리봉(해발 1304m)은 서북 능선 두 개의 고리봉 중 큰 고리봉이면서 일명 환봉이라고도 부르는 곳이다. 쭉 같은 방향으로 왔던 일부 등산객들이 여기서 방향을 바꾼다.

여원재로 향하는 백두대간 종주 등산객들이다. 잠시 뒤돌아 만복대를 다시 눈에 새기고 꽃밭과 꽃 터널을 지났다가 다소 버거운 걸음을 이어가며 세걸산(해발 1216m)에 닿았다. 세걸산부터는 단조로운 등산로가 이어지면서 조망도 거의 트이지 않는다.

그리고 또 걸어 세동치(해발 1107m) 삼거리에 이르러서도 바래봉은 5.1km나 멀리 있다. 바래봉으로 향하면서 본격 철쭉군락이 이어진다. 사방에서 내리뻗은 산자락 아래로 자그마한 마을이 내려다보이는데 부운 마을이라고 한다.

깊은 산중에 꼭꼭 숨어 세상을 마다한 촌락처럼 느껴진다. 세동치에서 2.1km를 더 걸어 부운 마을로 내려서는 부운치(해발 1061m) 삼거리를 지나고 팔랑치(해발 989m)에 이른다.

팔랑치는 예로부터 전라북도의 남동 산간 지역과 경상남도의 북부 산간 지역을 연결하는 중요한 교통로였다. 군사상 천연 요새이기도 하여 신라 때의 성이 남아있다.

이곳 아래로도 팔랑마을이 2km 거리에 있다니 지리산은 영호남의 지붕으로서 넉넉하고 웅장하고 아늑하게 이 지역 사람들의 생활 터전이자 생명의 산으로 굳건히 자리매김하고 있음을 몸소 느끼게 된다.

산은 사람을 가르고 강은 사람을 모은다고 했다던가. 산의 북쪽으로 만수천, 임천, 엄천강, 경호강, 남강, 낙동강이 이어지고, 남쪽으로 섬진강이 흘러 주민들에게 생명수를 제공한다.

전남 구례, 전북 남원과 경남의 하동, 함양, 산청의 3도 1시 4군에 걸쳐 있는 지리산은 동식물이 넘쳐나는 만큼 문화 또한 동서로 나뉘어 다양하고도 이질적으로 형성되었다.

그래서 지리산은 단지 크고, 깊고, 넓은 것만으로 그 실체를 설명하기엔 충분하지 않은 산이다.

뒤를 돌아보면 언제 걸어왔나 싶게 긴 길이 아득히 이어져 있다. 길게 심호흡을 하고 가던 길을 향한다. 이쯤에서 철쭉의 극치 미를 보는가 싶었는데 다시 바래봉 능선으로 뻗으며 연두색 바탕에 붉은 덧칠을 한 채색의 조화로움이 입을 다물지 못하게 만든다. 세석의 철쭉 평전과는 또 다른 분위기를 창출한다.

용산 운봉마을 바래봉 삼거리까지 아름답고도 편안한 숲길을 걸어왔다. 바래봉 아래의 샘터에 귀한 식수를 공급받으려는 등산객들이 줄을 섰다. 나무계단 위의 바래봉 정상(해발 1165m)은 그야말로 발 디딜 틈조차 없을 만큼 인산인해를 이루고 있다.

바래봉은 스님들의 밥그릇인 바리때를 엎어놓은 형상이라 그렇게 이름 붙였다고 한다. 운봉 주민들은 산 모양새가 마치 삿갓처럼 보여 삿갓봉으로 부른다. 바래봉 철쭉의 백미는 이곳 정상에서 막 지나온 약 1.5km 거리의 팔랑치 구간이다.

원래 농림부 산하 국립 시험연구기관인 국립 종축원國立種蓄院 남원지원이 운영하던 목장 지대였는데 키우던 면양들이 새순이 돋는 즉시 뜯어먹어 독성이 있는 철쭉 말고는 대다수의 수종이 말라 죽었다. 더구나 초지 조성을 위해 비료를 뿌렸기 때문에 철쭉은 더 무성하게 자라 지금의 철쭉 고원을 이룬 것이다.

동쪽 천왕봉에서 서쪽 노고단에 이르는 지리산 주 능선 전체가 파노라마처럼 전개된다. 바래봉 정상에서 올라온 방향으로 계속 직진해 덕두봉(해발 1150m)에 이르자 그 많던 등산객들이 꽤 많이 줄었다. 팔랑치를 통해 하산하는 이들이 많아서일 것이다.

여기서 구인월(월평) 마을까지 3.7km를 내려서게 된다. 험하거나 거칠지는 않지만 긴 구간이다. 다소 지루함을 느끼기도 한다. 그런데도 산에서 내려서자 하얗게 눈꽃이 핀 겨울 서북 능선을 염두에 두게 된다.

화대 종주를 마쳤을 때만큼 요란한 뭉클함이 있지는 않지만 거쳐 지나온 봉우리와 높은 언덕들의 잔상이 뚜렷하다. 여전히 붉은 철쭉들은 눈앞에서 곱고 화사하다. 산행을 마치고 내려서서 바라보는 서북 능선이 아스라하다.

때 / 봄
곳 / 성삼재 – 고리봉 – 묘봉치 – 만복대 – 정령치 – 북고리봉 – 세걸산 – 새동치 – 팔랑치 – 바래봉 – 덕두산 – 구인월 마을

물기둥과 물보라 속 수중산행, 지리산 한신계곡

나무는 쓰러져도 숲을 이루고 물은 흘러가도
계곡으로 남고, 물줄기는 떨어져 폭포를 이루니
산은 이들을 모아 사람을 끌어들여
자연으로의 회귀를 소망하게 하나 보다.

'어리석은 사람이 머물면 지혜로운 사람으로 달라진다.'

이래서 지리산智異山이라 불리게 되었다는데 스무 번을 넘게 왔어도 어리석음에서 벗어나지 못하니 지리산을 찾을 때마다 면목이 서질 않는다.

아버지는 변화가 없더라도 아들만큼은 지혜로웠으면 하는 마음으로 이번에는 아들과 함께 백무동으로 왔다. 여름 한신계곡을 오르며 대학에 입학한 아들이 산행 중에 산이 주는 의미와 가족의 애를 함께 느끼고, 향후 진로에 깨달음을 가졌으면 하는 마음을 염두에 두었으니 아비 관점에서 얼마나 큰 욕심을 지니고 온 것인가.

한신계곡은 지리산 12동천 중 하나로 한여름에도 몸에 한기를 느낀다는 의미에서 불리게 된 이름이다. 한신계곡 일원은 경남 함양군 마천면 백무동에서 세석평전까지 약 10㎞에 이르는 계곡으로 명승 제72호로 지정되었다.

가내소폭포, 한신폭포 등 계곡을 따라 오르며 폭포수가 이루는 청정 옥류와 계곡을 감싸는 울창한 천연림을 아들에게 보여주고 싶었다. 입시에 지쳤을 아들에게 다 잊고 대자연의 오묘한 기운을 느끼게 하고 싶었다. 산을 통해 아빠와 동질감을 느꼈으면 하는 사족적 욕구까지 곁들여졌다.

최적의 시기에 최적의 장소를 탐방하다

한신계곡은 맑고 풍부한 계류와 우거진 천연원시림이 강한 자력으로 이끄는 곳이다. 단풍이 뚝뚝 떨어져 맑은 물을 붉게 물들이던 데칼코마니의 계곡을 작년 늦가을에 다녀갔었다. 만추의 서정을 빚어내던 한신계곡에서 이번에는 싱그러운 녹음과 시리도록 맑은 물살에 땀을 쏟아내려 한다.

"아빠와 단둘만의 첫 여행지가 산이 될 줄이야."
"하하, 아빠는 아들과 함께 지리산 종주하는 걸 소망해왔었거든."

산보다는 바다, 특히 섬을 갔으면 했지만, 녀석은 군말 없이 아빠의 뜻을 따라주었다. 어젯밤 시외버스에서 내려 민박했던 마천면에서 백무동 탐방지원센터까지 약 4km의 아스팔트 길을 걸으며 지리산 자락의 새벽 공기를 마신다.

"우와 대박! 공기가 죽여주네요. 하늘 좀 보세요."

도심에선 볼 수 없는 별빛 찬란한 새벽하늘이다. 이번 지리산 탐방 중 녀석이 여러 번 감탄했으면 좋겠다는 생각이 든다. 대자연에서 보고 느끼는 것이 이제까지의 생활과는 색다른 감미로움으로 남았으면 한다.

훗날, 후회되지 않는 인생을 꾸려가기를 바라는 맘이 강해서였을까. 막 다이빙대를 떠나 입수 직전 허공에 머문 찰나의 모습을 떠올린다.

이제 물에 떨어지면 팔을 흔들고 다리를 저어 앞으로 나아가야 한다. 뭍에 닿았을 때 한 톨의 힘도 남아있지 않다면 자신의 선택에 최선을 다했음이다. 그렇다면 결과는 크게 중요하지 않다. 자신의 전공을 놓고 고민하던 녀석이 떠올랐기 때문에 그런 생각이 들었나 보다.

"네가 한 선택에 후회가 남지 않기를……."

동이 트기 전에 함양군 백무동 탐방센터를 통과한다. 지리산의 지혜로운 기운을 받기 위해 백 명 넘는 무당이 머물던 곳이라 백무동이라고 불렸다고 한다.

또 안개가 늘 자욱하게 끼어있어 백무동이라고도 했다가 지금은 무사(화랑)를 많이 배출한 곳이라 하여 백무동이라고 한다니 다신 명칭의 해석이 바뀌지 않을 듯하다.

왼쪽으로 장터목대피소까지 5.8km, 오른쪽으로 세석대피소까지 6.5km. 최고봉인 천왕봉을 가야 하니 세석에서 장터목까지 3.8km를 돌아가야 한다. 대략 두 시간을 단축할 수 있지만, 한신계곡을 통과하여 세석으로 오르는 길을 택한다.

"요즘 우측보행이 대세 아니겠니. 돌아서 가는 길이 지름길이란 말도 있잖아."

자칫 하산 시간에 쫓길까 우려도 없지 않았지만, 예정대로 진행하기로 한다. 예정했던 거였건, 즉흥이건 녀석은 모른다. 그저 직급이 위인 꼰대 맘이다. 더더욱 여기가 지리산인 걸, 뭐!

돌길과 흙길이 번갈아 이어지면서 숲으로 깊이 들어섰다. 한여름이라 그늘숲에서도 이마에 땀이 맺힌다. 우렁찬 굉음을 내지르는 폭포수에 이르면서 시원한 기운이 몸을 휘감는다. 백무동에서 1.9km를 오른 지점에 첫나들이 폭포가 부자를 반긴다.

세석평전까지 한신계곡이 이어진다. 명승 제72호의 한신계곡은 칠선계곡, 뱀사골 계곡과 함께 지리산에서 세 손가락 안에 꼽는 계곡으로 세석평전 꼭대기에서 물을 흘러내리고 있다.

물이 넘치는 계곡에 이르자 아들의 표정이 환하게 바뀐다. 다시 내려올 건데 뭐 하러 산에 가냐는 양 시큰둥하던 녀석이 계류에 발을 담그고 사과를 한 움큼 베어 먹으면서 어린애처럼 밝아지는 것이다.

"잘 온 것 같아요."

"아무렴, 안 좋은 곳에 아들을 데리고 오겠니."

"자연에 마냥 섞여버리니까 아무 생각도 들지 않고 그냥 좋네요."

"자연에 안기면 그 자연스러움에 동화되는 게 사람의 본능이지."

말이야, 막걸리야. 아마도 아빠만 아니었다면 녀석은 그렇게 대꾸했을지도 모르겠다. 산이 나무와 물, 계곡과 바위 등 제 품에 안은 풍경과 두루 어우러지니 더욱 자연스러워지겠지. 사람 또한 자연의 일부이기에 산에 오면 속을 답답하게 하는 마음이 편안해지고 가볍게 내려놓는 것일 테지.

꼰대처럼 이렇게 말했으면 우리 부자는 다시 산에 같이 올 일이 없을 것 같아서 간지러운 입만 오물거렸다.

비가 온 지 얼마 지나지 않아 넘칠 듯 수량이 풍부하여 더 다행스럽다. 아들 녀석이 지리산을 좋아했으면 하는 바람이 강하다.

살아가면서 지치면 지리산을 찾아 원기를 되찾고, 힘들 거들랑 설악산에서 심신을 회복했으면 좋겠다. 인간 만사가 새옹지마라는 걸 깨달아 일희일비하지 않고 다시 일어섬에 익숙해지는 걸 가까운 북한산에서 익혔으면 싶다.

역시 아빠가 아들에게 소망하는 건, 아들 관점에서 봤을 때 "우리 아빠도 딴 아빠들과 다른 게 없구나." 하는 조바심에서 벗어나지 못한다. 그래도 아빠라는 직급, 꼰대라는 직책은 여전히 조바심 일색이고 아직 창창한 네가 하기에 어려운(아빠도 할 수 없었고, 하지 못했던) 주문을 소망하게 된다.

"짐이라고 여겨지거든 끌어안지 말고 툭툭 털어버리면 좋겠구나. 그렇게 하길 바라마."

앞서가는 아들을 뒤따르며 욕구에 휘둘리지 않고 필요에 따라 충족할 줄 아는 삶을 지녔으면 하고 바라게 된다. 아들아, 그건 아빠가 못 했던 거라서 너는 꼭 그렇게 했으면 하는 간절한 마음이 들어서란다. 아들과의 동반이라 그런지 생각이 많고 욕심도 많은 산행길이다.

"그래서 아빠라는 존재는 꼰대의 틀을 못 벗어나나 보다."

우리나라 교육제도의 허다한 허술함으로 수동적이고 경쟁
적 삶을 사는 또래 청춘들이 산과 가까워졌으면 좋겠다는
생각이 자꾸만 드는 것이다. 상대에게 이기지 못해도 절대
불행하지 않음을 산에서 깨닫기를 소망하게 된다.

몇 개의 철사교를 건너 가내소폭포에 이르렀다. 15m 높이
에서 물줄기를 쏟아내며 50여 평 남짓한 검푸른 소를 이루
고 있어 보기만 해도 서늘한 느낌을 준다. 낙차 심하게 떨
어지는 물기둥과 굉음, 암반에 부딪히는 눈부실 정도로 흰
물보라. 여기서 귀가 먹먹해지는 건 대뇌의 모든 사고를 중
지하라는 시그널이다. 그저 감상하고 감동하라는 의미이다.
나무는 쓰러져도 숲을 이루고 물은 흘러가도 계곡으로 남
고, 물줄기는 떨어져 폭포를 이루니 산은 이들을 모아 사람
을 끌어들여 자연으로의 회귀를 소망하게 하나 보다.
수림도 울창해 삼림욕으로도 안성맞춤인 데다 수직으로 물
이 떨어지며 많은 양의 산소가 물속으로 녹아든다. 폭포 주
변은 물 분자가 쪼개지면서 많은 음이온이 발생해 찾는 이
들에게 건강을 덤으로 얹어준다.

"그래서 산은 만병을 치유하는 종합병원이고 만병통치약이

라 할 수 있지."

그러나 아들은 과학보다 개그에 더 흥미를 느낀다.

"에이, 나의 도道는 결국 실패했네. 나는 이만 가네."

가내소에 관한 전설이 적힌 팻말을 읽은 아들이 도인의 말을 흉내 내며 재미있어 죽겠단다.
12년간 도를 닦던 도인이 마지막 수행으로 줄을 타고 이 소를 건너던 중 선녀의 유혹에 그만 정신이 흐트러져 물에 빠지고는 그렇게 말하고 이곳을 떠났다고 한다.

"자존심이 상했나. 선녀를 데리고 떠나지."
"하하하! 너다운 생각이다. 이 폭포에서는 기우제를 많이 지내기도 했지."
"어떤 식으로 기우제를 지냈을까요."
"아낙네들이 홑치마 바람으로 앉아 방망이를 두드렸다더라."
"??"
"방망이 소리가 통곡처럼 울려 지리산 마고할미의 눈물을 유도하자 그 눈물이 비로 뿌려졌거든."

"……."

"또 다른 방법은 돼지를 잡아 피를 바위에 뿌리고 머리를 여기 가내소에 던졌지."

산이 더럽혀지면 이를 씻어내기 위해 산신이 비를 뿌릴 것으로 믿었던 옛사람들의 주술적 믿음까지도 녀석에게는 도통 와닿지 않는 모양이다. 세대 차이가 얼마나 벌어졌는 지를 느끼는 한 시점이기도 하다. 또한 부자간에 그걸 좁히 고자 온 지리산이기도 하다.

"재미없어? 그럼 또 가자."

한신계곡은 백무동 계곡의 상백무마을 위쪽 골짜기로서 세 석평전으로 이어지는 주곡은 영롱한 구슬처럼 맑고 고운 물줄기가 사철 변함없이 흐른다.

그 흐름이 덕평봉 북쪽에서 발원하는 바른재골, 칠선봉 부 근에서 내려오는 곧은재골, 장터목 방향에서 흘러내리는 한 신 지곡으로 갈라진다. 오층 폭포를 지나고 백무동에서 3.7km 거리의 한신폭포에 이르러 땀을 씻어낸다.

"어디선가 꽹과리 소리가 들리는 거 같지 않니?"

뜬금없는 아빠의 말에 쫑긋 귀를 세운다. 이 산중에 꽹과리 소리가 어디서 들리겠니, 귀 기울여봐야 물소리만 더 크게 들리겠지.

"옛날에 한신이란 사람이 우리가 걸어온 이 길로 농악대를 이끌고 오르다가 급류에 휩쓸려 죽었거든."
"그런데요?"
"그 후로 여길 한신계곡이라 불렀고, 지금도 비가 오면 백무동 주민들은 꽹과리 소리가 들린다더라."
"에이, 지금 전설의 고향 얘기하세요?"

한신계곡의 명칭 유래도 녀석에겐 시시껄렁했다. 지루함을 덜어주려다가 세대 격차를 더 벌리기만 했다. 하긴 아무리 생각해도 한여름에 한기를 느낄 정도로 깊은 계곡이라는 의미의 유래가 더 적절해 보인다. 이렇게 멋진 계곡이 사람 죽는 얘기로 격하되는 건 바람직하지 않다.

수국水國 십리길 오르고 또 올라
보이는 곳마다 천국
물소리 우르렁 우르렁 울어 내리는
백무동엔 삼복조차 녹아든다

세석평전에서 천왕봉으로

해발 905m의 계곡 꼭대기를 지나 세석까지 2.8km를 오르지만 여간해서 거리가 줄어들지 않는다. 상당히 가파르고 험준한 길임을 이미 알고 있다. 한신계곡의 마지막 폭포를 지나면서 더욱 급준한 경사 구간이 이어진다.

"잘 따라오실 수 있죠?"

청정 옥수의 물소리마저 들리지 않아 건조하고 뻣뻣한 산길이다. 그런데도 앞서 걸으며 아빠한테 힘내라는 아들이 대견하다. 세석평전으로 올라서기 직전 1.3km부터 특히 가파름이 심하다가 갑자기 경사가 완만해지면서 광대한 세석고원의 풍경이 펼쳐진다.

해발 1560m 세석, 봄이면 온통 붉은빛의 세석평전 철쭉군락지는 지리산 10경의 한 곳이다. 세석산장의 나무 벤치에 앉아 출발 직전 백무동 식당에서 싸 온 도시락을 꺼내 놓는다.

"너무 맛있어요."

산나물 몇 가지에 식은 밥이지만 아마 태어나서 손에 꼽을 정도로 맛난 식사였을 것이다.

"먹었으니 갈 길 가야지."

고단하고 나른하기는 해도 마냥 쉴 수만은 없다. 당일 산행을 계획했기에 대피소 예약도 하지 않고 왔다.

'……그래도 지리산에 오시려거든 세석평전의 철쭉꽃 길을 따라 온몸 불사르는 혁명의 이름으로 오고……'

이원규 시인은 지리산 10경을 담은 시, '행여 지리산에 오시려거든'에서 그렇게 표현했다. 온몸 불사르는 혁명의 이름으로 부자가 걷는다는 생각이 들자 걸음이 무거워진다. 촛대봉(해발 1703m)을 지나고 연하 선경으로 이름난 연하봉(해발 1730m)에 이른다. 오가는 산객들에게 먼저 인사를 하며 지나가는 아들은 걸음이 더 가벼워진 듯하다.

"장터목에 가면 아이스크림 있나요?"

순간, 온몸 불사르던 혁명이 아이스크림이 녹은 것처럼 실

패한 쿠데타로 막을 내린 기분이다. 이원규 시인에게 죄스
러운 마음이다.

아이스크림이 생각날 만도 하다. 장터목까지 얼른 가고 싶
은가 보다. 지리산답지 않게 너무나 쾌청하여 산 아래로 마
을이 선명하게 보인다. 장터목대피소에는 수많은 등산객이
먹거리를 풀어놓고 식사를 하거나 휴식을 취하고 있다.

"이렇게나 많은 사람이 와있을 줄은 몰랐어요."

당연하다. 이처럼 높은 산에 수도 없이 많은 사람이 찾는
다는 게 신기하게 느껴지는 것이다.

"앞으론 삶은 달걀을 좋아하게 될 거 같아요."

거기다 산에선 뭐든 먹어둬야 산다는 진리를 터득했는지
제 배낭의 행동식을 죄다 꺼내먹는다. 산은 그래서 터득의
장이라고도 하던데 아빠도 그게 정리되지 않는단다.

천왕봉 가는 길에 올려다본 하늘은 여름 바다를 엎어놓은
것처럼 맑고 푸르다.

"하늘도, 구름도, 산도, 공기도 모두가 예술이네요."

점차 지리산과 친해지고 있음이다. 제석봉에서는 무언가를 느꼈는지 묵연하게 관찰하기도 한다. 햇볕에 더욱 말라 보이는 고사목이 그저 가련하다고만 느꼈을까. 느끼면 느끼는 대로, 보이면 보이는 대로.

아들아, 더 이상의 상념도, 네 나름의 해석도 필요 없단다. 지리산은 네 20년 후의 교훈을 주고 있을 텐데 너뿐 아니라 우리네 사람들은 그걸 30년이 지나서도 모르고 지나칠 수 있다더라.

보기에 따라 죽음도 아늑한 평화처럼 느껴지는 곳이 지리산이다. 통천문을 지나 천왕봉(해발 1915m)에 이르자 감격에 겨운 표정이다. 많은 등산객이 사진을 찍고 자리를 비켜주자 정상석을 어루만지기도 하고 환하게 미소를 지으며 철철 넘치는 산그리메에 빠져든다.

"정상에 선 기분이 어때?"
"축구 시합에서 우승했을 때보다 더 감격스럽네요."

첫 산행에 지리산 천왕봉을 올랐으니 그럴만하다. 맑은 하늘 아래 가장 가까이서 느끼는 포만감은 아주 오래도록 기억에 남을 것이다.

"이 많은 사람이 다 어디서 올라온 거죠?"

64

"800리면 몇 킬로미터지?"

"팔사삼십이, 320km네요."

"전라남북도와 경상남도의 삼 도에 걸친 지리산 둘레가 자그마치 320km야. 올라올 만한 곳이 꽤 많겠지?"

"우와!"

"저기 노고단에서 여기 천왕봉까지가 25km 남짓인데 거 길 걸어온 사람들도 꽤 있을 거야."

　지리산 광대한 품 안에는 천왕봉, 반야봉, 노고단의 3대 주봉을 중심으로 1500m 넘는 20여 봉우리가 펼쳐있고, 20여 개의 긴 능선 아래로 오늘 걸어온 한신계곡 말고도 칠선계곡, 대원사 계곡, 피아골, 뱀사골, 중산리 등 큰 계곡이 많으며 아직 이름을 얻지 못한 봉우리나 계곡 또한 수두룩하다.

"저 아래에서 지금 네가 서 있는 정상만 보이고 구름안개가 이 지리산을 모두 가렸다고 상상해봐."

"하늘에 바위 한 조각이 떠 있는 모습일까요?"

　조선 전기의 성리학자이자 영남학파의 거두인 남명 조식 선생은 천문, 역학, 지리, 그림, 의약, 군사 등에 두루 재주가 뛰어나 명종과 선조로부터 중앙과 여러 관직을 제안받았으나 한 번도 벼슬에 나가지 않고 오로지 후학 양성에 힘썼다.

선생은 지리산을 너무 사랑하여 61세 때 모든 재산과 장자長子 권리까지 동생에게 물려주고 지리산 자락으로 이사와 지리산을 숱하게 오르면서 많은 시와 지리산에 대한 기록을 남긴다. 그중 천왕봉의 거대한 우직함을 이렇게 표현하였다.

천 석이나 되는 무거운 종은 請看千石鍾
큰 채로 두드리지 않으면 소리가 나지 않는다 非大叩無聲
만고의 세월 속 우뚝 서 있는 저 천왕봉은 萬古天王峰
하늘이 울어도 미동도 하지 않는구나 天鳴猶不鳴

꼭대기 천왕봉 부분만 살짝 드러내고 운해가 뒤덮은 지리산을 마치 종이 솟은 것처럼 보았으리라. 그 종은 무엇으로도 울릴 수 없을 만큼 우람하다.

지리산을 학습한 아들이 경외감을 지니며 사방을 둘러본다. 기상이 넘치고 또 넘치지? 그런 이곳에서 네 기상도 거듭 발원되었으면 좋겠구나. 삼대가 덕을 쌓아야 볼 수 있다는 일출을 부자가 함께 보고 싶었는데 시간을 맞추지 못했다. 그래도 충분히 흡족할 만한 천왕봉에서의 느낌이 들게 된다.

"아빠는 덕을 쌓지 못했지만 네가 덕을 쌓고, 네 아들이 또 덕을 쌓으면 훗날 네 손자는 여기서 일출을 볼 수 있을 거야."

"훗날 일보다 지금은 삼겹살 생각이 간절하네요."

해가 창창한 오후에 뜬금없이 일출이 웬 말인가. 어서 내려가 샤워하고 삼겹살 먹고 싶은 마음이 간절할 것이다. 중산리로 내려가 진주로 가서 서울로 돌아오기로 했다.

커다란 바위 사이의 돌계단 개선문을 내려서고 서부 경남 식수원의 발원지인 천왕샘을 지난다. 천왕봉에서 2km 아래에 있는 법계사에 이르러 땀을 훔친다.

우리나라에서 가장 높은 곳(해발 1450m)에 자리한 지리산 법계사는 신라 진흥왕 때 창건하였으니 1500년이 넘는 장구한 역사를 지닌 사찰이다.

신라 말에는 최치원이 이 절에 머무르며 법당 남쪽에 있는 바위에 자주 들러 최치원의 시호 문창후를 따 문창대라고 이름 지었다. 문창대 넓은 반석 앞에는 고운 최치원 선생이 노닐며 지팡이와 짚신을 벗어 놓은 곳이란 뜻의 '고운 최 선생 장구 지소孤雲崔先生杖屨之所'라는 글귀가 새겨져 있다.

법계사가 흥하면 일본의 기운이 쇠퇴한다는 설이 있어 고려 말 왜적 아지발도에 의해 소실되었었다. 대한불교 조계종 제13교구 본사 쌍계사의 말사로 서기 1405년 조선 태종 때 중창했으나 임진왜란과 1910년 경술국치 때 또다시 왜인에 의해 불타고 6.25 한국전쟁 때 거듭 화재를 당하여 그간 초라한 초옥을 지켜오다가 대웅전과 산신각을 복원하여 오늘에 이르고 있다.

법계사 바로 아래 로터리 산장(해발 1335m)에서 잠시 휴식을 취했다가 중산리까지 3.3km의 거리를 좁히고 고도를 낮춰간다.

'산에서 태어난 산사람 우천 허만수'

법계교 인근 중산리 야영 캠핑장을 지나 날머리 가까이 이르러 자연석 위에 세워진 비석 앞에서 잠시 숨을 고른다.

"허만수? 누구예요?"
"말 그대로 자연인이지."

1916년 진주시 옥봉동에서 태어난 허만수는 일제에 강제 징집을 당하였다가 29세 때쯤 해방되자 귀국하여 진주에서 서점을 운영하면서 평범하게 살았다. 33세 때쯤인 1949년 경부터 지리산 세석평전에 올라 토담 움막을 짓고 살며 30년 가까이 지리산을 떠나지 않았다.

스스로 우천宇天이라 칭호 하며 지리산을 찾는 사람들의 안전을 위해 등산로를 만들었고 험난한 곳에는 나무 사다리를 만들어 오르내리기 편하게 하였다. 또 길 잃은 조난객들도 수없이 구조하였다.

그는 입산 후 아내의 귀가 종용에도 불구하고 끝내 지리산에 머무르다 1976년 홀연히 지리산에서 사라졌다. 1980년 6월, 그를 추모한 산악인들이 이 자리에 그의 추모비를 세운 것이다.

"제가 이해하기엔 쉽지 않은 분이네요."

아들이 고개를 갸우뚱거린다.

"산의 향수 때문에 신혼의 달콤한 맛도 모르고 넘어갔다."

당시 그의 회고담이라는데 지리산 신령으로 불리기도 했던 그의 행적을 누군들 쉽게 이해할 수 있을쏜가.

"그냥 그분의 행적과 삶을 존중할 뿐이지."

어둠이 가라앉을 즈음에 중산리 탐방안내소를 통과하여 아들을 포용한다. 성취감의 의미를 새롭게 인식한 아들의 표정이 무척 밝다.

"아들! 수고 많았어."
"아빠! 수고하셨어요. 대단한 산행이었어요. 또 오고 싶어질 것 같아요"

때 / 여름
곳 / 백무동 탐방안내소 -가내소폭포 - 한신폭포 - 세석평전 - 촛대봉 - 삼신봉 - 연하봉 - 장터목 - 제석봉 - 천왕봉 - 법계사 - 로터리산장 - 문장대 - 칼바위 - 중산리 야영장 - 중산리 탐방안내소

경주국립공원

지리산에 이어 1968년 두 번째로 국립공원으로 지정되었다. 우리나라의 유일한 사적형 공원으로 불국사와 석굴암을 비롯한 불교문화의 보고寶庫인 토함산과 남산을 포함하여 8개 지구 136.55㎢에 이르는 광대한 면적이다. 1979년에는 유네스코가 세계 10대 유적지 중 한 곳으로 지정하였다.

천년 신라의 고도를 탐사, 경주남산

"목숨을 끊는 게 구차하게 연명하는 것보다 나을 거요."
포석정에서 연회를 열다가 사로잡힌 경애왕은 견훤의 강요로 인해
이곳에서 자결하였다. 여기서 신라의 시작과 종말을 동시에
내려다보며 찬찬히 역사의 순환을 새겨보게 된다.

경상북도 경주시 남산동, 즉 경주시의 남쪽을 둘러싸고 남북으로 솟은 경주 남산慶州南山은 북쪽의 금오산과 남쪽 고위산의 두 봉우리 사이를 잇는 산자락과 계곡 전체를 통칭한다.

경주국립공원은 우리나라에서 유일한 사적형 공원으로 불국사와 석굴암을 비롯한 불교문화의 보고寶庫인 토함산과 남산을 포함하여 8개 지구 136.55㎢에 이르는 광대한 면적이다. 1968년 지리산에 이어 두 번째 국립공원으로 지정된 바 있다.

'절들은 총총하여 밤하늘의 별들 같고, 탑들은 기러기처럼 줄지어 늘어섰다.'

삼국유사에서 옛 경주, 서라벌을 언급한 것처럼 불교 유적이 즐비한데 지금까지도 국보 12점, 보물 27점, 사적 9개

소, 지방문화재 22건 등 총 68건의 문화재를 보유하고 있어 이를 바탕으로 옛 선조들의 숨결을 느낄 수 있는 역사 학습장이라 하겠다.

경주국립공원에 속해 동서 약 9km, 남북으로 14km가량 뻗어 곳곳에 유적과 유물이 분포된 남산 일원은 지붕 없는 노천박물관으로 불리며 유네스코 세계문화유산에도 등재되어 있다.

관광특구로 지정되기도 한 경주시는 잘 다듬은 관광 기반 시설로 해마다 2000여만 명의 관광객들이 찾는 명품 도시이다.

유적뿐 아니라 자연경관도 뛰어나 변화무쌍한 계곡이 널려 있고 기암괴석들이 만물상을 이루어 남산에 오르지 않고는 경주를 보았다고 할 수 없다는 말이 있다.

이 말은 곧 자연미와 더불어 신라의 유구한 역사, 신라인의 미의식과 종교의식을 예술로 승화한 곳이 바로 남산임을 강조한 것이다.

서라벌에 드리우는 침울한 그림자

"최치원부터 만나보자."

친구 병소와 함께 타임머신을 타고 신라로 되돌아와 제일 먼저 상서장에 내리게 된다.

경북 경주시 교동에 있는 경주 국립박물관을 관람하고 인근 왕정골의 화랑 대로변 안쪽으로 자리 잡은 기와 가옥 상서장上書莊을 남산의 들머리로 잡아 탐방을 시작하는 것이다.

"바야흐로 신라의 계림은 낙엽이 지고, 고려 송악에는 솔이 푸르다."

최치원은 고려 태조 왕건의 인격을 흠모하여 이런 글을 올렸다. 고려 8대 왕 현종은 최치원이 고려 건국의 정신적 지주가 되었음을 높이 평가하여 문창후라는 시호를 내리고 공자묘孔子廟에 그의 위패를 모시게 하였다.

이때부터 최치원이 살던 집을 상서장이라고 하였는데, 이는 태조에게 글을 올린上書 집이라는 뜻이다. 그 후 무너지다시피 허름해진 건물을 후손들이 다시 세워 지금에 이르고 있다.

"신라에 깊이 뿌리내린 신분제도 때문에 최치원은 누구보다 개혁을 열망했을 거야."

"그랬겠지. 당대의 천재가 골품제도 때문에 뜻을 펼칠 수

74

없었으니 얼마나 스트레스받았겠어. 왕건이든 견훤이든 나라를 뒤집어주길 바랐을 수 있지."

당나라에서 과거에 급제한 그가 당에 있을 때나 신라에 돌아와서나 마음껏 포부를 펼쳐보지 못하다가 스스로 관직에서 물러나 산과 강, 바다를 유람하며 말년을 보냈다.

"신라 3최 중에서도 으뜸이지."

최승우, 최언위와 함께 신라 말 3대 문장가에 속하는 최치원은 계원필경과 토황소격문 외에도 수많은 글을 집필하여 후세의 역사가들이 관심을 두고 연구한 인물 중 한 사람이라 할 수 있다.

두 채의 기와 가옥 사이로 올라 통행 계측기를 통과해 비탈지지 않은 숲길을 걸으면서 언뜻 옛 신라의 천년고도를 걷는 착각에 사로잡힌다.

삼화령 갈림길을 지나고 절골 입구 갈림길을 다시 지나 경주 남산성이란 팻말이 있는 곳에서 두리번거려보지만, 성터의 흔적은 찾을 수 없다.

남산은 남쪽의 고위산(해발 494m)과 북쪽에 있는 금오산(해발 468m)을 중심으로 남북의 길이 약 8km, 동서의 폭 4km 정도의 아담한 신세를 지고 있지만 여러 갈래로 길이나 있어 곳곳마다 사람들이 올라오는 걸 볼 수 있다.

탑골 갈림길을 지나 경주 최고의 전망대라는 해목령蟹目嶺(해발 280m)을 들러본다. 곱게 자란 소나무와 바위들이 많은 평평한 암릉 지대이다.

"꽃게 눈을 닮은 바위가 있어 해목령이라 부른다는군."
"그게 그 해자구나."

삼국사기는 신라의 56대 왕이자 마지막 임금인 경순왕을 이곳 해목령에서 장사 지냈다고 적고 있다. 선왕인 경애왕에 이어 삼국시대를 피눈물로 마감했던 경순왕과 그의 장남 마의태자의 불행을 떠올리자 시야에 가득 들어온 서라벌에 잠시 침울한 그림자가 드리운다.

"화무십일홍이요, 일장춘몽이던가."

동서고금을 막론하고 화려했던 왕국일수록 그 끝은 침통하고 서글픈 종말을 맞이했던 것 같다.

"그래도 역사에 남기고 문화를 이어가지 않는가."
"그렇군."

해목령을 내려오는데 다시 산 아래로 조망이 트이면서 포석골이 나타나고 어렴풋하게 그 계곡에 있는 포석정이 시야에 들어온다.

성남 이궁城南離宮터라고도 일컫는 포석정지鮑石亭址는 개울가에 솟은 바위에 판 홈으로 물을 흐르게 하여 그 흐르는 물에 잔을 띄워 주고받게 했던 왕과 귀족들의 별궁 놀이터로 사적 1호로 지정되어 있다.

"다 끝났어. 신라도, 그대도."

신라 말 혼란기에 즉위한 55대 경애왕은 고려와 결탁하여 후백제를 견제하고자 했으나 이를 눈치챈 견훤의 침공으로 신라는 몰락하게 된다.

"목숨을 끊는 게 구차하게 연명하는 것보다 나을 거요."

포석정에서 연회를 열다가 사로잡힌 경애왕은 견훤의 강요로 인해 이곳에서 자결하였다. 여기서 신라의 시작과 종말을 동시에 내려다보며 찬찬히 역사의 순환을 새겨보게 된다. 저 아래 탑동에 신라 시조 거서간 박혁거세가 탄생한 나정蘿井이 있고, 또 신라의 종말을 고한 포석정이 가까이 있어서이다.

이명처럼 들리는 마의태자의 통곡을 떨쳐내고 소나무와 바위가 어우러져 뒷산 산책로처럼 아늑한 길을 오르자 금오산이 눈에 들어온다. 포석정으로 내려가는 길을 우측에 두고 곧바로 진행하여 납작한 박석으로 치장한 통일전 갈림길을 지난다.

남산동 칠불암 길에 설립한 통일전에는 태종 무열왕, 문무대왕, 김유신 장군의 영정이 모셔져 있고, 삼국통일의 격전을 보여주는 기록화가 전시되어있다. 호국영령의 뜻을 기리자는 뜻으로 건립되어 초등학생과 중학생들의 이념교육장 형태로 이용되고 있다.

국사바위와 상사바위

금오정 갈림길에서 진행 방향을 잠시 멈춰두고 금오정을 들러보기로 한다. 150m 외떨어진 금오정은 수더분한 암릉을 지나 세워져 있다.

금오산이 더욱 가깝게 보이고 산 밑으로 정비가 잘된 태평들과 통일전이 보인다. 다시 갈림길로 내려서서 소나무와 활엽수가 마구 어우러진 넓은 숲길을 걸어 상사바위의 설화를 듣게 된다.

남산 국사골에 혼자 사는 할아버지는 귀도 어둡고 눈도 침침했는데 마을 아이들을 친손자처럼 귀여워했고 그중 피리라는 소녀는 할아버지를 친할아버지처럼 따랐다. 꽃다운 처녀가 된 피리가 다른 마을로 이사하자 할아버지는 온통 피리 생각뿐이었다.

"아아~ 이건 아니구먼."

손녀가 아닌 여인으로 사랑하고 있음을 알게 된 할아버지는 고통을 견디지 못하고 국사골 큰 바위에서 뛰어내리고 만다. 그 뒤로 피리는 할아버지가 뱀이 되어 자신의 몸속을 파고드는 꿈에 시달리게 되었다.

"아무리 너를 잊으려 해도 그러지 못해 목숨을 끊었는데 죽어서까지 괴롭히는 나를 용서해다오."

자신으로 인해 목숨을 끊은 할아버지가 측은해 꿈속의 할아버지를 따라가니 할아버지가 죽은 국사골 큰 바위에 이르는 것이었다.

"생전에 이루지 못한 사랑은 천년 세월이 지나도 변함없는 바위가 되어 할아버지의 한을 풀어드릴게요"

바위에서 뛰어내린 피리의 영혼은 또 하나의 바위가 되어 큰 바위 옆에 나란히 치솟았다.

사람들은 그 두 바위를 상사바위라 불렀다. 큰 바위 아래의 붉은 반점을 피리의 핏자국이라 여겨 상사바위의 설화를 더욱 극적으로 구성한다.

"피리가 목숨을 너무 가볍게 여긴 거 아냐?"
"세상살이가 목숨을 가벼이 할 만큼 의미가 없었을 수도 있었겠지."

이 상사바위의 뒤편을 보면 두 개의 남근석이 경주를 향해 세워있음을 확인하게 된다. 사랑 이야기로 각색된 설화는 결국 혼인과 출산을 중요시했던 농경사회에서 신분, 나이, 부역 등으로 혼인적령을 놓친 이들이 소원을 빌었던 장소로 추정된다.

높이 13m, 길이 25m가량의 커다란 상사바위에서 시간이 너무 길어졌다.

상사바위에서 봉화대봉과 고위산을 바라보다가 내려서서 팔각정 갈림길을 지나 헬기장에 이르자 많은 이들이 나무 그늘에 앉아서 휴식을 취하고 있다. 여기서 커피 한 잔씩을 따라 마시고 금오산 갈림길까지 걸어 우측으로 난 데크를 지나 삼릉골 갈림길에 이르렀다.

"이 세 명의 왕이 여기 같이 묻힌 이유가 뭘까."

　신라 8대 왕인 아달라왕, 53대 신덕왕, 54대 경명왕의 세 능이 있어 삼릉(사적 제219호)이라 하는데 시대를 달리하는 이 세 왕이 한 곳에 누워있는지는 기록이 확실치 않다. 이 삼릉골에는 9곳의 절터와 10체의 불상이 남아 있다.

　삼릉골 갈림길에서 왼쪽으로 방향을 틀어 금오산金鰲山(해발 468m)에 도착했다. 남산은 금오산으로 부르기도 하는데 삼국시대에 전래한 불교가 신라 때 크게 융성하면서 이 일대는 불교문화를 상징하는 조형물과 조각품이 곳곳에 자리하게 된다.

　이러한 불교 유물과 유적은 하늘을 향해 솟은 산을 경배하는 숭산崇山 신앙과 암석을 종교적 대상물로 여기는 암석 신앙을 바탕으로 조성되었다.

　마치 불국토의 중심에 자리한 수미산과도 같은 의미를 지닌 산이라 할 수 있다. 정상석 이면에는 서예가인 남령 최병익 선생의 금오산을 노래한 멋진 서체가 각인되어 있다.

　높고도 신령스러운 금오산이여!
　천년 왕도 웅혼한 광채 품고 있구나.
　주인 기다리며 보낸 세월 다시 천년 되었으니
　오늘 누가 있어 능히 이 기운 받을런가.

역사와 문화유적의 탐방

길게 새갓골 방향을 잡아 내려섰다가 용장사지에서 걸음을 멈춘다. 남산에서 가장 깊고 넓은 계곡인 용장골茸長谷은 경관이 수려하여 만물상으로 불리기도 한다.

유적으로 18개의 사찰이 있었던 것으로 짐작되지만 이름이 전하는 곳은 용장사 한 곳뿐이다.

조선시대 생육신의 한 사람인 매월당 김시습이 우리나라 최초의 소설이자 금서禁書였던 금오신화를 저술한 곳이 용장사라는 게 유력한 설로 대두되고 있다.

여기서 목 없는 석조약사여래좌상(보물 제187호)을 보게 된다. 부드럽고 유려하게 선을 흘러내린 조각상으로 우리나라에서 유례가 없는 삼륜 대좌 위에 모셔진 특이한 구조로 되어있으며 석불 자체의 사실적 표현이 뛰어난 작품으로 8세기 중엽 통일신라 때 제작된 것으로 추정한다.

머리가 없어 승형僧形으로 추정하기도 하고, 삼국유사에 기록된 용장사의 보살형 미륵부처인 미륵장육상彌勒丈六像으로 추정하는 설도 있다.

"용장사의 대현 스님이 이 미륵장육상을 돌며 기도할 때 어떤 일이 일어났는지 알아?"

"......."

"이 미륵부처도 대현 스님을 따라 고개를 돌렸다더라."

"나도 돌아볼까?"

"네가 돌면 너 따라 내가 고개를 돌리겠지."

용장사지에서 통일전 주차장을 가리키는 방향으로 진행하다 비파골에 이르러서도 전설 한 편을 듣게 된다.

신라 32대 효소왕이 남산 망덕사 낙성식에 친히 행차하여 재齋를 올리는데 이때 행색이 누추한 중이 왕에게 나서 청한다.

"소승도 재에 참석할 수 있도록 허락해 주십시오."

효소왕이 마지못해 답하였다.

"저기 말석에서 고분 하게 지켜보아라."

재가 끝나고 왕이 중을 불러 조롱하듯 일렀다.

"비구는 어디에 사는가?"

"예, 남산 비파암에 삽니다."

"돌아가거든 다른 사람들에게 왕이 친히 불공을 드리는 재에 참석했다고 말하지 말거라."

"예, 잘 알았습니다. 왕께서도 돌아가시거든 진신 석가를 만났다고 말씀하지 마십시오."

스님은 말을 마치자 몸을 솟구쳐 바위 위로 날아가 버렸다. 효소왕의 명에 따라 신하들이 사라진 스님을 찾으려고 분주하게 움직였는데 비파 바위 안에 지팡이와 바릿대만 보일 뿐 스님은 바위 속으로 자취를 감추었다.

서기 692년 효소왕은 하는 수 없이 비파 바위 아래에 석가사를 지어 사죄하고, 숨어 버린 바위에는 불무사를 지어 사라진 부처님을 공양하였다. 지금도 비파골에 석가사지와 불무사지가 남아 있어 진신 석가가 현신했던 전설을 받쳐준다.

참으로 대단한 남산이 아닐 수 없다. 그리 크지도 않은 산에 가는 곳마다 스토리텔링이 이어진다. 삼화령三花嶺에 이르러서도 타임머신은 1500년 전의 신라에 머물러 있다.

남산의 금오봉과 고위봉, 그리고 두 봉우리의 삼각형 위치에 해당하는 이곳 봉우리를 합하여 삼화령이라 하는데 신라 시대의 화랑이 기예를 닦던 장소이자 미륵 사상이 융성했던 곳으로 미륵의 성지였음을 밝혀주는 설화가 삼국유사에 전한다.

경주 남산성 부근에서 삼화령과 관련된 석불 3존이 발견
되어 현재 국립경주박물관에 전시되어있다. 삼화령 안내판
위에 있는 지름 2m가량의 바위에는 연꽃무늬가 선명하게
새겨져 있다.

선덕여왕 시절 생의라는 승려의 꿈에 한 노승이 나타나
"내가 이곳에 묻혀 있으니 나를 파내어 고개 위에 안치해
주시오."라고 하여 그곳에 가보았더니 꿈속에서처럼 풀을
묶어 놓은 곳이 있었다.

생의 스님은 땅을 파 미륵불을 발견하고 삼화령 꼭대기에
모셔놓고 그 자리에 절을 지어 공양하였다. 미륵은 간데없
고 바위만 남은 지금의 연화대좌蓮華臺座를 말함이다.

"신라 때는 불가사의한 일들이 많이 생겼었네."
"후후, 그러게 말이야."

다시 내려와 고위산 일대를 둘러보고 그쪽으로 걸음을 옮
긴다. 통일전 주차장으로 내려가는 천룡사지 갈림길에서 오
른쪽 숲길로 접어들어 이영재라고 이정표가 세워진 고개에
다다랐다.

이영재에서 바윗길과 소나무 우거진 숲길을 번갈아 올라
바위 봉우리 393m 봉에서 지나온 금오산과 능선을 바라본

다. 옛이야기들이 속속 담겨있는 그 길에서 신라인들의 영남 사투리가 들리는듯하다.

다시 진행 방향으로 봉화대 능선 끝부분에 솟은 봉화대를 보고 갈림길 두 곳을 더 지난다. 용장 계곡 삼층석탑 갈림길과 신선암 마애불 갈림길이다.

나무숲 사이로 드러난 암벽지대인 바람재 능선을 바라보며 고위산 갈림길에 이르자 고위산(해발 495m)까지 800m가 남았다. 고위산은 다음 방문 때로 미루고 곧장 봉화대 쪽으로 향한다.

"경주는 언제든 다시 오고 싶은 도시 아니던가."

경주남산에 있는 유적은 대다수가 보물이지만 '나의 문화유산 답사기'의 저자 유홍준 박사는 경주남산의 7대 보물을 꼽은 바 있다.

삼릉계곡 선각육존불, 삼릉계 선각 여래좌상, 삼릉계 석불좌상, 삼릉계 마애석가여래좌상, 용장사곡 삼층석탑, 신선암 마애보살 반가상, 칠불암 마애삼존불 좌상이 그것이다.

왼쪽 바위 절벽 아래로 그중 두 개의 보물인 신선암 마애불과 마애삼존불 좌상(국보 제312호)이 있는 칠불암이 보여 걸음을 멈춰 서게 된다.

여러 기암을 보며 봉화대와 좁혀간다. 다가가면 소나무에 봉화대봉(해발 473m)이라는 명판이 걸려있다. 우거진 잡목 숲을 헤쳐 돌을 쌓아 올린 봉화대 흔적을 확인하고 바람재 능선 입구에 닿았는데 휴식년제로 길을 막아놓았다.

문화유적 탐방로를 따라 내려가자 열암곡 석불좌상이 의젓하게 앉아있다. 보물 따라, 전설 따라, 천년 신라를 따라 유람하듯 탐방한 14km여 거리의 남산 종주는 새갓골 주차장에 도착하면서 끝을 맺는다.

경주남산은 산행보다 유적지 탐방로라고 보는 게 적절할 듯하다. 수많은 들머리를 섭렵해야 이 산의 참모습을 느끼고 신라 역사를 더 깨닫게 될 거란 생각이 든다. 동시에 머지않은 다음을 기약하게 된다.

"천년의 역사를 한나절 탐방으로 익힐 수가 있겠는가."

"시즌2가 기대되는군. 다음엔 봄철에 날을 잡아보자. 경주 벚꽃이 또 죽여주잖아."

"염불보다 잿밥에 맘이 있는 거겠지."

"하하하! 벚꽃도 보고 천년 신라 여행도 마저 한 다음에 가까운 영덕이나 포항에 가서 봄 도다리 세꼬시까지 먹으면?"

"아무렴, 금상첨화지. 하하!"

때 / 초여름
곳 / 경주 국립박물관 – 상서장 – 절골 갈림길 – 탑골 갈림길 – 해목
령 – 포석정 갈림길 – 금오정 – 상사바위 – 금오산 – 용장사지 갈림
길 – 삼화령 – 연화대좌 – 통일전 갈림길 – 이영재 – 신선암 마애불
갈림길 – 봉화대 – 열암곡 석불좌상 – 새갓골 주차장

계룡산국립공원

지리산에 이어 1968년 경주국립공원과 함께 두 번째로 국립
공원으로 지정되었다. 공주와 부여를 잇는 문화·관광지 인
근이자 대전광역시 외곽에 있는 자연공원이다. 서울, 부산
등 전국 대도시 어느 곳에서든 1일 탐방이 수월하고 산세가
수려하여 많은 탐방객이 줄을 잇는다.

계룡산, 계룡 8경 탐사하며 3사 5봉을 섭렵

자연성릉 너머 주 능선이 이어지는 천황봉까지
계룡산은 야무지고도 아름다운 명산임을 재차 각인시킨다.
걸음 멈춰 곳곳을 바라보노라면 눈을 뗄 수 없어
마냥 멈춰 서있게 된다.

충남 공주시, 계룡시, 논산시와 대전광역시에 접하는 계룡산鷄龍山은 지도상으로 대전, 공주, 논산을 연결하여 세모꼴을 그리면 그 중심부에 위치한다.

1968년 지리산에 이어 두 번째로 국립공원으로 지정되었고 공주와 부여를 잇는 문화 관광지에 유성온천과도 연결되는 대전광역시 외곽의 자연공원으로 자리 잡은 곳이다. 서울, 부산 등 전국 대도시 어느 곳에서든 1일 탐방이 수월하고 다양한 탐방로와 수려한 산세로 연중 탐방객의 발길이 끊이지 않는다.

주봉인 천황봉에서 연천봉과 삼불봉으로 이어지는 능선이 마치 닭 볏을 쓴 용의 형상이라 하여 붙여진 이름이다. 계룡산 최고봉인 천황봉(해발 845.1m)은 군사시설 보호구역으로 입산이 금지되어있으며 한국통신 중계탑이 세워져 있다. 대전을 비롯해 공주, 논산 일원의 산야가 한눈에 잡히는 천황봉에서 떠오르는 해를 바라보면 얼마나 경이로울까만 계룡 8경의 제1 경이라는 천황봉 일출은 결국 화중지병인 셈이다.

한때 전국 각지에는 계룡산에서 도를 닦은 도사임을 자처하는 무속인들이 비일비재하였다. 사주, 팔자에 관상을 봐주며 사람들의 미래를 쥐락펴락한 이들도 꽤 많았다.

19세기 말엽부터 전래 무속신앙과 각종 신흥종교가 번성하여 계곡 곳곳에 교당과 암자, 수도원들이 들어섰는데 1980년대 이후 종교 정화 운동으로 시설물들이 철거되고 주변을 정리한 상태이다.

계룡 8경을 속속 이어가며

여러 차례 계룡산을 탐방했는데 그때마다 가려던 곳을 다 가지 못하고 발 돌리는 느낌이 들었다. 계룡산은 그런 산이다. 주봉인 천황봉을 위시한 20여 개의 연봉이 일렬이나 종횡이 아닌 마구잡이로 솟아있어 들르지 못한 봉우리의 여운이 진하게 남는다.

이번에는 계룡산을 대표하는 사찰인 갑사, 신원사, 동학사와 장군봉, 신선봉, 연천봉, 관음봉, 삼불봉의 다섯 봉우리를 연계하는 일명 계룡산 3사 5봉 코스에의 유혹에 넘어갔다. 계룡산의 개방된 정규 등산로를 한 번에 모두 탐방할 수 있는 코스인지라 산행 후 아쉬운 앙금은 남지 않을 거였다. 거기 더해 절정으로 단풍 물든 완연한 가을이다.

좋은 산의 좋은 코스는 초콜릿처럼 늘 달콤한 유혹이다. 거리도 적당하고 산행 당일에도 특별한 선약이 있지 않아 참석에 아무런 문제가 없다.

아침 9시쯤 충남 공주시 반포면 학봉리의 박정자 삼거리라는 곳에 도착하였다.

"박정자가 누구지? 연극배우 박정자? 할매보쌈의 원조라는 그분?"

학봉리는 뒷산에 밀양 박씨 박수문의 선대 3 묘가 자리잡고 있는데, 전설에 의하면 풍수지리에 능통한 이가 묘의 위치를 보고는 범과 용의 형체를 갖춘 명당이나 앞쪽이 허하여 장차 커다란 수해를 입을 것이라 하여 밀양 박씨 후손들이 이곳에 느티나무를 심었다고 한다.

그 후 350여 년의 세월이 지나 거목으로 자라 길손의 쉼터가 되어 사람들은 박 씨들이 삼거리에 정자나무를 심었다면서 이 자리를 박정자라 부르게 된 것이다.

실제 1980년도 학봉리 지역에 역대 최대의 장맛비가 내렸는데 박정자는 인근 지역의 피해를 막는 데 큰 역할을 했다. 그때의 장맛비로 10여 그루가 유실되고 현재 두 그루만 남아있다.

현재 박정자 삼거리는 공주시와 대전광역시 그리고 계룡시와 논산시를 이어주는 교통 요지이자 계룡산국립공원과 학봉리 동학사로 들어가는 관문이기도 하다.

여기서 이정표가 가리키는 대로 들머리인 병사골 탐방로로 향한다. 임도를 따라 걷다가 장군봉 쪽으로 길을 잡아야 한다. 올라오다 돌아서서 내려다보면 산들이 둘러싼 박정자 삼거리는 분지처럼 아늑한데 장군봉 오르는 숱한 계단은 처음부터 숨을 몰아쉬게 한다.

탐방안내소에서 1km의 거리인 장군봉까지 힘겹게 올라 마을 우측으로 치개봉과 황적봉, 그 우측 너머로 천황봉, 쌀개봉, 관음봉을 바라보며 숨을 고르다가 다시 행보를 잇는다. 아무래도 오늘 산행은 쉼표를 줄여야 할 것이다. 호락호락 만만한 코스가 아닌지라 자칫 시간을 넘겨 완주에 차질을 빚을 수도 있다.

계단을 내려서고 암릉을 올랐다가 또다시 오르락내리락 굴곡진 경사 구간이 반복된다. 왼쪽으로 치개봉을 가깝게 보면서 봉우리 하나를 넘게 되는데 지나고 보니 임금봉이다. 암릉 밧줄 구간도 더러 있지만, 조망이 트여 걸음걸이의 무거움을 덜어준다.

갓바위 삼거리를 지나고 큰베재를 바로 통과하며 남매탑 고개에서도 쉼 없이 추켜올린다. 5층과 7층 두 개의 석탑이 나란히 선 남매탑(해발 615m)에 이르러 예전에 왔을 때

탑돌이를 하며 정성스레 소원을 빌던 아낙네들 모습을 떠올리게 된다.

충청남도 지방문화재 제1호인 남매탑은 두 탑 모두 보물로 지정되어 있다. 5층 석탑은 보물 제1284호, 7층 석탑은 보물 제1285호이다. 오뉘탑이라 부르기도 하는데 이 두 기의 탑에도 그럴듯한 유래가 전해 내려온다.

"스님! 저 좀 살려주세요."

신라 성덕왕 때 상원 조사가 이곳에 암자를 짓고 불공을 드리고 있는데 호랑이가 찾아와 입을 벌리고 우는 소리를 내었다.

"이놈이 잡아먹을 줄만 알았지, 씹어먹는 건 모르는 모양이구나."

스님은 호랑이의 목에 걸린 큰 뼈다귀를 빼주었다.

"고맙습니다. 이 은혜는 꼭…"

호랑이는 고맙다는 인사를 하고 사라졌다가 얼마 후 다시 나타났다.

"스님, 얼른 제 등에 올라타세요."

호랑이는 스님을 태우고 어디론가 달려갔는데 거기에 실신한 처녀가 있었다.

"너, 119 구조 대원이냐?"
"그건 아니지만, 처녀가 너무 예뻐서 스님께 신세도 갚을 겸해서요."

스님이 그 처녀를 암자로 데리고 와서 정성껏 간호하자 얼마 지나지 않아 정신이 돌아왔다.

"저는 상주에 사는 임 진사의 딸인데 혼인날 호랑이가 나타나 그만 기절을 하고 말았습니다. 그런데 제가 왜 이곳에 와있는 거죠?"
"그게, 그러니까… 119 구급 대원이… 아니 호랑이란 놈이 느닷없이…"

스님이 호랑이와 있었던 일을 이야기하며 가까스로 처녀를 이해시켰다.

"이건 필시 부처님이 맺어준 부부의 연일 것입니다. 저는 스님의 아내로 살겠습니다"

처녀는 이렇게 말하며 집으로 돌아가지 않았다.

"정녕 나를 시험에 들게 하는구나."

상원 조사는 미색에 흔들리지 않고 수도에 정진하였다.

- 아, 이분은 비구승이시길 고집하는구나, 정녕 부부의 연이 아니라면….

그 후 스님과 처녀는 의남매를 맺고 불도를 닦으며 일생을 보냈는데 후에 상원 조사의 제자 회의 화상이 두 개의 불탑을 세워 그 뜻을 기리며 오뉘탑이라 불렀다고 한다.
부부가 될 뻔했다가 남매가 되는 난해한 상황을 멋대로 추론해보며 남매탑에서 시선을 떼지 못한다. 십오야 밝은 보름달이 남매탑의 그림자를 길게 늘어뜨리는 모습이 그려진다. 불현듯 계룡 8경 '오뉘탑의 명월'을 눈에 그리다가 다음 행선지로 걸음을 옮긴다.

삼삼오오 짝을 지어
오르는 산길
가을이 익은
산의 품속은 아늑하다.
천인단애 단풍 곱게 물든
계룡의 계곡에서 울리는 메아리
하늘은 호수가 된다.
멀리 시공으로 손바닥만 하게
한밭 시가가 열리고
호연지기 마시는 바람
혈맥을 흐른다.
골짜기마다 타오르는 불꽃
흐드러진 가지가지
무상의 잎을 달고
남매탑을 지난다.

- 계룡산에 올라 / 신익현 -

너른 공터에 헬기장이 있는 금잔디고개를 지나 신흥암에
눈길만 던지고는 용문폭포로 와서 바위에 걸터앉았다. 물은
많지 않지만, 계곡의 시원한 바람이 다소나마 강행군의 피
로를 덜어준다. 잠시 쉬었다가 눅진한 몸을 일으켜 대성암
을 통과하고 갑사까지 내려온다.

갑사에서 연천봉 딛고 신원사로, 그리고 또 관음봉으로

노송과 느티나무 숲이 우거진 갑사는 언제나처럼 아늑하고 수수하다. 갑사의 가을은 참으로 아름답고 고즈넉하여 그 계절에 여기 오면 가을 남자가 되고 만다.

춘 동학 추 갑사라는 말처럼 갑사계곡의 가을 단풍은 말할 것도 없거니와 갑사에서 금잔디고개로 오르다 보면 몸과 마음이 붉게 물들어질 정도로 추색이 고운 곳이다. 갑사계곡의 단풍은 그래서 계룡 8경에 꼽는다.

계룡갑사라는 현판이 걸린 갑사 강당이 그렇듯 법당 대다수가 화려함을 추구하는 건축 기교를 최대한 없앴기에 더욱 웅장하고 숙연해 보인다.

통일신라 화엄종 10대 사찰의 하나였던 갑사는 하늘과 땅과 사람 가운데 가장 으뜸간다고 하여 갑사로 명명했으니 이름대로라면 첫째가는 절인 것이다.

조선 세종 때의 사원 통폐합에서도 제외될 만큼 명망이 높았던 절이었으며, 1459년 조선 7대 왕 세조는 부친인 세종의 '월인천강지곡'과 자신이 지은 '석보상절'을 합편한 불교 서적 월인석보月印釋譜(보물 제745호, 보물 제935호)를 이곳 갑사에서 판각하게 하였다. 그 목판 중 일부가 갑사에 소장되어있다.

그런 갑사를 둘러보았으니 세 개의 사찰 중 첫 사찰을 접수한 셈이다. 갑사에서 식수를 보충하고 2.2km 거리의 연천봉으로 올라간다. 물기 없는 갑사계곡을 통과하고 원효대를 지난다.

바윗길과 경사 심한 계단을 반복해 올라 연천봉 고개에 다다르니 여기서도 거친 숨을 몰아쉬게 된다. 헬기장을 지나 천황봉이 좀 더 가까워진 연천봉에 이르렀을 때는 머리에서 뜨끈한 땀방울이 주르륵 흘러내린다.

갑사계곡과 신원사 계곡 사이의 계룡산 줄기에 솟은 연천봉(해발 738.7m)은 계룡 8경인 연천봉의 낙조로 유명한데, 저녁나절 산야를 붉게 물들이고 멀리 은빛으로 반짝이는 백마강 물줄기의 아름다운 낙조를 볼 수 있는 계룡산 연봉의 하나이다.

이성계는 여기에 제단을 차려놓고 이곳에 왕도를 세울 수 있도록 기도를 드렸다고 한다. 이곳에 신도를 정하기로 하고 공역을 시작했는데 꿈에 나타난 신선이 도읍을 한양으로 정하라고 일러주는 바람에 한 해 동안 이어진 공사를 멈추면서 이 지역을 신도내新都內라고 부르게 되었다.

그 바람에 서울은 인구 1000만 명이 넘는 인구 초밀도 지역이 되고 말았다. 설화는 그러하지만, 역사학자들은 계룡산이 동쪽, 서쪽과 북쪽의 3면과 너무 떨어진 남쪽에 치우쳐 도읍으로서의 부적합한 위치 탓으로 옮겼을 것으로 판단하고 있다.

구한말부터 유포된 정감록鄭鑑錄이 계룡산 밑에 새 왕조가 도읍할 거라고 예언하면서 계룡산 일대에 수많은 종교인이 모여들었다. 불교, 유교, 기독교, 단군, 도교, 무속 등의 집단 종교단체가 우후죽순 퍼졌으며 이후에도 계룡산은 신도내를 중심으로 신흥종교들이 진을 치기에 이르렀고 가히 무속인들의 천국으로 터를 다져나가기도 했다.

그런 내력을 떠올리며 사위를 둘러보니 절로 도가 닦여지는 느낌도 들고, 생생한 에너지가 충만한 기분으로 연천봉에서 동운암과 보광원을 지나니 힘도 덜 부치는 듯하다.

그렇게 두 번째 사찰인 신원사로 내려왔다. 대한불교 조계종 제6교구 본사 마곡사의 말사인 신원사는 동학사, 갑사와 함께 계룡산 3대 사찰이자 동서남북 4대 사찰 중 남사南寺에 속한다.

충청남도 유형문화재 80호로 지정된 대웅전에서 50m 떨어져 충청남도 유형문화재 7호인 계룡산 중악단中嶽壇이 있다.

본래 계룡산의 산신 제단으로 계룡단으로 불렀었는데 묘향산에 상악단, 지리산에 하악단을 두고 있었으므로 조선 말엽부터 중악단으로 고쳐 불렀다고 한다.

우리나라 산악신앙 제단으로 중요한 의미를 지닌 중악단의 경계구역은 612㎡로 둘레에 축담을 둘렀고 전면에 이중의 내외문內外門이 있다.

신원사에서 나와 고행 구간으로 알려진 연천봉 고개로 향한다. 내려온 만큼 다시 올라가는 고행의 노선이다.

체력의 급격한 소모를 느끼기에 보폭과 속도를 조절하며 걷게 된다. 극락교를 지나 고왕암에 이르러 갈증을 씻어냈지만 금세 입이 마르고 만다.

신라 김유신과 당나라 소정방이 합세한 나당연합군이 백제를 공격했을 때 백제의 태자 융隆이 7년간이나 이곳의 융피굴에 피신해 있다가 잡히면서 이름 붙여진 암자이다. 고왕암에는 백제 시조인 온조왕부터 마지막 의자왕까지 31대 백제왕의 신위가 모셔져 있다.

연천봉 고개까지 참으로 버겁고 고된 1.1km 구간을 융태자의 힘든 은신 생활을 떠올리며 올라섰다. 설악산 서북능선의 귀때기청봉을 연상하게 할 정도의 거친 바윗길을 지나는데 오를수록 체력소모가 크다. 더 많은 힘을 쏟아 연천봉 고개에 다다르자 연천봉에서 관음봉 쪽으로 많은 등산객이 몰려들었다.

관음봉을 100m 남겨두고 다시 급경사의 오르막이다. 나무평 마루에 잠깐 앉았다 일어서는 거로 숨을 돌리고 계룡산 최고의 조망 장소인 관음봉(해발 766m)에 닿았다.

아래로 동학사 계곡, 고개 들어 천왕봉 능선을 보면서 육

체적으로 버거운 감각까지 일시에 일으켜 세워졌다면 과장일까.

많은 풍광 가운데 자연성릉은 보는 이를 끌어당길 정도로 멋진 암릉길임을 여실히 보여준다.

공주 10경에도 포함된 관음봉에서 하늘을 떠다니는 구름을 보면 신선이 된 것 같다고 하여 관음봉 한운 역시 계룡 8경으로 꼽는다.

머리 위의 조각구름을 올려다보고 다시 자연성릉의 웅장한 자태를 마주하며 긴 계단을 내려선다.

자연성릉은 말 그대로 자연이 만들어낸 성스러운 걸작이다. 바위 능선과 여기서 보이는 속리산 곳곳의 정경이 계룡산을 장대하고 강하게 각인시킨다. 수직에 가까울 만큼 속도감 있게 내리뻗은 산자락들은 보는 이로 하여금 강한 기를 심어준다.

당대의 베스트셀러 '시크릿'에서 언급한 것처럼 우주의 기를 쓸어 담아 원하는 바를 성취할 장소로 적합하단 생각이 드는 것이다.

삼불봉으로 향하면서 그 자체로도 나무랄 데 없이 고고하고 멋진 자연성릉이 자꾸만 고개를 돌리게 한다. 0.8km 길이의 자연성릉을 지나자 삼불봉까지도 0.8km가 남았다. 또 숱한 철제 계단을 오른다.

고난도의 세 구간을 버겁게 통과하고

여보게 계룡산이 어떠하던가
산에는 단풍이요 들에는 곡식
그림을 보기만도 눈이 바쁜데
벼 향기 무르녹아 코를 찌르네

- 계룡산 / 노산 이은상 -

동학사와 갑사가 내려다보이는 삼불봉(해발 775m)은 계룡
산 연봉 중의 하나로 세 개의 봉우리가 세 부처의 형상을
닮아 그렇게 부른다. 눈꽃 만발한 삼불봉의 겨울 설화 또한
계룡 8경 중 하나이다.

자연성릉 너머 주 능선이 이어지는 천황봉까지 계룡산은
야무지고도 아름다운 명산임을 재차 각인시킨다. 걸음 멈춰
곳곳을 바라보노라면 눈을 뗄 수 없어 마냥 멈춰 서있게
된다. 삼불봉에서 철제 계단과 돌계단을 딛고 다시 남매탑
으로 내려간다.

신선들이 폭포의 아름다움에 반해 오래도록 머물렀다는 동
학사 계곡 상류의 은선폭포는 절벽과 수림이 어우러진 절
경으로 특히 안개가 자욱할 때의 풍광이 압권이라 계룡 8

경으로 추리고 있다.

거리를 두고 수풀 사이로 바라보는 폭포의 긴 물줄기가 아련한 감성을 불러일으킨다. 폭포 위에서 아래까지 가느다란 실이 한 올 한 올씩 풀어지는 듯 차분한 물 흐름을 보여준다.

동학사 계곡에 이르러 크게 숨을 들이마셨다가 길게 뿜어낸다. 피톤치드의 청량감에 상쾌하고 힘든 여정을 무사히 마친 통쾌한 기분에 굳었던 근육이 느슨하게 이완된다.

동학사 계곡은 자연성릉과 쌀개봉 능선, 장군봉 능선, 황적봉 능선 등 계룡산을 대표하는 능선들 사이에 깊게 패어 있는 계곡으로 수림이 매우 울창하다.

지금 한껏 물든 단풍도 곱지만, 특히 신록의 동학사 계곡을 걷노라면 나이와 관계없이 젊음을 느낄 수 있을 것이라 하여 여기 동학사 계곡 신록도 계룡 8경으로 꼽고 있다.

돌길을 밟고 작은 현수목교를 지나 포장도로에 이르렀다. 대한불교 조계종 제6교구 본사인 마곡사의 말사이자 비구니들의 불교 전문 강원講院인 동학사東鶴寺는 이 절 동쪽에 학 모양의 바위가 있어 그렇게 이름 지었다고 한다.

고려 때 여기 동학사에서 고려 3은으로 칭하는 포은 정몽주, 목은 이색과 야은 길재의 초혼제를 지냈으며 단을 쌓아 삼은단三隱壇이라 하고 전각을 지어 삼은각三隱閣이라 하였다.

조선 세조 때는 삼은단 옆에 단을 쌓아 사육신의 초혼제를 지내고 단종의 제단을 증설하였다.

다음 해에는 세조가 동학사에 와서 제단을 살핀 뒤 단종을 비롯하여 정순왕후, 안평대군, 김종서, 황보인 등과 사육신, 그리고 조카 단종을 폐위시킨 자신의 왕권 찬탈로 인해 원통하게 죽은 280여 명의 성명을 비단에 써주며 초혼제를 지내게 한 뒤 초혼각을 짓게 하였다.

"사후약방문이야, 뭐야?"

그들의 영혼이 돌아온들 원통함이 사그라질 거란 생각이 들지 않는다. 벌겋게 달아있는 솥에 몇 방울의 물을 떨어뜨린다고 솥이 식을 리 있겠는가. 당대의 막강 지존이었던 세조도 자신의 사후 그들과의 조우가 두려웠던 건 아닌지 모르겠다.

박정자에서 동학사에 이르는 계룡산 3사 5봉의 종주를 마무리했음에도 오늘 걸었던 고행 구간을 복기하니 다시 무릎이 저린다.

들머리 병사골 탐방센터에서 장군봉을 오르는 초반 1km 구간, 갑사에서 연천봉까지의 2.2km, 신원사에서 연천봉 고개까지의 1.1km에 이르는 고난도의 구간을 떠올리며 바라보는 계룡산은 그래도 다감하여 언제든 다시 오겠노라는 생각을 떨구지 않게 한다.

때 / 가을
곳 / 박정자 삼거리 – 병사골 탐방안내소 – 장군봉 – 임금봉 – 남매탑
– 신선봉 – 금잔디고개 – 갑사 – 연천봉 – 신원사 – 연천봉 고개 –
문필봉 – 관음봉 – 자연성릉 – 삼불봉 – 남매탑 – 동학사 – 동학사
계곡 – 무풍교 – 동학사 주차장

한려해상국립공원

한려해상 국립공원은 지리산국립공원에 이어 1968년 두 번째로 지정된 최초의 해상 국립공원이다. 상주·금산지구, 남해대교지구, 사천지구, 통영·한산지구, 거제·해금강 지구, 여수·오동도 지구의 전체 면적은 535.676㎢이며 76%가 해상 면적으로 경남 거제시 지심도에서 전남 여수시 오동도까지 300리 뱃길따라 천혜의 자연경관으로 이루어진 해양생태계의 보고이다.

한려해상국립공원의 유일한 산악공원, 남해 금산

현명한 군주는 여자에게서 미색美色만을
즐길 뿐 절대 사적인 정에 치우쳐
그 여자의 청을
들어주지 않는다고 하였다.

경상남도 남서부에 있는 남해군은 남해읍을 중심으로 남해도와 창선도 두 개의 섬으로 이루어져 있다. 제주도, 거제도, 진도, 강화도에 이어 우리나라에서 다섯 번째 큰 섬으로 교각 없는 현수교인 남해대교를 통해 육지와 연결된다.

1598년 임진왜란 때 이순신 장군이 이끄는 함대가 노량 앞바다에서 왜군을 크게 물리친 노량해전이 일어난 곳으로 백전노장의 성웅은 이 전투에서 파란만장하고도 거친 삶을 마감하게 된다.

거기 남해군에 있는 금산錦山은 한려해상국립공원의 유일한 산악공원으로 독특한 형상의 기암괴석들로 뒤덮인 금산 38경이 절경을 이루고 있으며 경상남도 기념물 제18호로 지정되어 있다.

신라 원효대사의 기도처로서 보광산이라 하였는데, 이성계가 조선을 건국하기 전에 이 산에서 수도하면서 기원하여 왕좌에 오르게 되자 보은을 위해 영구불멸의 비단을 두른다는 뜻의 비단 금錦 자를 써서 금산으로 바꿔 부르게 되었다.

금산을 소금강산에 비견하며 남해 금강이라 일컫는 것은 멀리 떨어진 남해의 섬 속에서 다시 아득한 섬과 바다를 눈앞에 두고 우뚝하게 솟은 돌산으로서의 신비감을 주기 때문일 것이다.

신이든 사람이든 다시 오고 싶은 곳

부소암으로 오르는 코스를 택해 그 들머리인 두모마을 주차장에서 산행을 시작한다. 2013년도에 이르러 30년 만에 개방한 길이다. 호근이와 계원이가 다녀와서 강력하게 추천하자 병소와 남영이가 마음이 동했다.

"어때? 멸치랑 갈치회도 먹을 겸해서."
"그럼 가야지."

바닷가라 부는 바람이 찰 것도 같은데 전혀 그렇지 않다. 입었던 바람막이 점퍼까지 벗어 배낭에 꾸겨 넣는다. 봄이 자리 잡아가는 등산로를 따라 잡목 우거진 숲길을 세 사람이 호기롭게 오른다.

"섬 산은 내륙의 산들에 비해 마음을 들뜨게 하는 그 무언가가 있어."

"바다를 끼어서겠지."

"싱싱한 회를 먹을 수 있어서겠지."

바다가 고향이고, 고향이 이곳 남쪽인 데다 산행 후 좋아하는 횟감을 염두에 두고 있으니 병소야말로 들뜨고도 남음이 있을 것이다. 만물이 소생한다는 봄이 남쪽 바다에 정착하고 있으므로 아무런 이유가 없어도 들뜰만하다. 무어든 다시 살아나고 거듭 웅비에 찬 생장을 도모할 것만 같다.

다도해에서 유일하게 체적이 큰 화강암 뭉치의 산임에도 흙산의 기질도 강해 남해안에서 가장 큰 규모의 낙엽수 군락을 이루고 있다는 금산이다.

그런 수림을 오르다가 비교적 널찍하고 평평한 자연 암의 거북바위를 만난다. 이 바위 윗면에는 문자인지 그림인지 도대체 분간이 가지 않는 암각이 새겨있다.

"영원히 죽지 않고 싶구나. 짐이 오래 살아야 진나라가 태평할 것이니 네가 불로초를 구해왔으면 한다."

진시황의 신하인 서불은 불로초를 구하려 제주도, 거제도, 남해를 헤매었으나 끝내 찾지 못하고 다녀갔다는 표시로

110

이곳 양아리 거북바위에 상형문자를 새겨둔다. 이 암각이 새겨진 바위를 서불과차암이라 하며 일명 남해 상주 석각 이라고도 부르는데 혹자는 눈에 화상을 입은 어느 석공이 선덕여왕을 향한 그리움을 식히려고 더듬더듬 새겼다는 별 자리라고도 해석한다.

"너희들 생각엔 어때?"
"서불이라면 한자로 새겼을 텐데."
"내가 보기엔 딱따구리가 쪼아댄 거 같은데."
"딱따구리가 네 눈은 왜 안 쪼는지 모르겠다."

어쨌거나 이 바위를 1974년에 경상남도 기념물 제6호로 지정하였고 금산은 중국 진시황의 불로초를 구하기 위해 서불이 다녀간 산으로 전해지며, 중국에서 서불의 행적이 밝혀지고 출생지가 발굴된 것으로 보아 실제 인물이었음을 알 수 있다.

계단에 올라서자 시원스레 조망이 열린다. 바다 위로 둥둥 솟은 나지막한 산들이 이어지는데 설흔산, 장등산과 오른쪽 은 호구산이라고 하는 남산이다.

달팽이처럼 비틀어 세운 철 계단을 올라 지나야 한다. 바 위 뒤로 작은 구멍을 통과하기가 어려워 설치한 것이다. 올 라서면 부소암 갈림길이다.

시원하게 트인 바다를 배경으로 우뚝 솟아 신령스럽기까지한 큰 바위 부소암扶蘇岩이 당연하단 듯 걸음을 멈추게 한다. 금산 34경인 부소암은 중국 진시황의 장자 부소가 유배되어 살았다는 설과 단군의 셋째 아들 부소가 방황하다이곳에서 천일기도를 했다는 설이 있는데 어떤 게 맞든 그건 중요하지 않다.

바다를 내려다보노라니 남은 시름 조각마저 바다에 뿌려지게 된다. 낭만 넘치는 남해에는 문학과 예술, 그리고 올곧은 해학이 넘실댄다.

한 여자 돌 속에 묻혀있었네
그 여자 사랑에 나도 돌 속으로 들어갔네
어느 여름 비 많이 오고
그 여자 울면서 돌 속에서 떠나갔네
떠나가는 그 여자 해와 달이 끌어주었네
남해 금산 푸른 하늘가에 나 혼자 있네
남해 금산 푸른 바닷물 속에 나 혼자 잠기네

이성복 시인의 '남해 금산'에서 물과 돌이 많은 이곳을 거듭 음미하게 된다. 그러다가 누군가의 대성 일갈이 귓전을 울린다.

"조사석이 정승이 된 것은 희빈 장씨 때문이 아닙니까?"

이조참판을 거쳐 예조판서에 오른 조사석이 후궁 장희빈과 결탁하여 출세하였다는 소문이 돌자 김만중이 나선 것이다. 조선 후기의 문인이자 대제학, 대사헌까지 오른 서포 김만중은 숙종이 장희빈을 총애할 때 숙종의 면전에서 조사석의 베갯머리 송사냐고 빗대 물었다가 숙종을 진노케 해 파직되고 유배당한다. 그 후 기사회생하였으나 남인의 정치보복으로 다시 남해에 유배된 후 병사하고 만다.

"성격이 불같은 양반이셨네."
"불의에 눈감았으면 가늘고 길게 살 수도 있었겠지."

소신이 뚜렷한 사람이 평소의 생각 혹은 신념과 다른 이야기를 한다는 것은 입을 다물고 있기보다 훨씬 어려울 수도 있다.

"그래도 상대가 나라님인데."
"아마도 김만중은 한비자를 읽었을 거야."

한비자韓非子는 군주의 현명한 처세와 그렇지 못한 처세에 따라 나라의 흥망성쇠가 달렸음을 경고하고 있다. 현명한 군주는 여자에게서 미색美色만을 즐길 뿐 절대 사적인 정에 치우쳐 그 여자의 청을 들어주지 않는다고 하였다. 지도자가 참모의 조언을 어떻게 받아들이고 처신하느냐에 따라 국가 운명이 달라질 수 있음을 말하는 구절이라 하겠다.

이미 소설 구운몽을 저술한 바 있던 김만중이 유배 생활 중 사씨남정기와 서포만필을 집필했다는 노도가 어디쯤일까 헤아리면서도 임금을 향한 그의 일갈이 들리는 것만 같아 속이 후련해진다.

빨간 양철지붕의 암자 부소암扶蘇庵은 거대한 암벽 부소 암의 품에 안겨 바다가 내려다보이는 자리에 세워져 있다. 비바람 몰아치면 지탱할 수 있으려나 우려가 된다.

비록 허름하여 곧 쓰러질 것만 같은 작은 암자지만 보물 제1736호 대방광불 화엄경 진본 권 53이 나온 곳일 진데 회심곡 읊으며 수행에 전념하노라면 그 무엇인들 장애가 될까 싶기도 하다.

협곡 구간에 설치된 철제 다리를 건너 상사암으로 가면서 돌아본 부소암은 쭈글쭈글한 주름이 사람의 뇌를 닮은 모양새다. 상사암 갈림길에서 금산 최대의 암봉인 상사암에 닿았다.

조선 숙종 때 전라남도 돌산지역에 살던 사람이 남해로 이거 하여 살았는데 이웃에 사는 아름다운 과부한테 반해 상사병에 걸리고 말았다. 남자가 시름시름 죽을 지경에 이르자 아름다운 과부가 이 바위에서 남자의 상사병을 풀어 주었다는 전설이 얽혀 있다.

"아름다운 여인이 맘씨까지 후덕하군."

"그런데 여기서 어떻게 풀어주었다는 거지?"

"더 깊이 들어가면 다칠라."

남영이가 제기한 의문이 맴돌기는 하지만 이내 멋진 풍광에 머리를 비워낸다. 금산 27경인 상사암에서는 정상인 망대를 위시하여 대장봉, 화엄봉, 예수 관음상, 향로봉 등의 기암 묘봉들이 과시하듯 몸체를 드러내고 그 사이로 보리암이 자리하고 있는 걸 볼 수 있다. 발아래로는 움푹한 상주 해수욕장과 그 뒤로 오밀조밀하게 가구들이 모인 마을이 또 다른 운치를 느끼게 한다.

상사 암 아래의 삼사 기단은 신라 고승 원효대사, 의상대사, 윤 필 거사가 기단을 쌓고 기도를 올렸던 곳으로 그분들이 앉았던 자리 흔적이 바위에 뚜렷이 남아있다는데 확인 절차 없이 그냥 지나치고 말았다.

원효대사가 앉아서 수도했다는 바위 좌선대를 지나며 일월봉을 바라본다. 가까이에서 보면 맨 위의 바위가 보이지 않아 일日 자 형이고 높이 올라 전체를 멀리서 보면 월月 자형으로 보여 일월봉이라 한다.

그리고 다시 제석봉으로 넘어간다. 부처를 좌우에 모시며 불법을 수호하는 신, 제석천이 내려와 놀다 갔다는 곳인데 직접 와서 보니 신이든 사람이든 다시 오고 싶은 곳임이 분명하다.

손색없는 삼남 지방의 경승지

금산의 정상인 망대(해발 681m)는 우리나라 최남단의 봉수대로 고려 명종 때 설치되어 본래의 형태가 비교적 잘 보존되어 있다.

26m 둘레의 사각 형태이고 높이는 4.5m이다. 봉수대는 불을 피워 낮에는 연기로, 밤에는 불빛으로 신호를 보냈었는데 당시 전국의 봉수 경로 다섯 개 중 동래에서 서울에 이르는 경로에 속한 최남단에 자리하고 있어 출발지로서 중요한 역할을 하였다. 난·온대림의 울창한 수림과 태조 이성계가 기도했다는 이 씨 기단을 보면서는 조선 건국에 얽힌 수많은 설화 중 하나가 또다시 떠오른다.

"참으로 기이한 일이요. 꿈을 꾸고 나서도 꿈속의 생생한 기운이 내 몸에 남아있는 듯하오."

이성계는 건국 대업을 위한 기도를 드리다가 꾼 꿈이 하 수상하여 해몽에 능한 이에게 물었다.

"하루는 내가 몽둥이 셋을 짊어지고 있었고, 그다음 날 꿈

116

은 내 몸이 목이 날아간 병으로 되어있었소. 그리고 셋째 날 꿈에는 내 몸이 커다란 가마솥에 들어간 꿈이었소. 모두 내 육신이 고통받는 꿈이라 흉몽이 아닌가 하오."

"큰 길몽입니다."

해몽하는 노인은 이성계를 찬찬히 훑어보다가 몸을 굽히더니 말을 이었다.

"몽둥이 세 개를 진 건 그 형상이 임금 왕王 자와 같으니 필시 임금이 될 징조요, 목 없는 병은 사람들이 목 밑을 조심스럽게 다루라는 뜻이니 이제 곧 만인이 받들 징조입니다. 마지막 가마솥에 들어갔다 하는 건 금성철벽의 궁궐에 드실 징조이옵니다."

노인은 크게 절을 올리며 덧붙였다.

"장군께서 품은 뜻을 이룰 때가 다가왔다는 암시입니다. 과업을 성취하시어 역사의 큰 인물로 남을 것입니다."

해몽대로 조선을 창업한 이성계는 새 나라의 번영을 위해 기도를 올리리라 마음먹고 다시 한번 금산을 찾았다. 정상에 다다르자 금빛 기운이 눈부시도록 번쩍이더니 이성계의 눈앞에서 하늘로 올라갔다.

불현듯 이성계는 백일기도를 드리며 했던 약속을 기억해 냈다. 자신이 왕이 되면 이 산을 비단으로 덮겠다고 했다. 비단으로 산을 감싸는 대신 산 이름을 금산으로 바꾸며 얼렁뚱땅 헐값에 마무리하였다.

"그랬으니 곧바로 왕자의 난이 일어났지."
"약속을 지켰으면 조선왕조 500년이 순탄할 수도 있었을 텐데."

그런 이 씨 기단을 눈에 담으며 잠시 조선 건국 시기를 되돌아본다. 이성계는 왕이 되기 위해 최북단의 백두산에서 남쪽 지리산과 남해 금산까지 기도를 드리러 다녔다.

백두산과 지리산 등 몇 곳의 산에서 산신으로부터 거절당한 것은 고려를 멸망시키고 조선을 건국하려는 역성혁명이 정당치 못했음을 시사한 설화라 할 수 있을 것이다.

남해 금산의 산신이 이를 허락하였다는 건 남해사람들이 긍정적으로 받아들였다고 해석할 수 있을 것이다. 이성계가 고려 말 삼남 지방의 왜구 섬멸에 공이 있음을 인정한 데다 어쩌면 생계의 어려움과 왜구 침략에 진절머리가 난 낙도주민들은 새로운 위정자가 나타나 새로운 삶이 전개되기를 바랐을지도 모른다.

산에 비단을 입히는 건 불가능하므로 금산으로 명명함으로써 남해 주민들의 성원을 잊지 않겠다는 의미로 받아들일 수도 있다.

향로봉과 대장봉 등 기암 묘석과 그 아래 펼쳐진 푸른 바다와의 조화가 한량없이 아름답다. 망대로 오르는 계단과 마주하며 정상 길목을 지키는 문장암에는 한림학사 주세붕 선생이 '유홍문 상금산由虹門 上錦山'이라는 글자를 새겼다. 홍문으로 말미암아 금산에 오른다는 의미로 무지개 형태의 두 홍문인 쌍홍문에 이른다.

서기 683년 원효대사가 이곳 금산 꼭대기에 초당을 짓고 수도하면서 초당 이름을 보광사라고 했다가 훗날 이성계가 이곳에서 백일기도를 하고 조선왕조를 열면서 절 이름도 보리암菩提庵으로 바뀌었다.

강화도 보문사, 낙산사 홍련암과 더불어 우리나라 3대 기도처의 하나인 보리암은 그 명성만큼 규모도 크고 바다를 향해 세워진 해수관음보살상도 그럴듯하지만 여기서 바라보는 기기묘묘한 풍광들이 보리암을 더욱 돋보이게 한다.

금산의 온갖 기이한 암석과 푸른 남해의 경치를 한껏 감상하다가 또 하나의 금산 명물인 금산산장을 들러본다. 4대째 내려오고 있다는 금산산장은 본래 보리암을 찾는 이들을 위한 여관이었다가 식당을 겸한 산장으로 바뀌었다고 한다.

산장을 지나면서 한 사람이 밀어도 흔들린다는 흔들바위를 보게 된다.

"한번 밀어볼까."
"그냥 가자."
"금산 38경이 37경으로 줄어드는 건 바람직하지 않아."

금산이 전국적인 명산으로 알려진 건 마지막 38경으로 꼽히는 금산 일출의 황홀경 때문이라 해도 과언이 아닐 것이다. 화가가 영혼을 부어 넣어 붓질한 듯한 먼바다 수평선은 보는 이로 하여금 시선이 얼어붙는 환상에 젖어들게 할 것만 같다.

"상상이 가지?"
"내일 새벽까지 머물렀다가 일출을 보고 내려갈까?"
"내일 새벽에 비 온다는 예보가 있어. 아쉽지만 오늘은 이만 내려가자."

춘분과 추분이 되면 인간 수명을 관장한다는 별인 노인성 老人星이 남해에 잠길 듯 수면 가까이 내려앉는 걸 바라보면 장수한다는 이야기가 전해지는데 실제로 인근에 장수촌으로 소문난 두 마을이 있다고 한다. 거기 더해 보리암의 상징적 의미까지 있어 삼남 지방 경승지로서 손색이 없다.

하산하면서 금산 13경인 음성 굴音聲堀에 들른다. 높이 2m, 길이 5m의 이 동굴은 돌로 바닥을 두드리면 장구 소리가 난다고 하여 명명한 굴이다. 여기도 그 신비로움을 고이 간직하고자 바닥을 두들기지는 않고 지나간다.

돌산에 걸맞게 내리막도 온통 자연 석돌 계단이다. 굴이 두 개인 쌍홍문을 통해 굴속에 들어가면 속이 비어있고 천장을 통해 푸른 하늘이 보이는데 석가세존이 돌배를 만들어 타고 쌍홍문의 오른쪽 굴로 나가면서 멀리 앞바다에 있는 세존도의 한복판을 뚫고 나갔다고 한다. 바위에 구멍을 뚫은 세월의 연륜, 그로 인한 자연의 위력을 새삼 느낄 수 있다.

세존도는 금산 남쪽 앞바다에 있는 33㎡의 무인도이다. 석가세존이 탄 배가 지나간 자리에 해상 동굴이 있고 섬 꼭대기에는 스님 형상의 바위가 있으며 동굴 천정에는 미륵이라는 글씨도 있다고 하여 거듭 불교와 인연을 맺는다.

오랫동안 가뭄이 들어 비가 오지 않을 때는 몸과 마음을 깨끗이 하고 이 섬에서 기우제를 지내면 틀림없이 비가 온다는 이야기도 전해진다.

굴 사이로 보는 남해의 조망이 더욱 멋지고 사람 얼굴의 형상을 한 거대한 장군암은 더욱 늠름해 보인다. 다시 쌍홍문에서 조금 내려가 사선대에 이르렀다. 동서남북 네 곳의 신선이 모여 놀았다는 바위이다.

"네 명이 머물기에는 좁아 보이는데."
"신선들인데 장소가 좁다고 못 놀겠나."

산에서 내려와 날머리인 금산 주차장에서 올려다보니 울창한 수림 위로 솟은 정상 일대의 바위지대가 도드라지게 아름다워 카메라를 줌인하게 된다.

남해에 와서 금산을 오르지 않고서는 남해를 다녀갔다고 말할 수 없다고들 말한다. 네 번이나 남해에 왔다가 처음 금산을 올랐으니 처음 와본 거나 다름없었다.

자연의 조각품이라는 표현이 전혀 무색하지 않을 금산의 38경을 모두 둘러보지 못하지만 다섯 번째의 남해 방문을 염두에 두고 아쉬움을 달랜다.

때 / 봄
곳 / 양아리 두모 주차장 - 양아리석각 - 부소암 - 상사암 - 좌선대 - 제석봉 - 금산 망대 - 보리암 - 금산산장 - 쌍홍문 - 금산 탐방지원센터 - 금산 주차장

물길 3백 리 한려해상 지킴이, 통영 미륵산

통영이 배출한 토지의 작가,
박경리 선생의 묘소가 인근에 있다.
전망쉼터에서 선생의 묘소를 내려다보며
마음을 바르게 세워보려 한다.

경남 통영시의 한산도에서 사천, 남해 등을 거쳐 전남 여수에 이르는 50해리 남해의 물길로 5백여 개의 크고 작은 섬들이 잔잔하고 푸른 바다 위에 떠 있는 물길 3백 리의 청정해역을 일컬어 한려수도閑麗水道라고 부른다.

국내에는 경남 통영시, 경북 울릉도, 전북 익산시, 강원도 원주시에 같은 한자어를 쓰는 네 곳의 미륵산彌勒山이 있다. 이중 통영의 미륵산은 한려해상국립공원의 아름다운 경관을 한눈에 조망할 수 있는 등 경관이 아름다운 점 등을 고려하여 산림청이 100대 명산으로 지정한 바 있다.

통영시 남쪽 미륵도 중심부에 솟아 장차 미륵존불이 강림할 곳이라고 하여 미륵산으로 명명되었다고 하는데 용화사와 관음사, 미래사 등 이름에 걸맞은 여러 사찰이 있다.

사량도 지리산행을 마치고 다음 날 아침 사량도에서 통영으로 건너와 미륵산을 찾았다. 떡 본 김에 제사 지낸다고 서울에서 먼 거리의 통영에 마침 미륵산이 있으므로 거기 올라 한려수도를 내려다보기로 한 것이다.

국립공원 100경 중 최우수 경관을 볼 수 있는 곳

용화사광장에서 미륵산 등산 안내도를 살펴보고 출발한다. 용화사로 가는 넓은 도로를 비켜 왼편 숲으로 들어서면 편백 높게 뻗은 오솔길이 평탄하게 이어진다. 넓은 잔디밭인 띠밭등은 통영지역 학생들이 소풍을 오곤 하던 장소였다고 한다.

띠밭등에서 100여 m를 지나 약수터에서 목을 축이고 좀 더 오르면 미륵산 정상을 500m 남겨둔 갈림길이 나온다. 여기부터는 거친 바윗길 오르막이 계속되는데 정상을 오르는 가장 짧은 코스인 만큼 가파름이 상당히 심한 편이다.

정상 바로 아래의 70m 계단에 이르러 숨을 고르는데 한려수도가 펼쳐진다. 국립공원의 많은 비경 중에서도 가장 우수한 경관을 보게 된다.

2008년 3월 1일에 설치했다는 케이블카는 관광 상품으로 확고하게 자리를 잡은 것처럼 보인다.

"서울의 남산보다 바쁘게 운행하는 것 같네."
"설악산 권금성보다도 많은 거 같아요."

"그만큼 볼거리가 많다는 거겠지?"

한려수도를 제대로 내려다보고픈 생각에 내처 정상(해발 461m)까지 올라선다.

1968년 해상공원으로는 최초로 국립공원으로 지정된 한려해상 국립공원은 거제 해금강 지구, 통영·한산지구, 사천지구, 남해대교지구, 상주·금산지구, 여수·오동도 지구 등으로 구분되는데 지금 통영·한산지구를 발아래 두고 있다.

통영시 일부 지역과 한산도를 비롯한 미륵도, 추봉도, 죽도, 용초도, 선유도, 도곡도, 연대도, 비진도 등을 포함한 지역으로 자연경관이 수려한 건 말할 것도 없거니와 임진왜란 당시 이순신 장군의 전승 기념물이 산재해 있는 역사 유적지이기도 하다.

앞바다에 묵연히 시선을 담그자 그 위로 불길이 치솟는다. 왜선 60여 척이 불에 타고 아비규환의 왜군들이 바다로 뛰어든다. 행주대첩, 진주성 대첩과 함께 임진왜란 3대첩으로 꼽으며, 명량대첩, 노량대첩과 함께 이순신 장군의 3 대첩에 속하는 한산대첩의 장면들을 상상하면 형언키 어려운 감명에 사로잡히다가 불뚝 자존감이 세워지는 걸 의식하게 된다.

세계 해전사에 가장 위대한 승리로 평가하는 세계 4대 해전을 보면 기원전 492년, 그리스와 페르시아 간의 살라미스Salamis 해전, 1588년 스페인함대가 영국을 침공한 칼레 Calais 해전, 1805년 영국을 침략하여 영토를 넓히려던 프랑스 나폴레옹의 트라팔가르Trafalgar 해전과 임진년인 1592년 이순신 장군의 한산대첩을 꼽는다.

삼도 수군의 본영인 한산도는 충무공이 9000명의 왜병을 수장시킨 한산대첩의 교전 장으로 이충무공 유적(사적 제 113호)이 있고 이충무공의 영정을 모신 충무사와 한산대첩 기념비, 대척문, 충무문, 행적비 등이 있다.

"가벼이 움직이지 말고 절대 산처럼 침착하고 무겁게 행동하라."

이순신 장군이 부하들에게 했던 말이다. 왜군과의 교전에서 자칫 경솔하게 대응했다가 패배할 것을 우려했을 테지만 장군은 '산처럼'이란 말을 써서 전투에 임하는 자세를 강조했다.

"이순신 장군은 저 아래 한산도에서 틈틈이 여기 미륵산을 올랐을 거야."

산에서 깨우침을 받아 바다를 다스려 승리를 취할 수 있었을 거란 생각을 해보는 것이다. 미륵산에서 바라보는 한려수도는 국립공원 100경 중 최우수 경관으로 선정된 바 있어 더더욱 늘어난 등산객과 케이블카 승객들로 정상 일대는 이만저만 분주한 게 아니다.

많은 섬과 그사이의 푸른 물길, 간간이 떠 있는 범선 몇 척과 풍만하게 살진 뭉게구름들이 한려수도의 명성에 어긋남 없이 자리를 지키고 있다. 일본 대마도가 보일 만큼 청명하지는 않지만, 시선이 닿는 곳마다 눈길이 멈춰진다.

"역시 바다는 산에서 볼 때 더욱 아름답지요?"

"이곳 바다는 특히 그렇지."

그렇게 대답하고 바다에 시선을 담그는데 순간 그 바닷속에서 임진왜란 당시 거북선이 쏜 대포가 유물로 건져 올렸던 일을 떠올리게 한다.

'별황자총통別黃字銃筒'

1992년 8월 18일, 한산도 앞바다에서 해군 충무공 해저유물 발굴단에 의해 별황자총통이 발굴되었다는 보도가 나간 이틀 후의 유물 공개행사는 더더욱 전국을 들썩이게 하였다.

'만력 병신년(1596년) 6월 모일에 만들어 올린 별황자총통
萬曆丙申六月日 造上 別黃字銃筒'

조선 수군의 무기였음을 확인시키는 한자체가 대포에 새겨
져 있었다. 바야흐로 임진왜란 때 왜선을 침몰시킨 거북선
대포가 발굴되었으니 얼마나 가슴 떨리는 일이 벌어진 것
인가. 정부는 국민의 흥분과 여론의 성화에 유물이 인양된
지 17일 만에 별황자총통을 국보 제274호로 지정하였다.
우리나라 문화재 역사상 최단기간 국보 지정 사례였다.

"대단한 성과였네요."
"그랬었지. 그런데……."

그로부터 4년여의 세월이 지나 이 모든 것이 사실이 아닌
사기였음이 밝혀진다. 1996년 6월, 한 사건을 수사하던 검
찰은 수사 과정에서 우연히 별황자총통이 위조라는 진술을
듣게 된다.

"조사 결과는 더 경악스러웠죠. 모든 것이 사기였습니다."

해저에서 발견된 별황자총통은 골동품상한테 500만 원에

사들인 해군이 한산도 앞바다에 빠뜨린 뒤 잠수부를 동원해 건져 올리는 퍼포먼스를 연출한 것이었다.

이 충격적인 일은 당시 뚜렷한 발굴성과가 없어 해체 위기에 몰렸던 해군 충무공 해저 유물 발굴단의 조바심에서 비롯된 조작 사건이었다는 게 밝혀졌다. 당연히 별황자총통의 국보 지위가 박탈되었고 국보 제274호는 영구 결번되어 수치스러움의 상징으로 남고 말았다.

"이순신 장군이 통탄하셨겠네요."

"문화재에 관심이 많았던 사람들은 특히 허탈에 빠지고 부끄러움도 많이 느꼈었지."

정상 조금 아래로 봉수대 터가 있다. 그 당시의 해괴한 사건을 떠올렸다가 봉수대 쪽으로 눈을 돌린다. 경상남도 기념물 210호로 지정된 봉수대는 횃불과 연기를 이용하여 급한 소식을 전한 일종의 통신수단이었다.

고려 말 최영 장군이 왜구의 침입에 대비하여 군사와 백성들을 동원하여 축성했다는 산성인 당포 성터(경상남도 지방기념물 제63호)도 인근에 있으니 이 지역도 그 옛날 전쟁의 위험에 노출되어 급박하게 대비했던 곳임을 실감케 한다.

통영이 배출한 토지의 작가, 박경리 선생의 묘소가 인근에 있다. 전망쉼터에서 선생의 묘소를 내려다보며 마음을 바르게 세워보려 한다. 그러면 세상이 다 보인다고 선생은 그녀의 유고 시집 '버리고 갈 것만 남아서 참 홀가분하다'에서 표현했었다.

마음 바르게 서면 세상이 다 보인다.
빨아서 풀 먹인 모시적삼 같이 사물이 싱그럽다.
마음이 욕망으로 일그러졌을 때 진실은 눈멀고
해와 달이 없는 벌판 세상은 캄캄해질 것이다.
먹어도 먹어도 배가 고픈 욕망 무간지옥이 따로 있는가.
권세와 명리와 재물을 좇는 자
세상은 그래서 피비린내가 난다.

사람의 사사로운 욕심을 피비린내 나는 전쟁과 비견했는데 크게 다르지 않다는 걸 공감하게 된다. 통영 상륙작전 전망대에서 한국 전쟁 당시 해병대의 상륙작전 전과와 귀신 잡는 해병의 유래를 읽고 한산대첩 전망대인 케이블카 정류장 지붕으로 내려선다. 한려수도가 더욱 가까이 보인다.

이곳, 땅끝에서 돌아서기 싫어라

용화사광장으로 내려가다가 미래사와 갈라지면 미륵치라는

곳에 이르게 된다. 인근의 현금산, 야소골, 박경리 묘소와 용화사 방면으로 길이 나뉘는 지점이다. 용화사 쪽으로 800여 m 아래에 또 다른 사찰 관음사가 있고 조금 더 내려가다 보면 산자락이 깎인 터에 거북등대 모형이 세워져 있다. 한산도 가는 길목 제승당 입구 바다 암초 위에 세운 거북등대의 원석을 여기서 채취했다고 적혀있다.

거북등대는 충무공 이순신 장군이 만든 거북선을 기리고 한산만으로 입항하는 배들이 항로를 찾게끔 1963년에 준공하였으며 한산대첩의 배경지에 있는 거북등대 실물의 3분의 1 크기로 조형물을 제작한 거라고 한다.

역시 통영은 이충무공의 충절과 구국의 혼을 그 어느 곳보다 높이 기리는 도시라는 걸 거듭 인식하게 된다. 내려와 용화사에서 올려다보는 미륵산이 정겹다. 또 온다고 장담할 수 없기에 한려수도의 보루인 미륵산을 재차 올려본다.

미륵산에서 내려와 서울로 향하기 전에 다도해와 낙조의 조망처로 유명하다는 달아공원에 잠시 들렀다. 주변에 10년생 동백 1000그루를 심어 자연과 인공이 조화되는 경승 1번지로 가꾸고 있다는데 한려해상 국립공원을 조망하기에 뛰어난 곳이다.

관해정이라는 정자를 비켜 바다 쪽으로 조금 더 나가면 그야말로 땅끝에 선 기분이다. 이름을 지니지 못한 작은 바위섬에서부터 장재도, 저도, 송도, 학림도와 멀리 욕지열도까지 수십 개의 섬이 한눈에 들어온다. 다도해 풍경을 한 폭 그림으로 감상하게 된다. 달아達牙라는 명칭은 지형이 코끼리의 아래위 어금니와 닮아서 붙여졌는데 지금은 달구 경 하기 좋은 곳이라는 쉬운 의미로 받아들여지고 있다.

동양의 나폴리라고도 일컫는 도시, 통영. 잠시 들렀다가 떠나면 훌쩍 등 돌리는 것만 같아 올 때마다 아쉬움 고이 는 곳이 통영이다. 볼거리, 먹거리가 풍부하고 역사와 문화 가 깊숙이 배어 있는 통영은 떠나와서는 다시 갈 구실을 만들게 되는 곳이다.

때 / 여름
곳 / 용화사광장 – 띠밭등 – 미륵산 – 한산대첩 전망대 – 미륵치 –
관음사 – 용화사 – 용화사 광장

설악산국립공원

1965년 천연기념물로 지정된 바 있는 설악산은 1970년 우리 나라에서 다섯 번째 국립공원으로 지정되었다. 국제적으로 도 그 보존 가치가 인정되어 1982년 유네스코로부터 생물권 보전지역으로 지정·관리되고 있으며 행정구역상 인제, 고성, 양양군과 속초시에 걸쳐 있는 설악산국립공원의 총면적은 398.237㎢에 이른다.

외설악 토왕성폭포와 울산바위 동시 탐방

설악산의 기상변화는 단풍이 채 지기도 전에,
아니 절정일 때에도 백설이 덮는 것처럼
때때로 갑작스럽고 재빠르기도 하지만
대개 은밀하고 유순하게 진행된다.

설악산국립공원 외설악에 있는 토왕성폭포는 독주폭포, 대
승폭포와 함께 설악산 3대 폭포로 명승 제96호이다. 3단
연폭의 폭포수는 상단 150m, 중단 80m, 하단 90m로 총길
이 320m에 이르는 국내 최대의 장폭으로 신광폭포라고도
한다.

1970년 설악산을 국립공원으로 지정한 이후 출입을 제한
하고 겨울철 단 이틀 국제 클라이밍 대회 때만 개방해왔었
다. 그러다가 2015년 전망대를 개설해 1km 가까이에서 토
왕성폭포를 볼 수 있게 하였다.

900계단 올라 토왕성에 더 가까이

설악동 탐방지원센터에서 전망대까지 2.8km. 소공원에서
육담폭포에 이를 때까지 초가을 비 흩뿌리며 산안개 자욱
하게 뒤따르는가 싶더니 이내 앞서가며 동해의 비릿함까지

풍긴다.

설악산 운무는 바다와 산을 잇는 가교이다. 또한 뭍과 바다를 하나로 버무려 지평선 혹은 수평선의 경계를 깡그리 지워버린다. 그런 안개가 너울너울 춤추며 출렁다리 아래까지 청량한 미풍을 동반하니 싱그럽기가 이만저만이 아니다.

토왕성폭포의 폭포수는 칠성봉(해발 1077m) 북쪽 계곡에서 발원한 물이 토왕골을 이루어 비룡폭포와 육담폭포가 합류하고 속초시 상수원인 쌍천으로 흘러 동해로 유입된다. 이제는 만지면 무척 차가울 것만 같은 맑고 푸른 담과 소를 눈에 담으며 올라가게 된다.

침식작용에 따른 여섯 개의 포트홀 porthole로 형성된 육담폭포를 눈여겨보고 폭포 위 출렁다리를 지나 16m 높이의 비룡폭포를 마주 본다. 여기서 410m 거리의 전망대까지는 고도차가 심한 경사 구간이다.

데크 계단에서 나무숲 사이로 비룡폭포를 보노라면 과연 용이 살만한 곳이란 생각이 든다. 폭포수 속의 용에게 처녀를 바쳐 하늘로 올려보냄으로써 가뭄을 면했단다. 폭포 밑에서 청승맞게 혼자 살다가 어여쁜 처녀까지 데리고 승천했으니 금상첨화가 아닐 수 없다.

비룡폭포에서 숨 몰아쉬며 900개의 계단을 올라 전망대에 이르자 표현 그대로 선녀가 흰 비단을 바위 위에 널어놓은 듯 아름답다.

해발고도 790m의 토왕성폭포를 가까이에서 보고 싶어 재작년 겨울 빙벽 등반대회 때 개방일에 맞춰 왔다가 허탕을 쳤었다. 기온이 올라 등반대회가 취소되는 바람에 비룡폭포에서 아쉬움만 가득 안고 발길을 돌려야 했다.

천상의 비원祕苑이란 표현이 조금도 무색하지 않은 곳, 신광神光이라는 이름으로도 불리는 걸 보면 토왕성폭포는 신이 허락한 이에게만 그 길이 열리는가 보다. 여러 바위 봉우리들 사이로 살짝 상체 일부만 드러낸 토왕폭을 보며 상사병만 더더욱 도진 채 돌아서고 말았었다. 계절을 달리해 보아도 참으로 우아하고 신비롭기는 마찬가지다.

석가봉, 문주봉, 보현봉, 문필봉, 노적봉 등 병풍처럼 둘러싼 바위 봉우리들이 첨예하게 급경사를 이루면서 폭포를 더욱 돋보이게 한다.

언젠가 토왕성폭포로 올라 칠성봉을 찍고 화채능선 따라 대청봉까지 갈 수 있기를 소망하며 소공원으로 복귀한다. 입구의 반달곰이 빗물에 축축하게 젖어있다. 오늘 하루, 외설악 탐방 예정에 맞춰 바로 울산바위로 향한다.

울산바위여! 금강산이 아닌 게 얼마나 다행인지

설악산은 크게 네 구역으로 구분된다. 먼저 마등령에서

대청봉으로 이어지는 공룡능선을 경계로 서쪽의 인제군 방면에서 한계령까지의 내륙 쪽을 내설악이라고 하며, 공룡능선에서 동해안 방향을 외설악이라고 한다.

한계령에서 오색 방향이 남설악이고, 마등령에서 황철봉으로 이어져 미시령과 신선봉으로 이어지는 구역을 북설악으로 구분한다.

동해에 인접한 외설악, 설악산 북동 방면의 명물 울산바위, 발밑에서 올려다보니 과연 그 덩치가 주는 위압감은 속을 울렁이게 하고도 남음이 있다. 30여 암봉이 어깨동무를 한 것처럼 오밀조밀 모여 그 길이가 2.8km에 달한다. 역시 금강산 일만 이천 봉에 섞이기엔 너무 크고 무거울 것만 같더라.

'한국의 발견(뿌리 깊은 나무, 1983.)' 강원도 속초시 편에는 울산바위와 속초의 지명에 대한 유래가 적혀 있는데, 그 묘사가 미소를 짓게 한다.

"금강파를 결성하여 누구도 넘볼 수 없는 막강 전국구 조직으로 우뚝 서려 하니 뜻을 같이하고자 하는 이들은 강원도로 모이기를 바란다."

조물주가 금강산을 빚으려고 전국의 내로라하는 바위들에

통보하여 강원도로 집결시켰다.

"울산의 오야붕인 내가 빠질 수 없지."

경상도 울산에서 한 가닥 위세를 떨치던 덩치도 그 즉시 강원도 고성으로 길을 떠났다. 그런데 워낙 몸집이 크고 걸음이 느리다 보니 고성까지 이르지도 못하고 속초에 겨우 다다랐을 때는 이미 금강파 조직이 결성을 마친 후였다.

"나와바리를 벗어나고 보니 세상이 넓은 걸 알겠구나. 순발력이 떨어져 덩치만으로는 제대로 조직 생활을 할 수 없겠어. 여기서 독자적으로 세력을 키울 수밖에."

전국구 막강 조직 금강파에 끼지도 못하고 그렇다고 울산으로 되돌아가지도 못한 채 지금 이 자리에 주저앉고 만 것이다.

그 둘레가 4km에 이르고 30여 개의 거대한 화강암 덩어리로 이루어진 데다 바위 바로 밑에서 꼭대기까지 200여 m에 달한다니 그 몸집으로 여기까지 온 것만도 대단한 일이다. 경이로운 눈빛으로 울산바위를 올려다보는데 화강암 표피가 아직도 땀을 흘리는 것처럼 피로에 지친 기색이다.

"울산바위여! 너무나 큰 몸집이라 금강산 일만 이천 봉에 끼지 못하고 설악의 한 귀퉁이를 차지한 게 우리한테는 얼마나 다행인지 모르겠구나."

"속 뒤집지 말고 자네 갈 길이나 가게."

"30분 이내에 자네 등짝에 올라탈 걸세."

신흥사의 부속 암자인 계조암繼祖庵에는 오늘도 많은 사람이 모여 있다. 울산바위 아래 자연 석굴의 사원으로 원효대사, 의상대사를 비롯한 많은 고승이 수도해왔다. 경내에 있는 석간수와 흔들바위, 석굴 뒤쪽에 백여 명이 함께 앉아 식사할 수 있다는 식당암 반석이 있어 많은 관광객이 방문하는 곳이다.

"외국인 관광객들이 흔들바위를 밀어 떨어뜨렸다."

계조암 앞의 큼직한 흔들바위는 힘주어 밀면 흔들리지만, 절대 떨어지지는 않았었다.

"결국, 떨어지고 말았군."

"외국인들이 힘이 세긴 센가 보네. 그렇게 밀어도 안 떨어졌었는데."

이런 말들이 퍼졌는데 사실은 만우절에 퍼진 헛소문이었다. 가짜 뉴스는 예나 지금이나 퍼뜨린 사람에게 엔도르핀으로 작용하나 보다.

와서 보니 여전히 그 자리에 건재한 흔들바위를 쓰다듬고 계조암을 지나면서 떠올리는 울산바위의 후속 설화는 해학적이고 자못 감탄스럽기까지 하다.

"울산바위는 울산의 것인데 신흥사가 차지했으니 그 대가로 세를 내시요."

설악산 유람에 나선 울산 고을 사또가 울산바위를 내세워 방문객들한테 관람료를 받아 치부하는 신흥사에 배알이 꼬여 내용증명을 발송한 것이다.

신흥사에서는 변변하게 이의를 제기하지도 못하고 울산에 세를 바쳤다.

"이젠 세를 줄 수 없으니 울산바위를 도로 가져가세요."

한참의 시간이 지나 신흥사의 동자승이 울산바위의 소유권을 주장한 울산 사또에게 이렇게 통보했다. 잘 들어오던 수입이 끊기는 게 달가울 리 만무했다.

"택배로 보내든지 아니면 바위를 새끼로 꼬아 묶어주면 가져가겠다."

울산 사또가 응수했다.

"그딴 식으로 나오겠다 이거지?"

울산 사또의 억지 대응에 동자승은 청초호와 영랑호 사이에 자라는 풀로 새끼를 꼬아 울산바위를 동여매었다.

"원하시는 대로 해놨으니 용달차를 부르든 끌고 가든 이젠 가지고 가세요."
"……."

울산 사또는 이 바위를 가져가지도 못하고 다시는 세를 내라 떼쓸 수도 없게 되었다.
그 후 청초호와 영랑호의 풀草로 묶은束 곳이라 하여 인근 마을을 속초로 명명했다고 하니 옛 조상들의 해학과 묘사력은 그야말로 아카데미 각본상을 받기에 부족함이 없을 것 같다.
허름한 철 계단을 새로 보수하기 전, 습한 안개에 물기까지 진득한 울산바위를 조심조심 올랐을 때가 생각난다. 총 808개라는 철 계단은 난간을 잡고 오르면서도 아찔했다. 어지간한 산 하나의 규모이자 동양에서 가장 몸집이 큰 바위산임을 실감할 수 있었다.

2012년에 보다 안전한 우회 탐방로를 만들었고 그 이듬해에 그 당시의 낡은 계단을 철거하였다. 그때 거대한 바위 살집을 더듬다가 돌아섰을 때나 지금 보수된 등산로를 오르다가 눈길 머물 때나 곳곳 설악산이 얼마나 위대한 장소인지 탄성을 자아내게 된다.

"금강파에서 졸병 노릇을 하는 것보다 여기서 대우받고 존재감 지니는 게 훨씬 낫지 않으신가."
"그렇긴 해. 용 꼬리보다 닭대가리가 낫긴 하네. 허허!"
"한국 전쟁 막바지 정전협정 때 이북 땅으로 넘어가지 않은 게 우리한테나 울산바위 자네한테 얼마나 다행스러운 일인가."

울산바위는 위도상 38선 이북에 위치하고 있다. 한국 전쟁 전에는 이북 땅이었다가 전쟁이 끝나면서 휴전선 이남의 땅이 된 것이다.

"그렇군. 설악파 본진하고도 동떨어져 있어 간섭받지 않으니 그럭저럭 지낼 만하다네."

울산바위가 힐끗 대청봉 눈치를 보며 말소리를 낮춘다. 금세라도 찢겨 날아갈 듯 태극기 펄럭이는 정상에서 두루 돌아보는 서북 능선과 화채능선, 마등령 너머 황철봉과 운무에 가린 백두대간의 북단 신선봉과 향로봉까지 더듬다가 저 아래 동해로 눈길 돌리다 보면 보는 이에게 설악산은 이미 푸근한 요람이다.

가을 재촉하는 빗물 다시 구름 되어
종으로 횡으로 첩첩 가라앉는데
아차 싶어 놓칠세라 곳곳 설악 둘러보니
온기 가득한 운해에 단풍 들 때 요원해도
무릉도원인 양 착각 들게 하는 곳,
오로지 산 뿐일세.

발밑에서 꾸물거리던 안개가 어느새 머리 위 구름 되어 흐르더니 올라온 길도, 내려갈 길도 시야를 가리면서 금세 빗방울이 떨어진다. 올 때마다 설악은 늘 그랬던 것 같다. 다 보여주거나 아니면 충분히 가리거나.
설악에서라면 다 볼 수 없어 안달이 나지 않는다. 눈감아 바람 가르는 소리에 귀만 기울여도 그 어질한 아름다움이 눈앞에서 형상을 뚜렷이 한다.

비록 안개가 가렸다 하여 그 속 나신의 매끄러운 곡선미를 느끼지 못할쏜가. 고운 건 안개 속이건 어둠 속이건 매양 고운 법. 한참이 지나 다시 와도 설악산의 빼어난 자태는 기억의 우물에 그대로 생생히 떠오르고 말더라.

외설악 변방에 자리한 울산바위, 푸르거나 화창하지 못한 날씨에도 탄성을 자아내게 하니 과연 설악에 대한 칭송은 아무리 과한 들 과장되거나 호들갑스럽지 않다.

그래서 설악산에 오면 쓸쓸하다는 생각이 들곤 한다. 함께 좋아하고 함께 웃는 곳이라 공감하는 이, 함께 오고 싶은 곳이거늘 공감하는 이, 함께 오지 못했기 때문이다.

"이젠 그만 내려가게나. 안개가 습해 길이 미끄러울 거야. 내 갈빗대에 달린 손잡이 잘 잡고 조심해서 내려가게."

"자주 오지는 못해도 늘 지켜보겠네. 자네야 워낙 크고 자리를 잘 잡아서 공룡능선에서도 보이고 북설악 성인봉에서도 훤히 보이지 않던가."

"그래. 대청봉 형님 만나거든 몸이 무거워 찾아뵙지 못해 죄송하다고 전해주시게. 자네가 잘 알다시피 난, 누가 뭐래도 설악파… 아니 설악산의 한 식구잖은가."

울산바위에서 내려올 즈음엔 올라갈 때처럼 언제 그랬냐는 듯 흩뿌리던 비마저도 그쳤다.

144

설악산의 기상변화는 단풍이 채 지기도 전에, 아니 절정일 때에도 백설이 덮는 것처럼 때때로 갑작스럽고 재빠르기도 하지만 대개 은밀하고 유순하게 진행된다. 등산과 하산, 오름과 내려섬은 절대 같은 것임을 자각시키려 함일까. 울산바위에서 내려올 즈음엔 올라갈 때처럼 언제 그랬냐는 듯 흩뿌리던 비마저도 그쳤다.

비가 멎자 대청봉 아래 설악동에서, 천불동에서 구름처럼 안개가 솟아오른다. 마등령을 휘감은 운무는 층층이, 겹겹이, 횡으로 굽이굽이 늘어선 등성이를 타고 올라 그예 황철봉마저 가리고 만다.

긴 오르막의 바윗길, 미로의 난간마다 튼튼하게 설치한 철계단이 없었으면 그저 울산바위의 육중함을 목 꺾어 올려보는 게 고작이었겠지. 내려와 생각하니 사람의 토목기술이 자연훼손에 대단하게 일조했음에도 그러하지 않았다면 설악 조망의 상쾌함을 어떻게 맛볼 수 있었을까 하는 생각이 든다. 인간의 행위와 행위 후의 변덕 또한 따지고 보면 절대 다르지 않음을 자각하게 된다.

어쨌거나 울산바위를 내려와서도 설악산은 멀리 올려다보는 능선마다 구름안개 가득 채워 그러잖아도 귀티 풀풀 풍기는 설악의 봉우리들을 하늘 높이 추켜세우고 있다. 능선 곳곳, 등성이 사이마다 마치 뜨끈한 온천처럼 느껴진다.

"다시 한번 인사하네만 울산바위가 남한 땅에 머물러주어 참으로 감사드리네."

저어기 주전골 청정 옥수에 설 물든 단풍잎 띄워놓고 여름, 봄, 겨울……, 시계 역방향으로 하염없이 회전하다 그리워 멈춰지면 풍덩, 그 시간 그곳에 몸 던져 온천욕 하듯 한없이 머물고픈 마음인지라 이곳을 쉬이 빠져나가지 못하고 다시 남설악으로 발길 돌리고 만다.

때 / 초가을
곳 / 설악동 소공원 매표소 – 비룡폭포 – 토왕성폭포 전망대 – 신흥사 – 안양암 – 계조암 – 울산바위 전망대 – 원점회귀

추색 완연한 남설악 흘림골과 주전골

친구라 여겼던 그들 모두가 침묵으로 일관하자
남설악 큰 뜨락에 혼자라는 사실이 갑자기 고독해진다.
숱한 실체가 이리저리 존재하거늘
아무 소리 들리지 않는다는 건 어둠보다 큰 고독이다.

남설악 흘림골은 산이 높고 계곡이 깊어 언제나 안개가 끼고 흐린 것 같다고 하여 지어진 명칭이다.

아침 일찍 토왕성폭포와 대면하고 울산바위에 올랐다가 남설악 오색으로 왔다. 오색에서 한계령 휴게소를 향해 한계령 도로를 걷는다.

오색령이라 부르던 양양군 사람들이 설악산을 넘어 인제나 서울로 갈 때 이용되던 험한 산길은 1971년 44번 국도로 개통되면서 옥녀탕, 대승폭포, 장수대, 소승폭포, 십이폭포, 오색온천, 선녀탕 등 설악산 명승지를 줄줄이 이어갈 수 있게 되었다. 짧지 않은 오르막 도로. 한계령 휴게소 내리막에 있는 흘림골은 오후가 되면서 잔재처럼 남은 안개마저 싹 걷히는 중이다.

고름처럼 뭉친 고독 잘게 으깨러 온 곳이 산이잖은가

147

흘림 5교를 지나 흘림골 분소를 들머리로 정해 곧바로 남설악의 품에 안긴다. 두어 주 후면 이곳은 절정의 만산홍엽을 즐기려는 인파로 제대로 걷기조차 힘들 것이다. 그래서 때 이른 가을 정취에 홀로 빠져보고자 온 거였는데 의외로 유난히 한적하다.

눈을 돌려 오른쪽, 설악산 서북 능선의 한계령을 올려다보면 그곳으로도 가고 싶어 진다. 설악은 그렇다. 울산바위에서 다소 엉뚱하게 흘림골로 온 것처럼 한계령에 닿으면 서북릉의 귀때기청봉을 가고 싶고 그 반대편 끝청을 지나 대청봉까지 오르고도 싶어진다. 어디로 가든 거기가 설악이라면 발길이 향하게 된다.

"저 산은 내게 우지 마라 우지 마라 하고, 발아래 젖은 계곡 첩첩산중, 저 산은 내게 잊으라 잊어버리라 하고, 내 가슴을 쓸어내리네."

여신폭포 지나 양희은의 '한계령'을 흥얼거리며 등선대로 향한다.

내 가족 내 형제와 살고자 혹은 살리고자 고군분투하며 살아온 삶의 언저리, 그 허망함에 직면하여 눈물이나 미련이 무어 의미가 될 거며 어떤 위로가 될까. 그래서 산은 우지 마라 하고, 그래서 잊어버리라 한다.

"아, 그러나 한 줄기 바람처럼 살다 가고파. 이산 저산 눈물 구름 몰고 다니는 떠도는 바람처럼 저 산은 내게 내려가라 내려가라 하네. 지친 내 어깨를 떠미네."

무거운 등짐 지고 가파른 한계령에 올라서서 발아래 깔린 첩첩 골골 내려다보니 그저 쓸쓸하고 막막하기만 하다. 삶의 무게에 짓눌린 어깨, 현실의 고통을 운명으로 받아들이고 그 지친 삶마저 훌훌 내려놓은 채 나머지 삶을 바람처럼 자유로이 보내라 한다.

양귀자 씨의 소설 '한계령'은 글 속에 삽입된 노래 한계령의 가사처럼 고된 삶의 여정 뒤에 남은 여백의 삶이 결코 허망한 상실감으로 마치지 않기를 바라는 작가의 절실함이 여실히 묻어난다.

고되지만 힘겹게 버티고 살아온 삶, 아픔으로 점철된 삶에 위안이 될 일이 있다면 그게 무얼까. 과연 그런 게 있기는 한 걸까. 그래서 한계령은 한이 서린 듯 슬프다. 그 노랫말은 멜로디에 얹혀 더욱 숙연하게 한다.

"우리한테도 눈길 좀 주고 가시게나."

대청봉과 그 남쪽의 점봉산을 잇는 설악산 주 능선의 안부이자 영동과 영서지방의 분수령을 이루는 해발 950m 고지의 한계령에서 눈을 돌려 고도를 높여가는데 여럿이 목소리 맞춰 불러 세운다.

오밀조밀 혹은 아무렇게나 늘어선 칠형제봉이다. 그 너머로 서북 능선 마루금이 뚜렷하다. 칠형제봉이 부르는 소리에 뒤돌아 그들과 마주했지만, 그들은 언제 불렀느냐는 듯 이리저리 삐딱하게 고개를 돌려버린다.

저들을 향하고 있지만, 눈길이 한계령에 가 있음을 그들 형제가 알아차리고 말았다. 비단 칠형제봉이 아니더라도 수많은 바위와 나무들이 아우성 거릴 법도 한데 고요하기가 을씨년스러울 정도다. 불던 바람마저 멈춘 산자락에 다시 정적이 인다.

친구라 여겼던 그들 모두가 침묵으로 일관하자 남설악 큰 뜨락에 혼자라는 사실이 갑자기 고독해진다. 숱한 실체가 이리저리 존재하거늘 아무 소리 들리지 않는다는 건 어둠보다 큰 고독이다.

내려다보이는 구불구불 계단길이 가도 가도 그 자리 벗어나지 못하는 판박이 고된 삶처럼 인식되는가 싶더니 부처님 손바닥을 헤매다 지치는 처량한 인생역정처럼 느껴지기도 한다.

고독해서 왔지 않은가. 고름처럼 뭉친 고독 잘게 으깨러 온 곳이 산이잖은가. 올라가 보세, 더 올라가 알록달록 물들기 시작하는 가을 설악 걷다 보면 거기서 잊어버리기도

하고, 거기서 털어낼 수도 있지 않겠는가.

아니나 다를까. 만물상의 중심이자 최고봉 등선대 꼭대기 (해발 1054m)에 오르니 고독이란 기분이 야릇하게 변한다. 온 사방 밑으로 펼쳐진 요철의 기암괴석들을 내려 보노라면 신선이 아니더라도 공중 부양하듯 하늘로 치솟을 것만 같다. 얼굴에 부딪히는 바람이 전혀 차지 않다. 칠 형제들도 만면에 웃음 띠고 어깨 들썩이는 것만 같다.

구불구불 굴곡진 길 오르는 수고로움, 내려오며 풀어지고 송송 맺힌 땀방울일랑 내려서서 씻어내니 오름과 내림이 함께 산행인 것처럼 인생사 새옹지마 아니겠나.

눈 오면 눈 밟고 비 내리면 물 밟으며 이고 지고 바람에 실려 둥둥, 훨훨 떠가는 게 삶 아니겠나. 한계령의 멜로디, 그윽한 저음이 끊이지 않고 귓전을 맴돈다.

내설악과 남설악을 구분 짓는 약 20km의 험준한 경계 능선인 서북주능은 우리나라 최장의 능선길이다. 십이선녀탕, 안산, 귀때기청봉, 끝청, 중청, 대청봉으로 이어지는 서북주능에 묵연히 눈길 던지다가 긴 계단 길로 내려선다.

점봉산, 한계령을 경계로 설악산과 마주한 점봉산은 설악산국립공원에 속하면서 남설악이라 불리기도 하지만 설악산의 더부살이 일가가 아닌 엄연한 독립 가문이다.

그 속함의 여부가 무어 중요하겠느냐마는 굳이 설악산과 분리해서 점봉산을 존중하고 싶은 건 설악산과 달리 호사스럽지 않아 자연생태의 훼손이 거의 없고 설악산을 마주 볼 수 있다는 점이 또 그러하다.

단목령, 점봉산, 망대암산을 거쳐 한계령을 지나는 백두대간 종주의 주릉은 아직도 많은 등산로를 통제하는 데다 특히 곰배령은 사전 허가를 받아야 입산할 수 있을 정도로 그 보존에 신경을 쓰고 있다. 범접하기 쉽지 않다는 점이 아쉽기는 하지만 그래서 더욱 점봉산의 내공에 매료되는 것 같다.

등선대에서 주전골 가는 길도 넋을 잃을 만큼 연이은 비경이다. 아침나절 희뿌옇게 덮었을 안개와 흩뿌린 가랑비, 소소하게 일던 바람이 버무려져 골짝마다 신선한 에너지를 뿜어낸다. 그 기운이 가히 하늘을 찌르고도 남는다.

아니 그러한가. 나 언제 고독했던가 싶으니 산은 쥐락펴락 허름한 범부 하나쯤은 쉬이 변덕쟁이로 만들어 버린다. 신선이 되기 위해 여기서 몸을 깨끗이 씻고 하늘로 올랐다 하여 등선登仙폭포라 칭했다지. 30m 낙차의 등선폭포는 사람의 발길이 전혀 닿지 않는 곳에서 발원된다고 하는데 비온 후에는 마치 하늘을 오르는 신선의 백발이 휘날리는 것처럼 보인다고 적혀있다.

"어르신! 요즘 수염 다듬는 걸 잊으셨나 봅니다. 명불허전이라고들 합니다만."

오늘 등선폭포는 오랫동안 흰 수염을 다듬지 않아 턱밑이 너저분한 노인네의 모습처럼 보인다. 곧 단풍 손님들이 몰려들 텐데 한바탕 소나기라도 뿌려 신선의 안면을 씻어주었으면 하는 생각이 든다.

일만 개의 불상 늘어선 주전골 유람

용소龍沼란 용이 승천하다 임신한 여인에게 목격되어 승천하지 못하고 떨어져 소를 이루었다는 설에서 유래된다. 흔히 용소라 일컫는 폭포의 물줄기는 석룡산, 도마치령, 신로령과 국망봉 등 해발 1000m 안팎의 험산을 타고 흘러내린 도마천의 근원이다.

이들 용소폭포와 달리 주전골의 용소는 높은 곳에서 떨어지는 물줄기가 아니라 바위들 사이로 흘러 떨어진 물이 암벽으로 둘러싸인 곳에 고인다. 오늘도 여전히 맑고 푸르지만, 수량이 더 많아지면 그야말로 명경지수를 이룬다.

저 위 등선대
오를 때도 잠잠하다가

주전골 내려오니
횡으로 몸통 늘린 구름 안개
오수에 푹 빠진듯한데
용소에 비친 갈색 물빛
독주암 이르러 한 줄 햇살과 함께
살갗에 닿는 실바람은
아아, 가을!
아직 멀었다 싶은 가을이구나.

용소폭포에서 오색약수터까지를 주전골이라 부르는데 용소폭포 입구의 시루떡 바위가 마치 엽전을 쌓아 놓은 것 같다고 해서 붙여진 이름이다. 또 다른 설화는 옛날 이 계곡에서 도둑들이 승려로 가장해 위조 엽전을 만들었다는 게 그 유래라고도 전해진다.

조각하고 다듬어 빚은 듯한 바위들, 여름엔 너무나 투명하여 햇빛조차 꺾어버리는 계류, 가을이면 현란하기 그지없어 눈을 좁혀야 할 단풍들. 이런 곳이 주전골인데 돈, 도둑, 위조 등의 허접스러운 용어들로 유래를 꾸민 들 이곳의 품위가 격하되겠는가.

오밀조밀 밀착하여 전체를 아름답게 승화시키는 주전골이야말로 이해타산과 부귀영화에 집착하여 이합집산, 합종연횡 등 배신을 타당하게 명분 삼는 정치인들에게 정치윤리의 교육장으로 추천하고픈 생각이 든다.

유착癒着, 어떠한 관계 또는 사물이 아주 밀접하게 결합하는 것. 그러나 '서로 떨어져 있어야 할 피부나 막 등이 염증으로 말미암아 들러붙는 일'이라고 사전은 또 다른 정의를 내리고 있다.

물욕과 탐닉의 결합, 서로가 다른 욕심을 품고 고름에 의해 끈적끈적하게 들러붙는 몹쓸 정치판의 행태와 주전골의 풍치는 너무나 대조적인지라 사족까지 덧붙이는 오지랖을 보이고 말았다.

계곡에 들어서면 불상 1만 개가 늘어서 있는 것처럼 보인다 하여 만불동 계곡이라고도 칭하는 주전골이다. 예로부터 불교에서는 잡귀가 미치지 못하는 강한 것을 가장 아름다운 것으로 여겼다.

십이폭포, 용소폭포 등 주전골의 아름다움을 즐길 수 있어 금강문이라 부르는데, 아마도 여기부터 잡귀의 출몰이 없다고 여겼었나 보다.

금강산에는 이러한 금강문이 다섯 개가 있다고 한다. 그 아름다움의 척도가 이곳의 다섯 배나 된다. 기실 금강문이 있건 없건 금강산에야 어찌 잡귀가 접근하랴.

붉은 궁서체로 마구 휘갈긴 '위대한 수령 동지 만세'니 '주체사상'이니 하는 바위 부적이 무서워 잡귀인들 얼씬거리기나 하겠는가 말이다.

주전골 입구 오색천 아래 너럭바위의 암반 세 군데 구멍에서 철분 함량이 많은 알칼리성 약수가 솟는데 거기 옹기 종기 모여선 몇몇 관광객들이 몸을 낮춰 찔끔찔끔 고이는 물을 뜨는 게 보인다. 이곳 오색약수터에서 남설악 유람이 마무리된다.

산행을 마치고 나니 동선을 넓혀가며 바쁘게 움직인 설악산에서의 한나절이 예쁘게 포장된 꾸러미처럼 느껴진다. 꾸러미 안에는 초가을 새콤한 젤리와 다양한 맛의 초콜릿이 고루 들어있고 설악 특유의 향을 지닌 에스프레소까지 담겨있다.

그 꾸러미에서 하나씩 둘씩 꺼내먹다 보면 어느새 다시 설악산 큰 자락 어딘가에서 추억을 담고 있게 된다.

때 / 초가을
곳 / 흘림골 탐방안내소 – 여심폭포 – 등선대 – 등선폭포 – 주전폭포 – 십이폭포 – 금강문 – 선녀탕 – 성국사 – 오색분소

외설악 천불동 지나 내설악 백담사로

천불동은 산과 물과 사람, 이렇게 셋에 그치지 않고
가릴 것 없이 물들이며 온 세상을 적화赤化시키는 중이다.
그렇게 가을과 설악과 한데 물들어가며
시나브로 넋을 내려놓는 중이다. 행복하다.

3홍紅이라 한다지

 골에 이르면 산도, 물도, 사람도 물들고 만다지. 노랑과
초록으로 대강 구도 잡은 캔버스에 붉은 물감 붓질이 시작
된다. 와선대, 비선대에 이르러서다. 와선대에 누워 주변
경관을 감상하던 '마고'라는 신선이 여기서 하늘로 올랐다
고 하여 비선대라고 부른단다.

 물이든 바위든 가리지 않고 곱게 물들이고 있다. 비선대
위로 장군봉과 유선봉, 적벽의 3형제봉 머리 위로 햇살이
창연하다. 클라이머가 맨 오른쪽 봉우리 적벽의 속살을 파
고드는 게 보인다.

 순간 세 형제를 한꺼번에 업고 알록달록 포대기로 허리를
동여매고는 비선대 청정 옥수에 발을 담근 어머니의 모습
을 떠올리게 된다. 외설악 금강굴과 마등령으로 오르는 등
산로와 천불동 등산로가 여기서 나눠진다.

"서둘지 말고 천천히 가을 설악을 즐기시게."

세 형제는 서로 얼굴 내밀어 염려하며 배웅해준다. 북새통 이루는 가을 외설악은 괜히 피하고 싶은 산길이었지만 산이 사람의 생각에 못 미친 적 있었던가. 나선 즉시 그런 생각이 비틀린 거였음을 바로 잡아준다.

"설악산에 가기 좋은 시절이잖아."

갑자기 동익이가 설악산을 언급했는데 추호의 망설임도 없이 오케이 사인을 보냈다. 창훈이와 남영이, 호근이까지 콜 사인을 보내 다섯 명이 한자리에 모였다. 소청대피소를 예약하고 다 같이 배낭을 짊어진다.

혼자 가든, 여럿이 가든 설악산에 들어서면 눈에 들어오는 것마다, 발길 닿는 곳마다 설렘의 연속이다. 짝사랑하는 여인이 만나자는데 열 일 제치고 만나야 하는 게 당연하지 않겠는가.

그렇게 찾아온 설악동 소공원, 신흥사 일주문을 지나면 반달가슴곰과 먼저 악수하고 바로 통일대불 청동좌상을 보면서 엄지를 추켜세운다.

1987년 통일을 기원하며 108톤이나 되는 청동을 들여 10년 만에 완성한 석가모니 상이다.

"통일이 되긴 하겠죠?"

"통일되고 안 되고는 너희들이 만들어 벌려놓은 하찮은 이념의 차이를 통일시키느냐에 달리지 않았겠느냐."

그렇게 들렸지만 높이 14.6m, 좌대 높이는 4.3m에 좌대 지름이 13m인 세계 최대의 불상은 알 듯 모를 듯 묘한 표정을 지은 채 이번에도 묵묵부답이다.

한국동란 이전에 설악산은 38선 이북의 땅이었다. 3년여의 전쟁을 치르고 정전협정이 무르익어갈 무렵에도 반도 곳곳에선 치열한 전투가 계속되었다. 바야흐로 피아간에 점령지를 넓히려는 땅따먹기 전투 양상이다.

"그때 설악산이 남한 땅이 되지 않았다면……"

"상상만 해도 끔찍하다."

"권금성에 김일성 수령 동지 만세, 노적봉에 천리마 정신 따위의 빨간색 낙서가 적혔을 거 아니겠어."

"한반도 허리 부분에 위치한 금강산과 설악산이 절묘하게 나뉘긴 했어."

"서글픈 얘기야. 가을 설악이나 실컷 즐기자고."

세계 자연보전 연맹 IUCN에서 관리가 잘된 세계 국립공원 23곳을 '녹색 목록Green List'으로 선정하였는데 우리나라 국립공원 중 설악산과 지리산, 오대산이 선정되었다. 무시무시한 빨간 낙서가 없는 것도 다행이지만 훼손된 생태계를 복원하고 탐방객이 위험에 처하지 않도록 최선을 다하는 국립공원관리공단에 감사한 마음이 드는 것이다.

케이블카가 오르는 권금성과 그 뒤로 노적봉이 내려다보며 미소를 흘린다. 신흥교를 건너면서 혹처럼 볼록 솟은 세존봉과 마등령이 어서 오라 손짓한다.

"오늘은 그쪽이 아니라 천불동입니다. 가을이잖아요."

비선대를 지나 마등령이 아닌 왼쪽 천불동계곡으로 방향을 잡는다. 천불동은 산과 물과 사람, 이렇게 셋에 그치지 않고 가릴 것 없이 물들이며 온 세상을 적화赤化시키는 중이다. 그렇게 가을과 설악과 한데 물들어가며 시나브로 넋을 내려놓는 중이다. 행복하다.

천 개의 불상마다 화들짝 물들었네

흔히들 지리산을 남성에 비유하고 설악산을 여성에 견준다. 장대하고 너른 지리산의 풍채, 지극한 아름다움의 여성미를 지닌 설악산, 아마도 그런 정도의 의인화擬人化 때문이겠지만 이는 설악산의 실상에 대해 미진할 정도로 간과한 측면이 있다.

가장 여성스럽다는 외설악까지도 꼼꼼히 살펴보면 먼저 비선대에 이르러 우뚝 솟은 삼형제봉의 위용을 접하게 된다. 더 올라 공룡능선은 차치하고라도 톱날처럼 혹은 송곳처럼 하늘을 떠받치는 천불동계곡의 침봉들은 그 기세가 얼마나 드세고 강인한가.

그러나 강함은 유함에 속하므로 그 강인함이 극도의 아름다움을 드러낸 설악의 풍광에 휘감겨있기 때문일 게다. 가을 설악의 비상한 용모에서 이상적인 여인상을 보았기 때문에 더욱 그러한 건 아닐까 싶다.

"오늘은 귀면암까지 예뻐 보이네."

동익이 말마따나 강인한 용모의 귀면암마저 초록과 갈색의 엷은 화장발이 잘 받아 트랜스젠더처럼 보이기도 하는 데 그리 천박하게 느껴지지 않는다.

양옆으로 다닥다닥 붙어선 기암절벽들이 천 개의 불상이 늘어선 형상이라는 천불동千佛洞답게 봉우리들은 하늘이 무너질세라 쭉쭉 팔 내밀어 떠받치고 있다. 깊게 팬 협곡의 암반을 타고 흐르는 물줄기는 인위적으로 조경해서는 절대

저리 꾸미지 못할 거란 생각이 들게 한다.

천불동 외에도 공룡능선, 용아장성이 그렇듯 설악산의 기암절벽과 바위 봉우리들은 유난히 수직절리가 발달하여 그 기세가 하늘을 찌를 듯 위용을 떨친다.

절대 비경의 협곡 사이로 화채능선의 칠선봉이 고개를 내밀고 있어 더욱 조화로운 천불동이다. 크고 작은 폭포수가 서로 먼저 흐르려고 빠르게 추락하다가는 잠시 머물러 거울처럼 비추고, 다시 애무하듯 바위를 타고 흐르며 보석처럼 빛을 발산한다. 보이는 것마다 역동적이고 열정적이다.

시오리 계곡 넋 나간 채 올라 보이는 것마다 천국
굽이굽이 돌고 돌아 천의 불상 대할 때마다 극락
단풍 물들다 아예 불이 난갑다
봉우리마다 폭포마다 향내 가득

오련폭포에 다다르면서 단풍은 최적의 절정을 드러낸다. 암벽을 채운 오색의 바위 꽃들이 햇빛까지 받아 찬란하게 공간을 장식하고 있다. 폭포의 하단, 상단과 오련교까지 그 어떤 수식어로도 모자란 황홀경이다.

한동안 넋 내려놓고 양폭까지 올라오면 눈에 차는 것마다 아련했던 그리움이다. 천 명의 부처 일일이 뵈어 깨우침을 얻으니 담아지는 것마다 오묘한 비움이다.

희운각 대피소에서 잠시 휴식을 취하고 소청까지 다다랐을 때는 이미 어둑해졌다. 예약한 소청대피소에서 하룻밤 유숙한다. 모처럼 오랜 친구들과 산중에서, 그것도 설악산에서 보내는 가을밤은 아스라한 옛 추억이 버무려져 웃음꽃이 만발한다.

구곡담에서 수렴동으로

자는 둥 마는 둥 설치다가 이른 새벽, 대청봉에서 동해를 빨갛게 물들이는 완벽한 일출을 본다. 오늘의 남은 여정도 감동의 연장일 거란 느낌이 든다.

"오늘 대청봉은 호근이 때문에 온 거야."

동익이 말처럼 설악산 정상이 처음이라는 호근이를 배려하여 대청봉까지 왔다가 온 길을 되돌아가는 것이긴 하다.

"내려가면 대포항에서 내가 쏠게."
"북쪽으로 잘 겨누고 쏴야 한다."

농담을 주고받으며 대청에서 다시 중청, 소청으로 내려간다. 용의 이빨 틈으로 파고들고 싶은 욕망이 꿈틀거리지만 처음 계획대로 백담사 방향 하산로로 발을 내디딘다.

언제든 맘 내키면 올 수 있는 곳이 설악산이긴 하나 용아장성은 출입 통제구간이라 더욱 매혹적인 곳이기도 하다. 봉정암에 이르러서도 뒤로 보이는 용아장성 지붕이 자꾸만 눈에 밟힌다.

봉정암, 우리나라 암자 중에서 가장 높은 곳(해발 1224m)에 자리 잡았으며 5대 적멸보궁이 있는 사찰 중 한 곳이다. 적멸보궁은 석가모니의 사리를 봉안하고 있는 절, 탑 혹은 암자 등을 일컫는데 전殿이나 각閣 등으로 표기하는 시설물들과 달리 석가모니의 진신 사리를 봉안하고 있는 절은 궁宮으로 높여 부른다.

적멸보궁은 허다한 불교 문화재 중에서도 그 가치가 출중하다. 소청봉 자락에 있는 봉정암도 그래서 순례자들의 발길이 끊이지 않는다.

"설악이 아니라 벼락이요, 구경이 아니라 고경苦境이며, 봉정鳳頂이 아니라 난정難頂이로다."

조선조 송강 정철은 봉정암을 오른 뒤 이렇게 말했다고 한다. 그만큼 힘든 걸음을 표현한 것인데 지금 순례자들은 쌀부대 등을 짊어지고 이 높은 곳까지 오르는 걸 어렵지 않게 볼 수 있다. 봉정암에 오면 많은 탐방객이 건물 뒤로

우뚝 솟은 거대한 기암을 배경으로 사진 찍는 모습을 보게
된다.

"내가 산에서 본 남근바위 중 제일 큰 거 같아."
"정말 크군."
"저쪽 사리탑이 있는 곳으로 가보자."

창훈이와 남영이가 주고받는 말을 듣다가 동익이가 사리탑
쪽으로 걸음을 옮긴다.

"사리탑엔 왜?"
"남근바위를 더 세밀하게 보여주려고."

오세암 방향 등산로 초입의 사리탑에서 바위를 바라보자
전혀 다른 모습이다.

"어! 부처님처럼 보이네."

마치 부처님이 인자하게 봉정암을 내려다보는 형상이다.
방향에 따라 형태가 변하는 바위를 숱하게 봤지만 이처럼
상상외의 모습으로 바뀐다는 게 경이롭다. 오직 사리탑에서

바라봐야만 부처의 모습으로 보인다.

소청봉에서 내려오며 볼 때도 사람 얼굴의 형상은 있지만, 사리탑에서 바라보는 완벽한 얼굴 형상에는 미치지 못한다. 바로 부처 바위라고 부르는 기암이다.

"사과드려. 부처님 얼굴을 남근에 비유했으니."

"백담사에서 대청봉으로 향하는 대다수 등산객이 봉정암 경내를 거쳐 등산로 따라 오르기에 급급하다 보니 저 부처 바위를 놓치고 말지."

"그렇겠구나. 부처님! 큰 결례를 범했습니다. 용서하십시오. 나무아미타불."

"어! 여기서 다시 보면 역시 남근바위야."

설악산의 대표적 기암 능선인 용아장성과 공룡능선이 만나는 중간지점에 있는 봉정암은 부처 바위 외에도 주변에 기암 묘봉이 병풍처럼 펼쳐져 있다. 그런 봉정암에서 허름한 아침밥 한 끼를 신세 지고 좌측으로 틀어 구곡담 계곡을 지나 수렴동 계곡으로 내려선다.

용아장성이 시작되는 수렴동 대피소에서 소청봉 아래 봉정암까지의 상류 계곡을 구곡담으로, 백담사에서 수렴동 대피소까지 대략 8㎞에 이르는 하류 계곡을 수렴동으로 구분하

는데 2013년 명승 제99호로 지정될 정도로 수려한 계곡들
이다.

외설악의 천불동계곡과 쌍벽을 이루는 내설악의 으뜸 계곡
으로, 대청봉의 서쪽 골짜기를 이루는 구곡담, 가야동, 백
운동계곡에서 흐르는 물줄기가 합수하여 수렴동 계곡과 백
담계곡을 흘러 인제군 북면 한계리에서 북천에 합쳐진다.
실타래 풀듯 가느다란 물줄기가 흘러 코발트 빛 담을 이루
거든 잠시 숨 돌리며 올려다보노라면 멋들어지게 붓질한
동양화 병풍이 펼쳐지는 곳이다.

금강산의 바위, 골짜기와 산봉우리의 이름을 설악산에 그
대로 인용한 경우가 많은데 수렴동 계곡도 금강산의 계곡
이름을 빌려 썼다.

조선 중기 유학자인 삼연 김창흡은 '설악 일기'에서 금강
산의 수렴보다 설악산의 수렴이 더 광범위하며, 수렴동 계
곡과 폭포가 중국의 황산보다 아름답다고 표현하여 명승지
로서의 가치를 평가하였다.

"맞아. 황산보다 못하지 않아. 황산하고는 또 다른 매력이
철철 넘치는 수렴동이야."

잠시 길을 틀어 사자바위 아래에서 주변을 둘러보면 설악
산은 머리부터 발끝까지 사랑하지 않을 수 없다는 걸 새삼

인식하게 된다. 사자바위에서 간식도 먹으면서 한참을 쉬었다가 영시암을 지나 너른 계곡에서 흐른 땀을 식히고 백담사로 향한다.

백담사에 깔린 비참한 역사의 흔적

대청봉 자락에서 발원한 물줄기가 굽이굽이 휘돌아 100번째 웅덩이를 이룬 개울가에 자리 잡았다는 백담사百潭寺에는 승려 시인 만해 한용운을 비롯해 매월당 김시습과 죽림칠현의 한 사람인 홍유손 등 내로라하는 인물들이 거쳐 갔다. 그들이 다녀가고도 긴 세월이 흘러서 또 한 사람이 거기 머물렀으니…….

영시암을 지나 너른 계곡에서 흐른 땀을 식히고 백담사로 들어서는데 몇 해 전, 역시 설악산 가는 길에 용대리에서 들은 말이 귀에 아른거린다.

"저 가게들이 전부 전두환 때문에 먹고사는 거라오."

전두환 전 대통령이 백담사에 유배되기 전, 백담사라는 절을 제법 안다는 사람도 이 절이 신라 때 창건되었고 '님의 침묵'으로 유명한 만해 한용운이 머물며 글을 썼었다는 정도 외에는 달리 설명할 게 없었을 거였다.

백담사는 대한불교 조계종 제3교구 본사인 신흥사의 말사이다. 이 절의 기원은 647년 진덕여왕 때 자장이 창건한 한계사寒溪寺이다.

그저 설악산 첩첩산중의 말단 산사에 지나지 않던 백담사가 세상에 널리 알려진 건 88 서울 올림픽이 끝나고 얼마 지나지 않은 1988년 11월 23일 전두환 전 대통령 내외가 대국민 사과 성명 발표 후 이 절에 은거하면서였다. 옛날로 치면 그건 귀양살이였고 당시의 백담사는 유배지였다.

그해 겨울에도 백담사는 여지없이 하얀 눈으로 덮였다. 절의 한쪽 방에서 추위를 참으며 웅크리고 앉은 전 대통령 내외의 모습이 아직도 눈에 선하다. 그들 부부는 거기서 2년 이상을 보내다가 1990년 12월 30일에 연희동 사저로 돌아간다.

"세상사는 동안 가장 길고도 지루한 두 해였을 거야."
"두말하면 잔소리지."
"우리도 참 오랫동안 그 사람과 한 공간에서 사는군."
"불행한 거지."
"암울하고."

지존의 자리에 있다가 그 자리를 예정된 후계자에게 물려

주다시피 하고 떠밀려간 곳이 인적조차 드문 산사, 여기 백담사라니. 노태우 대통령 취임, 그 이인자가 대통령에 당선되었는데 그를 대통령으로 만든 일인자는 유배지로 향했다. 이를 악물었을 그 2년간의 세월에서 그의 이빨이 온전했다면 아마도 부처님의 은덕 때문일 것이다. 그러나 부처님 운운하며 사찰과 그를 연관시킨 건 곧 잘못된 판단이었음을 알게 된다.

"내 전 재산은 29만 원이요."

그의 아들, 손자 명의로 된 어마어마한 재산이 밝혀졌음에도 그는 전 재산을 추징·몰수하라는 여론에 정면 반발하며 그렇게 말했었다. 이기적 탐욕이 힘 있는 자에게는 정당화되고 없는 자에게 범법이 된다면 그건 절대 공평치 않다.

"전두환 때문에……."

용대리 촌로인 듯한 사람은 '덕분에'라는 표현을 쓰지 않았다. 전직 대통령이라는 사실과 그 덕분에 장사가 잘되어 고맙게 느낀다는 뉘앙스는 전혀 발견할 수 없는 내뱉음이다. 전두환 전 대통령에게 지닌 국민감정, 그건 지나간 역사가 아니라 아직 진행되는 현실이기 때문이었으리라.

"나라님이 귀양살이했던 곳이니까 구경 왔을 뿐이지요. 다른 의미가 뭐 있겠어요."

백담사를 찾은 관광객들 역시 냉랭하다. 빈정거림이 다분하다. 최고 권좌에서 물러나 머문 절이 도대체 어떤 곳인지, 그게 궁금해서 관광객들은 백담사를 관광코스 중의 한 곳으로 잡는다.

현대판 귀양살이를 한 곳, 그곳에서 과연 어떻게 세월을 보냈을까. 극단적 영욕을 경험하며 비참하게 전락한 현장에서 누군가는 특별한 상념에 젖지 않을까.

"내 아들이 5·18 민주화운동 때 죽었소. 그래서……."

그들 중에는 5·18 민주화운동 당시의 암울함에 빠져드는 이도 있고, 삼청교육대를 떠올리며 분노하는 이도 있을 것이다. 그들 부부가 머물렀던 한 칸의 방 앞에서 무거운 걸음을 멈춰 세운다.

'전두환 전 대통령이 머물던 곳입니다.'

그렇게 안내문이 적힌 곳은 극락보전 앞에 있는 화엄실의

171

작은 방이다. 유배 중에 사용했다는 작고 초라한 생활 물품들이 전시된 것을 보고 속이 아리다 못해 쓰려서 곧 토할 것만 같다.

거기 전시된 것들은 유배 생활이 얼마나 초라하고 비참했는지를 짐작하게 하고도 남음이 있었는데 그 전시품들이 마치 그의 고행을 추켜올리는 느낌을 받아서였다.

그가 남긴 비참한 역사의 자취가 아직 핏물처럼 고여 마르지도 않고 있는데, 백담사는 전두환 전 대통령의 유배지였다는 사실만을 알리며 현대사의 아픔을 왜곡하는 것이 아닐까 하는 느낌을 지우지 못하는 것이다.

단풍 절정의 아름다운 설악에서 이런 느낌을 받는 게 더욱 역겨운 것이다.

"그만 가자. 헬리콥터에서 무차별 발사하는 소리가 들리는 것만 같다."

뒤도 돌아보지 않고 백담사 다리를 건너는데 계곡에 끝도 없이 쌓인 돌탑들이 보인다. 저걸 쌓은 이들은 무얼 기원하며 쌓았을까.

텅 빈 듯 가벼웠다가 지끈거리는 머릿속을 다시 비워내려고 고개를 흔든다. 내려온 만큼 높이 시선 머물며 어제오늘 자연에 심취했던 초심을 되찾으려 애써본다.

"고맙다, 설악아! 수줍어하면서도 네 속살을 죄다 보여줘 감사하구나."

진중하게 계획을 하였거나 느닷없이 나섰거나 설악산은 실망하게 하는 일이 없다.

"고맙다, 설악아! 잠시 옛 인물이 어둠을 뿌렸으나 비탈마저 평평하게 우리 육신 안전하게 내려주어 너무나 감사하구나."

설악산이여!
이 밤만 지나면
나는 당신을 떠나야 합니다.
당신의 품속을 벗어나
티끌 세상으로 가야 합니다.
마지막 애달픈 한 말씀
애원과 기도를 드립니다.
설악산이여!
내가 여기와
흐르는 물 마셔 피가 되었고
푸성귀 먹어 살과 뼈 되고
향기론 바람 내 호흡 되어
이제는 내가 당신이요
당신이 나인 걸 믿고 갑니다.

설악산이여!
내가 사는 동안
무슨 슬픔이 또 있으리이오
아픔이 있고, 외로움이 있고
통분할 일이 겹칠 적이면
언제나 사랑의 세례를 받으려
당신만을 찾으리이다.

- 설악산 / 노산 이은상 -

때 / 가을
곳 / 설악동 소공원 매표소 - 신흥사 - 와선대 - 비선대 - 천불동 계
곡 - 양폭 - 천당 폭 - 희운각 대피소 - 소청 - 중청 대피소 - 대청
봉 - 중청 - 소청 - 봉정암 - 구곡담 계곡 - 수렴동 계곡 - 백담사 -
용대리

금강산 일만이천 번째 봉우리에서

미시령에서 상봉으로 이어지는 백두대간도 뚜렷이 선을
그었고 속초 시내와 동해도 낮잠을 즐기는 듯 고요하다.
앞뒤 좌우 사방팔방이 온통 수채화다.
역시 최고의 조망을 지닌 명품지역이다.

"이번 주말엔 금강산 갈까?"
"금강산? 정은이가 입산을 허락했어?"

유래 만들기 나름일지도 모르겠다. 신선봉을 일컬어 금강
산의 첫 번째 봉우리라고들 하지만 일만이천 번째, 즉 금강
산의 마지막 봉우리라는 생각을 해본다.

속초의 울산바위가 큰 덩치를 힘들게 이끌고 울산에서 왔
으나 간발의 차로 금강산 봉우리에 끼지 못하고 설악산에
속하게 되었다고 하니 울산바위보다 조금 앞선 신선봉도
남쪽에서 올라왔다면 울산바위를 제치고 말석으로 금강산
자락에 합류했을 거란 해석을 하는 것이다.

한국전쟁 전, 38선 이북에 위치하여 북한 땅이었던 신선봉
일대는 지난 2003년 설악산국립공원에 편입되어 북설악이
라 불리고는 있지만, 태초에 금강산 줄기인 것만큼은 분명
하다.

들머리인 화암사 일주문의 현판도 엄연히 금강산 화암사이다. 화암사 삼성각에는 금강산 천선대, 상팔담, 세전봉, 삼선대 등 금강산의 이채로운 풍경이 그려져 있어 화암사가 12000봉, 80009 암자 중 남쪽에서 시작하는 첫 봉이 신선봉이며 화암사가 첫 암자라는 것을 증명한다고 적혀 있다. 통일되면 남금강으로 명명되지 않을까 싶다.

아무튼, 비자 없이도, 김정은 국방위원장의 허락 없이도 서울에서 두 시간 만에 달려와 금강산행을 하게 된다. 친구 병소와 동행하였다.

거대한 울산바위의 전신을 한 컷에 담다

화암사 입구에는 큼지막한 바위들을 군데군데 닦아세워 오도송悟道頌과 열반송涅槃訟을 적어놓았다. 불교의 가르침을 함축하여 표현하는 운문체의 짧은 시구를 게송이라 하는데 그중 고승이 자신의 깨달음을 노래한 것이 오도송이며, 임종 전에 남겨놓고 가는 노래를 열반송이라고 한단다.

경내에 들어서자 웅장한 팔각정의 종각이 먼저 눈에 띈다. 팔각정을 받치고 있는 돌기둥 석조물도 대단한 공을 들인 조각품처럼 보인다.

대웅전 전면에 세워진 진신사리 9층 석탑과 미륵보살 석상도 화암사의 불교적 위상이 높이는 듯하다. 그러나 화암사는 바로 지척에 왕관 모양의 수바위가 솟아있음으로써 사찰의 면모가 제대로 빛을 발한다.

일주문을 지나 성인대로 오르기 전 그런 수바위를 모른 채 지나칠 수 없다. 신라 진표율사가 창건한 화엄사華嚴寺는 1912년 건봉사의 말사가 되면서 화암사禾巖寺로 고쳐 부르게 된다. 그 연유는 인근 왕관 모양의 수바위秀岩 때문이라 한다.

"수바위에 있는 조그만 바위굴을 지팡이로 세 번 두드려라. 그리하면."

절의 위치가 민가와 멀어 이곳 스님들이 시주를 구해 공양하는 데 어려움이 많았는데 그런 어려움을 감내하면서도 수행에 열중하던 두 스님의 꿈에 백발노인이 나타나 그렇게 지시하는 것이었다.

그대로 따르니 노인이 말한 대로 쌀이 나왔다고 하여 벼화禾자를 써 사찰명을 바꿨다고 적혀있다. 수바위에 오르자 화암사 경내가 한눈에 잡힌다. 반대편 울산바위의 육중한 몸집이 병풍처럼 펼쳐져 눈을 사로잡는다. 또 뾰족 솟구친 달마봉도 뚜렷이 전신을 드러냈다.

"오케이! 그 자리 딱 좋아."

바위를 돌아가며 병소를 세워 구도를 잡는다. 울산바위의 전신을 정면으로 한 컷에 잡을 수 있는 명소 중의 명소라 하겠다. 조망을 우선시하는 산행이라 기상 좋은 날을 골랐는데 무척 다행이란 생각이다.

드문드문 갈색 가을옷으로 갈아입기 시작한 수림이 광활하다. 울창한 수림 위로 지금부터 오르게 될 상봉과 그 오른편으로 신선봉이 우뚝 솟아있다. 두 봉우리 사이에 낮게 패인 안부가 화암재이니 신선봉에서 다시 내려와 화암재에서 화암사 계곡을 따라 하산하게 될 것이다.

수바위에서 조금 더 오르면 시루떡바위가 보인다. 바위 몇 개를 겹겹 얹어놓은 시루떡 모양인데 역시 쌀과 관련지어 명명되었음을 알 수 있다. 곧이어 신선대라고도 불리는 성인대가 나온다. 신선들이 내려와 노닐었다는 바위이다.

"그야말로 신선들이 즐기기에 모자람이 없는 경관이군."

고성과 속초 일대 동해가 길게 펼쳐있고 영랑호와 청초호도 소담하게 물을 담고 있다. 가까이 내려다보이는 수바위 지붕에 아직도 햅쌀이 흩어져있을 것만 같다.

성인대에서 이어진 바윗길을 따라 낙타바위에 이른다. 낙타가 다리를 접어 앉은 형상이다. 거대한 울산바위의 부분

암각들이 더욱 뚜렷하게 드러난다. 멈추는 곳마다 시간을 지체할 수밖에 없을 만큼 멋진 풍광들을 보게 되지만 그래서 더욱 한곳에서 오래 머물기엔 시간이 여유롭지 못하다.

다시 구불구불하게 인제로 넘어가는 미시령 옛길을 정겨운 마음으로 내려다본다. 지금 올라가는 신선봉과 남쪽으로 설악산 황철봉(해발 1381m) 사이의 안부에 해당한다.

2006년 미시령터널이 개통되면서 해발 826m 정상의 미시령 휴게소가 철거되고 새로운 공사가 한창이다. 백두대간 생태 홍보관과 전망대 등을 조성하는 중이라고 한다. 속초와 고성 쪽의 영동과 인제 쪽의 영서를 넘는 3대 주요 고개인 미시령, 한계령, 진부령이 이젠 드라이브 코스쯤으로 명맥을 유지하게 되고 말았다.

비가 온 지 꽤 오래 지났는데도 움푹 팬 바위에 그득 물이 고여 있는 게 이채롭다. 올라선 성인대에서의 조망 중 백미는 수바위에서 보는 것보다 살짝 몸을 비튼 울산바위의 전신 모습이다. 북설악에서 울산바위를 가장 멋지게 조망할 수 있는 장소답다.

울산바위 뒤 왼쪽으로 달마대사의 둥그스레한 머리와 닮은 달마봉이 보인다. 어찌 보면 북한산 인수봉을 닮은 것 같기도 하다. 아직도 못 가본 설악산 미답지 중의 한 곳이다.

비탐방 구역으로 설악 문화제가 개최되는 10월 중에 딱 하루만 개방이 허용된다.

"가지 못하게 막은 곳은 더 가고 싶어 지지."

"특히 설악산의 금줄은 몰래 넘어서고 싶은 충동이 마구 생기지."

산행을 즐기는 산객의 주관적 생각일 것이다. 토왕성폭포, 용아장성, 만경대, 황철봉 등 상사병을 앓게 하는 구간들을 허용하지 않는 생태계 보전이나 위험 구간 통제 등의 명분을 모르지 않지만 좀 더 융통성 있게 검토한다면 무조건적인 입산 통제 말고도 대체할 방안이 나올 것으로 본다. 철로 끊긴 철길을 내처 달리는 열차처럼 백두대간의 곳곳 출입 금지구간을 숨어서 이어가는 게 현실이다.

백두대간을 종주하는 이들에게 사실상 산행 금지구간은 지켜야 할 규범이라기보다 어렵지 않게 넘을 수 있는 일종의 장애물에 불과하다고 할 수 있을 것이다.

백두대간이 존재하는 한 규범이나 법규 준수의 기대가 요원할 거로 단정한다면 개방을 원하는 고정관념이 강하기 때문일까.

2017년 6월 15일 용아장성 암반 지대 속칭 개구멍 바위에서 59세의 등산객이 40m 절벽 아래로 추락해 숨졌다는 보도를 접한 바 있다.

인간이 무엇엔가 강한 욕망을 지니고 집착하게 되면 목숨을 건 위험도 감수하려 하고 법을 위반해서라도 채우려 하는 속성이 있다. 자연공원법의 규제적 법 조항을 내세운 계도, 통제, 과태료 부과 등은 최선의 해법이 아니란 게 개인적 견해이다.

"금강산에 와서 조국의 법 제도를 비판하다니. 국경 넘어 러시아 알타이산맥에 갔으면 국가체제를 비판하겠구먼."

견해를 들은 병소가 신랄하게 빈정거리면서도 고개를 끄덕인다.

북설악은 촛농이 줄줄 흐르는 촛불이다

달마봉 뒤편에서 오른쪽으로 쭉 이어져 대청봉까지 솟구친 화채능선의 외설악 전경은 그야말로 눈을 돌리지 못하게 한다. 화채능선 또한 바탐방 지역이다.

이 지면에서 공개하려니 머뭇거리게 되지만 몰래 금줄을 넘어 다녀온 권금성부터 집선봉, 칠성봉, 화채봉의 능선 길은 그야말로 눈부신 산길이었다. 설악 곳곳 잠시도 시선 뗄 수 없을 정도로 찬란한 조망을 만끽했었다.

"문이란 건 닫혀있을 때보다 열렸을 때 더 문 같아."

그때의 추억을 더듬으며 뚱딴지같은 생각을 하다가 머리를 긁적거린다. 멋진 광경들을 실컷 조망하고 엉뚱한 발상을 해보다가 상봉을 향해 보폭을 빨리한다. 화암사와 성인대로 갈라지는 길부터는 길이 거칠다.

미시령 옛길과 그 너머 백두대간 마등령으로 이어지는 황철봉 너덜지대를 시야에 가득 담으며 바위 구간을 올랐다가 길을 놓치고 말았다. 우회로를 찾느라 20여 분을 소모했다. 산에서는 길을 잃어 헤맬 때 가장 땀이 많이 난다. 긴장으로 인해 체력 소모도 더 커지는가 보다.

곧바로 상봉에서 내리뻗은 암벽이 멋진 자태를 드러낸다. 능선 오른편, 그리 크지 않은 송림이 쓸려 내려갈 듯한 바위들을 받치고 있다. 그 골짜기 위로 바람이 치고 올라와 더욱 불안스러워 보이기도 한다.

엷은 구름이라도 찌를 양 꼿꼿이 뻗은 각진 바위들은 강인해 보이기도 하지만 그것들이 두루 이룬 비탈 단애는 오히려 부드러운 느낌을 준다.

오밀조밀 모인 모양새가 잘 단합된 촌락처럼 여겨지기도 한다. 그러려니 지나치는 이에게 부락 촌장은 바람 같은 목소리로 넌지시 충고를 한다. 참 강함은 부드러움이요, 겸손은 어우러진 결속이라오.

미시령에서 상봉으로 이어지는 백두대간도 뚜렷이 선을 그었고 속초 시내와 동해도 낮잠을 즐기는 듯 고요하다. 앞뒤 좌우 사방팔방이 온통 수채화다. 역시 탁월한 조망을 지닌 명품지역이다.

상봉과 신선봉 주변에서는 6.25 전사자 유해 발굴의 흔적을 보게 된다. 아무리 지나간 역사일지라도 이처럼 멋진 풍광을 즐길 수 있는 곳에 총을 난사하고 포탄을 터뜨려 아비규환의 전쟁터로 만들었다는 사실에 슬그머니 부아가 돋는다.

"저분들이 산화하면서 이곳이 북에 넘어가지 않았으니 감사해야겠지."

돌무더기를 만들어 정상을 표시한 상봉에 가늘고도 신선한 바람이 분다. 납작한 돌 하나에 1239m의 숫자를 적어놓았다. 거의 매일 운무가 끼고 운해가 흐르는 곳이라는데 오늘은 안개 한 점 없다.

산정부터 붉게 물들어 하강하는 설악의 단풍을 보노라니 가슴이 울렁거린다. 대청봉 아래로 천화대와 공룡능선까지 흐릿하나마 눈에 들어오자 가슴이 벅차다.

저기서 보는 이곳은 그다지 볼품없어 금세 눈 돌리겠지만 여기서 보는 저 너머는 쉬이 눈을 거두지 못하게 한다. 보고 또 보며 설악이 얼마나 멋진 곳인가를 거듭 새기게 한다. 자신을 태워 주변을 밝히는 촛불, 북설악은 촛농이 줄 줄 흐르는 촛불이다.

다시 날카로운 암반 지대를 내려섰다가 올라서면서 신선봉(해발 1204m)에 닿는다. 지도상 해발 1212m로 표기된 바위 봉우리 신선봉은 12·12 사태를 빗대 전두환 봉이라 지칭하기도 한다는데 어떤 이유로도 그의 이름이 위대한 금강산 봉우리에 덧붙여진다는 게 불쾌하다.

의상대사와 원효대사가 의상봉이나 원효봉의 명칭을 물리라며 벌떡 일어나지는 않을까. 도로나 공원, 명소에 역사적 인물의 이름을 붙이는 건 존경받을만한 의인을 기억하며 민족적 자긍심을 고취하고자 하는 의미가 있을 것이다.

물리적 자연훼손만 훼손일까. 대자연의 명예도 함부로 깎아내리면……. 그만하자. 이처럼 멋진 천상의 바위에 올라 비틀린 역사를 더듬는 것 또한 할 일이 아닌 것 같다.

다시 550m 거리의 화암재로 되돌아간다. 화암재 계곡으로 내려가는 숲길은 단풍이 물들어 낙하하는 중이다. 오솔길과 애추崖錐 바위 더미 길이 반복되기는 했어도 비교적 수월하게 화암사 주차장에 당도했다.

금강산의 첫 봉우리이자 마지막 봉우리를 잘 다녀오긴 했는데 역사와 법률, 정치와 군사, 체제와 이념이 뒤엉킨 장소에서 빠져나온 느낌이다.

머잖은 날에 이곳 북설악이 설악산과 금강산을 잇는 종주

산행의 쉼표 장소로서 가교역할을 하길 소망하게 된다.

"그런 날이 오겠지?"

"그저 기도할 뿐이지."

때 / 가을
곳 / 화암사 1주차장 – 화암사 – 수바위 – 성인대 – 상봉 –화암재 –
신선봉 – 화암재 – 화암사 계곡(신평리 계곡) – 임도 – 원점회귀

공룡의 속살을 파고들다, 설악산 공룡능선

천화대의 으뜸 범봉을 필두로 왕관봉, 희야봉을
지척에서 접하니 언제나처럼 가슴이 뜨거워진다.
송곳처럼 날 세워 파란 천을 뚫고 쭉쭉 뻗어 하늘 향해
악수를 청하는 역발산기개세에 감탄하지 않을 수 없다.

6월 말 새벽 세 시. 설악산 정상을 오르는 최단코스, 남설
악 오색 탐방안내소의 개방에 맞춰 설악산을 오른다.

여섯 번째 들어서는 오색 들머리는 오를 때마다 버겁다.
표고 500m 지점에서 시작하여 정상 1708m의 대청봉까지
도상거리 5km의 가파른 수직 오르막. 이길 만큼은 다신 오
지 않겠다고 다짐하면서도 또 오게 된다.

여기가 설악산이고 이번 산행이 나로 인해 등산에 깊이
맛 들인 친구들과의 동행이기 때문이다. 설악산은 특히 가
고자 하는 명분, 와야 할 이유가 어떻게든 만들어진다.

공룡의 등에 올라타는 건 특권을 누리는 것이다

한 시간 반 정도가 지나 동이 터온다. 설악폭포 지나 제2
쉼터에 이르러서야 헤드랜턴을 끄고 턱까지 차오르는 숨을

돌리니 이른 새벽인데도 땀이 샘솟듯 한다. 오색 들머리의 다른 등산객들보다 먼저 새벽 정기를 마시고자 앞서 걸었다. 놓치면 마냥 처질 새라 병소가 바짝 따라붙었고, 영빈이와 계원이는 조금 뒤처졌다.

"힘들지?"
"응. 그래도 죽을 거 같진 않아."

대견하다. 병소한테는 첫 대청봉 등정이다. 그런데도 호기롭게 어둠을 뚫고 오르는 가파름을 거뜬히 소화해내고 있다. 오른쪽으로 화채능선이 반만 보인다. 운무에 가린 능선의 긴 곡선이 오늘따라 더 정겹다. 바위에 걸터앉아 설악에서 열리는 여명을 둘러본다. 시선이 머무는 곳마다 살가움이 넘친다.

"케이블카가 설치되면 편하게 올라올 수 있을 거야."
"무슨 말 같지 않은 소리야. 케이블카가 생긴단 말이야?"
"그래선 안 되는데 자꾸 그런 목소리가 커지나 봐."
"이제 막 설악산에 빠지기 시작했는데. 애정이 생기려는데 그 여자의 문신을 본 꼴이야."
"하하하! 기막힌 19금 비유일세."

187

병소는 설악산의 케이블카 설치를 문신에 빗대면서까지 핏대를 올렸다. 산은 찾는 이들의 편의를 도모하여 빠르게 정상을 접하게 하는 탐방지가 아니다.

역설적일 수 있지만, 산은 힘들고 불편한 곳이기에 매력이 넘치는 곳이다. 문명의 이기 속에서 살다가 모처럼 찾은 대자연에서마저 편안함을 추구하려고 오는 장소가 아니라는 걸 깨달아야 한다.

순리를 거슬러 이익을 좇는 이들에 의해 산이 휘둘려서는 안 된다. 산이 자연의 섭리를 빼앗겨가면서 그들의 호주머니를 채워주는 도구가 되어서는 안 된다. 대자연의 가치를 돈에 비유할 수 없음이다. 케이블카를 설치한다거나 산악열차를 개통하겠다는 발상으로 대자연에 생채기를 내는 일은 제발 없었으면 좋겠다.

"자연은 자연 그대로일 때 가장 아름다운 거야."
"동감일세."

사랑하는 설악산이 빨간 루주나 아이섀도로, 더더욱 문신 따위로 천혜의 자연미가 훼손되지 않기를 염원하며 다시 잰걸음으로 새벽 공기를 가른다.

"병소야, 먼저 올라가."

대청봉에 이르러 처녀 등정인 정상을 친구가 먼저 밟을 수 있도록 한다. 초보 때 선배가 양보했던 정상 등정을 그대로 따라 하는 것은 작으면서도 큰 즐거움이다.

'양양이라네!'

대청에서 여느 때와 달리 더욱 뿌듯한 행복감을 느끼는 건 비록 고된 장정이지만 사랑하는 친구들과의 동행이기 때문일 것이다.
많은 산을 홀로 다녀보았으므로 혼자가 아닌 동행에 큰 희열을 느꼈음이리라.

"양양에서 제일 높은 곳이 여기라는 걸 기억하게나."

1708m, 강원 최고봉이자 한라산, 지리산에 이어 표고로는 남한 3위의 산. 그러나 설악산은 명함에 찍힌 직함으로 존재감을 드러내는 산이 아니다. 설악산은 그 자체로 존재가 주목받고 오르는 이로 하여금 자존감을 지니게 하는 그런 곳이다.

"우와~ 대박!"

처음 밟는 설악산 정상, 어제 저녁나절부터 설렘과 긴장감에 결국 잠까지 설쳤다는 친구 병소와 영빈이었다. 그들의 뿌듯함은 운무가 걷히면서 드러난 외설악 천불동의 장관을 보며 탄성으로 이어진다.

운해가 차오를 때나 맑은 날이나 설악 정상에서는 감탄사를 연발하게 된다. 엷은 안개가 오락가락 시야를 가렸다가 열어주기를 반복한다. 600m 아래 중청대피소가 사라졌다가는 다시 보인다.

시계가 좀 흐리면 어떠하랴. 우리가 대청의 정상석에 나란히 서서 악수하고 있는데. 늘 느끼는 거지만 정상은 그만큼 땀 흘린 자에게만 자리를 내어준다. 케이블카를 타고 올라와서는 만끽할 수 없는 희열이다. 이들과 함께 설악의 최고봉을 함께 공유한다는 사실이 행복하다.

"저기가 오늘 우리가 넘어야 할 공룡능선이야."

스틱으로 아래쪽 능선을 가리키는데 공룡이 등줄기를 들이대고 어서 올라타라는 것처럼 보인다. 그러더니 금세 안갯속으로 내뺀다.

'강원도 양양군 서면 오색리 산 1-24번지'

대청봉과 중청봉 사이의 안부에 있는 중청대피소의 주소. 거기서 아침 식사를 마치고 나오자 외설악과 속초시, 동해를 두루 조망할 수 있는 전망 좋은 위치에 빨간 우체통에 세워져 있다. 정식 명칭 '설악산 대청봉 우체통'의 안내판에 이렇게 적혀있다.

　"1708M, 5604 Ft 이 우체통은 국토의 근간인 백두대간 마루금에 위치한 우리나라 최고最高의 우체통입니다. 명산 설악을 찾는 국민들을 위하여 속초우체국과 설악산국립공원사무소가 공동으로 설치 운영하고 있으며, 여러분이 보내는 편지와 엽서는 매주 1회 수집하여 우체국을 통해 전국 각지로 보내고 있습니다. 설악의 아름다운 추억을 우편엽서에 담아 보시기 바랍니다."

　엽서 대신 우체통을 어루만지며 두고두고 오로라처럼 생성될 추억을 담아 넣고 다시 길을 나선다. 아침 8시를 지나고 있다.

　소청으로 향하면서 내려다보는 설악골에 여전히 안개가 머무르고 삼각 상투 화채봉이 흐릿한 걸 보니 공룡능선에 이를 즈음엔 날이 쾌청할 거란 생각이 든다. 친구들이 공룡의 가죽 비늘을 세세하게 살펴볼 수 있었으면 하는 마음이다.

"꼿꼿하게 날 세운 공룡의 등에서 묘한 어지럼증을 느꼈었거든. 처음 내가 그랬던 것처럼 너희들도 그랬으면……."

소청을 지나 희운각으로 가는 길, 초여름이긴 하지만 산중 아침나절인데도 땀이 줄줄 흐를 정도로 무덥다. 희운각 대피소 바로 아래 계곡에서 흘린 땀을 씻어낸다.

이제부터 본격적으로 공룡의 등줄기를 올라타게 된다. 이제부턴 모든 게 쭉쭉 솟아있다. 내설악과 외설악을 가르는 공룡 우리에 들어서며 설악산이 왜 남성미가 강한지를 보게 된다.

"저걸 넘어간단 말이야?"

무너미고개 전망대에서 신선대를 올려다보며 영빈이는 벌린 입을 다물지 못한다.

"자신 없으면 왔던 길 되돌아가든지."

공룡능선 남쪽 들머리를 마치 에버랜드 입구로 착각하는지 병소는 마냥 들떠있고 자신감이 넘친다. 한때 공룡능선을 경험했느냐의 여부로 산악인의 등급을 가리기도 했었다.

나도 그랬었지만, 친구들도 그런 공룡능선에 경외감을 지니고 온 것이었다.

"나만 진급에서 빠질 순 없잖아."

빼도 박을 수도 없겠다며 체념한 듯한 표정으로 뒤따라온 영빈이의 입이 다시 벌려진 건 공룡 제1봉 신선대에 올라서다. 이쯤에서 귀까지 먹먹해지는 건 대뇌의 모든 사고를 중지하라는 신호다. 오로지 눈으로만 보고, 본 그대로 느끼라는 알람이다. 보고 누리며 감상의 시야와 감동의 폭을 더욱 넓히라는 의미이다.

"아아~ 이 정도였다니. 이게 바로 설악산이었구나."

낙차 심한 절벽을 타고 오르는 반투명 안개가 걷히면서 환히 드러난 천화대에 탄성이 터지고 땀을 식히는 시원한 바람을 맞으며 엄지손가락을 곧추세운다. 멀리 역광 받은 화채능선이 은빛 그림자 드리우고 모습 드러낸 화채봉과 왼편 달마봉이 살갑게 손짓한다.

천화대의 으뜸 범봉을 필두로 왕관봉, 희야봉을 지척에서 접하니 언제나처럼 가슴이 뜨거워진다. 송곳처럼 날 세워 파란 천을 뚫고 쭉쭉 뻗어 하늘 향해 악수를 청하는 역발산기개세에 감탄하지 않을 수 없다. 마음만 먹으면 언제든 장군봉, 유선대를 접하고 설악골을 내려다볼 수 있다는 건 헤아릴 수 없을 만큼의 큰 기쁨이다.

지금부터 가야 할 길, 1275봉, 나한봉과 마등령. 힘이 부치면 마라톤 완주코스가 될 수 있고 즐기면 일품 코스 요리일 수도 있는 곳. 그게 바로 공룡의 극단 양면이다. 오늘 산행을 이끄는 대장으로서 일행들에게 꿀맛 요리를 해주고 싶지만 그건 먹는 이의 입맛이 좌우할 것이다. 아직 많은 길이 남아있음이다.

신선대를 내려서면서 공룡의 품 안으로 파고들게 된다. 아니 빨려들게 된다. 외설악 공룡의 등에 올라탔다는 사실만으로도 특권을 누리는 셈이다. 바삐 가려거든 절대 설악엔 오지 마시라. 설악은 걸음보다 눈이 바쁜 곳이기 때문이다. 가다 멈추길 반복하며 다양한 형태의 공룡 닮은 바위들을 보게 되는 공룡능선의 품 안은 특히 그러하다.

"공룡아! 우리가 무겁다고 너무 심히 꿈틀거리진 말아라."

숱한 너덜 바윗길, 쇠줄 잡고 오르내리길 수차례 반복하며 1275봉 아래에 이른다.

"다들 그 자리에 서봐."

공룡능선의 수많은 봉우리 중에서도 높이 1275m로 가장 높고 훌쩍 마음에 드는 봉우리인지라 1275봉 상단이 잡히는 안부에 일행들을 서게 하고 셔터를 누른다.

공룡능선을 단순히 등산로의 한 구간으로 여겨 그저 걷기만 한다면 더더욱 힘에 겨운 곳이다. 공룡능선은 걸음보다 눈을 움직여 보이는 장면마다 담아두며 부차적으로 걸음을 옮기는 곳이라 할 수 있다. 유람하듯, 소요하듯 느긋하게 말이다.

여길 지나 정면으로 나한봉을 마주하게 되는데 공룡능선에서 가장 힘든 부분이 바로 이 구간부터가 아닐까 싶다. 그만큼 체력소모가 클 즈음이다.

미끄럽기까지 해서 더 힘이 부치지만, 간간이 싱그러운 햇빛과 하늘을 찌르는 암봉들의 자태가 펄펄 기운 넘치는 충만한 생명력을 느끼게 한다.

"저기 넘어서면 공룡 우리에서 벗어나는 거야."

공룡능선을 지나오긴 했어도 아직 갈 길이 멀다. 거리만 놓고 볼 때 오색에서 대청까지 1라운드라 치면, 2라운드 공룡능선을 지나 마등령에서 백담사 주차장까지를 마지막 3라운드라 할 수 있을 것이다.

그러나 설악산은 아껴 먹는 초콜릿 같은 곳이다. 지나고

195

나면 아쉬움이 가득 고이는 곳이다. 가야 할 길이 많이 남아 몸이 무거워지고 마음에 부담을 주는 곳이 아니다. 발닿는 곳마다 탄성을 자아내지 않았던가.

백두대간 마등령은 금강굴, 비선대, 와선대를 지나 신흥사로 내려가는 외설악과 오세암, 백담사로 내려가는 내설악 그리고 북쪽 미시령으로 뻗는 출입 통제구간의 연결점이자 경계이다. 말 등에 올라 동해와 북면의 황철봉, 지금까지 온 공룡능선을 두루 둘러보다가 예정대로 내설악 백담사 쪽으로 길을 잡는다.

다양한 루트가 있고 특별한 볼거리가 있어 늘 처음처럼 새로운 산행 경험을 할 수 있는 곳이 설악의 품이다. 그 품 속을 오가다 보면 가까운 일가를 들르는 것처럼 다감하고 다복한 느낌이다.

친가가 있는 도심의 외설악에서 수렴동 지나 용대리를 날머리로 하는 내설악으로 내려가다 다리가 뻐근할 즈음 시원한 식수를 제공해 주고 감자를 삶아 오가는 이들이 요기할 수 있게 해주는 오세암五歲庵에 도착하였다.

오늘은 맛깔스럽게 고구마를 삶아놓았다. 그저 고구마만 있을 뿐 스님도 보이지 않는다. 편안한 자리를 골라 나란히 걸터앉아 고구마를 하나씩 먹는다.

"오세암은 이름처럼 다섯 살과 관련이 있는 암자야."

조선 중엽, 설악산 관음암에서 수도하던 설정 스님이 부리나케 고향인 충청도 두메산골로 향했다.

"스님! 어서 고향으로 가보시지요."

꿈에서 고향을 찾아가라는 관세음보살의 계시대로 30여 년 만에 찾은 고향은 폐허가 되어있었다.

"시주 때문에 오셨다면 괜한 헛걸음을 하셨소이다. 얼마 전 괴질이 번져 이 마을 사람들 모두 떼죽음을 당하고 세 살 먹은 어린아이만 살아 있다오."

알고 보니 어린아이는 형님의 아들이었다. 설정은 아이를 등에 업고 설악산으로 돌아왔다. 가문의 대를 잇게 하려고 관세음보살이 고향으로 보냈던 것으로 여겼다. 암자 생활에 잘 적응하던 아이가 네 살이 된 이듬해 늦가을 무렵, 설정은 겨우내 먹을 월동준비를 위해 설악산을 넘어 양양에 가야 했다.

"저기 관세음보살 앞에서 손 모아 관세음보살을 부르면 너를 지켜주실 테니 무서워하지 말아라."

어린 조카가 며칠 먹을 밥을 지어 놓고 길을 나섰다. 양양 물치 장터에서 장을 본 뒤 신흥사까지 왔는데 밤새 내린 폭설로 길이 막히더니 날이 가도 그치지 않는 눈은 온 설악산을 하얗게 덮어버렸다.

"그토록 아름답던 대청봉과 소청봉도 그저 원망스럽기만 하구나."

설정 스님은 자신에게 자연의 섭리를 내다보는 혜안이 없었음을 탓하고 조카를 염려하다 병석에 눕고 말았다. 어린 조카 걱정에 시름시름 앓으며 까맣게 속을 태우다가 이듬해 3월 눈이 그치고 겨우 길이 열리자 벌떡 기운을 차려 몸을 일으켰다.

대청봉에 도착하니 관음암이 있는 골짜기에서 한줄기 서광이 하늘로 뻗어 오르는 게 보였다. 빠른 걸음으로 내려가 조카를 불렀는데 법당 안에서 은은히 목탁 소리가 들려오는 것이었다. 죽었을 거라고 여겼던 아이가 목탁을 치면서 가늘게 관세음보살을 부르고 있었고, 법당 안은 훈훈한 기운과 함께 향기가 감돌고 있었다.

"스님 오시기만 기다리며 관세음보살을 외웠더니 매번 관세음보살님이 나타나 저를 돌봐주셨어요. 밥도 지어주고 같이 자고 놀아주셨어요."

감동한 설정 스님은 그날 바로 암자 이름을 관음암에서 오세암으로 고쳐 불렀다.

"다섯 살짜리가 지킨 암자라는 뜻도 있겠지만 진심으로 절실하면 어린 동자도 불법을 깨우칠 수 있다는 의미겠지."
"영빈이도 조금 늦긴 했지만, 머리 깎고 여기서 관세음보살님이 해주시는 밥 먹고 지내는 게 어때?"
"난 육식동물이잖아."

다섯 살 동자승이 관세음보살과 함께했던 조그만 방을 들여다보면서 관음 영험 설화의 의미를 새겨보는데 또 한 명의 옛사람이 떠오른다.

"뜬구름 세월을 살았었구나."

조선 세조 때 생육신의 한 사람인 매월당 김시습은 출가하여 오세암에 머물렀었다.

"김시습도 이미 다섯 살 때 일을 낸 사람이었지."

"세종대왕 앞에서 한시를 지어 인정받은 때가 겨우 다섯 살 때라지?"

"맞아. 그 후 김시습은 더욱 열심히 공부했고 천재라는 뜻으로 오세五歲라는 명칭이 붙어 다녔다더군."

그러나 세조의 왕위찬탈, 사육신의 비참한 죽음을 겪으며 당대의 천재는 보던 책을 모두 불살라버렸다. 당시 역모로 죽은 죄인의 시신을 수습하는 건 누구든 죽음을 각오하는 일이었다.

그런데 김시습은 비 오는 날 밤, 능지처참당해 길거리에 뿌려진 사육신의 시신을 수습해 노량진에 묻었다. 지금의 사육신 묘소가 있는 곳이다.

다섯 살에 대학까지 통달해 이름을 떨칠 만큼 재능을 지녔지만, 시대와 궁합이 맞지 않았다. 더러운 세상 오세汚世가 오면서 오세五歲의 학식은 세상에 덧입혀지지 못했다.

역사적으로도 많은 내력을 지닌 오세암은 아늑하기로는 설악산의 사찰 중에서 으뜸이란 생각이다. 그런 오세암을 나서는데 오늘 밤 가을비가 내려 암자의 지붕을 축축하게 적시면서 더욱 아늑한 분위기를 만들어낼 것만 같다.

깊은 산 가을밤에 빗소리 구슬프다
저 스님 무슨 생각에 눈을 감고 앉았는고

나도 따라 눈을 감고 앉아 빗소리를 들어 본다
빗소리 눈감고 듣지 말게 가슴 젖어드느니

 - 오세암의 밤 / 노산 이은상 -

"여기 영시암에도 짚고 넘어갈 한 사람이 있지."

 시위를 떠난 화살이 돌아오지 않듯 영시암永矢庵이라는 이름은 이 절에 은거하여 죽을 때까지 세상에 나가지 않겠다는 맹세의 뜻을 담고 있다.

 '내 삶 괴로워 즐거움이 없고 늙어 설악 산중에 들어와 여기 영시암을 지었네.'

 조선 후기 유학자로 성리학과 문장에 능한 삼연 김창흡이 그 주인공이다. 1689년 기사환국己巳換局 때 영의정이던 아버지 김수흥이 파직되었다가 사약을 받고 죽자 설악산으로 들어왔다.
 후궁인 장희빈에게 빠진 숙종이 인현왕후 민씨를 폐비하려 했을 때 이를 반대하던 이들을 유배시키고 이듬해 중전 민씨를 폐했다. 그 뒤 희빈 장씨의 아들을 세자로 책봉하고 장희빈을 왕비에 앉히면서 서인 집권 10년 만에 남인에게 정권을 빼앗긴 국면을 기사환국이라 한다. 그러나 권력의 무상함을 화무십일홍에 비유하지 않았던가.

후에 장희빈이 폐위되고 자결하게 되면서 권력은 다시 서인과 노론에게 넘어가는 붕당정치가 이어진다. 희빈 장씨의 아들 경종은 숙종의 또 다른 후궁 숙빈 최씨의 아들이자 경종의 이복동생 영조에게 정권을 넘기게 되고.

조선 역사를 되짚다가 수렴동 계곡을 끼고 걸어 백담계곡에 이르러서 땀 젖은 얼굴을 씻는다. 백담사 주차장에서 버스를 타고 굽이굽이 꺾어지는 도로를 따라 용대리에 이르면서 길고도 험한 여정을 마친다. 비릿한 황태덕장이 있는 용대리에서 황탯국에 반주를 곁들이니 긴 여정의 피로가 바로 가신다.

"다들 수고했어. 멋진 산행이었어."
"멋진 역사여행이기도 했어."

공룡능선을 함께 걸었다는 건 삶의 동반이다. 인생의 난관을 함께 풀어냈다는 것과 다르지 않다.

때 / 초여름
곳 / 오색 탐방안내소 - 설악폭포 - 대청봉 - 중청대피소 - 중청 -
소청 - 희운각 대피소 - 공룡능선 시점 - 신선대 - 1275봉 - 나한봉
- 마등령 삼거리 - 오세암 - 영시암 - 수렴동 계곡 - 백담사 탐방안
내소 - 백담사 주차장 - 용대리

들꽃 천국 곰배령의 야생화 물결

법석거리지 않은 곰배령에서
훌쩍 넘어서고픈 점봉산은 더욱 애틋하다.
천국을 연상케 하는 정갈한 하늘 꽃밭, 거기서 다시
두 분 부모님을 뵙고 이승으로 돌아가는 기분이다.

푸르디푸른 활엽수림에 온갖 야생화 만발한 지상천국

곰이 하늘 향해 배를 드러내고 누운 형상이라 이름 지어진 곰배령, 혹은 밭을 고르게 일구는 농기구인 고무래의 강원도 사투리 곰배가 그 어원이다.

해발 1100m 고지 약 165,290m²(5만 평)에 형성된 평원에는 계절별로 수많은 야생화가 만발하여 하늘정원을 이루고 있다.

산중 오지여서 6.25 한국전쟁 때도 총소리조차 듣지 못한 곳이란다. 그래서 더욱 찾고 싶었는데 꽤 늦고 말았다. 벼르고 벼르다가 겨우 찾아서였을까. 뒤늦게 찾아뵈어 부모님 산소에 잡초 무성하도록 불효한 느낌까지 든다.

지금 곰배령으로 향하며 가슴이 저리고 심히 울렁인다. 한계령을 넘어올 때마다, 오색에서 설악산 오르며 뒤돌아볼 때마다 손짓하며 부르던 점봉산 자락이라 더욱 그러하다.

점봉산을 떠올리노라면 군사분계선 너머의 금강산보다 더 애틋한 그리움이 생긴다. 짙은 모성애에 젖게 한다. 하늘 가까이 점봉산 능선 걷다 보면 거기 두 분 부모님이 웃고 계실 것만 같은데.

산은 어머니의 품이다.
기다림과 그리움 가득 담게 하는 충직한 본능
한 방울 물기마저 없애려 빨래 비틀 듯
세월에 영혼 담아 당신 몸 사르는 기도
산은 뒤늦게 불효에 통한케 하는
떠나신 어머니의 뒷모습이다.

"동익아, 고마워."

"뭐가?"

"곰배령 예약한 건 여태까지 네가 했던 일 중에 가장 잘한 일일 거야."

메아리 산방의 회장이자 산악 대장인 동익이가 쉽지 않은 곰배령 탐방을 예약했다. 남영이까지 세 명이 별러왔던 곰배령으로 향하게 된 것이다.

곰배령은 설악산국립공원 점봉산 분소가 있는 귀둔리 주차장에서 오를 수도 있는데 이곳은 국립공원을 통해 예약하게 된다.

우리는 또 한 곳의 오름길인 산림청에서 관리 예약하는 강원도 인제군 기린면 진동리 218의 주소에 있는 점봉산 생태관리센터로 향한다.

어느 곳으로 가든 곰배령을 탐방하고 들어온 곳으로 원점 회귀하여야 한다. 이곳의 곰배령 입구는 단목령으로 갈라지는 삼거리로 그쪽은 출입을 제한한다. 그래서 막힌 점봉산이 더욱 애틋하다.

"마누라 없이는 살아도 설피 없이는 못 살아."

진동 2리 일대는 설피 밭이라고 불러왔는데 겨울이면 너무 많은 눈이 내려 설피가 없으면 이동할 수 없었기 때문이란다. 강우량도 많아 다른 지역에 가뭄이 들어도 이 계곡에는 물이 넘쳐났다고 한다.

예약 확인을 마치고 들어서면서부터 이슬에 젖었던 수풀 내음이 향긋하다. 순도 높은 음이온이 몸속 깊이 스며들고 다른 지역에서는 보기 힘든 가느다란 대나무 모양의 속새가 무성하다.

물소리 들으며 소나무와 잣나무 쑥쑥 뻗은 숲 속 오솔길을 따라 걷다 보면 소담한 산골 마을에 이른다. 강선마을엔 군데군데 와이파이존도 있고 먹거리 집도 있다.

마을을 지나 큼직한 바윗덩이를 눕혀 만든 다리를 건너 초소에서 출입증 확인을 받고 본격적으로 곰배령을 탐방하게 된다.

"천상의 화원이라는 데가 어떤 곳이지 가보자."

　2.8km 거리의 곰배령 방향으로 낮고 완만한 경사로를 걷는다. 빼곡히 들어차 곧고 푸른 활엽수림의 연속이다. 곰배령 정상 일대의 너른 초원지대에 이르면 지금까지 오솔길 양옆에 이어진 통제 밧줄 대신 나무 데크로 만든 길이 나온다.
　그 위로는 낮게 깔린 파스텔톤 하늘이 곰배령의 지붕이 되고 만발한 야생화들의 온실 역할을 한다. 늘 구름안개에 덮여있기 일쑤라는데 오늘은 그나마 시계가 양호한 편이다.

"산소 밭을 걷는 기분이야."
"산소 밭? 그런 밭이 있다한들 이만큼이나 싱그러울까."
"와보고 싶었던 곳이었어."

　곰배령 정상석에 천상의 화원이라는 수식어가 적혀 있고 해발고도 1164m라는 걸 표시하고 있다.

하단에 적힌 곰배령의 명칭 유래를 읽고 고개를 들면 제일 먼저 우측으로 볼록 솟은 봉우리가 눈에 잡힌다. 작은 점봉산이다. 작은 점봉산에서 주봉인 큰 점봉산을 지나 망대암산과 한계령까지 가고 싶지만, 생태계 보전을 위해 출입을 통제한 구역이다.

출금 기한인 2026년까지 인내로 버텨야 할까. 백두대간을 종단하는 산객들이 출금으로 인해 화중지병처럼 여기는 코스지만 아마도 그림 속의 떡을 끄집어내는 이들이 적잖이 있을 것이다.

탐방로 오른쪽으로 새로 조성된 산길을 따라 오르면 중턱쯤에서 곰배령을 한눈에 담을 수 있다. 동자꽃, 노루오줌, 물봉선 등의 야생화 감상과는 또 다른 풍광이 묘한 매력을 느끼게 한다. 웅장하다거나 수려하다고 할 수는 없지만 소박하고 수더분한 자연미를 지닌 곳이다.

올라와 살피니 명불허전이다. 천상의 화원이라는 비유가 조금도 어색하지 않다. 만지려 하면 손에 닿을 듯하고 느끼려 하면 가슴에 스며들 듯한 청정 기운이 마냥 상큼하다. 산들거리는 바람에 몸을 맡긴 채 걷노라면 영혼마저 유체이탈하여 천상의 화원을 자유롭게 떠다닌다.

"오늘은 유유자적 유람하는 것 같겠군."
"하하! 공룡능선에서 땀 흘렸던 거에 비할 수 있겠나요."

"그래도 늘 조심성을 잃지 말게,"

그리 멀지 않은 곳에 설악산 마루금이 있어 옆 동네 마실 나온 것처럼 더더욱 친근감이 든다.

정상에서 생태관리센터까지 5.4km의 내리막 능선 길에도 제각기 다른 야생화들이 무궁무진 만발하게 피어있다. 낮은 들꽃들이 가장 생기를 지닌 시절, 가장 활기찬 정원에서의 짧은 시기를 아름답게 보내길 바라마지 않는다.

들꽃 내음 맡고 새소리, 실바람 속삭임을 들으며 쉽지 않게 찾아온 곰배령에서 아쉬움을 남기고 오던 길로 걸음을 되돌리게 된다. 급하게 경사진 길을 걷고 수더분한 돌길도 걸으며 수량 풍부한 물소리까지 듣게 되니 산행의 묘미까지 살짝 첨가된다.

하루 300명으로 제한하여 입산시킨다는데 입산 때도 그보다 훨씬 적은 수의 탐방객만 보았고 새로 조성한 내리막길에는 한적할 정도로 탐방객이 줄었다.

법석거리지 않은 곰배령에서 훌쩍 넘어서고픈 점봉산은 더욱 애틋하다. 천국을 연상케 하는 조신한 하늘 꽃밭, 거기서 다시 두 분 부모님을 뵙고 이승으로 돌아가는 기분이다.

때 / 여름
곳 / 점봉산 생태관리센터 - 강선마을 - 곰배령 정상 - 원점회귀

속리산국립공원

제2금강 또는 소금강이라 불릴 만큼 경관이 빼어난 속리산 국립공원은 총면적 274.766k㎡로 충청북도와 경상북도의 여러 지역에 걸쳐 있다. 천왕봉과 비로봉, 문장대는 백두대간의 장엄한 산줄기를 잇고 있으며 비로봉, 문장대, 관음봉 여덟 봉우리가 활처럼 휘어져 뻗어있다.

극락 관문 문장대에서 최고봉 천왕봉으로

여기가 바로 극락이고 천상의 낙원이었다.
바람 고요한 문장대에서 소백산맥 늘어선 고봉들을 눈에 담고
저 아래 속세의 까칠함을 뇌리에서 떨쳐 내니
여기 말고 다른 곳에 또 극락이 있겠는가.

양양하게 흐르는 것이 물인데
어찌하여 돌 속에서 울기만 하나.
세상 사람들이 때 묻은 발 씻을까 두려워
자취 감추고 소리만 내네.

우암 송시열이 속리산에 왔다가 지은 시이다. 사적 및 명
승 제5호이며 관광지로 지정된 속리산俗離山은 1970년 국
립공원으로 지정되었다. 충북 보은군에 소재하여 경북 상주
시에 걸쳐 있으며 다른 산에 비해 유난히 많은 신화와 전
설을 지니고 있다.

서기 784년, 신라 중기의 고승 진표가 속리산에 이르자
밭을 갈던 소들이 일제히 무릎을 꿇는 것이었다. 이러한 광
경을 본 농부들은 짐승까지도 그를 경배하는데 사람들이야
오죽하겠느냐며 진표를 따라 입산수도하였다고 한다.

속세를 떠난다는 뜻의 속리俗離는 그러한 유래에서 명명

되었는데 따지고 보면 속세가 떠난 산이라 해야 맞을 법하다. 최치원이 읊었듯 어디 산이 속세건 사람이건 떠나던가.

또 문장대를 세 번 오르면 극락에 갈 수 있다는 속설을 들은 바 있어 속인俗人은 극락행 유람선에 무임승차할 속물 같은 요량으로 봄 오는 길목에서 뻔뻔스럽게 속내를 드러내고 만다. 어쩌면 속리산은 속세 가장 깊숙한 곳에서 한도 끝도 없이 속인들의 범접을 용인하는지도 모르겠다.

어떤 산이라서 오는 이 마다하고 가는 이 붙잡던 가마는 여기 속리산은 백두대간이 태백산에서 남서로 급하게 방향을 꺾어 누구나 쉬이 올 수 있게끔 한반도 남쪽의 심장부에 자리를 잡아 그야말로 탈속脫俗을 지향하게 하는 산이란 생각이 든다.

극락에 올라서다

숙박시설과 상가 등이 밀집하여 관광 취락을 이루는 내속리면에서 법주사까지 이르는 약 2km(5리)의 양쪽으로 터널을 이룬 떡갈나무숲 길은 오리 숲이라는 이름이 붙여졌는데 이 숲길이 있어 지루함을 덜어준다.

속리산 주차장에 유료 주차하고 다시 입장료를 내고 속리산 입구로 들어서야 한다. 그리 싸지 않은 금액을 내고 산에 온다는 게 은근히 짜증스럽다.

"법주사가 아니라 국립공원 속리산에 온 건데……."

탐방로 안내판에도 매표소를 속리산이 아닌 법주사탐방지원센터라고 적어놓았다.

"스님들이 탐방을 지원?"

법주사에서 등산객들의 탐방을 지원하는 건 아닐 텐데 말이다. 목욕소沐浴沼를 지나면서 짜증이 가중된다.

"반드시 저주받을 것이다. 나도 네 자식을 절대 살려 두지 않겠다."

현덕왕후는 단종을 낳자마자 숨져 현재의 경기도 안산에 있는 소릉에 묻힌다. 이후 세조가 단종을 살해하자 꿈속에 현덕왕후가 나타나 세조를 꾸짖으며 저주를 퍼부었다. 그녀는 자식을 죽인 세조의 꿈에라도 나타나 사무친 원한을 풀려했을 것이다.

현덕왕후가 꿈에 나타난 그날 밤 세조는 스무 살 먹은 동궁을 잃는다. 다음 세자인 예종 또한 즉위한 지 1년 만에 죽고 말았다.

"소릉을 파헤쳐라."

세조가 명했으나 능에서 여인의 곡성이 들려 가까이 가기를 두려워하였다.

"무엇들 하느냐. 겁먹지 말고 어서 관을 꺼내라."

세조가 엄명에 따라 관을 들어 올리려 했는데 관은 꿈쩍도 하지 않았다. 할 수 없이 도끼를 들고 관을 쪼개려 하자 관이 벌떡 일어서서 나왔다는 것이다. 관을 불에 태우려 했으나 별안간 소나기가 퍼부어 끝내는 바다에 집어 던졌다. 관은 소릉 옆 서해안으로 밀려왔는데, 그 후 그 자리에 우물이 생겨 관우물이라 부르게 되었다. 관은 다시 물에 밀려 표류하다가 양화 나루에 닿았고, 한 농부가 이를 발견해 밤중에 몰래 건져 양지바른 곳에 묻었다.

그날 밤 농부의 꿈에 현덕왕후가 나타나 앞일을 일러 주었고 농부의 가세는 점점 번창하게 되었다고 한다. 단종의 아버지인 문종과 어머니 현덕왕후는 현재 경기도 구리시 인창동 현릉에 묻혀 있다.

저주를 퍼부으며 현덕왕후는 세조의 얼굴에 침을 뱉었는데 침이 묻은 자리마다 피부병이 생기게 된다. 세조는 백방으로 약을 써도 효험이 없자 법주사에서 부처의 힘을 빌고자

213

했다. 세조가 여기서 목욕을 하고 약사여래가 보낸 월광 태자에 의해 피부병을 완치했다고 한다. 바로 목욕소沐浴沼라는 명칭으로 조선 7대 왕 세조를 떠올리게 하는 곳이다.

오대산 상원사 아래의 오대천에서도 문수보살이 등을 씻겨주어 피부병을 고쳤다는데 아마도 세조는 세상에 자신의 피부병을 드러내면서까지 불교와 밀착하려 했었나 보다. 그렇지 않으면 조카 단종을 죽인 죗값에 대해 이승에서 사함을 받고자 석가모니의 용서를 구했던 건지도 모르겠다.

"국립공원에서 알탕을 하다니…… 난 세조가 싫어."

입장료와 세조의 피부병, 이런저런 이유로 생긴 짜증은 법주사를 지나 포장도로 3.9km를 걷다 보면 저도 모르게 사라진다. 긴 길을 걸으며 잊어버렸기 때문이다.

세심정 삼거리에서 왼편의 문장대로 방향을 잡는다. 오른쪽 천왕봉 등산로는 내려오게 될 길이다.

속리산은 유난히 불교 색채가 짙은 산이다. 산행을 시작할 무렵부터 자그마한 돌다리에서도 부처의 가르침을 배우게 된다.

'시심마是甚麼'

매사 석연찮은 일을 섣불리 넘겨짚어 시행착오를 겪지 말고 확실히 알아서 행할 때 수고를 덜 것이며, 남의 얘기를 그릇되게 자기 것으로 만드는 건 제 발등을 찧는 결과를 낳을 것이니 확실히 알고 행함이 타인과의 불화를 없애고 만사형통에 이르는 길이란다.

'이뭣고'는 또 뭔가?

보면 보는 것을 알고, 들으면 들음을 앎으로서 생각하고 말하는 그 의미가 무엇인가? 즉 일거수일투족 행함의 근원이 되는 마음을 묻는 것이라 마음을 깨쳐 알면 팔만대장경을 보지 않아도 앎이라.

마음을 알면 만법萬法을 알고 만법을 알아도 마음을 모르면 도통 모르는 일이니 먼저 마음을 깨우쳐 소리 혹은 형상 이전의 일을 알라는 뜻이라네.

불교에서 인생사 생활 현상에 관한 근본적인 의문을 다룬 의미인 것 같은데 알 듯도 하고 도통 모르는 것도 같다. 고개를 한번 갸우뚱하고 극락 가는 관문, 문장대로 향한다.

한 수 큰 가르침을 받고 이뭣고 다리를 지나 복천암을 오른쪽으로 두고 오르다가 잔돌들 수북하게 얹힌 두꺼비바위를 보게 되고 계속 이어지는 바위계단을 오르게 된다. 이어 69계단을 오르는데 갈색 헐거워진 나무들이 머잖아 겨울이다가올 거라고 강조한다.

약간은 을씨년스러운 갈색 수풀 사이로 관운장 언월도에 칼질당한 것처럼 갈라진 바위 하나가 있어야 할 자리에 있지 못하고 외떨어져 홀로 서 있는 게 보인다.

그리고 널따란 평지에 다다라 한반도 지형을 닮은 바위를 보고 문장대에 이른다. 문장대文藏臺(해발 1054m)는 경북 상주 땅에 속하나 보다. 사람 키보다 큰 정상석에 행정구역상 주소가 적혀있다.

조카 단종을 죽이고 왕위에 오른 세조가 죄 씻음을 구하려 많은 산을 다니며 참선을 했던 건지, 아니면 피 냄새를 씻으려 명경지수 찾아 산에 다닌 건지 실상 알 수 없지만, 그의 행적을 담은 산들이 많기도 한데 여기 문장대도 그중 한 곳이다.

하늘 높이 솟은 바위 봉우리가 구름에 가려져 운장대雲藏臺라고 부르다가 세조가 속리산에서 요양하던 중 꿈속에서 인근의 영봉에 올라 기도를 하면 신상에 밝은 일이 생길 거라는 말을 듣고 올라와 온종일 삼강오륜을 읽어 문장대라고 고쳐 불렀다고 한다.

정상석에서 철제 계단을 더 올라와야 실제 정상이다. 정상 주변은 온갖 형상의 기암 묘봉 전시장이다. 칠형제봉과 우측 끝으로 천왕봉까지 다양한 화강암 암릉과 기암 단애의 멋진 풍광이 줄줄이 이어져 눈을 뗄 수 없게 만든다.

216

저만치 늘재에서 조항산, 희양산을 잇는 백두대간 마루금이 선명하고 가깝게는 최고봉인 천왕봉에서 숱한 봉우리들이 커다란 물결처럼 넘실댄다.

천왕봉과 비로봉, 길상봉, 문수봉, 보현봉, 관음봉, 묘봉, 수정봉까지 여덟 봉우리와 여기 문장대부터 입석대, 경업대, 배석대, 학소대, 신선대, 봉황대, 산호대의 여덟 개 대臺를 따라 만추의 낭만을 만끽하려 하니 가슴이 설렌다.

늘 그 높이만큼 솟아있는 봉우리들, 늘 그 자리에 멈춰있는 바위들, 제 위치에서 풍성함과 가녀림을 반복하는 숲과 나무들은 언제까지고 거기 그렇게 자연답게 존재해야만 한다는 생각이 강하게 든다.

자연은 스스로 자自, 그러할 연然이 합쳐진 단어 아니던가. 역시 자연은 스스로 그러한 상태에 있도록 내버려 두어야 한다. 그때 가장 자연스럽고, 그때 가장 아름답다. 그때 비로소 사람과 가장 잘 어울린다.

"역시 산이건 사람이건 아름다움은 저 혼자에 의해 꾸며지는 게 아니야."

산엔 또 다른 산이 있고 수많은 봉우리가 있으며 거기 사람들이 있기에 아름다움이 두드러진다. 속리산에서도 빼어난 경관을 자랑하는 문장대이지만 주변에 그들 봉우리가 함께 함으로써 그 수려함이 더욱 빛을 발한다. 문명의 이기가 산에 이입되는 순간 진보할 수 있는 미래를 스스로 붙들어 매는 것과 다름없다.

문장대에 올라와 보니 극락세계가 달리 있지 않음을 느낀다. 여기가 바로 극락이고 천상의 낙원이었다. 바람 고요한 문장대에서 소백산맥 늘어선 고봉들을 눈에 담고 저 아래 속세의 까칠함을 뇌리에서 떨쳐 내니 여기 말고 다른 곳에 또 극락이 있겠는가.

"맞아, 극락은 물리적 장소를 말하는 게 아닐 거야."

속세를 떠나는 것, 어쩌면 대다수 인간이 꿈꾸는 미지 세계로의 귀환일지도 모르겠다. 자신의 존재가치가 삶에 의해 위협받을 때, 삶이 버거운 보따리처럼 짐스러울 때 훌훌 털어버리고픈 자유인이길 소망하지 않던가.

탈속의 본능이 있으므로 해서 많은 이들이 역마살 낀 것처럼 부랑의 길이건 구도의 길이건 떠나는 것이 아니겠나. 궁극에 이르지 못하고 다시 속세로 환원함이 세상살이 현실이기에 안타깝기는 하지만.

속세가 떠난 산

218

천왕봉까지 3.2km. 전망대 아래 쉼터에서 좌측으로 길을 틀어 편안한 능선으로 접어든다. 문수봉(해발 1031m)에서 문장대를 뒤돌아보고 진행 방향으로 신선대, 비로봉, 천왕봉과 이들을 잇는 능선을 바라본다. 천왕봉 뒤로 구병산 마루금, 일컬어 충북 알프스 라인이 길게 꼬리를 뻗고 있다.

주름 굵은 바위들을 눈요기하며 내려서면 신선대 휴게소에 닿아 칠형제봉을 전면에서 마주 볼 수 있다. 문장대에서 보았던 기암 묘봉들이 방향을 달리해 다른 모습을 창출한다. 눈이 바쁘니 걸음은 더뎌질 수밖에 없다. 공업대 삼거리를 지나고 계단을 올라 입석대에 닿자마자 선바위 경연장을 방불케 한다.

계속해서 기기묘묘한 바위 군락을 둘러보게 된다. 인기 만화 캐릭터인 아기공룡 둘리, 고릴라를 닮은 바위, 하늘을 기어오르는 거북이, 물개바위 등을 접하면서 천왕봉과 가까워진다.

'돌의 형세가 높고 크며, 겹쳐진 봉우리의 뾰족한 돌 끝이 다보록 모여서 처음 피는 연꽃 같고, 횃불을 멀리 벌려 세운 것도 같다.'

조선 후기의 실학자 이중환이 지리학에 대한 평생의 성과를 집대성한 택리지擇里志에서 묘사한 속리산 풍광이다. 그 풍광에 심취하고 솔솔 부는 하늬바람 들이마시면서 법주사 갈림길까지 다다랐다. 여기서 600m 거리의 천왕봉까지 갔다가 되돌아와 하산해야 한다.

조릿대 무성한 소로를 걷다가 상고 석문을 지나고 속리산 주봉인 천왕봉(해발 1058m)에 닿자 절로 몸이 나른해진다. 집중력을 느슨하게 풀었을 때의 나른함이 몰려드는 데다 등산객들도 없어 잠시 눈을 붙였으면 하는 마음이 굴뚝같지만, 스트레칭과 심호흡으로 몸을 일으켜 세운다.

멀리 왼편부터 관음봉, 문장대, 문수봉, 신선대, 삼불봉과 비로봉으로 이어지는 속리산 주 능선이 북한산 의상능선과 겹쳐 유사성을 찾게 한다. 바위산의 봉우리를 건너는 능선의 이어짐이야 닮은 부분이 많긴 하지만 의상봉, 나월봉, 나한봉을 지나 문수봉까지 이어지는 북한산 역시 봉우리 명칭부터 불교 성향이라는 게 속리산과 닮았다.

문장대에 비해 수수한 천왕봉에서 잠시 머물다 거대한 바위 통로 상환 석문까지 냅다 내려서고 상환암도 통과한다. 그리고 돌길을 지나 순조 대왕 태실 입구에 닿는다.

'신시申時에 창경궁 집복헌에서 원자가 태어났으니, 수빈 박 씨가 낳았다. 이날 새벽, 금림禁林에 붉은 광채가 있어 땅에 내리비쳤고 한낮이 되자 무지개가 태묘太廟의 우물 속에서 일어나 오색 광채를 이루었다. 백성들은 앞을 다투

어 구경하면서 특이한 상서라 했고 모두들 뛰며 기뻐했다.'

정조실록에서 순조의 탄생을 묘사한 기록이다. 정조는 아버지 사도세자의 비극을 생생하게 기억해서인지 아들 순조에 대한 사랑이 각별했다. 조선 왕실에서 드물게 복 받은 왕자의 탄생이라 할 수 있었다.

조선왕조에서는 자손의 태를 맑고 청정한 곳에 안치하였는데, 태실이 설치되면 그 태의 보호를 기원하는 제례를 지내고 태실 주위에는 금표를 세워 채석, 방목, 매장 등을 금하게 하였다. 순조 대왕의 태실이 이곳에 있고 법주사가 그 태실을 관리했었다.

1800년 11세의 나이로 조선 23대 왕에 올랐을 때 왕실은 그야말로 여인들 천하였다. 증조할머니 격인 영조의 계비 정순왕후와 할머니인 사도세자의 부인 혜경궁 홍씨, 친어머니 수빈 박 씨와 어머니 격인 정조의 왕비 효의왕후, 장차 맞이할 왕비까지 4대에 걸친 다섯 여인의 치마폭이 어린 순조를 에워쌌다. 순조는 34년의 재위 기간 안동 김씨를 중심으로 한 세도정치에 심한 스트레스를 받았고 홍경래의 난을 겪기도 하였다.

옛 광주, 지금의 서초구 내곡동에 자리한 인릉이 순조가 부인 순원왕후와 함께 안장된 곳이다. 3대 태종이 잠든 헌릉과 함께 헌인릉으로 2009년 유네스코 세계문화유산으로 등재되었으니 태어날 때나 죽어서도 순조는 여한이 없을 거라는 생각이 든다. 백성들의 민생에 세심했던 순조의 생애를 더듬으며 세심정 삼거리까지 내려오면서 실질적인 속리산행을 마치게 된다.

서기 553년 무렵 신라의 의신 스님은 인도 유학을 마친 후 흰 노새 한 마리에 불경을 싣고 돌아와 절을 지을만한 터를 찾는데 흰 노새가 지금의 법주사 자리에 이르러 걸음을 멈추고 우는 것이었다.

노새의 기이한 행적에 산세를 둘러보니 아름다운 절경에 비범한 기운이 서려 있어 이곳에 절을 짓고 인도에서 가져온 경전, 즉 부처님의 법이 이곳에 머물렀다는 의미로 법주사法住寺라 이름 짓게 된다.

법주사 경내에 높이 서 있는 미륵대불은 법주사야말로 불법佛法이 머무는 사찰이자 미륵신앙의 요람이며, 스스로 천하의 명찰임을 웅변하는 것 같다. 이 미륵대불은 신라 혜공왕 때, 율사 진표가 금동으로 처음 지었다고 한다. 그 후 시멘트로 불사를 했다가 붕괴 직전에 청동 대불로 다시 태어났다.

그 후 2000년 들어서는 원래 모습을 찾아주고자 금동미륵불 복원공사를 하여 황금 옷으로 갈아입히는데 80kg의 황금이 들어갔다고 한다.

부처님의 고귀한 권위를 금의錦衣로 덧칠하는 것 같아 그 내력을 읽고는 마음이 씁쓸해진다. 꼬불꼬불한 이랑 천지, 뿌린 씨앗조차 영글지 않는 속세의 삶으로 한 겹 가벼워지지 못한 걸음을 돌리려다가 정적 말고 다른 게 있으려나 하여 들른 사찰에서도 후련하게 자아를 깨우쳐줄 그 무어를 찾아내지 못한다.

스친 이들 묵상과 함께 고요가 머물렀던 긴 세월, 번뇌 떨구었을 대사찰 곳곳은 산 중턱 말사와 달리 부富의 내공이 뿜어 나는 듯하다.

"극락은 역시 산 아래엔 더더욱 있지 않아."

그리고 저 유명한 정2품 송을 그냥 지나치지 못하고 차를 세워 살피게 된다. 세월 앞에 장사 없음인가. 고고하고 위풍당당하던 소나무도 반신半身을 잃고 거기 더해 받침 기둥에 몸을 의지하고 근근이 버티는 것처럼 보여 안쓰럽기 짝이 없다.

세조가 법주사로 향할 때 가지를 들어 올려 길을 열어주었고 떠날 때 비를 피하게 해주었다는, 역시 황당한 설화의 주인공 정2품 송. 세월 더 지난 후에도 정2품의 벼슬을 유지할 수 있을는지. 스스로 제 가지를 버텨낼 힘조차 잃어 여러 개의 기둥이 근근이 지탱해주는 신세가 되고 말았다.

산은 눈으로 보기 싫은 물체도 고개 돌리지 말고 긍정의
마음으로 접근하라 일러주건만 그게 쉽지 않다.

이러한 사람의 한계를 잘 아는 신라 때 최치원은 속리산
에서 사람과 산의 경계를 구분 지어 한 수 명시를 남긴 바
있다.

道不遠人 人遠道 도불원인 인원도
山非離俗 俗離山 산비이속 속리산

도는 사람을 멀리하지 않는데
사람은 도를 멀리 하고
산은 속세를 떠나지 않으나
속세는 산을 떠나는구나.

때 / 늦가을
곳 / 속리산 주차장 – 탐방안내소 – 세심정 – 문장대 – 문수봉 – 청
법대 – 신선대 – 입석대 – 천왕봉 – 산환암 – 법주사 – 원점회귀

구병산과 속리산을 잇는 충북알프스

버거운 속세에서의 피난처는 안락한 휴식처가 아닌 보다 힘든 곳이었음 싶었다. 진정한 결핍을 겪었을 때 비로소 삶을 전환할 수 있는 에너지를 얻게 되는 걸까. 처한 현실에 다시는 나빠질 일이 없어 보이므로 불가능하다 싶은 일을 해내려 하는 건지도 모르겠다.

버겁고 피폐한 삶에서의 모진 일탈

충청북도 보은군은 그 지세가 대부분 산지를 이루는데 동쪽은 소백산맥이 이어져 높고 험준하며, 서쪽은 노령산맥이 뻗어있으나 대체로 낮은 지세를 형성하면서 중앙으로 평야가 전개되어있다.

예로부터 보은에서는 속리산 천왕봉을 지아비 산, 구병산을 지어미 산, 금적산을 아들 산이라 하여 이들을 3산으로 일컬어왔다니 이들 세 산이 두루 보은군을 휘감고 있음의 표현일 것이다.

보은군에 자리한 구병산九屛山은 구봉산九峰山으로 불리기도 하는데 속리산에서 떨어져 나와 웅장하고 수려한 아홉 개의 봉우리가 병풍을 두른 듯 동서로 길게 이어졌으며 그 능선이 내속리면과 경북 상주시 일대까지 뻗어있다.

속리산의 명성에 가려져 유명세에서 많이 밀리고 있지만

1999년 보은군에서 속리산과 구병산을 잇는 43.9km 구간을 특허청에 충북알프스로 출원 등록하여 널리 홍보하면서 등산객들이 몰리고 있다.

산객들 사이에 구전으로 전해져 하나의 고유명사처럼 부각된 영남알프스나 호남 알프스와 달리 충북알프스는 기존 등산로를 잇고 또 개설해 상품으로 특화한 것이다.

경남의 1000m 고지가 넘는 일곱 개의 산을 태극 모양으로 이은 종주 코스 영남알프스는 광활한 고원의 억새 지대를 특징으로 하며, 지리산과 덕유산의 주 능선을 바라보면서 100리를 넘게 걷는 호방한 산길 호남 알프스는 육산과 바위산을 고루 느낄 수 있는 묘미가 있다. 충북알프스는 다양한 바위로 이루어진 출중한 바위 봉우리와 암릉 산행이 매력적인 곳이라고 정리할 수 있을 것이다.

"거기 산을 이어 길을 터주었으므로 감사한 마음으로 그곳을 걷게 된다."

그렇게 부러 산을 연계시키며 그 산들을 찾지만 결국은 겨운 삶에서의 일탈이다. 버거운 속세에서의 피난처는 안락한 휴식처가 아닌 보다 힘든 곳이었음 싶었다.

진정한 결핍을 겪었을 때 비로소 삶을 전환할 수 있는 에너지를 얻게 되는 걸까. 처한 현실에 다시는 나빠질 일이 없어 보이므로 불가능하다 싶은 일을 해내려 하는 건지도 모르겠다.

이즈음의 산행은 길고, 멀고, 험한 곳을 택하곤 했는데 극한적으로 피폐하고 비루해졌다고 자인했기에 오히려 편안한 상태에서 새로운 세계를 만나려 했던 거였는지도 모르겠다.

비우고 또 비워 더는 비울 게 없으면 그 사람은 이미 성자요, 부처일 것이다. 누군가를 증오하고 무엇엔가 분노하는 것은 아직 다 비워내지 못했기 때문이다.

절대 긍정적인 현상이랄 수는 없지만 무언가 색다른 리듬을 추구하고 싶은 모진 일탈이 어느 때부터인가 삶의 한 부분이 되고 말았다. 그 한 부분을 채워주는 충북알프스에 감사한 마음이 든다.

구병산으로 올라 속리산, 상학봉으로 이어지는 충북알프스의 숱한 바위 구간을 무박으로 단번에 종주하기는 여러모로 녹록지 않다. 지리산이나 설악산처럼 산장이 있는 것도 아니고 교통도 무척 불편하다.

산행 거리 약 24km 지점인 피앗재 아래에 피앗재 산장이 있어 검색을 통해서 거길 예약할 수 있었다. 절실한 심정으로 두드리니 열리고 가고자 하니 길이 생긴다.

혼자라서 더욱 조심스럽다

주말 새벽 첫 고속버스를 타고 보은으로 가서 예정대로 장안면 서원리의 서원교에서 산행을 시작한다. 충북알프스 시발점이란 팻말을 보니 자치단체에서 애쓰는 노력이 충분히 느껴진다. 역시 감사하다. 결과적으로 산객들에게 편의를 주고 탐방 욕구까지 채워주는 게 아닌가.

안내판 옆의 나무계단을 오르며 긴 여정의 첫 단추를 끼운다. 늘 그랬듯 40km가 넘는 여정의 첫걸음은 들뜬 마음과 긴장감이 마구 버무려지면서 내디뎠고, 혼자일 땐 두려움도 없지 않았었다.

다섯 혹은 여섯 개의 산을 무박으로 홀로 종주하면서도 두려움을 떨쳐냈었는데 오늘은 두려움조차 무뎌지고 있는 것 같아 자신을 추스른다.

그건 위험스러운 징조일 수 있다. 아예 긴장감이 없다는 건, 두려움이 솟지 않는다는 건 훨씬 큰 위험을 자초할 수 있다. 출발 전의 혼란을 털어버리고 나무계단을 오른다. 들머리 오르막부터 급경사의 계단이다.

30여 분 꾸준히 오르다가 올라온 길을 돌아보니 시골 마을 보은의 소담한 가옥들과 전답이 산과 산 사이에 빼곡하게 이어진다. 날씨도 쾌청하고 바람도 적당히 불어주어 초반 산행은 상쾌하게 시작하고 있는 편이다.

속리산 주 능선이 한눈에 보이는 곳에서 첫 휴식을 취한다. 오른쪽 천왕봉부터 비로봉, 입석대, 신선대, 문장대에 이어 관음봉까지 왼쪽으로 줄줄이 펼쳐졌다. 볼 때마다 장쾌하여 눈을 치뜨게 하는 풍광이다.

구병산은 남쪽 경사면이 절벽이고 북쪽 사면이 육산이라 등산로는 거의 북사면으로 우회하여 이어지는데 어쩔 수 없이 바위 구간을 타고 오르는 길이 많다. 그래서인지 곳곳에 밧줄이 흔하다. 칼바위 능선도 자칫 주의력이 흐트러지면 위험을 초래할 소지가 다분한 구간이다. 혼자라서 더욱 조심스럽다.

백지미 재를 지나 삼가저수지와 구병산으로 갈라지는 삼거리에서 또 줄을 붙들고 바위를 오른다. 아래로 네모나게 각진 삼가저수지가 조그맣게 보인다.

바람 굴, 여름에도 늘 서늘한 바람이 불어 나오는 산기슭의 구멍이나 바위틈새를 풍혈風穴이라 하는데 구병산 풍혈은 여름에는 냉풍이, 겨울에는 훈풍이 솔솔 불어 나온다.

구병산 정상에서 서원계곡 방향으로 약 30m 지점에 지름 1m의 풍혈 한 개와 지름 30cm 풍혈이 세 개 발견되었다.

2005년 1월 보은군 문화관광과 직원들이 충북알프스 등산로 정비를 위해 왔다가 발견했다는데 직접 보니 충분한 포상금을 받을만한 대발견이란 생각이 든다. 구병산 풍혈은 전북 진안의 대두산 풍혈, 울릉도 도동의 동래 폭포 풍혈과 함께 우리나라 3대 풍혈이라고 적혀있다.

풍혈 중심에 손을 대니 자연 에어컨처럼 시원한 바람이

나온다. 참으로 오묘하다. 상식적인 논리로는 이해되지 않는 대자연의 섭리에 고개만 끄덕일 뿐이다.

충북알프스는 종주 구간의 거리상 크게 구병산, 속리산과 묘봉의 세 구간으로 구분하기도 한다. 첫 구간인 구병산 정상(해발 876m)은 그리 넓지 않지만 멋진 고목 한 그루가 곡예하듯 매달려 있고 동서남북 사방을 시원하게 바라볼 수 있다.

서원계곡, 만수계곡, 삼가저수지 등이 자리 잡은 구병산은 기암절벽과 어우러진 단풍이 장관이라 가을 산행지로 적격인 편이다. 서원계곡 진입로 주변에 속리산의 정이품송을 닮은 큰 소나무가 있는데 정이품송의 부인이라 불리는 암소나무로 수령 250년이 넘은 충청북도 지정 보호 수이다. 따로 떨어져 있는데 부부라니 아마도 한때 부부였다는 얘기인지도 모르겠다.

장거리 종주를 하면서 가야 할 길을 내다보면 자칫 움츠러들 수 있다. 끝도 없이 멀기 때문이다. 멀다는 생각이 들면 약해질 수 있다. 그러나 가야 한다.

"속리산에 위축되지 말고 어깨를 활짝 펴세요."
"너나 잘하세요."

곧 이르게 될 백운대와 아득하게 멀어 보이는 853m 봉을 가늠하고는 진솔한 충고에 익숙지 않은 구병산을 떠난다. 정상을 내려서면 바위의 연속이다. 우회로가 있긴 하지만 암릉의 오르내림을 반복하지 않을 수 없다. 아직 한 명의 산객도 만나지 못했다.

얇은 속옷 같은 흰 구름과 가끔 들리는 새소리가 적적함을 달래준다. 날아가는 게 힘겨워 억지로 날갯짓하는 나비 한 마리한테서 지난 세월의 데자뷔 deja vu를 경험하는 듯하다.

삶의 흔적을 남기려는지 있는 힘 모두 실어 날개 퍼덕이건만 저 약한 기운으로 무후한 꽃술 중 단 하나에라도 끝을 남길 수 있을까.

어스름 노을은 한창때와 달리 마구 무너져 내리고, 평화와 고혹이 공존하며 여유로움으로 무한할 것만 같던 숲은 한계에 다다라 우울한 적막에 덮여있구나.

맨홀처럼 퀭한 어둠 속에서도 아직 숨결 남아있지만, 생채기투성이 나래는 더 힘을 싣지 못한다. 그저 타오르는 숨결을 찾아 헤맬 뿐이다. 결국, 더 높이 솟구치기는커녕 낮은 꽃에 제대로 앉지도 못하고 그저 몸뚱이를 얹은 나비를 빤히 관찰하다가 처진 어깨를 곧추세운다.

"이 세상을 잘 마무리하고 떠나거라."

바위를 타고 올라 853m 봉에 이르렀다. 돌탑이 쌓여있고 나뭇가지에 무수히 많은 리본이 달려있다. 여기서 목을 축이고 바로 방향을 잡아 적암리 방향으로 내려가는 갈림길에 닿는다. 구병산만 단일 산행한다면 신선대를 둘러보고 다시 돌아와 하산할 수 있는 길이다.

외갓집 같은 피앗재 산장에서 여장을 풀다

충북알프스 시발점을 통과한 지 4시간 30분 여가 지나 신선대(해발 820m)에 다다랐다. 여기서 형제봉까지도 먼 길인지라 걸음을 재촉한다.

신선대를 내려와 갈림길부터는 형제봉 방향으로 능선이 이어진다. 산행로는 헬기장까지 무난하다. 헬기장에서 바라본 속리산 천왕봉의 삼각 봉우리가 유난히 뾰족하다. 다시 좌측으로 내려서서는 리본을 유심히 찾게 된다.

산객들의 발길이 뜸해서인지 길이 흐려져 등산로를 놓칠 우려가 없지 않다. 묘지도 지나게 되고 낙엽송 조림지를 거치면서 장고개로 내려선다. 2차선 차량 도로인 장고개에서도 차량은 보지 못하고 통과한다.

흐르는 땀을 훔치며 올랐다가 헬기장에서 다시 내려서며 잘록한 안부에 이르렀고, 여기서 허름한 시멘트 가옥을 만나게 되는데 율령 산왕각이란 팻말이 걸려있다. 산신각인 것 같은데 밤에 혼자 지나치면 율령 산왕이 불러 세울 것처럼 스산하다.

열심히 걸어 백토재를 지나고 또 꾸준하게 걸어 못재에 도착한다. 장고개와 백두대간 비재로 갈라지는 구간이다. 못재에서 땀 흘리며 갈령재 삼거리를 지나고 비재 삼거리에 도달해 형제봉까지 700m 남았다는 이정표를 접한다.

백두대간 상의 형제봉(해발 832m), 아무리 둘러봐도 형제인 듯한 봉우리가 하나 더 있지는 않다. 아무튼, 여기까지 걸어온 길이 길고도 지루하지만 여기서도 바로 움직인다.

오늘 산행의 종착지라 할 수 있는 피앗재에서 1.2km 내리막 지점에 하룻밤 묵어갈 피앗재 산장이 있다. 걸음이 빨라진다. 눅진한 피로가 몰려들어 쉬고 싶은 마음이 앞서기 때문이다.

만수리 쪽으로 1km가량 내려가니 임도로 이어지고 그 앞으로 물 좋은 계곡이 보인다. 그리고 10여 분 더 지나 피앗재 산장에 당도하자 어릴 적 외갓집 싸리문을 열고 들어서는 기분이다. 충북알프스 중간지점이며 산꾼들의 쉼터라고 적혀 있다.

백두대간과 충북알프스를 걷는 산객들이 주로 이용하는 산장이라 리본도 많이 달려있다. 저렴한 가격으로 저녁과 아침 식사에 숙박, 게다가 점심 도시락과 식수를 보충할 수 있으니 든든한 지원센터가 아닐 수 없다.

산등성 녹음 내 가슴 깊이
햇살처럼 번지니
향수에 젖어 고향 그리는 시
푸른 그림자 번진 저 하늘에 쓰리라

떠나는 이 애달파하다
미처 못 한 이야기
타는 가슴 누르는 애절한 시
진홍 립스틱 찍어 물드는 노을 위에 쓰리라

어느덧 계절 바뀌어
피앗재에 알록달록 단풍 들면
낙엽 부스러지는 슬픈 시
애잔한 맘 찬찬히 문지르며
흐르는 계류 은빛 여울 위에 쓰리라

그리움 다시 새겨 짙은 감성
눈물 흐를 듯 설운 바이브레이션
그렇게 갈잎 노래 부르리라

이른 새벽, 다시 혼자다

234

둘째 날, 새벽 4시에 일어나 5시에 아침밥까지 먹으니 어제의 피로가 싹 가셔져 무척 상쾌하다. 산장에서 함께 머문 몇 명의 등산객들과 길을 나선다. 속리산 천왕봉까지는 동행이 될 것이다.

안개 뿌옇게 낀 이른 새벽 바윗길에서도 싱그러움을 느낀다. 생태계 보호를 위해 출입을 금지한 한남금북정맥 구간에서 방향을 틀어 속리산 최고봉인 천왕봉(해발 1058m)에 이르자 속리산 주 능선을 따라 왼쪽 끝으로 문장대가 선명하게 시야에 잡힌다.

"안전 산행하세요."

잠깐 함께 걸었던 일행들은 반대 방향으로 간다. 다시 혼자다. 여러 번 속리산을 왔었다. 법주사에서 문장대로 올라와 천왕봉까지 왔다가 원점 회귀한 적이 있었는데 오늘은 그 길을 역으로 걸으며 속리산을 파고든다.

장각동 갈림길 헬기장에서 신선대와 문장대로 이어지는 암릉 군의 민낯들이 산뜻하다. 종종 느꼈듯 이른 아침에 바라보는 바위 봉우리는 화장기 없이 비누 내음 가득한 여인의 얼굴처럼 싱그럽다.

"이게 얼마 만인가, 다들 잘 지냈지?"

원숭이바위와 거북바위를 다시 만나자 이만저만 반가운 게 아니다.

"지도 잘 있었구면유."

이어 곰바위도 얼굴 잊지 않고 아는 체해준다. 그리고 우뚝 세워진 입석대를 마주한다. 1618년인 조선 광해군 10년에 25세의 충민공 임경업은 무과에 급제하였다.

임경업 장군에 대한 야사 혹은 전설은 전국 여러 곳에서 전해지는데 여기 입석대와 경업대도 그의 기개와 용맹에 대한 설화를 지니고 있다. 임경업 장군이 불과 7일 만에 입석대를 세워 수련을 연마했다고 전해 내려온다.

"겨우 7일? 7개월이나 7년이 아니었을까."

걸음 멈춰 입석대를 바라보며 크기와 무게를 가늠하니 그 과장됨을 조금만 줄였으면 하는 생각이 들기도 했지만 존경하는 장군의 역발산기개세에 인식을 고정한다.

경업대 역시 장군이 무술 연마를 위한 수련 장소로 삼아 그의 이름을 따서 지었다. 경업대에서 다섯 걸음 떨어진 곳에 있는 뜀금바위는 임경업 장군이 바위를 뛰어넘는 훈련을 하였다고 하며, 장군이 머물며 공부하던 토굴 밑의 명천

약수는 장군이 마시던 물이라 하여 장군수라 부른다는데 경업대를 찾는 이들이 즐겨 마신다고 한다.

훗날 정조대왕은 당대의 화백 김홍도에게 자신이 특히 존경했던 임경업 장군의 초상화를 새로 그리게 시켰다고 하니 입석대와 경업대의 모양이 새롭게 각인된다.

속리산의 명물들을 두루 만나고 내처 걸어 신선대(해발 1026m)에 이르렀다. 신선대 휴게소에서 냉커피 한 잔을 마시고 곤두박질하듯 내려섰다가 가파르게 솟구친 문장대에 다다른다. 문장대(해발 1054m)는 휴일을 맞아 산객들로 장사진을 이루고 있다. 최고봉인 천왕봉보다 문장대가 인기는 훨씬 많다.

단종을 시해하고 왕위에 오른 세조가 불치병에 걸렸는데 신하들과 산을 찾아 삼강오륜을 논하면서 병을 고쳤다는 곳이 여기 문장대이다.

철제 계단에 올라서서 둘러보는 칠형제봉과 우측 끝으로 천왕봉까지 다양한 화강암 암릉과 단애의 멋진 풍광을 다시 보게 되어 감회가 새롭다.

다소 뿌옇던 연무가 말끔히 걷히자 늘재에서 조항산과 희양산을 잇는 백두대간 마루금이 선명하다. 오늘 걸어온 천왕봉부터 곧 마주할 관음봉을 살펴보고 문장대를 내려선다. 여기서부터는 다시 초행길이다. 묘봉까지 4.9km, 온통 암릉 구간이다.

가도 가도 제자리 같았다

삼각 형태의 근육질, 관음봉이 다가갈수록 위압감을 준다. 바위를 꺾어 돌고 휘어 감으며 오르내리길 반복하여 올라가서 세로로 갈라진 거대한 바위 꼭대기에 심어놓은 관음봉 정상석(해발 985m) 앞에 섰다. 밧줄도 없는 최정상까지 간신히 올라 인증을 하고 둘러보는데, 이곳이야말로 최고의 전망장소라는 걸 실감하게 된다.

첩첩 골골, 겹겹 산봉…… 과연 충북알프스란 말이 무색하지 않다는 걸 느끼게 된다. 나희덕 시인의 '속리산에서'에 평탄한 길은 가도 가도 제자리 같았다는 구절이 떠오른다. 가도 가도 제자리를 배회하는 것만 같은 산길이다.

가파른 비탈만이
순결한 싸움터라고 여겨 온 나에게
속리산은 순하디 순한 길을 열어 보였다

산다는 일은
더 높이 오르는 게 아니라
더 깊이 들어가는 것이라는 듯
평평한 길은 가도 가도 제자리 같았다

아직 높이에 대한 선망을 가진 나에게
세속을 벗어나도
세속의 습관은 남아있는 나에게
산은 어깨를 낮추며 이렇게 속삭였다
산을 오르고 있지만
내가 넘는 건 정작 산이 아니라
산속에 갇힌 시간일 거라고
오히려 산 아래서 밥을 끓여 먹고살던
그 하루하루가
더 가파른 고비였을 거라고

속리산은
단숨에 오를 수도 있는 높이를
길게 길게 늘여서 내 앞에 펼쳐 주었다

가도 가도 나아가지 못하는 삶, 시인은 바로 어제부터 마냥 걷는 내게 충언해주고 응원을 보내주려 이 시를 지었나 보다. 세속의 숱한 경쟁에서 밀리고 넘어지다가 찾은 산에서도 스스로 경쟁을 자초하는 걸 지적해주는 듯하다.

나무마다 가늘게 휘어졌고 고개 젖혀 바라보면 눈길 닿는 곳마다 주름졌다. 굽은 산등성이, 허리 굽혀 오르는 산길. 불의와 비리에 물든 세상, 고개 돌려 외면하는 비틀림. 굽은 인생, 흰 처세……

"세상도 삶도 곧은 걸 찾기가 쉽지 않아."

관음봉을 내려와 다시 능선을 걸어 여적암과 미타사로 갈라지는 북가치에 이르고 600m를 더 걸어 묘봉(해발 874m)에 도착하였다. 관음봉에서 여기 묘봉까지 거친 암릉은 없어도 굴곡이 꽤 심하다. 배낭을 풀고 정상석 옆에 앉으니 이마에 맺혔던 땀이 턱밑까지 흘러내린다.

"여기는 정상! 더 이상 오를 곳이 없다."

이곳 묘봉에는 산악인 고상돈을 기리는 표지목이 세워져 있다. 1977년 9월, 세계 최고봉 에베레스트(해발 8848m)를 등정한 최초의 한국인으로 고상돈에 의해 우리나라는 세계에서 여덟 번째로 에베레스트를 등정한 국가가 된다. 세계 최고봉의 정상에서 무전을 통해 더 오를 곳이 없다고 소리친 그의 목소리가 생생하다.

1979년 북아메리카 최고봉인 알래스카산맥의 매킨리산(해발 6191m) 원정 대장으로 정상 등정에 성공하고 하산하던 중 안타깝게도 웨스턴 리브 800m 빙벽에서 이일교 대원과 함께 추락해 사망하였다. 그의 묘소는 죽어서도 산악인임을 강조하듯 한라산의 해발 1100m 고지에 있다. 표지목을 어루만져보고 여정을 이어간다.

가야 할 상학봉까지도 멀지는 않지만 길이 곱지 않아 보인다. 역시 쉽지 않다. 숱한 오르내림을 거듭하게 된다. 석벽에 가라진 틈새, 바위가 막아서고 그 틈으로 비좁게 길을 내준다.

밧줄이 지겨울 때쯤 되어서야 상학봉(해발 834m)에 다다랐다. 묘봉에서 상학봉까지 겨우 1km인데 훨씬 긴 길을 온 것처럼 버겁고 시간도 오래 걸렸다.

상학봉에서 어제부터의 행로를 되짚어본다.

"다시 그 길을 반복하라면?"

절대 못 할 거란 생각이 든다. 군대를 두 번 가라는 거나 다름없다. 크게 심호흡을 하고는 전역, 아니 하산을 준비한다. 100리가 넘는 종주 중 가장 반가운 구간이 더는 고도를 높이지 않는 최종 봉우리일 것이다. 물론 그 지점에서 이미 뿌듯한 성취감을 느끼고 있다.

신정리와 활목재 갈림길에서 신정리로 방향을 잡는다. 좁은 바위굴을 통과하고, 암봉의 빗면을 조심스럽게 올랐다가 밧줄을 잡고 내려서며 길을 줄여나간다. 그리고 최종 날머리에 도착하면서 긴장이 풀어지고 다리에 근근이 남아있던 근력도 풀어지는 걸 느낀다.

충북알프스. 1박 2일의 대장정을 마치고 아무 데나 털썩 주저앉았는데 평소 느끼지 못했던 묘한 감정이 마구 솟구친다. 얼른 손등으로 눈가를 훔친다. 왜 눈물이 맺히는 걸까. 누가 볼세라 생각보다 손이 앞선다.

다소 암울한 마음을 지니고 찾아왔던 산에서 무언가를 덜어냈나 보다. 그래서 감사한 마음이 일었던 듯하다.

"죄송합니다. 진심으로 사죄합니다."

내려온 산을 올려다보며 진정 뉘우치게 된다. 원怨은 잘못된 상황을 남에게서 찾아 풀고자 함이며, 한恨은 잘못된 처지를 저 스스로에게 돌리는 비애라 했던가. 자기 자신을 증오하고 학대하며 맺힌 한을 풀겠다는 것은 빈 곳에 욕구를 채우려는 이기利근에 다름 아니기에, 그런 마음으로 찾아온 속리산과 구병산에 죄책감이 들고 말았다.

툭툭 엉덩이를 털고 도로를 걷는데 산길을 닦아 혼자서도 안전하게 하산할 수 있도록 해준 충북 보은군에 보은하고자 하는 마음이 절로 생긴다.

때 / 늦봄
곳 / 서원리 - 백미지재 - 구병산 - 신선대 - 장고개 - 동관음고개 -
못재 - 갈령재 - 피앗재 - 피앗재 산장 - 속리산 천왕봉 - 신선대 -
문장대 - 관음봉 - 북가치 - 묘봉 - 상학봉 - 신정리

242

화양구곡에 그늘 드리운 가령산, 낙영산, 도명산

빗물에 촉촉하게 젖은 철쭉과 갓 피어난 야생초들이
물기까지 머금어 초롱초롱하고 싱그럽다.
아직 채 걷히지 않고 엷게 흐르는 운무가
조용한 산중에 적막감을 덜어준다.

충청북도 괴산군 청천면에 화양동 소금강이라고도 일컫는
화양천이 있다. 가령산과 도명산의 북쪽 골짜기에서 달천과
이어지는 화양계곡 입구까지 약 4km의 계류가 흐르는 곳
을 일컫는다. 화양계곡, 화양동천, 화양구곡이라고 부르는데
모두 같은 곳이다.

7km 떨어진 선유동계곡과 함께 속리산 북쪽의 수려하고
도 맑은 하천으로 1975년 화양동 도립공원으로 지정되었다
가 이후 1984년에 속리산국립공원으로 편입되었으며, 2014
년에는 명승 제110호로 지정되었다.

회양목의 다른 명칭인 황양목이 많아 황양동이라 불리다가
조선 중기의 성리학자인 우암 송시열이 이곳에 은거하면서
중국의 무이구곡을 본떠 광진구 화양동 아홉 개의 계곡에
이름을 붙여 화양구곡이라 하였다.

경천벽, 운영담, 읍궁암, 금사담, 첨성대, 능운대, 와룡암,
학소대, 파천이 그것인데 대개 구곡九曲이라 함은 아홉이라

는 숫자가 던지는 실상보다 굽이치는 계류가 많다는 의미의 상징성이 강하다. 쌍곡구곡, 선유구곡, 풍계구곡, 갈은구곡, 연화구곡, 고산구곡 등 괴산에 있는 계곡들이 그렇다.

특히 화양구곡은 넓고 깨끗한 암반과 맑은 하천, 우뚝 솟은 기암절벽과 울창한 수목들이 멋들어지게 조화를 이루어서 한번 다녀가면 눈에 아른거려 다시 찾고 싶어 안달이 나는 곳이다. 그러한 화양구곡을 둘러싸고 있는 세 산, 속리산국립공원에 속하며 충북 괴산의 35 명산에 꼽히는 가령산, 낙영산, 도명산을 찾아왔다.

화양 옥류의 긴 흐름 딛고 오르는 가령산

창문으로 스며드는 따사로운 봄볕이 얼른 몸 일으켜 세워 훌쩍 떠나라 한다. 이것저것 재다가 그대로 머리를 파묻으면 후회할 것만 같아 벌떡 일어나 서둘러 채비를 한다.

충북 자연학습관에 도착하여 길옆에 주차했을 때가 아침 9시, 오는 듯 마는 듯 주저하던 빗방울도 말끔하게 그쳤고 구름을 거둬내며 햇살이 비치기 시작한다.

봄볕 받은 화양천 물살이 은빛으로 일렁인다. 약간 불어난 듯한 화양계곡의 징검다리를 건너 등산 진입로부터는 바로 가파른 오르막이다.

며칠 전에 내린 비로 길이 축축하고 미끄럽다. 오르다 보면 올망졸망 작은 바위들이 인사하고 또 오르면 더 큰 바위들이 길을 터준다. 커다란 바위 사이로 늘어뜨린 줄을 잡고 오르자 시계가 환하게 열리는 조망처가 나온다.

굽이도는 화양계곡이 마치 지리산에서 섬진강의 흐름을 내려다볼 때를 떠올리게 한다. 섬진 청류만큼이나 화양 옥류의 긴 흐름도 감성을 자극하고 풍류를 느끼게 한다.

화양계곡의 물 흐름 따라 눈길을 띄우다 보면 자그마한 다리 하나가 보이는데 그 지점에 학소대가 있다. 오늘 산행의 최종 하산 지점이 된다.

오르면서 왼편에 도명산이 뾰족하게 고개를 치켜들고 있는데 상당히 먼 길처럼 느껴진다. 또 올라 넓게 펼쳐진 바위에서 운해에 반쯤 가려진 조항산과 청화산을 정면으로 마주한다.

빗물에 촉촉하게 젖은 철쭉과 갓 피어난 야생초들이 물기까지 머금어 초롱초롱하고 싱그럽다. 아직 채 걷히지 않고 엷게 흐르는 운무가 조용한 산중에 적막감을 덜어준다.

가령산 명물이라고 들은 거북바위를 곁에서 보니 그럴 만큼 개성을 지녔다. 거북바위 왼편으로 툭 튀어나와 어딘가를 가리키는 듯한 부속 바위도 기이하다.

오르다 커다란 바위가 나오면 거긴 멋진 조망 장소이다. 사방이 훤하게 트인 데다 산들바람까지 불어주어 상큼한 기분을 지니게 한다. 아래 자연학습관이 마당까지 보이고 그 너머로 사랑산과 오른쪽 뒤로 군자산이 낯설지 않다. 동쪽으로 눈을 돌리면 대야산과 둔덕산 바위 봉우리들이 친근하게 다가선다.

암릉의 밧줄을 붙들고 바위 사이를 오가다가 헬기장을 지나 가령산加嶺山 정상(해발 642m)에 이른다. 백악산 줄기에서 뻗어 나와 이웃한 도명산, 낙영산과 함께 화양동계곡을 삼각형으로 둘러싸고 있는 가령산은 괴산군 청천면을 근거지로 하고 있다. 굴참나무로 뒤덮여 조망이 없어 덩그러니 세워진 정상석에 눈만 맞추고 내려서는 일밖에 달리 머물 명분이 없다.

"혹여 기회 닿는다면……."

더 인사말을 늘어뜨린다면 거짓말이 될 것 같아 등을 돌린다. 다시 올 수 없을 거로 생각하는 산정에서 등 돌리는 경험은 대개 씁쓸한 이별처럼 싸한 느낌이 든다. 내가 산정에, 혹은 산정이 내게 이별을 고하는 느낌을 받곤 한다.

조경목 전람장을 둘러보는 듯하다

가령산에서 낙영산까지는 내려섰다 올라가기를 반복하는데

246

조망이 없어 다소 답답하기도 하지만 살짝 운무 낀 숲길은 색다른 분위기를 자아낸다. 안개라는 실체가 연출해내는 분위기는 산에서일 때 가장 오묘하고, 가장 요염하다.

피톤치드 가득한 숲길을 걷다가 연리목을 보게 된다. 이제까지 보아왔던 연리목들과는 확연히 다르다. 달아나려는 하나를 놓치지 않으려 붙드는 형상인데 떨어지면 죽기라도 할 것처럼 상대에게 끈질긴 집착을 보이는 모습이다.

"제발 억지 결합이 아니길."

떨어져 있어야 마땅한 두 사물이 서로의 이득을 위해 억지 관계를 맺고 결합한 게 아니기를 바라며 연리지에 시선을 꽂은 채 걸음을 멈춘다.

정치권력과 재벌의 그릇된 연결고리, 돈과 폭력의 이해타산이 걸린 엮임. 대자연에 그런 너저분한 유착 관계가 있을 리 없는데도 상상조차 할 수 없는 일이 벌어지는 세상이 바로 지척이라 괜한 노파심이 생기는 것이다.

다시 하늘이 열리자 백악산 너머로 속리산 주 능선이 뚜렷하게 모습을 드러낸다. 멀지 않은 봉우리들은 옅은 안개마저 거의 걷어냈다. 내려섰다가 다시 올라서서 길게 숨을 내뱉고 숲에 가렸다가 탁 트인 공간에서 숨을 들이마시며 무영봉(해발 742m)에 닿았다.

국립지리원 지도에서는 이곳을 낙영산으로 표기하고 있다. 조망 가려진 무영봉을 벗어나면 급한 내리막으로 이어진다. 곳곳에 설치된 밧줄은 깔끔하고 튼튼하다. 매듭도 튼실하게 매었다. 이쪽에도 멋진 소나무들이 널찍하게 늘어섰다.

가파른 암릉을 밧줄에 의지하여 범바위 안부로 내려선다. 상당히 커다란 범바위는 사람 얼굴의 옆모습을 닮은 형태이다. 고조선 건국 신화에 나오는 호랑이가 마늘에 익숙해졌다는 생각에 이르자 피식 실소를 머금게 된다.

곧이어 더 시원하게 시야가 트이더니 노송과 어우러진 기이한 형상의 바위들이 나타난다. 오랜 세월 온갖 풍상을 겪었을 아름드리 소나무와 마찬가지로 비바람과 눈보라에 피부가 깎이고 살점이 떨어져 나간 검버섯 바위가 어우러져 연륜의 의미를 되새겨준다. 낙영산으로 가는 길은 바위와 소나무를 주제로 한 조경목 전람장을 둘러보는 듯하다.

전람장을 빠져나오면 바로 낙영산落影山(해발 684m)이다. 장쾌하게 펼쳐진 백두대간 주 능선과 속리산 연봉들이 가슴을 후련하게 해 준다.

속리산국립공원에 속한 산답게 산자락 곳곳에 동물 형상의 바위들이 수두룩하고 암릉의 묘미와 쾌적한 조망을 한껏 즐기게 해 준다.

산 그림자가 드리워진다는 의미의 낙영산은 당 고조의 세숫물에 비친 아름다운 산에서 그 유래를 짓고 있다. 당 고조는 신하를 불러 세숫물 속의 산을 그리게 한 후 이 산을 찾도록 하였다.

당나라에서는 찾지 못하다가 동자승이 동방국 신라에 있는 산이라 알려줘 신라로 사신을 보내 찾게 하여 낙영산이라 이름 지었다고 한다.

"남의 나라 산 이름을 지들 멋대로 짓다니."

국립지리원 지도와 산행 안내판의 표식을 종합해보면 무영봉이 낙영산의 최고봉이며 정상석이 있는 이곳은 낙영산의 지봉에 속하는 것으로 추측된다. 그 추측이 맞는다면 당나라 사신이 신라까지 출장 와서 번지수를 헛짚은 거였다.

낙영산 684m 봉에서 내려와 좌측 공림사로 빠지는 갈림길인 절고개 안부에서 올려다보면 가파르게 내려왔다는 게 한눈에 들어온다.

낙영산을 산행하려면 보통 공림사를 기점으로 잡는다. 공림사 왼쪽 계곡의 등산로를 따라 이곳 능선 안부 사거리를 통해 총 한 시간 이내에 정상까지 오를 수 있다. 여기서 오른쪽으로 돌아 도명산으로 향한다.

도명산에서 학소대로

절고개에서 도명산으로 가는 길은 산책로처럼 아늑하다. 등산로 옆으로 산성 흔적이 보이는가 싶더니 미륵산성의 안내판이 세워져 있다. 고려 때 축성한 둘레 5.1km의 방어용 산성으로 산 이름을 따서 도명산성이라고도 불렀다는데 안내판에 적힌 전설이 애틋하다.

홀어머니를 서로 모시려던 남매가 있었는데 아들은 나막신을 신고 서울을 다녀오기로 하고, 딸은 성을 쌓아 먼저 끝내는 사람이 어머니를 모시기로 하여 남매성이라고도 부른단다. 누가 모셨을까. 궁금해하다가 이내 생각이 바뀐다.

"요즘이라면 유산을 걸고 내기를 했을 텐데."

다시 길을 가다 시선을 끌어당겨 고개를 돌렸는데 열차처럼 웅장한 바위가 길게 누워있다. 수락산 기차바위가 몸을 눕힌 모습인데 역시 기차바위라고 부른단다. 도명산 오르는 길목까지 많은 나뭇가지로 떠받친 바위를 포함해 기묘한 바위들을 자주 접하게 된다.

도명산道明山 정상까지 200m를 올라갔다가 돌아 내려와야 한다. 정상까지 급경사의 통나무 계단이 이어져 있다. 속리산국립공원 도명산 정상(해발 642m)에 이르러서야 몇 명의 등산객을 만났다.

학소대에서 올라와 낙영산을 거쳐 가령산으로 향하는 이들이다. 도명산은 괴산군 청천면 공림사와 화양동계곡 학소대에서 올라올 수 있다.

산 아래 채운암이라는 암자에서 도를 통한 이가 나왔다고 이름 지어졌다는 도명산은 여러 개의 크고 작은 바위가 모여 정상을 이루고 있는데 주변에 분재처럼 자란 소나무가 정취를 더해준다.

시야를 넓히면 오른쪽으로 조봉산부터 왼쪽으로 낙영산과 걸어온 능선을 확인할 수 있다. 그 뒤로 속리산 주 능선이 펼쳐졌다. 전면으로 군자산과 칠보산이 보이고 뒤편으로 대야산도 조망된다.

도명산 정상석 뒤의 돌 봉우리까지 올라가 잠시 휴식을 취하고 삼거리에서 학소대로 하산로를 잡는다. 조금 내려가 거대한 바위 사이를 지나면 세 분의 부처가 친히 마중을 나와 있다. ㄱ자로 꺾어진 암벽에 선각線刻으로 새긴 도명산 마애삼존불상이다. 도명산 9부 능선으로 낙양사가 있었다던 낙양사 터이다.

도명산 제1 경승지로 꼽히는 삼존불상은 오른쪽 불상부터 각각 9.1m, 14m, 5.4m로 높고 웅장하며 선각이 희미하게 보인다. 고려 초기 작품으로 추정하며 충청북도 유형문화재 140호로 지정되어 있다. 저 높은 곳을 어떻게 올라가서 새겼을지 의구심을 지니는데 세 부처가 입을 모아 가르침을 준다.

"부디 네가 사는 곳을 떠나서 이상 세계를 찾지 말거라."

더 증폭된 의구심을 안고 다시 경사 급한 계단과 비탈진 너덜 길을 내려서서 학소대 다리에 이른다. 다리를 건너 돌아보면 화양구곡 중 제8곡인 학소대鶴巢臺가 보인다.

백학이 집을 짓고 새끼를 쳤던 곳이라 하여 이름 붙였는데 바위 위로 뻗은 노송들과 그 아래로 흐르는 맑은 계류가 어딘지 모르게 서로를 돌보는 듯 느껴지게 한다.

학소대에서 처음의 산행기점이자 주차장소인 자연학습관까지 약 2.5km를 걸어 이곳의 명승들을 살펴본다.

주자의 '무이도가'중 무이구곡의 제9곡을 읊은 한 구절을 떠올리는데 봄이 움트는 화양천의 물소리가 더욱 청아하게 들린다.

"별천지는 모름지기 인간 세상 속에 있거늘."

때 / 초봄
곳 / 충북 자연학습관 - 가령산 - 무영봉 - 낙영산 - 도명산 - 학소대 - 원점회귀

태곳적 자연미 고이 간직한 군자산과 남군자산

푸른 소나무들이 도열한 가로 단애가
마치 커다란 동양화의 액자를 걸어놓은 듯하다.
급한 내리막을 조심스레 내디디면서도
자꾸 눈이 간다.

충북 괴산군 칠성면 쌍곡리에 소재하여 칠성 평야 남쪽으로 펼쳐진 군자산君子山은 예로부터 충북의 소금강이라 불려 왔을 정도로 산세가 빼어났다.

산을 끼고 흐르는 쌍곡계곡은 퇴계 이황과 송강 정철로부터 사랑받았던 괴산 8경의 한 곳이며 남군자산과 함께 속리산국립공원에 속한다. 서쪽으로 달천이 산자락을 에워싸고 흐르며 북으로는 칠성 평야가 군자산을 받쳐주고 있다.

삼국시대에는 이곳에서 많은 전투가 벌어졌다. 칠성 평야에서 신라와 백제군의 패권 다툼이 있었을 때는 전투에 진 장수가 느티나무에 머리를 박고 자결하였다고도 한다.

쌍곡계곡의 2곡이라 부르는 소금강은 기암절벽 지대로 그 중에서도 하늘 벽은 금강이라는 이름을 무색하지 않게 한다. 소금강 주차장에 내려 하늘벽을 올려다보고 산행을 시작한다.

모자란 아침잠을 산악회 버스 안에서 보충했는데 도착하여 눈을 뜨니 머리도 개운하고 몸도 가벼운 느낌이다.

군자의 위용을 넉넉하게 갖춘 산이다

들머리로 진입하자마자 가차 없는 오르막이다. 노송이 즐비하다던 산악 대장의 안내 멘트 그대로 멋진 소나무들이 반겨준다. 어느 산이든 소나무는 절벽에서 그 풍모를 빛낸다. 이 산의 깎아지른 절벽도 소나무와의 어울림으로 더욱 도드라진 질감을 보여준다.

첫 조망터에서 보배산을 오르는 들머리인 서당골이 눈에 들어오고 막 제철을 벗어나 한가로워진 쌍곡계곡이 내려다보인다. 10km의 계곡 곳곳에 풍부한 수량의 맑은 계류와 기암, 그리고 소나무가 선경을 이루어 여름철에는 많은 피서객이 찾는 곳이다. 1996년에 충북의 유명한 계곡을 대상으로 수질검사를 실시했는데 쌍곡계곡의 물이 최고의 수질 평가를 받았다고 한다.

오른쪽으로 소금강 절벽을 끼고 오르자니 많은 이들이 이 산의 산세에서 덕을 쌓은 군자의 모습을 느꼈을 거란 생각이 든다. 암릉과 소나무가 정겹게 조화를 이루어 후한 덕을 풍기는 산인지라 더 그렇고 그런 걸 제대로 읽어내는 사람들이 바로 산을 좋아하는 이들이기 때문이다.

그런 생각이 들자 산악인은 대자연에 동화되어야 한다는
노산 이은상 선생의 글귀가 떠오른다. 노산은 1967년 한국
산악회 제4대 회장으로 취임하면서 돌아가시던 해인 1982
년까지 여섯 대에 걸쳐 회장직을 맡았다.

시인이자 산악인인 노산은 취임에 맞춰 우리나라 산악인들
의 인구에 회자되고 산행 지침이 되는 산악인의 선서를 썼
다. 이 100자 선서문은 많은 산에 석비로 세워져 산객들의
걸음을 붙들어 세우고 있다.

산악인의 선서

산악인은 무궁한 세계를 탐색한다.
목적지에 이르기까지 정열과 협동으로
온갖 고난을 극복할 뿐,
언제나 절망도 포기도 없다.
산악인은 대자연에 동화되어야 한다.
아무런 속임도 꾸밈도 없이
다만 자유, 평화, 사랑의 참 세계를 향한
행진이 있을 따름이다.

내 고향 남쪽 바다 그 파란 물 눈에 보이네. 꿈엔들 잊으
리오. 그 잔잔한 고향 바다…… 선서문을 되뇌며 오르는데
느닷없이 가고파의 첫 구절을 읊조리게 된다. 이은상 선생

이 뇌리에서 사라질 즈음 제법 거칠고 심한 경사가 이어지더니 여기저기 산양의 배설물이 눈에 띈다. 절벽을 좋아하는 산양의 기질을 배설물을 통해 되뇌게 된다.

쉼터를 지나 계단을 통해 암벽을 우회하여 오르자 역동적인 산세의 보배산과 칠보산 능선이 뚜렷하다. 첩첩산중에 구불구불 끝없이 이어지는 마루금이 장관이다.

이 산에서 기도하면 옥동자를 얻는다는 설화가 전해진다. 돌을 던져 바위를 맞추면 아들을 낳는다는 아들바위가 있으며 음기가 세어 자식을 잘 낳는다는 전설이 전하는 기도터에는 무속인들의 발길이 끊이지 않는다고 한다.

760m 고지에 이르면서 엷은 안개마저 걷히자 월악산 영봉과 신선봉, 조령산 등 중부내륙의 명산들이 철철 흐르고 군자산 정상 일대가 시야에 잡힌다. 정상 바로 못미처 날카롭게 바위가 서 있고 그 옆으로도 시원스레 시야가 트였다. 아래로 마을만 보이지 않는다면 첩첩산중 오지이다.

도마재를 지나 남군자산으로 이어지는 능선과 그 너머 조항산, 백악산과 속리산 주 능선까지 넘볼 수 있다. 아래로 쌍곡계곡이 실타래처럼 늘어졌고 가까이 보개산, 칠보산으로부터 희양산, 백호산, 악휘봉 등 준령들의 흐름이 넉넉하게 이어진다. 남쪽 작은 군자산 너머로 대야산이 자리 잡았고 그 너머로 속리산 연봉들이 선을 긋는다. 다들 안면이 있어 친근감이 드는 산들이다.

군자산 정상(해발 948m)은 우거진 잡목으로 시계가 가려져 있다. 군자산을 큰 군자산이라 부르고 남군자산을 작은 군자산이라 부르기도 한다.

"형님! 바로 떠납니다."
"차라도 한잔 대접해야 하는데 미안하구먼. 길이 험하니까 조심하게."

우거진 초록 숲이 점차 갈색으로 변하는 중이다. 군자산에서 지체하지 않고 조금 내려서자 암릉 위로 거칠 것 없이 트인 조망 장소가 나온다.

여기서 바라보는 일대 산들의 산그리메가 일품인 장소로 흔히 괴산의 35 명산이라 일컫는 산들을 가늠해볼 만한 곳이다. 땀깨나 흘리며 산행했던 왼쪽 덕가산에서 백두대간 장성봉으로 이어지는 산그리메에 시선을 담갔다가 길을 이어간다.

삼거리봉(해발 876m)에서 돌아본 군자산은 다시 보아도 군자의 위용을 갖춘 모습이다. 최고봉으로서의 자태가 어느 고봉에 모자람이 없다. 여기서도 쾌적한 시야를 유지하며 도마재에 이르렀다. 군자산만을 산행할 때는 이곳 도마재에서 도마골로 하산하게 된다.

남군자산으로 잇는 길은 더욱 좁고 거칠다. 아직 더위가 가시지 않은 때라 고온다습하여 땀까지 흐른다. 바위를 넘고 우회하며 남군자산(해발 872m)에 도착했을 때는 몸이 축 처지는 느낌이다. 작은 바위들로 형성된 암봉으로 사방 전망의 막힘이 없는 정상 지대이다. 닿자마자 대야산과 중대봉이 확연하게 시야에 잡힌다.

군자산보다 덩치가 작아 군자산 남봉이라 부르기도 하는데 육산의 부드러운 산세와 적당한 골격의 암릉과 기묘한 바위들이 조화를 이루고 빼어난 조망을 지녀 등산객이 많이 찾는다.

북으로 군자산의 산세가 늠름해 보이고 동쪽으로 살짝 방향을 틀면 보배산, 칠보산, 악휘봉으로 연결되는 백두대간이 빼곡하게 줄을 이었다. 또 대야산과 그 너머로 속리산 문장대로 길게 능선이 이어진다.

한동안 휴식을 취하고 정상 바로 아래의 삼거리에서 내려서자 평평한 710m 고지에는 칠일봉이라고 적힌 자연석을 나무에 기대 세워놓았다.

배낭을 메고는 빠져나갈 수 없는 좁은 바위와 바위틈이 이어진다. 산부인과 바위라고도 부르는데 사람의 몸이 겨우 들어갈 수 있을 정도의 바위틈새를 일컫는 침니沈泥이다.

다시 세 개의 바위가 놓인 삼형제 바위에 이르렀다. 마치 다른 곳에서 옮겨놓은 것처럼 기이한 바위들이 몰려있다. 상어 바위를 지나 코를 바위 아래로 늘어뜨린 코끼리바위의 코에 앉아 휴식을 취하는데 여기서도 두루 시야가 트였다.

다시 칠일봉으로 올라 제수리재로 방향을 잡는다. 편안하게 내려서다가 다시 오르막이 이어지는 695m 봉에서 능선을 따라 트인 공간을 걷는다.

푸른 소나무들이 도열한 가로 단애가 마치 커다란 동양화의 액자를 걸어놓은 듯하다. 급한 내리막을 조심스레 내디디면서도 자꾸 눈이 간다. 여기서 내려서니 막장봉 들머리이기도 한 제수리재이다.

자동차 도로인 보람원 입구에서 조금 더 걸으면 충북 괴산과 경북 문경의 경계 지역인 하관평 마을이다. 마을까지 내려와 흙길을 걷는데도 바윗길을 내딛는 것 같다. 온통 암벽으로 이루어진 산을 산행하고 내려왔을 때의 느낌과 더불어 군자의 신분으로 길게 대로를 걸어온 기분에 사로잡힌다.

하관평 마을에 대기 중인 산악회 버스에 오를 때도 군자의 풍모를 잃지 않으려 어깨를 쭉 펴고 당당한 모습을 갖추게 된다.

때 / 늦여름
곳/ 군자산 등산로 입구 – 전망대 – 군자산 – 도마재 – 846m 봉 –
남군자산 – 칠일봉 – 삼형제 바위 – 제수리재 – 하관평 마을

수림과 계곡, 조망의 멋진 어우러짐, 대야산

쉼표 위에 서서 관람을 즐긴다.
힘들게 올라와 잠시 쉬는 곳이 전망 좋은 장소일 때
거긴 쉼터에 그치지 않고
에너지를 보강하는 충전소가 된다.

백두대간상에 자리 잡은 대야산大耶山은 속리산국립공원에 속하면서 충북 괴산군을 경계로 경북 문경시와 접하고 있다.

한국 지명 총람에는 홍수가 났을 때 봉우리가 대야만큼 남았다고 해서 붙여진 이름이라 적고 있다. 35곳 괴산의 명산 중 하나로 문경 8경의 중심부에 위치하여 용추계곡, 선유동계곡의 청정 계류가 흐르는 대야산 자연휴양림을 끼고 있다.

휴양림 인근에 봉암사, 견훤 유적지, 운강 이강년 생가터, 문경새재 등 역사·문화적으로 유명한 학습장소가 산재해 있어 시간에 맞춰 산행과 계곡 탐방, 유적지까지 두루 둘러볼 수 있는 다양성을 갖춘 탐방지역이라 할 수 있다.

계곡과 수림과 조망이 어우러진 산

260

대야산 아래 벌바위 주차장에 바로 산행 들머리가 있다. 두 번째 방문이다. 바로 이 자리에서 둔덕산으로 올랐다가 대야산을 거쳐 원점회귀 산행을 한 게 재작년인데 이번엔 제법 비가 내려 수량이 많을 용추계곡의 시원함을 느끼고 자 여름에 날을 잡았다.

차에서 내려 함께 온 세 명의 산우들과 함께 스틱을 펼치는데도 땀이 흐른다. 산행 안내도와 큼직하고 매끄러운 자연석 옆의 나무계단을 오르면서 산행을 시작하게 된다. 700m 전방에 용추계곡이 있고 대야산까지는 4.8km이다. 역시 곧바로 맑은 계곡물이 기분을 상쾌하게 한다.

국내에는 많은 용추계곡이 있다. 그중 경기도 가평 연인산 자락의 용추계곡과 경남 함양 기백산의 용추계곡이 물 좋고 수려하다는 건 알고 있었는데 여기 대야산 용추계곡도 거기 못지않다는 걸 알게 된다.

울창한 숲이 에워싼 계곡미가 우선 마음을 청량하게 한다. 계곡에서 솟듯이 불어주는 바람이 한여름 불볕더위를 진정시킨다. 넓은 암반 너머 무당소가 먼저 모습을 드러냈다. 배낭부터 내려놓고 물가로 간다.

3m 정도의 수심으로 물을 긷던 새댁이 빠져 죽은 후 그녀의 혼을 위로하기 위해 굿을 하던 무당마저 빠져 죽어 무당소라고 부른다는데 두 명이나 빠져 죽었어도 무당소의 물은 여전히 맑고 투명하다. 허리 굽혀 땀을 씻어낸다.

마른장마에 펄펄 끓는 폭염
그럼에도 소매 잡아끄는 짙푸른 섬광
뿌리칠 수 없는 원심력처럼 순순히 몸 실어
무심결에 나섰더니
야생초, 낙엽송 무성하고 햇살마저 초록 빛깔
흡인력 강한 카리스마에 끌려
이 산 깊은 품에
꼬옥 안기고 말았네

이어서 용소암이 나온다. 용추계곡에 머물던 암수 두 마리의 용이 하늘로 오르다 바위에 발톱이 찍혀 그 자국이 선명하게 남아있다. 이 자국이 용의 발톱에 의한 게 틀림없다면 그 용은 고지라만큼이나 엄청 큰 놈이 분명하다.

또 하트 모양으로 깊게 팬 소沼를 통하면서 2단으로 흐르는 용추폭포는 웅장하지는 않지만, 그 형상이 볼수록 특이하다. 암수 두 마리의 용이 하늘로 올랐다는 이야기를 증명이라도 하듯 양쪽 화강암 바위에 승천하며 용트림하다 남긴 용 비늘 흔적이 선명하게 남아있다. 용추계곡의 비경으로 꼽는 이들 증거가 완벽해 사실이 아니란 걸 주장할 수가 없을 정도이다.

점입가경이다. 푸른빛 감도는 맑은 계류는 좁은 홈을 타고 아래 용소의 웅덩이로 흘러내리는데 용이 승천하기 전에 알을 품었다는 곳이라고 한다.

"알은 부화시키고 하늘로 오른 걸까."

 암수 두 마리의 용만 승천했다면 부화한 용은 이무기로 남아 이곳 대야산 어딘가에 있는 걸까. 형사 콜롬보가 되었다가 셜록 홈스로 변신해 추론을 거듭해보지만, 사건은 미궁을 맴돈다. 용과 관련한 전설은 늘 의구심을 남긴다.

 한동안 계곡을 따라 오르게 된다. 바위도 많고 수량도 풍부하여 국내 명품 용추계곡의 반열에 넣지 않을 수가 없다. 계곡과 수림과 조망이 잘 어우러진 산이다. 용추계곡을 한껏 즐기다가 다시 산죽 군락의 등산로로 접어들어 물소리를 멀리하게 된다.

"어엇! 뱀이다."

 앞서 걷던 산우가 등산로를 가로질러 숲으로 기어들어 가는 뱀을 보고 멈춰 섰다. 70cm 정도 길이에 꼬리가 가늘고 짧으며 머리 부분이 삼각형 형태인 걸로 보아 살모사가 분명했다.

 대개의 뱀이 그렇듯 살모사도 독사이긴 하지만 가만히 있는 사람한테 먼저 공격하는 경우는 없다.

"용의 알이 부화한 건 아니겠지?"

"하하하! 그럼 물렸어도 독은 없었겠지."

뱀은 보통 이른 아침에 돌아다니다가 볕이 뜨거운 낮에는 그늘에서 웅크리고 있으며, 비가 온 후 날씨가 개었을 때 바위에 나와 몸을 말리는 습성이 있다고 한다. 이런 날 바위 많은 계곡을 걸을 때는 뱀을 의식해서 주변을 살필 필요가 있다.

"밟기라도 했으면 큰일 날 뻔했어."
"여기 세 명이나 더 있는데 설마 독이 번지도록 내버려 두겠어."

독사에 물리면 한두 개의 움푹 팬 자국이 생기는데 물린 부위의 위쪽, 즉 심장에서 가까운 곳을 폭 5cm 이상의 손수건이나 지혈대로 묶는다.

물린 후 30분 이내에 물린 부위를 소독한 후 불로 소독한 칼을 이용해 깊이 5mm, 길이 5mm 정도로 절개하는 게 응급처치의 첫 번째 요령이다. 물린 자국이 타원형이나 U자형일 때는 독이 없는 뱀이다.

잠깐 뱀 때문에 수선을 피웠다가 우람한 근육질의 소나무들이 늘어서서 반기고 오르막 등산로가 이어지는 밀재까지 다다랐다.

대야산까지 딱 1km를 남겨둔 지점이다. 계단을 올라 거북바위를 보고 그 뒤로 시원스러운 조망 공간에서 가쁜 숨을 가다듬는다. 쉼표 위에 서서 관람을 즐긴다. 힘들게 올라와 잠시 쉬는 곳이 전망 좋은 장소일 때 거긴 쉼터에 그치지 않고 에너지를 보강하는 충전소가 된다.

밧줄이 설치된 바위 구간과 계단이 이어지지만, 경사가 급하지는 않다. 기름을 가득 넣은 세단처럼 단숨에 올라섰다. 탄력을 받아 코끼리 닮은 바위를 지났는데 계단 중간의 전망대에서 정지신호를 받고 멈춰 선다. 굽이치는 마루금들이 눈길을 사로잡는다.

"여전히 튀십니다."
"내가 좀 그런 편이지. 허허!"

허옇게 암벽 드러난 희양산이 유독 도드라져 보인다. 노인의 백발이 그의 머리에서 면류관처럼 보일 때 그는 그저 나이 든 노인이 아니다. 노련한 경륜가로 존재감을 부각하게 되는데 희양산이 그렇다. 괴산과 문경 일대의 산들을 두루 아우르는 형세라 더욱 그런 인식을 하게 된다.

다시 올라 대자연의 오묘함을 느끼게 하는 대문바위를 본다. 밑으로 굴러떨어질 듯한 커다란 바위가 비스듬히 놓인 채 한 사람이 간신히 지나갈 정도로 틈새가 벌어져 있다.

또 다른 바위는 자연적으로 구멍이 뚫어져 있는데 볼수록 자연의 신비를 느끼게 한다. 이들 바위와 어우러진 노송과 고목도 멋진 풍광을 자아낸다.

나무다리를 건너 바위 구간을 통과하고 계단을 걸어 대야산 정상인 상대봉(해발 930.7m)에 도착하였다. 이화령 너머의 백화산과 희양산에서 서남쪽으로 내려와 위치한 대야산은 남쪽으로는 속리산으로 이어진다.

정상 언저리에 둘러친 쇠 울타리 너머로 속리산 주 능선을 한눈에 담을 수 있다. 낮게 깔린 뭉게구름이 조령산의 마루금을 선명하게 드러낸다. 희양산의 벗겨진 근육도 더욱 우람하게 도드라진다.

정상 아래 삼거리에서 월영대 방향으로 하산로를 택한다. 계단과 너덜바위 구간이 나타나긴 하지만 비교적 경사 완급이 수수한데 여기서도 암릉의 묘미를 만끽한다.

한참을 내려와 맑은 물에 비친 달을 볼 수 있다는 월영대에 이르렀다. 여기 월영대의 수려한 계곡미와 물길에 마냥 젖어 들면 넓은 암반 위로 미끄러지듯 흐르는 물이 이룬 소에는 밤이면 고개 숙여 달을 볼 것만 같다.

월영대를 지나 월영대 삼거리에 닿으면서 다시 올라갈 때의 용추계곡 초입에 이르렀는데 이름을 알 수 없는 어여쁜 꽃이 방긋 웃고 있다.

'내려갈 때 보았네. 올라갈 때 보지 못한 그 꽃'

산은 같은 길이라도 등산 때와 하산 때의 느낌이 판이한 경우가 많다. 시선을 어디에 두고 걷느냐에 따라 더욱 그렇다. 기운이 떨어지는 오르막에서는 걸음걸이에 신경 쓰다가 보지 못했다가 내려오면서 그냥 지나쳤던 것들을 보게 되는 경우가 많다.

고은 시인의 짧은 시 '그 꽃'은 그래서 내려올 때야 보였는지도 모르겠다.

때 / 여름
곳 / 벌바위 주차장 – 용추계곡 – 무당소 – 용추폭포 – 월영대 삼거리
　　　– 밀재 – 대야산 – 월영대 – 월영대 삼거리 – 원점회귀

쌍곡계곡의 아홉 명소, 칠보산

한여름 햇살을 듬뿍 받은 아름드리 소나무와
바싹 바닥에 몸을 낮춘 야생화, 바위가 어우러진
산길에 청정계곡을 흐르는 맑은 물소리까지 들려
무덥다는 생각보다는 한껏 심산유곡의 정취를 느끼게 한다

속리산국립공원 내에 속하며 행정구역상 충청북도 괴산군에 소재한 칠보산七寶山은 일곱 개의 봉우리가 불교의 일곱 가지 보물인 금, 은, 산호, 거저(바닷조개), 석영, 수정, 진주처럼 아름다워 그 이름이 붙여졌다.

군자산, 대야산, 청화산 등 속리산국립공원 일대의 여러 산에 둘러싸여 맑은 계류가 흐르는 쌍곡계곡을 비롯해 기암절벽과 노송이 어우러져 그 이름값을 제대로 하는 산이라 할 수 있겠다.

안단테의 차분한 걸음걸이로

보배산과 군자산을 가늠하며 칠보산 들머리로 향한다. 메아리 산방 회원들인 동익, 창훈, 남영이와 동반했다. 계곡을 끼고 많은 펜션이 여름 피서객들을 받아들이는 중이다. 괴산군 칠성면 쌍곡리 등산로 입구에 떡바위라는 팻말이

붙어있는데 여기서 산행을 시작한다.

떡바위라고 부르는 병암餠岩은 쌍곡구곡 중 제3곡으로 들머리에서 30m가량 떨어진 하류 쪽에 있는데 시루떡을 자른 모양의 바위라 그렇게 부른다. 기근이 심해 양식이 모자라던 시절 떡 바위 인근에 거처를 마련하면 먹거리 걱정은 안 해도 된다는 소문이 돌아 사람들이 모여 살기 시작했다고도 전해진다.

계곡을 가로지르는 목교를 건너면 나무숲 사이로 길게 쌍곡계곡이 누워있다. 많은 사람이 피서를 즐기는 중이다. 쌍곡마을에서 제수리재에 이르는 총 10.5km의 계곡으로 호롱소, 소금강, 병암(떡바위), 문수암, 쌍벽, 용소, 쌍곡폭포, 선녀탕, 마당바위(장암)까지 쌍곡구곡이 줄줄이 이어진다.

"물소리, 새소리, 나뭇가지에 바람 부딪치는 소리까지 들리는군."
"산에서는 보는 것만큼 듣는 것도 큰 즐거움이야."

바위 아래로 철철 물 흐르는 소리를 들으며 산에 오르니 동익이가 한 말처럼 커다란 즐거움이다. 오지 깊은 계곡은 그들 자연의 소리가 있어 그리 조용하지만은 않다.

"산은 다녀가는 것 이상의 의미가 있는 곳이라네."

"여유로워야 많은 것을 볼 수 있고 지혜를 얻을 수 있는 곳이란 말이네."

"안단테의 차분한 걸음걸이로 충분히 산의 무한함을 만끽하시게나."

바람이 지나가다 한마디 충언하니 물이 흐르며 거들고 바위가 사족을 단다.

"얼핏 잔소리들 같지만 틀린 말은 하나도 없군."

산에 가는 또 다른 이유

그대 이야기 듣다 보면 시간 가는 줄 모르게
어느새 어둑어둑
강단 있는 소신,
기발하고도 순발력 넘치는 재치
절로 미소 머금게 하는 해학
암릉 길게 늘어세운 독백만으로도 그댄
충분히 알려줄 걸 알려주었구나.
햇볕 뜨거운 여름철에 그대와 함께 보내며
머리 맑아지는 지혜와 속이 트이는 처세를 익히게 된다.
실바람 음향, 나뭇가지 흔들림만으로도 그댄,
청결하라, 은혜 잊지 말라, 용서하라

끝없는 교훈을 새기게 하였더라.
아무리 잘해도 길어지면 말은 권태롭고
과하면 누구랑 인들 만남도 무뎌지기 마련
허나 그댄, 가끔 거칠긴 해도 매번 기다려지고 마냥 끌려
품에 안기고 싶어 안달이 나게 하는 존재이다.

다리를 건너 바로 오르막길이 나오면서 양옆으로 녹색 수림이 풍요한 통나무 계단 등 비교적 소박한 오름길이 이어진다. 한여름 햇살을 듬뿍 받은 아름드리 소나무와 바싹 바닥에 몸을 낮춘 야생화, 바위가 어우러진 산길에 청정계곡을 흐르는 맑은 물소리까지 들려 무덥다는 생각보다는 심산유곡의 정취를 한껏 느끼게 한다.

더 깊이 들어가면 간간이 세찬 굉음과 더불어 쏟아져 내리는 폭포수가 있고, 청동빛 소와 부드럽게 암반을 적시며 고이는 담이 연이어 나타난다.

그때마다 발길은 족쇄가 채워진 듯 도리 없이 멈춰 서는데 이 계곡은 물과 바위가 어우러져 빚어낼 수 있는 모든 아름다움이 농축된 것만 같다. 그런 계곡을 벗어나자 출입 금지 푯말이 보인다.

금줄을 넘어 구봉 능선을 가고 싶은 마음이 없지 않지만 솟는 욕구를 꾹꾹 누른다. 정상을 600m 남겨둔 청석재에서 잠시 숨을 고르는데 하늘을 찌를 것처럼 높이 솟은 노송이 활엽수림과 섞여 초록을 더욱 싱그럽게 한다.

들머리인 떡바위에서 2.1km를 올라온 삼거리가 청석재인데 각연사를 들머리로 잡으면 1.7km를 올라와 이르게 된다. 이번에는 더욱 가파른 나무계단이다. 계단 지나 조망이 좋은 바위에 올라서서 잘 뻗은 소나무 아래로 각연사를 내려다보고 겹겹 중첩된 봉우리들에 눈길을 둔다.

폭염에 가까운 날씨지만 숲 사이로 부는 바람이 걸음의 무게를 덜어준다. 친구들도 내리쬐는 태양에 시달리기보다는 부는 바람을 즐기는 표정이 역력하다.

출발점에서 2.7km를 지나 칠보산 정상(해발 778m)에 닿자 꽤 많은 이들이 정상석 앞에서 인증을 받고 있다. 정상석 뒤편으로도 주변 경관을 조망할 수 있는 바위가 있어 거기서 건너편 봉우리들과 대면한다.

시루봉과 그 우측으로 악휘봉이 자리하고 좌측에는 덕가산이 솟아있다.

뜨거운 햇볕에 노출된 옥녀봉, 군자산, 보배산이 긴 여름을 권태로워하는 듯 보인다. 문경새재의 조령산과 주흘산, 비켜서서 희양산과 대야산 등 낯익은 산들과 눈을 맞춘다.

"안 가본 산들이 너무 많아."
"너무 행복하단 얘기처럼 들린다."
"이쪽 지방에 특히 좋은 산들이 많아."

"내려가야 또 좋은 산을 가지. 내려들 가세."

 하산하면서도 느끼게 되지만 건강한 노송들이 산세를 더욱 돋보이게 하는 칠보산이다. 잘 정비된 목책 계단을 내려가 잠깐 경사 급한 내리막을 지나면 이내 평탄한 등로가 이어진다. 고개를 쳐들고 무언가를 갈망하는 듯한 거북바위를 살펴보는데 무척 힘들어 보인다.

"왜 바다에 있지 않고 산에 와있는 거야?"
"배를 잘못 탔어. 사공이 많은 배였어."
"적응하면 여기도 살만할 거야."

 어쩌랴. 칠보산에서 영생하기만 빌어줄 수밖에. 마당바위에는 죽어서도 꼿꼿한 고사목 한그루가 의연하게 서 있는데 말을 걸지 않고 그냥 지나쳐 활목 고개에 이른다. 정상에서 700m 아래의 이 고개는 각연사에서 2.1km를 올라오면 이르게 되고 날머리로 잡은 절말까지 3.6km의 거리다.
 여기서 목책을 넘어 올라섰다가 고도를 높이면 시루봉에 이르러 덕가산과 악휘봉을 연결할 수 있다. 힘들게 다녀왔던 길인지라 그때를 떠올리니 땀이 맺힌다. 쌍곡휴게소가 있는 절말 방향으로 내려가다 맑은 물 흐르는 계곡 상류의 나무 그늘에 앉아 산들바람을 쏘이니 신선이 부럽지 않다.

"신선으로 오래 살면 게을러져."

물속을 유영하는 물고기 떼를 쳐다보며 쉬다가 일어나 전나무 숲에서 퍼져 나오는 상쾌한 기운을 속에 담는다. 내려가면서 계곡은 더욱 넓어지고 여기저기 자리를 잡아 물놀이하는 사람들도 늘어났다. 장성봉으로 가는 갈림길을 지나 바위가 즐비한 강선대에는 물만큼이나 사람들도 많아 시장처럼 북적거린다.

쌍곡폭포 갈림길에서 쌍곡폭포 쪽으로 들어섰다. 쌍곡구곡 중 제7곡으로 8m 정도의 반석을 타고 흘러내린 폭포수가 여인의 치마폭처럼 담을 이루는데 보고만 있어도 서늘한 기운이 감돈다. 치마폭에도 몇몇 사내들이 여름을 즐기는 중이다. 천혜의 피서지라 할 만한 곳이다.

산에서 빠져나오면 더위는 더욱 기승을 부린다. 다시 돌아와 쌍곡 탐방지원센터를 지나 쌍곡휴게소에 이르고 차도를 따라 10여 분 걸어서 떡바위 주차장으로 원점 회귀하는데도 주르륵 땀이 흐른다.

때 / 여름
곳 / 떡바위 등산로 입구 – 청석재 – 칠보산 – 활목 고개 – 쌍곡폭포 – 쌍곡휴게소 주차장 – 원점회귀

한라산국립공원

1966년 한라산 천연 보호구역으로 지정된 바 있는 한라산은 1970년에 일곱 번째 국립공원으로 지정되었다. 2002년에는 유네스코 생물권 보전지역으로 지정되었고 2007년에는 유네스코 세계 자연유산으로 등재되었다. 그리고 2008년에는 물 장오리 오름 산정화구호 습지가 람사르 습지로 등록되어 보호 관리되고 있다.

백록담, 남한 최고봉의 분화구가 말라간다

우리나라 최남단 섬의 한가운데 1950m 높이로 우뚝 솟은
남한 최고봉 한라산이다. 능히 은하수를 잡아당길 만큼
높은 산이라는 의미로 명명된 한라산은 금강산, 지리산과
더불어 우리나라 삼신산으로 불리기도 한다.

1966년 한라산 천연 보호구역으로 지정된 바 있는 한라산
은 1970년에 일곱 번째 국립공원으로 지정되었다. 2002년
에는 유네스코 생물권 보전지역으로 지정되었으며 2007년
에는 유네스코 세계 자연유산으로 등재되었다. 그리고
2008년에는 물장오리 오름 산정화구호 습지가 람사르 습지
로 등록되어 보호·관리되고 있다.

세계 최고의 오름 공화국, 한라산

이러한 제주특별자치도의 랜드 마크라 할 수 있는 한라산
漢拏山은 남한에서 가장 높은 산(해발 1,947.3m)으로 산정
에 서면 은하수를 잡아당길 수 있을 만큼 높다는 의미를
담고 있다. 1970년 3월에 국내 일곱 번째 국립공원으로 지
정되었다.

동국여지승람에는 1002년과 1007년에 분화했다는 기록과

1455년과 1670년에 지진이 발생하여 큰 피해가 있었다는 기록이 남아있다.

이처럼 화산활동에 의해 지표 대부분이 현무암으로 덮여 있고 정상에는 지름 약 500m에 이르는 화구호인 백록담이 있다. 360여 개의 측화산, 해안지대의 폭포와 주상절리, 동굴과 같은 화산지형 등 다양한 지형 경관이 발달하여 수많은 탐방객을 유치하고 있다.

특히 한라산을 중심으로 크고 작은 소화 산체인 오름이 368개나 산재해 있다. 또한 한라산은 난대, 온대, 한대 또는 고산식물의 보고로, 한라산 특산종만 73종이나 되며, 약 2000여 종 이상의 식물이 장생하고 있다.

한라산 등산로는 성판악 구간(9.6km), 관음사(8.7km), 돈내코(7.0km), 어리목(6.8km), 영실(5.8km) 등 다섯 구간이 있는데, 등산 당시에 정상탐방이 가능한 코스는 성판악과 관음사 구간의 둘 뿐이고 나머지 세 구간은 모두 남벽 분기점까지만 등산이 가능하여 탐방이 가능한 두 구간을 오르내리기로 하였다.

완만하게 오를 수 있는 성판악에서 백록담 정상을 거쳐 비교적 가파른 계단 길인 관음사로 내려오는 길이다.

"총 산행 거리가 19km가량 되는데 괜찮겠어?"
"와보고 싶었던 곳이에요. 잘 인도해 주세요."

아내와 모처럼 제주도에 왔다. 여행 둘째 날, 한라산에 오르기로 했는데 흔쾌히 동반한다.

한라산은 고산 기후와 해안 기후의 상호작용으로 예상치 못한 기상악화를 접할 수 있고 해발고도와 바람에 따른 온도의 변화가 심한 곳이다.

세밀하게 기상예보를 살펴 무난한 날을 택하기는 했지만 오랜만에 산행을 하는 아내와 함께인지라 조금은 조바심이 생기는 것이었다. 성판악 탐방안내소를 출발하는 아내의 걸음이 경쾌하기는 하다.

한라산의 허리를 관통하며 제주시와 서귀포시를 잇는 제1횡단도로의 중간지점인 성판악은 해발 750m 고지에 위치하였는데 이 도로에서 가장 높은 지대이자 남북 제주를 가르는 고갯마루이다.

산 중턱에 널 모양의 암벽이 둘려있어 마치 성벽처럼 보여서 성널 오름이라고도 부른다.

"백록담이 보고 싶었거든요."

아내는 백록담으로 향하며 무척 들떠있다.

"그렇게 서두르면 중간도 못 가서 지칠걸."

한라산 탐방로 중에는 가장 긴 길이다. 편도 4시간 30분이 소요된다고 적혀있는데 그보다 더 걸릴지, 아니면 중도에 포기할지는 체력 안배에 달려있다.

그래서 잔소리를 했는데 다행히 거침없이 거무튀튀하고 송송 구멍이 뚫린 현무암 탐방로를 잘 내딛고 있다. 오르막길마다 정비가 잘되어있기도 하고 거리를 가늠할 수 있도록 곳곳마다 안내판이 설치되어 있다.

나무데크를 오르고 양옆으로 울창한 숲을 끼고 탐방로에 깔린 두툼한 포대와 돌밭을 골고루 밟으며 오르게 된다. 시야가 가려져 조망은 전혀 기대할 수가 없다.

성판악에서 4.1km 지점인 속밭 휴게소에서 잠시 앉아 쉬었다가 일어난다. 사라오름 입구까지 1.7Km 구간을 비교적 편안하게 걷는다.

사라오름 입구에 다다를 즈음에서야 제대로 산길을 오르는 느낌을 받는다. 아내에게 사라오름 정상을 구경시켜주고 싶었지만, 아내의 표정이 거기까진 무리라고 표현하고 있다.

계속 직진하여 진달래밭 대피소에 이르러 숨을 몰아쉬며 휴식을 취한다. 9.6km 중 7.3km를 올라왔다. 오후 한 시까지 통과해야 정상 탐방을 허가하는 진달래밭 대피소인데 아침 일찍 출발해서 시간에 쫓길 염려는 없었다.

"잘 걷네."

"힘드네요."

대피소 한쪽 편에 앉아 간편식으로 허기를 보충하고 백록
담으로 향한다.

"여기부터는 꽤 가파르니까 보폭을 줄여서 걷는 게 좋을
거야."

4년 전 겨울, 무척 힘들게 하얀 눈밭을 걸어 오르던 때가
떠올랐다. 대피소를 지나면서 얼마 지나지 않아 시야가 트
이고 바다처럼 파란 하늘이 펼쳐졌다. 백록담에 이르기 직
전 마지막 가파른 계단에서 사방으로 넓게 펼쳐진 벌판이
보인다.

"쉬었다 갈까."

막바지에 이르러 아내의 얼굴에 지친 기색이 역력하다. 주
저앉는듯하더니 물 한 모금 마시고 금세 컨디션을 가다듬
고 일어서는 아내가 갸륵하다.

"그래, 조금만 힘내. 바로 저기까지만 가면 백록담이 바로

아래로 보여."

 암벽 구간에 이르자 불어오던 바람이 더 세차게 몰아친다.
밧줄을 잡고 조심스럽게 발을 내딛는 아내를 뒤에서 받쳐
주지 않을 수가 없다.

 부는 바람에 땀이 식어버리면서 정상에 도착했다. 이미 많
은 탐방객이 정상 주변 곳곳에 모여 있다. 우리나라 최남단
섬의 한가운데 1950m 높이로 우뚝 솟은 남한 최고봉 한라
산이다.

 능히 은하수를 잡아당길 만큼 높은 산이라는 의미로 명명
된 한라산은 금강산, 지리산과 더불어 우리나라 삼신산으로
불리기도 한다.

 산 아래 바다에서 올려다보면 방패를 엎어 놓은 형상의
한라산은 360여 개의 오름을 품고 동서로 길게 해안까지
뻗어있다.

 물이 많이 빠진 백록담을 내려다보면서 아내는 희열에 젖
었다. 제주도에 올 때마다 백록담을 보고 싶어 했으면서도
여러 가지 여건상 엄두를 내지 못했었다.

"화산 분화구를 직접 보게 되니 감회가 새롭네요."
"남편한테 잔소리가 심하면 저기서 다시 용암이 솟을 수
도 있다던데."

"그래요? 잔소리 좀 줄여야겠군요."

한라산의 기생화산들은 분석으로 이루어져 화구에 물이 고이지 않는 데 백록담에는 물이 고여 있다. 예전에는 수심 5~10m의 비교적 많은 물이 있었으나 담수 능력이 점점 떨어져 수심이 계속 낮아지고 있으며 바닥을 드러내는 날도 많아진다고 한다.

백록담은 옛 신선들이 백록주를 마시고 놀았다는 전설에서 그 이름이 유래되었다고도 하고 흰 사슴으로 변한 신선과 선녀의 전설 등에서 유래했다고도 전한다. 수많은 탐방객이 올라와 정상의 희열을 맛보고 아직 휴화산인 백록담을 즐기고 있다.

신생대 3, 4기 무렵 화산 작용으로 생긴 분화구에 물이 고여 형성되었으며 약 140m 높이의 분화 벽으로 사방이 둘러싸여 있다. 총 둘레 약 3㎞, 동쪽에서 서쪽으로의 길이 600m, 남과 북의 길이 500m인 타원형 화구이다. 백록담 너머에서 드센 바람이 불면서 여기저기 앉아있던 까마귀들이 훼치며 하늘로 솟구쳤다.

통일이 되든 혹여 그렇지 않더라도 그네들이 남조선 동포들한테 백두산을 개방하여 천지까지 탐방하게끔 한다면? 뜬금없이 그런 생각이 떠오르는 것이었다. 봄이건 엄동의 한겨울이건 얼마나 많은 관광객이 천지 주변을 에워싸고 있을 것인지 상상을 하다 일어선다.

"이젠 내려가야지."

하늘에 드문드문 떠다니는 구름 사이로 제주도의 해안 전경을 내려다보고 관음사 쪽으로 하산한다. 제법 강하게 일던 바람은 내려오면서 잠잠해졌다. 삼각봉 대피소에 이르러 숨을 돌렸다가 식사를 한다.

"다 식었는데도 꿀맛이네요."
"산에서는 뭘 가지고 와도 입맛이 살아나니까."

커피까지 마시고 고도를 낮춰 개미등을 지나 탐라계곡 대피소까지 내처 내려섰다. 완만하게 편안한 길을 지나면서 관음사 입구까지 도착했다.

"수고했어. 아주 잘 걸었어."
"힘들긴 했지만 뿌듯한 산행이었어요. 오래 남게 될 거 같아요."
"오래 기억에 두지 말고 또 다녀가면 되지. 그땐 관음사에서 올라가 보자고."

이제 한라산은 다녀오겠노라고 마음만 먹으면 예전에 비해 그리 먼 거리가 아니다.

때 / 초봄
곳 / 성판악 탐방안내소 – 속밭 휴게소 – 사라오름 입구 – 진달래밭 대피소 – 백록담 – 삼각봉 대피소 – 관음사 입구

내장산국립공원

한국을 대표하는 8경 중 하나로 손꼽히는 내장산은 1971년
우리나라 여덟 번째 국립공원으로 지정되었다. 80.708k㎡의
면적으로 주봉인 신선봉을 비롯한 내장산의 봉우리들은
700m 내외의 높이이지만 봉우리 정상이 저마다 독특한 기
암으로 이루어져 있어 호남의 금강이라 불려 왔다.

명실상부한 선홍빛 단풍 명소, 내장산과 백암산

오를수록 내장산은 산으로서 갖춰야 할 조건이란 게 있다면
그러한 걸 대다수 갖추었단 생각이 들게 한다.
오르며 두루 살필수록 강인한 생명력, 찬란하고 카리스마 넘치는
아름다움에 고개를 끄덕이게 된다.

춘 백양春 白羊 추 내장秋 內藏,

백암산 백양사 일대는 봄이 일품이고 내상산은 가을이 아름답다고 해서 이런 말이 나왔으리라. 하나의 국립공원 내에 있으면서도 계절에 따라 확연히 도드라지는 풍광을 추켜세운 표현이다.

또 백암산은 겨울 설경도 뛰어나 내장산 가을 단풍, 금산사 봄 벚꽃, 여름 변산반도의 녹음과 함께 호남 4경에 속하니 일일이 계절에 맞추지는 못하더라도 이곳을 찾는 건 많은 산행 계획표 중에도 앞줄에 놓여있다.

내장산은 주봉인 신선봉을 중심으로 연지봉, 까치봉, 장군봉, 연자봉, 망해봉, 불출봉, 서래봉, 월령봉의 아홉 봉우리가 말발굽형으로 둘러서 있으며 봉우리들 사이로 골이 깊고, 곳곳 기암절벽들이 저마다 개성 강한 위용을 드러내고 있다.

동국여지승람에서는 지리산, 월출산, 천관산, 능가산(내변산)과 함께 내장산을 호남 5산으로 추렸다.

무공해 단풍 열차에 몸을 실어

가을은 잎이 꽃이 되는 시절이다. 붉게 물든 가을 산하에서 뜨겁게 데었던 화상을 치료하고 마음의 위안도 받게 되는데 내장산에서 특히 그렇게 할 수 있다.

중추 절정의 내장산은 입구부터 붉은 단풍과 탐스러운 감나무가 호남의 대표적 가을 산이자 명실상부한 단풍 명소임을 드러낸다.

불 지펴 활활 타오르는 선홍빛 단풍은 오는 손님들을 입구부터 맞이하고 바위 봉우리들은 저만치 물러서서 다감하게 미소 짓는다. 단풍 숲으로 들어서면 잠시 새색시에게 다가서는 새신랑 같은 착각에 빠지기도 한다.

내장산에는 내장단풍, 아기단풍, 털참단풍 등 다양한 단풍나무가 있는데 일조시간이 길어 특히 그 빛깔이 아름답다. 그 아름다움을 도드라지게 하는 건 역시 초록이다. 활활 타오르는 단풍과 늘 차디차고 푸른 비자나무는 환상적인 조화로움을 자아내 내장산의 가을을 돋보이게 한다.

사랑채 지나 육간 대청에 올라 대가大家의 넉넉한 풍모를 느끼고 안채에 이르러 그 집안의 지적 내력에 감탄하며 비로소 겸허히 고개 숙인다고 했던가.

안으로 또 안으로 스며들수록 이 산은 깊이 감춰두었던 감동들, 고이 간직했던 탄성의 순간들을 하나씩 둘씩 꺼내 놓는다. 그 안에 숨겨졌던 비경, 감춰두었던 보물들이 무궁무진하다. 그래서 내장산內藏山이라 부르는 것이다.

역시 숲길과 계곡, 깎아 빚은 절벽에서 눈길 돌리면 바람, 물 그리고 공기의 흐름에서도 낭랑한 새 울음을 듣게 된다. 내장산의 참모습을 감상할 수 있다.

내장산 무공해 단풍 열차에 몸을 실어 찬찬히 그 안으로 들어가면 계절마다 색다른 모습으로 명산에 걸맞은 풍광을 아낌없이 보여준다.

해금을 연상케 하는 독특한 형상의 봉우리와 계곡에는 야생화와 무성한 나무들이 산을 찾는 이들의 발길을 붙잡고 쉬이 놓아주지 않는다.

살기 편하게 내부시설이 잘된데다 창밖으로 풍경까지 그만인 주거 공간에 비유하면 내장산에 큰 결례를 범하는 것일 테지. 보통 내장산은 찬연히 물든 가을 만산홍엽의 장관을 으뜸으로 내세우지만 앞서 표현한 것처럼 안으로 들어가 속속 들여다보는 내면의 모습도 감칠맛 나는 볼거리이다.

백제가요 정읍사井邑詞의 고장이면서 동학농민혁명의 발상지인 전라북도 정읍시에 소재하여 순창군과 전라남도 장

성군에 걸쳐 있는 내장산은 인근 백양사 지구와 함께 1971
년에 국립공원으로 지정되었다.

  달아 높이 높이 돋으시어
  어기야차 멀리멀리 비치게 하시라
  어기야차 어강됴리 아으 다롱디리
  시장에 가계신가요
  어기야차 진 곳을 디딜세라
  어기야차 어강됴리
  어느 것에다 놓고 계시는가
  어기야차 나의 가는 곳에 저물세라
  어기야차 어강됴리 아으 다롱디리

  문학박사 박병채 교수가 현대어로 풀이한 정읍사의 구절이
다. 내장사 진입로 자연보호 헌장 비가 세워진 자리에 망부
석이 세워져 있었다.
  행상을 떠난 남편이 돌아오지 않자 산에 올라가 두 손을
마주 잡고 백제가요 정읍사를 부르는 부인의 모습을 조각
상으로 만든 것이다.
  1980년대 중반까지 이 망부석이 세워진 내장산 잔디밭에
서 결혼하면 백년해로한다는 이야기가 전해져 이곳에는 하
얀 웨딩드레스를 입은 신부들이 많았다. 1986년 말 정읍사
공원으로 망부석이 옮겨지면서 백년해로의 장소인 야외 예
식장은 수목들을 심어 재정비하였다.

그리고 내장사 일주문 우측으로 접어들어 백련암을 거쳐 비자나무 집단 자생지를 지나고 원적암, 단풍 터널에서 일주문으로 돌아오는 약 3.6㎞의 등산로에 자연학습 탐방로가 개설됨으로써 자연보호는 물론 수목에 대한 지식을 높이는 데 일조하였다.

불자는 아니지만, 내장사를 슬그머니 지나칠 수는 없다. 백팔번뇌라는 숫자의 의미 때문이겠지. 일주문에서 내장사까지 붉게 물든 108그루의 단풍나무가 터널을 이루며 어우러졌다.

이 터널에 들어서는 순간 속세에서 아등바등 비틀린 삶에 찌들던 이들도 그 영혼을 위로받을 것만 같다.

내장사 경내에 발을 들여놓자 병풍처럼 혹은 말발굽처럼 이어진 봉우리들이 캔버스 펼쳐 원근감 살린 붓질을 하고프게 만든다.

논밭 고르는 농기구 써레발의 모양이라 그렇게 부른다는 서래봉을 중심으로 내장산 연봉들의 기운을 듬뿍 받은 내장사도 속세에서 상처받은 신도들의 심신을 다독이기에 충분히 아늑하고 그윽하다.

내장사는 백제 무왕 37년에 창건된 사찰로 임진왜란 당시 조선왕조실록을 보관하여 조선 역사를 지켜낸 유서 깊은 용굴과 벽련암, 약사암, 운문암 등 역사의 흔적들을 간직하고 있다.

조선왕조실록은 전국 4대 사고史庫에 보관해오다가 임진왜란 때 전주 사고본을 제외하고 모두 멸실되었다.

유일본인 전주 사고 실록을 내장산으로 이안하여 보존하였는데 그 실록 보존 장소인 용굴암, 은적암, 비래암에 이르는 길을 조성하여 조선왕조 실록길이라 명명했다. 쭉 둘러보고 싶었지만, 역사 기행은 다음에 기회를 잡기로 하고 연자봉에 눈높이를 맞춘다.

오를수록 내장산은 산으로서 갖춰야 할 조건이란 게 있다면 그러한 걸 대다수 갖추었단 생각이 들게 한다. 오르며 두루 살필수록 강인한 생명력, 찬란하고 카리스마 넘치는 아름다움에 고개를 끄덕이게 된다.

지난밤 비는 멎고 궁문처럼 열린 하늘
내장산 단풍들은 불이라도 난 같은데
갈바람 퍼득이니 주홍 물이 떨어진다

사계절 내장산을 찾는 수많은 이들에게 풍요한 안식을 주고 너끈한 배려를 지니게끔 이 모습 그대로 멈춰있기를 바라게 된다.

얄팍한 상혼, 숫자놀음의 장삿속이 대자연의 신비에 상처 입히지 않았으면 하는 마음이 생긴다. 그런데 힘겹다. 치고 오르는 고도가 제법 까칠하다. 산바람 스미는데도 깔딱 오르막에 땀방울이 솟는다.

전망대에 올라 장군봉, 월영봉, 서래봉 등 내장산 환 종주 코스를 시선에 담는다. 서래봉 아래 백련암의 위치가 명당이다. 보는 이로 하여금 멋진 풍광이란 생각이 들게 해 한참이나 걸음을 멈춰 세우게 하니 말이다.

갈색 굴참나무, 붉은 단풍나무와 노란 느티나무들이 뒤섞여 울긋불긋 완벽하게 계절을 채색하였다. 케이블카 상단을 지나 연자봉까지도 야무진 행로가 이어진다.

"후우~ 어젯밤 내가 뭐했더라."

해발 675m 연자봉에 올랐을 땐 호흡까지 거칠어진다. 가파르기가 북한산 백운봉암문 오름길 못지않다. 내장사 작은 기와지붕을 내려다보니 그 가파름이 힘들 수밖에 없게끔 느껴진다.

풍수지리상 연자봉을 중심으로 장군봉과 신선봉이 마치 날개 펼친 제비의 모습과 흡사하여 그렇게 이름 지어졌다고 표지판에 적혀있다. 제비의 한쪽 날개 신선봉을 곧게 바라보고는 그리로 길을 간다. 편편한 능선이 이어지다가 신선봉 갈림길에서 한차례 고도를 높인다.

주봉인 신선봉神仙峰(해발 763m)의 정상석 고인돌 앞에서 인증 사진을 박는 이들과 눈인사를 나누고 숨을 고른다. 불출봉과 서래봉의 결 미끈한 능선에 눈길 머무르며 폐부 깊숙이 들이마시는 공기가 신선하다.

북설악 신선봉과 계룡산 신선봉 등 우리나라 산에는 같은 이름의 봉우리들이 숱하게 많다. 신선이 머물고 싶을 만큼 경관이 수려한 산에 이 이름을 붙였을 터. 내장산 또한 구름을 타고 가던 신선이 그냥 지나치지 못하고 내려서서 둘러보고 싶어 안달이 날 것이다.

백암산 아래 투명 연못에는 가을 정취가 철철

다음 봉우리 까치봉까지 1.5km. 지체하지 않고 그리 진행한다. 바위 지대와 헬기장을 지나 백암산으로 가는 삼거리에 이른다.

300m 거리의 까치봉을 외면하고 백암산으로 빠지는 건 왠지 새치기하는 기분이 든다. 암릉을 지나 까치 날개 모습의 두 개 바위에 다다르니 여기가 까치봉이다. 많은 이들이 맘껏 전망을 즐기고 있다.

곧 이어지게 될 소둥근재와 순창 새재의 갈색 능선을 눈에 담고는 다시 삼거리로 되돌아온다. 여기부터는 인적 없는 홀로 산행이다. 오색 낙엽 무성한 융단 길 소둥근재에서 오르막을 치고 올라 닿은 순창 새재도 가을이 낮게 바닥을 포착한 모습이다.

백암산白巖山 정상 상왕봉(해발 741m)에서 다시 땀을 닦아낸다. 전북 순창군과 전남 장성군의 경계에 있는 백암산은 전통사찰 백양사와 다양한 불교 문화재가 분포되어있는 백양사 지구와 입암산성을 중심으로 문화재가 분포된 남창지구로 구분하는데 입암산笠巖山(해발 626m)과 함께 내장산국립공원에 속한다.

정상에서 아늑하고 완만하게 펼쳐지며 고인 골에 시선을 담갔다가 아래 전망 바위에서 사자봉과 백학봉을 바라본다. 학이 고고하게 날개 펼친 모습으로 뛰어난 암봉미를 보이며 준수하게 솟은 백학봉 쪽으로 진행한다.

암릉 지대를 우회하고 더 걸으면 앉은뱅이 명품 소나무를 감상하게 된다. 파라솔처럼 혹은 천막처럼 한껏 제 몸을 기울여 가지 밑에 그늘을 만들어주고 있다. 잘 익은 벼를 연상하게 한다.

익을수록, 명예를 지닐수록 겸허해지는, 좀처럼 지켜내기 어려운 교훈을 떠올리게 된다. 명성에 급급한 이가 명예까지 얻는다면 그게 과연 가당한 일일까. 대개가 고개 더욱 뻣뻣이 세우고 물질 욕구와 가당치도 않은 명예까지 움켜쥐려는 본성만 드러내는 것은 아닐까.

"한 수 훌륭한 가르침을 받고 갑니다."

낮게 허리 굽힌 소나무에 눈인사하고 다시 걸음을 옮겨

해발 651m의 백학봉에 도착하였다. 이름에 걸맞은 면모를 갖추었다. 학바위에서 하산 지점 백양사를 내려다본다.

가을 풍광에 물씬 젖어 영천 굴, 약사암을 지나다가 올려다본 학바위는 그 위에 서 있을 때와 달리 깎아지른 절벽이다.

백양사 도착, 경내를 둘러보고 사진으로만 접했던 가을 쌍계루를 직접 보자 감회가 새롭다. 학바위를 등에이고 색동치마를 펼친 것처럼 보이는 투명 연못에는 가을 정취가 철철 넘치는 중이다.

"저는 지은 죗값으로 천상에서 축생의 벌을 받았는데 스님의 설법을 듣고 극락 환생하게 되었습니다."

조선 선조 때 환양선사가 제자들에게 설법할 때 백학봉에서 내려온 한 마리 흰 양이 같이 설법을 듣고 스님의 꿈에 나타나 이렇게 말하면서 절을 올리더란다. 다음 날 마당에 흰 양이 죽어있었다는 설화에서 백양사의 절 이름이 유래되었다.

백양사에서 다시 올려다본 백암산은 역시 의연하고도 멋진 자태를 보여준다. 어느 겨울, 시간을 내어 다시 올 땐 백양사를 기점으로 해서 백암산을 오르겠다는 생각을 다진다.

때 / 가을

곳 / 내장산 매표소 – 내장사 – 전망대 – 연자봉 – 신선 삼거리 – 신선봉 – 금선폭포 – 까치봉 삼거리 – 까치봉 – 까치봉 삼거리 – 소동근재 – 순창 새재 – 상왕봉 – 백학봉 – 약사암 – 백양사

가야산국립공원

1972년 국립공원 제9호로 지정된 가야산은 예부터 해동 10 승지 또는 조선 팔경의 하나로 널리 알려졌으며 공원의 면적은 76.256㎢이다. 회장암으로 이루어진 산악경관과 화강암으로 형성된 하천 풍광을 두루 살펴볼 수 있다.

가야산, 천하 절경의 만물상과 상아덤으로

숱한 바위와 바위를 감싼 녹지대는 갈색으로 채색되면서도
바위와의 밀착을 소홀히 하지 않는다.
길게 이어지는 계단처럼 안전을 위한 인공시설물이 무척 많은데도
순수한 자연의 품격을 떨어뜨리지 않는다.

경상남도 합천군과 경상북도 성주군의 경계에 자리한 가야산伽倻山이지만 합천 해인사의 명성이 워낙 커서 가야산 또한 합천에 있는 산으로 아는 사람들이 많을 것이다.

1966년에 해인사 일원이 사적 및 명승 제5호로 지정된 바 있고 1972년에는 국립공원으로 지정하였다. 예로부터 수려하고 아름다운 경관을 자랑하는 가야산은 해동 10 승지 또는 조선 8경으로 그 이름을 높여왔다.

선사시대 이래 산악신앙의 대상지이자 고려 팔만대장경을 간직한 해인사를 품에 안은 불교 성지로서, 그리고 선인들의 유람과 수도처로서 민족 생활사가 살아 숨 쉬는 명산이자 영산으로 존재해왔다.

가야산이 있는 합천, 고령 지방은 1~2세기경에 발원한 대가야국의 땅이었던 까닭에 가야산이라는 이름을 얻게 되었다고도 하고, 인도 불교 성지 부다가야Buddhagaya 부근 부처의 주요 설법처로 신성시되는 가야산에서 이름을 가져

왔다는 설도 있다. 어쨌든 이 지역은 축복받은 땅으로 높이 평가받고 있다.

조선 후기 인문지리학 연구의 선구를 이루었던 이중환이 택리지擇里志에서 '가야산 바깥 가야천 연변은 논이 대단히 기름져 한 말의 씨를 뿌리면 소출이 120~130두나 되며 아무리 적더라도 80두 아래로는 내려가지 않는다. 그리고 물이 넉넉하여 가뭄을 모르고 밭에는 목화가 잘되어서 이곳을 의식衣食의 고장이라 일컫는다.'라고 언급하였다.

37년 8개월 만에 개방한 불꽃 바위 만물상

경북 성주군 수륜면 백운리에 있는 백운동 탐방지원센터에 버스가 도착한 건 새벽 4시가 조금 넘어서였다.

가야산이 국립공원으로 지정된 이후 탐방 금지구역으로 묶여있던 절경의 만물상 구간이 37년 8개월 만인 2010년 6월 12일에 개방되었다. 많은 산악회가 그 사실을 알리면서 등산객들에게 만물상에 대한 호기심을 자극했다. 등산객들 또한 만물상에 대한 구미가 당겨 가야산에는 탐방객들이 더 많아졌다.

개방 이듬해 가을, 역시 들뜬 마음으로 만물상이 있는 가야산을 찾았다. 친구 동은이와 함께이다. 금요일 밤 11시경 서울에서 출발하는 산악회 버스에 타서는 울렁이는 속을 쓸어내렸다.

네 번째의 가야산행이지만 미답지인 만물상을 간다는 건 속을 울렁이게 하는 충분한 이유가 된다. 산은 늘 거기 있는데 그 산은 초인종을 울리며 내게 들어온다. 순간 산의 유전자와 나의 그것이 일치한다. 그리고 동화된다.

야생화 전시관을 지나 탐방안내소 맞은편 들머리에 발을 들여놓을 때는 아직 어둠이 걷히지 않은 시각이라 헤드 랜턴을 착용하였다. 아침 식사를 챙겨 먹느라 함께 버스를 타고 온 일행들을 놓쳐버렸다. 덕분에 요란스럽지 않게 친구와 오붓한 새벽 산행을 시작하게 된다.

두 군데의 탐방로 입구가 있는데 용기골 탐방로가 아닌 만물상 탐방로 입구로 들어선다. 초입부터 급한 돌계단 오르막이다. 랜턴 불빛에 가야산을 휘감는 가을 기운이 어찌나 생기 넘치는지 형상을 지닌 물체처럼 비친다.

"가야산은 새벽 공기도 일품이지."

처음 가야산을 방문한 동은이한테 아는 척하며 긴장을 풀어준다. 우측으로 어슴푸레 능선이 보이기 시작한다. 이미 동편의 첩첩 산들 너머로 붉고 노란 서기가 깔리면서 가야산의 가을이 시나브로 지적이고도 매력적인 자태를 드러낸다. 그리고 조금 더 올라 왼쪽 아래로 심원사가 모습을 드

300

러냈다. 이제 헤드랜턴은 필요 없다.

둥글고 찬란한 태양이 머리부터 빛을 발하더니 빠른 속도로 치고 올라온다. 산에서의 해맞이는 스위치를 올리면 바로 켜지는 불빛이 아니라 차분하면서도 빠른 걸음으로 달려와 품에 안기는 모습이다.

오늘의 해가 솟는 가야산에서의 일출 광경이 온몸에 전율을 일으킨다. 박동 심하게 울리는 벅차고도 벅찬 새벽이다. 일출의 끝을 보며 친구 동은이도 무언가 소망을 비나 보다.

"하늘이시여! 친구의 소망이 무어든 꼭 들어주시옵소서."

바위에 올라서서 크게 바람을 들이마시고 내려다보는 발아래 백운리 마을이 소담스럽다. 역시 산을 병풍 삼고 바람막이 삼은 산 아랫마을들은 하나같이 안정감 있고 평온하다.

"이제부터 자네들에게 많은 걸 보여주겠네."

수림 사이로 많은 바위가 줄을 잇고 반대편으로는 굴곡 심한 마루금이 선명하여 가야산은 이제부터 더 많은 것들을 보여주려 하는 게 느껴진다.

아니나 다를까, 만물상이 시야에 들어오고 왼쪽으로 상아덤부터 요철凹凸 심하게 굴곡으로 이어진 바위들이 하얀 구름 아래로 두꺼운 근육을 뽐내고 있다. 구름이 많아 햇살이 들락거리지만, 가야산은 그래서 더욱 운치 있다.

설악산과 북한산을 버무려놓은 모습이랄까. 험준한 구간에 들어서면서 안전을 위한 데크와 긴 계단이 눈에 띄는데 가야산에서는 그러한 인위적 시설물마저도 주변 풍광과 조화롭게 어우러진다.

만물상 탐방로는 초입부터 경사도가 심할 뿐만 아니라 오르막과 내리막을 일곱 번이나 반복해야 하는 험준한 구간이라고 들었다. 더불어 가야산 최고의 경관을 자랑하는 구간이라고도 하기에 더욱 쿵쾅거리는 가슴으로 만물상에 진입하는 중이다.

나아가는 길이 가파른 바위 비탈이라 쉴라치면 그때마다 뒤돌아 곳곳을 둘러보게 된다. 앞만 보고 오르다가 언제 저 멋진 곳을 모르고 지나쳤나 싶은 곳이 만물상이다. 만 개의 형상을 두루 살피려면 발만큼이나 눈도 바빠진다.

숱한 바위와 바위를 감싼 녹지대는 갈색으로 채색되면서도 바위와의 밀착을 소홀히 하지 않는다. 길게 이어지는 계단처럼 안전을 위한 인공시설물이 꽤 많은데도 순수한 자연의 품격을 떨어뜨리지 않는다.

역사적으로나 현실에 처해서나 산은 피치 못할 사정으로 현실도피의 장소가 되기도 한다. 도피처인 산속에서 생활하는 동안 새로운 철학과 인생관을 지니게 되어 초월의 깨우침을 얻는 때도 있고, 도피 의식을 미화하여 탈속을 도모하는 때도 있었을 것이다. 경우가 어떠하든 산에서는 한쪽으로 치우치지 않고 사람과 산이 서로 교감하면서 승화된 삶을 영위하기도 한다.

현실도피와 은인자중의 장소로 산을 찾아 마침내 새로운 정신적 경계를 개척한 인물로 신라 때의 고운 최치원을 들 수 있을 것이다.

사람들이 치원대 혹은 제시석이라고 칭하는 이곳의 바위에 남긴 시를 되뇌노라면 여기 가야산이 얼마나 심산유곡인지를 인식하며 고개를 끄덕이게 된다.

사나운 물결이 뭇 돌에 부딪쳐 산봉우리를 울리니
사람의 말은 지척이라도 분간할 수 없구나.
늘 세상의 시비가 들려올까 염려하여
짐짓, 물이 온통 산을 감싸 흐르게 하였도다.

신라 말, 당나라에서도 이름을 떨친 최고의 문장가는 귀국해서도 엄격한 골품제를 따랐던 신라에서 6두품에 불과해 뜻을 펼치지 못하였다. 세상을 등지고 가야산으로 들어온 최치원의 마음이 짙게 배 있는 것도 같다.

이후 최치원은 시 한 수와 갓과 신만 남겨놓은 채 홀연히 사라졌다고 한다. 사람들은 당대의 천재가 신선이 되어 유유자적 가야산을 소요할 거라고 회자하기도 했었다.

해인사 인근 여관촌이 있는 치인리도 최치원의 이름을 딴 치원리에서 비롯된 명칭이라고 한다.

혹여 천재의 실루엣이라도 비칠까 싶어 두루두루 멀리 내다보는데 그리움릿지 능선과 오른쪽으로 해탈바위가 아득하게 눈에 들어온다.

길을 이어 돌고 돌면 또 바위를 끼고 돌게 된다. 37년이 넘도록 감춰졌던 비경이다. 수고롭지 않고서야 어찌 그러한 비경을 접할 수 있겠는가.

'경상도에는 석화성石火星이 없다. 오직 가야산만이 뾰족한 돌이 줄을 잇달아서 불꽃 같으며, 공중에 따로 솟아 극히 높고 빼어나다.'

택리지에 우리나라의 산을 돌산과 토산으로 구분하고 화강암으로 이루어진 가야산 돌산 봉우리를 예찬한 글이다. 이중환의 지리학은 오늘날 현대 지리학적인 관점에서도 실생활에 손색없이 참고된다는 점에서 높이 평가받고 있다.

그의 지리학에 대한 평생의 성과를 집대성한 택리지에서 언급하였기에 화강암과 화강편마암으로 이루어진 가야산의 바위들은 더더욱 그 형세마저 극도의 멋을 자아낸다. 그렇게 불꽃처럼 이어진 바위 군락의 중심인 제단바위에 이르러 그 후방에서 보이는 곳곳을 마구 끌어당겨 카메라에 담는다. 일품의 전망장소이자 쉼터라 할 수 있다.

"어휴, 저길 오른단 말이야?"

 저 절벽 꼭대기의 바위에 사람이 있지 않으면 어찌 저길 오를 수 있다고 생각할까. 산세나 분위기는 매우 다르지만, 설악산의 공룡능선처럼 혹은 북한산 의상능선처럼 바위 꼭대기마다 앞서간 사람들이 서 있어서 반갑다. 우리 역시 거기에 발 디디고 설 수 있으므로.
 긴 계단을 올라 지나온 불꽃 바위 지대 만물상을 돌아보는 건 행복이자 아쉬움이다. 막 먹어 치운 아이스크림처럼 여운을 남게 한다. 행복의 여운을 담고 상아덤으로 향한다. 가야산은 그곳의 경관이 눈에 띌 때마다 걸음을 빨리하게 만든다.

천하절경의 기암 봉우리, 가망 사백 리 성봉 상아덤

 지금까지의 바위 군락과는 확연히 틀린 숲길을 통해 올라서서 바라본 상아덤 일대 역시 멋진 풍광으로 어서 오라고 손짓한다. 칠불봉을 포함해 정상 일대도 운무를 걷어내고 파란 하늘을 이고 있다.

"와! 이걸 못 봤더라면."

돌아본 수석 전시장 만물상은 거대한 바위 열차처럼 끝도 없이 칸을 잇고 있다. 산을 좋아하는 사람이 여기 만물상을 보지 못한 채 어떤 이유로든 산행을 중단했다면 그건 아쉬움을 넘어 불운이란 생각까지 드는 것이다.

상아덤으로 오르려면 봉우리를 두어 번 넘어야 하는데 헤아릴 수 없을 정도로 많은 계단을 오르게 된다. 올라와 숨을 고르면서 첩첩산중을 살피다가 실금처럼 가느다란 팔공산 마루금을 눈에 담게 된다. 가야산에서 팔공산을 가늠한다는 게 반갑기 그지없다. 멀리 지방에 와서 친숙한 지인을 만난 기분이다.

가야산에서 가장 아름다운 만물상능선과 이어져 천하절경의 산행로를 꾸미는 기암 봉우리 상아덤은 서장대라고도 불리는데 상아덤이 본래의 이름이라고 한다.

용기골에서 정상에 오르는 성터에 우뚝 솟아 400리를 내다볼 수 있는 가망사백리可望四百里 성봉聖峰이라고 안내판에 소개하고 있다. 이어지는 상아덤의 역사 유래가 읽을 만하다.

상아孀娥는 여신을 일컫는 옛말이며 덤은 바위를 말한다. 여신이 사는 바위란 뜻인데 그 여신이 바로 가야산 산신인 정견모주正見母主라고 한다. 신라 말 최치원이 지은 '석순응전'에 나오는 이야기다.

"천신이시여! 저한테 힘이 부족합니다. 우리 백성들을 평안하게 다스릴 힘을 주십시오."

가야국 백성들이 우러러 받든 산신 정견모주가 상아덤에서 밤낮없이 하늘을 향해 기도했다.

"내가 쭉 지켜보았는데 참으로 절실한 심정으로 기도하는구나. 게다가 미색까지 출중한 산신이로다."

그녀의 기도에 감복한 천신 이비하夷毗訶가 오색구름 수레를 타고 상아덤으로 내려왔다.
그리고 얼마 지나지 않아 산신과 천신 사이에 두 아들이 태어난다. 큰아들은 대가야의 첫째 왕인 이진아 시왕이고 둘째 아들은 금관가야의 수로왕이다.

"여기가 그런 곳이었어? 백성의 평안을 위해 빌었는데 왜 애가 생긴 거야?"
"그 두 아들이 가야국을 평안하게 다스려졌겠지."

천신과 산신의 밀회 장소이자 가야산 최고의 능선에서 가야의 전설을 더듬고는 서성재로 향한다. 가야산성 서문에 해당하는 고개인 서성재로 내려서는 길은 커다란 바위들을 땅에 박아 걷기 좋게 정비했다.

널찍한 쉼터에 서성재 지킴 터라고 적힌 작은 초소가 있다. 만물상 코스와 용기골 코스가 이곳 서성재에서 합류한다. 백운동 들머리에서 3.6km, 칠불봉까지 1.2km 남은 지점이다. 원점회귀할 경우엔 지금처럼 만물상으로 올라 정상을 다녀와서 여기 서성재에서 용기골 방향으로 하산로를 잡으면 수월할 듯하다.

완만한 숲길이 이어지다가 경사 급한 너덜 돌길과 가파른 철제 계단을 오르며 보게 되는 경고문구들이 으스스하다. 낙뢰 주의, 미끄럼 주의, 추락 주의, 근육경련, 탈진 주의 등등. 그만큼 버겁게 올라왔음을 주지 시켜 자신을 스스로 재점검하라는 의미일 것이다.

산행은 언제 불시에 다가올지도 모를 1%의 불운에 대비해야 한다. 신체 에너지를 잘 관리하여 상황에 맞는 체온을 유지하여야 하고 적절한 비상식량으로 허기가 몰리기 전에 행동식을 섭취할 수 있도록 해야 하며, 땀 흘린 걸 보충할 수 있는 수분을 섭취하여야 한다.

여기서 물도 마시고 신발 끈을 조여 맨 다음 다시 길을 재촉한다.

역시 명산이요, 성산이로다

옆에서 보기에 바위 절벽 같은 칠불봉에도 계단이 놓여있다. 계단 끄트머리에는 벌거벗은 두 그루의 나무가 가지를 추켜올려 수고했다고 치하해준다.

천신과 산신 정견모주의 둘째 아들이면서 경남 김해 지방을 중심으로 낙동강 유역에 있었던 가락국의 태조이자 김해 김씨 시조인 김수로왕은 인도 갠지스강 상류 아유타국의 공주 허황옥을 왕비로 맞아들인다.

얼마나 금슬이 좋았는지 무려 10남 2녀를 두었다. 큰아들이 왕위를 계승하여 김 씨의 시조가 된 거등巨燈이고 둘째 석錫, 셋째 명은 어머니의 성을 따라 김해 허許 씨의 시조가 되었다.

"저희는 외삼촌따라 갈랍니다."

나머지 일곱 왕자는 외삼촌인 인도 스님 장유보옥長遊寶玉 선사를 따라 출가하였다. 서기 101년, 운상원雲上院이라는 절을 짓고 3년간 수도한 후 도를 깨달아 생불生佛이 되었다.

운상원은 일곱 왕자가 모두 성불하자 칠불사라 고쳐 부르게 된다. 가야산의 힘차고 또 강직하게 솟은 칠불봉 밑에 칠불암 터가 있다는 설화가 생겨났다. 신동국여지승람에 표기된 내용이다.

"우리 일곱 애들이 모두 성불하였다네요."
"경사 났네, 경사 났어. 가서 축하해줍시다."

가락국 김수로왕과 허왕후는 일곱 왕자가 마침내 성불하였다는 소식을 듣고 칠불사를 찾았다.

"일국의 왕일지라도 면회를 할 수 없습니다."

그러나 엄한 불법으로 허왕후조차 선원에는 들어갈 수 없었다.

"아들들아! 출입을 안 시켜주는구나. 너희들이 나오면 안 되겠니."

여러 날을 선원 밖에서 기다리던 허왕후는 성불한 아들들의 이름을 차례로 불렀으나 모습은 보이지 않고 목소리만 들려왔다.

"우리 칠 형제는 이미 출가하고 성불하여 속인을 대할 수 없으니 그만 돌아가세요."
"제발 얼굴 한 번만이라도 보고 돌아가게 해주렴."

허왕후는 아들들의 음성만 들어도 반가웠으나 한 번만이라도 얼굴을 보고 싶다고 간청하였다.

"정 그러시면 선원 앞 연못가로 오세요."

허왕후가 연못 주변을 아무리 둘러봐도 일곱 아들을 찾을 수 없어 발을 동동 굴렀는데 연못 속을 들여다보니 성불한 금빛 색깔의 일곱 왕자가 합장하고 있었다.

"아아, 여기에들 있었구나."

그나마 연못 속에 비친 아들들 모습을 보며 감동한 것도 잠깐이었다. 어머니한테 모습만 살짝 비쳤다가 사라진 일곱 왕자는 두 번 다시 나타나지 않았다. 그런 일이 있고 난 후 이 연못은 영지影池라 불렸다.

당시에는 권력을 쥐는 것 못지않게 수도의 길을 걷는 것에 생의 의미를 부여했던 것 같다. 어떻게 보면 그 당시에 삶의 철학이 더 높은 차원의 이상세계였던 듯싶다.

내려놓거나 비움에 대한 관념이 지금 자기 계발에 국한된 시대와는 많이 다른. 가야국 이후 삼국시대에도 그런 일이 종종 있었다.

"형제가 열 명이나 되는데도 권력다툼이 없었을까."
"동생들이 얼마나 너그러웠으면 생불이 되었겠어."

당시에는 권력을 쥐는 것 못지않게 수도의 길을 걷는 것에 생의 의미를 부여했던 것 같다. 가야국 이후 삼국시대에도 그런 일이 종종 있었다.

'산의 형세는 천하절경 중 제일이다.'

고기古記에서 극찬한 표현에 수긍하게 된다. 오대산, 소백산과 더불어 왜적의 전화를 입지 않아 화재, 수재, 풍재의 삼재가 들지 않는다는 가야산답다. 칠불봉에서 사방 둘러보니 역시 성산이라는 칭호가 무색하지 않다. 지리산을 맨 뒤로 첩첩 겹친 산그리메의 조망은 덕유산이나 지리산에서 보는 풍광에 떨어지지 않는다.

다른 곳에서 가야산을 볼 때도 멋지기는 마찬가지다. 금오산, 팔공산 혹은 비슬산 어딘가에서 가야산은 한 송이 연꽃처럼 보이기도 하다가 겹겹 솟은 봉우리 아래로 하얀 구름이 깔리면 둥둥 섬이 떠 있는 바다가 된다. 거기서 가야산을 보노라면 거대한 선박의 항해사가 된 기분이다.

주봉인 상왕봉이 소의 머리를 닮았다 해서 우두봉牛頭峯으로 불리기도 하는데 200m 떨어진 칠불봉에서 보니 그런 것도 같다.

칠불봉에서 내려와 상왕봉으로 걷는데 성주에서 합천으로 건너가는 접점 지역에 여기부터 해인사 경내지이며 사적지, 명승지인 문화재 구역이라는 팻말이 세워져 있다. 대한불교 조계종 12 교구 본사인 해인사의 소유지가 얼마나 큰가를 짐작하게 해 준다.

"아무리 봐도 칠불봉이 상왕봉보다 더 높은 것 같지 않은가 말이야."

성주경찰서에 새로 부임한 서장이 가야산을 자주 산행하던 중 의문을 품었다. 성주군에 속한 칠불봉이 더 높다며 국토지리정보원에 가야산 최고봉을 가리자며 실측을 요청하였다. 그동안 상왕봉이 더 높다는 전제하에 합천 가야산으로 불렸으나 칠불봉이 더 높다면 성주 가야산으로 일컬어야 한다는 주장이다.

정밀측정에 나선 결과 칠불봉이 더 높은 것으로 측정되었다. 이로써 가야산은 성주의 소유로 기울어지는 듯했으나 경북과 경남, 성주와 합천 간에 논란이 지속하였어도 바뀐 건 아무것도 없었다.

칠불봉이 고도 상 가야산 최고봉이란 걸 확인하기는 했지만, 상왕봉이 여전히 주봉으로 대접받고 있으며 합천이 가야산의 주인 명패를 달고 있다. 정밀한 과학 계측도 이어져 온 관행과 역사를 뒤바꿀 수는 없었다.

"성주경찰서장의 노력이 물거품이 되고 말았어."

가야산국립공원과 합천군에서는 상왕봉을 주봉으로, 성주 군에서는 칠불봉을 주봉으로 표기하고 있는데 실제 최고봉 은 칠불봉(해발 1432.4m)이지만 상왕봉(해발 1430m)을 가 야산 주봉으로 보는 정설은 그예 깨지지 않았다. 성주는 최 고봉의 소유권자임을 확인하고 만물상을 개방한 것에 만족 해야 했다.

이정표나 지도에는 상왕봉이라고 표기되었는데 정상석에는 우두봉이라고 적혀 있고 이 지역이 합천군에 속하는 것임 을 명백히 못 박았다. 상왕봉의 상왕은 열반경에서 모든 부 처를 의미하는데 결국 가야산이라는 명칭은 이 지방의 옛 지명과 산의 형상, 산악신앙 및 불교 성지로서의 다양한 의 미를 함축한 것이다.

상왕봉 꼭대기에는 움푹 팬 샘이 있으며 그 샘에 고인 물 은 얼어붙었다. 건강한 소의 코에서 늘 땀이 흐르듯 물이 마르지 않는다는 가야 우비정牛鼻井이다. 가야 19명소 중 하나인 우비정을 읊은 시구를 옮겨본다.

우물이 금우金牛의 콧구멍 속으로 통해 있으니
하늘이 신령스런 물을 높은 산에 두었도다.
혹 한번 마신다면 청량함이 가슴속을 찌르니
순식간에 훨훨 바람 타고 멀리 날아가리라.

그리 청량해 보이지 않는 우비정의 샘물 대신 물병을 꺼
내 갈증을 씻고 정상을 떠난다.

"상왕이시여! 다시 뵐 때까지 부처로서의 품격을 유지하시
고 옥체 상하지 않기를 바랍니다."
"그리하겠네. 경도 조심해서 하산하게나."

이제부터는 하산길이다. 하도 많이 올라와서 그런지 하늘
에서 내려서는 기분이다.

가야산 꼭대기에 신령한 곳 있으니
개울물은 차갑고 초목은 무성하도다.
혹 구름에다 지극히 정성을 다하면
패연沛然히 뇌우가 산봉우리에서 일어나도다.

정상 바로 아래의 봉천대奉天臺를 노래한 글이다. 하늘에
기우제를 지내던 암봉 봉천대도 가야 19명소에 속한다. 정
상에서 벗어나자 완만한 경사의 편안한 길이 이어진다. 격

315

하게 소란스러운 마음으로 올라왔다가 차분하게 가라앉은 마음으로 내리막길을 딛게 된다.

가야산과 해인사의 각별하고도 엄청난 시너지

초라한 몰골의 석조여래입상을 보게 되는데 목 부분이 잘렸고 발과 대좌도 없어져 원형을 잃었다. 균형을 잃은 경직된 자세, 평면적이고 소극적인 조각 수법 등 형식화 경향이 현저한 여래상이라고 적혀있다. 그런데도 보물 264호이다.

가야산 지킴 초소까지도 무난하게 내려왔다. 해인사 앞에 외나무다리가 놓여있다. 숭유억불 정책이 시행되던 조선시대 때 양반이 말을 타고 법당 앞까지 들어오는 행패를 막기 위해 만들었다는데 언제부턴가 이 다리를 건너야 극락에 도달한다는 속설이 사족처럼 붙어 전해 내려오고 있다. 대단한 업그레이드가 아닐 수 없다

"말 타고 들어가면 극락에 못 갈까."
"말도 극락에 가겠지."

해인海印은 불교 경전인 화엄경에서 진실한 세계를 의미한다. 해인사 경내에 들어서면 이 큰 사찰의 수많은 이력

중에서도 국보 제32호인 팔만대장경이 가장 먼저 떠오른다. 몽골족의 침입으로 나라가 혼란에 빠지자 고려 조정은 평화를 소원하면서 백성의 마음을 하나로 모으기 위해 부처님의 말씀을 목판에 새기도록 하였다.

"여기서도 우리 조상들의 지혜를 가늠할 수 있지."

한 글자 쓸 때마다 한 번씩 절을 하였으며 삼십여 명의 장인이 경판 8만 1258장에 무려 5238만 2960자를 거꾸로 새겨 넣었는데, 글자의 형태가 정교하고 아름다울 뿐만 아니라 마치 한 사람이 쓴 듯 일정하며, 단 한 글자의 오탈자도 없다니 고려 인쇄술이 얼마나 높은 수준이었는가를 인식하게 한다.

조선시대에 세워진 장경각은 목조건물인데도 벌레가 생기지 않고 습기가 차지 않아 지금까지 경판을 안전하게 지키고 있어 팔만대장경과 함께 1995년 유네스코 세계문화유산으로 지정되었다.

해인사는 임진왜란 이후 일곱 차례나 대화재를 겪어 50여 동의 건물이 모두 불타 대부분 건물이 새로 중건되었으나 팔만대장경판과 이를 봉안한 장경각만은 거듭된 대화재를 피해 옛 모습을 고스란히 간직하고 있다니 참으로 불가사의하고 다행스러운 일이다.

"우리나라에서 제일 오래된 목조불상도 여기 있다지?"
"보고 가자."

통일신라 때 만들어진 비로자나불상이 그것인데 경내 대적
광전에서 볼 수 있다. 비로자나불상은 석가모니 불상과 달
리 왼손의 집게손가락을 오른손이 감싸 쥐고 있다. 이는 부
처와 중생은 하나이며 혼란과 깨달음도 하나라는 뜻을 담
고 있다고 한다.

"섬세하군."
"우리 조상님들은 손재주까지 비상했었어."

대적광전 앞 넓은 마당에서는 일 년에 한 차례 스님과 신
도들이 8만여 개의 대장경판을 머리에 이고 사찰 내부를
도는 '대장경 정대불사'라는 행사를 하는데 이때 대장경판
을 직접 구경할 수 있다.

"아무튼, 엄청난 절이야."
"삼보사찰이라잖아."

부처님의 진신 사리를 모신 통도사, 16명의 국사를 배출한

송광사, 부처님 말씀인 팔만대장경판을 간직한 해인사는 각각 부처님과 부처님의 가르침에 따라 살아가는 스님, 부처님이 말씀하신 법, 불교에서 귀히 여기는 이 세 가지 보물을 지닌 삼보사찰이다.

"해인사를 언급하면서 성철스님을 **빼놓을** 수는 없지."

1993년에 입적入寂한 성철스님은 가야산 백련암에서 수도하는 동안 속세와의 관계를 완전히 끊고 오로지 구도에만 몰입하였는데 1981년 종정으로 추대되었어도 '산은 산이요, 물은 물이다'라는 법어만 내려줄 뿐 종단 일에는 전혀 관여하지 않았다.

"세상에선 대통령이 어른이지만 절에 오면 방장이 어른이므로 3000배를 안 할 바에는 만나지 않겠다."

백련암에서 수도하던 중 자신을 만나러 온 박정희 대통령에게 이러한 뜻을 전하며 끝내 큰절로 내려오지 않아 만남이 무산되기도 하였다.

"다시 생각해도 대단한 분이셨어."
"가야산 호랑이로 불릴만한 분이셨지."

권위를 내세우기 위함이 아니라 불교의 자존감을 되살리고자 한 성철스님은 입적한 지 수십 년이 지났어도 종교 여부를 떠나 우러르기에 모자람이 없는 분으로 회자되고 있다. 이런저런 이유로 해인사는 가야산의 품에 안김으로써 거찰에 명찰이 되었고 가야산은 해인사를 옷자락 속에 둠으로써 명산에 영산으로 거듭났다. 어마어마한 시너지다.

해인사 초입의 갱맥원부터 상왕봉의 우비정까지 19개의 가야 명소가 있는데 합천군민들은 합천 팔경 중 가야산, 해인사, 홍류동계곡을 세 손가락 안에 꼽는다.

가야산 골짜기에서 발원하여 봄에는 꽃으로, 가을에는 단풍으로 물이 붉게 흐른다고 하여 붙여진 홍류동계곡은 철마다 각기 다른 풍광을 보여준다.

주변의 천년 노송과 함께 제3경 무릉교부터 제17경 학사대에 이르기까지 십리 길에 걸쳐 수많은 절경을 접할 수 있다. 벚꽃이 흐드러지게 핀 봄철에 다시 찾겠다는 충동이 막 생기는 중이다.

"어찌 딱 한 번에 이 많은 명승을 눈에 다 담을 수 있겠는가."

다시 올 때는 넉넉하게 시간을 내어 합천호를 들러보겠다고 마음먹는다. 저수량 7억 9천만 톤에 연간 2억 3천4백만

kW의 전력을 생산할 수 있다는 합천호는 1988년 합천군 대병면 상천리와 창리 사이의 황강 협곡에 높이 96m, 길이 472m의 다목적댐인 합천댐이 건설됨으로써 조성된 저수지이다.

짙은 산림으로 드리워진 깊은 계곡과 빼어난 경관의 호반은 국민 관광지로 지정되어 있으며 호반 남쪽과 북쪽에 있는 회암지구 관광지와 새터지구 관광지는 경남 내륙지방의 관광명소로 각광받고 있다.

합천에서 댐을 지나 거창까지 이어지는 호반 도로는 맑은 수면과 수려한 주변 경관으로 낭만 가득한 자동차 여행을 즐길 수 있는 곳이다.

벚꽃 만발한 봄을 염두에 두고 가야산과 또 합천과 아쉬운 작별을 고한다.

때 / 가을
곳 / 백운동 탐방센터 – 백운교 – 가야산성 터 – 만물상 – 촛대바위
– 서장대 – 서성재 – 칠불봉 – 상왕봉(우두봉) – 봉천대 – 극락교 –
해인사 – 치인리 – 치인 주차장

금강산의 축소판, 매화산 남산제일봉

아직 단풍 물든 가을을 품기에는 많이 이른 편이다.
꿩 대신 닭이라는 심정으로 암봉 산행에 족하기로
마음을 먹었었는데 막상 대하고 보니 매화산 암봉은
닭이 아니라 매를 뛰어넘는 봉황이었다.

경남 합천의 가야산국립공원은 상왕봉, 칠불봉, 동성봉 일대의 주 능선과 매화산 남산제일봉을 중심으로 하는 산악 경관 지대, 그리고 치인리 계곡, 홍류동계곡, 백운동계곡 등 하상 경관 지대의 세 곳으로 크게 나눌 수 있다.

그중 남산제일봉은 합천 8경 중 제4경으로 금강산의 축소판이라 일컬을 정도로 수려한 산세를 지녔다. 만개한 매화에 비유되는 기암괴석이 날카로운 바위 능선에 즐비하게 널려있어 울창한 상록수림과 멋진 하모니를 이룬다. 그래서 매화산梅花山이라고도 부르고 매화산의 으뜸 봉우리로 그 존재감을 나타내기도 한다.

가야산국립공원에 속하지만, 가야산이나 가야산의 부속 봉우리는 아니다. 가야산에 버금가는 다양한 산세를 지니고 있으며 가야 남산, 천불산이라고도 불리는 남산제일봉이다.

이처럼 수려한 비경을 대하니 혼자 온 게 매우 안타깝다

가야산국립공원에서 해인사 입구까지 4km의 계곡이 이어지는데 가을이면 단풍이 너무 붉어 흐르는 물에 붉게 투영되어 이름 붙여진 홍류동계곡이다.

합천 8경중 제3경으로 송림 사이의 물살이 기암괴석에 부딪히는 소리가 고운 최치원의 귀를 먹게 했다는 이야기가 전해질 정도로 수량 풍부한 계류가 철철 넘쳐흐른다.

산악회 버스가 일행들을 내려준 곳은 홍류동계곡을 지척에 둔 청량사 입구로 정상인 남산제일봉까지 3.3km를 걸어 올라야 하는 곳이다.

여기서 산행 준비를 마치고 20~30여 가구가 올망졸망 모여 사는 청량동 마을을 지나 청량동 매표소에서 한 사람당 2500원씩의 단체 입장료를 사게 되는데 명분은 해인사 관람료이다.

명산대찰이란 용어가 이때만큼은 거부반응을 일으킨다. 명산을 대신하여 사찰에서 돈을 받는다는 의미로 해석하게 된다.

30여 분 포장도로를 따라 걸어 오르면 천불산 청량사라고 새긴 자연석이 세워져 있다. 매화산을 두고 불가에서는 천개의 불상이 능선을 뒤덮고 있는 모습과 흡사하여 천불산이라 부르고 있다.

청량사는 대한불교 조계종 제12교구 본사인 해인사의 말사로 정확한 창건 연대는 알 수 없지만, 최치원이 즐겨 찾던 곳이라고 기록되어 있어 통일신라 말기 이전에 창건된 것으로 추정된다.

오른쪽으로 청량사를 두고 왼쪽으로 좁아진 등산로를 따라 걷다가 샘터에서 물을 보충하고 소나무 수림 속의 제1 휴게소부터 본격적으로 산행이 시작된다.

여기서 좌측 제3 휴게소로 가는 길을 버리고 우측 길을 택해 제2 휴게소 쪽으로 향한다. 매화산 남산제일봉 휘하의 숱한 바위 봉우리들을 고루 만날 수 있는 길이다.

30여 분 바위와 돌이 많은 가파른 경사 지대를 올라 벤치가 여럿 놓여있는 안부가 제2 휴게소이다. 여기서 숨을 돌리고 난 후로는 암릉이 이어진다. 암릉이긴 해도 계단으로 안전하게 연결되어 고도를 높이는데 별 장애가 없다.

홍류동으로 빠지는 갈림길을 지나 첫 봉우리에 이르러 사방을 둘러보니 하늘을 유람하는 기분이다. 데크로 잘 세워진 전망대에서 올려다보는 가야산과 매화산의 풍경은 그야말로 보기 쉽지 않은 가경이다.

"우리나라는 참 좋은 나라야."

이런 생각이 많이 들 때가 바로 산에 있을 때이다. 다시 촛대처럼 솟은 매화산의 바위들이 절경을 드러내 마냥 눈길 머물고 싶다.

단풍이 아름답기로 이름난 매화산이지만 아직 단풍 물든 가을을 품기에는 많이 이른 편이다. 꿩 대신 닭이라는 심정으로 암봉 산행에 족하기로 마음을 먹었었는데 막상 대하고 보니 매화산 암봉은 닭이 아니라 매를 뛰어넘는 봉황이었다.

 원효대사가 다녀간 산은 모두 명산이라는 말에 공감해왔던 바인데 수운 최치원 또한 마찬가지다.

 그가 다녀간 산은 산객들이 신뢰하고 탐방할만하다는 생각이 든다. 산에 와서 기대 이상의 감회에 젖게 되면 혼자 왔음이 안타까워진다. 이처럼 수려한 비경과 마주하노라면 늘 그렇다.

 꼭 함께 오고 싶었던 그대이다.
 여기 홍류동 거기서도
 매화 만개하고 천의 불상 늘어선 작은 금강산이라
 가누기 어려울 만큼 그리움 차올라
 절대 비경에 빠져들며 속으로만 외쳐댄다.
 몇 번이고 내지른 고성은
 허공 가르며 파장조차 없이 스러진다.
 저어기 가야산에 아스라이
 투명하게 해맑은 추억 한 덩이만이
 메아리 되어 가슴으로 스며든다.
 결코 쥐어지지 않는 거품 같은 추상인걸

결국, 허욕의 부스러기인걸
가파른 암반 딛고 내려서서야 깨우치곤
자조 섞인 쓴웃음 짓는다.

바위와 숲의 멋진 조화, 그 절경에 빠져든다

암반이 꽤 넓은 두 번째 봉우리를 지나면서도 활짝 핀 매화꽃처럼 속속 솟은 기암들은 주변의 광활한 산마루를 배경으로 개성 넘치는 비경을 연출하고 있다. 그 안에 길게 놓인 계단과 거길 오르는 원색 산객들의 모습까지 사진으로 남기지 않을 수 없다.

관악산과 수락산을 합쳐놓은 것처럼 기상천외한 바위들을 전시한 바위 박물관을 둘러보는 느낌이다. 여기저기서 탄성이 터질 정도로 암릉 산행의 묘미를 충분히 만끽할 수 있어 가파른 오르막도 힘든 줄 모르겠다.

벤치가 널려있어 전망대 구실을 하는 봉우리가 제3 휴게소이다. 여기에서 또 10여 분 지나 제4 휴게소, 마찬가지로 널려있는 벤치에 앉아 상왕봉과 칠불봉의 가야산 정상 일대가 웅장하게 날개 펼치고 있는 걸 보게 된다.

아늑한 수풀 능선이 눈에 잡히는가 하면 날카로운 단애가 불쑥 나타나곤 한다. 지엄함과 자애로움이 공존하는 엄부자모의 가정을 상기시킨다.

온순한 초록 구릉과 남성적이고 가부장적인 기암 단애를 반복해 보여주는 설악산 화채능선에 온 듯 착각에 빠지게끔 한다.

제4 휴게소를 지나 배낭을 먼저 들어 올려 구멍 바위를 통과하고 쇠밧줄을 붙들면서 슬랩 구간을 내려섰다가 또 올라서면 주봉인 남산제일봉의 제2봉이 되는 지점에 이른다. 이곳에서도 전망을 간과할 수 없다.

바로 왼편으로 우뚝 솟은 남산제일봉과 남쪽으로 뻗어 매화봉(해발 952m)에 이르는 능선으로도 독특한 바위들이 눈길을 잡아끈다.

그렇게 남산제일봉(해발 1010m)에 올라서서 막 지나온 능선을 내려다보면 바위와 숲의 조화로움이 얼마나 경이로운지 새삼 인식하게 된다. 사통팔달 시원하게 펼쳐져 가야산을 비롯해 서쪽으로 별유산, 비계산, 남쪽으로 오도산을 관망하고 동쪽 아래로는 지나온 바위 전시장을 한눈에 조망할 수 있다.

점입가경이다. 남산제일봉을 중심으로 금관 바위, 열매 바위, 곰바위 등 날카롭고도 준엄하게 솟은 일곱 개의 암봉들이 차례로 늘어선 모습 또한 눈을 떼지 못하게 하는 장관이다.

걸음을 옮길 때마다 연이어 펼쳐지는 풍광에 숨이 가쁜

적이 있는가. 절경에 눈을 떼지 못해 호흡이 빨라지는 걸 느껴 보았는가.

"꼭 다시 오겠습니다."
"다시 왔을 때도 가슴 벅차도록 환영해주겠네."

정상에서 치인 주차장까지의 거리는 3.1km이다. 긴 산행을 하고 하산할 즈음이면 내리막길의 그 거리도 무척 길게 느껴질 때가 있다. 그런데 오늘은 하산해야 한다고 생각하자 아쉬워 자꾸만 고개 돌리게 된다.

하산로를 따라 걷다가 가야산 아래로 넓게 자리 잡은 해인사가 눈에 들어온다.
남쪽 매화봉 능선을 타고 내려가면 청량사로 회귀하게 되는데 북쪽 능선을 타고 해인사 방면으로 내려서는 길을 택했다.
가야산의 주봉인 상왕봉을 중심으로 두리봉, 깃대봉, 단지봉과 이곳 매화산의 남산제일봉, 그리고 이어지는 별유산의 의상봉, 동성봉 등 1000m 이상의 산지들이 연봉을 이뤄 병풍처럼 해인사를 둘러싸고 있으니 해인사는 팔만대장경이 아니더라도, 혹여 삼보사찰에 속하지 않는다 한들 얼마나 복 받은 사찰인가.

하산로는 바윗길 오르막과 달리 부드러운 숲길로 이어지다가 물 흐르지 않는 계곡 길로 내려서게 된다. 개방한 만물상을 보고 가야산에서 내려설 때만큼이나 벅찬 앙금이 진하게 고여 온다.

신라 때 그 도도한 화엄종의 정신적 기반을 확충하고 선양한다는 기치 아래, 이른바 화엄십찰華嚴十刹의 하나로 세워진 가람, 해인사에서 남은 시간을 보낸다.

부처님의 진신 사리를 모신 통도사, 16명의 국사를 배출한 송광사, 부처님 말씀인 팔만대장경판을 간직한 해인사는 각각 부처님과 부처님의 가르침에 따라 살아가는 스님, 부처님이 말씀하신 법, 불교에서 귀히 여기는 이 세 가지 보물을 지닌 삼보사찰이다.

해인사는 임진왜란 이후 일곱 차례나 대화재를 겪어 50여 동의 건물이 모두 불타 대부분 건물이 새로 중건되었으나 팔만대장경판과 이를 봉안한 장경각만은 거듭된 대화재를 피해 옛 모습을 고스란히 간직하고 있다니 참으로 불가사의하고 다행스러운 일이 아닐 수 없다.

해인사에서 나와 해인사 관광호텔이 있고 식당들이 늘어선 치인리에 이르자 아직 이른 철인데도 단풍을 찾아 나선 많은 인파로 차가 빠져나오기 어려울 정도로 복잡하다.

갑자기 이 많은 탐방객이 천 개의 불상이 감춰진 매화산의 속살을 들여다보지 못하고 관광단지 언저리에서 소란스러운 분위기에 심취해 있다는 게 안타깝게 여겨진다.

때 / 초가을
곳 / 청량동 마을 – 청량동 매표소 – 청량사 – 전망대 – 남산제일봉
    – 돼지골 – 해인사 관광호텔 – 치인리 주차장

덕유산국립공원

1975년 열 번째 국립공원으로 지정된 덕유산은 행정구역상 전북 무주군과 장수군, 경남 거창군과 함양군 등 영호남을 아우르는 4개 군에 걸쳐 백두대간의 중심부에 자리 잡고 있으며 공원 면적은 총 229.43㎢이다. 아고산대 생태계의 보존 가치 또한 높으며 북쪽으로 흐르는 금강과 동쪽으로 흐르는 낙동강의 수원지이기도 하다.

육십령에서 구천동까지, 남덕유산에서 덕유산으로

신비로운 햇살, 화려한 비상만 쫓았다면 어찌 우리
함께 할 수 있었겠나. 안개비 축축한 오늘 현기증 노랗게
일으키는 건 새벽어둠 저만치 밀치고 달려와
여기 덕유의 향에 한껏 섞이고자 함이 아니었던가.

덕유산, 백두대간이 남하하며 속리산을 지나 추풍령을 거쳐 숱한 고산준령을 빚어놓고 지리산으로 넘어가는 곳.

3년 전 겨울, 온통 하얗게 덮였을 거라서, 햇살까지 눈부시게 그 눈밭에 부서질 게 틀림없어서, 너른 주목에 얹혔다가 엷은 바람에 희게 흩날렸던 미세함이 눈에 밟혀 산행 전부터 가슴 떨림을 주체하지 못했었다.

전북 무주군은 방문 관광객들에게 군내 수많은 관광명소를 소개하고 구체화한 관광 정보를 제공하고자 무주읍 9경, 무풍면 8경, 설천면 38경, 적상면 26경, 안성면 11경, 부남면 8경 등 무주 100경을 선정하였다. 그만큼 명승 관광지가 많다는 방증이다.

무주군과 장수군, 경남 거창군과 함양군에 걸쳐 장중하게 펼쳐진 덕유산을 3년 만에 다시 찾는다. 두 달 전 지리산 화대 종주 멤버들과의 약속된 일정이다. 설악산 서북 능선 종주, 지리산 화대 종주와 함께 우리나라 산악 3대 종주에

속하는 덕유산 욕구 종주. 올 한 해에 3대 종주를 모두 실행하는 병소, 계원, 은수의 산행 리더로 함께한다는 것이 가슴 벅차고 책임감 또한 작지 않다.

육십령에서 구천동까지, 3년 전 영각사에서 남덕유산으로 올라 덕유산 향적봉에서 백련사로 내려갈 때보다 약 18km를 더 걷게 된다. 장거리 종주 산행을 할라치면 늘 그랬듯 속을 모아 깊은 기도를 올린다.

"하나님! 우리가 원해서 온 곳입니다. 우리가 원한 그대로 이 산에 녹여질 수 있게 하소서. 저와 제가 사랑하는 친구, 그리고 또 사랑하는 두 후배가 평생 이 산을 그리워할 수 있도록 이 산이 우릴 사랑하게 하소서. 이번 종주가 이후 우리 살아감에 큰 교훈되게 하소서."

출발지 육십령부터 길을 놓치다

덕이 많고 너그러워 덕유德裕라 칭하게 된 산에 덕이 많은 친구, 후배들과 함께 왔다. 서울에서 오후 4시 반경에 출발, 밤 8시경 육십령 휴게소에 도착. 늦가을 추위에 떨지 않고 휴게소 매점 내에서 고기를 구워 저녁을 먹을 수 있는 게 얼마나 다행인지 모르겠다.

백두대간을 종주하는 이들과 육구 종주를 하는 이들이 머물다 가는 곳이 여기 육십령 휴게소이다.

KBS TV 모 프로그램에서 방영했다는 사진이 벽면에 걸려 있다. 너무나 친절하여 감동한 산객들이 추천해서 방송을 탔나 보다. MBC나 SBS 다른 지상파 방송에서도 소개해줬 으면 좋겠다는 생각이 들 정도로 편안한 곳이다.

여기서 준비사항을 재점검하고 배낭도 새로 정리한다. 가 벼운 물건을 배낭 아래에, 무거운 물건은 위에 넣고 될 수 있는 한 등판 쪽에 넣어야 하중을 줄일 수 있다.

등산은 지구 중력을 거스르는 행동 방식이므로 중량감을 최소화하는 게 효과적이다. 그러려면 배낭의 무게가 등 전 체에 골고루 분산되도록 해야 한다. 같은 짐이라도 무게를 적절하게 조절하는 패킹요령을 알아야 할 것이다.

"다들 이상 없는 것 같으니 이제 출발하자."

육십령, 너무 험하고 으슥해 도적의 무리가 하도 많아 나 그네 60명 이상이 모인 다음에야 함께 지났다는 곳. 삼국 시대에는 신라와 백제 국경의 요새지로서 성터와 봉화대 자리가 지금도 남아있다.

전북 장수군 장계면 명덕리와 경남 함양군 서상면 상남리 의 두 주소가 겹치는 곳이 바로 이 지점, 백두대간을 관통 하는 지역이다.

"우리 네 명이면 육십 명 몫을 해낼 거야. 출발하세."

헤드 랜턴을 켜고, 스틱을 펼치고 예정대로 밤 11시 정각에 여기서 육구 종주의 대장정을 시작한다. 할미봉 오르는 길의 이정표가 모두 찢어져 방향과 거리를 가늠조차 할 수 없다. 이 부근에서 길을 잘못 들어 30여 분간 헤맨다. 낭떠러지가 있는 고개 끝부분까지 갔다가 되돌아와서야 꼭꼭 숨어있는 등산로를 겨우 찾았다.

"저거, 친구만 아니면 진작 잘라야 하는 건데."
"어째 쉰여섯 명이 더 모이면 출발하고 싶더라니까요."

일행들에게 미안해 죽겠는데 그들은 여유로운 농담과 웃음으로 맘을 편케 해준다. 초행길인지라 종주 구간을 더욱 세밀히 살폈는데도 길을 놓치고 말았다.

낮이라면 그다지 어렵지 않은 길일 텐데 힘들게 할미봉(해발 1026m)에 도착했다. 할미봉은 할머니처럼 구부정한 이미지를 연상시키지만, 어원상 '할'은 크거나 많다는 뜻의 '한'과 산의 우리말인 뫼가 '미'로 변화한즉 큰 산을 이르는 의미이다.

그럼에도 할미꽃에 대한 설화가 이 봉우리에서 전해진다. 부모를 잃고 할머니의 손에 키워진 두 손녀가 성장하여 시집을 갔다. 손녀들을 그리워하던 할머니가 작은 손녀를 만나보고, 더 멀리 시집간 맏손녀를 만나러 깊은 산을 넘다가 지쳐 쓰러져 숨을 거두었다. 그 이듬해 할머니가 죽은 자리에서 할머니를 빼닮은 꽃이 피어났는데 사람들이 그 꽃을 할미꽃이라 불렀다.

"할머니가 보고 싶어 찾아가기 전에 손녀들이 찾아뵈었어야 했는데."
"시집살이가 만만치 않았던 게지."

할미봉에서 서봉을 향하다 보면 비스듬히 하늘을 향해 곧추세워진 바위가 있는데 대포바위라고 명명되어 있다.
임진왜란 때 진주성을 함락시킨 왜군이 전주성을 치기 위해 함양을 거쳐 육십령을 넘어와 고갯마루에서 할미봉 중턱을 바라보았더니 엄청나게 큰 대포가 서 있는 게 아닌가. 깜짝 놀란 왜군은 혼비백산하여 오던 길을 되돌아 남원 쪽으로 선회함으로써 장계 지역이 화를 면했다고 한다.
멀리서 보면 대포처럼 보여 대포바위라 부르지만 실상 가까이에서 보면 남자의 성기와 흡사한 모양이라 남근석이라고 부른다.
일설에 의하면 사내아이를 갖지 못한 여인들이 이 바위에 절을 하고 치마를 걷어 올린 채 소원을 빌면 사내아이를 얻게 되었다는 이야기가 전한단다.

"예전엔 잘 나갔던 바위였네."
"요즘엔 딸 갖는 게 대세니까 호시절 다 지났지 뭐."

가겠다는 의지를 다졌을 때 길을 열어주는 곳이 산

할미봉을 어느 정도 지나면서 서봉으로 가는 길이 거칠고 힘들다고 했는데 아니나 다를까 바위벽 밧줄 구간의 연속이다. 아득한 밧줄 하강 길을 내려가야 하는 건지, 또 알바를 하는 건 아닌지 자꾸 망설여진다. 깜깜한 어둠길이고 손이 곱을 정도의 추위 때문에 내려다볼수록 아찔하고 위험천만하다.

"뒤죽박죽 길 엉켜놓고 밧줄 저만치 늘어뜨려 우릴 겁 주려 해도 우린 가야 하네."

왜냐하면, 난 내 사랑하는 일행들에게 얘기했거든. 무룡산에서 꿈틀거리다 춤추며 솟아오르는 여의주 옹골지게 문용을 보여주기로 했고, 향적봉에서 물씬 풍기는 인자의 덕 내음을 맡게 해주기로 말일세. 그리고 여기 덕유산은 우리가 거쳐 지나야 할 수많은 행로의 중간 거점에 불과하단 걸 명심하시게. 그러니 이는 바람 그만 잠재우고 심술궂게 흐르는 안개도 거둬주시게.

"날 세워 잔뜩 찌푸린 미간 펴고 우리와 맞서려 하지 말란 말일세. 우린 결코 멈출 수 없거든."

만용을 부리는 게 아니라면 가고야 말겠다는 의지를 다졌을 때 길을 열어주는 곳이 산이다. 절실함과 열정이 전제되었을 때 목표를 당겨주는 삶과 다르지 않다.

다소간의 고비를 극복해내며 경상남도 덕유산 교육원으로 갈라지는 덕유 삼자봉에 이른다. 육십령에서 4km, 할미봉에서 1.8km를 온 지점이다.

표지판에 적힌 걸 보고야 알았지만, 할미봉을 한참 지나 서봉 구간부터가 국립공원 지역이란다. 육십령부터 할미봉을 지나 교육원 삼거리까지는 덕유산 국립공원에 해당하지 않는다는 것이다.

"그러니 이정표도 쓰러지고 찢기고 엉망이었구나."

그렇게 핑계는 댔지만, 산행 리더가 그런 정보도 미리 파악하지 못하고 산행에 임했다는 것이 자책된다. 겨우 서봉

(해발 1492m)에 다다랐을 뿐이다. 지금은 지난 실수에 연연할 때가 아니다. 짙은 안개가 빠르고 습하게 흐른다. 더욱 조심해서 안전하게 전진하는 게 중요하다. 장수 덕유산이라고도 하는 서봉에서도 곧바로 이동한다.

철 계단을 따라 내려선 후 황새 늦은 목이 능선을 따라 올라간다. 기백산, 금원산, 거망산, 황석산의 마루금이 가까이 있을 것이고 지리산 주릉도 멀지 않을 텐데 그저 어둠만 뚫고 지날 뿐이다. 그렇게 흑암 속에서 시행착오와 자책을 곁들인 고생 끝에 남덕유산(해발 1507m)까지 왔다.

남덕유산은 향적봉에 이은 덕유산의 제2봉으로 낮에는 장쾌하고도 호방함이 돋보인다. 이곳 남덕유산에서 지금부터 가게 될 향적봉까지 주 능선을 따라 부드럽고 넉넉한 산세에 푸근하게 안겨 걷노라면 남쪽으로 지리산 그리고 가야산으로 연결되는 숱한 봉우리들을 속속 접하게 된다.

"날씨만 말끔히 갠다면."

지금 잔뜩 찌푸린 기상이 은근한 불안감으로 엄습한다. 남덕유산에서 갈라져 스르르 진양 기맥이 흘러내리는데 월봉산을 지나면서 왼쪽으로 금원산과 기백산을 거쳐 진양호의 남강댐에서 그 맥을 담그는 약 159km의 산줄기를 조망하지 못하는 것이 못내 아쉽다.

"라떼는 말이지."

　현성산 우측으로 황석산과 거망산을 가리키며 일행들에게
무용담을 늘어놓을 수 없는 것도 서운하다. 이러한 조망까
지 곁들여 서해의 습한 대기가 산을 넘으면서 뿌리는 많은
눈 때문에 겨울철 산객들에게 호감을 주는 남덕유산이지만
3년 전 겨울에도 그랬던 것처럼 정상 지대는 세찬 칼바람
이 몰아쳐 잠시도 머물 수가 없다.

　첩첩산중 장쾌하게 이어진 연봉들이 눈가루를 흩날리며 연
출하는 설경이 아른거리자 더욱 추워져서 얼른 100m 아래
삼거리로 회귀한다.

　황점마을로 내려서는 삼거리 월성치부터 굽이굽이 령과 재
가 반복되지만 여기서부터 덕유산 주 능선이라 지금까지
온 것보다는 훨씬 수월할 것이다. 16km에 이르는 덕유산
주 능선에는 1000m 이하로 낮아지는 구간이 없으니까. 단
지 몰려오는 졸음이 변수다.

　힘들어 그냥 지나칠 수도 있을 텐데 옆길 300m 거리의
삿갓봉(해발 1418.6m)을 굳이 들르고야 만다. 천자문에 왜
하늘을 검다玄고 했는가. 어둠으로부터 세상은 그 실체가
드러나기 때문이리라.

　더부룩 깔린 구름 솟아내고 붉게 햇살 펼쳐지면 동이 터
오는 걸 의식하겠건만, 산이 깨어나는 소리 듣고 싶어 한밤

중에 산을 올랐건만 산은 함부로 그 소리를 들려주지 않는가 보다. 일품의 일출 광경을 볼 수 있는 삿갓봉이지만 가랑비를 동반한 습한 운무 때문에 아무것도 보이지 않는다. 여기서 덕유산의 멋진 산그리메를 보지 못하는 것이 그저 안타깝기만 하다.

동으로 겹겹 산줄기들이 중첩되는 장대함과 남으로는 횡으로 펼쳐진 지리산 능선을 바라보는 게 덕유산에서의 큰 볼거리인데 말이다. 덕유산이 초행인 일행 세 사람에게 마치 내 탓으로 인해 보여주지 못한 기분이 든다.

덕유산 능선은 노고단에서 뻗은 지리산 주 능선, 설악산 서북릉, 소백산 주 능선과 함께 남한 땅을 대표하는 장쾌한 능선이다. 그 능선, 우리가 걷는 저 앞길마저 자욱하게 가려져 있는 게 괜한 죄책감을 느끼게 한다. 하지만 금세 털어내 버린다. 먼 행로에 더 무거워질 수 없으므로.

신비로운 햇살, 화려한 비상만 쫓았다면 어찌 우리 서로가 함께할 수 있었겠나. 안개비 축축한 오늘 현기증 노랗게 일으키는 건 새벽어둠 저만치 밀치고 달려와 여기 덕유의 향에 한껏 섞이고자 함이 아니었던가. 여기 길게 내다보지 못하고 오래 머물지 못할지라도 오늘 그대들과 보냄에 더할 나위 없는 행복 느끼고자 하네.

삿갓재 대피소에서는 가까운 봉우리들이 뿌옇게나마 모습을 드러낸다. 무룡산 가는 길 서편으로 운장산, 장안산, 대둔산 등의 산군일 것이다. 시야에 잡히는 무리를 헤아리려는데 안개는 보여줄 것처럼 살짝 치마를 올리는 듯하더니 그예 내려버린다. 멋지고 아름다운 건 한 번에 다 보여주지 않는가 보다.

산과 산안개처럼 진정한 사랑과 우정 또한 살짝 가리어질 때 더 빛나는 건 아닐까. 도드라지면서 녹이 생기고 금이 간다면 그렇게 진하게 엮이고 싶지 않은 게 사랑과 우정 같은 게 아닐까. 목부터 꼬리까지 이어지는 중첩 마루금을 기대했지만 그예 보지 못하고 걸음을 옮긴다. 알아듣기 힘든 궤변을 웅얼거리며.

아무도 없어서 좋다. 대피소 취사장 복도에 자리를 펼치고 우리끼리만 아침 식사를 한다. 식사를 마치고 대피소 지하에 기대 잠시 눈을 붙이려 했지만, 추위 때문에 변변한 휴식을 취하지도 못하고 다시 길을 청한다.

습한 운무가 결국 비로 변했다

기체가 액체로 서서히 변하는 액화 현상을 체험하며 무룡산에 도착했다.

"상 찡그리지 말고 웃어."

1491.9m라고 표기된 무룡산舞龍山, 정상석 앞에 축축한 모습으로 섰어도 카메라 앞에서 웃는 모습은 산사나이답고 싱그럽다.

구름이 되려는가, 하늘이 되려는가. 아래로 깔려 운해가 되어야 할 안개가 짙은 운무 되어 끝도 없이 오르려 하다가는 결국 우정의 높이를 넘어서지 못하고 주저앉더니 아래로 미끄러진다.

"짜식, 넘볼 걸 넘봐야지."

등성이를 타고 피어오르는 운무 속에서 춤추며 승천하는 용의 모습을 연상만 하고 무룡산을 떠난다. 빗방울이 더욱 거세진다. 1500m 고지에서 맞는 가을비는 몹시 차갑다. 그래서 걸음도 빨라지기 시작한다.

4.2km를 단숨에 걸어오니 동엽령이다. 바로 백암봉으로 향한다. 지리산에서 시작하여 육십령을 거쳐 뻗친 백두대간은 여기 백암봉에서 오른쪽 송계사 방면으로 꺾어진다.

"강행군이네."
"화대 종주 때보다 더 힘든데요."
"날씨 탓이죠."

대간을 낀 덕유산의 능선과 골들은 그 경관이 수려하고 호방해서 눈을 뗄 수 없는 대하드라마처럼 느껴졌었다. 그래서 자주 쉬며 드라마에 심취하곤 했었는데 오늘은 쉴 곳조차 마땅치 않다. 길이 수월한 편이기도 하지만 쉴만한 곳, 구경할만한 장면이 없어 주 능선에 올라와서는 비교적 빠르게 온 편이다.

"비가 그쳤어요."

졸음도 쫓고 걸음 탄력도 받을 겸 곧바로 중봉으로 향하려는데 어느새 비가 그치면서 아주 천천히 중첩된 산들의 형체가 뿌옇게 드러난다.

"오늘의 태양이 이제라도 떴으면 좋겠건만."

중봉을 지나 정상 향적봉까지의 1km 구간 사이에는 원추리 군락과 구상나무숲, 덕유평전이 볼만한 곳이다. 봄철 덕유산은 철쭉꽃밭에서 해가 떠 철쭉꽃밭에서 해가 진다는 말이 있다. 향적봉에서 남덕유산 육십령까지 이어지는 능선에 펼쳐진 철쭉군락들이 겨울이면 온통 상고대와 눈꽃으로 치장하는 것이다.

철쭉이든 눈꽃이든 덕유평전이 가장 화려하건만 오늘은 그마저도 눈길 주지 않고 향적봉으로 가는 마지막 관문을 바삐 통과한다. 비에 젖어 축축한 고사목들이 온기마저 빠져 나가 금세라도 휘어지고 꺾어질 것만 같다.

우리나라에서 네 번째로 높은 덕유산은 유일하게 1600m 대 고지의 산이다. 해발 1614m의 향적봉, 세 해가 지나 다 시 찾은 향적봉. 그해 겨울엔 엄동설한에 동상이 걸릴 만큼 추웠는데 지금 그때만큼은 아니지만 젖은 옷차림에 몸을 움츠리며 정상에 섰다.

덕유산은 한반도 남부의 한복판을 남북으로 꿰찬 군사적 자연 장벽이자 영호남을 가르는 장벽 가운데서도 가장 험 한 경계선 중 하나라고 한다. 역사적으로 신라와 백제가 각 축을 벌이던 국경선, 나제통문羅濟通門이 있는 곳이니 그럴 법도 하다. 아마도 중봉이 최종적으로 향적봉을 사수하려는 백제와 신라 양측 최고도의 군사 분계선쯤 되지 않았을까. 산꼭대기에서까지 얼굴 붉혀가며 아군 적군 따지지는 않았 을 성싶다.

"야, 문디자슥아, 밥 묵었나?"
"거시기해서 잔뜩 배 채웠당께."

입가에 웃음 머금고 덕유산 전경의 안내판을 들여다보니 북으로 가깝게 적상산이 있고 멀리 황악산, 계룡산이 흐릿 하게 솟아있으며 서쪽으로 운장산, 대둔산, 남쪽으로는 오늘 우리가 들머리로 삼은 남덕유산이 있다.

 지리산 반야봉과 동쪽으로 가야산, 금오산들이 장대하게 연출하는 산그리메를 아쉬움 가득 고이지만 오늘은 머릿속으로만 그려본다.

덕이 많아 한없이 너그러워
덕유德裕라 명명했다지.
이만큼 높이 올라서도 향 풀풀 내뿜으니
향적香積이라 불린다지.
배움이 귀히 여겨지려면
가슴 깊이 덕과 어우러져야.
연륜이 가치를 지니려면
지나온 경험에서 향이 풍겨야.
허나 그런 깨우침이 억지로 되는 일이던가.
깨우치려는 의식조차 떨쳐버리지 못해 오히려
부질없는 욕심으로 드러나는 게 우리네 삶
늘 고개 숙이면 적어도 천정에
이마 찧는 불상사는 없으리니
세상에 낮은 것은 오로지 저 스스로뿐
그저 땀 젖은 육신 씻어 만족스러우면
그 자체가 득도 아니겠나.

내려가는 일만 남았다고 하기에는 그 길이 만만치 않다

"케이블카가 자꾸 눈에 들어오네요."

설천봉에서 케이블카를 타고 내려갔으면 하는 마음을 모르지 않지만 못 들은 척 설천봉에서 눈을 돌린다.

"걸어 내려가게나."

오히려 바로 지척에 세워진 운송 시설물로 크게 위상을 깎인 향적봉이 버럭 소리 지르는 것만 같아 얼른 백련사 쪽으로 걸음을 옮긴다.

조선 명종 때의 문장가 임훈은 덕유산 풍광에 반하여 53세에 덕유산을 올라 무려 3000자에 달하는 장문의 '향적봉기香積峯記'를 남겼다고 한다. 얼마나 장엄하고 멋진 산인가를 짐작하게 하는 대목이다.

1975년 국립공원으로 지정된 후, 덕유산은 북동쪽 칠봉 산록에 대규모 국제야영대회를 치를 수 있는 청소년 야영장과 자연학습장인 덕유대德裕臺, 산자락에 길게 스키장 등을 설치하였다.

겨울철이면 눈이 많이 내리는 지리적 기후 특성으로 인해 1990년 덕유산 자락에 건설된 무주리조트는 700만㎡에 이르는 초대형 산악 휴양지로 1997년에는 동계유니버시아드 대회가 열리기도 했다. 국내에서 가장 긴 6.1㎞의 실크로드

슬로프와 37°에 달하는 급경사의 레이더스 슬로프가 있다.

"산은 특히 국립공원은 자연을 보전하는 게 최우선적 가치가 되어야 한다고 봐요."
"맞아."
"케이블카가 설치되었으니 저 아래엔 호텔과 레스토랑이 들어설 거고 그러면 유흥가로 변하는 건 시간 문제지요."

일행들의 생각이 같다. 이렇게나 수려한 계곡과 파도처럼 굽이치는 고봉들로 명성 자자한 덕유산에 무주리조트 스키장이 주봉까지 치고 올라왔다는 건 치명적인 실책이라는 생각을 접을 수 없다.

등산객들과 관광 인파가 뒤섞여 하산 곤돌라를 기다려야 한다는 게 천년을 거슬러 일찌감치 대자연을 훼손한 거란 느낌에 찜찜하기 짝이 없다.

가뜩이나 지리산 화대 종주나 설악산 서북 능선 종주 때와 달리 막바지에 만끽한 희열이 부족한 산행이었는데 찜찜함까지 담고 내려가기가 싫어 편의시설에서 등을 돌리고 만다.

산이 천하 비경의 심산유곡으로 전혀 오염이 되지 않았을 때도 누군가에게 산은 그저 먹을 것을 챙겨주는 수단에 불과했었다. 화전민은 물론이고 심마니나 사냥꾼들에게 산은

348

그저 생계를 해결하는 터전에 그쳤던 곳이다. 산만큼은 절대 부르주아bourgeois의 이해타산이 넘나들지 않았으면 하는 바람이다.

다행히 내리막길이 미끄럽지 않다. 덕유산 여덟 계곡 중 설천에서 발원한 28㎞ 길이의 무주구천동계곡은 덕유산국립공원을 대표하는 경승지로 폭포, 담, 소, 기암절벽, 여울 등이 곳곳에 숨어 구천동 33경을 이룬다고 한다. 그중 몇 곳이 하산길에 있다.

데크와 계단 등으로 길을 잘 다듬어놓아 예상보다 어렵지 않게 내려왔다. 빛깔 고운 단풍은 백련사에 와서야 겨우 볼 수 있었다.

통일신라시대에 창건된 백련사는 임진왜란과 한국전쟁을 겪으면서 소실되었다가 전쟁 후 새로 지었다는데 9천 명의 성불 공자成佛功者가 살고 있어 구천둔이라 불리다가 지금의 지명인 구천동으로 바뀌었다는 유래에서처럼 불교가 성행했던 덕유산의 중심 사찰이라는 걸 짐작할 수 있다.

날머리 구천동 삼공 탐방안내소에 이르자 그제야 가을이 고여 있는 걸 보게 된다. 아직 물 빠지지 않은 단풍나무 밑에 서서 서로에게 안산완주를 축하하며 악수하는데 꽉 쥔 손마다 온기가 그득하다.

"날 좋을 때 다시 오자."

349

비 오면 비 맞는 그대로, 폭설에 발이 빠지면 또 그러한 대로 산은 지나오면 값진 의미이자 귀한 흔적이다. 어스름 물드는 구천동의 해거름이 비 온 뒤라 그런지 더욱 곱다.

때 / 늦가을
곳 / 육십령 – 할미봉 – 서봉 – 남덕유산 – 월성재 – 삿갓봉 – 삿갓재 대피소 – 무룡산 – 동엽령 – 송계 삼거리 – 백암봉 – 중봉 – 향적봉 – 백련사 – 구천동 상공 탐방안내소

흰 저고리 곱게 갈아입고 더욱 수줍음 띤 적상산

적상산 향로봉을 사모하며 덕유산에서 피워대는 향내가
예까지 날아와 코로 스미는듯하다.
다시 가을 돌아와 붉은 치마 갈아입으면 고혹적인 매력,
곧은 정열에 향적봉은 어찌 맘 추스를거나.

적상산赤裳山은 전북 무주군의 명산인 덕유산의 정상 향
적봉에서 북서쪽으로 약 10㎞ 지점에 있으며 병풍을 두른
듯 사방이 깎아지른 암벽으로 이루어져 있다.

가을이면 온산이 빨간 치마를 입은 것처럼 단풍이 붉게
물든다 해서 지은 이름이다. 오늘 적상산은 붉은 치마도 벗
고 화장마저 지운 채 기운 치마 바느질하는 산처녀의 수수
한 모습이다.

무주구천동으로 널리 알려진 전북 무주군은 충청남북도,
경상남북도, 전라북도 등 5개 도가 서로 접경을 이루고 있
어 접한 위치에 따라 같은 군이면서도 생활권이 달라 호남
권, 영남권. 충청권으로 나누어져 있다.

올라서니 덕유산이 바라보고 있다

양수 댐이 들어선 이후 주 등산로가 된 적상면 서창마을

을 들머리로 잡는다. 마을 뒷산에 산신당이 있고 중앙에 당
산수가 있는데 마을 앞쪽으로는 고속할미라는 입석이 있어
서 마을 수호신을 암석 신앙으로 하는 제축이 행해진다.

바로 어제, 충북 영동의 천태산을 홀로 산행하고 거기서
멀지 않은 적상산으로 왔다. 이번에도 혼자다.

"혼자라서 쓸쓸하긴 하지만……."

누군들 사랑하는 이와의 만남을 다른 사람과 함께 하던가.
그리워 찾아가는 곳은 혼자 출발하여 결국 둘이 되지 않던
가. 그렇게 적적함을 부인하며 산에 안긴다.

휘이잉, 위잉 엄동 모진 삭풍
회오리처럼 휘감아 돌다 귓전에 얼어
이명처럼 울리거든
그때도 난,
발자국 눈에 묻힌 산마루 지날 테요.
가파른 바윗길 무심히 오를 테요.
귀먹어 아무 소리 듣지 못할지라도 이 산
흔적마다 주워 담아
책갈피 펼쳐가며
고이 꽂아놓을 테요.

"길을 비키지 못하겠느냐."

고려 말 최영 장군이 민란을 평정하고 개선하던 중이었다. 단풍 붉게 물든 적상산의 풍경에 이끌려 이곳을 오르는데 절벽 같은 바위가 길을 막아 더 오를 수 없게 되자 정상까지 가고자 했던 최영은 허리에 차고 있던 장도를 뽑아 바위를 힘껏 내리친다.

순간 바위가 양쪽으로 쪼개지면서 길이 열렸다니 대단한 무예가 아닐 수 없다. 하긴 황금 보기를 돌같이 하라던 최영이었으니 황금인들 두 동강이 나지 않았을까.

어쨌거나 그렇게 두 동강이 남으로써 장도바위라고 불렸단다. 이성계에 맞서 조선 개국을 저지했던 고려 충신 최영의 다혈질적 기질을 엿보게 된다.

용담문龍潭門이라고도 불렸던 서문은 기록에 의하면 2문 3간의 문루가 있었다고 전해진다. 성문 밖 서창에는 쌀 창고와 군기 창고가 있었는데 지형이 험해 성내까지의 운반이 어려워 사고지史庫址 옆으로 옮겼다고 한다. 그 유래로 지금까지도 마을 이름이 서창西倉이다.

유난히 당단풍나무가 많아 가을이면 적상산이 그 이름값을 얼마나 톡톡히 할 것인지 짐작하게 한다. 오랜 옛날부터 군사요충지로 주목받을 만큼 사면이 깎아지른 절벽으로 둘러싸여 있음에도 서창마을에서 향로봉까지 오르는 길은 그다지 어렵지 않은 편이다.

차곡차곡 넓적한 바윗돌을 쌓아 축성한 적산산성 터를 지나 하얀 눈길을 걷는다. 지그재그식으로 길을 내 가파르고 험한 산을 오르내리기 쉽도록 다듬었다. 고속도로나 터널과 달리 등산로를 수월하게 꾸몄다는 건 산길을 길고 멀게 늘려놓았다는 말과 다르지 않다.

꾸불꾸불 긴 길을 돌고 돌아 올라서서 산정 능선 향로봉 삼거리에 이른다. 삼거리에서 700m 거리에 있는 향로봉까지 갔다가 다시 돌아와야 한다. 능선의 바람이 시리다고 느꼈는데 향로봉(해발 1024m)에 이르자 더욱 드세게 몰아쳐 한기가 몸을 파고든다.

누군가를 곁눈질하는데 이미 그 사람이 나를 빤히 보고 있다. 그 사람 눈에 보인 내 모습을 의식하게 된다. 부는 바람에 흩날리는 눈가루를 맞으며 건너편 덕유산을 바라보는데 덕유산에서 이곳 적상산을 바라보는 느낌이다.

가칠봉과 칠봉의 호위를 받는 주봉 향적봉이 우뚝 솟아 이쪽을 마주하고 있는데 그 시선은 전혀 권위적이지 않고 보호 본능 가득한 눈빛처럼 보인다.

붉은 치마 벗고 흰 저고리 갈아입어 더 그럴까, 어쩜 그리 정숙하고 조신한가. 올곧은 소신, 꽉 들어찬 지성 가벼이 대할 수가 없구나. 와보니 알겠더라. 덕유산 향적봉이 이

산 향로봉 마주 보며 왜 진한 향 피워대는지.

그랬다. 숱하게 가본 덕유산에 비해 적상산의 이미지는 무척 소박하고 가냘팠지만, 막상 올라와 보니 그런 적상산의 이미지가 장점으로 두드러지는 것이다.

존재감이 약하거나 크게 관심 끌지 못했던 어떤 이가 어느 날 갑자기 강하게 부각되며 머리에, 가슴에 들어찬다. 상대가 이성일 때면 흔히 말하는 상사병으로 발전할 수도 있다.

화중지병이로다. 너무 멀어 만지지도 못하고 입이 열리지 않아 말 걸지도 못하니 아린 상사병에 바람조차 얼어붙네.

적상산 향로봉을 사모하며 덕유산에서 피워대는 향내가 예까지 날아와 코로 스미는듯하다. 다시 가을 돌아와 붉은 치마 갈아입으면 고혹적인 매력, 곧은 정열에 향적봉은 어찌맘 추스를거나.

향로봉에서 다시 삼거리를 지나 안국사 쪽으로 평평한 능선을 걷다 보면 안렴대를 300m 남겨둔 지점에 적상산이라 적힌 이정목이 세워져 있는데 여기가 정상(해발 1034m)이라 할 수 있다. 적상산의 주봉은 해발 1024m의 향로봉이나 최고봉은 이곳 기봉이다.

역사와 문화, 과학이 두루 어우러진 산

그리고 송신탑을 지나 안렴대, 적상산 남쪽 층암절벽 위에 있는 안렴대는 사방이 낭떠러지이다. 꼭대기 바위 끄트머리로 철제 난간을 둘러 세웠어도 아찔하다.

저 아래로 가늘게 뻗쳐 대전과 통영을 잇는 고속도로가 아득하다. 남덕유산에서 향적봉까지 길게 이어지는 육구 종주의 능선 마루금을 한참 눈에 담으며 곧 만날 것을 약속한다.

고려 시대 거란이 침입했을 때 3도道 안렴사가 군사들을 이끌고 이곳으로 들어와 진을 쳐 난을 피한 곳이라 하여 안렴대로 불린다.

병자호란 때는 적상산 사고에 보관 중이던 조선왕조실록을 안렴대 바위 밑의 석실로 옮겨 난을 피했다고 하니 적상산이 호국護國의 기운을 지닌 산임엔 틀림없는 것 같다.

안렴대에서 150m 거리의 송신탑에서 안국사 방향으로 내려선다. 산성 터 아래의 안국사는 꽤 크면서도 깔끔한 사찰이다.

고려 충렬왕 때 월인 화상이 창건했고 조선 광해군 때 조선왕조실록 봉안을 위한 사고를 설치하여 이를 지키는 수직 승의 기도처로 삼았다. 그 뒤 영조 때 법당을 다시 짓고 나라를 평안하게 해주는 사찰이라 하여 이름을 안국사安國寺라 부르기 시작했다.

당시의 불교는 구국 또는 호국의 정신이 강해 나라의 안위를 무척 염려했었던 듯하다. 역사적으로도 그러한 자취가 흔하게 나타나기는 한다. 사찰의 명칭을 보면 그 느낌이 밀접하게 다가온다. 나라의 안위를 뜻하는 안국사安國寺, 안녕을 기원하는 영국사寧國寺, 그리고 나라의 부흥을 바라는 흥국사興國寺 등.

1910년에 적상산 사고가 폐지될 때까지 호국의 도량 역할을 하였다고 한다. 1989년에 적상산 양수발전소 댐 건설로 절이 수몰 지역에 포함되자 호국사지護國寺址였던 현재의 자리로 옮겨 세웠다.

또한, 적상산성은 총길이 8143m의 성으로 산의 지형을 최대한 이용하여 쌓았다. 본래 동서남북으로 네 개의 문이 있었으나 지금은 그 터만 남아 있다. 고려 때 거란군이 침입하였을 때는 마을 사람들이 이곳으로 피난했다고 한다.

축성의 형식으로 보아 삼국시대로 추측할 뿐 정확한 축성 시기는 확인되지 않고 있다. 안국사 일주문을 나와 적상호를 들러본다. 해발 800m 지대에 인공 조성하여 양수발전에 활용하고 있다.

이젠 본격 하산로인 좁은 숲길로 들어서서 다소 지루한 눈밭을 걷다가 눈가루 흩뿌리는 편백나무 숲을 지나고 이어서 층층 몸집 큰 바위에 얼어붙은 암반수 앞에서 시선 멈추게 되는데 여기가 송대폭포다.

역사와 문화, 과학이 두루 어우러진 적상산 산행 중 마무리 즈음에 만나게 되는 자연 그대로의 장소이다.

객지에 나왔다가 집이 그리워지면 일시에 피로가 몰려오나 보다. 아담한 치목마을로 들어서며 어제 천태산부터의 산행을 마무리할 즈음 눅진한 피로감을 느낀다.

때 / 겨울
곳 / 적상면 서창마을 – 서창 매표소 – 장도바위 – 서창 고개 – 향로봉 – 서창 고개 – 적상산 – 안렴대 – 안국사 – 적상호 – 송대폭포 – 치목마을

오대산국립공원

1975년 열한 번째 국립공원으로 지정된 오대산 공원 면적은 326.348㎢로 주봉인 비로봉을 비롯하여 동대산, 두로봉, 상왕봉, 효령봉 등 다섯 봉우리가 병풍처럼 늘어서 있고 동쪽에 따로 노인봉이 있다. 또 서쪽에 설경이 아름다운 계방산이 위치해 있다.

노인봉에서 청정 계류 따라 청학동 계곡으로

소금강은 눈에 차는 것뿐 아니라 귀에 담기는 것,
피부에 와닿는 것,
거기에 더해 마음으로 느끼는 감정까지
후련하게 하는 에너지를 내뿜는다.

노인봉 가는 길, 평화롭고도 다감하여라

강릉 연곡과 평창의 경계에 비만 오면 땅이 질어진다고
해서 지명이 된 진고개, 해발 960m의 고위평탄면에 세워진
진고개 휴게소에서 길은 오대산 노인봉과 백두대간 동대산
으로 나뉜다. 진고개에서 노인봉까지 3.9km, 계절은 다르지
만 네 번째 같은 길을 걷는다.

언제나처럼 초입의 목초 지대는 나른한 안락감을 준다. 널
따랗고 풍성한 초록 융단은 너무나 고요하고 평화로워서
살짝 지루하단 생각까지 들게 한다.

"평화가 지루하다고?"

"그럴 수도 있지 않을까?"

"사치스러운 사고방식을 지녔군."

360

그다지 평화를 느껴 보지 않은 사람에게 매번 지속하는 평화는 과연 평화롭기만 할까. 동창 산악회의 절친한 친구이자 산우인 동익, 남영, 영만과 한담을 나누며 천천히 걷는데 누군가 등산화를 툭 건드린다.

물기 머금은 풀잎이며 자기 색깔 뚜렷한 야생초들이 외지에서 온 손님들을 시끌벅적 반기는 것이다. 산이 아니라 보는 것만으로도 마음 넉넉한 외갓집 과수원을 둘러보는 기분이다. 뒷산 오솔길처럼 혹은 파란 잔디 풍성한 공원길처럼 다감하기 이를 데 없다.

멀리 물결구름 아래로 한가로운 정원 같은 황병산이 눈길을 잡아끈다. 가던 걸음이 자꾸만 멈춰지고, 멈춰 서서는 눈길 돌려 사방을 둘러보게 하는 곳이다. 걸으면서도 누군가 곁에서 보호해주는 느낌이 들게 하는 곳이다.

그런 느낌을 받으며 사부작사부작 걷다 보면 어느새 노인봉 정상이다. 해발 1338m의 노인봉은 높지만, 전혀 수직적 높이를 인식하게 하지 않는다.

여느 산들처럼 솟구쳐 뻗어 올라 고개 치켜들어 가야 할 길 헤아리게 하지도 않는다. 하늘은 여지없이 맑고 푸르다. 그 아래에 산객들과 친숙해진 다람쥐 몇 마리가 반기는 노인봉이다.

정상에 우뚝 솟은 화강암 봉우리가 멀리서 보면 백발노인을 연상시킨다 해서 노인봉이라고 이름 지었단다.

"우리나라 산들은 이름도 참 쉽게 짓는 거 같아."

"나도 같은 생각이야."

"백운산, 청계산, 가리봉, 비로봉, 노적봉, 천왕봉……. 동명 이산, 동명 이봉이 너무 많아."

때론 정겹기도 하지만 최근 주소를 재정비한 것처럼 담당 중앙부처가 지자체와 머리를 맞대 전국의 산과 봉우리, 폭포, 산길 등의 명칭을 정비했으면 하는 생각이 들 때가 많다. 산의 우열을 가려 100대 명산을 구분 짓는 열성이면 어렵잖게 할 수 있지 않을까.

"되잖을 일에 오지랖 넓히지 말고 가자. 철철 물길 소금강으로."

나무에서 고기를 구하려는 요원한 바람을 버리고 하산 채비를 한다. 백발 성성한 노인이 되어 걸음걸이조차 버거울 때면 여기 노인봉이 더욱 그리워지겠지. 평화스러운 진고개는 얼마나 아른거릴까.

"아직 먼 훗날의 일 염두에 두지 말고 가자. 물소리 우렁찬 청학동으로."

물 흐름 이명이 사라지지 않는 청학동

오대산국립공원에 속하는 소금강은 원래 청학산이었다. 율곡이 '청학산기靑鶴山記'에서 그 모습이 금강산과 흡사하여 작은 금강산, 즉 소금강이라고 표현한 데서 유래되었다. 산세의 수려함, 눈에 보이는 아름다움의 기준을 금강산에 두고 율곡은 표현했겠지만, 소금강은 눈에 차는 것뿐 아니라 귀에 담기는 것, 피부에 와닿는 것, 거기에 더해 마음으로 느끼는 감정까지 후련하게 하는 에너지를 내뿜는다. 소금강은 올 때마다 그런 에너지를 흡입하게 해 준다.

정상 바로 아래로 노인봉 대피소가 있는데 아마도 계곡물이 불어 하산이 불가능할 때를 대비해 만들어놓은 듯하다. 대피소 안은 넓지는 않아도 바람을 차단하여 겨울이면 언 몸을 녹이며 쉬었다 가기에 적절할 듯싶다.

여기서 조금 더 내려가면 낙영폭포를 보게 된다. 가뭄 탓인지 소금강 계곡 최상류의 낙영폭포 물줄기는 예전에 보았을 때보다 매우 가늘어졌다. 노인봉에서 계속 허리 굽혀 내려서야 하는 한여름 소금강은 계곡에서건 나무숲에서건 옹골찬 푸름이 폭포수처럼 쏟아져 내린다.

그 긴 하산로에서 거리 가늠할 틈 없이 여기저기 눈 돌리다 보면 어느새 가슴은 뻥 트여있고 귀에서는 물소리가 이명처럼 사라지지 않는다. 낙영폭포가 그 시발점이라 할 수 있겠다.

"이쯤에서 식사를 하고 가자."

낙영폭포 지나 물 많고 골 깊은 곳에서 바리바리 싸 온 걸 꺼내먹고 충분히 휴식을 취한다. 산길 내려와 골을 트는 실바람이 후련하다. 출렁출렁 암반 적시는 계곡물은 더욱 후련하다. 생기 돋는 녹색 수풀 지나 골을 트는 실바람 맞으며 쉬고 나니 후련하고도 날아갈 듯 개운하다.

노인봉에서 발원하는 연곡천의 지류인 길이 13km에 달하는 청학천으로 맑은 물과 급류, 폭포, 암반, 암벽이 이어진다. 마의태자가 은거하여 망국의 한을 풀고자 쌓았다는 아미산성을 비롯해 구룡연, 비봉폭포, 무릉계, 옥류동, 만물상, 선녀탕, 망군대, 십자소, 세심폭포 등의 절경은 금강산 못지않아 찾는 이들의 시선을 붙잡는다. 이들 장소를 포함한 소금강 일대 23㎢는 오대산국립공원으로 지정되기 5년 전인 1970년에 이미 명승지 제1호로 지정되었다.

아직도 싱싱한 약관의 틀에 사는 것 같은데
멀 것만 같던 불혹 진작 지났고
지천명 유수 같은 흐름도 곧 폭포수에 휩쓸리겠지만
암팡진 골산 오르면서도 무르팍 아직

바람 새 들지 않으니
맘만 달리 먹으면 나이는 오히려
방부제일 수도 있지 않겠나.
아무리 힘줘 붙든다고 손아귀에 잡힐 세월이던가.
외곬 세월 흐름이지만 유연히 편승하는 게 정중동,
자연의 무쌍한 변화마다 수용하는 심산 고봉의
모습 아니겠나.

그렇게 할 수만 있다면
어디선가 똬리 틀고 기다릴 낯선 그림자의 눈길,
무시하는 방법이 될 수도 있지 않겠나.
그렇게 할 수만 있다면
그야말로 행복은 호주머니 속 보석처럼
손쉬운 점유물이 아니겠나.

그렇지 않음 귀하디 귀한 앞으로의 여정이 아이들 들뜬
소풍 길은 고사하고 지팡이에 의지한
혼돈 속 겨운 고행이 될 것 같지는 않은가.
봉우리 위 자수정처럼 부서지는 햇빛 유혹에 흠뻑 빠져
금방이라도 푸른 물 쏟아낼 듯한 녹음,
수채화 병풍처럼 넓게 펼쳐진 단애
노을 검붉게 물들면 물든 대로,
자락마다 어둠 깔리면 깔린 대로,
세상 움직이는 그대로 푹 빠져드세.
여기가 어디던가.

청학동, 거기서도 금강산에 버금간다는 소금강 아니던가.

너른 기와집 주춧돌 되지 않았으면 어떻던가.
비록 넉넉하진 않지만 진정 사랑하는 벗,
의義와 정情으로 굳어진 우리네 함께 하는데
시름에 붙들릴 겨를 어느 새라 있을 텐가.
모래밭 조약돌 무리에조차 끼지 못했으면 어떻던가.
보이는 것마다 바위,
딛고 걷는 길마다 옥수 흐르지 않던가.

그렇게 편안하게,
그렇게 안위하며 받아들이다 보면
가쁜 숨 몰아쉬어 세상 밝히는 일출처럼,
혹은 숨죽여야만 바라볼 서녘 황홀한 일몰처럼
어느덧 다가올 마지막 그림자마저
짜릿한 오르가슴처럼 넉넉하게 느껴지지 않겠는가.

청춘으로 회귀하여 산을 내려오다

광폭포와 삼폭포를 지나고 철제 난간의 긴 다리를 건넌 다음 그보다 더 긴 다리를 또 지나 백운대에 이르러서야 또 한 차례 숨을 돌린다.
바위에 걸터앉아 물살 잔잔한 계류에 지친 발을 담그면

물고기들이 몰려들어 발가락을 간지럽힌다. 휴식을 취하기에 최적의 장소인 널찍한 암반에서 가장 편안한 자세를 취했는데 도미노처럼 머리는 더욱 편안한 생각으로 이어진다.

세월 흘러 늙어지고 노쇠해지는 건 맞닥뜨려 싸워야 할 대상이 아니리라. 늘 배낭 짊어지고 집을 나설 때처럼 편안하게 대하다 보면 언젠가 다가올 죽음마저 보듬어 맞아들이지 않겠는가.

다 살았으므로 편안하게 그 순간을 맞이하고, 남겨진 이들도 훌훌 먼지 털어내듯 가벼이 잊는 게 순리에 맞지 않을까 싶다. 한 줌의 뼛가루가 얼마나 가벼운 건지를 깨달으면 무거워 호된 삶도 편안하게 여겨지기에.

등산화 끈을 조이고 다시 계곡을 내려가는데 주변 암벽을 두텁게 휘감은 소나무 수림이 울창하기 그지없는데도 부피와 무게를 다 털어버린 것처럼 가볍게 보인다.

붉은빛의 침봉들이 높이를 다퉈 하늘을 찌르지만, 하늘은 푸근히 감싸 안는다. 오랜만에 마주하는 귀면암과 눈인사를 나누고 향로암, 일월암, 탄금대 등 기암들이 즐비하게 늘어선 만물상을 내려서서 구룡폭포에 이른다.

구룡소에서 나온 아홉 마리의 용들이 제1폭 상팔담에서 9폭 구룡폭까지 폭포 하나씩을 차지했다니 아마도 어미용으로부터 균등하게 상속을 받은 모양이다. 8폭 하단에는 조선조 우의정을 지낸 미수 허목이 구룡연九龍淵이라고 멋지게 휘갈겨 새긴 전서체 글씨가 남아있다.

다시 마의태자가 군사훈련을 시키며 밥을 먹고, 율곡 이이가 고향인 강릉에서 공부하러 여기까지 왔다가 끼니를 때웠다는 널찍한 암반의 식당암도 주변 풍치가 무척 아름답다. 그들 모두 식사를 마친 즉시 소화되었을 거란 생각이 든다.

"계곡의 수석이 깊이 들어갈수록 기이하고 눈이 어지러워 다 기록할 수가 없다."

이곳 소금강을 거닐며 율곡이 했던 말처럼 소금강은 계곡을 꺾어 접어들 때마다 다양한 기암이 현란하게 펼쳐진다. 자꾸 바라보다가 돌아서서도 다시 돌아보게 한다. 비구니 사찰인 금강사는 깊은 참선에 잠겨있는지 마냥 고요하다.

"슬프다. 요즘 사람들은 어리석어 자기 마음이 참 부처인지 알지 못하고, 자기 성품이 참 진리인지 모르고 있다."

고려 때의 승려 지눌이 지은 수심결修心訣의 한 구절이 적힌 금강사 문에서 작은 영혼이 더 작아지고 만다. 인근 영춘대 계곡에 큼지막한 바위가 하나 세워져 있다.

거기 솔과 글에 능한 사람들의 모임이라는 이능계二能契

의 글자가 암각 되어있고 계원인듯한 사람들의 이름이 나열되어 있다. 그 오른편에 율곡이 썼다는 '소금강'이 한문 정자체로 새겨져 있다.

"자연훼손이야."
"종이가 귀해서 그랬겠지."

자연훼손을 벌하는 자연공원법이 발효되기 전이라 그랬던 걸까. 배울 만큼 배운 사람들이 자연의 여백만 보면 낙서하고 싶어 안달이 났었나 보다.

5분여 내려가면 일곱 선녀가 내려와 목욕하고 화장까지 곱게 해서 하늘로 올라갔다는 연화담이다. 천연기념물 산천어가 살 정도로 맑고 찬 물이 담긴 이곳에 물이 불어나면 이름 그대로 연꽃이 활짝 핀 모습이라고 한다.

화강암 계곡이 열 십十 자 모양으로 갈라진 십자소의 생기 넘치는 푸른 물을 보고 무릉계를 지나 청학 산장까지 내려서자 어느덧 긴 소금강 물길을 모두 지나왔다.

철철 물 흐르는 소리가 귓전을 맴돈다. 아마도 한동안 소금강 청정 옥류의 세찬 흐름이 아른거리게 될 것이다. 그건 또다시 나를 유혹하여 배낭을 꾸리게 할 것이다.

역시 충전시킨 에너지 덕분인지 피로감은 전혀 없이 몸도 마음도 말끔하게 정화된 느낌이다. 소금강 물살에 세월을 띄워 흘려보내고 나니 더욱 청년다워진 느낌이 든다.

때 / 여름
곳 / 진고개 휴게소 – 노인봉 – 낙영폭포 – 광폭포 – 백운대 – 만물
상 – 구곡담 – 구룡폭포 – 연화담 – 십자소 – 무릉계 – 소금강 분소

야생화 만발, 계수나무 향 풀풀, 여름 계방산

이해가 앞선 좁은 시각으로는 결코 볼 수 없는 세상,
도시 빌딩 숲에서와 달리 사물과 사물 간의
자연스러운 흐름, 그 유기적인 연결을 보게 된다.
그처럼 산은 눈을 맑게 한다. 그래서 더욱 상쾌하다.

계방산桂芳山은 한라산 백록담, 지리산 천왕봉, 설악산 대청봉, 덕유산 향적봉에 이은 남한 다섯 번째 높이의 산으로 설악산, 점봉산, 오대산, 가리왕산, 금당산, 두타산, 태기산 등을 한눈에 담을 수 있다.

태백산, 소백산, 선자령 등과 함께 겨울 명산에 속해 상고대와 눈꽃의 설경이 먼저 떠오르지만, 산은 계절마다 특유의 속살을 지니고 있음을 잘 알기에 이번엔 계방산에서 첫사랑 설렘 같은 계수나무 향을 맡아보기로 한다.

철 다른 계방산의 야생화와 진초록 무성한 주목, 설악산과 가리왕산 방면으로 굽이치는 산그리메가 청명한 오늘 날씨와 딱 맞아떨어져 그림 같은 풍광을 보여줄 것만 같다.

저탄소 녹색성장, 숲의 희망이라는 팻말 표현이 무색하지 않을 거란 생각이 든다. 맑은 하늘을 천장 삼아 계방산 널찍하고도 푸근한 품에 안기고자 후배 계원이와 함께 운두령으로 향한다.

넘치는 푸름 속에서 다시 만난 계방산

오대산국립공원에 속하는 계방산은 홍천과 평창의 경계 선상에 있는 운두령에서 산행을 시작하게 된다. 인근에 1999년부터 3년에 걸쳐 살기 좋은 삶의 터전으로 가꾸어진 운두령 산골 마을이 있다. 운두골과 큰골, 갈골 세 개의 자연부락으로 구성된 전형적인 산간마을이다.

자동차로 갈 수 있는 가장 높은 고개가 정선군과 영월군 경계상의 만항재(해발 1330m)인데 운두령은 국도가 지나가는 고개 중 가장 높은 곳이다. 왕복 2차로인 31번 국도변의 고개로서 해발고도 1089m이다. 구름 넘나드는 고산의 신선한 공기 덕분에 한여름의 습한 기운은 느끼지 못한다.

운두령에 있는 계방산 분소에서 입산 신고를 하고 계방산 정상까지 4.1km의 시점인 진입 계단을 오른다. 488m의 고도만 높이면 되는 길이니 급한 경사는 거의 없을 거라는 게 얼추 셈해진다. 여름철에는 오후 3시까지로 입산을 제한하고 있다.

초입부터 물푸레나무가 반가이 맞이한다. 수액이 위장과 폐에 좋다는 거제수나무를 보게 되고 다시 물푸레나무 군락을 지나 아담한 나무 그늘 쉼터에서 목을 축인다. 제법 경사진 돌계단을 지나면서 쑥부쟁이, 가시엉겅퀴, 둥근이질풀 등 낮게 핀 야생화에 카메라를 들이댄다. 고도를 높여갈수록 계방산은 그림 같은 조망을 선사한다.

몸 낮춰 들꽃 숨소리에 조용히 귀 기울이다가 시야를 멀리 잡아 낯익은 고봉들과 담소 나누다 보면 하늘 공간은 금세 소란스러워진다. 멋진 조망이 있다는 건 오르는 수고로움에 대한 커다란 보답이다.

이해가 앞선 좁은 시각으로는 결코 볼 수 없는 세상, 도시 빌딩 숲에서와 달리 사물과 사물 간의 자연스러운 흐름, 그 유기적인 연결을 보게 된다. 그처럼 산은 눈을 맑게 한다. 그래서 더욱 상쾌하다.

"여기서 서북 능선을 보니까 감회가 새롭네요."
"하하하, 귀때기청봉 지나면서 고생깨나 했었지."

1492m 봉에 세워진 전망대에서 눈길을 멀리 두면 설악산 서북 능선이 길게 펼쳐지다가 대청봉이 파스텔 색조 하늘과 맞닿아 오롯이 솟아있다. 남교리에서 십이선녀탕을 거쳐 올라 대승령과 큰 감투봉을 지날 때만 해도 무난했는데 귀때기청봉의 애추 지대를 지나면서 다리에 쥐가 났던 걸 떠올리면 감회가 새로울 만도 할 것이다.

"그래서 지리산 화대 종주, 덕유산 육구 종주에 이어 국내

3대 종주를 모두 해냈잖아."

한동안 낚시를 즐기다가 등산으로 전향한 계원이의 의지를 존중하지 않을 수 없다. 100kg 가까운 체구에 체력마저 허약한 편이었는데 2년여 등산을 다니면서 20kg 가까이 감량하고 어지간한 종주 코스는 거뜬히 완주해냈다.

다시 한강기맥으로 시선을 모으자 오대산으로 이어지고 조신하게 몸 낮춘 치악산도 보인다. 내려다보는 홍천 내면 마을 인가들이 산자락마다 옹기종기 모여 있다. 기대했던 대로 청명한 날씨다. 초록과 파랑 물감만으로 캔버스를 붓질한 여름 풍경화다.

소소하게 바람이 불어주어 은은한 계수나무 향이 코로 스미는 듯하다. 실제 옛날에는 계수나무가 많았다는 계방산이다. 수도 없이 많은 산과 봉우리들이 서로 어깨를 맞대고 늘어서서 어디가 어딘지 분간은 어렵지만 보는 자체로 가슴이 트인다.

전망대 부근 비탈길에 주목 군락지가 있다. 산 나무와 죽은 나무가 공존하는 그곳의 고사목들을 얼핏 보았을 때 수령 1500년은 족히 되었음 직하다. 살아 천년, 죽어 천년을 버티는 주목인지라 죽어서도 뼈대 튼실한 걸 보면 앞으로도 500년은 더 버틸 거라는 추론을 하게 된다.

주목을 보노라면 더더욱 그런 생각이 든다. 소 몰고 밭 갈러 나가던 일상이 중단되는 것일 뿐 삶과 죽음은 그다지 확연한 경계가 아니라는 것을. 그래서 더욱 현재의 삶을 승격시키고자 하지만 금세 그마저 욕심이란 걸 깨닫게 된다. 살펴보면 아직도 제대로 꼴을 갖추지 못하고 안갯속에서 헤매는 자신을 발견하고는 고개를 떨어뜨린다.

"그래도 고개 들고 힘을 내세요."

고개 숙인 그 자리에 얌전하게 움츠린 동자꽃, 짚신나물, 산 박하 등이 나직하게 속삭이며 힘을 실어준다.

"그래. 낮은 곳에 임해서도 활짝 제 모습을 드러내는 그대들이야말로 소중한 존재들일세."

이 일대가 생태계 보호 지역으로 지정될 만큼 환경이 잘 보호된 곳이라 들풀 하나하나가 소중하고도 조심스럽다. 야생화 군락지 뒤로 보이는 오대산 비로봉을 줌인하고 숲을 지나 바로 너른 정상 지대에 이른다.

하얀 눈밭일 때 와보고 넘치는 푸름 속에서 다시 만난 계방산 정상(해발 1577.4m)은 산객들로 북적이던 그때와 달리 간간이 새소리만 들릴 뿐이다. 이 산에는 황조롱이뿐 아니라 천연기념물로 지정한 소쩍새, 붉은 배 새매, 원앙 등의 조류가 관찰되었다는데 그 새들의 울음소리인지는 도대체 알 수가 없다.

실하게 선이 그어진 백두대간 등줄기가 고요 중에도 속도감 있는 움직임을 느끼게 한다. 정상에서 흔적을 남겼던 다른 산들과 두루두루 인사를 나누는 게 즐겁다.

아득히 보이는 가리왕산에서 여기 계방산 위치를 가늠하고 다시 이곳에서 두타산을 바라보며 당시의 고행을 더듬으면 산은 세상과 하나이고, 온전히 하나의 추억으로 자리하고 있다는 게 아련하고 또 갸륵하다.

북쪽 골짜기에서 계방천이 발원하여 내린천으로 흘러들고 남쪽 골짜기에서는 남한강의 지류인 평창강이 시작된다. 정상에서 소계방산으로 휘어 내리는 능선은 마치 느릿하게 꿈틀거리며 위로 향하는 거대한 들짐승을 연상하게 한다. 정상석과 돌탑을 등지고 초점을 맞춰 인증 사진을 찍는 것으로 아쉬운 작별을 고한다.

"하산하면 저 아래 방아다리 약수터에 들러볼까."

"거긴 왜요?"

"어떤 노인이 백약을 다 써도 효험이 없는 신병을 앓고 있었거든."

그 노인이 이 지역에 이르러 나무 밑에서 잠이 들었다.

"어인 사람이 이 산중에서 노숙하는가?"

백발이 성성한 노인이 나타나 그렇게 말하자 이 노인은 산신령으로 믿고 자신의 처지를 한탄하며 하소연했다.

"신령님! 부디 제 인생을 가련하게 여기시어 약초 있는 곳을 알려 주십시오."
"그러면 네가 누워있는 자리를 파보아라."

노인은 잠에서 깨어 있는 힘을 다해 땅을 파헤쳤더니 지하에서 맑은 물이 솟아올랐다. 물을 마시자 정신이 맑아지고 원기가 소생했다.

"며칠을 머무르며 물을 마시니까 씻은 듯 병이 나아져 노인은 산신단을 모셔 크게 제사를 지냈다는 거야."
"그렇다면 우리도 마셔야죠."

계방산 아래 영동고속도로 진부 나들목에서 북쪽으로 약 12km 거리에 있는 방아다리 약수는 탄산, 철분 등 30여

종의 무기질이 들어있는데 특히 위장병, 빈혈증, 신경통과 피부병에 특효가 있다고 알려져 있다.

주변 수만 평에 전나무 100만 그루를 비롯하여 잣나무, 소나무, 가문비나무, 박달나무, 주목 등 70여 종의 나무들이 빽빽하게 우거져 산림욕은 물론 여느 숲에서 찾아보기 어려운 장관을 연출하여 여름철 피서지로도 적격이다.

튼실한 기둥 줄기 셋을 곧게 뻗은 주목이 돋보이는 주목 삼거리에서 이승복 생가가 있는 노동 계곡 방향으로 내려간다. 다시 밋밋한 하산로를 걷다 보니 육상 흙길에 권대감 바위라고 부르는 큼직한 바위 하나가 놓여있다. 정상에서 2.2km를 내려온 지점이다.

권 대감이라는 용맹한 산신령이 말을 타고 달리다 칡덩굴에 걸려 넘어졌다. 화가 치민 권 대감이 부적을 써서 던진 이후 계방산에는 칡이 자라지 않게 되었고 그 부적이 지금의 권대감바위라고 한다.

"산신령이라는 이가 칡덩굴 따위에 걸려 넘어지다니."
"방아다리 약수터를 알려준 산신령은 아닌가 본데요."

권대감바위의 전설이 적힌 팻말을 동부지방산림청 평창국유림관리소에서 세운 걸 보면 계방산에 칡이 없는 건 맞는가 보다. 듬성듬성 늘어선 주목 지대를 지나 바위와 잡목이 마구 뒤섞인 너덜 길을 빠져나오면서 경사는 더 급해진다. 이어 노동 계곡 물소리가 들리고 노동리 마을이 보인다. 산행 중에 들러붙은 여름 부스러기들을 계곡 맑은 물에 씻어내고 내려서자 널찍한 제1 자동차 야영장이 있고 바로 야트막한 초가 이승복 생가가 있다. 1969년 12월 9일 밤이다.

"나는 공산당이 싫어요."

이승복 어린이는 그 말을 마지막으로 무장 공비들에게 목숨을 잃고 말았다. 당시 무장 공비가 침투한 지역이라는 게 실감 나지 않을 정도로 평화스러운 곳이다.

산신령 권 대감은 말 달리다 넘어졌을 때 칡을 없애는 부적이 아니라 공산당 막는 부적을 던졌어야 했다. 짝퉁 산신령의 덕을 입지 못했더라도 이곳 아래로 제2 자동차 야영장이 있고 전국 각지에서 많은 등산객이 방문하니 여기서더는 그런 불상사가 생기지 않을 것이다.

"불로장생하러 방아다리 약수터로 가시죠."
"불로장생하러? 불로장생이라."

불로장생은 아예 삶과 죽음의 경계가 없는 걸까, 아니면 확연한 경계일까. 여름 계방산에서 먹은 더위 때문인가 보다. 살짝 머리가 어지러워진다.

때 / 여름
곳 / 운두령 – 물푸레나무 군락 – 쉼터 – 전망대 – 계방산 – 주목 군
락지 – 노동 계곡 – 이승복 생가 – 자동차 야영장 – 계방산 삼거리

초록 물 떨어지는 비로봉, 상왕봉, 두로봉과 동대산

북쪽으로 점봉산과 설악산을 보게 되고
동쪽으로 노인봉과 황병산, 남쪽의 가리왕산,
서쪽 방태산 등 내로라하는 강원도의 명산들이
두루 눈에 잡힌다.

3년 전 겨울, 오대산 상원사에서 주봉 비로봉과 상왕봉을 올라 두로령 삼거리에서 원점 회귀한 적이 있었다. 친구 셋과 신년 일출 산행을 겸해 비로봉, 상왕봉, 두로봉, 동대산 등 1400m 고지 이상의 오대산 환 종주를 계획했는데 혹한과 폭설로 두로봉으로 향하지 못하고 중도 포기하고 만 것이다. 다시 생각해도 당시 완주 목표를 달성하는 게 열정 같은 거로 착각하지 않길 잘했다는 생각이다.

"완벽한 등산은 평지에 안전하게 되돌아오는 것이다."

1953년 처음으로 에베레스트를 등정한 에드먼드 힐러리가 한 말이다. 동감이다. 그래야 또 산에 갈 수 있지 않겠는가. 그는 또 이렇게 말했다.

"세계 최고봉 에베레스트는 이미 다 자랐지만 내 꿈은 계속 자라나고 있다. 다시 돌아와 반드시 정복할 것이다"

1952년 에베레스트 등정에 실패한 그는 바로 그 이듬해 자신이 한 말을 행동에 옮겼다. 힐러리의 위대한 업적에 슬쩍 빗대는 게 민망스럽기는 하다.

상원사에 머문 세조의 혼

3년이 지나서야 날 좋은 초여름에 다시 왔다. 그때 포기했던 그대로의 코스, 상원사에서 비로봉으로 올라 상왕봉, 두로봉을 거쳐 동대산을 지나 원점 회귀하는 환 종주 코스이다. 446번 지방도로를 타고 가다 월정사 부도를 지나면서 비포장도로로 바뀌자 맑고 수려한 오대천 계곡에 이르게 된다. 신선골, 동피골, 조개골에서 흐르는 물이 합수하면서 오대천 상류를 형성하여 남한강의 시원始原이 되며, 역시 오대산 골짜기에서 시작된 내린천은 북한강의 시원이 되니 곧 한강의 발원이다.

동피골 야영장을 지나 상원사 입구에 주차한 후 등산화 끈을 조여 맨다. 이른 아침인데도 햇빛이 창창하다.

"땀깨나 흘리겠군."

그래도 체감온도 영하 20도가 넘었던 3년 전의 추위를 떠올리면 이코노미석에서 비즈니스석으로 옮겨 앉은 거나 다름없다.

오대산은 지리산, 설악산에 이어 세 번째로 크고 넓은 산이다. 월정사 지구, 소금강지구, 계방산 지구의 셋으로 나뉘는 오대산 영역은 각각의 산세가 판이하다. 다섯 개의 연꽃잎에 싸여 연꽃의 마음을 품었다는 월정사 지구의 오대산이기에 이번엔 홀로 산행이지만 보살핌이 있을 거로 믿고 주봉인 비로봉을 다시 오른다.

"이번 산행엔 폭염으로 포기하는 일이 생기지 않기를."

네 번째 이 길을 오른다. 상원사 들머리에서 비로봉까지의 길은 늘 만만치 않았다. 급경사 오름길을 숨 몰아쉬며 땀범벅이 되어 버겁게 올랐던 기억이 새록새록 떠오른다. 겨워하면서도 다시 찾고 또 찾는 것은 그만큼 멋진 곳이기 때문이다. 마음을 사로잡는 아름다움은 대개 험상궂은 곳에 자리를 잡고 있다.

월정사 스님들은 여름철 비 오는 풍광은 월정사에서 바라보고, 겨울 설경은 오대산에서 느끼라는 의미로 우중 월정 설중 오대雨中 月精 雪中五臺라는 말을 했는데 사시사철 월정사와 오대산의 아름다움에서 한 치 어긋남이 없는 표현이란 생각이다.

육중한 산세를 병풍 삼은 상원사는 월정사와 함께 유서 깊은 불교 성지이다. 두 사찰 모두 자장율사가 창건했다고 한다. 무수한 암자 등 산 전체가 불교 성지를 이룬 곳은 국내에서 오대산이 유일하다니 얼마나 많은 국보급 문화재를 보유하고 있겠는가. 상원사에도 예술적 가치가 높은 역사유물이 많이 소장되어 있다. 그중 문수동자 좌상(국보 제221호)을 보고 자신도 모를 표정을 짓게 된다.

오대산 상원사에 와서 경기도 남양주 운길산의 수종사를 언급하는 게 뜬금없기는 하다. 피부병을 고치려고 금강산을 다녀오던 조선 7대 세조가 운길산 밑에서 하룻밤을 묵던 중 바위굴에서 떨어지는 물소리가 종소리처럼 들려 그 자리에 절을 짓고 수종사水鐘寺라 이름 지었다고 한다.

그 일화와 맥락을 같이 하는 상원사 문수동자를 보며 또 하나의 일화가 떠올려진다. 종기로 고생하던 세조가 이곳 오대천 계곡에서 지나가던 동자승을 불러 등을 씻어달라고 한다.

"누구에게든 임금의 등을 씻어주었다고 말하지 말아라."

목욕을 마친 세조가 동자승에게 당부하자 동자승이 정중히 말을 받았다.

"대왕께서도 어디 가서 문수보살을 보았다고 말씀하지 마시지요."

오대 신앙을 정착시킨 신라의 보천태자가 근처 수정암에서 수양 중이던 문수보살에게 매일 물을 길어다 친히 공양했는데 바로 그 문수보살이 씻겨주었으니 불치병인들 고쳐지지 않겠는가. 보천태자가 공양한 물이 속리산 삼파수, 충주 달천수와 함께 조선 3대 명수에 속한다는 우통수于筒水이며 그 샘터가 한수의 발원이라고도 전해진다.

그 후 세조의 종기는 깨끗이 치유되었고 세조는 허름했던 상원사를 번듯한 사찰로 증축시켜 임금의 원당 사찰로 만들었다. 거기 더해 기억을 되살려 화공에게 동자로 나타난 문수보살의 모습을 그리게 하였다. 그 그림을 표본으로 조각한 것이 상원사 본당인 청량선원에 모셔진 목조 문수동자 좌상이다.

청량선원 앞에 두 마리의 고양이 석상을 보면서도 야릇한 미소를 흘리게 된다. 상원사를 방문한 세조가 법당에 들어가 예불을 드리려 하는데 별안간 고양이가 나타나 세조의 옷소매를 물고는 들어가지 못하게 하는 것이었다.

"기이한 일이로다. 법당 안팎을 샅샅이 뒤지어라."

결국, 불상을 모신 탁자 밑에 숨어있는 자객을 잡았다. 고양이 도움으로 목숨을 건진 세조는 은혜에 보답하기 위해 상원사에 묘전描田을 하사하였다. 또 봉은사 등 한양 근교의 여러 곳에 묘전을 설치하고 고양이를 기르게 했다.

불교를 배척한 조선시대에 들어서서 전국의 사찰이 황폐해졌지만, 왕의 원찰이 되는 등 오히려 상원사는 승승장구 거듭 발전하였다. 여러 차례 중창을 거듭하다가 1946년 화재로 전소되고 말았는데 당시 월정사 주지였던 이종욱 스님이 그 이듬해에 금강산 마하연의 건물 형태를 본떠 청량선원을 지으면서 다시 중창되기 시작했다.

막 지나온 관대걸이라는 안내판에도 세조가 목욕할 때 의관을 걸어둔 곳이라고 적혀있는 걸 보면 세조가 피부병 때문에 금강산을 다녀오다가 결국 오대산에서 고치고 한양으로 가던 중 수종사를 지었다는 일화가 연결되는 맥락일지 모르겠다. 어쨌거나 왕위를 찬탈하고 조카를 죽이면서 그 업보로 얻었을 피부병을 절 두 채의 값으로 고쳤으니 세조는 부가가치가 높은 거래를 한 셈이다.

오대산의 다섯 개 대臺는 중대를 비롯해 방위에 따라 동대, 서대, 남대, 북대를 가리키고 대마다 사자암, 관음암, 수정암, 지장암, 미륵암의 암자가 있다.

중대 사자암을 가리키는 길로 진입하기 전에 돌아보다가 이명처럼 은은하고도 청아한 종소리를 듣는다. 불교에서는 사찰에서 울리는 범종梵鐘 소리를 진리를 설하는 부처님의 열변과 같으므로 귀가 아닌 마음으로 들어야 한다고 가르친다. 모든 중생의 각성을 촉구하는 부처님의 음성이며 정신을 일깨우는 지혜의 울림이라는 것이다.

상원사 동종(국보 제36호)이 우리나라에서 가장 오래된 범종인데 이 종 또한 세조에 의해 상원사로 옮겨졌다. 전국에서 가장 소리 울림이 좋은 종을 찾게 해 안동에 있던 3300근이나 되는 종을 찾아 이리로 옮긴 것이다.

"세조랑 상원사는 절대 궁합이야."

무얼 해도 상생의 결과를 도출하는 세조와 상원사의 인연을 새겨보다가 중대 사자암 쪽으로 진입하면서 비로봉으로의 산행을 본격적으로 시작한다.

혹한 대신 불볕더위를 감내하고

이전엔 없었던 돌계단이 깔끔하게 깔려있다. 적멸보궁까지 계속되는 계단이다. 풍수지리상 적멸보궁이 자리한 곳이 용의 정수리 부분이란다.

샘터 하나가 있는데 마시면 눈이 맑아진다는 용안수이다.

용안수를 지나 국내 5대 적멸보궁의 하나인 이곳의 적멸보궁을 왼쪽으로 두고 지나가게 된다. 두 번이나 다녀왔으므로 오늘은 들르지 않고 바로 올라간다.

없던 공원 지킴터 막사가 생기고 가파른 오르막이 이어지더니 다시 나무계단이 나타난다. 비로봉 오르는 이 길은 그리 급경사도 아니고 긴 길이 아닌데도 좀처럼 속도가 나지 않는다. 올 때마다 그랬던 것 같다.

아름드리나무들이 햇빛을 가려주어 크게 덥지는 않아 좋다. 처음 보는 버섯이 고목에 피었고 둥근이질풀, 투구꽃 등이 눈에 띄는가 싶더니 아기자기한 야생화 군락이 보인다. 그리고 곧 비로봉에 다다른다. 해발 1563m의 오대산 주봉과 네 번째의 해후이다.

대관령 삼양목장의 초지가 푸릇푸릇하다. 오대산 다섯 봉우리 중 위치상 외떨어져 있어 가지 못하는 효령봉이 푸른 능선을 따라 이곳 비로봉까지 부드럽게 다가온다.

북쪽으로 점봉산과 설악산을 보게 되고 동쪽으로 노인봉과 황병산, 남쪽의 가리왕산, 서쪽 방태산 등 내로라하는 강원도의 명산들이 두루 눈에 잡힌다.

"벌써 네 번이나 뵙는군요. 언제 봐도 이곳은 멋집니다."
"자네는 볼 때마다 주름 하나씩 느는 것 같구먼."

경우 없는 비로봉의 인사말에 얼른 상왕봉으로 발길을 돌린다. 많은 돌탑과도 건성으로 눈만 맞추고 보폭을 넓힌다. 평탄한 길 오른쪽으로 지천에 야생화가 널려 있다. 수줍어 고개 들지 못하는 금강초롱을 접사하려 허리를 굽혔다가 동자꽃을 보려 또 고개를 숙인다.

보호수 명판이 붙은 주목이 보이더니 다시 누울 듯 기울어지다가 가지를 추켜올린 기이한 모양새의 백양나무가 눈길을 잡아끌기도 한다. 3년 전 겨울엔 싸리나무와 고사목 군락에 핀 새벽 눈꽃이 절경이었었다. 조금 더 지나 동상 걸릴 만큼 추웠지만 멋진 일출을 보았던 상왕봉(해발 1491m)에 닿는다.

"역시 오대산에서의 조망은 모자람이 없어."

비로봉에서 효령봉을 거쳐 계방산으로 이어지는 국립공원 일대와 두타산, 청옥산에서 함백산과 태백산을 연결하는 백두대간을 눈에 가득 담으며 숨을 몰아쉰다.

다시 굽이치며 산허리를 휘감는 응복산과 구룡령 너머로 점봉산에서 설악산 서북릉까지 눈길을 주다가 30여 분 내리막을 걸어 북대 삼거리까지 당도한다.

햇빛 받아 더 창백하게 보이는 백양나무군락을 지나고 두어 개의 무명봉을 오르내려 백두대간 두로령 표지석(해발 1310m)을 다시 보게 된다. 여기서 진행을 포기하고 상원사로 내려갔었다. 지금부터는 초행길이다.

두로봉 들머리로 들어서며 살짝 가슴 설레는 걸 느끼게 된다. 가고 싶었던 곳, 가려 했으나 늦게 온 곳, 그런 곳이 산일 때 설렘이 생긴다.

기둥 줄기가 벗겨진 몇 그루의 거대한 주목을 매만지며 작은 숲길을 걷는데 간간이 멧돼지 흔적이 보이기도 한다. 비포장 산간 도로를 건너 완만한 능선에는 사람도 없고 멧돼지도 없고 부는 바람에 나뭇잎 떠는소리만 들린다.

간간이 금강초롱이 고개 숙여 어여쁘게 인사한다. 조망이 열리면서 동해가 보이는데 가까이 보이는 물빛은 주문진 앞바다이다.

헬기장이기도 한 두로봉 정상(해발 1421m)에 이르자 선자령의 풍력발전기가 빙글빙글 돌아가는 듯하고 황병산도 그리 멀지 않다. 울타리를 넘어와 지나온 비로봉 5.8km, 동대산 6.7km의 거리가 표기된 두로봉 이정표를 보고 동대산으로 향한다.

조금씩 버거워지나 보다. 고도가 낮아지는 게 반갑지 않다. 그만큼 고도를 높여 다시 올라가야 한다. 두로봉과 동대산의 표고 차가 크지 않기 때문이다. 자작나무 숲을 거쳐 신선목이 이정표를 지나게 되고 두로봉 출발 4km 지점에 몇 개의 커다란 차돌 바위가 널브러진 차돌박이라는 곳까지 오게 된다.

매끈한 차돌의 촉감을 느끼면서 물 한 모금 마시고 내처 2.7km를 당겨 동대산 정상(해발 1433m)에 당도한다. 오대산 다섯 봉우리 중 동쪽의 만월봉이 지금의 동대산이다. 노인봉이 가깝고 그 왼쪽으로는 백마봉, 오른쪽으로 황병산을 또 보게 된다.

　이제부터는 하산길이다. 이마에서 눈으로 흐르는 땀을 훔치고 동대산 삼거리에서 진고개 반대 방향인 동피골로 걸음을 내디딘다. 노루오줌꽃이 지천에 깔린 길을 내려와 동피골에 닿았으니 상원사까지 2.6km를 남겨두었다.

　네 개의 봉우리를 넘으면서도 체득하지 못했던 지혜를 구하고자 선재길로 들어선다.

　선재길은 지혜를 구하기 위해 천하를 돌아다니며 53명의 현인을 만나 결국 깨달음의 경지에 이르렀다는 화엄경의 선재동자에서 유래한 길이다.

　선재동자가 문수보살을 찾아갔다는 이 길은 널찍한 암반 위로 쉴 새 없이 맑은 물이 흐르는데 월정사 계곡의 양옆으로 울창하게 우거진 숲 덕분에 더욱 아늑하게 느껴진다. 섶다리, 출렁다리, 나무다리 등을 건너며 지나온 길을 돌아보고 다가올 삶을 명상한다.

　월정사 일주문부터 상원사까지 잘 조성된 9km의 아름다운 숲길, 활엽수의 푸름과 맑은 계류가 흐르는 쾌적한 숲길에서 지혜의 자취를 발견하지 못한 채 그저 길고, 무덥고,

외로운 산행을 안전하게 마치는 것에 만족한다.

때 / 초여름
곳 / 상원사 – 사자암 – 비로봉 – 상왕봉 – 두로령 – 두로봉 – 신선
목이 – 차돌박이 – 동대산 – 동피골 – 선재길 – 원점회귀

주왕산국립공원

주왕산은 1976년 열두 번째 국립공원으로 지정되었으며 주왕산을 중심으로 태행산, 대둔산, 명동재, 왕거암 등의 고산들이 자연 성곽처럼 연이어 늘어섰다. 105.595㎢의 공원 면적으로 눈길을 사로잡는 두드러진 암봉과 깊고 수려한 계곡의 절경을 지닌 명승지이다.

천혜비경의 경북 소금강, 주왕산

붉음과 노랑에 초록이 섞여 반겨주는
절골 입구부터 암반과 자갈을 충분히 적신
청정 옥수가 하얗게 피어오른 구름 아래로
흐르듯 멈춘 듯 잔잔하다.

올 때 힘들어 울고 떠날 때 아쉬워 운다.

힘들여 어렵게 찾아왔지만 수많은 천혜비경과 선한 인심에 빠져 쉽사리 돌아서지 못하는 곳이 청송이다. 2017년 상주·영덕 구간 고속도로가 개통되면서 지금은 서울에서도 서너 시간 만에 올 수 있게 되었다.

한라산, 성산 일출봉, 만장굴, 서귀포층, 산방산, 용머리 해안, 수월봉, 중문 대포 해안 주상절리대, 천지연폭포 등 제주도의 9곳에 이어 경상북도 청송군은 군 전체가 두 번째로 지질학적 희귀성과 중요도를 인정받아 2017년 4월에 유네스코 지정 세계지질공원에 등재되었다. 주왕산이 유네스코 등재의 중심에 있음은 물론이다.

유네스코 UNESCO(국제연합교육과학문화기구 헌장)에서 세계적으로 지질학적 가치를 지닌 명소와 경관을 보호·교육·지속 가능한 발전이라는 개념으로 관리하도록 지정한 유네스코 세계지질공원은 전 세계에 총 41개국 147개 공원이 인증되어있다.

지각을 구성하는 암석은 마그마가 식어서 형성된 화성암, 광물 조각들이 쌓여 만들어진 퇴적암과 화성암이나 퇴적암 같은 기존 암석들이 열이나 압력을 받아 변한 변성암으로 나눌 수 있다. 청송에는 이 세 종류의 암석이 모두 분포하고 있다.

청송군 주왕산면에 소재한 주왕산周王山은 산세가 아름답고 특히 수직구조로 쌓인 화성암 단애가 많아 경북의 소금강으로 불리는데 유서 깊은 사찰과 유적지도 다양하여 1976년에 국립공원으로 지정되었다.

중국 동진東晉의 왕족인 주도가 스스로 후주 천왕後周天王이라 칭하고 군사를 일으켜 당나라에 쳐들어갔다가 크게 패하자 신라로 건너와 주왕산에 숨었다. 그 뒤 나옹화상 혜근이 이곳에서 수도하면서 산의 이름을 주왕산으로 하면 고장이 복될 것이라 하여 명명했다고 한다. 웅장한 산세에 깎아 세운 듯한 기암절벽이 마치 돌 병풍을 두른 것 같아 석병산石屛山이라 부르기도 한다.

주왕산을 화두에 올리면서 주산지를 그냥 지나칠 수 없다. 2013년 명승 제105호로 지정된 주산지는 주왕산국립공원 내에 있는데 주산천 지류의 발원지로서 길이 200m, 너비 100m, 수심 8m에 총저수량 10만 5천 톤으로 1720년 조선

경종 원년에 만들어진 이후 지금까지 아무리 가뭄이 들어도 바닥이 드러난 적이 없다고 한다.

비가 오면 스펀지처럼 물을 머금고 있다가 조금씩 물을 흘려보내는 퇴적암층이 바닥을 형성하고 있어 풍부한 수량을 유지할 수 있다.

주산지에 자생하는 능수버들과 왕버들 20여 그루가 울창한 수림과 함께 연출하는 아늑한 분위기는 고고하고도 신비롭다. 1983년 제방 확장공사로 저수지 물을 뺀 이후, 30년 만인 2013년에 제방 보수공사를 위해 물을 모두 뺀 적이 있는데 이때에도 왕버들의 생육에는 지장이 없었다고 한다.

자연 그대로의 계곡 트레킹을 할 수 있는 절골을 거쳐

주왕산 절골의 아름다운 산세와 어우러진 물안개 피는 주산지의 새벽을 담으려 많은 사람이 주변에 몰렸다. 늦은 밤 서울에서 출발해 다음 날 새벽에 동트기를 기다리며 지켜본 주산지였지만 짙은 안개와 어긋난 기상으로 인해 기대감을 충족시킬 수는 없었다.

저녁노을에 어우러진 왕버들과 청아하고도 붉은 물빛이 신비스러웠던 주산지의 옛 정취를 떠올리다가 절골 입구로 걸음을 옮긴다.

세 번째 탐방인 오늘 주왕산행은 미답지인 절골을 통과하기로 한 산악회 계획에 무조건 맞추기로 하였다. 약 10km에 달하는 계곡에 사철 맑고 깨끗한 물이 흐르고 죽순처럼 솟은 기암괴석과 울창한 수림이 마치 별천지와 같은 분위기를 자아낸다는 글귀에 기대감을 가진 것이다.

절골 주차장에 다시 차를 세우고 운수雲水길이라 이름 지은 절골 입구로 들어선다.

'우람한 주방산천周房山川 너무나 애틋하고, 아득한 운수동천雲水洞天 참으로 어여쁘네.'

조선 후기의 문인 이상정은 주왕산의 두 계곡을 이렇게 노래한 바 있다. 구름과 물이 어우러진 계곡이니 얼마나 깊고 운치 넘치겠는가.

붉음과 노랑에 초록이 섞여 반겨주는 절골 입구부터 암반과 자갈을 충분히 적신 청정 옥수가 하얗게 피어오른 구름 아래로 흐르듯 멈춘 듯 잔잔하다. 여름에 적당한 강우 뒤의 수량이라면 계곡 트레킹에 적절할 거라는 생각이 든다.

절골은 절리 및 풍화작용으로 다양한 형상의 급준 단애cliff가 속속 눈에 띈다. 암석들이 수직으로 뻗은 기암절벽의 급사면에 초록과 주황, 노랑이 어우러져 가을 수채화를 전시해 놓은 듯하다.

계곡의 그늘 쪽은 덜하지만, 햇살 받는 양지쪽 단풍들은 형형색색 화려한 색감을 드러내는 중이다. 동시에 산객들의 얼굴에도 화사하게 꽃을 피우고 있다.

절골은 때 묻지 않은 물리적 공간이 가을을 공유하며 동시에 탐방객들을 마냥 흐뭇하게 한다. 철제 난간이나 데크 계단 등이 거의 없어 바위 징검다리를 딛고 물을 건너는 자연 그대로의 물길 트레킹을 할 수 있어 더더욱 흡족하다.

담과 소에 뿌려진 낙엽은 신혼부부의 겨울 비단이불처럼 곱고도 푸근하다. 암반 위를 걷고 물을 건너다가 대문 다리 삼거리에서 주왕산의 첫 봉우리 가메봉으로 길을 잡는다.

절골 탐방안내소로부터 3.5km 지점인 대문 다리에서 등산화 끈을 고쳐 매고 산길 오르막으로 접어들면 가메봉을 1.2km가량 남겨두고 추색 고운 공간에 뒤떨어지지 않는 숲길을 걷게 된다.

가메봉 삼거리에 이르러 잠시 숨을 돌리는데 산객들이 두 갈래로 갈라진다. 내원마을로 방향을 잡거나 후리메기 쪽으로 가는 이들이다. 처음 예정했던 대로 일단 가메봉을 찍고 돌아와 내원마을을 거치기로 한다.

가메봉(해발 882m)은 정상석 대신 팻말로 그 위치를 표시하고 있다. 주변이 낭떠러지라 추락위험을 경고하는 안내글이 적혀있다.

올라온 절골과 북쪽 먹구동 일대, 물오른 주변 봉우리들을 두루 둘러보고 200m 아래의 삼거리로 다시 내려선다.

천연의 오묘함, 주방계곡의 폭포 향연

후리메기 삼거리와 주왕산 주봉 쪽보다 내원마을과 용연폭포 방향으로 내려가는 산객들은 그리 많지 않다. 역시 곱게 물든 단풍 숲길을 지나 경사로를 내려오면 억새군락을 만난다. 주변 단풍들과 잘 어우러진 건강한 억새밭이다.

청송군 주왕산 내원골에 자리하여 전기도 들어오지 않는 내원마을. 임진왜란 당시 산 아래 주민들이 계곡 상류 쪽으로 피난을 오면서 형성된 마을이라고 한다.

1970년대에는 80여 가구 500여 명이 거주했는데 1980년 대까지 전기가 들어오지 않아 등산객들에 의해 전기 없는 오지마을로 알려지기 시작했다. 그 후 2005년 9가구가 명맥을 유지해오다가 2007년 수질오염과 미관저해를 이유로 철거되었다.

최근 국립공원사무소에서는 내원마을의 옛 추억을 더듬고 완만하게 펼쳐진 주왕계곡 코스에서 잠시 쉬어갈 수 있도록 생태문화 휴식 공간을 조성하였다.

내원마을의 유래를 살펴보고 마을 터를 지나 억새의 하늘거림을 보다가 용연폭포에 닿는다. 2단으로 이루어져 쌍용추폭포라고도 부르는 용연폭포는 주왕산의 폭포 중 가장 크고 웅장한 규모이다. 1단 폭포는 폭이 약 4m, 낙차는 6m에 달하고 폭과 길이가 10m 정도에 이르는 구혈이 형성되어 있다. 구혈 양측 암벽 단애에는 왼쪽 면에 세 개, 오른쪽으로 한 개씩 하식동굴, 즉 하천의 침식작용으로 생겨난 동굴이 있다.

폭포수의 수량만큼 크고 깊은 용연의 짙푸름이 그 깊이를 가늠할 수 없게 하는데 금세라도 암수 두 마리의 용이 튀어나올 것만 같아 한걸음 뒤로 물러서게 된다.

상상이 지나쳐 등골 오싹함을 느끼다가 주방계곡으로 내려간다. 주왕산 방문 탐방객의 90%가 찾는다는 주방계곡은 절골과는 확연히 다른 기암괴석이 먼저 눈에 들어온다. 명실상부한 유네스코 세계지질공원이다.

절구폭포를 지나 3폭포부터 2폭포, 1폭포가 이어지는 폭포 향연에도 수많은 탐방객이 몰려있다. 3단의 용추폭포 중 1단폭 아래의 못은 선녀탕, 2단폭 아래는 구룡소라 불리는데 탐방객이 없으면 선녀들이 마구 입수할 것 같은 천연의 오묘함을 지녔다.

높고 거대한 단애 사이의 협곡으로 내려서는 길도 신비롭기는 마찬가지다. 설악산의 흘림골이나 주전골, 오대산 청학동 계곡과는 또 다른 분위기를 자아낸다.

학소교를 건너 학소대와 그 맞은편에 떡을 찌는 시루처럼 생겨 이름 붙인 시루봉을 대한다. 옆에서 보니 설악산의 귀면암처럼 다소 사나운 얼굴 형상에 가깝다. 자하교를 건너 비로봉과 촛대봉 암벽 사이의 협곡에 높이 5m, 길이 2m가량 되는 주왕굴이 있다.

당나라가 반정에 실패하고 달아난 후주 천왕 주도를 없애달라고 신라에 청하자 신라는 마일성 장군에게 주도의 소탕 임무를 맡긴다.

마 장군에게 쫓긴 주왕이 이 굴에서 숨어 지냈다고 한다. 맞은편 촛대봉에서 쏜 화살에 맞아 최후를 맞은 주왕이 흘린 피가 주방천을 따라 흐르면서 붉은 수달래가 되었다고 한다.

"남의 나라 와서까지 고생이 많았었구나."

쫓겨와 끝까지 재기하지 못하고 불행한 최후를 맞은 주왕에게 측은지심이 생긴다. 당나라를 피해 이곳으로 도망쳐온 주왕은 죽기 전까지 여기 와서 많은 일을 도모했나 보다.

적군의 침투를 방어하기 위해 자하성(주방산성)을 구축했고, 그의 군사들은 연화 굴을 훈련장으로 사용했다고 전해진다. 또 주왕이 무기를 저장해두었던 무장 굴이 있는데 굴속은 큰 암석으로 가로막혀 10m 이상 들어갈 수 없게 되어있다.

자하성에서 500m쯤 떨어진 곳에 있는 주왕암은 높이 솟

은 나한봉, 지장봉, 관음봉, 옥순봉, 칠성봉, 호암봉 등에
의해 보호받듯 둘러싸여 있다.

이들 봉우리를 둘러보고 오늘 산행의 날머리 대전사大典
寺로 향한다. 대전사는 대개의 주왕산 탐방객들이 들머리로
삼는 주왕계곡 입구에 자리하였는데 주왕산을 병풍 삼았기
에 첫눈에도 풍광이 뛰어난 사찰이라는 걸 느낄 수 있다.

특히 대전사 전면에서 볼 때 그 뒤로 우뚝 솟은 기암이
제일 먼저 눈길을 사로잡는다. 기암은 원래 하나의 암석이
었으나 여섯 개의 거대한 주상절리를 따라 풍화작용이 이
루어지면서 일곱 개의 암봉으로 분리되었는데 그 폭이 무
려 150m에 이른다.

주왕을 쫓은 마 장군이 꼭대기에 깃발을 세워 기암旗巖이
라 부른다. 한가운데에 두 조각으로 갈라진 금이 나 있는데
마 장군이 쏜 화살에 맞아서 생긴 거라고 전해진다. 사실
여부를 떠나 보기에도 특이하고 기묘한 기암奇巖이 대전사
를 훌륭한 사찰 터로 거듭 각인시킨다.

대전사는 서기 672년 신라 문무왕 때 의상대사가 창건하
였다고 적혀있다. 대한불교 조계종 제10 교구 본사인 은해
사의 말사로서 백련암과 주왕암이 부속 암자로 있다. 최치
원, 무학대사, 서거정, 김종직 등이 수도했으며 임진왜란
때에는 사명대사가 승군 훈련을 시켰던 곳이다.

석가모니 삼존불을 봉안한 본당 보광전(보물 제1570호)과

관세음보살을 모신 부속 전각인 관음전, 그리고 명부전, 산령각, 요사채 등을 둘러보고 경내를 빠져나온다.

가까이에 달기 약수터가 있지만, 시간에 쫓겨 이번에는 들르지 못한다. 청송읍 부곡리에 있는 이 약수는 빛깔과 냄새가 없고 마신 즉시 트림이 자주 난다. 시간당 약 60리터의 약수 솟는데 사계절 그 양이 같은 데다 가뭄에도 양이 줄지 않고 아무리 추워도 얼지 않는다.

빈혈, 위장병, 관절염, 신경질환, 심장병, 부인병 등에 두루 특효가 있어 각처에서 수많은 사람이 약수터를 찾는다. 골짜기를 따라 신탕, 상탕, 중탕, 하탕 등 여럿의 약수구가 있다.

다시 주왕산에 올 때는 여유롭게 청송 한옥 민예촌에 고택 숙박을 예약하고 달기 약수로 위장도 튼실하게 해주어야겠다고 마음을 다진다.

대감댁, 영감 댁, 정승댁, 훈장 댁, 참봉댁, 교수댁, 생원댁 등 일곱 채의 한옥을 만들어 마을을 꾸린 민예촌은 한옥의 고풍스러운 매력을 한껏 살리면서 편리하고 안락한 숙박시설을 갖추어 고택 체험을 할 수 있도록 그럴듯하게 꾸며놓았다.

내려와서 다시 올려다보면 주왕산은 서울 인근의 북한산이나 도봉산처럼 언제든 가까이 다가설 만큼 친근한 느낌을

준다. 특히 오늘 같은 절정의 가을이면 손꼽아 가고픈 곳
중의 한 곳이다.

때 / 가을
곳 / 절골 탐방지원센터 - 신술골 - 대문 다리 - 가메봉 - 내원마을
- 용연폭포 - 용추폭포 - 주왕암 - 주왕굴 - 학소대 - 대전사 - 주왕
산 탐방안내소

다도해해상국립공원

서남 해안과 해상으로 이어진 2,266.221k㎡(육지 291.023k㎡, 해상 1,975.198k㎡)에 달하는 국내 최대 면적의 국립공원으로 1981년 열네 번째 국립공원으로 지정되었다. 따뜻한 해양성 기후의 영향으로 생태 가치가 높은 상록수림이 있으며 과거 화산활동으로 형성된 섬과 기암괴석들은 독특한 아름다움으로 보존 가치가 높다

천연기념물 홍도의 수호신, 깃대봉

전망대를 지나면서 동백나무 터널을 지나 숲길로
들어서니 그제야 산에 온 기분이 든다. 2전망대에 올라
내려다보면 바다는 더욱 고요하고 물속 깊이
홍도의 그림자를 담아 고즈넉한 맛을 더한다.

가고자 마음을 먹고도 쉽사리 다녀올 수 없는 곳 중의 한
곳이 홍도다. 섬 전체가 천연기념물이라 오래전부터 가고
싶었던 곳이어서 섬 산행의 묘미에 빠질 즈음 겨우 친구와
시간을 맞추었다.

목포 유달산에 올랐다가 시간 맞춰 내려와 목포 여객선터
미널로 왔다. 여객터미널에서 출발한 쾌속정이 비금도를 거
쳐 망망대해로 접어들자 살짝 어지러워지려 한다. 넘실대는
파도를 가르며 두 시간이 채 지나지 않아 홍도 연안에 도
착해서야 처녀 방문지 홍도를 실감하게 된다.

목포에서 서쪽으로 약 107km 떨어진 신안군 흑산면 홍도
리를 행정구역으로 하는 홍도紅島는 20여 개의 부속 섬이
있고 해 질 무렵이면 섬 전체가 붉게 물들어 명명한 섬으
로 다도해해상국립공원에 속한다.

다도해해상국립공원은 현재 우리나라의 22개 국립공원 중
1981년에 14번째 국립공원으로 지정되었다. 공원구역은 전

라남도 신안군 홍도에서 여수시 돌산면에 이르며 면적은 우리나라 국립공원 중 가장 넓다. 이름에 걸맞게 국립공원 내에만 400여 개나 되는 섬이 있다.

섬 전체가 200m 내외의 급경사 산지로 이루어진 홍도는 섬 내에 깃대봉(367.8m)과 남서쪽으로 양산봉(231m)이 솟아있는데 남해의 소금강이라 불릴 만큼 아름다운 명승지이며, 홍도 천연 보호구역(천연기념물 제170호)으로 지정되어 있다.

남문, 실금리굴, 석화굴, 탑섬, 만물상, 슬픈 여, 부부탑, 독립문바위, 거북바위, 모녀상 등 홍도 10경이 주요 관광지라 할 수 있다.

풍어에 만선을 기원하며 쌓은 청어미륵

홍도항 등대와 깃대봉 오르는 길에 설치된 긴 데크를 보며 홍도항에서 걸음을 뗀다. 홍도를 떠나려는 많은 이들까지 속속 연안 여객선 터미널로 모여들어 시장터를 방불케 한다. 예약한 숙소에서 간단히 산에 오를 차림만 갖춰 깃대봉 들머리로 향한다. 시간상 내일 아침에 유람선으로 바다 구경을 하고 곧바로 섬을 떠나야 하므로 도착 당일 서두를 수밖에 없다.

함께 승선했던 몇몇 탐방객들과 같이 들머리로 향한다. 흑산초등학교 홍도 분교 정문에서 오른쪽 오르막길을 따라 느긋한 마음으로 걷는다. 내연발전소로 가는 갈림길에서 좌측으로 향하면 깃대봉 정상 방향이다. 홍도항을 발아래 두고 첫 번째 전망대까지 긴 데크 계단을 오른다.

남문바위와 반대쪽의 도담 바위 등 보이는 돌섬들이 하나같이 물 위에 뜬 기암절벽이다. 홍도 분교의 오른쪽 해안에 있는 방파제는 일몰을 감상할 수 있는 적절한 장소라고 한다. 오늘 여기서 홍도의 낙조를 감상하게 될지는 미지수다. 날씨가 썩 좋은 편이 아니다.

홍도항과 홍도 1구 마을의 붉은 지붕들이 아늑하게 느껴진다. 홍도는 여객선이 드나드는 홍도 1구와 30여 가구가 거주하는 2구의 두 마을이 있다. 홍도 2구에는 여객선이 닿지 않고 어선으로 이동한다.

전망대를 지나면서 동백나무 터널을 지나 숲길로 들어서니 그제야 산에 온 기분이 든다. 2전망대에 올라 내려다보면 바다는 더욱 고요하고 물속 깊이 홍도의 그림자를 담아 고즈넉한 맛을 더한다.

다시 오르자 매끈한 돌 두 개가 세워진 곳에 울타리를 쳐 놓았다. 청어靑魚미륵 또는 죽항竹項미륵이라고 이름 붙여진 돌이다.

과거 홍도 주변 어장이 매년 청어 파시로 문전성시를 이룰 때 홍도 어민들의 배에 청어는 들지 않고 둥근 돌만 그

물에 걸려들어 매번 바다에 던져버리곤 하였다.

"그 돌을 버리지 말고 이 섬 높은 곳 전망 좋은 자리에 모셔놓으면 일이 술술 풀릴 것이다."

어느 날 한 어민의 꿈에 그물에 걸린 돌을 전망 좋은 곳에 모셔다 놓으면 풍어가 든다고 하여 그 계시대로 하니 그 후부터 만선이 되었다고 한다.

홍도의 고기잡이 선주들이 그 돌의 영험함을 믿고 청어 미륵이라 부르게 되었다. 미륵불 형상을 한 돌은 아니지만, 어장에 나가기 전 이 돌 앞에서 풍어를 빌었다고 한다.

홍도 주민들의 소박한 민간신앙을 엿보고 다시 숲길을 걸어 오르다가 연리지를 보게 되고 숨골재라 적힌 굴에 이르렀다.

이곳 주민 중 한 사람이 절굿공이로 쓸 나무를 베다 실수로 이 굴에 빠뜨렸는데 다음날 고기잡이를 하러 바다에 나갔더니 어제 빠뜨린 나무가 떠 있는 것이었다.

이때부터 바다 밑으로 뚫린 굴이라 하여 숨골재 굴이라 부르다가 숨골재로 굳어져 불려 왔다. 지금은 탐방객의 안전을 위해 주민들이 굴 일부를 나무와 흙으로 메운 상태라고 한다.

탑 쌓다가 놓친 신혼의 아내

동백숲 길과 숯가마 터를 지나 깃대봉(해발 365m)에 올랐다. 홍도 분교에서 걸음 멈춰 눈길 머물며 올라왔어도 한 시간이 채 걸리지 않았다. 홍도의 곳곳을 내려 보다가 탑상塔像골이 있는 방향을 가늠해본다.

탑상골은 해수욕장으로 쓰이는 뒷대목에서 석촌리 쪽 중간 길목에 있는 계곡이다. 이곳의 암벽은 약 15m 높이의 탑을 쌓아 올린 것처럼 생겼는데 이 탑의 건너 북쪽 절벽을 여탑女塔이라 하며 이 계곡을 서방여골이라고 부른다. 이 여탑과 남탑男塔이 있는 탑상골 사이에는 40m 높이의 산이 가로막아 배를 타고 가야 한다.

홍도가 무인도였던 오래전, 대흑산도에 사는 청년이 풍랑을 만나 홍도까지 표류해왔다. 청년은 이 섬 앞으로 지나가는 배가 잘 볼 수 있도록 탑을 쌓아 올리며 긴 시간을 보냈다.

그런데 이 청년이 탑을 쌓으며 지내던 탑상골 건너에는 중국에서 이곳을 지나다 파선한 배에 타고 있던 아름다운 처녀가 표류해 살고 있었다. 처녀는 이 섬에서 제일 높은 봉우리에 자기 옷을 벗어 깃대를 만들어 세워놓고 지나가는 배를 기다리고 있었다.

청년은 탑을 쌓다가 행여 배가 지나가나 싶어 대흑산도가
가장 가까이 보이는 곳으로 나갔다가 깃대봉에서 이 처녀
를 발견하였고 두 사람은 부부가 되었다.

"내가 탑을 다 쌓은 후에 살림을 차립시다."

남편은 신혼의 아내와 떨어져 살며 오로지 탑 쌓는 일에
만 매진했다.

"혼자 있을 때만도 못하네."

외딴섬에 표류해 외롭고 지루한 날을 보내다가 신랑을 얻
은 여인은 결혼 전보다 더 외로워졌다. 여인은 남편이 있는
탑바위로 건널 수 있는 암초를 발견하고 그 암초를 딛고
뛰려다가 미끄러져 물에 빠져 죽고 말았다.
이 여인이 밟았다가 미끄러진 암초를 홍도 주민들은 '서방
여嶼'라 부르고 여인이 자리를 잡고 있던 곳을 서방여골이
라 명명하였다. 또 여인의 옷을 벗어 깃대를 만들어 세운
봉우리, 바로 지금 이 자리가 깃대봉이다.

"조금만 더 기다렸어야지."

탑을 모두 쌓은 남편은 뒤늦게 신혼의 아내가 죽은 것을 알고 대흑산도가 보이는 깃대봉 너머 '슬픈여' 앞에 와 울었다 하여 지금의 이름이 붙었다.

"저기 보이는 섬이 흑산도지? 멀지도 않은 섬에서 오도 가도 못하고 아내까지 잃었으니 속이 사무칠 만도 하겠어."
"흑산도 하면 뭐가 생각나나?"
"흑산도 하면 흑산도 아가씨와 홍어삼합 아닌가?"

정상석 뒤로 흑산도가 보이기에 물어봤는데 단순 명료한 윤호의 답변이 재미있어 대화가 이어진다.

"윤호야, 최익현에 대해서는 잘 아나?"
"잘 알고말고. 영화 범죄와의 전쟁에서 최민식이 연기한 인물이지."
"……."

기가 막힌다. 배우 이름도 아니고 영화에서의 역할 인물 이름을 기억한다는 게.

"너랑 함께 홍도에 온 게 갑자기 자랑스러워진다."

아무리 보고 또 보아도 조선 고종 때의 문인이자 대한제 국의 독립운동가였던 면암 최익현에 앞서 최민식이 연기한 인물을 떠올린 친구가 기특하기만 하다.

대원군의 실정을 신랄하게 비판하였다가 제주도로 귀양 간 최익현은 풀려난 즉시 병자수호조약을 반대하는 상소를 올 리고는 또다시 흑산도로 유배된다. 궁궐 앞에 자리를 펴고 도끼를 지닌 채 상소를 올렸다 하여 역사는 이를 지부상소 持斧上訴라 하였다.

그는 이 도끼로 당장 일본 사신들의 목을 치고 나라의 방 비를 단단히 해야 한다고 역설했다.

"전하, 지금 면암이 소흑산도에 있으니 그보다 더 먼 흑산 도로 보내버리시지요. 흑산도에 있으면 소흑산도로 나오는 데 하루가 걸리니 더 안심되지 않겠습니까."

"오호, 중전! 좋은 생각이요."

면암 최치원을 멀리 우이도(소흑산도)로 유배 보낸 조선 정부는 일본과 강화도조약을 체결하고 대규모 수신사를 일 본에 파견하고자 했다. 일이 이렇게 되어 고종이 최익현을 염두에 두며 염려하자 명성황후가 묘책을 낸 것이다.

그렇게 면암이 유배되었던 흑산도에는 그의 유허비가 있고 그가 썼던 글들이 새겨진 바위가 있다. 1905년 을사늑약에

항거해 호남지방에서 의병을 궐기하여 일본군과 교전하였다
가 대마도에 유배되어서도 단식을 하는 등 자신의 의지를
굽히지 않던 면암은 1906년 그예 숨을 거두었다. 그가 지은
시 '우이牛耳에 올라 즉시 부름'을 되뇌노라면 조선 전기
최만리와 함께 최 씨 고집의 아이콘인 그의 형형하게 빛났
을 눈빛이 느껴진다.

우이 한 봉우리 구름에 닿았으니　一峯牛耳接雲高
오르고 올라도 이 몸 피로 잊었네　登陟渾忘氣力勞
아름다와라 저 바다의 수없는 섬들이며　可愛層溟多少嶼
파도야 치든말든 저 홀로 천년 만년　萬年壁立敵洪濤

"그 최익현하고는 많이 다른 인물이구나."

기록에 의하면 흑산도에 처음 유배된 이는 1148년 고려
의종 때 정수개라는 인물이라 한다. 조선시대에는 약 76차
례 흑산도 유배가 확인되는데 이는 제주도와 거제도에 이
어서 세 번째로 자주 이용된 셈이다.
섬의 규모를 고려하면 흑산도에 가장 많이 유배했다고 해
도 과언이 아닐 것이다. 중앙의 학식이 높은 덕망 있는 인
사들이 흑산도에 유배되어 섬 주민들과 동화되어 살아감으
로써 지역 문화 수준을 향상했고, 결과적으로 흑산도는 높

은 수준의 전통문화를 간직하게 되었다.

 흑산도에서 가까이 시선을 당기면 독립문바위와 띠섬, 그 우측으로 탑섬이 물에 뜬 바위처럼 자그마하다. 오른쪽으로 희미하게 가거도가 있다는데 오늘 날씨로는 희미하게조차 가늠하기가 어렵다.

 다시 내려와 몽돌 해안을 걸어보고 방파제에서 일몰도 구경하다 보니 섬은 바다와 함께 금세 어둠에 묻히고 불빛 반짝이는 상업지역의 홍도에도 푹 젖어본다.

때 / 늦봄
곳 / 홍도 여객선터미널 – 홍도 분교 – 제1 전망대 – 제2 전망대 –
숨골재 – 숯가마 터 – 깃대봉 – 원점회귀

바다 위 삼봉과 삼봉의 이음, 팔영산

사람은 여럿이 있을 때도 고독할 때가 있지 않은가.
이기심이나 질시 등 서로 다른 생각 탓에 절대 단수의
개념으로 뭉쳐지지 않는 군중만의 특이성을
편백나무 숲에 빗대는 게 다소 서글퍼지기도 한다.

전라남도 고흥반도는 그 중앙에 운암산, 동쪽에 팔영산, 서남쪽에 조계산, 천등산이 있으며 남쪽으로 마복산 등이 있다. 해안선을 따라 개펄막이를 해서 만든 간척지가 많은 곳이다.

2013년 1월 30일, 우리나라 최초의 우주 발사체인 나로호가 3차 시도 만에 고흥에서 성공적으로 발사되었다. 나로호 우주센터와 우주과학관, 청소년 우주체험센터 및 우주 발사 전망대 등 우주항공 기반 시설들이 집중되면서 명실상부한 우주항공 수도로 입지를 다진 곳이다.

해마다 5월경 나로호 우주센터 일원에서 고흥 우주항공 축제가 열리는데 축제 기간에 우주센터 내의 나로호 발사 현장을 견학할 수 있고, 우주과학관 등에서 다양한 우주 체험을 할 수 있다.

고흥군의 부속 도서로서 예술의 섬으로 자리 잡은 연홍도는 부표나 밧줄, 노, 폐목 같은 어구를 활용해 미술작품으

로 꾸며놓았고 조개나 소라껍데기를 활용해 정크아트 작품
도 만들어 바닷가와 골목길에 설치해 놓았다. 말 그대로
'지붕 없는 미술관'이다. 남해의 청정해역 고흥을 다시 찾
아 4년 만에 팔영산을 오른다.

본래 팔전산八顚山이었는데 중국 위왕의 세숫물에 여덟
개의 봉우리가 비쳐 그 산세를 중국에까지 떨쳤다는 전설
이 전해지면서부터 팔영산으로 고쳐 불렀다고 한다. 전라남
도 도립공원이었던 팔영산은 2011년 국립공원에 편입되면
서 지금은 다도해해상국립공원 팔영산 지구로 불린다.

하늘 접한 바다를 보며 암봉과 암봉을 잇다

"끝내주는 날씨야."
"올라가면 다도해가 훤히 드러나겠는데."

팔영산에서는 암릉 산행의 묘미에 더해 다도해 국립공원의
풍광을 감상할 수 있으며 날씨가 쾌청한 날에는 대마도까
지 볼 수 있다고 해서 기상이 좋은 날을 잡았다.

태영, 노천, 남영이와 팔영산을 다시 찾은 건 화사한 봄
날, 남도의 호젓함과 암봉의 묘미를 함께 만끽하고 싶어서
였다. 교대로 운전하며 먼 거리의 고흥에 도착했을 때는 아

직도 이른 아침나절이었다.

화엄사, 송광사, 대흥사와 함께 호남 4대 사찰로 꼽히는 능가 사입구 노변으로 길게 깔린 좌판에 산지 나물들이 골고루 올려있고 대개 연세 드신 할머니들이 앉아서 다듬고 있는데 그 모습들이 다감하다.

팔영산 여덟 봉우리의 개성 강한 마루금을 보며 걷는 평지 양옆으로 매화와 진달래가 곱게 피었다. 남도의 봄은 소란스럽지 않다. 햇살도 은은하여 다감하다.

"과장된 맛은 있어도 전혀 거부감이 생기지 않네."

팔영산의 명칭 유래가 적힌 팻말을 읽어보노라니 저 봉우리의 그림자가 한양까지 드리웠다는 설에 웃음 머금고, 금닭이 울고 날 밝으며 팔봉이 마치 창파에 떨어진 인쇄판과 같다는 표현에 고개를 끄덕인다.

팔영 소망탑이라는 커다란 석비를 왼편에 두고 산을 오르게 된다. 흔들어도 꿈쩍 않는 흔들바위를 지나 유영봉 아래의 마당바위에 이르자 하늘과 접한 바다가 보인다.

청명하고 봄기운 물씬한 날씨라 그런지 찾은 산객들이 무척 많다. 각지 사투리들이 웃음소리와 섞여 산으로, 들판으로, 바다로 흩어진다.

1봉인 유영봉에 올라서면 지나온 마당바위 쪽이나 진행할 성주봉 쪽이나 암릉으로 이어지는 능선이 보기 좋다.

'팔영산 팔봉은 기러기가 나란히 날아가는 것 같기도 하고 물고기를 나란히 꿰어놓은 것도 같다. 구름 가운데 우뚝 솟아 기특한 자태를 뽐내며 봉우리가 서 있다.'

팻말에 '팔영산 만경암 중수기'라고 출처를 밝히며 그렇게 쓰여 있다. 아래에서 올려다본 팔영산의 모습을 잘 묘사한 듯하다.

'유달은 아니지만, 공맹의 도 선비 레라. 유건은 썼지만 선비 풍채 당당하여 선비의 그림자 닮아 유영봉 되었노라.'

이렇게 유영봉에 대한 시구도 함께 적혀있다. 봉우리의 특색을 추려 봉우리 이름을 짓고 그에 관한 문구로 흥미도 가미시켜준다.

여기서 7봉까지는 봉우리의 표고가 약간씩 높아진다. 성주봉(해발 538m)으로 사뿐 건너뛴다. 암벽만 보면 꼿꼿하고 날카롭지만 철 계단도 잘 설치해 놓아 등산로만 따라 걸으면 위험성은 없다.

간간이 바위틈으로 뻗은 소나무 외에 다른 나뭇가지는 아직 앙상해서 되레 등산객들의 옷차림이 산에 봄 색을 입히고 있다.

"남도의 봄은 피리 가락을 타고 뿌려지는구나."
"피리 소리에 봄을 맞으니 청춘으로 회귀하는 듯하구나."
"기왕에 젊어졌으니 더는 늙지 않고 익어갔으면 좋을 인생이구나."
"……."
"노천이 앞에서 막혔으니까 서울 올라갈 때 노천이가 운전해야겠지?"
"그게 우리 룰인데 당연하지."

그렇게 생황봉에 닿았다. 생황笙簧은 우리의 전통 관악기로 화음 악기이다. 생황봉(해발 564m)에 올라 다도해 푸른 바다에 눈 담그니 어디선가 고운 피리 소리가 들려온다.

'열아홉 대나무 통 관악기 모양새로 소리는 없지만 바위모양 생황이라 바람결 들어보세 아름다운 생황 소리'

3봉에 적힌 생황봉에 대한 시구다. 설악산 화채능선에서의 비경에 빠져 험한 암릉 길 걸으면서도 남은 길을 아까워했었는데 여기서 이어지는 4봉부터 8봉까지의 능선도 그다지 멀어 보이지 않아 봉우리 하나씩 지날 때마다 곶감을 빼먹는 기분이 들게 한다.

3봉과 4봉 사자봉 사이에 능선을 벗어나 다도해를 가깝게 내려 볼 수 있는 봉우리가 하나 있는데 바로 선녀봉이다. 사자봉(해발 578m)에서 바라보는 바다를 바탕으로 한 선녀봉과 생황봉이 한 폭 그림처럼 멋지다.

다섯 신선의 놀이터로 묘사한 오로봉(해발 579m)과 천국으로 통하는 통천문에 빗댄 두류봉(해발 596m)으로 넘어오면서 보이는 기암절벽은 더더욱 그 모양새가 두드러진다.

"대마도가 보일 것도 같은데."

남영이가 멀리 시선을 던져 대마도를 찾는다. 여러 섬 뒤로 멀리 여수시가 보이지만 이리저리 둘러보아도 대마도까지는 시야에 담지 못하겠다.

"대마도는 지도에서 보기로 하고 또 가세."

아래로 길게 세워진 난간과 계단을 내려서서 다시 7봉으로 오른다. 1봉과 2봉에서만큼은 아니지만, 여전히 등산객들의 행렬이 이어지는 중이다.

칠성봉(해발 598m)에서 돌아보면 지나온 두류봉의 기골이 독보적일 만큼 장대하다. 8봉 아래 조망터에서 은빛 물든 너른 바다를 바라보며 숨을 돌린다.

'물총새 파란색 병풍처럼 첩첩하며 초목의 그림자 푸름이 겹쳐 쌓여 꽃나무 가지 엮어 산봉우리 푸르구나.'

8봉인 적취봉에서 다도해에 걸맞은 바다 섬들을 내려다보고 적취봉 삼거리로 내려섰다가 깃대봉까지 간다. 적취봉에서 500m의 거리다.

팔영산의 최고봉인 깃대봉(해발 609m)과 아까 보았던 선녀봉까지 합치면 팔영산은 모두 10개의 봉우리가 있는 셈이다.

깃대봉에서는 여덟 봉우리가 횡으로 늘어서 마치 가족사진을 찍는 모습으로 하나의 초점에 잡힌다. 봉우리들이 연이어 밀착한 팔영산이 하나의 실체로 드러난다.

"역시 산은 겉보기와 달리 그 속에 들어갔을 때 제대로 보게 되는 거 같아."
"바다는 안 그렇겠나."
"사람은 더더욱 그렇지."

세상사 모든 게 충분한 답습과 반복이 있을 때 비로소 그 실상을 파악하는 것이 이치일지도 모르겠다. 다시 삼거리로 가서 편백 숲길로 내려선다.

오밀조밀하긴 하지만 다니기에는 충분한 숲길이다. 걷다 보면 나무가 모여 숲을 이루는 과정과 숲으로 만들어진 결과를 단번에 느끼게 한다. 나무는 그 자체로 숲이라는 걸 체감하게 한다.

숲을 빠져나와 내려오며 올려다보는 진초록 편백 숲은 넓고도 빼곡하다. 서울의 명동이나 강남에 모인 군중들이 저처럼 일사불란하면서도 복수가 아닌 단수의 개념으로 인식될 수 있을까.

자기 생각과 다르면 틀렸다는 2분 법적 사고가 팽배한 사회조직에서는 언감생심 꿈도 꿀 수 없는 현상이리라. 사람은 여럿이 있을 때도 고독할 때가 있지 않은가.

이기심이나 질시 등 서로 다른 생각 탓에 절대 단수의 개념으로 뭉쳐지지 않는 군중만의 특이성을 편백나무 숲에 빗대는 게 다소 서글퍼지기도 한다.

"사람은 사람이요, 나무는 나무로다."

탑재를 지나고 야영장을 지나면서 처음 시작했던 자리로 돌아와 그때까지 나물을 다듬고 있는 할머니한테 다가가자

고루고루 담은 나물에 한 움큼씩을 더 담아주신다.

때 / 봄
곳 / 강산초등학교 – 선녀봉 – 1봉(유영봉) – 2봉(성주봉) – 3봉(생황
봉) – 4봉(사자봉) – 5봉(오로봉) – 6봉(두류봉) – 7봉(칠성봉) – 8봉
(적취봉) – 팔영산 깃대봉 – 능가사 – 팔영산 주차장

424

북한산국립공원

세계적으로 드문 도심 속 자연공원인 북한산국립공원은 1983년 열다섯 번째 국립공원으로 지정되어 수도권의 허파 역할을 한다. 면적은 76.922㎢로 우이령을 경계로 도봉산 지역과 남쪽으로 북한산 지역으로 나뉜다. 북한산성을 비롯한 수많은 역사, 문화유적과 100여 개의 사찰, 암자가 있다.

북한산, 열세 개의 성문을 통과하는 소통의 길

뒤돌아보면 걸어온 산길은 살아온 삶처럼 회한에 젖어 들게
할 때가 있다. 삶이 산과 다른 건 뿌듯한 성취감이
뒤돌아본 그곳에 반드시 있지 않다는 것이다.
자취가 사라진 행적은 얼마나 공허하고 슬픈가.

북한산에 북한산성이 있고 거기 열세 개의 문이 있다

북한산에 대한 찬사나 칭송은 그 어떤 표현도 보편에 불
과할 뿐이다. 영글지 못한 단어나 문장으로 북한산의 실체
를 표현하는 것은 자칫 경솔한 짓일 수 있다. 올 때마다 늘
새록새록 새롭기에 북한산을 오고 또 오게 된다.

어떤 이가 말했다. 누군가를 만나 가슴이 울렁거리고 환희
에 젖고 그가 없어 죽을 것 같은 사랑은 길어봐야 2년 반
을 넘지 못한다고. 십수 년이 넘도록 같은 길을 반복하며
다녔어도 북한산은 싫증 나기는커녕 정이 깊어지고 노상
싱그럽기만 하다.

산을 좋아하는 수도권 주민들에게 북한산은 같은 마음일
것이다. 주말과 휴일이면 수많은 등산객이 북한산과 도봉산
으로 몰린다. 이곳을 경유하는 수도권 전철은 산행 열차가
된다.

426

1994년에 단위 면적당 탐방객이 가장 많은 국립공원으로 기네스북에 등재된 것만 봐도 알 수 있지 않은가. 이곳에 북한산이 있다는 게 마음을 풍족하게 한다.

진달래 능선, 의상능선, 칼바위 능선, 사자능선, 탕춘대 능선, 형제봉 능선, 응봉능선, 비봉능선, 숨은 벽 능선 등 수많은 능선에서 백운대를 비롯해 만경대, 인수봉, 노적봉, 향로봉, 비봉, 문수봉, 보현봉, 원효봉 등 40여 봉우리로 오르는 길의 조합이 600여 가지에 이른다.

또 진관사, 도선사, 화계사, 태고사, 상운사, 승가사 등 많은 사찰과 전란이 일어났을 때 왕이 임시로 거처했던 이궁지離宮址 등 문화·역사유적이 무궁무진하다.

북한산성은 서기 132년 백제의 도성이었던 위례성 북쪽의 방어성으로 쌓았는데 고구려와 신라 사이에 있는 접경지였기에 삼국이 쟁탈전을 치르면서 여러 차례 바꿔가며 점령하였다.

고려 시대에도 거란이 침입하면서 증축하였고 몽고군과 치열한 전투를 치르기도 한 곳이다. 조선 때는 임진왜란과 병자호란 등 외침에 시달리자 1659년 효종은 송시열로 하여금 도성 외곽을 지키는 산성으로 쌓게 하였으며, 1711년 숙종 때 대대적인 축성 공사를 하여 둘레 7620보 크기의 돌로 쌓은 성벽을 완성하였다.

이처럼 역사적 부침이 있었던 북한산성이다. 이 산성을 따라 걸으며 일일이 북한산의 모든 성문을 체크하는 코스가 등산객들이 애호하는 등산로로 자리 잡은 것이다.

"북한산 성문들을 모두 열었다던데."
"언제 닫혀있었어?

처음엔 엄살을 부리며 꺼리다가 점차 장거리 산행에 재미를 붙인 친구 호근이가 그렇게 말을 꺼내며 13 성문 트레킹을 제안하는 것이었다.

"길잡이가 되어달라는 거군."

그렇게 네 번째 성문 사열에 나서게 된다. 북한산 모든 성문을 지나고자 함은 마치 내 집 열세 개의 방이나 거실을 열어 대가족 내 식구들의 안부를 점검하는 것과 같다.
그만한 큰집이 있으면 하루에도 몇 번이고 문을 여닫으며 포만감을 만끽하겠지만 네 식구 겨우 묵을 비좁은 방 나눠 쓰는 현실이기에 대신 북한산을 내 집 정원처럼 사용하기로 한다.
수십 리 울타리에 문이 열세 개씩이나 되니 이보다 더 큰 집이 또 있으랴. 게다가 북한산이야말로 더할 나위 없는 8학군이요, 천상의 터전 아니겠는가.

대궐 같은 주택에 수많은 조경수 가꿔놓고 윤기 나도록 잔디 다듬어 놓았으나 담벼락 또한 너무 높아 아무런 감동을 주지 못할 바엔 하늘 바로 아래 온통 대자연의 웅장미 충만한 북한산을 분양받고자 오늘 13 성문 모델하우스를 꼼꼼히 살피려 한다.

그러나 만만치 않은 살림이 될 것이다. 원효봉, 염초봉, 백운대, 만경대, 용암봉, 문수봉, 나한봉, 나월봉, 용출봉, 의상봉 등 북한산의 내로라하는 봉우리들을 연결하여 쌓은 산성의 총길이가 10km에 달한다.

북한산 능선 길 13.5km, 열두 개의 성문과 중성문을 되돌아오는 약 15km의 거리, 저 높은 태양이 뚝 떨어져 석양노을 물들 때쯤 내려올 수 있으려나 모르겠다. 다만 우리도 북한산도, 서로를 사랑하므로 이 산, 눈길 벼랑이나 어둠으로 내몰지는 않으리라 확신한다.

머물러 쉼이 곧, 가고자 함이니

북한산성 탐방로에 들어서면 늘 직진 오름길인 백운대로 향했는데 오늘은 왼쪽 효자리 방향 북한산 둘레길인 내시묘역 길로 틀어 13 성문 중 서암문(시구문)을 제일 먼저 통과하기로 한다.

"여길 들어서는 건 죽은 이가 부활하는 거나 다름없어."

시신을 성 밖으로 내보내던 문이라 시구문이라 부르다가 지금은 암문으로 통일해 서암문으로 고쳐 부른다.

"말 되네."

그런데 그것도 옛말이 되고 말았다. 북한산에는 유난히 많은 애국지사의 묘소가 있어 현충원을 방불케 한다.

신익희, 신하균 선생의 묘역을 비롯해 곳곳에 이준 열사, 김병로 선생, 광복군 합동 묘소, 이시영 선생, 이명룡 선생, 유림 선생, 김창숙 선생, 양일동 선생, 서상일 선생, 신숙 선생, 김도연 선생 등을 모신 묘소가 있는데 지금은 이들 묘소를 연결하여 순국선열 묘역 순례길이라고 명명하였다. 나라를 잃어버린 세상에서 애국 활동을 하다가 북한산 품에 안겼으니 그분들의 넋은 편안하리라 믿는다.

"호근이 너는 북한산에 들어서면 어떤 생각이 들지?"
"매번 똑같지. 땀깨나 흘리겠다는 생각."
"난, 돌아왔다는 생각이 들어."
"돌아왔다니?"

"어디론가 떠났다가 되돌아온 것처럼 마음이 편안해져."

산에 가면 그런 마음이 들곤 했는데 북한산에서는 특히 더 그러했다. 아침에 나갔다가 해지면 들어오는 가정처럼, 혹은 순수했던 어린 시절로 돌아가는 것처럼 모난 생각은 다 잊어버리게 되며 마음이 차분히 가라앉는 거였다. 그 실체가 무언 지는 알 수 없지만, 산에 들어선 나를 반갑게 맞아주는 느낌이 그득 드는 것이다.

"산에서 내려와 돌아갈 때는?"
"그땐…… 사랑하는 이를 두고 떠나는 기분이지. 떠나서 남아있는 이를 그리워하는…… 그런 기분."
"북한산이랑 사랑에 빠진 거 맞네."
"가끔 아내가 질투하기도 하더라고."
"쉽게 이해되진 않지만 부럽단 생각도 드네."

사는 세상이 공허하고 외로워서일지도 모른다는 생각을 하며 서암문을 통과한다.

암문暗門이란 적에게 드러내지 않으려고 출입문 위에 문루를 세우지 않은 비밀 출입구로 성안에 필요한 병기나 식량을 운반하고 극비리에 구원을 요청하거나 적을 역습할 때 사용하는 문이다.

북한산성에는 여섯 개의 대문(대남문, 대동문, 대서문, 대성문, 북문, 중성문)과 일곱 개 암문(가사당암문, 보국문, 백운봉암문, 부왕동암문, 서암문, 용암문, 청수동암문)이 있고 수문水門 하나가 설치되어 총 열네 곳의 문이 있다.

대서문과 서암문 사이의 계곡에 있는 수문은 북한산성 내 가장 낮은 곳에 있어 북한산의 모든 물이 이 수문으로 흘러나왔다. 지금은 계곡 옆 능선 위로 무너진 성벽이 남아있을 뿐 흔적을 찾기 어렵고 주변 바위에 수문 축성 당시로 추정되는 구멍들이 여러 군데 남아있다.

예전 같으면 무심코 지나치던 서암문. 오늘 서암문은 죽은 자가 아닌 산 자의 긴 여정이 시작되는 첫발 디딤 장소인지라 각별히 새롭다.

"웰컴!"

서암문 위로 밝게 비치는 햇살이 그렇게 소리 지르는 것 같아 기분이 흡족하다. 원효봉 오름길에 내려다본 효자리도 마을 전체가 동면을 취하는 양 고요하고, 마을 뒤 노고산 역시 저 자신은 하얀 잔설 털어내지 못하면서 아랫마을을 푸근히 감싸 안고 있다.

서암문부터 원효봉까지는 매우 가파르게 이어지는 돌계단

길이 대부분이다. 긴 여정 초반부터 숨 몰아쉬며 오르게 된다. 언제나 비어있는 듯 조용한 암자 원효암을 지나 커다란 암벽을 쇠 난간 붙들고 오른 전망 바위에서 숨을 고른다.

산에 올라와 보는 또 다른 산, 폐부 깊숙이 스며드는 겨울 대기의 신선함, 머리로도 느끼고 가슴으로도 지각되는 기운 찬 에너지. 이런 것들이 모두 합쳐져 나를 기다리고 나를 반갑게 맞아주는 실체였는지도 모르겠다.

바람,
눈,
흔들리는 솔가지
성벽 저편 은빛 빙화
바위 아래 무수한 설엽
열셋의 영혼 일제히 깨어나니
검은 용 승천하듯 열정 넘쳐나고
잰걸음 내디딜 때마다 푸른 에너지
무량하게 뿜어내네.

기자촌 재개발지역과 고양시 일대를 한눈에 담고 암벽을 내려서서 복원된 성곽을 따라 원효봉(해발 505m)에 다다르면 북한산 종가라 할 수 있는 백운대, 만경대, 노적봉이 나란히 서서 반긴다.

그들은 상하 계급 관계가 확연해 보이다가도 무한한 우정을 나누는 지기처럼 여겨진다. 그리고 오늘 종주의 종착지인 의상능선이 눈앞에 쫙 펼쳐져 그 시원한 경관에 마음마저 정화된다. 여기서 마주하면 그리 멀지 않은 북한산 성문 종주 코스처럼 보이지만 거의 한나절을 소비해야 한다.

이제 다시 원효봉을 내려가 저들 봉우리와 만나고 산성 주능선과 의상능선을 돌며 문수봉, 용혈봉, 의상봉들과도 악수를 할 것이다.

"그대들 고고한 봉우리들이여! 우리에게 원효의 심오한 기상과 의상의 깨달음에 근접할 수 있도록 진정으로 끌어주시기를 바랍니다.

원효봉에서 5분여 내려가 두 번째 북문을 빠져나간다. 북한산성 성문중 북쪽을 대표하는 성문으로 원효봉과 염초봉 사이 430m 지점에 있는데 대동문, 대성문, 대남문, 대서문과 중성문의 대문이 모두 복원되었으나 북문만 누각이 불에 타 없어진 채 그대로 있어 암문 같은 형태로 남아있다.

위험 구간으로 통제하기 전에는 원효봉에서 염초봉을 지나 곧바로 백운대로 오를 수 있었다. 성문 탐방이 아니더라도 북문을 거쳐 산성 길로 하산했다가 다시 오르는 길 외엔 달리 방법이 없다.

700m를 내려와 왼쪽으로 꺾어 백운대로 오르는 1.5km는 내내 깔딱 고개 수준이다. 산과 친해질 만할 즈음 여기서

백운봉암문(위문)까지 올랐다가 아예 백운대는 쳐다보지도 않고 산과 담쌓은 이들이 많다는 곳이 바로 이 길이다. 그만큼 힘에 부치는 코스다.

"여기서 잠깐 쉬었다 가자."

서두름을 접고 널찍한 바위에 걸터앉아 단전 깊이 새 공기 들이마시다가 다시 약수암에서 목이라도 축이고 가는 게 상책일 것 같다.

머물러 쉼이 곧, 가고자 함이다. 산에서는 힘이 소모되기 전에 쉬어야 가고자 하는 곳까지 갈 수 있다. 거친 숨 몰아쉬면서도 지친 걸음 옮기는 데만 집착하다가는 볼 곳 보지 못하고 주는 것 받지 못하는 소탐대실의 우를 범해 반 토막 산행이 될 수 있기 때문이다.

백운대의 곪은 상처를 보듬다

백운대가 점점 가까이 보인다. 지은 죄가 커서일까. 백운대를 직벽 하단에서 바라보았을 땐 그 모습이 마치 하늘의 신이 인간들의 두루 짓거리를 살피는 것처럼 여겨져 오싹할 때가 있다. 계단을 올라 세 번째 성문인 백운봉암문에 이르니 오싹함도, 추위도 사라지고 이마에서 땀이 흐른다.

해발 690m 지점에 있어 일본 강점기 때부터 위문으로 불려 왔던 이곳에 닿으면 갈림길에 대한 어떤 이가 떠오른다. 그녀의 운명을 바꿔놓은 갈림길. 아시아 최고의 스포츠클라이머였고 히말라야 14좌 중 열한 번째인 낭가 파르트를 정복하고 하산하던 중 추락사한 여성 산악인 고미영의 이야기다.

스물두 살 때인 1989년 6월, 위문까지 오른 그녀는 백운대 난간에 사람이 너무 많아 인적이 없는 만경대로 간다.

"암벽등반에 재미를 붙이면서 더 잘하고 싶어졌어요."

그렇게 만경대 바위 암벽을 탄 게 삶을 송두리째 바꾸는 계기가 된 것이다. 북한산 사령부에 해당하는 백운대, 만경대, 인수봉의 세 봉우리로 인해 삼각산이라고 칭하는데 이들 세 봉우리는 각각 워킹 산행, 암릉등반, 암벽등반인 클라이밍을 대표하는 명품 봉우리이기도 하다. 오늘 고미영처럼 워킹 금지구간인 만경대로 갈 수는 없다.

"성문 탐방이지만 백운대는 올랐다가 가야겠지?"
"나야 대장을 따르는 게 일이지 뭐."
"그래, 순응이 곧 안산완주라네."

436

최고봉 백운대白雲臺(해발 836m)까지 올라온 건 바람에 펄럭이는 태극기 앞에서 정상까지 올라왔음을 인증하고 싶었다기보다는 인수봉(해발 810.5m)을 보고 싶어서였다. 눈이 녹아 더욱 창백해진 인수봉 거대한 직벽을 가장 가까이에서 바라보면 심신에 묻은 티끌과 오염을 깨끗이 씻는 것처럼 상쾌하다.

오늘은 인수봉에도 클라이머들의 모습이 전혀 보이지 않는다. 그래서 더 깨끗하게 보이는지도 모르겠다. 막 면도하고 세안을 마친 정갈한 모습이다.

"화강암 제형들! 올겨울은 유난히 추운데 잘들 버티고 계시지요?"

"몸뚱이 군데군데 동상이 걸려 부스럼이 일긴 했네만 그런대로 지낼만하다네."

인수봉의 말을 받아 만경대가 진심 어린 충고를 해준다.

"겨울 낭만에만 몰입하지 말고 조심 또 조심하게나. 곳곳에 얼음이 박혀있다네."

장형인 백운대가 세차게 부는 바람을 몰아내며 온화하게 미소 짓는다.

"제형들께서도 찾는 사람들 더욱 푸근히 감싸주시지요. 특히 인수봉 형님은 부스럼 치료하시고요. 부스럼 난 부위에 발 디뎠다가 떨어진 사람들이 있었잖아요."

저들이 있는 북한산은 언제 누구랑 오든 감동의 공간이다. 하지만 혼자와도 감동 넘치는 환희의 장소임에는 조금도 달라짐이 없다. 홀로 산행에 익숙하고 그게 편하다고 느낀 어느 겨울에 처음으로 북한산 열두 성문을 종주했었다.
비록 혼자 산에 가더라도 혼자라는 느낌이 들지 않았었다. 그런 북한산이다. 그런 북한산의 최고봉인 이곳 백운대에 숱하게 많은 쇠말뚝이 박혀있었다.

"일제 치하 총독부가 우리 국토의 혈맥을 차단하려고 박았던 거지."
"이게 바로 그 흔적이군."

쇠말뚝을 빼낸 자리가 깊게 곪은 상처에서 고름을 빼낸 듯한 느낌이 든다.

"1995년에 광복 50주년을 맞아 여기 박혀있던 쇠말뚝들을 제거했다더라. 뽑은 쇠말뚝은 독립기념관 일제 침략 전시관에 전시하고 있지."

438

"일제의 심리적 압박에 대한 피해의식에서 벗어나게끔 하려는 거겠지?"

"상처받은 민족 자존심도 회복시키고 말이야."

풍수지리에 능한 이들을 비롯해 많은 사람이 백두산에서 북한산으로 뻗치는 맥을 끊어 한강의 기운까지 말살하려 했다고 분노하기도 했다.

개인적 견해로는 그 당시 우리 민족이 과학의 근거를 바탕으로 일제의 유치한 심리전을 뭉개버렸으면 좋았을 거라는 아쉬움이 고인다. 일본인들의 허접스러운 잔머리에 자존심이 상하기 때문이다.

"자연파괴에 대해 손해배상 청구는 해야 하지 않을까?"

"위안부에 대한 배상 문제부터 처리하자."

"할 일이 많아졌어. 내려가자."

얼어 굳어 더욱 미끄러운 백운대 내리막
삭풍까지 모질게 할퀴고
고름 빼낸 상처 얽어매어 몰골 고약해졌으나
명색이 수도권의 허파 삼각산인데
왜놈에게 찢긴 자존심만큼은
떨쳐내고 싶으리라

독한 시련 견뎌내는 인고의 세월 보내었으니
이 겨울 지나거든 상처 아문 그 자리에
한 송이 꽃 피어났으면

산성 주능선에는 그 어떤 차이도, 다름도 없다

백운봉암문에서 용암문으로 빠지는 길은 좁고 가파른 편이어서 더 조심스럽다. 주말이나 휴일엔 맞은편에서 오는 사람들로 인해 정체가 매우 심한 곳이다. 붉게 홍조 띤 등산객들의 얼굴에서 추위보다 행복한 포만감이 먼저 느껴진다.
네 번째 용암문에서 대동문으로 가는 산성 주능선 길도 비교적 한적하다.

용암문과 대동문 사이의 성터 회전 구간에서 쉬며 주봉을 향해 뻗은 북한산성의 장대한 이음에 탄성을 흘린다. 잇고 또 이어 하나로 존재한다는 것에.

대동문까지의 산성 주능선은 언제 와도 늘 그런 생각이 든다. 세상에서 가장 생각이 다른 사람일지라도 함께 걸으며 생각을 맞추고 싶다는 생각, 이 길을 함께 걸으면 그가 누구든 그의 동떨어진 사고까지 흡수하고 이해할 수 있을 거라는 생각.

"계속 얼빠진 생각만 할 건가? 그런 건 불가능한 일이야."

동장대에 이르자 건장한 무장이 섣부른 공상에 일침을 가한다. 깜짝 놀라 문루를 올려다보곤 정신을 가다듬는다. 사회, 정치, 이데올로기……

다시 생각해도 군중들의 섞임에서는 현실성이 요원한 일이다. 여기가 산이기에 비루한 존재한테도 포용의 큰 의미를 잠시 심어주었을 것이다.

장대將臺란 그 지역을 지키는 장군의 지휘소인데 용암문과 대동문 중간지역에 있는 동장대는 북한산성의 장대중 최고 지휘관이 사용하는 중책 지역이었다. 북장대와 남장대가 있었으나 현재는 여기 동장대만 남아있다.

다섯 번째 대동문을 지나 보국문 가는 길 왼편의 칼바위 능선에는 오늘처럼 시린 날에도 등산객들이 여럿, 눈에 띈다. 수유리 화계사에서 한 시간 남짓 가파른 눈길을 올라와 맞는 칼바람은 참으로 시렸었다. 그래도 능선에 올라 따끈한 커피 한 잔을 마시노라면 북한산이 내 집처럼 훈훈하다는 의식이 절로 들곤 했었다.

여섯 번째 보국문을 지나며 길게 늘어선 겨울 성곽에서 용의 등줄기를 본다. 용이란 동물은 본디 순해서 용의 몸 어딜 건드려도 건드린 이를 해치지 않는다고 한다. 그런데 역린逆鱗, 용의 목에서 등 사이에 돋은 비늘을 건드리면 성을 참지 못해 그게 누구든 처참하게 죽인다고 한다.

외침에 목숨 걸고 사수하려 늘어선 성곽, 신라와 백제의 피 튀는 전쟁과 역린을 엮어 생각하다가 써늘한 한기를 느끼고 만다. 참으로 별별 생각을 다 하게 하는 북한산 성문 길이다.

뒤돌아보면 걸어온 산길은 살아온 삶처럼 회한에 젖어들게 할 때가 있다. 삶이 산과 다른 건 뿌듯한 성취감이 뒤돌아본 그곳에 반드시 있지 않다는 것이다.

자취가 사라진 행적은 얼마나 공허하고 슬픈가. 그런 허탈감과 슬픔을 많이 곱씹어봤기에 산에서 그걸 지우려 했는데 오히려 걸어온 길마다 발자국이 선명하게 새겨지는 것이다.

산과, 삶과 사람과……. 살아오면서 거듭되었던 기복, 그때마다 생겼던 사람들과의 갈등과 매듭에 대해 산은 어떻게 풀어야 현명한지를 가르쳐주었던 것 같다. 잊게 하고, 버리게 하고, 때로는 풀게끔 지혜를 주기도 했다. 지금도 그런 걸 사고하면서 걷게 되고, 걸으면서 하나씩 둘씩 정리시키고 있다.

하산 즈음에 내리는 눈송이는 희열 그 자체이다

일곱 번째 대성문의 지붕에 쌓였던 눈을 바람이 털어내고 있다. 조선 숙종 때 축성된 대성문은 형제봉 능선을 타고 평창동과 정릉으로 연결된다. 통로에 성문을 달아 여닫을 수 있게 만들었다.

"호근아! 넌 네가 아는 이들에게 네 문을 개방했다고 생각하니?"

"……."

뜬금없는 질문에 호근이가 웬 귀신 씻나락 까먹는 소리냐는 표정을 짓는다. 내가 문을 연다고 상대가 문을 열고, 상대가 연다고 해서 내 문이 열리는 건 결코 아닐 것이다. 역시 생뚱맞은 질문이다.

이쯤 오니 문門에 대한 여러 가지 상념들이 머리에 스미었기 때문이다. 물리적으로는 오고 가고 또 여닫는 관문이기도 하지만 문이란 사람들 간의 커뮤니케이션, 브레인스토밍 등 서로 간의 의사소통에 대한 비유로 표현하기도 한다.

입이 하나이고 귀가 둘인 건, 남의 말에 더 귀 기울이라는 뜻이라고 했던가. 이기적인 게 기적이 되는 일 또한 하나만 버리면 가능하다고도 하지 않던가. 마음의 문을 열면 누구든 흡입할 수 있건만 쉬이 열리지 않다가 이해利害를 따져본 후에야 배꼼. 열리는 게 그 문이기도 하다.

"그러고 보니 문이란 게 상당히 복잡한 물건이네."

북한산성의 가장 남쪽에 있는 대남문은 비봉능선을 통해 도심의 탕춘대성과 연결되는 전략상 중요한 성문이라 한다. 지금은 북한산에서도 꽤 많은 이들이 대남문을 거치는데 바로 이곳을 거쳐 백운대로 가는 선성 주능선이나 그 반대편의 의상능선 혹은 비봉능선 등을 맘껏 택할 수 있기 때문이다. 또 대남문이 거리상 성문 종주의 중간지점쯤 된다.

여덟 번째 대남문에서 성곽을 따라 문수봉으로 오른다. 이 성곽은 마치 어릴 적 막대기 들고 무심히 긁으며 걷던 동네 담벼락처럼 느껴진다.

문수봉 자락에 닿으면 누군가 나오기를 마냥 기다리는 어린아이 마음이 된다. 문수봉에서 보현봉을 바라보면 세상 가장 아늑한 곳이 여기란 느낌이 든다. 무한한 편안을 느끼며 현실에서는 취할 수 없는 풍요한 상상을 하게 된다. 그럴 때면 그 무엇도 부러울 것 없는 자유인이 된다.

"아직 갈길 많이 남았을 텐데 예까지 와서 덕담까지 해주니 훈훈해지는구먼."
"대남문까지 왔다가 어찌 그냥 지나치겠습니까. 북한산 숱한 봉 중에서도 손에 꼽는 문수봉이신데요."

친숙한 문수봉을 들르지 않으면 서운해할 것 같아 잠시 들러 촛대바위 등 주변 일가들까지 쭉 둘러보니 바람에 날리고 햇빛에 녹다 만 잔설이 희끗희끗한데 그들 미소는 여전히 따뜻하다.

"조만간 비봉능선 거쳐서 또 들르겠습니다."

문수봉 아래 표고 694m에 자리한 청수동암문은 주로 삼천사나 진관사에서 올라와 의상봉을 2.5km, 비봉을 1.8km의 지척에 끼고 있어 북한산 명품 산행 코스의 기준점 중 한 곳이다.

아홉 번째 청수동암문에서 의상능선 방향의 내리막길이 무척 미끄럽다. 음지의 빙판이라 철제 난간이 설치되었지만, 반대편에서 올라올 때보다 여간 조심스러운게 아니다.

신발에 아이젠을 채운 잰걸음으로 열 번째 부왕동암문에 다다르자 어디든 기대고픈 생각이 든다. 눅진함과 나른함이 몰리긴 하지만 걸음을 재촉하지 않을 수가 없다. 조금씩 눈발이 흩날리기도 하고 해 떨어지면 바로 어둠인지라.

바스락, 바람에 뒹구는 낙엽 소리가 남은 세 개의 성문이어서 오라 부르는 것처럼 들린다.

고개 돌려 좌측 비봉능선을 보고도 그냥 가려니 왠지 고모 댁에 들렀다가 인근 이모 집을 그냥 지나치는 기분이다. 비봉이 억지 미소를 짓기는 하지만 사모바위가 입을 삐죽거리는 것만 같다.

"약속함세. 계절 바뀌기 전에 다시 와 이모님께 인사드리고 사모바위 옆에서 식사하고 갈 걸세."

경사 심하고 미끄러운 의상능선, 해거름 노을 빛깔 붉힐 즈음 살얼음 박히는 바위에서도 소나무 푸름은 따라 물들지 않는다. 비스듬히 버텨 서서도 북풍한설 모진 세파 용케 견뎌낸다. 기운이 떨어질 무렵 그 빠진 힘을 채워주는 재충전의 산물이다.

"고맙네. 딱 맞춰 거기 그 자리에 있어 줘서."

열한 번째 가사당암문에서 국녕사로 내려선다. 예로부터 신라의 의상대사가 참선하던 곳으로 이름난 국녕사國寧寺이다. 이 절 뒤쪽의 봉우리를 의상봉이라 명명하였다.

북한산성 축성 이후 산성의 수비를 위해 창건한 13개 승영사찰僧營寺刹 중 하나로 이곳에 승군을 주둔시키고 무기를 보관하는 창고를 두어 병영의 역할을 겸하게 하였다. 위치상 의상봉과 용출봉 사이의 성벽과 그 중간에 자리한 가사당암문의 수비와 관리를 맡았을 것으로 짐작하고 있다.

국녕사에는 국녕대불, 즉 합장환희 여래불合掌歡喜如來佛이 있다. 불상이 합장한 양식은 우리나라의 기존 불상 중에서는 찾아볼 수 없는데 지광이 중국 둔황석굴의 도상을 보고 재현했다고 한다. 총 24m, 80척에 달하는 동양 최대의 좌불상이다.

국녕사에서 범용사에 이르러 중성문으로 가는 길은 가파름이 없는데도 무척 버겁다. 갔다가 다시 돌아와야 하기 때문이다. 그래서 북한산 성문 탐방은 중성문을 뺀 열두 성문을 일주하는 것으로 마무리하기도 한다.

중성문에서 인증만 받고 돌아와 무량사에 이르렀을 때는 잿빛 하늘에 눈발이 굵어지고 있다. 이제 마지막 출구 대서문만 남았다. 대서문까지야 평지 아스팔트 내리막길 아닌가. 하산 즈음에 내리는 눈송이는 그야말로 희열 자체이다. 뿌리는 눈이 아름답게 보이니 피로감도 싹 사라지고 만다.

"나는 에베레스트를 정복하려고 오른 게 아니다. 그랬으면 성공을 보장받기 위해 쓸 수 있는 모든 기술을 준비했을 것이다. 나는 그저 이 세상 최고의 대자연에서 나 자신을 체험하고 싶었다. 거기 더해, 할 수만 있다면 에베레스트의 모든 장엄한 것들을 끌어안고 싶었다. 이런 일은 산소마스크의 기능으로 채워지는 것이 아니다. 나는 그저 유토피아에서 살아보고 싶었을 뿐이다."

금세기 최고의 산악인이라 일컫는 라인홀트 메스너의 말이다. 열세 번째 대서문을 찍고 산성 입구까지 무사히 원점

회귀하자 유토피아를 체험한 뿌듯한 성취감이 몰려든다. 거기가 에베레스트이든 북한산이든 진정 너끈함을 안겨주는 유일무이한 곳은 역시 산뿐이다.

"호근아, 수고했어."
"고마워, 같이 종주해줘서."

열세 개의 성문을 통과하면서 열세 번 묵상하며 스스로 다그치고 독려도 하였는데 한동안이나마 뇌리에 남아 공허한 메아리가 되지 않기를 희망해본다.

열세 성문 지나며 열세 번 묵상하시라

들머리 산성 입구에서 신발 끈 조여 매고 서암문으로 향하며 작금의 처절한 삶을 운명으로 받아들인 홀몸노인들과 소년소녀가장들에게 새옹지마의 대전환이 생기길 기도하시라.
원효봉 올라 이마에 송송 맺힌 땀 훔치고 북문으로 내려가거든 살며 상처 주었던 이들에게 용서를 구하고 상처안겨준 이들을 진심으로 용서하시라.
깔딱 고개 올라 백운봉암문에 이르러 내 가족의 평안을 기도하고 그들의 고마움을 묵상하시라. 숨 몰아쉬며 정상인 백운대까지 올랐으니 세상사 밝은 긍정으로 받아들일 수 있게끔 자신을 스스로 보듬어주시라.

이제 얼음길 조심스레 발 디디며 지금의 행보와 세상사 아름답게 내다볼 줄 아는 장년의 혜안을 새김 하고 용암문을 통과하시라.

산성의 긴 펼침이 마치 인생 같지 아니한가. 칼바위 왼편으로 늘어선 산성 주능선, 시작이 반이고 거의 반을 왔으니 널찍한 대동문에서는 함께하는 삶, 동반의 보폭이 얼마나 감사한지 다시 한번 서로를 칭찬하고 아낌없이 포옹하시라.

용의 비늘을 만지며 걷다가 뒤돌아 걸어온 길 되새기며 잠시 숨 고르다가 보국문에서 삶의 재충전이 탄생만큼이나 귀한 계기라는 걸 자각하시라.

둘러보니 세상이 발아래 펼쳐지지 않았던가. 대성문에서 묵연히 형제봉 바라보며 시종일관 겸허의 지혜를 되새기시라.

보현봉과 문수봉이 은빛 웃음 지으며 어서 오라 손짓하나 그래도 비봉능선과 의상능선이 접하는 대남문에서 저 자신을 위해 묵도하고 스스로의 존재에 감사하시라. 최고봉 백운대와 맞먹을만한 존재감이 묵직하게 들어차며 자신을 더욱 사랑하게 될지도.

이제 더욱 신중하게 의상능선으로 들어서는 청수동암문을 지나게 될 것이니 여기서는 나를 아는 내 주변 사람들의 건강과 행복을 위해 지그시 눈을 감아보시라. 저도 모르게 미소 번지며 벅찬 감회에 젖어 들지 않던가.

다시 버거운 오르막, 조심스러운 내리막을 거쳐 부왕동암문에 다다르거든 오늘 하루를 처음부터 회상해보시라. 지난 삶이 쏜살같듯 종일 걸은 산길이 파노라마처럼 눈앞에 펼쳐있을 것이니 산이 있어 감사함을 한껏 느끼시라.

가사당암문 지나 국녕사의 합장한 국녕대불을 내려다보며 함께 걸어온 내 친구의 손을 잡아주시라. 수고했노라고 말은 하지 않더라도 서로의 눈빛으로 오늘의 감동을 흠뻑 느끼리니.

산성마을 발아래 두고 막바지 내리막 조심스레 내디뎠다가 열두 번째 중성문 위로 물들기 시작하는 주황 노을빛에서 아무리 울적한 일 많은 삶일지라도 세상은 충분히 살만하다는 사실을 깨달으시라.

그리고…… 마지막 대성문에 이르기 전에 사랑했던 이들을 더욱 사랑하고, 그렇지 않았던 이들까지도 사랑할 수 있는 큰마음을 지니시라. 그곳 대성문에 닿거든 세상이 화답하는 커다란 박수 소리를 들을 수 있으리니.

때 / 겨울
곳 / 북한산성 탐방안내소 - 내시 묘역 길 - 원효능선 - **서암문** - 원효봉 - **북문** - 대동사 - 약수암 - 산성 주능선 - **백운봉암문** - 만경대 - 노적봉 - **용암문** - 동장대 - **대동문** - **보국문** - 대성문 - 대남문 - 문수봉 - 의상능선 - **청수동암문** - 나한봉 - 나월봉 - **부왕동암문** - 용혈봉 - 용출봉 - **가사당암문** - 국녕사 - **중성문** - 북한동 - 대서문 - 원점회귀

도심 속 자연공원, 수도권의 허파, 도봉산

Y 계곡의 오르막 정상에서 건너편 내리막을
바라보노라면 절로 다리에 힘이 들어간다.
건너가서 뒤이어 건너오는 이들을 보면
그 아찔함에 먼저 찻값을 치른 기분이 들 때가 있다.

북한산국립공원에 속하는 도봉산은 우이령을 경계로 그 북
동쪽에 자리하여 북한산과 구분된다. 행정구역상으로는 서
울특별시 도봉구와 경기도 의정부시, 양주시와 접하고 있
다. 주말과 휴일이면 수도권 전철 1호선과 7호선은 산행 열
차처럼 온통 등산객들로 붐빈다.

그 구간 선상의 도봉산역으로 쏟아져 나오는 인파는 그야
말로 인산인해를 이룬다. 단일 산으로는 전국에서 가장 많
은 등산객이 탐방하는 명산이다.

신년 첫날, 햇빛이 들지 않는 음지엔 눈이 얼어 빙판이 되
었을 수도 있겠지만 도봉산에서도 꽤 가파른 바윗길을 고
른다. 도봉산의 많은 길 중에서도 망월사역 엄홍길 전시관
부터 심원사를 지나는 다락능선과 Y 계곡이 신변 벽두부터
자석처럼 끌어당겼기 때문이다.

"세 살 때부터 도봉산에서 살았어요. 내게는 어머니와 같

은 산이죠. 이리저리 뛰어다니며 도봉산을 누볐죠."

엄홍길, 히말라야 8000m급 고산, 에베레스트, K2, 칸첸중가, 로체, 얄룽캉, 마칼루, 로체샬, 초오유, 다울라기리, 마나슬루, 낭가파르밧, 안나푸르나, 가셔브롬 1, 브로드피크, 가셔브롬 2, 시샤팡마의 16좌를 오른 세계 최초의 인물이다. 극한 상황에서 생사를 던진 도전과 모험정신의 상징인 엄홍길의 자취를 볼 수 있는 엄홍길 전시관이 도봉산 원도봉 진입로에 있다.

산은 비록 혼자 오지만 결코 혼자가 아니다

원도봉 탐방센터를 지나 도로를 따라 심원사 앞까지 올라간다. 갈림길에서 포대능선이 아닌 자운봉을 가리키는 방향으로 길을 잡는다. 뚝 떨어진 영하의 날씨, 그런데도 난간 쇠줄이 차갑지만은 않다.

앞서 오르는 이들의 온기가 손에 전해져서일까. 다리뿐 아니라 온 근육에 힘 들어갈 고행을 사서 하는 그들 뒷길에서 무한한 동지애를 느낀다.

그래서 산은 비록 혼자 오지만 결코 혼자가 아니다. 그래서 산은 늘 가정에 비유되곤 한다. 지친 퇴근길 어깨 처져 들어오지만, 가족이 있는 곳. 들어오면 어머니 품처럼, 따뜻한 온돌처럼 한겨울에도 온기 가득한 곳이 산이다.

지천명 훌쩍 지나 나이 한 살 더 먹는 건 아무런 감각이 없다. 새해 첫날, 도봉산 험로를 골라 걸으며 나이 차는데 무뎌지는 대신 힘에 부치는 물리적 상황에도 마저 무뎌지고자 한다. 나이 헤아려가며 세속의 벅찬 삶 헤칠 틈 있던가. 나이 맞춰가며 해나갈 일 무어 있을 것인가.

전면에 마주 보이는 수락산은 엊그제 내린 눈으로 도정봉부터 주봉까지 하얗게 포장되었다. 심원사에서 오르는 능선은 탁 트인 조망처가 특히 많아 바윗길이 다소 거칠기는 해도 그다지 힘이 들지 않는다.

금붕어바위와 두꺼비바위 등 눈길을 잡아끄는 바위가 많고 숨 고르면서 바라볼 봉우리들이 줄줄이 늘어섰기 때문이다. 산 전체가 화강암으로 이루어져 절리節理와 풍화작용으로 벗겨진 봉우리들이 연이어 기암절벽을 이루며 솟아있다.

다락능선의 바위 구간을 오르면서는 추위마저 잊게 된다. 전망 바위 언저리에서 눈 덮인 망월사를 바라보노라면 언제나처럼 푸근하다. 볼 때마다 망월사는 포대능선 아래 천혜의 절터라는 생각이다.

새해 첫 설산은 한 폭 수묵화
점점이 먹이 도드라지는 건 면면 흰색이 바탕이라서
밤하늘 몇 점 별빛 반짝이는 게
어둠 겸허히 가라앉은 것처럼

손에 때 묻히어 세상 빛이 날 수 있다면
내 손,
허접데기 걸레인들 어떠리

한 폭 겨울 산수화를 감상하고 또 도봉산 정상부를 가장 멋지게 바라볼 수 있는 전망 바위에 이른다. 많은 등산객의 쉼터이자 포토존이다.

정초에 반가운 이를 만나는 건 흐뭇하고도 기쁜 일이 아닐 수 없다. 예로부터 우리네 전통은 신년 초 가까운 이, 고마운 이, 존경하는 이들을 찾아 부둥켜안고, 악수하며 그 마음을 표현해왔다. 산꼭대기 종갓집 찾아 인사드리듯 자운봉, 만장봉, 선인봉과 신선대까지 도봉산 사령부와 눈 맞춤하는 것도 그 못지않게 즐거운 일이다.

눈까지 얼어붙어 다가서면 무심히 외면할 듯 주름 암팡진 도봉 4봉이지만 보면 볼수록 그 비탈에 야박함이라곤 전혀 없이 너그러운 풍모를 지녔다.

가까이 다가서서 저들 봉우리를 마주 보노라면 미국을 빛낸 네 명의 대통령, 초대 조지 워싱턴, 3대 토머스 제퍼슨, 26대 시어도어 루스벨트 그리고 16대 에이브러햄 링컨의 얼굴이 나란히 조각된 러시모어Rushmore 산이 떠오른다.

흔히 우수한 이들은 그렇지 않은 이들과의 비교 대상으로 주목받곤 한다. 저 봉우리들에서 우리나라 역대 대통령들의 모습이 유추되는가 싶더니 금세 입맛이 씁쓸해지고 만다. 수십 년이 더 흘러서라도 우리 자손들이 은퇴한 대통령들을 자랑스러워할 수 있다면 그 또한 소망을 넘어선 턱없는 욕심일까.

레오나르도 다빈치의 '최후의 만찬'은 한 사람을 모델 삼아 예수와 유다, 두 인물을 그렸다고 한다. 온화한 모델의 모습에서 예수를 그렸고, 그의 화난 모습에서 사악한 유다를 또 그려냈다고 했던 것 같다.

독재, 친인척 비리, 부정 축재……, 아직 임기가 남은 대통령에게서 제 손으로 뽑은 걸 후회하는 현실……. 유다에게서 미리 유다의 존재를 발견하지 못했으니 남는 건 자책과 후회뿐이다.

그늘진 면면들만 각인시키는 통치자들이 줄줄 뇌리를 스쳐 세차게 고개 흔든다. 그렇게 과욕이나 다름없는 사치스러운 생각일랑 접어버린다. 그들로부터 산으로 넘어가는 상념의 이동은 역전 버저비터처럼 호쾌한 반전이다.

마음만 먹으면 언제든 쉽게 선인봉, 만장봉 그리고 최고봉인 자운봉을 접할 수 있다는 건 헤아릴 수 없을 만큼의 큰 행복이다. 그래서 도봉산은 대가족이 모여 사는 가정처럼 다복하다.

접사接瀉, 오밀조밀한 꽃잎이나 곤충들의 생태에 근접해서 찍는 촬영을 표현하는 말이다. 정상부에 가까이 다가서면 오래 묵어서 퀴퀴하긴 하지만 코를 뗄 수 없을 정도로 정겨운 외할머니의 품이 느껴진다.

비릿한 젖내 풍기지만 모성의 진한 향수 때문에 그리워 콧등 시큰해지는 어머니의 가슴이 떠오른다. 아랫목 깊숙이 메주를 묻어 놓고 두 분 모녀가 마주 앉아 실타래를 풀고 또 감노라면 우리 형제는 다락방에 올라 바람 휑한 구석에서도 희희낙락 밤늦도록 나뒹군다. 신선대, 저기 자운봉에서 살짝 비켜선 신선대가 바로 그 다락방이다.

Y 계곡 건너면 그 아찔함에 먼저 죗값 치른 기분이 들어

포대능선과 합류하여 Y 계곡으로 간다. 왜 저들은, 또 나는 안전한 우회로를 두고 이 길로 들어서는 걸까. 산에서의 사고는 본인 실수나 부주의 때문이기도 하지만 가끔은 산이 사람을 어둠이나 벼랑으로 밀어낸다는 소리를 들은 적이 있다. 여기 오면 근거 희박한 그 말이 떠오르곤 한다.

그래서인지 Y 계곡의 오르막 정상에서 건너편 내리막을 바라보노라면 절로 다리에 힘이 들어간다.

먼저 건너가서 뒤이어 건너오는 이들을 보면 그 아찔함에 먼저 죗값을 치른 기분이 들 때가 있다. 특히 뒤따라 아슬아슬하게 건너오는 여성들을 보면 더더욱 그런 생각에 사로잡힌다.

산을 오르다 보면 종종 대한민국 아줌마들의 용기가 얼마나 대단한지를 실감할 수 있는데 그러한 느낌을 여실히 느낄 수 있는 곳 중 하나가 여기 Y 계곡이다. Y 계곡에서 아줌마 부대는 대한민국을 대표하는 브랜드라는 걸 실감하고 또 공감하는 것이다.

역시 산은 누구에게나 가장 공평한 곳이라는 진리를 되새기기도 한다. 산 좋아 산 찾는 이들, 그네들 스스로 어디 남녀노소 따져가며 길 택하던가. 다소 가파른 오르막이면 쇠줄 꼭 잡아 몸 의지하고, 내리막 무너미고개 미끄러우면 보폭 줄여 발 내디디면 되지. 산만큼 차별 없는 곳이 세상천지 어디 또 있던가.

Y 계곡을 건너 신선대에도 많은 이들이 올라있다. 첩첩 주름 깊어 볕 들다 만 바위 봉우리의 어깻죽지는 채 녹지 않은 눈으로 인해 올리브유를 잔뜩 바른 보디빌더처럼 더욱 우람한 근육을 자랑한다.

초록에 지치고 붉음에 겨워 훌훌 털어버린 나목들은 흰 눈으로 다시 채워진 모습이고, 어느 시인의 말처럼 소나무는 한겨울에 그 푸름을 더하고 있다.

도봉 3봉이라 일컫는 자운봉(해발 739.5m), 만장봉(해발 718m), 선인봉(해발 708m)은 정상 등정을 제한한다. 일반 등산객이 오를 수 있는 최고봉인 신선대(해발 725m)에 오르니 멀리 백운대, 만경대, 노적봉과 아득히 문수봉, 비봉 등 북한산이 그림처럼 펼쳐진다.

그리 멀지 않으면서도 아득한 것처럼 원근감이 뚜렷한 북한산의 숱한 봉우리들이 서로 손 내밀어 악수를 청한다. 올 때마다, 눈 마주칠 때마다 정겹게 대해준다.

"손이 젖어 악수하기가 꺼림칙하네요. 곧 들를 테니 그때 인사들 나누시죠."
"그만치 떨어져서 보니까 가까이에서 보는 것보다 훨씬 좋구먼."

문수봉이 새해 인사치고는 씁쓰레한 말투로 질투심을 나타낸다. 북한산에도 봉우리마다 많은 등산객이 넘쳐날 것이다. 도봉산과 북한산은 거리 차에 무관하게 거기가 여기고, 여기가 거기다.

두 산을 번갈아 숱하게 다니다 보니 그런 느낌이 든다. 능선이 바뀌고 봉우리 하나 다시 넘어도 도봉산은 거침없이 이 계절의 매력을 발산 중이다.

포대능선에서 도봉 3봉을 지날 때도 그 빼어난 풍모에 여러 번 걸음을 멈춰 섰겠지만, 능선 서쪽으로 들어서 주봉과 칼바위를 지나노라면 의연하고도 견고한 산세와 변화무쌍한 조망에 걸음을 재촉할 수가 없다. 사방 원근 두루두루 시선을 주어야 하기 때문이다.

도봉 주능선을 지나면서 소귀 빼닮은 우이암을 점차 가까이하다가 오봉능선으로 돌면 또 다른 질감, 또 달라진 분위기에 빠져들게 된다. 다섯 중 네 개의 봉우리가 머리 위에 상투를 튼 것처럼 바위 하나씩을 올려놓은 모습이다.

다섯 총각이 사는 고을의 원님에게 아주 어여쁜 외동딸이 있었는데 총각들 모두 원님의 딸을 사모했다. 누구를 사위로 삼을지 고민에 빠진 원님은 한 가지 묘수를 생각해냈다.

"이곳 우이령에서 저 산을 향해 바위를 던져 제일 높이 던진 사람에게 내 딸을 주마."

그렇게 해서 총각들이 던진 다섯 개의 봉우리가 이곳에 떨어져 나란히 세워졌다고 한다.

"올해엔 더더욱 우의 있게 지내세요."
"올해는 우리 막내 장가를 보내야 할 텐데 중매 좀 서게."

초롱초롱한 매무새의 다섯 형제, 오봉(해발 660m) 중 장형은 새해 인사도 건너뛴 채 어려운 부탁을 한다.

"저 뒤에 어여쁜 여인네들이 오고 있으니 돌을 멀리 던진

459

여인을 고르시는 게 어떨까요."

오봉 중 상투가 없는 봉우리를 흘깃 보며 건성으로 내뱉고 등을 돌렸는데 뒤통수가 근질거린다. 올 때마다 자태를 달리하고 그 달라짐이 새로운 조화의 모습임을 깨닫게 하는 곳이 도봉산이다.

특히 오봉은 무작위로 아무렇게나 서 있는 것처럼 보이지만 보면 볼수록 어떤 틀에 의해 정연하게 세워진 것처럼 보인다. 카오스 이론을 떠올리게 하는 다섯 형제의 규칙 감과 거기 짙게 밴 형제애를 느끼게 한다.

사계절 다르지 않게 도봉산은 가슴 한복판을 톡 쏘아 속을 산뜻하게 해 준다. 맑고도 신선한 특유의 정기이다. 시간의 흐름에 따라 수시로 정지되곤 하는 현상에 대한 고정관념을 철저히 깨부수는 곳, 편협한 시각을 새로이 자각시키는 곳. 거기가 바로 도봉산이다.

그러하기에 수시로 찾아 탐심이라 할 만한 것들을 내던지고 정작 필요한 그 무엇으로 버린 자리를 채우게끔 한다.

그러하기에 수시로 찾아 탐심이라 할 만한 것들을 내던지고 정작 필요한 그 무엇으로 버린 자리를 채우게끔 한다.

"올핸 시집가셔야죠."

여성봉(해발 504m)으로 건너뛰니 혹한에도 여전히 부끄러움 없이 나신을 드러내고 있다.

"내가 결혼을?"
"저기…… 오봉 형제 중 하나가 아직 총각인데……"
"난 독신주의자야."

화강암인 봉우리 꼭대기의 타원형 구멍은 물리적, 화학적 풍화작용으로 생긴 풍화혈이라는 것인데 여성의 신체와 닮아 여성봉이라는 이름이 지어졌다.
여느 산의 비슷한 바위들이 대개 음지에 숨어있는 데 반해 도봉산 여성봉은 양지바른 산정에 떳떳하고도 과감하게 스스로를 개방하고 있다. 여성봉에서 바라보는 오봉은 바로 앞에서 보았을 때와는 또 다른 형상으로 늘어서 있다.

"올해도 막내 장가보내기가 쉽지 않겠네요. 혼자 사는 것도 결코 나쁘지는……"

그들 형제에게 독신을 합리화시킬 수 없어 말미를 얼버무리고 만다. 북한산 상장능선과 더 뒤로 백운대, 만경대, 인수봉의 북한산 정상부를 바라보고, 사패산과도 인사를 나눈

후 송추 오봉 탐방센터로 내려선다.

새해 첫날 산행을 하고 내려가는 이들의 표정이 너나 할 것 없이 밝다. 지금 그들의 표정처럼 올해만큼은 누구에게나 시름이 덜어졌으면 좋겠다.

때 / 겨울
곳 / 망월사역 – 원도봉 탐방센터 – 심원사 – 다락능선 – 포대능선 – Y계곡 – 신선대 – 도봉 주능선 – 주봉 – 오봉능선 – 여성봉 – 오봉 탐방센터

북한산, 도봉산, 사패산, 수락산, 불암산의 연결

깨지고 멍들면서 예까지 온 거 아니었던가.
산이나 인생이나 다 그런 거 아니겠나.
얼음물 한 모금에 씻기는 게 갈증 아니던가.
지나고 나면 죄다 한바탕 봄 꿈같은 게 사는 일 아니었던가.

시월 초순은 가을이라고도 할 수 없다. 무성했던 초록만 갈색으로 바뀌고 있을 뿐 막바지 더위는 건조한 햇살에 심술까지 실어 기승을 부린다.

오후 세 시, 북한산 아래 불광동 대호아파트 입구에서 세 사람이 의미심장한 눈빛을 교환하고 다섯 산을 잇는 첫 들머리로 걸음을 내디딘다.

사람은 살아가는 동안 누구를 만나느냐에 따라 인생이 좌우된다는 말에 절대적으로 공감한다. 그 사람을 행복하게 해주는 이, 한을 품게 해서 불행의 골로 이끌게 하는 이, 모두 그 사람과 매우 가까운 데 있다. 그 전자에 해당하는 이와 함께하는 길은 그 길이 제아무리 멀어도 멀다고 느껴지지 않는다.

오랫동안 5산 종주를 별러왔다는 후배 은수와 두 번째 종주 산행을 하게 되는 친구 병소, 이번엔 그들과 함께이기에 긴장되지도, 외롭다는 느낌도 들지 않는다. '함께'라는 부사가 풍기는 푸근함과 넉넉함, 세 번째 5산 종주는 나 홀로였던 이전과 달리 호기로운 마음으로 산행을 시작하게 된다.

"이번에 한 번만 더 함께하자."

세 번째의 5산 종주에 동반해달라는 친구 병소의 제안이었다.

"이 기회에 나도 재충전하는 기회가 되겠지."

평소에 다듬어진 친분은 극한에 처했을 때도 다름없이 그 친분의 진가를 발휘한다고 믿어왔다. 극한에 이르러서야 친분을 찾는 건 소경이 이정표를 더듬는 것과 다를 바 없을 것이다.
숱한 세월 늘 받기만 해서 미안함마저 무뎌졌다. 늘 주기만 하고 베풀기만 했던 친구에게 내가 해줄 수 있는 게 달리 많지 않았다.

이미 주사위는 던져졌고 루비콘강에 배를 띄운 셈이다

높고 푸른 가을 하늘이지만 한여름을 무색하게 할 정도로

464

뜨겁고 건조한 날, 그렇게 우린 무박 이틀 약 50km의 대장정에 오른다. 족두리봉 하단에서 도심을 내려다보며 거듭 기도를 올린다.

"우리 세 사람 모두 안전하게 불암산으로 하산할 수 있기를 바라옵니다. 부디 지켜주시고 부족한 덕까지 채울 수 있는 계기가 된다면 더할 나위가 없겠습니다."

간절한 마음으로 기도를 드리지만 세 명이 모두 완주할 가능성에 대해서는 반신반의한다. 주사위는 던져졌고 또 한 번 건너지 못할 루비콘강에 배를 띄운 셈이다. 도저히 못 가겠다 싶으면 중간에 탈출로는 많다.

산행 초반인데도 불볕더위에 가까운 더위에 얼굴이 화끈거린다. 향로봉을 덮은 하늘도 티끌 한 점 없이 푸르다. 어둠이 몰려오기 전에 최대한 많은 거리를 확보해 두는 게 나을 것 같아 보폭을 크게 한다.

"마귀 바위를 한 달도 안 돼서 또 보네."

족두리봉 바로 아래에는 일부가 부서진 듯, 깨진 듯한 기이한 형태의 바위가 있어 많은 등산객이 이 바위에 올라 사진을 찍기도 한다. 이처럼 풍화작용으로 금이 가거나 부

465

서진 바위를 토어tor라고 하는데 병소는 볼 때마다 마귀 바위라고 부른다.

족두리봉(해발 370m)은 보는 방향의 형태에 따라 수리봉, 시루봉, 독바위 등으로 불리기도 하는데 향로봉으로 향하며 돌아보았을 때야 제대로 족두리처럼 보인다.

향로봉(해발 535m) 밑에서 잠시 멈췄다가 가려는데 향로봉이 고개를 숙여 바위 부스러기 많은 비봉능선을 조심하라고 일러준다. 출입이 제한된 향로봉은 중봉과 끝봉을 포함해 세 개의 봉우리로 형성되어 있다.

향로봉을 지나 비봉 꼭대기의 진흥왕순수비를 보며 뜬금없는 생각을 하게 된다. 100대 명산 혹은 200대 명산 탐방, 백두대간 종주를 비롯한 여러 산의 종주 산행을 진흥왕의 영토 확장과 비견해보는 것이다. 제 땅을 넓히려는 의도와는 확연히 다른 것이지만 말이다.

진흥왕은 가야 소국의 완전 병합, 한강 유역 확보, 함경도 해안지방 진출 등 활발한 대외 정복사업을 수행하여 광범한 지역을 새로 영토에 편입한 뒤 현지 통치 상황을 보고받는 의례로 순행巡行하고 이를 기념하여 비석을 세웠는데 현재 창녕 신라 진흥왕척경비, 황초령비, 마운령비와 여기 북한산 진흥왕순수비의 4기가 남아있다.

"국보급인데 저렇게 비봉 꼭대기에 방치해도 되는 거야?"

"저기 세워진 건 짝퉁이지."

 화강암으로 만들어진 국보 제3호의 순수비 높이는 154㎝, 너비 69㎝, 두께 16.7㎝로 1972년 지금의 국립중앙박물관으로 이전, 보관하고 있으며 비봉의 비는 그 복사본이다.

 백운대와 만경대, 인수봉의 북한산 정상부로 이어지는 비봉능선 자락은 초록에서 갈색과 다홍으로 변신 중이다. 사모바위에 이르자 드문드문 보이던 등산객들도 자취를 감추었다.

 관복을 입고 머리에 쓰는 사모紗帽를 닮아 이름 지어진 사모바위 아래에는 1968년 1·21 사태 때 청와대를 습격하려고 남파된 무장 공비 김신조 일당이 숨어있던 작은 굴이 있다. 지금 그 자리에 총을 겨누고 엎드린 그들의 밀랍 인형을 만들어놓았다.

"김신조 보고 놀랐던 기억 나?"
"하하하!"

 산행에 흥미를 느끼기 시작할 무렵의 병소를 바위 밑에 데리고 들어갔다가 어둠 속에서 모습을 드러낸 밀랍을 보고 깜짝 놀랐을 때를 떠올린 것이다.

"그땐 등산 왔다가 평양으로 잡혀가는 줄 알았지."

지나온 비봉능선도 아득하게 뒤로 밀려날 즈음 뜨겁게 발광하던 태양열도 서서히 식고 어슴푸레 노을이 지기 시작한다. 승가봉에서 보이는 의상봉, 용출봉, 증취봉, 나월봉과 나한봉을 연결하는 의상능선도 한낮 뜨겁던 열기가 식는 것처럼 보인다.

문수봉 릿지 아래의 단풍이 이곳만큼은 이미 가을이 왔다는 양 곱게 물들었다. 문수봉(해발 727m)에서 문수사를 내려다보고 보현봉을 마주하며 휴식을 취한다.

"지난 화대 종주가 생각나네요."
"우리 셋 다 그 생각을 하며 걸어왔을 거야."

은수에 의해 반년도 채 지나지 않은 지리산 화대 종주를 화두 삼는 건 그때의 밀착된 공감대를 다 같이 떠올리며 서로 힘을 실어주기 위함일 것이다. 그때 함께 맛보았던 희열을 내일 하산해서도 느낄 것이라는 걸 서로에게 각인시켜 주고 싶어서였을 지도 모르겠다.

"그렇게 되겠지. 그렇게 될 거야."

아직은 산성의 윤곽이 뚜렷하게 선을 긋고 있다. 대남문으로 내려섰다가 대성문, 보국문을 지나고 대동문에 이르러서야 어둠이 짙게 가라앉는다. 여기서 저녁 식사를 한다. 배낭에서 각자 준비해와 풀어낸 먹거리가 일류 음식점에서 먹을 때보다 맛있다.

산 밑에서 뜨기 시작한 달이 꽤 높이 올라왔다. 내일 뜨는 달이 연중 가장 크고 밝은 슈퍼 문super moon이라 하니 새벽 까만 길도 밝게 비춰주길 기대해본다.

은평 뉴타운이 개발된 이후로 그 지역에 살던 개들이 주인 잃고 집 잃어 헤매다가 유기견이 되었다고 한다. 산짐승이 되어버린 그 유기견들이 가끔 출몰한다고도 하여 스틱을 움켜쥔 손에 잔뜩 힘이 들어간다. 헤드 랜턴을 착용하고 동장대, 용암문을 지나 노적봉 하단에 이를 때까지 유기견 따위는 보이지 않는다.

백운봉암문(위문)에 닿아 백운대까지 오른다. 깜깜한 밤중에 북한산 최정상까지 올라 보긴 처음이다. 백운대는 늘 그랬던 것 같다. 바람을 마주하곤 숨을 쉬기도 곤란할 정도로 세차게 분다. 세차게 부는 바람 속에서 손가락을 펼쳐 인증 사진도 찍고 소리 내어 웃어도 본다.

이처럼 맑은 성취감과 소탈한 자긍심을 그 어디라서 느낄 수 있을쏜가. 백운대에 서 있노라면 칠흑 어둠이 세상을 덮었어도 북한산의 독특한 풍광들이 모두 눈에 아른거린다.

북한산이 고려사 등에 삼각산으로 표기된 것을 보면 삼각산三角山이라는 명칭은 고려시대에 이르러 정착된 것으로 보인다. 그 이전까지는 아기를 업은 모습 같다고 하여 부아악負兒岳으로 불렸다. 삼각산은 뿔처럼 솟은 세 봉우리, 즉 백운대, 인수봉, 만경대가 지칭하여 붙여진 이름이다.

태조, 영조, 정조 등 조선의 군왕들이 북한산의 수려함에 매료되어 시를 지었었고, 수많은 묵객과 시인들이 북한산을 찾아 주옥같은 작품들을 남긴 바 있다.

그때도 가을이었나 보다. 최고봉 백운대에 오른 다산茶山은 지난 세월의 아쉬움을 자연의 유유함으로 달래고자 한 수 멋진 시를 지었다.

누군가 모난 돌 다듬어　誰斲觚稜考
높이도 이 백운대 세웠네　超然有此臺
흰구름 바다 위에 깔렸는데　白雲橫海斷
가을빛이 하늘에 가득하다　秋色滿天來
천지 동서남북은 부족함이 없으나　六合團無缺
천년 세월은 가고 오지 않누나　千年浙不回
바람맞으며 돌연 휘파람 불어보니　臨風忽舒嘯
천상천하가 유유하구나　覩仰一悠哉

- 백운대에 올라登 白雲臺 / 다산 정약용 -

백운산장에서 산장지기 어르신이 손수 타 주신 커피로 에너지를 보충하고 함께 사진을 찍는다. 너무나 오래 이 자리에 있었고 자주 들렀던 백운산장은 들어설 때마다 아늑해지고 나설라치면 서운해지는 곳이다.

"어르신 오래오래 여기 계세요. 담에 또 들르겠습니다."

산장을 나와 인수대피소 쪽으로 내려선다. 하루재에서 영봉에 올라 환한 보름달 아래에서 도심 야경을 내려다본다.

"가족은 물론 아는 이들 모두 저 아래에 있는데 나는 왜?"

이렇듯 야심한 밤중에 산에서 내려다보는 도심은 야릇한 느낌이 들게 한다. 가끔은 세상으로부터 철저히 소외된 기분이 들 때도 있다. 어둠 속 인수봉은 훨씬 더 우람한 덩치로 다가선다. 영봉은 정면에 인수봉이 우뚝 서 있음으로써 더욱 도드라지는 봉우리이다.

숱하게 산화한 인수봉의 영령들을 기리기 위해 이름 붙여진 영봉靈峰 아니던가. 등반가들은 그들이 살아있음을 깨달으려는지 여전히 인수봉의 한 점 살이 되고 한 조각 뼈가 되어 산인 일체山人一體로 존재해오고 있다.

영봉 언저리에 키 작은 소나무는 밤에도 여전히 푸르고

건강하다. 바위 속에 단단히 뿌리를 묻고 단 한 해도 그 푸름을 잃지 않는 한 그루 작은 소나무는 볼 때마다 인수봉 등반 중 산화한 산악인들의 넋을 기리고, 암벽 단애에 매달린 이들의 무사 산행을 염원하는 것처럼 느끼게 한다.

"또 내려가세."

영봉에서 짧지 않은 밤길을 내려와 육모정 공원 지킴터를 지나면서 다섯 산 중 가장 긴 북한산행을 무사히 마쳤다. 우이동 편의점에서 식수를 보충하고 스트레칭을 하며 몸도 이완시킨 후 도봉산으로 들어선다.

"완전히 하산했다가 다시 올라간다는 게 심리적으로 큰 부담을 주네요."
"그것도 깜깜한 새벽 아닌가. 그래도 이따 사패산에서 내려갔다가 다시 수락산 오를 때보다는 덜할 거야."

어둠에 가린 도봉 주 능선, 포대능선, 사패능선을 잇다

우이암 능선 들머리에서 원통사를 지나 우이암을 지나고 주 능선에 들어설 때까지도 달빛이 밝게 비춰주어 감사한 마음이 굴뚝같다. 도봉산 최고봉인 자운봉 바로 아래까지 쉼 없이 걸어왔다. 오봉은 물론 칼바위와 주봉에 눈길도 주지 못하고 그저 랜턴으로 길만 밝히며 무작정 걸어온 것이다. 신선대에 올라 만장봉 아래로 반짝이는 야경을 보며 또 한 차례 서로를 격려한다.

"절반 이상 온 거지?"
"거리상으로는 그렇지."

그렇지만 초반과 달리 피로는 더욱 극심해질 것이다.

"그래서 이쯤에서 더 힘을 충전시켜줘야 해. 내려가서 에너지 좀 섭취하고 가자."

도봉산 정상을 내려선다. 지난 종주 때 여기서 보았던 일출은 그야말로 최고의 선경이었다. 일출을 카메라에 담는 사진작가들도, 등산객들도 매일 뜨는 해오름 광경에 입을 다물지 못했었다. 지금은 바람이 무척 차다.
다섯 산의 정상을 섭렵하기로 해서 오른 신선대이지만 바로 내려서지 않을 수 없다. 포대능선에 진입하여 바람을 피해 행동식을 꺼내먹으며 서늘해지는 새벽에 떨어지는 온기를 보충한다.

"장거리 산행은 에너지를 어떻게 관리하느냐의 여부가 관건인 거 같아."

"맞아. 체온 유지, 식품 섭취, 보행속도 등이 모두 조화를 이루어야 끝까지 완주할 수 있게 되지."

"많은 조난자의 배낭 속에는 먹을 음식과 보온의류가 충분히 있었다더군요."

"허기가 지기 전에 먹지 못하고 저체온증이 오기 전에 옷을 꺼내 입지 못한 게 조난의 큰 이유였지."

"산행 초기엔 지쳐서 입맛도 떨어져 에너지 관리에 실패하곤 했었어."

"그래서 행동식이란 용어가 생긴 거 아니겠어. 지치기 전에 수시로 먹으며 걸을 수 있도록 말이야."

지금처럼 장거리 산행을 하는 경우 행동식 또는 비상식량으로는 부패나 변질이 되지 않아 길게 보관할 수 있는 먹거리로 조리 없이 먹을 수 있어야 하고 포만감은 없더라도 열량이 높아야 한다.

당연히 부피가 작고 무게가 가벼워 휴대하기 간편해야 한다. 무엇보다 입맛에 맞는 기호식품으로 소화가 잘되는 식품이 좋을 것이다.

에너지를 보충하며 이런저런 얘기를 나누다가 잠깐, 아주 잠깐의 쪽잠을 청해보려 했지만, 눈을 붙이기가 쉽지 않다.

"어둠 산중에선 걷는 일밖에 할 게 없어. 정신 가다듬고 또 가자."

Y 계곡을 우회하여 산불감시초소를 지나 포대능선 끄트머리에서 통나무 계단을 내려간다. 다시 사패능선으로 오르는데 호흡이 가빠진다. 평소엔 잠시 가파른 안부를 내려섰다가 오르는 정도의 수고로움으로 충분했는데 지금은 그리 길지도 않은 오름길이 꽤 버겁다.

사패산 정상에 이르러 내려다보는 의정부 시내의 불빛이 무척 밝다. 주말 밤이라 늦게까지 주안상 받아놓고 불야성을 이루는가 보다.

산은, 계절은 말할 것도 없고 시간만 달리해도 새로운 모습을 연출한다. 깜깜한 산, 칠흑 같은 어둠뿐이지만 보이는 게 무수하고 보이는 것마다 새롭다. 저처럼 넓은 곳을 밝혀주면서도 또 수많은 단점을 가려준다.

정치력 부재, 몰염치한 행정 부조리, 무능한 교육정책, 남편을 살해하고 토막 낸 부녀자 등등……, 다 가려준다. 산이기에 그런 것들을 잊을 수 있도록 해준다.

되돌아 600m, 범골 삼거리에서 두 번째로 하산하게 된다. 호암사를 지나 범골 통제소를 통과하면서 다시 속세로 내려왔다. 여러 산을 이어가며 많은 종주를 해보았는데 산에서 세상으로 내려섰다가 다시 산으로 오르는 일이 가장 고

역스럽다. 지금 걷는 다섯 산의 종주처럼 완전히 도심으로 내려왔다가 다시 올라가는 연계 산행은 그리 흔치 않다.

범골 입구의 국밥집에서 국밥 한 그릇씩 먹고 의자를 붙여 잠시 눈을 붙여본다. 일어나 동트는 걸 보니 집 떠난 지 열서너 시간 지났을 뿐인데 몇 날 며칠 떠돌이 생활을 한 기분이다.

"노숙자가 따로 없군."

서로가 얼굴을 마주 보며 웃는다.

두 번째 속세로 내려왔다가 또다시 산으로

여기서 도보로 한 시간 거리를 이동하여야 한다. 수락산 입구 동막골 들머리까지의 구간이다. 북한산에서 시작하여 불암산을 종점으로 하는 5산 종주 중 가장 힘들고 가장 갈등하게 하는 곳이 이 지점이다.

체력이 바닥을 보이고 눈꺼풀이 무거울 즈음 세 산을 타고 도심으로 하산했다가 또 올라가려니 망설임이 없을 수 없다. 지난 종주 때도 그랬었다. 뜨끈한 사우나의 유혹을 뿌리치기가 쉽지 않았었다. 그때처럼 똑같은 마음을 담아 속으로 기도를 올려본다.

"신이시여! 끝까지 가고 못 가고의 여부는 신께 맡기겠나이다. 다만, 제 의지가 포기하는 쪽으로 기울지 않도록 마지막까지 힘을 주소서!"

그리고 두 사람의 어깨를 두드린다.

"아직 힘 남았지?"

두 사람이 대답 대신 배낭을 짊어진다. 택시를 탈 수도 있겠지만 끝까지 걸어서 완주하기로 한 애초 계획대로 이행한다. 이른 아침부터 푹푹 찌는 날씨가 지금 오르는 수락산행을 더욱 고되게 할 것 같다. 더구나 동막골에서 수락산 주봉까지는 그늘이 거의 없이 기복 심한 능선의 연속이다.

뙤약볕 등로를 치고 오르는 것도 고되거니와 도정봉과 홈통바위의 슬랩 암벽, 주봉을 찍고 도솔봉으로 내려서는 것도 여간 힘든 게 아니다. 그런데 여기서 멈출 수는 없다. 힘든 걸 알고 시작했던 거였고 지금까지도 무척 힘들었다.

계단을 올라 도로를 건너면 동막골 수락산 진입로가 나온다. 거긴 또 다른 루비콘강이다. 저걸 건너려니 로마로 진격하는 율리우스 카이사르가 된 느낌이다.

"왔노라, 보았노라, 정복했노라.veni, vidi, vici."

루비콘강을 건너 로마를 평정하고 카이사르가 개선했을 때, 저 유명한 3V의 표현이 나왔었다. 그처럼 나머지 두 산, 수락과 불암을 정복하고 두 손가락을 치켜세우며 승리감을 만끽할지는 아직도 요원하기만 하다.

결국, 강을 건너서 배를 돌려보내고 나니 그나마 갈등은 사라졌다. 역시 도정봉 긴 계단을 오르는 게 버겁다. 130m의 계단이 천릿길처럼 느껴진다. 도정봉에 올랐을 때는 흐르는 땀을 주체할 수 없다.

"밤길에 저길 다 지나왔다는 게 실감 나지 않는군."

북한산부터 오른쪽으로 도봉산과 사패산, 지나온 북한산 국립공원 내의 세 산이 아득하게 펼쳐있다. 힘들게 먼 길을 와서 돌아보는 그 산은 마치 지난 삶을 돌아보는 기분이다. 오늘처럼 긴 여정일 때는 더욱 그렇다. 그런데 가야 할 길은 더 멀게 느껴진다. 올려다본 수락산이 유난히 높고 마루금도 아주 길어 보인다. 도정봉의 태극기는 조금도 펄럭이지 않는다. 바람 한 점 없는 날씨가 야속하다.

"아까 백운대에서의 바람이 그리워."

한기를 느껴서 얼른 내려왔는데 지금 그 바람을 맞고 싶은 것이다. 장암역으로 하산하는 석림사 방향 내리막길을 그냥 지나치는 걸음걸이가 무겁다 보니 가야 할 주봉은 좀처럼 가까워지지 않는다.

"수락산이 이렇게나 먼 길이었다니."

가파르고 미끄러운 바윗길, 숱하게 나타나며 시험 들게 하고 도전하게 만드는 데가 산 아니던가. 매번 그런 데라는 걸 알고 왔지 않은가.

"아무리 멀어도 이젠 기어서라도 가야지."

마주쳐 피할 수 없다면 어쩌겠는가. 바위벽에 손바닥 문질러가며 기어올라 새롭게 길 내야지. 넘어지지 않고 산 오르내리길 바라는가. 자빠진 발길마다 교훈으로, 엎어진 흔적마다 지혜로 되새길 수 있다면 백 번이라도 그렇게 해야지.

"포기만 하지 않으면 끝을 보는 데가 산 아니겠어?"

전신에 힘이 빠져 밧줄을 놓칠까 싶어 우회로로 빠지려다가 홈통바위(기차바위)와 한판 맞붙어보기로 한다. 숱하게 오르내렸던 홈통바위의 기다란 밧줄이 오늘은 더욱 굵고 무겁게 느껴진다.

깨지고 멍들면서 예까지 온 거 아니었던가. 산이나 인생이나 다 그런 거 아니겠나. 얼음물 한 모금에 씻기는 게 갈증 아니던가. 지나고 나면 죄다 한바탕 봄 꿈같은 게 사는 일 아니었던가.

다리보다 팔의 힘이 더 요구되는 슬랩 구간인데 체력이 소진되는 시점이라 올라섰을 때는 땀이 철철 흐른다. 바위 위에 주저앉아 거친 숨을 몰아쉬고 나서야 몸을 일으킨다. 홈통바위 상단 바로 위로 608m 봉이다. 여기부터는 그나마 그늘숲이라 조금은 힘을 아낄 수 있을 것이다.

"독립운동이 이만큼 힘들까."

수락산 주봉(해발 637m)의 펄럭이는 태극기를 보고 병소는 3.1 만세운동이라도 떠올렸던가 보다.

"독립운동은 탑골공원 같은 평지에서 하니까 이보다는 덜 힘들겠지."

멀리 도봉산 사령부가 깃발을 펄럭이며 성원해준다.

"우리가 끝까지 지켜보며 또 지켜주겠네. 힘들 내시게나."

자운봉, 만장봉, 선인봉 등 도봉산 바위 봉우리들이 하늘 찌르며 장대하게 솟아올랐다면 철모바위, 배낭바위, 하강바위 등 수락산 바위들은 오밀조밀 조경을 위해 배치한 소품들처럼 여겨진다.

수려함과 웅장함으로 비교하려면 수락산은 촌색시 같아서 강퍅하기 그지없다. 하지만 수락산 바위들이 그렇다는 건 도봉산과 다르다는 것일 뿐, 그 다름은 상호 동등한 가치의 특색이며 뚜렷한 개성일 뿐 우열을 헤아리는 기준이 될 수는 없다.

서울시와 경기도 의정부시, 남양주시 별내면의 경계에 솟은 수락산은 등산로가 다양하고 계곡도 수려한데다 교통이 편리해서 휴일이면 수도권의 많은 사람으로 붐빈다. 돌산으로 화강암 암벽이 노출되어 있으나 산세는 그다지 험하지 않다. 수락산이 힘든 건 바로 지금처럼 연계 산행을 하며 인색한 수림을 걸 때이다.

휴일이라 코끼리바위, 치마바위에도 등산객들이 붐빈다. 다들 우리보다는 싱싱한 안색이다. 그들과 달리 숙제하듯 산행을 한다는 생각이 들면서 마무리 숙제인 불암산으로

장을 넘긴다.

한점 두점 떨어지는 노을 저 멀리 一點二點落霞外
서너 마리 외로운 따오기 돌아온다. 三个四个孤鶩歸
봉우리 높아 산허리 그림자 덤으로 보네. 峰高剩見半山影
물 줄어드니 푸른 이끼 낀 돌 드러나고 水落欲露靑苔磯
가는 기러기 낮게 날며 건너지 못하는데 去雁低回不能度
겨울 까마귀 깃들려다 놀라 날아간다. 寒鴉欲棲還驚飛
하늘은 한없이 넓은데 뜻도 끝이 있나 天外極目意何限
붉은빛 담은 그림자 맑은 빛에 흔들린다. 斂紅倒景搖晴暉

- 수락잔조水落殘照 / 매월당 김시습 -

무사 완주, 눈빛 가득 기쁨이고 무한한 감동이다

아래로 수락산과 불암산을 연결하는 덕릉고개 동물이동통
로가 보인다. 이제 총 목표 지점의 9부 능선쯤 온 셈이다.
여기서 수락산 쪽을 바라보니 가슴이 뭉클하고 뜨끈해진다.
가슴 밑바닥에서 무언가가 울컥 치솟는 느낌이다.

"스틱을 접을 때까지 지켜주시고 또 지켜주옵소서."

마지막 남은 불암산을 오르며 겸허히 그리고 숙연하게 기도를 드리게 된다.

"이제 불암산만 남았네. 힘내서 승리의 기쁨을 맛보자고."

수락산 날머리이자 불암산 들머리 덕릉고개를 넘어서면서는 되레 힘이 솟구친다. 구간이 가장 짧은 불암산만 남겨뒀기 때문일 것이다. 숲이 우거져 수락산보다 덜 덥고 걷기도 수월한 편이다.

'삼각산은 현 임금을 지키는 산이고, 불암산은 돌아가신 임금을 지키는 산이다.'

근원지는 모르지만, 북한산과 불암산을 두고 이렇게 말들을 한다. 경복궁에서 가까운 북한산이니 살아있는 왕을 지킬 것이고, 태릉을 비롯하여 광릉, 동구릉 등 많은 왕릉이 불암산 가까이 있으니 그런 표현이 나왔을 법하다.

본래 금강산의 한 봉우리였던 불암산이 한양으로 오게 된 건 건국 조선 도읍지의 남산이 되고 싶어서였다. 한양에 남산이 없어 도읍 정하기를 망설인다는 소문을 듣고 부랴부랴 달려왔으나 이미 남산이 들어선 후였다.

그래서 지금 이 자리에 한양을 등진 채 머물고 있다. 금강산이 되고자 했던 울산바위와 달리 금강산을 떠난 불암산의 설화다.

큰직한 바위 봉우리가 중의 모자인 송낙을 쓴 부처 형상이라 그 이름을 불암산佛巖山이라고 지었단다. 1977년에 도시자연공원으로 지정되었고 암벽등반을 하려 많은 애호가가 즐겨 찾는 산이기도 하다.

어림잡아 3000개 이상의 계단을 걷지 않았을까. 다람쥐광장으로 불리는 석장봉에서 지척에 펄럭이는 정상의 태극기를 보노라니 광복의 순간처럼 감동을 자아낸다.

세 번째지만 여기 다섯 산을 잇는 행보는 늘 똑같은 감동을 안긴다. 이제 정상 오르는 계단이 오르막으로서는 마지막 계단이다. 불암 지킴이, 쥐바위가 고개 쳐들어 환영의 고함을 내지른다.

"몰골은 거지 같지만 그대들은 진정한 부자들일세."
"고양이나 조심하게. 수락산 고양이들은 사납던데."

또다시 태극기를 접한다. 불암산 정상(해발 508m)의 게양대 옆에 나란히 서서 사진을 찍을 때는 다들 형언키 어려운 희열을 맛보게 된다.

"결정했노라."
"시작했노라."

"해내고 말았노라."

그랬다. 그렇게 힘든 결정을 했고 시간 맞춰 세 사람이 모였으며 마침내 마칠 수 있었다.

"수고했어."
"수고하셨습니다."

학도암을 지나고 불암산 날머리 중계본동 진입로까지 와서 악수하고 포옹한다. 3V, 무사 완주의 카타르시스를 공유하며 서로를 위안하고 격려한다. 눈빛 가득 기쁨이고 무한한 감동이다.

2011년 11월 말, 나 홀로 불수사도북 5산 종주에 이어 1년 반이 지난 이듬해 여름 다시 그 길을 반대로 걷는 북도사수불을 역시 홀로 종주했었다.

당시 새벽 영하의 추위와 30도가 넘는 무더위를 견디며 길고도 먼 고행을 자청했던 건 무모하지만 그마저 감수하려 했던 객기 실린 선택이었는지도 모르겠다.

또 두 해를 넘긴 2014년 10월 초, 이번 세 번째 산행은 사랑하는 친구와 후배가 함께 함으로써 큰 힘을 얻고 버거움을 덜 수 있었기에 가능할 수 있었다.

때 / 초가을
곳 / **<북한산 구간>** 불광역 – 대호 매표소 – 족두리봉 – 향로봉 – 비
봉 – 승가봉 – 문수봉 – 대남문 – 대성문 – 보국문 – 대동문 – 용암
문 – 위문 – 백운대 – 위문 – 백운산장 – 하루재 – 영봉 – 육모정 매
표소 – 우이동 – **<도봉산 구간>** 북한교 – 원통사 – 우이암 – 도봉 주
능선 – 칼바위봉 – 주봉 – 신선대 – 포대능선 – **<사패산 구간>** 사패
능선 – 범골 삼거리 – 사패산 정상 – 범골 삼거리 – 범골 능선 – 호
암사 – 회룡역 **<수락산 구간>** 동막교 – 의정부 동막골 들머리 –
500m 봉 – 도정봉 – 기차바위 – 주봉 – 철모바위 – 코끼리바위 –
하강바위 – 도솔봉 하단 – **<불암산 구간>** 덕능 고개 – 폭포 약수터
갈림길 – 다람쥐광장 – 불암산 – 깔딱 고개 – 봉화대 – 공릉동 갈림
길 – 학도암 – 중계본동

치악산국립공원

1984년 열여섯 번째 국립공원으로 지정된 치악산은 175.668 ㎢의 면적으로 주봉인 비로봉을 중심으로 그 동쪽에 횡성군, 서쪽에 원주시와 접하고 있다. 치악산의 남쪽에 자리한 남대봉, 북쪽의 매화산 등 1000m가 넘는 고봉들 사이에 가파른 계곡들이 있어 산세가 우람하고 험준하다.

낮춤의 미학을 익히게 하는 가을 치악산

눈물은 흔히 사람들의 감성을 자극해 동정심을 유발하기도 한다.
그러나 그 사람의 눈물이 참회의 눈물이 아닌 거짓의 눈물,
즉 악어의 눈물인 걸 알았을 때 사람들은
처음보다 더 큰 배신감을 느낀다.

신라 문무왕 때 의상대사가 이곳에 절을 창건하려는데 절터 연못에 아홉 마리의 용이 살고 있었다. 의상대사가 이 용들을 쫓아내려 부적 한 장을 그려 연못에 던졌더니 이 중 여덟 마리는 뛰쳐나와 동해로 달아나고 한 마리가 눈이 먼 채 연못에서 이무기로 살다가 후에 승천하였다.

그지없이 무더웠던 지난여름 무한 에너지를 그대로 인수한 치악산 계류가 더욱 생동감 있는 진초록 흐름을 보여준다. 하늘 가신 어머니와 승천한 용의 모습이 겹쳤던 걸까. 멈춘 듯 생장의 흐름 이어가는 청정 맑은 연못 구룡소는 아릿한 젖내까지 풍겨 하나같이 그 발원이 어머니 품일 거라 느끼게 한다.

은혜를 갚은 꿩, 약속을 지킨 구렁이

치악산도 명산답게 그 유래로 전해지는 설화가 있다.

옛날 경북 의성 땅에 사는 한 나그네가 이곳을 지나다 꿩을 잡아먹으려는 구렁이를 보고, 활을 당겨 구렁이를 쏘아 죽였다.

날이 저물어 인가에 도착하여 하룻밤 재워줄 것을 청했는데 소복을 입은 여인이 저녁밥까지 지어주고 숙소도 내주었다. 나그네는 잠을 자다가 숨이 막히는 걸 느껴 눈을 부릅떴다.

"네가 내 남편을 죽였어."
"당신 남편이 누구란 말이요."
"겨우 꿩을 살리려고 나를 과부로 만들었다 이거지."

여인네는 낮에 죽였던 구렁이의 아내로 원수를 갚기 위해 선비의 몸을 휘감고 위협하는 것이었다.

"저 멀리 절에서 종이 세 번 울리면 살려주마."
"이 시각에 종이 왜 울리겠느냐. 그냥 죽여라."

나그네는 그저 죽을 각오를 하고 있었는데 "땡! 땡! 땡!" 하고 세 번 종소리가 들리는 것이었다.

"명줄이 긴 놈이구나. 가거라. 살려 주마."

다음날 종이 울린 곳을 가보니 꿩 세 마리가 상원사의 종 밑에 죽어있었다.

나그네에게 은혜를 입은 꿩 세 마리가 각각 머리로 종을 치고 죽음으로써 나그네를 구해낸 것이다. 가엾게 여긴 나그네는 죽은 꿩들을 땅에 묻어주었다.

그때까지 단풍이 아름다워 적악산赤岳山이라고 불렸었는데 꿩을 의미하는 치稚자를 써서 그 명칭을 바꾸었다고 한다. 지금도 남대봉 상원사에 은혜를 갚은 보은의 종이 복원되어 있다.

선거공약 혹은 이해타산이 따르는 조건부 약속을 해놓고도 쉽사리 뒤집어버리는 정치판이나 시장경제의 행태를 자주 접하며 살아서일까. 은혜를 갚는 꿩도 대단하지만, 약속을 지킨 구렁이도 달리 느껴진다.

'악어의 눈물'. 위선의 상징, 가증스러운 행동을 이르는 서양 격언이다.

"내 아이를 돌려주십시오."

나일강, 어린아이의 아버지가 악어에게 호소한다.

"내가 묻는 말에 제대로 답을 하면 네 아이를 돌려주지."

아이를 잡은 악어가 그렇게 말하고는 아이의 아버지에게 묻는다.

"내가 네 아이를 돌려줄 것인가, 아니면 잡아먹겠는가?"
"돌려주실 것으로 믿습니다."
"아니, 틀렸어. 난 돌려줄 생각이 전혀 없거든."

악어는 아이의 아버지가 반대로 대답했더라도 "나는 돌려보내려 했었는데 네 대답이 틀렸으니 이 아이는 내가 잡아먹겠어."라고 말했을 것이다. 어느 쪽이든 갖다 붙여 자신의 행동을 합리화시키는 궤변, 코에 걸었던 걸 빼서 귀에 걸면 귀걸이가 되는 억지 논리.

악어는 먹이를 물속으로 끌고 들어가 먹는 습성 때문에 먹이와 함께 들어오는 염류를 몸 밖으로 배출하기 위해 먹으면서도 눈물을 흘린다는 설이 있고, 또 다른 설은 먹이를 잘 삼키도록 눈물샘이 침샘과 연결되어 있기 때문이라고도 한다.

어쨌거나 악어의 눈이 습하게 젖는 건 슬픈 감정이나 참회의 뜻이 있어서가 아닌 것만은 분명하다. 앞뒤가 맞지 않는 가증스러운 행동을 이르는 말로 악어의 눈물이란 표현을 쓰곤 한다.

눈물은 흔히 사람들의 감성을 자극해 동정심을 유발하기도 한다. 그러나 그 사람의 눈물이 참회의 눈물이 아닌 거짓의 눈물, 즉 악어의 눈물인 걸 알았을 때 사람들은 처음보다 더 큰 배신감을 느낀다.

사기나 강도로 한 사람의 인생을 밑바닥까지 몰아넣거나 살인을 저지르고 그런 후에 잡혀서 흘리는 눈물을 과연 참회의 눈물이라고 볼 수 있을까. 참으로 정겨워서, 진정한 속죄로 흘리는 눈물의 빛깔과 같다고 해서 동정심이 동할 수는 없다. 그래서는 안 된다.

구룡사로 가는 금강소나무 꽃길에 있는 한 그루(혹은 두 그루) 사랑 나무 연리지를 바라보면서 잠시 감성에 젖다 보니 약속을 지킨 구렁이 다리蛇足를 너무 길게 미화시켰나 보다.

비로봉, 돌탑과 그 사람의 불가사의한 경이로움

앞서 언급한 설화로 말미암아 1400여 년 전 창건 당시 아홉 마리 용을 의미하여 구룡사九龍寺로 칭했던 절 이름 은 절 입구 거북바위의 끊어진 혈을 잇고자 거북 구龜자를 써서 구룡사龜龍寺로 개칭하게 된다.

노랑은 서두름을 다독거려 걸음을 멈춰 세우게 한다. 경기도 양평 용문산 아래 용문사의 은행나무가 수령 1200여 년에 이르며 높이 60m, 둘레 14m로 동양에서 가장 큰 은행나무이다. 또 남양주 운길산 수종사의 은행나무도 550년 수령에 기둥 둘레가 7m나 된다.

200년 남짓한 구룡사 은행나무는 이들 은행나무보다 살아온 세월은 짧지만 샛노란 은행잎이 풍성하고 가을답기로는 으뜸이란 생각이다. 오늘도 가을을 한껏 풍미하는 은행나무를 찬찬히 살펴보다가 등산로로 접어들었다.

세렴 안전센터에서 사다리병창으로 오르는 길과 계곡을 거쳐 오르는 길로 갈라진다. 계곡 길이 힘이 덜 들긴 하지만 사다리병창 쪽으로 방향을 잡는다.

2단으로 휘어져 내리 뿜는 세렴폭포를 지나 수많은 계단을 치고 오르며 숨을 몰아쉰다. 계단이 설치되었어도 그 이전과 다름없이 가파르다. 암벽과 숲이 잘 어우러진 풍광에 젖을 수 있어 택한 길답게 그 보답을 한다.

사다리병창에 이르자 이마에 맺힌 땀방울이 뺨을 타고 흐른다. 병창은 벼랑, 절벽을 뜻하는 영서지방의 방언이다. 거대한 암벽이 사다리처럼 길게 이어져 붙여진 명칭답다. 사다리병창 지나 땀을 훔치며 곳곳 둘러보니 울긋불긋 산자락마다 시절이 가을이요, 여기가 가을 명소 치악이라는 걸 각인시킨다.

그런 후에도 한동안 허리 굽혀 비로봉(해발 1288m)에 올라선다. 허리 쭉 펴고 오르는 정상이 어디라서 있겠냐만 치악산은 특히 숙이고 굽혀서 올라 정상에 이르러서야 허리펴 숨 고를 수 있는 5악五岳 중 한 곳이다.

 지금은 등산로를 다듬어 꽤 나아졌으나 예전의 여긴 올라서도 한참 후에야 돌탑이 눈에 들어올 정도로 가파르기가 심했었다.

 원주시와 횡성군을 경계로 하는 치악산은 주봉인 이곳 비로봉을 정점으로 남대봉, 향로봉, 삼봉, 매화산 등 해발고도 1000m를 넘는 준봉들이 남북으로 뻗어있다. 남쪽 남대봉부터 여기 비로봉까지 능선의 길이가 24km에 달한다.

 예로부터 험준한 산세로 천연의 군사요충지였고 임진왜란의 격전지였던 영원산성을 비롯하여 금두산성, 해미산성 등이 있다. 큰 산답게 입석대, 세존대, 신선대, 구룡폭포, 세렴폭포, 영원폭포 등 자락 곳곳마다 볼만한 명소가 산재해 있다.

 1973년 도립공원으로 지정된 바 있고 1984년에 치악산국립공원으로 승격되었다. 조선시대에는 오악 신앙의 하나로 동악단을 쌓고 해마다 봄과 가을에 원주, 횡성, 영월, 평창, 정선의 다섯 고을에서 제를 올렸다.

 치악산에 올랐을 때마다 느끼는 거지만 이곳의 돌탑은 경이로움 그 자체로 시선을 머물게 한다.

비로봉에 돌탑이 생긴 내력을 들으면 앞서 연못에 부적을 던져 떼거리 용들을 물리친 의상대사와는 비교할 수도 없을 정도의 대단한 내공을 실감하게 된다.

강원도 원주에서 제과점을 운영하던 용진수라는 사람의 얘기다.

어느 날 그가 꿈을 꾼다. 3년 안에 비로봉에 3기의 돌탑을 쌓으라는 신의 계시, 그는 그 계시를 받들어 1962년 9월부터 1964년까지 혼자서 5층 돌탑을 모두 쌓았다.

그 후 1967년과 1972년에 알 수 없는 이유로 무너졌으나 그는 각각 그해에 돌탑을 복원해냈다. 치악산 비로봉에 올라본 사람이라면, 거기 세워진 돌탑을 본 사람이라면 그런 말을 곧이곧대로 믿지 않을 것이다.

그처럼 불가사의한 일을 추진했던 용진수 씨가 1974년에 유명을 달리하게 된다. 거의 수직에 가까운 오름길 1288m. 거기까지 올린 저 돌들, 그리고 쌓은 세 개의 탑. 다시 복구. 그 어떤 설화가 이보다 극적이고 위대할까.

그런데 하늘 가까이 올라와 쌓은 돌탑을 못마땅하게 여겼던 것일까. 1994년 이후 두 번이나 벼락을 맞아 돌탑이 무너지고 말았다.

2004년 치악산국립공원에서는 치악산 일대에 산재해 있던 40톤 분량의 돌들을 헬기로 수송해서 복원하였다. 다시 벼락 맞는 일이 생겨서는 안 되겠기에 돌탑 주변에 광역 피뢰침을 설치하였다.

복원이 완료된 후 원주시는 2005년 새해 첫날 '치악산 비로봉 돌탑 복원기념 새해맞이 등산대회'를 개최하기도 했다. 미륵불탑이라고 명명된 이 탑들의 남쪽 탑은 용왕탑이라 하고 가운데 세워진 탑은 산신탑, 북쪽의 탑을 칠성탑이라 한다.

돌탑의 시원이기도 했던 그 사람, 용진수. 그 사람이야말로 구룡소에 남아있던 마지막 용은 아니었을까. 좀처럼 뇌리에서 떠나지 않는 용진수라는 인물을 곱씹으며 내딛는 입석사 방면의 하산길에도 자꾸만 뒤돌아 돌탑을 바라보게 된다.

"아무나 할 수 있는 일이 아니야."

신의 계시든, 본인의 의지이든 그러한 일은 할 수 있는 사람만 하는 거라고 치부하며 스스로 나약한 의지를 합리화시킨다.

오늘은 마애불과 입석대를 둘러보기로 한다. 예전에 황골에서 오르며 올라가기에 바빠 입석사도 눈길만 스쳤을 뿐 그냥 지나쳤던 곳이다. 연꽃 대좌 위에 가부좌를 틀고 앉아 있는 마애불이 오후 햇살을 받아 그 새김이 도드라지게 보인다.

496

'元祐五年庚午三月日원우오년경오삼월일'

마애불이 조성된 연대 원우 5년은 고려 선종 7년 때인 1090년이라고 하니 오랜 세월 비바람에 닳아 흐릿하게 마모되었지만, 여전히 마애불은 의연하게 상체를 세워 세상을 내려다보고 있다.

치악산에는 한때 76개의 크고 작은 사찰들이 있었다. 지금은 구룡사와 이곳 입석사, 상원사, 석경사, 국형사, 보문사가 남아 여전히 치악산에 그윽한 풍경 소리를 메아리치게 하고 있다.

입석사 대웅전 뒤로 설치된 철 계단을 오르면 높이 50m의 절벽 위에 10m 높이로 우뚝 서 있는 네모꼴 바위를 볼 수 있는데 바로 입석대다.

입석대에서 바라보는 비로봉과 그 아래쪽 풍광 모두 생기 넘치는 가을이다. 속세로 되돌아가기 전에 티끌 가득하여 뿌옇게 흐려진 눈과 탁한 마음을 다소나마 맑게 정화하려 자연이 연출한 비경에 한참 동안 빠져든다.

석양 녘 해거름 음울하게 깔리거든
나 내려온 저 봉우리 그윽하게 바라보다
느긋한 술잔 주거니 권커니
얼큰하게 기울이며
그리 빈한하지 않은 척

괜한 허세 부리지만
허기진 상처 살로 굳어질까 노을은
뼛속으로 번진다오

입석사를 나와 날머리 황골에 이르자 주황빛 해거름이 산 아래 단풍들을 더욱 짙게 물들인다.

여전히 가을을 타는가 보다. 한나절 머물렀던 가을 산에서 마치 홀로 남겨두는 그리움의 실체를 느끼는 것일까. 석양녘 가을 산에서 내려오면 한낮의 생기 넘치던 풍광은 어디론가 사라지고 쓸쓸한 여운이 남는다.

때 / 가을
곳 / 구룡사 매표소 - 구룡사 - 세렴폭포 - 사다리병창 - 비로봉 - 입석사 - 황골

월악산국립공원

1984년 열일곱 번째 국립공원으로 지정된 월악산의 공원 면적은 287.571k㎡이다. 소백산에서 속리산으로 연결되는 백두대간의 중간에 자리하여 꼿꼿이 솟은 기암절벽과 험준한 산세에 금수산, 신선봉, 도락산 등 스물두 개가 넘는 크고 작은 산과 봉우리를 거느리고 있다.

막바지 겨울 은빛 상고대 찬란한 영봉, 월악산

중봉과 하봉 아래로 충주호가 얼어붙은 듯 낮게 구불구불
물길을 잇고 있다. 굽이굽이 마루금 너머 주흘산,
조령산이 늘 그 자리에서 말갛게 미소 짓는다.
거기에 눈길을 던진 딸의 모습이 어여쁘고 대견하다

송계마을 초입에서 올려다본 월악의 어깨가 영봉의 목을
감은 목도리처럼 혹은 하얗게 센 어르신 수염처럼 영험해
보인다. 남쪽 포암산에서 발원된 달천이 여기 월악산을 끼
고 흐르면서 이룬 계곡을 송계계곡이라 하는데, 봄, 여름이
면 장연대, 수경대, 학소대, 망폭대, 와룡대 등 기암괴석 사
이를 흐르는 7km의 맑은 계류와 울창한 삼림이 심신을 편
안하게 보듬어준다.

여전히 길고 험한 미로의 영봉 오름길

지난해 가을엔 덕산에서 신륵사를 거쳐 영봉을 올랐었는데
이번 겨울엔 딸과 함께 송계마을에서 영봉을 바라보며 오
르기로 한다.

임진왜란 당시 이곳 송계리에 승병 도총 본부가 있었다.
가토 기요마사加藤淸正가 조선 침략 직전에 역학에 통달한

여동생에게 점을 치게 하였다. 여동생이 일렀다.

"조선에 가시거든 소나무 송松 자가 있는 곳을 피하세요."

승병들은 일본에 잠입한 첩자를 통해 이 말을 듣고 곳곳에 송계松溪라는 팻말을 써서 붙였다.

"그래서 어떻게 되었어요?"
"그래서 마을로 들어오는 왜군들을 막을 수 있었고 야간 기습을 통해 왜군에게 막대한 피해를 주기도 했다지."

한파가 기승을 떨치는데 딸, 희정이가 따라나서 주었다. 막 수학능력시험을 치르고 집안에서 느긋하게 군것질을 즐길 법도 한데 잠시 망설이다가 "콜!"하고 외치더니 배낭을 꾸리는 것이다.

평소에도 그렇지만 한번 결정하면 군말 없이 시행하는 딸아이가 대견스러웠다. 여고 시절 내내 짊어졌던 등짐을 막 내려놓은 참이었는데 긴장의 끈을 모두 풀어버리면 다시 시작하면서 후유증이 생길 수도 있다.

한겨울 삭풍처럼 몰아치는 기상이변에 피어난 설중매雪中梅가 떠오르고 인동초忍冬草가 딸의 모습에서 반추되는 건 자식에 대한 아빠의 욕심이었을 것이다. 입김이 새어 나오

501

는 이른 새벽 집에서 나와 월악산으로 향한다.

송계에서 영봉 오르는 비탈에 눈가루가 세차게 흩날린다. 한기 가득 서린 골짜기인지라 장갑을 꼈는데도 손가락이 시리다. 여름이면 철철 기운차게 흘렀을 협곡 옥수가 꽁꽁 얼어붙었다.

작은 암자 자광사를 왼편에 두고 동창교를 지나면서 시린 바람 때문에 오름길이 꽤 숨차다. 딸의 손을 잡아주며 눈치를 살폈는데 괜히 따라나섰다는 표정이 역력하다.

"아빠는 딸이랑 오니까 하나도 안 춥거든. 하나도 안 힘들 거든."

"제가 뭐라 그랬나요."

"아! 아빠가 바람 소리를 들었었나 보다."

시린 바람 좀 분다고 망설일 게 무어 있나. 새벽 공기 맞으며 나섰는데 더 추워지고 눈발 나부껴도 올라가야지. 뿌연 연무 둥둥 떠다니고 세찬 바람 훼방 놓듯 몸 밀쳐도 여긴 날씨랑 상관없는 곳, 여긴 발 디디면 안식과 평화를 주는 곳. 오늘 새벽 아린 바람, 찬 공기는 우리 부녀 환송하는 정갈한 인사였지 않았는가.

치악산과 함께 급경사의 험준한 오르막을 빗대 '악' 자가 괜히 붙었겠느냐며 고개 흔드는 곳이 월악산이다. 오늘따라 더더욱 굳센 야성미를 느끼게 한다. 뚜렷이 드러난 산세에서 단단한 화강암의 힘찬 맥박 소리를 듣는 듯하다.

그 경관과 조망의 멋스러움으로 동양의 알프스라고 비유한 곳. 충주호반, 그 짙푸른 호수와 삼삼한 조화를 이루는 구담봉 그리고 옥순봉. 수려한 모습으로 월악산을 더욱 돋보이게 하는 주흘산, 도락산 등을 두루 탐방하며 가까이 접했지만 의도하지 않았음에도 매번 여름을 피해왔던 것 같다.

튼실한 소나무들이 솟구친 군락지에서 잠시 숨을 고르는데 가지도 없이 두 줄기 기둥으로 나뉘어 높이 뻗어 오른 소나무가 마치 물구나무를 선 것처럼 보인다. 거친 세상을 기력으로 버텨온 세월의 연륜이 진하게 묻어나는 걸 보고 부녀가 미소를 짓다가 다시 행군을 강행한다.

철제 계단과 돌계단에 얼음길 구간 그리고 다시 가파른 너덜 오르막. 영봉까지 1.5km를 남겨둔 지점이 송계 삼거리다. 햇살 받은 눈꽃들, 바위에 얼어붙은 고드름에 걸음 멈추었다가 잡담 나누며 오르다 보니 어느새 능선이다.

"어서 오시게. 오늘은 부녀가 동반했구먼. 보기 좋네."

투명한 상고대와 은빛 눈꽃들이 화들짝 반겨준다. 저만치에서 최고봉도 지긋한 미소 띠고 오랜만의 방문객을 자애롭게 내려다본다.

언제나처럼 영봉은 그 신령한 기운이 넘쳐흐른다.

"아빠! 너무 멋있어요."

은빛 서리꽃의 영롱함에 도취한 딸의 땀방울 송송 맺힌 얼굴에 희열이 가득하다. 그러다가 게시된 팻말에서 도종환 시인의 '산경'을 읽으며 숙연해진다.

하루 종일 아무 말도 안 했다.
산도 똑같이 아무 말을 안 했다.
말없이 산 옆에 있는 게 싫지 않았다.
산도 내가 있는 걸 싫어하지 않았다.
하늘은 하루 종일 티 없이 맑았다.
가끔 구름이 떠오고 새 날아왔지만
잠시 머물다 곧 지나가 버렸다.
내게 온 꽃잎과 바람도 잠시 머물다 갔다.
골짜기 물에 호미를 씻는 동안
손에 묻은 흙은 저절로 씻겨 내려갔다.
앞산 뒷산에 큰 도움이 못 되었지만
하늘 아래 허물없이 하루가 갔다.

큰바위얼굴, 팔 늘어뜨리면 잡힐 것처럼 머리가 올려다보이는 영봉의 턱 바로 아래에서 정수리까지가 한참이다. 100여 m 길이의 깎아지른 수직 벼랑을 그대로 드러냈다.

늘 그렇듯 거대한 범선의 뱃머리를 올려다보는 기분이다. 봄이 되어서도 양지는 미끌미끌한 진흙밭이고 음지는 눈길, 얼음길 반씩인 영봉 오르막은 계단을 설치해 한결 나아졌어도 여전히 길고 험한 미로이다.

"여길 가을에도 왔었다고요?"

"응."

"이렇게나 힘든데 몇 달 만에 다시 또 온다는 게 이해되지 않아요."

"힘들어도 보람 얻는 일은 다시 하게 되지."

그게 삶이지. 무어든 만족할만한 결과를 얻는 일이 거저 이뤄지는 경우가 있을까. 산행 초기의 겨울 산은 너무 힘들었다. 바람이 심하게 불어 눈은 고르게 내리지 않고 횡으로, 사선으로 마구 흐트러졌다.

몸속을 파고드는 세찬 바람이 마치 악귀의 손톱으로 살갗을 긁는 것 같아 산에서 내려가면 다신 올라오지 않으리라고 마음먹었었다. 그때를 떠올리면 격세지감을 느끼지 않을 수 없다.

월출산 영봉 오르는 길, 지난가을에도 습한 낙엽으로 엄청 미끄러웠었지. 단풍 물 빠지자마자 눈 덮인 지 얼마 지나지 않았거든. 아빠는 이제 힘든 거에 많이 무뎌졌거든.

"네가 원하는 대학에 들어갈 수 있던 건 작년까지 힘들게 공부해서잖아."

"아빠! 그건 지금 대화 주제랑 완전히 다른 거잖아."

너도 아직 기억에 생생하지? 아빠 사업이 어려워졌을 때 너랑 네 오빠가 얼마나 힘들었는지. 가위에 눌릴 만큼의 고통을 때때로 잊게 하며 세상과 융화하도록 용기를 북돋워 준 건 바로 너희 남매가 정도를 벗어나지 않은 거였고, 또 하나는 산이었단다.

"아까 저 아래에서 도종환 시인의 산경을 읽으면서 그 시의 1인칭이 아빠라는 생각이 들었어요."

"……."

"혼자 산에 다니시는 아빠 뒷모습이 슬플 때가 있었어요."

"지금은?"

"지금은 행복해 보여요. 그래서 가끔 아빠 따라 산에 가서 알고 싶었어요."

"산을?"

"아니, 아빠를. 어렴풋이나마 아빠가 산에 가는 의미를요. 그런데 그 시를 읽으면서 살짝 알 것도 같아요."

"우리 딸! 이젠 조그만 여고생이 아니네. 다 컸어. 하하!"

모자를 바로 씌워주고 영봉을 향해 손짓하자 "갑시다."라며 딸이 앞서 걷는다. 이제 여고를 졸업하고 대학 신입생이 되는 네가 펼친 캔버스, 진작부터 붓은 들었어도 그 백지에 무얼 그려 넣을까. 아직 네 캔버스는 백지 그대로, 네 바람도 순수 그대로. 그대로 남아있기를.

난간을 붙들고 온 힘을 다해 올라서는 딸을 보며 계속 혼잣말을 뇌까리게 된다. 아빠의 지난날처럼 서둘러 너 자신을 재촉하지 말거라.

다시 그리려면 탁한 덧칠이 될 수가 있단다. 아직 네 시절은 세상을 계산할 때가 아니라 수행하듯 자신을 연마할 때란다. 아빠 인생 교훈 삼아 저처럼 바위와 소나무의 긴한 어우러짐 배울 때란다.

영봉은 신령스러운 기운이 있다고 믿어 국태민안을 비는 제를 올리기도 해 국사봉으로 불리기도 했다. 여러 장소에서 보이는 영봉은 보는 장소에 따라 그 모습을 달리하는데 영봉 북서쪽 충주지역에서는 긴 머리를 위로 늘어뜨린 여인의 형상을 하고 있으며, 북동쪽 제천 수산, 청풍에서는 누워 하늘을 보고 있는 부처의 모습이라고 한다. 그 모습이 어떻든 두 번을 쉬었다가 올라와 다시 만난 영봉(해발 1097m)의 문패가 무척이나 정겹다.

"어이쿠, 오늘은 따님이랑 왔구먼. 잘 오셨네. 지난가을엔 날씨가 안 좋아 곳곳 구경을 다 못 시켜주어 미안했었네."

늦가을 단풍도 볼품없는 끝물인 데다 끝없이 펼쳐졌을 첩첩 산들이 뿌연 연무로 인해 사라진 안쓰러움에 영봉의 널찍한 이마에 주름이 팼었다.

"천만에요. 다시 올 이유를 남겨두고 떠났으니 또 이렇게 찾아온 것이지요."

주인도, 객도 활짝 웃으며 춥긴 하지만 갠 날 다시 만남을 반가워한다.

"감사합니다. 언제 올라와 봐도 어르신은 여인네의 외면적인 매력과 부처님의 자애로움을 모두 갖추셨습니다."
"허허! 낯간지럽긴 하지만 듣기 싫지 않구먼. 길이 미끄러우니 따님이랑 조심조심 잘 살펴 구경하다가 무사히 귀가하시게나."

월악산 산행의 묘미 중 하나가 충주호와 어우러진 절경들을 눈에 담는 것이다. 중봉과 하봉 아래로 충주호가 얼어붙은 듯 낮게 구불구불 물길을 잇고 있다. 굽이굽이 마루금 너머 주흘산, 조령산이 늘 그 자리에서 말갛게 미소 짓는다. 거기에 눈길을 던진 딸의 모습이 어여쁘고 대견하다. 오늘은 장엄한 산맥의 사방 펼쳐짐을 가득 품을 수 있어 더더욱 잘 왔다는 생각이 든다.

"저기 보이는 저 산들 대다수가 아빠랑 만났었지."
"아빠가 오래오래 산에 다녔으면 좋겠다는 생각을 늘 하고 있었어요."
"그랬어?"

아빠가 지금처럼 늘 강건한 체력을 유지하고 내면적으로도 편안하셨으면 좋겠어요. 아시죠? 쑥스러워서 표현하지는 못했지만 그게 제 속마음이라는 걸요. 딸의 표정이 그렇게 말하고 있었다.

살면서 겪는 세상 시달림이 어찌나 매서웠는지, 동면에서 깨기까지 얼마나 추웠던지 아빠는 너무나 잘 알고 있단다. 그러나 놓을 수 없는 삶인지라 애타게 부여안았더니 잉태의 순간 다가오는 듯하구나.

딸아, 그 호된 기억들, 잠깐의 선잠이라 여기고 태동의 환한 미소 함께 짓자꾸나.

"딸! 나중에 약간의 인내를 필요로 하는 겨운 일이 생기거든 오늘 영봉 오른 기억을 되새겨봐."

피자 한 조각에 잊히는 게 허기 아니던가요. 지나고 나면 한바탕 봄 꿈같은 게 지난 일 아니던가요. 이젠 힘든 일쯤은 피하지 않고 적극적으로 나설 수 있을 것도 같아요. 화사하게 붓꽃 피고 진달래 다시 피거들랑 이젠 그 시절에 더 아름다워지게끔 공들여 보듬고 손 내밀어 쓸어줄래요.

딸과 어깨동무하고 보는 산정에서의 설경이 멋지다. 함께 보는 하얀 눈꽃이 눈부시도록 아름답다.

황홀한 심연에 녹아져
촛농 같은 진한 눈물 떨구며
신령한 영봉 자락 붙들고 피었다가
지는 하얀 눈꽃이면 좋겠다

"올라오면서 산양을 볼 수 있었으면 좋았을 텐데."
"이 산에 산양이 있어요?"
"응, 국립공원에서 산양을 방사했는데 최근까지 잘 적응하며 살고 있다더라."

산이 깊고 청정한 월악산에 종 복원센터에서 복원한 산양 여섯 마리를 방사했었다. 새끼의 배설물이 발견됨으로써 자연증식이 이뤄졌다는 것도 확인하였다.

"살아있는 화석이나 다름없네요."
"그렇다고 볼 수 있겠지?"
"산양의 배설물이 있는 곳에서 뽕나무가 더 싱싱하게 자란다는 글을 읽은 적이 있어요."
"맞아. 산양을 풀어놓은 것도 생태계 조절을 통해 자연을 보전하기 위함이지."

 자연적으로 형성되는 동식물의 생태계가 인간의 삶에 미치는 영향이 얼마나 소중한지는 이제 환경운동가들의 입을 빌리지 않더라도 상식화되었다. 산에서, 숲에서 먹이사슬의 자연스러운 균형이 얼마나 중요하게 작용하는지를 진작 깨달았어야 했다.

"지리산 반달곰처럼 이 산에서도 산양들이 잘살았으면 좋겠네요."
"동감이야."

 월악산은 충북 제천, 충주, 단양과 경북 문경 일대에 걸쳐 1984년 국립공원으로 지정되었다. 금수산, 도락산, 용두산과 구담봉, 옥순봉, 상선암, 중선암, 하선암 등 명산 비경을 두루 갖춘 데다 청풍호반과 충주호반을 끼고 있으며 계곡 일대에는 월광폭포, 월악 영봉, 자연대, 수경대, 학소대, 와룡대, 망폭대, 팔랑소의 8경이 있다.

마음 같아서는 산양뿐 아니라 인근의 아름다운 명소들을 모두 보여주고 싶지만 그건 훗날 배필 될 사람을 만나거든 그때 같이 봐도 늦지 않을 것이었다.

세찬 바람에 눈가루 흩날리는데도 월악산 꼭대기 여기 영봉이 마냥 푸근하기만 한 건 저만치 멀리 존재했던 것 같은 딸과 함께 올라 푸른 하늘빛 목화 구름 탄 양 잠시 착각에 빠져들기 때문이리라.

얼굴에 퍼붓는 눈보라 그대로 맞아가며 가쁜 숨 몰아쉬어 오르고 올라 거기서 또 비켜 돌아 당도한 이곳 영봉에서 긴 회상에 젖다가 하산 준비를 한다.

나무계단이 올라올 때보다 내려설 때 더 아찔하다. 덕주사 날머리까지 4.9km. 급경사의 계단이 거듭된다. 계단을 거의 내려설 무렵 딸의 무릎이 꺾이는가 싶더니 그예 넘어지고 만다.

"미쳤어. 내가 여길 어떻게 올라왔지?"

툭툭 손바닥을 털며 일어서더니 고개를 흔들어댄다. 걷는

512

걸 보니 다친 거 같지는 않다.

"아무리 조심스레 발 디뎌도 어느 순간 넘어질 수 있는
데가 산이야."

어느 순간 평화에 금이 가고 행복이 위급으로 바뀔 수 있
다는 면에서 산은 삶과 비견된단다. 그러할 때 얼마나 위기
를 잘 극복하느냐가 순탄하게 평화와 행복을 지속하는 것
못지않은 지혜로운 처세 아닐까 싶구나. 딸아이의 넘어짐에
서도 처세 운운하는 생각이 뇌리에 감돌지만, 입 밖에 내지
는 않는다. 꼰대 취급을 받기 싫은 것이다.

휘이잉, 위잉. 굵은 자국 남기는 회오리에 휘감기고 휘둘
려 멍한 이명에 아픔조차 못 느끼며 길게 무기력해지는 나
약한 존재로 머문다면 젊어 배운 학습 어디라서 빛나겠니.
가파르고 미끄러운 바윗길, 숱하게 나타나며 시험 들게 하
고 도전하게 만드는 게 삶. 발길마다 추억으로, 흔적마다
교훈으로 새기고 또 새기어 무심히 올랐다가 내려가며 평
화 얻는 정중동의 의미를 오늘 월악산에서 조금이나마 깨
우쳤으면 좋겠구나.

동창교에서 올라와 만나는 송계 삼거리를 거치고 신륵사
삼거리를 또 지날 때는 바람이 더욱 세차게 분다. 조망대에
서 영봉을 다시 한번 올려다보고 너덜 길과 경사 심한 계

단을 거듭 내려선다. 그리고 화강암 벽에 조각된 길이 14m 에 이르는 마애불(보물 제406호) 앞에서 멈추었다.

"마의태자와 덕주공주의 전설을 품은 불상이지."
"마지막 신라의 설움이 담긴 불상이라서 그런지 바위벽이 더욱 싸늘하게 느껴지네요."

마의태자가 망국의 한을 품고 금강산으로 향하다가 월악산 에 머물렀는데 관세음보살이 나타나 마애불을 만들면 억조 창생을 구제할 수 있다는 꿈을 꾸었다.
남매는 함께 월악산 최고봉 아래 북두칠성 별빛이 비치는 절벽을 골라 마애불을 조각하며 8년의 세월을 보냈는데 그 곳이 바로 덕주사 자리라고 한다.
오누이가 부친인 통일신라 마지막 경순왕을 그리워했다는 전설이 전해 내려오는 덕주사에는 마애불 외에도 이들 남 매를 기리는 시비가 있고 미륵리 절터에는 보물 95호와 96 호로 지정된 5층 석탑이 서 있다.
탐방지원센터를 통과하여 산행을 마치자 바람이 더욱 드세 다. 달이 넘다 걸려 월악산이라 했던가. 내려와 올려보니 지는 노을마저 미끄러운지 해거름 석양빛이 머뭇거리며 영 험한 영봉의 모습을 쉬이 사라지지 않게 만든다.

514

"오래도록 추억으로 남을 거 같아요."

"아빠도 그럴 거야."

 모처럼 딸과의 산행이라 영봉은 기억 속에, 가슴속에 오래
도록 머물러 있을 것이다.

때 / 겨울
곳 / 한수면 송계리 – 동창교 매표소 – 송계 삼거리 – 신록사 삼거리
– 영봉 – 신록사 삼거리 – 덕주사 마애불 – 덕주사

충주호 최고 절경인 구담봉, 옥순봉과 제비봉

층층이 쌓이고 켜켜이 주름진 암벽 사면마다 조각품이고,
절벽에 뿌리내린 나무들은 조경의 극치를 이룬다.
트였다가 막히고 다시 트이는 공간으로
유유한 흐름을 이으며 전시품들을 관람시켜 준다.

"열 걸음 걷다가 아홉 번 뒤돌아볼 만큼의 절경이로다."

조선 연산군 때 사림파의 언관言官이었던 김일손이 이곳
을 지나던 중 절경에 도취해 이처럼 칭찬하였다. 그 자리에
서 이곳을 단구협丹丘峽이라 칭했는데 바로 충주호 유람선
관광지로 유명한 장회나루를 일컫는다. 예로부터 소금강이
라 불릴 만큼 충주호 관광의 최고 절경지로 꼽히는 곳이다.

1548년 단양군수로 재임하던 퇴계 이황은 중국의 소상팔
경보다 더 아름다운 곳이 단양이라 여기고 훗날 다른 지방
사람들이 단양에 찾아오면 꼭 가보도록 명승지 여덟 곳을
정하였는데 일컬어 단양팔경이다.

남한강 상류의 도담삼봉과 석문에 충주호의 대표적 명소인
구담봉과 옥순봉을 포함하고 선암계곡의 아름다운 풍광을
장식하는 상선암, 중선암, 하선암과 운선구곡의 사인암을
말한다.

516

조선왕조 개국공신 정도전은 단양에 은거하다가 도담삼봉에서 본떠 자신의 호를 삼봉이라 지었다. 또한, 이황, 김일손, 이중환, 이지함 등 수많은 학자가 단양의 풍광을 극찬했고 산수화의 대가 단원 김홍도는 옥순봉도를, 겸재 정선은 구담봉도를 화폭에 담아 단양팔경의 아름다움을 표현한 바 있으니 이곳을 탐방하는 건 한 폭 동양화에 묻히는 것이나 다름없다.

충주와 단양을 잇는 36번 국도변에 청풍호반과 어우러진 단양팔경의 경승지 구담봉과 옥순봉이 있다.

"곁에서 보는 것과 직접 접하여 어우러지는 느낌은 그 질이 같을 수 없다."

충북 제천시 수산면과 단양군 단양읍의 경계를 이루는 구담봉龜潭峰은 이웃한 옥순봉玉筍峰과 함께 충주호 수상 관광의 백미이지만 다른 느낌의 질감을 맛보며 직접 어우러지고자 동양화 속으로 파고들어 간다.

눈에 비치는 곳마다 산수화 관람장, 한 폭 동양화

월악산국립공원에 속하는 계란재 공원 지킴터가 두 봉우리

517

를 오르는 들머리이자 날머리이다. 봄을 흘려보내고 여름으로 접어드는 계절의 산과 물은 면면이 초록이다. 많은 탐방객이 신록과 초록 물빛에 어우러진 기암절벽을 감상하려 이곳으로 몰려왔다.

고교 동창들의 산악회 리더로서 34명의 참가자를 이끌고 환상의 절경을 보여준다고 생각하니 스스로 몽환적 분위기에 빠져든다. 완만한 비탈을 올라 372m 고지 삼거리에 이르면 왼쪽으로 옥순봉, 오른쪽으로는 구담봉 가는 길이다. 구담봉을 먼저 갔다가 다시 돌아와 옥순봉으로 가기로 하였다.

"와우, 대박!"
"헐~"

잔잔하게 그늘진 숲길을 지나면서 속이 시원할 정도로 조망이 트인다. 왼편으로 말목산과 오늘 산행하게 될 제비봉이 물을 가르고 솟아있는 걸 보면서 감탄 일색이다. 충주호 건너 가은산과 그 뒤로 금수산이 길게 뻗어있다.

고개를 돌리면 제비봉 주변의 기암들이 근육질의 남성미를 뽐내고 멀리 소백산 마루금이 흐릿한 암영으로 비추어 눈에 들어차는 곳마다 멋지게 붓질한 캔버스이다. 충주호는 여느 때와 마찬가지로 흐름을 멈춰 고요하고 정숙하다.

앞에 보이는 남한강 물줄기의 장회탄長淮灘은 노를 젓지 않으면 저절로 배가 밀려날 정도로 물살이 센 곳이었는데 충주댐 건설 이후 잔잔한 호수로 변했다. 바위 절벽의 일부는 물에 잠겼어도 그 외관은 외려 넉넉해졌다. 변화에 적응하듯 넓어진 물길과 잘 조화된 풍광을 보여준다.

구담봉으로 오르는 비탈 암릉의 지그재그 이어진 층층 계단이 이쪽 맞은편에서는 아찔할 정도로 높아 보인다. 이 지점에서 숨 돌리며 일행들을 모으고 건너편으로 향한다. 험준한 바윗길을 타고 내려가 정상 암벽 아래에서 수직에 가까운 가파른 코스를 땀깨나 흘리며 올라야 한다.

거북과 연관 지어 이름 붙인 구담봉은 깎아지른 절벽이 거북의 형상이라고도 하고, 물에 잠긴 바위벽에 거북 무늬가 있다고도 하는데 지금 내려다보는 물밑으로 거북이들이 떼를 지어 헤엄치고 있을 거라는 상상을 하게 한다.

가파른 계단을 오르면 해발 330m라고 적힌 정상석이 놓여있고 전망대가 설치되어 있다. 굽이돌며 바위산의 절벽을 깎아내고 산과 산들이 간격을 내주어 물길을 이룬 충주호가 길고 깊고 또 아련하다. 유영하듯 잔잔한 물결을 만들어내는 유람선의 모습도 애잔한 낭만을 느끼게 한다.

전망대는 산수화를 감상하는 최적격의 장소이다. 친구들도 사진을 담기에 여념이 없다. 층층이 쌓이고 켜켜이 주름진 암벽 사면마다 조각품이고, 절벽에 뿌리 내린 나무들은 조경의 극치를 이룬다.

트였다가 막히고 다시 트이는 공간으로 유유한 흐름을 이으며 전시품들을 관람시켜 준다.

내륙의 바다인 충주호는 한려수도에 비견할 만하다. 구담봉을 바라보며 느긋하게 여유로워지는 마음으로 퇴계 이황의 시를 음미해본다.

새벽에 구담 지나노라니 달은 산마루에 걸려 있네
높이 웅크린 구담봉은 무슨 생각 저리 깊을까
예 살던 신선은 이미 다른 산으로 숨었으리라
다만 학과 원숭이 울고 구름 한가로이 흘러갈 뿐

퇴계가 반한 옥순봉, 두향이 흠모한 퇴계

가은산과 금수산 줄기를 타고 내려와 물길로 이어지는 제비봉에 눈길을 두면서 한 가지 의문을 지니게 된다.

조선 명종 때 단양군수로 부임한 퇴계 이황을 흠모했던 관기 두향은 죽으면서 퇴계와 함께 노닐던 강가 강선대 아래에 묻어달라는 유언을 남겼다.

충주댐이 생기면서 강선대가 물에 잠기자 퇴계의 후손들이 두향의 묘를 제비봉 기슭에 이장하고 두향 지묘杜香之墓라는 묘비를 세워 지금까지 제사를 지낸다고 한다. 정실부인이나 소실도 아니었고 따라서 가문의 범주에 전혀 들지 않는 기생에게 제사를 지낸다는 것이 의아한 것이다.

두향의 묘가 있는 제비봉 기슭을 더듬다가 구담봉을 내려선다. 구담봉에서 옥순봉으로 가려면 왔던 길을 되돌아가야 한다. 두 봉우리는 능선을 따라 1km 떨어진 거리에 있다.

행정구역상 구담봉은 단양이고 옥순봉은 제천에 속하지만, 이 두 봉우리는 형제처럼 혹은 남매처럼, 어쩌면 하나처럼 한 번의 방문에 함께 보게끔 하는 곳이다.

구담봉과 더불어 단구협 제일 절경으로 꼽히는 옥순봉은 희고 푸른 멋진 바위들이 힘차게 솟은 대나무의 싹과 흡사하여 이름 붙여졌다. 유람선을 타고 보면 비 온 후 쑥쑥 자라는 죽순을 연상하게 한다.

372m 고지인 삼거리에서 옥순봉까지는 구담봉에 비해 순탄하다. 경사가 완만한 숲길을 빠져나가면 바위 구간이 나오는데 옥순봉이 멀지 않았다는 표시이기도 하다. 바위 구간을 오르다가 좌우로 갈라진 길에서 좌측의 정상에 앞서 우측 봉우리로 먼저 향한다.

"여기도 전망이 기막힌 곳일세."

봉우리 언저리 바위 아래에서 내려다보는 충주호는 간담이 서늘할 정도로 아찔하다. 유람선도 이곳 옥순봉의 절경에 도취한 듯 바로 절벽 밑에서 멈춰 서있다. 노을 물드는 충주호반의 풍경도 여기 옥순봉에서 보면 탄성이 그치지 않을 정도라는데 상상이 가고 그림이 그려진다.

옥순봉의 절경에 탄복한 이황은 당시 청풍(지금의 제천)에 속한 옥순봉을 단양에 편입시켜주길 청했으나 거절당하자 옥순봉 석벽에 단구동문丹丘洞門, 즉 단양의 관문이라는 글귀를 새겼다.

옥순봉을 둘러싼 제천과 단양 두 자치단체의 신경전은 지금도 여전하다니 옥순봉의 가치가 얼마나 대단한지 고개를 끄덕이게 된다.

옥순봉 정상(해발 286m)에서는 아까 구담봉에서 볼 수 없던 충주호 하류까지 긴 흐름을 볼 수 있고 금수산 정상과 가은산의 암봉들을 한눈에 담을 수 있다. 멀리 뾰족하게 솟은 월악산 영봉이 시야에 잡힌다. 여기서 제비봉을 보면 두향의 이장한 묫자리가 쉽게 가늠된다.

단양군수로 부임한 48살의 퇴계 이황은 고을 관기였던 18세의 어린 두향을 만난다. 30년 격차와 신분을 초월한 로맨스라고 해야 할까.

화담 서경덕과 황진이처럼 기생과 양반의 멜로는 다양하게 전해왔다. 두향은 대나무처럼 올곧은 퇴계를 연모하였고 퇴계도 부인과 아들을 잇달아 잃었던 터라 공허한 가슴에 두향이 스며드는 걸 어쩌지 못한다.

522

시와 서예와 거문고에 능하고 매화를 좋아했던 두향은 퇴계의 곁에서 거문고를 타며 품은 연정을 지켜갔다. 그렇게 9개월이 지난 어느 날, 퇴계는 혼자 경상도 풍기 군수로 옮겨가게 된다.

마음이 통하는 이들이 헤어져야 한다는 게 얼마나 처절한 현실인가. 이별을 앞둔 마지막 날, 깊은 어둠만큼이나 두 사람의 마음도 무겁게 가라앉았다. 정적을 깨고 퇴계가 입을 열었다.

"죽어 이별은 소리조차 나오지 않고死別己吞聲 살아 이별은 슬프기 그지없네生別常惻測."

두향은 조용히 먹을 갈고 붓을 들더니 한 수 시를 적는다.

이별이 하도 서러워 잔 들고 슬피 울 때
어느덧 술 다하고 임마저 가는구나
꽃 지고 새 우는 봄날을 어이할까 싶구나

단양을 떠날 때 두향은 퇴계의 짐 보따리에 곱게 싼 수석 두 개와 매화 화분 하나를 넣었다. 몸은 떨어져 있어도 잊지는 말아 달라는 표식이었을 것이다.

이때부터 퇴계는 평생토록 이 매화를 두향으로 여기듯 애지중지했다.

"이 화분을 다른 방으로 옮겨라."

부제학, 공조판서, 예조판서 등을 역임하고 말년에 안동에 은거하던 퇴계는 나이가 들어 초췌해지자 매화에 그 모습을 보일 수 없다면서 매화를 옮기라고 한 것이다.
매화를 주제로 수많은 시를 썼던 퇴계는 아마도 두향을 염두에 두며 작시했을 거로 짐작하게 한다.

뜰앞에 매화나무 가지 가득 눈꽃 피니 一樹庭梅雪滿枝
풍진의 세상살이 꿈마저 어지럽네 風塵湖海夢差池
옥당에 홀로 앉아 봄밤의 달을 보며 玉堂坐對春宵月
기러기 슬피 울 제 생각마다 산란하네 鴻雁聲中有所思

두 사람은 1570년 퇴계가 69세의 나이로 임종할 때까지 21년 동안 단 한 번도 만나지 않았다. 퇴계와 헤어진 두향은 남한강 변 구담봉 근처에 초막을 짓고 은둔생활을 했고 평생 선생을 그리며 살았다.

충주호를 차고 비상하는 물찬 제비

계란재로 원점 회귀하여 그리 멀지 않은 장회나루로 이동한다. 구담봉과 옥순봉을 다녀온 34명 중 23명이 제비봉을 다시 오르기로 하였다.

제비봉 공원 지킴터를 통과해서 길게 위로 뻗은 통나무 계단을 오르면서도 자꾸만 고개를 돌리게 되고 아래쪽으로 눈길을 두게 된다. 장회나루 앞으로 물살을 가르는 유람선도 시원하고 다녀온 구담봉과 옥순봉도 장쾌한 기상으로 깊은 물에 거대한 하반신을 담그고 있는데 눈에 담은 것마다 눈길을 잡아끌기 때문이다.

경사 급한 철제 계단을 또 오르지만 오를수록 주변 풍광은 색다른 모습을 연출하기에 오름길이 버겁지 않다. 바위를 뚫고 뿌리를 뻗은 소나무는 그 강인함만큼이나 유연성을 보여준다. 물의 흐름을 따라 기둥 줄기를 호수 쪽으로 굽혀서도 싱싱하게 가지를 뻗치고 있다.

이처럼 아름다운 곳에서 생장의 기운을 소진할 리 없겠지만 만일 고사목이 되더라도 바위 깊이 박은 뿌리만큼은 사력을 다해 뽑히지 않으려 할 것이다.

공터처럼 널찍한 제비봉 정상(해발 721m)에 많은 사람이 휴식을 취하고 있다. 정상에서 내다보는 월악산의 겹겹 봉우리들이 오후 햇빛을 받아 찬란하고도 옹골찬 위상을 보여준다.

충주호에서 유람선을 타고 바라보면 부챗살처럼 드리운 바위 능선이 마치 제비가 날개를 활짝 편 것 같아 제비봉이라 명명했다고 한다. 그야말로 물 찬 제비에 부합한 이름이라는 생각이 든다.

탐방객들이 줄지은 하산로의 모습도 볼만한 광경이다. 에메랄드 물빛과 짙푸른 녹음 위로 형형색색의 잔잔한 움직임이 무한한 동지애를 느끼게 한다.

545m 봉에서 숨을 돌리며 북쪽으로 호수 건너편의 말목산 끝봉 아래를 찬찬히 살펴보면 물에 잠겨 상단만 살짝 보이는 강선대와 그 왼쪽의 외딴 봉분을 가늠할 수 있다.

천하절경에 자리 잡은 두향의 묘소이다. 1970년대 소설가 정비석은 조선일보에 연재한 명기 열전에서 두향 편을 쓴 적이 있었다.

두향의 묘를 찾아 사비로 비석을 세우고 나중에 충주댐으로 수몰될 상황이 되자 정비석 선생은 발 벗고 나서서 건의하였고 이 지역주민들과 퇴계 후손들의 노력으로 강선대 아래 30여 m 지점에 있던 두향의 묘를 강선대 왼쪽 위인 지금의 자리로 이장한 것이다.

안동으로 내려온 퇴계가 타계하자 부음을 들은 두향은 나흘을 걸어 안동으로 간다. 한 사람이 죽어서야 두 사람은 만날 수 있었으나 그것마저 빈소가 내려다보이는 뒷산 언덕에서 숨죽여 통곡하는 게 다였다.

다시 단양으로 돌아온 두향은 강선대에 올라 신주를 모셔

놓고 거문고로 초혼가를 탄 후 남한강에 몸을 던져 생을 마감했다. 초혼招魂이라 함은 사람이 죽어 이미 떠난 혼을 불러내려는 간절한 소망을 의미한다지 않던가. 두향의 사랑은 한 사람을 향한 지극히 절박하고 준엄한 사랑이라 아니할 수 없었다.

전해 내려오는 설화에 상상력이 보태져 각색된 멜로일 수도 있겠으나 퇴계와 두향의 사랑 이야기를 접하면서는 이해 여부를 떠나 애틋함 그대로 느끼려 한다.

"매화에 물을 주어라."

그리고 눈을 감기 직전 퇴계 이황의 마지막 한마디는 두향을 잊지 못한 채 숨을 거둔다는 의미로 받아들여진다. 단양에서 떠나는 퇴계에게 두향이 주었던 매화는 피고 또 피고, 대를 잇고 이어 지금까지도 안동 도산서원 앞에 그대로 피고 있다.

내로남불이라는 의미처럼 옳고 그름을 따지다가 그녀의 사랑에 생채기를 입힐까 조바심이 생기는 것이다. 두고두고 금이 가지 않는 로맨스로 후세에도 순수하게 전해지길 바라는 마음이다.

퇴계 사후 150년 뒤에 조선 중기의 문인 월암 이광려는 두향의 묘를 참배하고 시 한 수를 바쳤다.

외로운 무덤 하나 길가에 누웠는데
거친 모래밭엔 꽃도 붉게 피었네
두향의 이름 잊힐 때면
강선대 바위도 사라지겠지

퇴계를 향한 마음이 평생 변치 않았던 두향을 기리고자 퇴계의 후손들은 지금도 두향의 무덤에 참배하며 묘소를 관리하고 있다.

때 / 초여름
곳 / 계란재 공원 지킴터 - 372m 봉 삼거리 - 구담봉 - 372m 봉 삼거리 - 옥순봉 - 계란재 공원 지킴터 - 장회나루 - 제비봉 공원 지킴터 - 제비봉 - 원점회귀

이퇴계도 반한 절경, 도락산

얼마 지나지 않아 고사할 것만 같은 나무들이 듬성듬성 서 있는데
아직도 팔팔하다는 양 뻗은 가지에 힘이 들어가 있다.
죽어서도 살아있는 듯, 죽음에 이르러서도 기운을 뿜어내는 건
자연에서나 볼 수 있는 의연함이다

충청북도 단양군 단성면에 소재한 도락산道樂山은 소백산
과 월악산 사이에 형성된 바위산으로 현재 일부가 월악산
국립공원에 포함되어 있다.

"깨달음을 얻는 데는 나름대로 길이 있어야 하고 거기에
는 필수적으로 즐거움이 있어야 한다."

조선 후기의 문신이자 정통 성리학자인 우암 송시열의 철
학에 의미를 부여하여 산 이름을 지었다고 전해진다.

퇴계 이황도 감탄한 절경

서울에서 아침 일찍 출발한 버스가 도락산 단양 탐방안내
소에 도착한 건 세 시간쯤 지나서였다. 모교 동기생 32명

이 내리자 주차장은 시끌벅적하다. 봄 산행으로 도락산을 찾은 이들은 우리 말고도 상당히 많았다. 이들과 함께 하는 단체 주말 산행에서 깨달음을 얻지는 못하더라도 안전하고 즐거운 길이 되었으면 하는 마음으로 들머리를 찾는다.

마을을 지나자마자 보이는 갈림길에서 왼쪽 제봉으로 향하는 길이 아닌 오른편 검봉 쪽으로 방향을 잡는다. 도락산은 등산로 양옆과 앞뒤로 아기자기한 바위들이 병풍처럼 이어지기 때문에 조망이 매우 좋은 편이지만 예전에 왔던 코스의 반대편으로 오름길을 택한 건 오르면서 볼 때 그 바위 절벽들의 풍광이 더 뛰어나다고 판단해서이다.

콘크리트 진입로를 올라 흙길 등산로에 접어들면서 곧바로 고도가 높아지기 시작한다. 천천히 사진을 찍으며 유람하듯 오르는 친구도 있고, 초반부터 숨을 몰아쉬는 친구들도 있다. 작은 선바위를 지나고 큰 선바위에 이르자 친구들은 반으로 줄었다.

1970년대 말 중국 개혁과 개방을 강조한 덩샤오핑이 흑묘백묘黑猫白描의 논리로 경제철학을 표방한 바 있다. 검은 고양이든 흰 고양이든 쥐만 잘 잡으면 되듯, 자본주의든 공산주의든 인민을 잘살게 하면 그게 최상의 정책이라는 것이다.

이 상황에 그 논리를 패러디하는 게 생뚱맞기도 하지만 처음부터 각자의 체력에 맞춰 산행코스를 정했으므로 전체

530

가 일괄되게 걸음을 맞출 수는 없다. 그저 각자의 패턴대로 오늘 하루 안전하고 즐거우면 그만이다.

구름이 낮게 드리워 산 중턱부터 가려진 몇몇 봉우리들은 섬처럼 떠 있어 운해의 묘미를 맛보게 한다. 습한 오전이라 진달래도 축축하게 젖어 금세라도 꽃잎이 질 것만 같다.

바위 구간은 소나무 조경수 전시장이다. 암릉 바위틈에 솟은 청송은 숲을 배경으로 하여 멋진 산수화를 그려낸다. 몸을 비틀어 바위로 뿌리를 뻗은 건지 아니면 바위를 뚫고 줄기를 솟구친 건지 유연함과 강인함의 양면을 보여준다.

암벽과 암벽을 잇는 데크와 오름 계단이 거듭 이어진다. 빛 가림이 부실해 땀도 나고 힘이 들지만 반면에 조망은 일품이다. 월악산국립공원 일대와 소백산이 분간하기 어려울 정도로 이리저리 겹쳐있다.

얼마 지나지 않아 고사할 것만 같은 나무들이 듬성듬성 서 있는데 아직도 팔팔하다는 양 뻗은 가지에 힘이 들어가 있다. 죽어서도 살아있는 듯, 죽음에 이르러서도 기운을 뿜어내는 건 자연에서나 볼 수 있는 의연함이다.

널따란 마당바위에 서자 소소히 바람이 불어 힘들게 올라온 수고로움을 씻어준다. 먼저 도착한 친구들과 과일을 나눠 먹고 커피도 한잔 마시니 소모된 에너지가 재충전된다.

채운봉(해발 864m)에서 조망을 즐기며 잠시 기다리자 절반이 조금 넘는 18명이 왔고 도락산 삼거리에서 13명이 더 올라가기를 멈춘다.

"나름대로 깨달았으니 이쯤에서 멈출래."
"점심시간 지났어. 일단 허기를 채우자."
"그래, 여기서 먹고 쉬고 있어. 얼른 다녀올게."

산행보다는 피크닉 위주의 모임인지라 정상 바로 아래의
삼거리까지 온 것도 대단한 거였다. 처음부터 정상을 염두
에 두었던 세 명의 친구, 병소, 태영, 한수와 함께 네 명만
신선봉에 닿는다.

도락산에서 전망만큼은 으뜸인 신선봉은 거대한 암반에 노
송들이 솟아있고 정면에 월악산이 버티고 서있다. 황정산,
작성산과 용두산이 연이어 높이를 다투고 있다.

조금 더 진행하여 도락산 정상(해발 964.4m)에 올랐다.
북으로 사인암과 서쪽으로 상선암, 중선암, 하선암의 단양
팔경 중 4경이 인접해 있어 주변 경관이 더욱 아름다우니
단양군수를 지낸 퇴계 이황도 절경에 감탄했을 법하다.

이황처럼 의젓하게 정좌하여 절경에 도취하자 청아하게 귓
전 울리며 봄 오는 소리가 멜로디처럼 퍼진다. 꽃샘바람 물
러가지 않고 풀 깨우고 나무 깨워 새롭게 희망을 안아 식
는 사랑 다시 펼치라며 사방팔방 분주히 넓은 오지랖을 펼
치는 게 그려진다.

부쩍 푸르러진 하늘빛 뚫고 내리 뿜는 햇살은 더욱 너른 마음 지녀 모든 사물을 보듬으라는 전령이 된다.

사색이었는지 오수였는지 잠깐 감았던 눈을 뜨고 정상에서 내려선다. 삼거리에서 잔류한 친구들과 챙겨 온 먹거리를 풀어놓으니 상차림이 입맛을 돋운다.

"다음에는 계곡이 있는 곳으로 가자. 물 없는 산은 처음 본다."

산행만으로는 즐거움의 도락을 느끼지 못하겠다며 한 친구가 투덜댄다. 물 흐르는 계곡이 없어 여름엔 탐방객이 많지 않을 수도 있겠다. 바위산이라 조망은 트였어도 더위를 감수해야 하는 단점까지 있어 초보 산객들한테는 다소 버거운 산일 것이다.

사람 인人변에 계곡 곡谷자가 붙어 세상 풍속俗을 즐기게 되는 것이거늘. 초록 그늘이 태양을 가려주고 땀을 식혀주는 산중의 색다른 미각을 알려주기엔 친구의 입맛이 까다롭거나 내 요리 솜씨가 형편없이 부족하다.

"최대한 조심해서 내려가자."

즐겁고 안전하면 최상 아니겠는가. 제봉을 지나 암릉 구간도 모두 무사히 통과하자 한결 마음이 놓인다. 하산로도 조망이 트였고 다양한 소나무들이 눈길을 끌어당긴다.

지능선 갈림길에서 통나무 계단을 내려가고 돌길과 흙길을 지나니 주차장 버스 옆에서 쉬고 있는 친구들이 반긴다.

때 / 초봄
곳 / 상선암 주차장 – 작은 선바위 – 큰 선바위 – 범바위 – 검봉 –
채운봉 – 형봉 – 신선봉 – 도락산 정상 – 제봉 – 상선암 – 원점회귀

북바위산, 북을 두드려 월악 영봉의 호령을 알리다

산 중턱에 거대한 바위가 우뚝 나타난다.
가까이 볼 수 있는 전망대에서 바라보니 마치 인위적으로
바위의 반을 평면으로 잘라낸 것처럼 절묘한 형상이다.
바로 북바위다

　북바위산은 충청북도에서 선정한 충북 명산 30곳 중 하나로 월악산국립공원 내의 충북 충주시 수안보면과 제천시 한수면에 걸쳐있다.

　계립령鷄立嶺 북쪽에 위치한 바위산이라 북암산北岩山이라는 별칭을 지니고 있다. 마골참, 지릅재라고도 일컫는 계립령은 문헌상 우리나라 도로 사에 있어서 서기 156년 신라 때 처음으로 개척한 고갯길이다.

　그보다 더 유력한 명칭 유래는 산자락에 타악기 북鼓 모양의 기암이 있어서이다. 그 기암이 있으므로 해서 북바위산 또는 고산鼓山이라고 칭해졌다는 게 설득력이 있다.

　제천시 한수면 송계리는 월악산국립공원의 손꼽는 명소인 송계계곡이 위치한 곳이다. 물레방아 휴게소 도로 맞은편의 넓은 주차장에는 우리 일행들 말고도 두 곳의 산악회 버스가 연이어 도착하더니 많은 등산객을 내려준다. 조용했던 산자락이 금세 북적거린다.

말발굽 소리와 북소리를 들으며 고도를 높인다

주차장 바로 앞 소나무와 활엽수 빼곡한 수림 사이로 송계계곡의 암반을 타고 흐르는 물소리를 귀에 담다가 휴게소 쪽으로 길을 건넌다. 물레방아가 도는 휴게소에서 오른쪽으로 돌아 나무계단을 오르면서 북바위산에 진입한다.

국립공원이라 등산로는 양호한 편이지만 오르막의 기세가 대단하다. 한참 경사 가파른 길을 오르게 된다. 올라갈수록 조망이 탁월하고 부드러운 바위지대가 줄을 잇는다. 오른쪽 정상 일대에 암봉의 형세가 유독 튀어 보이는 용마봉이 계속 눈길을 잡아끈다.

단체 산행에 등산객들이 뒤섞이면서 다소 산만하여 걸음을 빨리해 앞서 나간다. 바위 오름길이 잦지만, 경치가 좋아 빠른 걸음에도 눈동자가 바삐 움직인다. 월악산 주 능선이 아닌 곳에서 영봉을 이처럼 가까이 보는 건 북바위산이 처음인 듯하다.

월악산 전망대라는 별칭을 지닌 북바위산답다. 눈부시도록 푸른 하늘에 생채기라도 낼까 보아 뾰족 월악 영봉 위로 구름 한 점이 움직임 없이 고여 있다.

그러다가 산 중턱에 거대한 바위가 우뚝 나타난다. 가까이 볼 수 있는 전망대에서 바라보니 마치 인위적으로 바위의 반을 평면으로 잘라낸 것처럼 절묘한 형상이다. 바로 북바위다.

보이는 전면이 북의 몸통처럼 둥근 원형을 이룬 절벽인데 수십 그루의 소나무가 절벽을 감싸고 있다. 폭 40m, 높이 80여 m에 달하는 단애는 색깔까지 쇠가죽과 흡사해 실제로 북을 연상시킨다.

전설에 의하면 오름길 내내 따라붙던 용마봉은 월악산 영봉이 타고 다니는 용마이고 지금 보고 있는 북바위는 영봉의 호령을 천하에 알리는 하늘의 북天鼓이었다고 한다. 갑자기 말발굽 소리와 둥둥 북소리가 요란스럽게 들려온다.

북소리를 내며 올라오는 산객들에게 전망대를 양보하고 정상을 향해 진행한다. 높이에 비해 오르막이 길고 많은 편이다. 북바위 옆으로 거대한 암릉에 길게 설치된 계단을 오른다. 북바위를 측면에서 보니 작두로 썰어낸 것 같은 수직 단애에 작은 소나무 한 그루가 매달린 것처럼 혹은 박혀있는 것처럼 대단한 생존력을 보여준다. 계단에 올라 돌아보면 월악산이 광활하게 펼쳐졌다.

왼쪽으로 산행이 제한된 박쥐봉을 보고 소나무 늠름하게 뻗은 평평한 흙길을 걷다가 다시 바위로 올라서게 된다. 여기서도 바위를 뚫고 몸뚱이를 뻗어 나왔거나 바위에 뿌리를 뻗어 내린 소나무들을 수두룩 보게 된다. 등로 아래쪽에는 반듯하게 나무를 심어놓은 채종림도 보인다.

북바위 위쪽으로 지름 50cm가량의 홈통바위를 통과하고 경사진 등산로를 거슬러 북바위봉에 올라섰다. 여기서 능선을 따라 세 개의 봉우리를 더 지나야 정상이다.

정상 직전의 봉우리에 다다르자 정상 뒤편 아래로 사사리고개가 움푹 낮아져 있다. 아무런 장애 없이 올라왔는데 올라온 길을 내려다보니 꽤 험해 보인다. 바위산의 특징이다.

조망 장소가 많아 더욱 더딘 걸음으로 북바위산 최고봉(해발 772m)에 도착했다. 절벽 아래로 석문교 주변이 시원하게 펼쳐져 있다. 정상의 전망대에서도 월악산 곳곳을 두루두루 조망하고 주흘산과 부봉을 눈에 담는다.

조령산의 신선봉, 마패봉, 연어봉 등 참으로 많은 봉우리가 중첩되어 파란 하늘을 떠받치고 있다. 북쪽으로 계립령, 서쪽으로 충주시 수안보 지역이 가늠된다. 한참 동안 사통팔달의 조망 권역을 살펴보다가 하산한다.

정상에서 사시리고개로 내려가는 길은 대부분 완만하지만, 때론 급하게 가파르기도 하다. 내리막은 바위 오름길과 완전히 다른 흙길이다.

사시리고개 삼거리에서 뫼악동으로 하산할 수 있지만 박쥐봉 쪽으로 향한다. 함께 버스를 타고 온 일행들보다 조금 더 긴 산행을 하려고 초입부터 서두른 거였다. 지금까지와는 달리 다듬어지지 않은 경사 구간에 조망마저 닫혀 지루하고 적적한 느낌이 든다.

바라보던 이미지와 달리 박쥐봉(해발 782m)은 정상석도 없이 볼품없는 봉우리다. 나무들 너머로 월악산 일대를 둘러보고 바로 움직인다. 여기서 물레방아 휴게소로 내려서는 길은 상당히 거칠고 좁다.

북바위산을 보면서도 땅을 더듬어야 할 정도로 조심스럽다. 한참 동안 힘이 들어갔던 근육을 송계계곡에서 풀고 맑은 물에 흐른 땀도 씻어낸다.

시간 맞춰 계곡을 따라 내려와 휴게소에 도착하니 대다수 일행들이 버스에서 눅진한 피로를 풀고 있다.

때 / 초여름
곳 / 물레방아 휴게소 – 북바위 – 신선대 – 북바위산 – 사시리고개 삼거리 – 박쥐봉 – 원점회귀

백두대간 대미산과 월악산국립공원의 최고봉, 문수봉

문수봉은 백두대간이 대미산을 거쳐 더욱 고도를
높이면서 월악산 최고봉을 일으켜 세웠는데
주봉의 자리를 영봉에 내주고 충북 제천과
경북 문경의 접점을 꿋꿋이 지키고 있다

충북 제천시와 경북 문경시의 경계에 있는 대미산大美山
은 월악산국립공원을 지나는 백두대간에 자리하고 있다. 조
선 영조와 정조 때 발간한 문경현지에는 대미산을 문경의
명산들 중 가장 높고 으뜸가는 산이라는 의미로 문경 제산
지조聞慶諸山之祖라고 표현한 바 있다.

월악산국립공원을 여러 번 다녀가면서도 미답지로 남아있
던 대미산과 문수봉의 탐방 기회를 이번에 산악회에서 마
련해주었다. 폭염이 기승을 부리는 한여름이지만 흔쾌히 따
라나섰다.

오지의 심산유곡을 방문하는 것은 늘 설렘을 준다. 스무
명 남짓한 일행을 태운 버스가 고도를 높이며 엔진 소리를
키우자 잠자던 이들이 눈을 뜨고 창밖을 내다본다.

백두대간의 중심, 대미산

540

문경에서 동로면으로 이어지는 901번 지방도로의 여우목 고개는 해발 620m에 자리 잡고 있다. 산악회 버스가 여우 목고개에 닿을 즈음 아침 내내 뿌옇던 안개가 거의 걷혀가고 있다. 도로변 육각 정자 옆에서 산행 준비를 하고 간단히 스트레칭도 한다. 산등성이에 가지런히 심어진 농작물을 보고 오르면서 절로 마음이 풍성해진다.

"이 근방에서 자주 보게 되는구먼. 설마 이 지역에서 출마할 건 아니지?"

저만치 이화령에서 이어지는 백화산과 황학산이 빈정대며 아는 체를 한다.

"두 분께서 도와주신다면 검토는 해보겠습니다만."
"그냥 지금처럼 산이나 다니시게."
"넵, 그러렵니다."

문경새재가 열리기 전에 여우목은 하늘재(계립령)와 함께 한양으로 통하는 주요 관문이었다고 한다. 안내판에 1866년 초 흥선대원군이 천주교도들을 학살한 병인박해 때 30여 명의 가톨릭 신자들이 끌려갔다고 적혀있다. 병인박해로 인해 그해 9월, 프랑스 함대가 강화도에 침범하며 병인양요가 발발했고 이들을 물리쳐 1891년 척화비를 세워 서양에 대한 경계심을 고취하고자 했다.

천주교 성지인 여우목고개에서 대미산으로 오르는 길을 운달 지맥이라 하는데 등산로는 좁고 가파르다. 드문드문 아름드리 소나무도 있지만, 대다수 잡목 숲길이다.

그나마 동자꽃과 원추리가 색감을 드러내 거친 분위기를 조율해준다. 여우목고개를 출발하여 900m를 오르자 봉분이 보인다. 자손들이 벌초하려면 땀깨나 흘려야 할 거란 생각이 든다.

1039m 봉인 이곳에서 단풍취꽃과 간간이 분홍 며느리밥풀꽃도 눈에 담으며 왼쪽으로 내려서서 좀 더 나아가면 대미산黛眉山이 환히 드러난다. 명칭 유래 때문이겠지만 대미산으로 이어지는 능선에서 눈썹 모양을 그려내게 된다.

안개가 완전히 걷혀 햇살 창창한 완만한 능선을 지나 돼지등 삼거리(해발 950m)에 이르는데 돼지의 등처럼 펑퍼짐한 삼거리 안부 지점으로 여우목고개에서 1.8km를 올라왔고 대미산 정상까지는 1km를 더 가야 한다. 진초록 수림을 벗어나면 여지없이 뜨거운 햇볕이 작열하고 있다.

그리고 눈물샘 삼거리를 지난다. 식수가 부족하지 않아 샘으로 내려가지는 않고 바로 지나쳐 1051m 봉에 이르렀다. 대미산을 800m 남겨둔 이 지점에서 우측으로 백두대간이 꺾여 황장산으로 이어진다.

이곳 대간 갈림길에서 바위 능선을 타고 잠시 휴식을 취한 후 바위 능선을 지나 부리기재에 닿는다. 이 지점에서 명전 계곡 전화 마을과 용하구곡으로 내려가는 길이 좌우로 갈라진다.

 대미산으로 이어지는 능선은 백두대간을 종주하는 선객들 뿐이어서인지 등산로도 잡풀과 넝쿨들이 많아 길이 선명치 않다. 그러다 울창한 낙엽송 수림을 지나면서 왼쪽에 용화구곡을 두고 매두막, 하설산, 어래산으로 이어지는 방향은 지금보다 길이 뚜렷하고 깔끔한 편이다.

 대미산 정상(해발 1115m)을 표시한 자그마한 자연석은 세웠다기보다 박혀있는 것처럼 보인다. 남한 백두대간의 중심에 있는 산이며 월악산국립공원의 식구임에도 살짝 소외된 느낌이 들기도 한다.

 우거진 나무들이 조망을 가려 인증만 하고 바로 문수봉으로 향한다. 능선을 따라가다가 오른쪽 아래로 심마니 계곡이 있다고 하니 순간 등산이 아니라 산삼이나 약초를 캐러 다니는 기분이 든다.

 포암산에서 대미산으로 길게 이어진 능선은 직각으로 방향을 틀어 문수봉으로 연결되며 그 능선을 따라 충청북도와 경상북도로 갈라진다. 대미산에서 대간을 따라 30여 분 내려와 황장산과 문수봉으로 나뉘는 갈림길에서 왼편으로 길을 잡는다.

백두대간 대미산에서 북쪽으로 약 900여 m 떨어진 지금의 1049.9m 봉에서 왼쪽의 문수봉으로 가는 길을 등곡 지맥이라 일컫는데 문수봉에서도 모녀재, 야미산, 갈미봉, 등곡산, 황학산과 장자봉을 거쳐 충주호로 떨어진다. 굴곡 심한 산줄기로 약 34km의 거리이다.

황장산에 왔다가 염두에 두었던 곳이 미답지였던 대미산과 문수봉이었다. 오늘 그 길을 걸으면서 가까운 거리에 황장산을 두고 지나치니 감회가 새롭다. 산과의 인연, 산으로부터 소개받는 또 다른 산, 그렇게 산이 주는 감회는 세상에서의 인연과는 확연히 다른 그 무엇이 있다.

이 길도 인적이 드물어 길이 선명하지 않다. 넝쿨과 잡목을 헤치고 간간이 급경사 구간을 올라 숨 고르면서 내다보면 지나온 1039m 봉과 대미산으로 이어지는 백두대간이 꼬리를 물고 있다.

버거운 산행의 뒤끝을 용하구곡에서 풀다

평탄하게 돌을 깔아놓은 전봉에 올랐다가 왼편으로 100여 m를 더 진행하여 문수봉文繡峯(해발 1162m)에 이른다. 문수봉은 백두대간이 대미산을 거쳐 더욱 고도를 높이면서 월악산 최고봉을 일으켜 세웠는데 주봉의 자리를 영봉에 내주고 국립공원의 수문장처럼 충북 제천과 경북 문경의 접점을 꿋꿋이 지키고 있다.

주변 고산 준봉 중 가장 높기는 하지만 기암과 암릉으로 형성된 인근의 산들과 달리 육산으로 풍수상 소가 엎드린 산세라는데 특이한 면을 지니지는 않았다. 산의 북서쪽으로 흐르는 성천과 광천이 이곳에서 발원된다고 한다.

대미산, 문수봉과 함께 하설산(해발 1027.7m), 매두막(해발 1099.5m) 등 1000m가 넘는 고산들이 즐비한 이 일대는 1953년 한국전쟁이 끝난 후에도 수년간 인민군 잔당과 빨치산이 숨어들어 전투가 벌어졌다고 한다. 얼핏 둘러보아도 참으로 깊은 오지라는 걸 알게 된다.

발아래로 황장산과 대미산 능선이 한눈에 보인다. 단양의 도락산, 멀리 도솔봉과 소백산을 시야에 담고 청풍호수를 낀 금수산, 장회나루의 제비봉과 반갑게 눈인사를 나누고 문수봉과 작별한다.

"월악 최고봉이여. 그대는 고요히 멈춰있으면서도 내가 아는 주변 명소들을 모두 보여주는구려. 감사하오이다."
"감사는 무슨. 번거로우니 다시 오지는 마시게."

문수봉과 매두막 사이의 안부 오두현 고개에서 양주동과 용하구곡이 갈라진다.

오두현에서 용하구곡까지 태고의 자연을 느낄 수 있을 터

545

인데 용하구곡 상류는 자연휴식년제로 입산을 통제하여 제천시 덕산면 도기리 양주동으로 하산할 수밖에 없다.

그래도 때가 한여름인지라 용하구곡用夏九曲을 그냥 지나칠 수는 없다. 월악산 송계계곡과 달리 개발이 덜 된 심산유곡의 용하수에 땀을 씻고 그간 찌들었던 속세의 이기를 털어냄이 마땅하단 생각이 드는 것이다.

문수봉 아래의 첫 동네인 양주동은 20여 모든 가구가 황기와 당귀의 약초 농사를 짓는다고 한다. 이곳에서 용하계곡으로 들어서 계곡을 거슬러 오른다.

월악산 주봉인 영봉 남쪽의 만수봉과 동남쪽 문수봉 사이에 있는 용하구곡은 주자학을 집대성한 중국의 주자가 자주 찾던 무의산을 본뜬 명칭이다.

아홉 개의 계곡이 너무 아름다워 무의 계곡이라 칭한 것을 항일 유학자인 의당 박세화 선생이 패러디해 마치 붓을 놀리듯用筆 여름을 가지고 논다는 의미로 용하구곡用夏九曲이라 이름 지었다.

"때 묻지 않은 아름다움을 고이 간직하려고 이곳에 꼭꼭 숨어 있었구나."

제천의 10경 중 한 곳이자 월악산국립공원에 속한 용하구곡은 옛날 어느 선비가 이곳을 돌아보고 하늘과 땅도 비밀로 남겨둔 명소라고 극찬한 바 있다.

대미산에서 발원되어 약 5km에 걸쳐 하류에서 상류로 거슬러 올라가며 자연경관이 빼어난 지점에 구곡이 분포하고 있다.

높이 35m, 길이 100m쯤의 제1곡 수문동 폭포가 천연동굴 위로 쏟아져 내리고 제2곡 수곡용담은 용이 꼬리를 틀 듯 포말을 이룬다.

그리고 3곡 관폭대, 4곡 청벽대, 5곡 선미대, 6곡 수룡담, 7곡 활래담, 8곡 강서대와 마지막 제9곡 수렴선대는 월악산 영봉에서 발원하여 산골짜기 넓은 바위를 타고 흘러 까마득히 산 아래로 낙하하며 멋진 폭포를 이룬다.

용하구곡은 구곡 입구인 용하동문을 비롯하여 제1곡부터 아홉 군데의 경관이 원형 그대로 보존되어 있다.

한여름 속살을 줄줄이 드러낸 화강암 반석 지대로 이어지는 계곡에 들어서면 시원함이 뼛속까지 스민다는데 피서객들이 많아 그 정도까지는 못 느끼지만, 겨울이라면 뼈까지 시릴 게 분명해 보인다. 기억해 두었다가 여름이면 가까운 이들과 꼭 한 번 다시 와야겠다는 생각이 든다.

다시 주차장으로 내려오는 길에 계곡 사이로 멀리 월악영봉이 고개를 들어 배웅해주니 가는 길이 가벼워진다. 언제든 마음만 내키면 올 수 있는 월악산 일대이기에 떠나면서도 크게 서운한 마음이 생기지 않는다. 오래도록 단단하게 다진 친분 아니던가.

때 / 여름
곳 / 여우목고개 – 돼지등 삼거리 – 눈물샘 삼거리 – 대미산 – 문수
봉 – 양주동 마을 – 용하구곡

소백산국립공원

소백산은 1987년 열여덟 번째 국립공원으로 지정되었으며
322.011㎢의 공원 면적으로 지리산, 설악산, 오대산에 이어
산악형 국립공원 가운데 네 번째로 넓다. 최고봉인 비로봉
을 중심으로 국망봉, 연화봉, 도솔봉 등이 백두대간 마루금
상에 솟아있으며 봄 철쭉, 겨울 눈꽃이 장관을 이룬다.

폭설의 소백산에서 장중한 설원을 누비며

바람이 몰아치며 쌓였던 눈이 다시 휘날린다.
두어 달 후면 진달래가 만발하고 진달래 지면 이어 철쭉에
원추리 꽃 무리가 화사할 천상의 화원에 지금은
눈보라가 몰아치면서 구름을 밀어 국망봉을 넘고 있다.

경상북도 최북단에 위치하여 강원도 영월군, 충청북도 단양군과 경계를 이루는 영주시는 남으로 안동시와 예천군을 접하고 있다.

영주시는 외나무다리를 길게 이어 지나갈 수 있는 영무무섬마을, 유네스코 세계문화유산이자 안양루가 있는 부석사, 우리나라 최초의 사액서원인 소수서원과 바로 옆의 선비촌, 그리고 인삼박물관 등 가볼 만한 곳이 수두룩한 관광명소이다.

2012년 경북 영주시, 봉화군, 충북 단양군, 강원도 영월군에 걸쳐 총 거리 143km에 이르는 12구간 코스의 소백산자락길이 완성·개통되었다. 문화생태 탐방로로 이름을 올렸고, '한국관광의 별'에 선정된 소백산 자락길은 공원구역, 인근 마을과 계곡 및 국립공원 구간을 통과하는 탐방로로 많은 이들이 찾고 있다.

인삼으로 특히 유명한 영주시 풍기읍은 무엇보다 소백산을

끼고 있어 정겨움이 더한 곳이다. 예로부터 소백산 일대는 산삼을 비롯해 많은 약초가 자생하여 풍기읍은 이들 약초의 집산지가 되었다. 산삼이나 약초를 캐려는 게 아님에도 풍기읍으로 온 건 순백의 계절에 소백산 희방사 코스를 택해 한 점 눈송이로 어우러지기 위해서이다.

소백산은 예로부터 우리 민족이 신성시해온 영산 중의 한 곳이자 영남지방의 진산으로 고구려, 백제, 신라가 국경을 마주하고 자웅을 겨루며 수많은 애환을 남기기도 하였다. 웅장한 산악경관은 물론이며 주변에 부석사, 온달산성 등 명승고적이 많아 1987년 이 일대를 소백산 국립공원으로 지정하였다.

한반도의 중심에 우뚝 솟아 장대한 백두대간을 잇고 사철 제각기 특출한 신비로움을 간직한 소백산은 주봉인 비로봉을 위시하여 연화봉, 형제봉, 신선봉, 국망봉 등 여러 봉우리가 능선으로 연결되어 웅장한 위용을 뽐낸다.

설국열차의 레일 깔린 소백산 정상

희방사역 맞은편 마을 길을 따라 계곡을 따라가면 희방사 제1 주차장이다. 희방사 통제소를 지나 소백교 갈림길에서 왼쪽 오솔길을 따라 걷는 희방사 탐방안내소까지 짧은 길이 아니다.

551

탐방안내소 가까이 이정표가 있는 갈림길에서 우측으로 돌아 올라서면 희방폭포다. 해발 700m 고지에 있는 희방폭포는 영남 제1의 폭포로 높이가 28m에 달한다.

"하늘이 내려주어 꿈속에서 노니는 곳天惠夢遊處이로다."

연화봉에서 발원하여 수천 구비를 돌고 또 돌아 흐르다 이곳에서 한바탕 천지를 진동시키는 장관에 넋을 잃어 조선 초기의 문신 서거정은 그렇게 감탄했다고 한다. 45년간 세종, 문종, 단종, 세조, 예종, 성종의 여섯 임금을 모시며 모진 세월을 견뎌낸 인물답지 않게 감성이 풍부하다는 생각이 든다.

계단을 통과하여 10여 분을 올라 희방사喜方寺에 이르렀다. 그리 큰 절은 아니지만 들어서면서부터 마음이 차분해진다. 울창한 수림이 뒤덮어 단아하고 아늑하다.

대한불교 조계종 제16교구 본사인 고운사의 말사로 신라 선덕여왕 때 두운 대사가 해발 850m의 이 자리에 세웠다고 한다.

두운은 태백산 심원암에서 이곳의 천연동굴로 옮겨 수도하고 있었는데 어느 겨울밤 호랑이가 찾아와 무언가 호소하는 몸짓을 보이기에 살펴보니 목에 여인의 비녀가 걸려있었다.

"물불 가리지 않고 먹어댄 모양이구나."

비녀를 뽑아내자 호랑이가 온전히 돌아갔다. 그런 일이 있고 난 뒤 어느 날 그 호랑이는 정신 잃은 어여쁜 처녀를 등에 태우고 왔다.

"야, 이놈아! 여기가 보건소인 줄 아느냐."
"혼자 적적하실 것 같아서 은혜도 갚을 겸……"
"또 이런 짓 하면 비녀를 다시 목구멍에 박아버리겠다."

처녀를 정성껏 간호하여 원기를 회복시킨 다음 굴속에 싸리나무 울타리를 만들어 따로 거처하며 겨울을 넘긴 뒤 처녀를 집으로 데리고 갔다.

"나무아미타불, 댁의 따님 덕분에 아주 힘든 겨울을 보냈습니다."
"그러셨겠습니다. 스님."

계림의 귀족인 그녀의 아버지 유석은 은혜에 보답하고자 두운이 수도하던 동굴 앞에 절을 짓고 농토를 마련해주었으며, 무쇠로 수철교水鐵橋를 놓아주었다고 한다.

두운 스님은 절 이름에 은혜를 갚게 되어 기쁘다는 뜻의 '희'와 두운 조사의 참선 방이란 것을 상징하는 '방'을 써서 '희방사'라 명한다. 호랑이와 처녀에 얽힌 희방사 창건설화이다. 희방사에는 은은한 종소리로 잘 알려진 경상북도 유형문화재 제226호 동종銅鍾과 누구의 것인지 알 수 없는 부도 2기가 있다.

희방사에서 우측 비탈 계곡으로 이어지는 길을 따라 눈으로 뒤덮인 급경사를 거슬러 올라 지능선에 닿았다. 희방 깔딱재(해발 1050m)라고 불리는 이 고개에서 거친 숨을 고른다. 여기서 연화봉까지 1.6km가 남았다. 수치상의 거리보다 훨씬 힘을 빼게 하는 코스인지라 거리 개념은 무의미하다고 하겠다.

"와아~ 멋지네요."
"역시 힘들인 만큼 보답을 해주네요."

왼편 북릉을 타고 급경사 능선을 길게 오르자 철쭉 군락지의 상고대가 절정의 모습을 보여주면서 함께 올라온 일행들로 하여금 탄성을 자아내게 한다. 두툼한 눈꽃도 겨울 산행의 미각을 한층 돋워준다.

죽령에서 올라오는 삼거리 연화봉(해발 1376.9m)에 닿자 얼어붙은 공간을 뚫고 제2연화봉과 천문대가 선명하게 형체를 드러냈다. 주봉인 비로봉 너머로 함백산과 태백산이 이어지는 산악 설국 백두대간을 바라보자 눈이 시려 오는 듯하다.

여기부터 북동 방향으로 등산로가 완만하게 이어지고 주변은 설화가 만개하여 계절의 경이로운 개성에 선뜻 동조하게 된다. 잠시 눈 덮인 소백산천문대에 눈길을 머무는데 갑자기 하늘이 흐려지더니 눈발이 흩날린다. 서둘러 비로봉으로 향한다.

경북 풍기와 충북 단양이 경계를 이루면서 이어지는 백두대간을 따라 30여 분을 걸으면 제1 연화봉이다. 하늘이 잿빛으로 변하면서 제법 눈발이 굵어진다. 파란 하늘과 선명하게 대비되는 눈꽃에 더욱 살점이 붙는다.

계속해서 완만하게 이어지는 길을 따라 걷다 보면 오늘 하산 코스인 천동리로 가는 갈림길이 나오는데 이 삼거리에서 오른쪽의 나무계단을 따라 더 오르면 소백산 정상인 비로봉(해발 1435m)이다.

비로봉 서북쪽 일대 수만 평 초원지대는 수많은 야생화의 보고이자 솜다리라고도 일컫는 희귀 식물 에델바이스가 자생하는 곳인데 지금은 백색의 설원이다. 바람이 몰아치며 쌓였던 눈이 다시 휘날린다.

두어 달 후면 진달래가 만발하고 진달래가 지면 이어서 철쭉에 원추리꽃 무리가 화사할 천상의 화원에 눈보라가 몰아치면서 구름을 밀어 국망봉을 넘고 있다. 산을 넘으려는 눈구름과 사력을 다해 버티는 국망봉이 치열하게 샅바싸움을 벌인다. 결국, 산을 건너지 못한 구름이 꼬리를 잘린 채 골에 파묻히고 만다.

어의곡 방향의 긴 데크 길이 설국열차가 지나갈 레일처럼 길게 뻗어있다. 눈발을 피해 고개 숙인 채 그 길을 걸어오는 산객들의 모습에서 깊은 동지애를 느끼게 된다.

"너무 춥습니다. 그만 내려가시죠."

함께 온 산악회원들과 천동으로 방향을 잡고 하산을 서두른다. 긴 계단을 내려서 천동 삼거리에 이를 즈음 날이 개기 시작한다. 다리를 건너서 보이는 계곡도 꽁꽁 얼어붙었다. 거기 허영호 기념비가 세워져 있어 걸음을 멈춘다.

'3극점과 7대륙 최고봉을 모두 정복한 인류 최초의 탐험가'

그를 단적으로 표현하기에 적절한 수식어이다. 북극과 남극, 에베레스트가 지구 3극점이다.

아시아 대륙 네팔 히말라야의 에베레스트, 아메리카 최고봉인 남미의 아콩카과, 알래스카에 소재한 북미대륙의 매킨리, 세계에서 가장 높은 화산인 아프리카 킬리만자로, 유럽 엘부르즈, 오세아니아 칼스텐츠에 이어 남극 빈슨매시프까지 모두 정복했다니 인간의 한계 능력이 어디까지인지 가늠이나 하겠는가.

덧붙이면 허영호는 국내 산악인 중 높이 8000m 이상의 고봉을 가장 많이 등정한 산악인이며, 뼛속까지 모험가 기질이 밴 사람이다.

초경량항공기 조종면허증을 획득하더니 2008년 4월 초경량 비행기 '스트릭 새도'를 타고 경기도 여주에서 제주도를 거쳐 다시 돌아오는 국토종단 왕복 비행에 성공했고 독도 비행에도 성공했다.

경외감 그득한 눈빛으로 그의 기념비에 쌓인 눈을 쓸어내리고는 다리안폭포를 지난다. 크고 작은 소를 이룬 삼단폭포가 예전의 구름다리 안에 있어 다리를 건너와야 볼 수 있다고 해서 그렇게 이름 지어졌다.

하산 날머리 천동리에 내려와 마을 뒷산 중턱에 있는 천동동굴을 들러본다. 1977년 2월 마을 주민에 의해 발견된 석회암층 천연동굴은 그해 12월 충청북도 기념물 제19호로 지정되었다. 470m 길이의 동굴은 약 4억 5000만 년 전부터 각양각색의 종유석과 석순, 석주가 생성됐다. 고씨굴, 환선굴 등 여러 곳의 천연동굴을 보아왔지만, 그때마다 그 신비로움은 경탄을 금치 못하게 한다.

"언제든 맘 내키면 주저 말고 달려오시게."

천동동굴을 나와 다시 올려다보는데 소백산은 아무 때건 오라고 한다.

"그러겠습니다."

지난해 철쭉 철의 봄 소백산과 마찬가지로 겨울 소백산 역시 제 계절을 가장 잘 표출할 때 왔다 가니 상큼하기가 이루 말할 수 없다.

때 / 겨울
곳 / 희방사역 – 희방사 탐방안내소 – 희방폭포 – 희방사 – 희방 깔딱재 – 연화봉 – 제1연화봉 – 소백산 비로봉 – 다리안폭포 – 천동 탐방안내소

죽령에서 구인사로, 소백산 횡단

소백산은 여명이 밝아오기 전과 후가 확연히 다르다.
풍광도 그러하지만, 적막강산이었다가 기운 넘치도록
새벽을 여는 분위기는 그때 거기 머물러있는 이한테
옹골찬 힘을 지니게 한다.

다양한 설화와 애환이 깃든 죽령에서

충북 단양군과 경북 영주시, 봉화군에 폭넓게 걸쳐있는 소
백산小白山은 백두대간 줄기가 서남쪽으로 뻗어 강원도, 충
청도, 전라도와 경상도를 갈라 영주 분지를 병풍처럼 둘러
치고 있다. 1987년 국립공원 제18호로 지정된 바 있다.

원래 소백산맥 중에는 희다, 높다, 거룩하다는 의미의 백
산白山이 여럿 있는데 그중 작은 백산이라는 뜻으로 붙여
진 이름이다. 예로부터 신성시해온 소백산이지만 삼국시대
에는 신라, 백제, 고구려의 경계를 이루어 수많은 역사적
애환과 곁들여 많은 문화유산이 전해진다.

또 소백산은 자락마다 유서 깊은 천년고찰을 품은 불교의
성지이기도 하다. 주봉인 비로봉 아래에 비로사가 있고 국
망봉 밑에 초암사, 연화봉 아래에는 희방사와 그 반대편에
구인사와 동쪽으로 부석사가 있다.

죽령 탐방안내소를 통과한 건 아직 동이 트지 않은 새벽 4시 반이다. 이번으로 세 번째인 소백산 탐방은 죽령에서 구인사까지 흔히 죽구 종주라 일컫기도 하는 산행코스를 택했다. 교통과 시간 등을 세심하게 고려하며 이 코스의 종주 산행을 주저했었는데 마침 산악회에서 종주 일정을 잡아 흔쾌히 동승했다.

소백산은 하늘재(옛 계립령)에 이어 신라 초기 길이 열린 죽령(해발 689m)과 그 역사를 함께 한다. 고구려 광개토대왕이 신라를 넘볼 때도 죽령은 넘지 못했다. 고구려가 죽령을 차지한 것은 그 후대인 장수왕 때이며, 그 후 신라 진흥왕 때 다시 신라에 복속된다.

신라가 삼국통일을 위해 백제의 서쪽과 고구려의 남쪽을 공격하여 한강을 장악하려는 전략적인 목적으로 개통한 죽령은 문경새재인 조령, 추풍령과 함께 영남의 3대 관문으로 예로부터 나라 관리부터 보부상이 넘나들어 이곳의 장터는 늘 문전성시를 이루었다고 한다.

죽령은 신라 때부터 산신제를 지내왔고 조선 시대에는 죽령사竹嶺祠를 세워 나라에서 제사를 주관하다가 훗날 단양, 영춘, 풍기의 세 군수가 제주가 되어 관행제官行祭를 지냈으며 지금은 동민들이 매년 3월과 9월에 산신제를 지내고 있다.

경주 에밀레종의 주조 시기보다 100여 년 앞선 서기 725

년(신라 성덕왕 24년)에 사찰의 범종으로 만들어진 무게 3300근의 동종銅鐘이 조선 초 숭유억불 정책으로 절이 쇠퇴하자 안동도호부의 시간을 알리는 관가의 부속품으로 전락하게 되었다.

이 종은 불교 형식으로 배열된 젖꼭지(종유) 36개가 돌출하여 은은하고 청아한 울림이 백 리까지 떨리며 퍼졌다고 한다. 이 종이 경상도 안동에서 강원도 오대산으로 옮겨가며 죽령을 넘어가게 된다.

조선 세조가 오대산 상원사를 확장하여 임금의 원당 사찰로 만들면서 전국에서 가장 소리 좋은 종을 찾게 하였는데 이 동종이 선택된 것이다.

1469년(조선 예종 1년)에 3300근의 종을 나무수레에 태우고 500여 명의 호송원과 100여 필의 말이 상원사로 옮기던 중 죽령고개를 10m 남겨두고 멈춰 섰다. 험준한 고개를 넘느라 말들이 힘이 빠져서 그렇겠거니 하였으나 닷새가 지나도록 온 힘을 쏟아도 종이 움직여지지 않는 것이었다.

"100살을 못사는 사람도 고향 떠나기를 아쉬워하는데 하물며 800살이 넘어 숱한 곡절을 겪은 범종이 오죽하랴."

수송 책임자인 운종 도감은 종이 죽령만 넘으면 다시 못볼 고향 떠나는 걸 아쉬워한다고 여겨 36개의 젖꼭지 중

561

한 개를 잘라 안동 남문루 밑에 묻고 정성껏 제를 올린 다음 죽령으로 돌아왔다.

"이제 길을 떠나시죠."

그렇게 말하고 종을 당기니 그제야 움직여 단양, 제천, 원주를 거쳐 진부령을 넘어 상원사에 안치되었다고 한다.

조선 때 영남지방의 양반과 생원, 진사 대감의 행차 길이었고 영남지방에서 조정이 있는 한양으로 공물과 진상품을 수송하는 통로였던 죽령이 지금은 춘천과 대구를 연결하는 중앙고속도로가 생겨 교통이 더욱 좋아졌다.

연장 4.6km의 긴 죽령터널이 뚫리기 이전에 죽령을 앞두고 심하게 곡선을 그리며 굽이쳐 산속으로 빨려 들어가는 중앙선 철도를 보면서 교통수단도 예술의 경지에 이른다고 느낀 적이 있었다.

사람을 살리는 산임을 실감케 한다

백두대간 상의 죽령에서 스무 명 남짓한 일행들이 깜깜한 임도를 일렬로 헤쳐 나가는 새벽길이 무척 신선하다. 하늘에는 쏟아질 듯 수많은 별이 서로 재잘거리며 반짝거리고 있다. 헤드랜턴 불빛을 비추어 걷는 길옆의 철쭉이 어둠 속에서도 진홍빛을 드러낸다.

바람고개 전망대에서 내려다보는 풍기읍에 불을 밝히며 일찍감치 하루를 여는 곳이 보인다. 곧이어 백두대간에 붉게 동이 터오다가 어김없이 둥근 해가 떠오르니 벅차고도 감사한 마음이 생긴다.

소백산은 여명이 밝아오기 전과 후가 확연히 다르다. 풍광도 그러하지만, 적막강산이었다가 기운 넘치도록 새벽을 여는 분위기는 그때 거기 머물러 있는 이한테 옹골찬 힘을 지니게 한다.

"이 산은 사람을 살리는 산活人山이다."

조선 선조 때 천문 교수이자 역사상 뛰어난 예언가인 격암 남사고(1509~1571)는 소백산을 보고 말에서 내려서 절하며 그렇게 말하였다. 그는 전국의 숱한 명당 가운데서도 유독 소백산을 길지 중의 길지로 꼽았다. 풍기를 비롯한 소백산 주변에 풍수상 명당 길지인 십승지의 상당수가 집중적으로 분포되어있다고 하였다.

아침이 밝은 제2연화봉(해발 1357m)에서 바로 위의 기상관측 레이더 기지로 올라가서 보이는 곳마다 눈길을 던진다. 제2연화봉에서 바라보는 월악산 영봉의 살짝 비튼 고개

가 더욱 영험하게 느껴진다. 드문드문 자락과 자락 사이에
고인 물처럼 청풍호가 은빛을 반사한다.

"저기가 함백산이지요?"
"네, 그 옆 자락이 태백산이구요."

손가락으로 함백산과 태백산을 가리킬 수 있는 기상 상태
가 다행스럽다. 골마다 운해가 깔린 첩첩 산그리메는 산에
서 볼 수 있는 최고의 풍광인데 그런 그림을 낱낱이, 가감
없이 보여준다.

가야 할 주 능선을 길게 바라보고 다음 봉우리인 연화봉
으로 향한다. 연홍 철쭉이 만발한 길을 따라 다다른 소백산
천문대는 우리나라 최초의 천체관측소로 1974년 국립천문
대로 설립한 후, 1986년 소백산천문대로 개칭했는데 별의
관측을 위해 주변 불빛이 없는 곳에 자리를 잡은 거라고
한다.

제2연화봉에서 한 시간가량 걸어 연화봉(해발 1376.9m)에
도착하여 남으로 우뚝 솟구친 도솔봉과 묘적봉에 먼저 눈
길을 준다. 그 반대편으로 비로봉 너머 함백산과 태백산이
이어지는 백두대간 줄기를 편안하게 바라본다.

월악산 영봉까지 주변의 내로라하는 산봉들도 여기서 볼
때는 연화봉을 군계일학으로 떠받드는 닭 무리처럼 여겨진

다. 주체하기 어려운 연화봉의 정기가 그들 산으로 뻗쳐나가는 느낌이 드는 것이다.

잠시 연화봉의 강한 주체성에 빠져들다가 양쪽으로 늘어선 철쭉 꽃길을 걸어 제1연화봉(해발 1394m)에 닿았다. 제1연화봉에서 비로봉 쪽으로는 철쭉 개화가 늦어 아직 꽃잎을 활짝 벌리지 못하고 있다.

주목 관리초소에서 차도 한 잔 마시고 잠시 휴식을 취한다. 수년 전 겨울, 이곳 주목 군락지의 눈꽃은 참으로 화사하고도 풍성했었다. 소백산의 겨울 풍경을 높이 사는 것은 연화봉과 비로봉 사이의 이곳 주목 지대가 겨울 이미지로서 큰 몫을 해내기 때문일 것이다.

천둥 갈림길을 지나 소백산 최고봉인 비로봉(해발 1439m)에 도착하였다. 그해 겨울 혹한의 칼바람이 몰아치고 잔설까지 끌어모아 휘날리던 때와는 전혀 다른 분위기의 정상이다.

광활한 초지는 너무 푸르러서 어느 한 지점에 눈길이 머물지 못한다. 울창한 활엽수림 지역의 소백산은 사시사철 물이 마르지 않는 계곡과 음이온이 풍부해 청정한 자연환경 속에서 자연치유 효과까지 극대화할 수 있는 곳이다.

소백산의 속살을 파고들면 남사고가 '사람을 살리는 산'이라고 언급한 걸 몸소 실감하지만, 과거의 역사를 떠올리면 꼭 그렇지만도 않다는 걸 느끼게 된다. 소백산 능선 곳곳은 신라, 고구려, 백제의 영토 확장을 위한 단골 싸움터였다. 소백산맥 정상 일대에 소백산성, 죽령산성, 남천성골산성, 온달산성 등이 축성된 것만 봐도 이곳에서 죽어간 군사들이 엄청났을 거라는 걸 짐작하고도 남는다.

언어소통이 가능한 한민족임에도 목숨을 건 싸움으로 일관했던 건 이해가 앞서는 한 동서고금을 막론하고 화합을 통한 해결이 얼마나 어려운 건지를 의식하게 한다. 그런 생각을 해보다가 소백산의 주봉과 작별하고 국망봉 쪽 데크로 이어진 길을 따라 걸어간다. 길 좌우로 초지가 푸르게 펼쳐져 있다.

국망봉 일대의 철쭉 군락지는 더더욱 개화에 인색하다. 우람한 바위들을 쌓아놓은 국망봉(해발 1420m)에 도착하니 휭하게 이는 바람이 서러운 울음소리를 내다가 허공으로 사라진다. 신라의 마지막 왕인 경순왕의 아들 마의태자가 금강산으로 들어가기 전에 이곳에서 통곡했다는 유래를 들었기 때문일 것이다.

신라 회복에 실패하자 엄동설한에 베옷麻衣 한 벌만 걸치고 이곳에 올라 멀리 옛 신라의 도읍 경주를 바라보며 너무나도 슬피 울어 뜨거운 눈물에 나무가 다 말라죽어서 국망봉에는 나무가 나지 않고 억새와 에델바이스 등 목초만이 무성할 뿐이라고 전해진다.

지금도 큰 나무는 없고 풀만 무성하다. 천년을 이어온 나라에 종지부를 찍는 고통이 얼마나 큰지 헤아릴 수 있으랴마는 이곳에서 통곡하고 금강산까지 향하는 마의태자의 긴 여정은 아마도 지옥 불을 걷는 심정이었으리라.

수백 년 후 풍기 군수로 재임하던 퇴계 이황은 이곳 국망봉에 올라 술 석 잔을 마시고 일곱 수의 시를 쓰고 다음 날 하산하였다고 한다.

길고도 먼 하룻길

상월봉 갈림길에서 슬쩍 지나치고 싶은 마음이 없지 않았으나 마의태자의 무거운 걸음과 이퇴계의 무박 산행을 떠올리고는 상월봉을 찍고 가기로 한다. 상월봉(해발 1372m) 전망 바위에서 가야 할 신선봉에 눈길을 머물다가 다시 내려와 늦은목이재까지 와서 호흡을 진정시킨다.

여기서 비율 전 방향으로 내려가면 중간 합류 지점으로 지정했던 어의곡 탐방안내소로 하산하게 된다. 늦은목이재에 함께 도착한 일행 중 세 명이 어의곡으로 내려가고 여섯 명이 다시 신선봉으로 향한다.

늦은목이재에서 고치령 방향으로 가다가 신선봉 쪽으로 줄을 넘어서면 은방울꽃과 앵초 등의 야생화가 오롯이 제 색을 드러내고 숲은 더욱 우거져 혹여 길을 놓칠세라 신경을 쓰게 한다.

특별한 표식이 없는 신선봉(해발 1389m)에서 곧바로 움직여 민봉을 향해 나아간다. 약 1km를 더 걸어 삼각점이 있는 널찍한 초지에 이르렀는데 이곳이 지도상의 민봉(해발 1362m)이다. 죽령에서 19km에 이르는 거리이다. 사방이 시원하게 열려 국망봉과 연화봉 등 지나온 소백산 주 능선을 뒤돌아보게끔 한다.

"멀리 와서 볼수록 지나온 산은 더 애틋한 거 같아요."

끝까지 함께 걸어온 일행 중 유일한 여성 등산객의 여성적 감성에 고개를 끄덕이게 된다. 여름방학 때 외갓집에 손자들이 우르르 갔다가 늙으신 외할머니를 홀로 두고 나설 때의 기분이라면 어색한 비유일까. 어쩌면 산은 이별을 연습하고 작별을 훈련하는 장소인지도 모르겠다.

민봉에서 내려와 갈림길에서 오른쪽 경사면으로 올라서면 길은 더더욱 한적하고 을씨년스럽다. 이정표도 없어 나뭇가지의 리본을 살피면서 걷게 된다.

너덜 바윗길을 비좁게 통과하고 등로를 확인하면서 올라 나뭇가지에 구봉팔문 제4봉 뒤시랭이문봉(958.3m)이라 적힌 표식을 보게 된다.

신선봉에서 서북쪽으로 뻗어 내리던 능선이 부챗살처럼 펼쳐지면서 아홉 개의 능선에 여덟 골짜기를 이뤄 구봉팔문

이라 칭한다. 1봉 아곡문봉, 2봉 밤실문봉, 3봉 여의생문
봉, 4봉 뒤시랭이문봉, 5봉 덕평문봉, 6봉 곰절문봉, 7봉
배골문봉, 8봉 귀기문봉, 9봉 새밭문봉을 일컫는데 득도의
문이라고 하는 구봉팔문을 온전히 걸으면 도를 깨우친다고
전해진단다.

소백산 주 능선에서 150~400m의 고도 차이가 나는 아홉
봉우리가 정렬한 것처럼 쭉 늘어서 있는데 각 봉우리 간
거리는 800m~2km에 이르며 부챗살처럼 뻗은 능선을 따라
걷는 총거리는 약 33km에 이른다고 한다. 그중 4봉에 올
라서서 그 구봉팔문을 눈여겨 살피게 된다.

"다시 또 올 것인가, 말 것인가. 그것이 문제로다."

햄릿을 읊조리면서도 구봉팔문의 종주에 대해서는 쉬이 판
단이 서지 않는다. 지리산 7 암자 순례길이 떠오르고 설악
산 용아장성이 뇌리를 스치는데 여기 뒤시랭이문봉을 올라
오면서 고약스럽게 거친 길을 경험하니 그다지 득도에 대
한 욕구가 생기지는 않는다.

"득도의 필요성을 느끼면 그때

그때 가서 다시 생각해보기로 하고 구인사를 향해 길을

내려선다. 구인사로 하산하는 길도 험하긴 마찬가지다. 거칠고 가파른 길을 내려와 임도에서 가로질러 다시 산길을 오른다.

봉우리 하나를 지나고 또 다른 봉우리인 수리봉(해발 709m)에 올라서니 이곳이 구봉팔문 전망대이다. 아홉 봉우리를 하나둘씩 헤아리며 살펴보지만 여기서는 아무리 봐도 제대로 된 등산로가 있을 것처럼 보이지는 않는다.

"원효대사는 저길 걸었을까."

당대 최고의 알피니스트였던 원효대사는 구봉팔문을 종주하면서 득도한 걸까. 이처럼 심오하게 엉뚱한 생각은 때때로 험산 준봉을 걸을 때 피로를 덜어주기도 한다. 피로를 덜어내고 전망대에서 내려서면 얼마 지나지 않아 구인사 적멸궁이 나타난다.

구인사는 대한불교 천태종의 총본산이다. 천태종은 594년 중국의 지자 대사가 불교의 선과 교를 합하여 만든 종파로 고려 숙종 2년에 대각국사 의천에 의해 들여왔다.

구인사를 창건한 상월조사는 생전에 화장을 원치 않는다면서 미리 묫자리를 잡아놓았는데 이 적멸궁이 바로 그의 묘소이다. 화장을 기본으로 하는 불교에서 극히 예외적인 일이다.

"사리까지 그대로 묻혔겠네요."

"그렇겠죠."

일행 간의 뜬금없는 대화도 가끔은 산행의 지루함을 덜어
준다. 적멸궁에서 구인사로 내려가는 계단 양옆으로 밧줄
울타리를 만들어 좌로 꺾이고 다시 우로 꺾이며 한참을 내
려간다.

계단길이 끝나면서 구인사 경내로 들어서게 되는데 화려하
고 웅장한 규모에 벌려진 입이 다물어지지 않는다.

1946년 상월조사가 칡덩굴로 얽어 초암을 짓고 수도하던
자리에 현재의 웅장한 사찰을 축조했다고 한다. 경내에는
초암이 있던 자리에 세워진 900평의 대법당, 135평의 목조
강당인 광명당 등 50여 동의 건물이 세워져 있다.

일시에 5만 6000명에 이르는 인원을 수용할 수 있는 국내
최대 규모의 사찰이란다.

'억조창생 구제 중생 구인사'라는 사찰 명답게 치병에 영
험이 있는 사찰로 이름나 하루에도 수백 명의 신도가 찾아
와 관음 기도를 드린다고 한다. 긴 내리막길을 지나 일주문
을 빠져나가는데 대국의 황제 폐하를 알현하고 궁궐을 나
가는 기분이다.

노을이 짙게 물들 무렵 주차장에 이르면서 처음부터 끝까
지 동행한 이들이 서로의 수고로움을 악수로 나누며 죽령

에서 구인사까지의 긴 하룻길을 마감한다.

때 / 봄
곳 / 죽령 – 연화 제2봉 – 연화봉 – 연화 제1봉 – 비로봉 – 국망봉 –
상월봉 – 늦은목이재 – 신선봉 – 민봉 – 구봉 팔문 전망대 – 구인사
– 주차장

변산반도국립공원

1971년 전북 부안군 변산면 일대 구릉지를 중심으로 도립공원으로 지정된 바 있는 변산반도는 수려한 자연경관, 육상 및 해상을 망라한 다양한 자연 자원 및 역사문화자원의 보존 가치를 인정받아 1988년 열아홉 번째 국립공원으로 승격 지정되었다. 내변산의 직소폭포, 의상봉, 외변산의 채석강, 적벽강, 고사포 해변 등 산과 바다를 아우르는 국내 유일의 반도형 국립공원이다.

변산반도와 내변산에서 어짊과 지혜로움을 학습

표고 402m 세봉의 너럭바위에서 내려다보면
바닷가로 이어지는 자락 어귀의
소담한 마을들이 시골 외가처럼 정답다.
순간적으로 과거로 회귀한 느낌이다.

산에 가려고 길을 나섰는데 눈앞에 바다가 아른거린다. 지금 세상에 두 마리 토끼를 잡는다는 건 욕심을 표현하는 속담에 머물지 않는다.

조금만 더 부지런해지기로 한다. 그러면 어진 이仁者, 슬기로운 이智者가 동시에 될 수 있다.

서해의 파라다이스

누군가 아름다움에 취하여 해도 달도 머무는 산해 절승山海絶勝이라고 변산을 표현했다. 변산 8경을 간결하게 묘사한 시구를 되새기며 변산반도에 들어선다.

월명암 돋는 달은 볼수록 아름답고
낙조대 지는 해는 못 보면 한이 된다
청산의 직소폭포 떨어지는 은하수요

우금암 높고 높아 속세를 떠났구나
방포의 해수욕장 여름의 낙원이요
격포의 채석강은 서해의 금강이다
서해의 어업밭은 용궁의 꽃밭이요
내소사 은경소리 선인들의 운율이네

　- 변산팔경 / 소송 김길중 -

　변산반도국립공원은 우리나라 총 스물두 곳의 국립공원 중 유일하게 해상과 산악을 겸하는 최초의 반도 국립공원이다.
　바다를 접하는 외변산은 채석강, 적벽강, 격포항 등이 있고 내륙 쪽으로 관음봉, 신선봉, 쌍선봉 등 봉우리들이 내변산을 형성하고 있다.
　변산반도의 절경, 변산 8경 중 하나이자 천연기념물 28호인 채석강採石江. 물이 빠진 썰물 때라야 제 모습을 드러내는 채석강은 약 1.5km 길이에 수만 권의 책을 빼곡하게 쌓아놓은 모습의 층암절벽이다.
　강한 파랑의 영향으로 자연 형성되었는데 당나라의 이태백이 배를 타고 술을 마시다가 강물에 뜬 달을 잡으려다 빠졌다는 채석강과 그 자연미가 흡사하여 지어진 이름이라고 한다. 술 좋아하는 사람들을 주태백이라 빗대 부른다더니 당대의 시성詩聖 이태백도 술에 취하니 하늘과 강을 분간 못 했나 보다.

서해안 반도의 가장 모서리에 있어서일까. 채석강은 우리 나라에서 가장 늦게 해가 지는 곳이라고 한다. 1999년 12 월 31일, 마지막 햇빛이 채석강에서 채화되어 경북 구룡포 해맞이공원에 영구 보관 중이란다.

서해의 20세기 마지막 일몰을 일출의 고장 동해에서 감상 한다. 이 얼마나 동화처럼 아름답고 환상적인가. 세상사 모 든 일의 기승전결이 이처럼 연하게 풀어지고 맺어진다면…. 천국이 이보다 더 멋진 곳일 수 있을까. 채석강은 그래서 두고두고 파라다이스로 각인되는 장소가 된다.

채석강에 장서는 읽지 않아도 되겠다.
긴 해안을 이룬 바위 벼랑에
격랑과 고요의 자국이 차곡차곡 쌓였는데
종의 기원에서 소멸까지
하늘과 바다가 전폭 몸 섞는 일
그 기쁨에 대해
지금도 계속 저술되고 있는 것인지
또 한 페이지 철썩, 거대한 수평선 넘어오는
책 찍어내는 소리가 여전히 광활하다.
공부를 하지 않아도 되는 이 작은 각다귀들
각다귀들의 분분한 홀레질에도
저 일망무제의 필치가 번듯한 배경으로 있다.
이 바닥 모를 깊이를 잴 수 있겠느냐

미친 듯 몸부림치며 헐뜯으며 울부짖는
사랑아, 옆으로 널어 오래 말리는
채석강엔 강이 없어서 이별 또한 없다.

- 바다책, 채석강 / 문인수 -

채석강에서 약 1.8km의 변산 마실길 구간을 걸어가면 적
벽강赤壁江이 있다. 물이 빠진 썰물 때라야 걸을 수 있다.

호랑이를 좌지우지한 개양 할미

후박나무 군락지가 있는 격포리부터 용두산을 감싸는 약
2km의 해안선을 일컫는 적벽강은 국가지정문화재 명승 제
13호로 지정된 만큼 붉은색의 기묘한 바위에 높은 절벽과
동굴이 만물의 형상과 비교되는 변산반도 관광명소 중 한
곳이다.
파도가 깎아낸 붉은 해안 단층의 절벽은 채석강보다 훨씬
장대하고 분위기 또한 특출하다. 억겁의 공력을 들여 바닷
물로 깎고 다듬어 갯가에 곧추세운 기암절벽이다.
중국 송나라의 대문호 소동파는 적벽부赤壁賦라는 불후의
명작에서 대자연의 유장함에 비하여 인생의 덧없음을 한탄
하였다. 유배당해 양자강揚子江을 유람한 적이 있었는데 조

조와 손권, 유비 연합군이 싸웠던 적벽대전을 상상하며 적벽부를 지었다고 한다.

천하절경이라는 양자강의 적벽강과 흡사해서 귀한 이름을 얻게 된 죽막동竹幕洞 적벽강은 병풍처럼 펼쳐진 붉은 바위가 오릿길이나 이어진 기암절벽이다.

죽막이란 대나무나 죽세품을 관리·제조·보관하는 막幕으로 죽막동 죽막은 나라의 전투용 화살을 만들 시누대 대밭을 관리하고, 시누대를 베어서 보관하는 일종의 병참기지다.

죽막동엔 울창한 시누대 대나무 숲이 여러 곳에 있는데 주로 갯가에 뿌리를 깊이 박은 시누대는 키가 스무 척이 넘도록 자라기도 한다. 우리 민족은 일찍부터 시누대로 화살과 낚싯대도 만들고 붓대도 만들었으며 담배가 들어온 뒤로는 곰방대도 만들었다.

적벽강 언덕 위의 당집인 수성당은 바로 앞 칠산바다의 여신인 개양開洋할미를 모시는 곳으로 사적 제541호이다.

서양의 바다 신이 포세이돈이라면 부안 바다의 신은 개양할미다. 나막신을 신은 개양할미는 여덟 딸을 낳아 칠산바다를 다스리는 데 어부의 안전과 풍어를 도와준다.

적벽강 옆 여우골에 사는 개양할미는 하늘에 닿을 듯 큰 키에 굽 나막신을 신고 서해를 걸어 다니면서 깊은 곳은 흙과 돌로 메우고 위험한 곳을 표시해두었다. 어부들은 개양할미가 위험하다고 표시해둔 곳을 피해 먼바다로 배를 몰고 나가서 고기를 가득 잡아 돌아오곤 했다.

부안 사람들은 변산의 기운이 한 곳에 응집돼 그 기를 느낄 수 있는 곳이라고 하는데 매년 정월 보름이면 전국의 내로라하는 무당 300여 명이 모여 큰 굿을 펼친다.

1992년 이곳 수성당 아래에서 삼국시대부터 조선시대까지의 항아리와 잔, 병과 토기류, 청동과 철제유물, 석제 모조품 등이 출토되었다. 만선과 무사 귀환을 염원하는 어부들의 제물로 추정된다.

예로부터 변산은 깊은 골짜기가 많고 나무가 울창하여 많은 산짐승이 살고 있었는데 그중에서도 호랑이가 많았다. 호랑이로 인한 인명피해를 막으려 서해의 여신인 개양할미는 변산의 끝인 격포 바닷가에 청동으로 만든 큰 사자 한 마리를 갖다 놓고 호랑이의 극성을 다스렸다.

청동 사자의 머리를 고창 선운산 쪽으로 돌려놓으면 하룻밤 사이에 변산의 호랑이들이 떼지어 선운산으로 갔다. 고창에서 호랑이 때문에 못 살겠다고 아우성을 치면 개양할미는 청동 사자의 머리를 다시 부안의 변산 쪽으로 돌려놓아 변산과 고창의 호랑이를 조정하여 주었다는 것이다.

이 청동 사자상이 언제 없어졌는지는 아무도 모른다는데 대신 적벽강에 사자 형상을 한 사자바위가 있고, 호랑이들도 언제부턴가 변산에서든 고창에서든 보이지 않는다.

바닷가 변산반도에서 내륙의 내변산으로

슬기로움은 그 맛만 보는 정도로 바다 구경을 마치고 변산반도의 내륙으로 향한다. 남서부 산악지의 내변산은 능가산이라고 불렸다. 최고봉인 의상봉 주변으로 쌍선봉, 옥녀봉, 관음봉, 선인봉 등이 제각각 특색 있게 솟아있다.

내변사 초입에 들어서면 울창한 전나무 터널이 먼 곳 찾아온 수고로움을 제일 먼저 덜어준다. 한국의 아름다운 숲길 100선에 속하는 명함이 무색하지 않다.

그리고 내변산의 명찰 내소사 대웅보전 앞에서 속되고 고되어 금방이라도 무너져 내릴 것만 같은 중생의 소생을 기원해본다. 예술성이 높이 평가된다는 대웅보전의 꽃살문 역시 그 정교함이 보는 이의 발길을 잡아 세운다.

선운사의 말사 내소사의 원래 이름은 소래사蘇來寺였는데 당나라 장수 소정방이 찾아와 군중재軍中財에 시주한 일을 기념하기 위해 내소사來蘇寺로 바꿨다는 설이 있으나 사료적인 근거는 없다.

전나무숲길에 적힌 '이곳에 오면 모든 것이 소생한다.'는 의미의 명칭 유래가 훨씬 듣기 좋거니와 내소사 어깨너머로 병풍처럼 펼쳐진 관음봉과 세봉은 허약한 병자라도 허리 펴서 시선 박을 만큼 그 풍광이 맛깔스럽기에 공감이 더한다.

전나무숲길 중간쯤에서 오른편 길로 접어들면 자그마한 암자인 지장암이 있다. 해마다 사월 초파일에 많은 사람이 이 암자를 찾아와서 촛불을 켜고 초가 타는 모양으로 그 사람의 한해 신수를 점친다고 한다. 촛불의 흔들림만큼이나 나약한 존재가 사람일 수도 있겠다는 생각이 드는 대목이다.

내소사 경내에서 청련암까지 가면 거기서 비탐방 사면 등산로를 통해 세봉까지 갈 수 있겠지만 조금 더디더라도 착한 길을 택해 힐링에 치중하기로 하고 다시 일주문을 나가 세봉 삼거리로 가는 입암마을로 들어선다.

다소 경사진 등산로를 따라 가을 물씬한 숲길 걷다 보면 얼마 지나지 않아 암반 지대가 나타나면서 내변산이 육중한 바위산임을 각인시킨다.

날카로운 편마암의 바위 능선을 조심스레 딛고 오르며 변산의 풍광에 젖고 이마에 땀이 맺힐 즈음 닿은 세봉 삼거리는 내소사 일주문에서 2km의 거리이다.

조금 더 가 세봉에서 숨을 고르면서 내소사를 품은 내변산을 두루 조망한다.

세월 흘러 나이깨나 먹었다는 말 들을 정도가 되었어도 만추 내변산은 사내에게 가을을 타게 한다. 그리 높지 않은 내변산의 산세 때문에 더 그럴까, 가라앉은 듯 낮고 좁아진 주변이 답답하지 않으면서 오랜 세월을 소급해 되돌아가 아련한 추억들을 끄집어 올린다. 그 추억의 장마다 살갑게 웃음 짓는 정겹고 푸근한 이들이 떠오른다.

표고 402m 세봉의 너럭바위에서 내려다보면 바닷가로 이어지는 자락 어귀의 소담한 마을들이 시골 외가처럼 정답다. 순간적으로 과거로 회귀한 느낌이다. 타임머신을 타고 순간 이동한 것처럼 아주 잠깐 데자뷔 Deja-vu의 신비로움에 젖어 들고 만다.

불그레한 만추 석양 녘에 하늬바람 가늘게 불어오고 초가 굴뚝에 군불 연기 피어오르는데 갈색과 진홍으로 채색된 시골 외가, 허리 굽은 외할머니와 늙으신 친정엄마 손 꼭 잡은 어머니가 나란히 서서 저무는 노을을 바라본다.

관음봉(해발 424m)에 도착해서야 산객들이 북적인다. 봉래구곡을 내려다보고 고요한 서해로 시선을 옮겨 아기자기한 원암마을 뒤로 줄포에서 곰소를 지나는 곰소만의 평평한 바다를 넋 놓고 바라보다가 직소폭포로 향한다.

두 개의 봉우리로 우뚝 솟은 청년 이성계의 두 스승

많은 사람이 쉬며 담소하고 간식을 먹는 마당바위를 지나 재백이고개(해발 160m)에서 시원하게 펼쳐진 곰소만 바다에 눈길을 주었다가 손 내밀면 닿을 것 같은 가까운 쌍선봉을 바라보며 걸음을 멈춰 섰다.

이곳 인근 보안면 우신 마을에 선계골이 있다. 청년 이성계가 부안 선계골에 이르러 암자를 짓고 수련에 열중하던 중 옷차림은 남루하나 높은 기상이 엿보이는 두 노인에게 극진한 대접을 하였다.

"우리는 그저 이산 저산 떠도는 늙은이들인데 과한 대접을 받아 고맙구려."

이성계는 노인들에게 글과 무예에 대하여 이것저것 물어보았더니 아무 막힘이 없이 척척 대답하는 것이었다.

"두 분 어르신께 청이 있사온데 허락하여 주십시오."
"신세도 졌는데 우리가 할 수 있는 일이면 들어주지요."
"오늘부터 두 분을 스승으로 모시고 열심히 공부하여 큰 뜻을 펴보고자 하오니 물리치지 마시고 시생의 앞날을 지도하여주시면 그 은혜 잊지 않겠습니다."

이성계가 엎드려 청하자 두 노인은 한사코 사양하다가 끈질긴 간청과 정성에 감복하여 쾌히 승낙하고 사제의 의를 맺게 되었다.
두 노인은 선계골에 묵으면서 한 사람은 학문을, 또 다른

한 노인은 무예를 지도하였는데 총명한 이성계는 날로달로 발전하여 문무를 겸비한 훌륭한 청년이 되었다.

"이제 우리의 힘으로 더 가르칠 것이 없으니 세상에 나가 큰 뜻을 펼치도록 하여라."

이성계는 그동안의 가르침에 대해 마음 깊이 사례하고 작별을 하려는데 사제의 정이 어찌나 깊었던지 서로 헤어지기 안타까워 이야기 나누며 걷다가 선계골 암자에서 북쪽으로 삼천 걸음이나 떨어진 어느 봉우리까지 오게 되었다.

"이젠 그만 헤어지자꾸나."

어쩔 수 없이 두 스승에게 하직의 절을 올리고 일어서자 두 스승은 온데간데없고 그 앞에 높은 봉우리 두 개가 우뚝 솟아있는 것이었다.

이 봉우리가 쌍선봉이라 하니 두 선인의 실루엣이나마 찾으려 유심히 올려다본다. 지금도 선계골에는 이성계가 공부했다는 암자의 주춧돌과 그가 심었다는 대나무밭이 남아있으며, 활을 쏘고 말 달린 자리라고 전하는 반석 위에 말발굽 흔적이 어지럽게 흩어져있다고 한다.

부안 3절, 직소폭포와 지는 가을과 작별하고

쌍선봉에서 시선을 거두고 우측으로 틀어 직소폭포에 닿는다. 변산 8경 중에서도 손꼽는 직소폭포는 조선의 여류시인 매창 이계생, 유희경과 함께 부안 3절로 꼽는다.

부안 출신의 신석정 시인은 시와 거문고에 능한 기생 매창과 대쪽 선비 유희경이 변산에서 나눈 사랑을 황진이와 서경덕에 비유하고, 박연폭포와 직소폭포를 견주어 송도 3절을 패러디하였다.

직소폭포와 중계계곡을 보지 않고는 변산을 논하지 말라고도 하는데 2단 전망대의 상단에서 시선을 머물면 그런 말들에 공감이 간다.

폭포 밑의 용소는 그 깊이를 가늠할 수 없을 정도로 검푸르다. 물줄기는 제2, 제3폭포로 이어지고 분옥담과 선녀탕에 고였다가 아래로 흘려낸다.

다시 직소보를 가까이 접하게 되는데 위에서 본 것과 달리 꽤 큰 인공저수지이다. 부안댐이 생겨 지금 상수원의 기능은 없어졌지만, 물이 귀했던 변산의 식수로 사용했던 이력을 지니고 있다.

직소보로 인해 더욱 넓어진 산상 호수에 묵연히 시선을 담그고 생각마저 끊어내자 속은 수면처럼 잔잔하고 아늑해 진다. 하트 모양의 직소보 전망대에서 보를 앞에 두고 관음 봉까지 이어지는 전경이 그림처럼 멋지다.

폭포의 물줄기도 폭포답지만, 폭포수를 담았다가 흘러내리 는 물길들이 더욱 직소폭포의 이름값을 높여주는 듯 깊고 맑고 짙푸르다. 월명암으로 갈라지는 자연보호 헌장 탑 삼 거리에서 시계를 보고 잠시 망설이다가 남여치 방향으로 향하면서 보폭을 넓힌다. 여유롭지는 않지만 조금 서두르면 쌍선봉을 넘는 데 무리가 없을 듯하다.

"이젠 훌훌 떠나가도 붙들지 않으마. 가을아, 비록 짧은 시간이었지만 붉고 노란 공간에서 무척 행복했었구나."

고요한 월명암을 지나 오솔 숲길 사색에 젖어 걷다가 쌍 선봉에서 호흡을 가다듬고 남여치, 최종 날머리에서 뿌듯한 포만감에 젖으며 내변산과 그리고 지는 가을과 작별한다.

때 / 늦가을
곳 / 내소사 매표소 – 내소사 – 세봉 삼거리 – 세봉 – 관음봉 삼거리 – 관음봉 – 관음봉 삼거리 – 재백이고개 – 직소폭포 – 직소보 – 자연 보호헌장 탑 – 월명암 – 쌍선봉 – 남녀치

월출산국립공원

1988년 스무 번째 국립공원으로 지정된 월출산은 호남정맥의 거대한 암류가 오랜 세월 해류에 부딪혀 솟아오른 화강암으로 형성되었다. 56.22k㎡로 크지 않은 면적이지만 다양한 식물과 국보급 문화유산을 보유하고 있다.

남도 들판의 달 뜨는 바위섬, 월출산

난을 평정한 백전노장은 승리의 노획물로
봄을 쟁취했고 긴 싸움으로 허기진 백성들에게
그 보상으로 봄기운이 전해지는 것을 보며
굵은 주름을 편다.

간밤에도 여긴 휘영청 달이 밝았나 보다.
긴 겨울과 함께 뿌연 연무까지 밀어냈다.
부챗살처럼 은빛 햇살 뿜어내리니
나뭇가지마다 길게 뻗어 기지개 켠다.

봄 시샘 떨쳐내지 못한 작은 바람이
이따금 옷깃 파고들며 투정 부리긴 하지만
푸른 하늘빛 목화 구름 타고 늦었다 싶어
내처 달려 봄이 온다.

늘 있던 이, 저만치 두고 맞이하므로
시린 기운 짙게 남은 내 가슴에도

서울에서 다섯 시간을 달려 승용차 두 대가 엇비슷하게
전남 영암에 닿는다. 횃불회 산악회장인 태영이가 적극적으
로 월악산행을 주선하여 노천, 호근, 남영, 영빈, 재성, 계
원이까지 여덟 명이 차량 두 대를 나눠 타고 온 것이다.

"영암은 영암아리랑이랑 월출산이 있다는 정도 외엔 아는 게 없어."

"이제부터 많이 알게 될 거야."

아침 식사를 위해 들어선 식당에서 식당 주인이 대뜸 꺼낸 첫마디가 월출산이다.

"월출산 오신 거지요?"

이어서 계속되는 화두 역시 월출산이다.

"월출산 기를 받고 가면 한동안 좋은 일들이 생길 겁니다. 하하!"

식당 주인이 직접 상차림을 하며 사람 좋은 웃음 지으면서 호방하게 말을 잇는다.

"화강암에서 뿜어내는 원적외선 때문이지요."

그랬다. 호남정맥의 거대한 암류가 남해와 부딪치면서 솟아오른 화강암, 뒤에 알게 되었지만 이렇게 형성된 화강암

복합체 월출산은 바위의 8할이 사람에게 이로운 원적외선을 내뿜는 맥반석이라 한다.

"영암과 월출산은 일체나 다름없지요."

월출산 자락에서 태어난 가야금산조의 창시자 김창조 명인이 월출산 풍광을 열두 줄 선율에 담은 것을 비롯해 많은 예인이 월출산의 무쌍한 기백과 아름다움을 펜과 붓에 담았고, 노래로 표현했음을 사례까지 들어 설명해준다.

"월출산을 빼놓고 영암문화를 이야기할 수 없겠군요."
"아침 먹으면서 영암을 다 익힌 듯합니다. 하하하!"

구름다리의 축조로 편안하고 단축된 산행에 천황사의 내력까지 듣노라니 식당을 나오면서 산행을 마친 기분이 드는 거였다.

화승조천火昇朝天, 아침에 하늘로 타오르는 불꽃같은 산세라 하여 조선 후기의 실학자 이중환이 그렇게 표현했다. 식당을 나와 시계를 본다.

아직 만물이 생동하는 아침 시간이다. 화르르 타오르는 강한 불꽃의 원적외선 에너지를 충전하러 친구들과 함께 걸음을 서두른다.

달뜨는 수석 전시장

"경포대가 언제 이리 이사 왔지?"

월출산국립공원은 우리나라 국립공원 중 면적이 가장 작은 곳이다. 산행 들머리로 잡은 금릉 경포대는 호수의 물이 거울처럼 맑아서 그 이름이 유래된 강릉의 경포대鏡浦臺와 달리 천을 넓게 펼친다는 의미의 포布 자를 쓴다.

월출산에서 흐르는 물줄기가 무명베를 길게 늘어뜨린 것처럼 보여 불리게 된 이름으로 비가 자주 와서 풍년 들기를 소망하는 의미가 곁들여 있다. 그렇지 않아도 살짝 고도를 올려 너르고 반듯한 들판을 내려다보면 이곳은 풍요가 자리 잡은 땅이라는 걸 공감할 수 있다.

금릉 경포대 계곡은 월출산 최고봉인 천황봉과 구정봉에서 발원하여 남쪽으로 흘러내리는 약 2km의 골짜기로 크고 작은 바위들 사이를 맑은 물이 굽이치며 곡류와 폭포수를 빚어내고 계곡 주변엔 동백꽃 군락지가 있어 곧 다시 와야만 할 곳처럼 느끼게 한다.

급한 절벽을 이루는 기반 암석이 물리적 풍화작용으로 붕

괴하여 경사면 아래쪽으로 흘러 쌓인 돌들을 애추崖錐라 하는데 군데군데 그런 곳을 보며 지나게 된다.

도갑사 가는 장군봉 능선과 천황봉으로 가는 사자봉 능선의 갈림길인 바람재 삼거리에 오르자 아직 겨울의 끄트머리가 잔해처럼 남아있다.

'달이 뜬다. 달이 뜬다. 영암 고을에 둥근달이 뜬다. 달이 뜬다. 달이 뜬다. 둥근 둥근달이 뜬다. 월출산 천왕봉에 보름달이 뜬다.'

영암아리랑의 노랫말처럼 월출산은 달을 가장 먼저 맞이한 대서 그 이름이 지어졌다. 바람재에서 수석 전시장을 방불케 하는 월출산의 기암 봉우리들을 둘러보니 그 위로 뜨는 보름달의 모습과 달빛으로 치장한 바위 도포의 모습들이 눈앞에 그려진다. 호남의 소금강, 최남단의 산악 국립공원, 전라남도 기념물 3호라는 계급장이 조금도 무색하지 않다.

월출산 구정봉이 창검을 들고
허공을 찌를 듯이 늘어섰는데
천탑도 움직인다 어인 일인고
아니나 다를세라 달이 오르네

노산 이은상 선생은 구정봉의 수많은 기암괴석을 창검과

천탑에 비유하여 바위 박물관이라 일컬으며 달과 불가분 관계를 맺고 있는 월출산을 4행시로 생생하게 표현한 바 있다. 무수한 격전을 치른 노련한 장군의 형상, 구정봉을 머리에 얹은 장군바위가 많은 기암 중에서도 유독 튀는 모습이다.

마주한 곳을 묵묵하게 혹은 감회에 젖은 모습으로 주시하는 장군의 얼굴에 주름이 짙고 턱밑 수염은 더부룩하다. 아직 찬바람이 채 물러나지 않은 능선, 입김 서려 눈꽃 밭이 된 바람재는 봄에 땅문서를 내주고 잠시 더부살이하는 막바지 겨울의 모습이다.

"전쟁을 치르면서 얻어낼 게 있다면 오직 평화뿐이다."

난을 평정한 백전노장은 승리의 노획물로 봄을 쟁취했고 긴 싸움으로 허기진 백성들에게 그 보상으로 봄기운이 전해지는 것을 보며 굵은 주름을 편다. 맑은 하늘과 생동하는 대지의 기운이 금방이라도 동백나무 꽃잎을 붉게 물들여 승리를 자축할 기세다.

너무 들떠서였나 보다. 승리의 기운 듬뿍 내뿜는 바윗길을 오르니 걸음걸음 영전榮轉의 칙령을 받으러 가는 것만 같다. 희끗희끗한 눈꽃과 황토색 풀밭으로 확연히 구분되는 겨울과 봄이 마치 이념 극명한 두 집단으로 맞대치하니 금세라도 진격 나팔이 들릴 것만 같다.

 그러나 일촉즉발의 긴장감도 잠시, 어디선가 자지러지듯 새 울음 들리고 간간이 푸릇한 떡잎이 양기 받으며 세상 밖으로 모습 드러내는 걸 보면 겨울은 패배를 시인하고 봄으로 흡수되고 있음이 틀림없었다.

 바로 이어 구정봉 바로 아래로 베틀굴이 나타난다. 임진왜란 당시 마을 여인들이 난을 피해 이 굴에 숨어 베를 짰다는 이야기가 전해진다. 10여 m 깊이의 굴속에는 항상 음수陰水가 고여 있어 음굴 또는 음혈이라고도 부른다.

 굴 안의 모습이 여성의 국부와 흡사한 형상이라 그렇게 빗댄 것인데 농익은 사족이라고나 할까. 팻말에 적힌 베틀굴에 대한 보완설명이 재미있다.

 '이 굴은 천왕봉 쪽에 있는 남근석을 향하고 있는데, 이 기묘한 자연의 조화가 월출산의 신비를 더해주고 있다.'

영암과 월출산은 하나

 구정봉九井峰 정상(해발 711m)에는 명칭 그대로 아홉 개의 물웅덩이가 파여 있다.

구정봉에서 이 산의 최고봉 천황봉을 바라보노라면 수많은 고깔이 줄지어 섰는데 어찌나 옹골차고 역동적인지 고깔 하나가 쓰러지면 도미노 현상으로 줄줄 넘어져 최고봉까지 기울게 할 듯하다.

이렇게 능선에 늘어선 봉우리들이 광활한 들판과 아랫마을 영암을 끌어안고 있다.

"정말 멋지군."
"도봉산 못지않아."

월출산을 처음 접하는 친구들의 탄성이 이어진다. 처음 오거나 두 번, 세 번 왔었거나 어느 계절이든 대할 때마다 찬사를 보낼 수밖에 없는 곳이다.

여기 구정봉에 세 개의 흔들바위가 있었는데, 바위들이 산 밑으로 굴러떨어지고 그중 하나가 스스로 올라왔다니 신령하지 않을 수 없다. 그래서 신령한靈 바위巖가 그대로 지명이 되었단다. 더더욱 영암 어디에서나 월출산이 보인다고 하니 영암과 월출산은 하나라고 하는 말이 실감 난다.

봄볕 보드라운 바위섬 산정에 올라 저 논밭 물결에 넋 놓고 눈길 담그는데 바람 한 점 요염한 미소 머금고 다가와 나른한 몸을 다감하게 끌어안는다. 피부를 스치는 것마다 아찔한 스킨십이다.

"이 산에 남생이도 산다지?"

"남생이라면 토종 거북이?"

청정한 산간 계곡 상류의 물과 육지를 두루 생활 터전으로 하는 토종 민물 거북이인 남생이는 보신을 위한 포획과 서식지 파괴로 그 개체 수가 급격히 줄어들었다. 멸종위기 야생생물로 천연기념물 제453호로 지정되었는데 월출산에 서식하는 것이 확인되었다고 한다.

"발견해도 잡지 마라."

다시 바람재 삼거리를 지나 천황봉을 향해 줄지어 늘어선 고깔들 무리에 섞인다. 이런 곳에 어찌 이런 산이 있을 수 있는가. 논밭 위로 우뚝 솟았다는 것만도 기특한데 어쩜 이처럼 수두룩 기암 묘석만으로 꾸며질 수 있단 말인가.

사막 한가운데의 오아시스? 끝도 없이 펼쳐진 망망대해의 파라다이스? 그처럼 월출산은 무어로 비유해도 부족할 듯한 존재감을 드러내고 있다.

탁 트인 능선, 두루두루 눈길 바쁘게 하는 조망. 달이 뜨는 남도의 명산이란 칭송만으로는 그 표현이 턱없이 모자라다. 멀리 외따로 있어 자주 찾지 못해 안타까우면 닮은꼴 도봉산에 올라 그 안타까움 달래야 할까 보다. 다산 정약용이 강진으로 유배 가던 중 월출산을 보더니 즉시 시 한 수를 읊는다.

누리령 산봉우리 바위가 우뚝우뚝 樓犁嶺上石漸漸
나그네 뿌린 눈물로 언제나 젖어있다 長得行人淚灑沾
월남으로 고개 돌려 월출산을 보지 마소 莫向月南瞻月出
봉우리들이 어찌 저리 한양 도봉 같은고 峰峰都似道峯尖

능선 멀리서나 가까이에서나 볼 때마다 천황봉에는 사람들이 빼곡하게 모여 있다. 역시 화창한 주말의 도봉산 신선대를 연상시킨다.

반대편에서 오는 산객들로 서로 교차하는 구간에 이를 즈음 베틀굴이 향하고 있다는 남근석이 보인다. 우람하고 꼿꼿하다. 이 바위를 올려다보노라니 묘한 기분이 든다. 시선을 멈추는 다른 남성들의 기분은 우쭐할지 어떨지 머리를 긁적이는데 여성 등산객들이 그 설명 팻말을 본다.

"우리나라 산엔 남근바위가 너무 많아."

팽팽하게 솟은 남근바위와 팻말을 번갈아 살피던 여성 등산객이 툭 내뱉자 그 일행이 묻는다.

"왜 싫어?"

"싫진 않지만, 너무 왜곡되고 과장됐단 거지, 내 말은."

대한민국 아줌마들의 솔직 담백한 대화를 우연히 엿듣다가 친구들이 서로를 쳐다보며 미소를 흘린다.

"헐~"

저만치 가다가 힐끔 뒤돌아보고는 노천이가 수긍한다.

"맞아. 좀 왜곡되긴 했어."

안개가 깔리지 않아 무척 다행이다. 준엄한 서릿발처럼 느껴졌을지도 모를 칼바위들의 윤곽이 햇빛을 받아 다감한 느낌을 주었기에 더 그렇다.

해발 809m. 천황봉은 그 실제 높이보다 훨씬 높다. 바닷가에 위치해서 들머리부터 고도를 형성하지 않는 탓이다. 설악산 오색 들머리가 해발 500m이고, 정상 높이 1577m의 계방산은 그 들머리인 운두령이 해발 1089m에 있었으니 산을 높이만으로 가늠하는 건 사람 세상에서 금수저와 동수저를 평생의 우열로 결론짓는 것과 크게 다를 바 없을 것이다. 식당도 아닌 절정을 조망하게 해주는 산정에서 수

저를 꺼내 드는 건 상식을 벗어난 행위이다.

여기는 입보다 눈이 움직여야 하는 곳. 봄볕 보드라운 바위섬 산정에서 아래로 넓게 펼쳐진 논밭 물결에 눈길만 주어도 포만감이 느껴진다.

잘 정돈된 전답이 마을 전경과 함께 평화로운 모습으로 비치는 것도 안개가 걷힌 덕분이다. 산정에서 숨 고르고 온 사방을 둘러보노라니 불현듯 극복한 후엔 환난도 절망도 오로지 지난 일에 불과하단 생각이 든다.

고산 윤선도 역시 안개에 가린 천황봉을 극복한 삶의 가치를 높이 사서 그렇게 노래한 건 아니었을까.

월출산 높더니만 미운 것이 안개로다
천황제일봉을 일시에 가려도
햇빛이 나면 안개가 아니 걷히랴

구정봉에서와 달리 이곳에서 보면 저들은 고깔이 아니라 저마다 나름의 영웅담 하나씩은 지녔음 직한 기암 묘봉들이다. 휘영청 밝은 보름달이 월출산 꼭대기에서 빛을 내뿜자 도열한 바위 봉우리들이 일제히 기립한다.

뾰족한 투구마다 섬광이 인다. 봉우리들 뒤로 저만치서 향로봉과 구정봉이 의젓하게 뒷짐 지고 있다.

어둠이 내려앉아 이곳 찾은 이들 모두 내려가도 월출산엔 정적 대신 장엄한 점호가 이뤄질 것 같은 상상을 하게 된다. 아마도 저들끼리의 정립된 시스템이 있으므로 해서 수많은 화강암 봉우리 간에 정연한 질서가 생성되었을 것만 같다. 그처럼 월출산은 많은 걸 보여주고 많은 상상을 하게 한다.

월출산은 하나 남김없이 속속 다 보여준다

"다시 오지 않을 수가 없는 곳이야."
"좋아하는 사람과 꼭 오고 싶은 곳이지."

구름다리로 하산하는 길에서 올려다본 천황봉은 여전히 또다른 산객들로 붐빈다. 그들의 탄성이 메아리치는 듯하다. 산에서 온 길을 뒤 돌아보면 불교의 법화경에서 말하는 '회자정리 거자필반會者定離 去者必返'이라는 말을 떠올리게 한다. 만남은 헤어짐으로 이어지고, 그 헤어짐은 다시 만남으로 회귀한다고 했던가.

'님의 침묵'에서 만해 한용운은 만날 때 떠날 것을 염려하듯 떠날 때 다시 만날 것을 믿는다고 거자필반이란 표현을 썼다고 한다.

내 주변 사람이 소중하면 변함없이 오래 머물기를 소망하며 멀어지더라도 재회를 바라는 것처럼 산도 정겹고 아름다우면 반드시 다시 찾아지기에 그런 생각이 드는가 보다. 언제든 기회 닿는 대로 자주 찾고 싶은 월출산이다.

"이쪽 내리막은 완연한 봄일세."

양지바른 하산 길은 눈꽃이 희끗희끗 남아있던 바람재와는 분위기가 사뭇 다르다. 운무에 젖고 눈서리 시리던 비탈에 봄볕이 드는 중이다. 참 고운 봄빛이다. 아침부터 축축하다 때맞춰 걷어진 구름, 동시에 드러난 햇살. 춘삼월 바위 골짝 해빙 중에 피어나는 봄이라 더 곱고 더 아련하다.

머잖아 고사할 것처럼 보이는 갈참나무, 그대로 바위 될 것처럼 들러붙은 고드름들이 지난 만추에 떨어져 이리저리 뒹굴던 수북한 낙엽을 적시며 겨울 녹아내리니 남도 월출산에서 시작되는 봄은 질척한 얼굴 내밀면서도 상큼하게 미소 짓고 있다.

바위 사이 봄 오는 길과 함께 회백색 봉우리들 사이로 빨간 구름다리가 보인다. 서너 시간 걸리던 매봉과 사자봉을 5분 거리도 채 안 되게 단축한 이 다리는 해발 510m, 지상 높이 120m에 길이 54m로 200명이 동시에 이용할 수 있다.

월출산은 하나도 남기지 않고 보여줄 걸 다 보여준다. 구름다리에서 보는 6형제봉 등 난공불락의 천연 요새처럼 견고 부동한 주변 경관도 감탄을 자아내게 한다. 많은 사람이 여길 포토존으로 활용하여 기념 촬영하는 걸 보니 길이 막히는 경우가 허다할 것이다.

"쉽게 걸음을 뗄 수가 없구나."

만만치 않은 산행의 막바지이거늘 태영이 말처럼 쉬이 걸음이 떼어지지 않는다. 역시 멋진 모습은 산이건 사람이건 자꾸 훔쳐보게 되고 떨어지기 싫은 건가 보다. 건너기 전에도 그랬듯 건너서도 구름다리를 등지고 싶지 않은 건 죄다 뚜렷한 아름다움을 지녔기 때문이다.

신라 진평왕 때 원효대사가 건립했다는 천황 사지를 지나고 대나무 숲길을 빠져나오면 월출산은 다시 저만치 별천지에 우뚝 솟아있다.

"다시 올 때는 꼭 가장 가까운 사람과 함께 와야지."
"집사람 무릎이 좋지 않다면서?"
"내가 집사람이라고 했나?"

노천이 말에 호근이가 되묻고 다시 우문현답처럼 이어지는 대화에 웃음 지으며 대나무 숲에 이른다.

저 아래 국토 남단이지만 거기에 가면 월출산을 볼 수 있다는 사실이 행복하다. 내려와 푸름을 느끼게 하는 대나무 숲이 있다는 것도 덤이 아니라 커다란 베풂이다. 월출산은 그 아래로도 자연 속에서 역사와 예술을 이어간다.

남도 땅에서 달이 가장 예쁘게 뜬다는 구림마을, 삼한시대부터 무려 2200년 동안 사람이 살았던 곳이기에 통일신라 때 생긴 영암이라는 지명보다 오래된 영암 구림마을이다.

최씨 성을 가진 처녀가 빨래하다 물길에 떠내려온 오이를 먹고 아이를 가졌다. 이를 부끄럽게 여겨 아이가 태어나자 숲속 바위에 버렸는데, 사흘 후 찾아가 보니 비둘기들이 보호하고 있었다. 그 아이가 바로 도선국사다. 그래서 비둘기를 뜻하는 구鳩와 수풀 림林을 써서 구림마을이 되었다.

고려 태조의 탄생을 예언한 풍수지리의 대가 도선국사뿐 아니라 삼국시대 일본에 학문을 전파하고 일본 왕의 스승이 된 왕인박사도 구림마을에서 태어났다. 오늘날 영암 도기 문화의 근간인 구림리와 인근 상월리, 월하리의 도자기 문화도 월출산의 흙과 나무가 있었기에 지금까지 전승시켜 올 수 있었을 것이다.

영암과 월출산에서 한나절을 보내며 대자연의 조화로움에서 웅장한 오케스트라를 감상한 느낌이다. 베토벤의 운명과 쇼팽의 이별곡을 번갈아 들으며 위대한 두 음악에서 추상적이지만 대단히 조화로운 공감을 얻은 것처럼. 자연이 얼마나 세상을 위대하고 장엄하게 꾸며놓았는지를 구정봉에서 보았고, 천황봉에서 확인하였으며 사자봉에서 또한 느꼈으니 말이다.

"아침까지만 해도 영암 깜깜이가 지금은 영암 박사가 된 기분일세."
"산행에 역사, 지리, 자연까지 두루 익혔으니 값진 기행을 한 셈이지."

아직 일렁이는 여운을 담고 우리나라 도자 역사에 있어 특별한 유적지인 마을 내 영암 도기박물관에서 다양한 도예작품을 관람하며 영암 기행을 쉬이 마치지 못한다.

때 / 초봄
곳 / 금릉 경포대 – 바람재 삼거리 – 베틀굴 – 구정봉 – 바람재 – 천황봉 – 사자봉 – 구름다리 – 천황사 야영장 – 영암 구림마을

무등산국립공원

무등산은 광주와 전남의 진산이자 호남정맥의 중심을 가르는 산줄기로 2013년 스물한 번째 국립공원으로 지정되었다. 75.425㎢의 면적에 서석대·입석대·광석대 등 수직 주상절리의 암석이 있으며 사계절 생태 경관이 뚜렷하고 수달·하늘다람쥐 등 멸종 위기 야생생물이 서식하는 우수한 생태계를 지니고 있다.

정상 개방에 맞춰 만난 주상절리의 무등산

억수장마처럼 쏟아낸 오열로 가슴 깨끗하게 비워내고
밤하늘 우러른 적 어찌 없었던가.
발버둥 치며 애태워야 할 것이
사사로운 욕구일 수는 없는 것이지 않은가.

'무등산 사랑 가을 범시민축제 및 무등산 정상(군부대) 개방'

무등산 증심사 입구 버스 종점에 내리자 긴 문구의 현수막이 걸려있다. 연간 한두 번의 정상 개방 시점에 맞춰 부리나케 무등산을 찾게 된 것이다.

광주는 먼저 5·18 민주화운동을 떠올리게 하고, 무등산無等山은 민주주의 수호신이라는 이미지가 강하다. 그래서 광주시민들에게는 더더욱 눈길만 스쳐도 가슴 저린 실체일 것이다. 무등산 또한 현대사의 질곡을 직접 지켜보며 천추의 한을 곱씹는 중일지도 모를 일이다.

호남정맥의 중심 산줄기인 무등산은 광주광역시와 전라남도 화순군, 담양군으로 이어져 있다. 북쪽의 나주평야와 남쪽 남령 산지의 경계에 있는 웅장한 산으로, 1972년 도립공원으로 지정된 이후 25년 만인 2013년에 스물한 번째 국립공원으로 지정되었다. 지질 생태학적으로, 또 관광 측면에서 경탄할만한 풍경과 신비로움이 깃든 천혜의 절경지인지라 등급을 매길 수 없을 정도로 높고 크고 고귀한 산이라는 의미에도 딱 부합하는 무등산이다.

두 번째 방문하면서 가슴이 울렁이는 건 지금이 가을이기 때문이다. 작년 가을, 규봉에서 보았던 가을 풍광은 한동안 뇌리를 떠나지 않았었다. 오늘은 코스가 틀리지만, 여기가 무등산이기에 바쁘게 서둘러 움직여도 보여줄 걸 다 보여줄 것으로 확신한다.

비할 데 없이 높은 산이요, 등급을 매길 수 없는 산일세

아웃도어 상설매장이 즐비하게 늘어선 등산진입로 분위기가 북한산 산성 입구를 떠올리게 한다. 무등산도 한껏 물들어 있다. 무등산 서쪽 기슭에 자리 잡은 증심사는 광주지역의 대표적인 불교 도량으로 삼층석탑, 범종각, 오백전 등 많은 문화재가 있어 1986년 광주광역시 문화재자료 제1호로 지정된 사찰이다.

증심사와 증심교를 지나 중머리재 쪽으로 방향을 잡는다. 다시 광주광역시 문화재자료 제2호인 약사암을 지나면서 본격 등산로가 시작된다. 약사암 위로 수직 절벽인 새인봉 마루가 보인다. 바윗덩어리 정상부가 임금의 옥새와 흡사하다 하여 이름 지어진 봉우리이다.

새인봉 삼거리에서 잠시 망설인다. 거쳐야 할 곳이 너무 많아 새인봉은 400m 지점에서 한 번 더 쳐다보는 것에 만족하고 중머리재로 좌회전을 튼다. 낙엽 수북하게 덮인 돌길과 잡목 숲길을 길게 올라 능선에 이르자 조금은 철 지난 억새가 그래도 힘차게 나부끼고 있다.

아래로 마당 널찍한 중머리재가 보이고 그 위로 통신소에 통신 철탑들이 늘어서 있다. 양지바른 드넓은 평야에 사방이 탁 트인 중머리재 공터에서 많은 등산객이 식사도 하고 휴식도 취하는 중이다.

중머리재 약수터에서 물만 보충하고 내처 용추 삼거리를 거쳐 장불재(해발 990m)에 다다른다. 광주광역시와 화순군 경계 선상의 넓고 평평한 고원지대인 장불재에 이르자 과연 상대 비교를 하고자 등급을 매길 수 없다는 의미에 고개를 끄덕이게 된다.

웅대한 산세이긴 하지만 대체로 경사가 완만하고 안정감 있는 흙산이라 마냥 푸근하다. 장불재에서 제일 먼저 눈에 들어오는 것이 입석대(해발 1017m)이다. 석축으로 된 단을 오르면 5각에서 6각 혹은 7각, 8각형으로 된 돌기둥이 둘러서 있다.

꼿꼿하게 몸 일으켜 세운 바위들은 마치 한 곳을 응시하며 사열 받는 군인들의 모습과 흡사하다. 약 7000만 년 전

안산암에 형성된 주상절리로서 기둥 하나의 둘레가 보통 6~7m, 10m 내외의 높이로서 남한에서는 최대 규모의 주상절리이다.

주상절리柱狀節理의 사전적 의미를 보면 단면의 형태가 육각형 또는 다각형인 기둥 모양으로 화산암 지역에서 많이 볼 수 있으며, 뜨거운 용암이 냉각되어 부피가 감소하면서 그 수축 작용으로 형성된 지형으로 온도가 높고 유동성이 큰 현무암질 용암이 빠르게 냉각될 때 잘 발달한다고 한다.

유네스코에서는 지질학적·생태적·역사적·고고학적 가치를 지니고 있어 세계적으로 보호·관리하는 공원을 세계 지질공원으로 인증하여 등재하고 있다.

2018년에는 제주도와 청송에 이어 국내에서 세 번째로 유네스코 세계 지질공원으로 인증받음으로써 광주시민의 어머니 품으로 존재하던 무등산은 일약 국민의 산으로 거듭났고, 나아가 세계적 보존 가치를 지닌 인류의 산으로 우뚝 섰다.

오랜 세월 풍상을 겪은 입석대의 우람하고도 불가사의한 신비로움에 한참이나 눈을 떼지 못하다가 승천암이라 적힌 바위를 지나 서석대(해발 1100m)에 이른다. 저녁노을 물들때면 햇빛에 반사되어 수정처럼 빛나기 때문에 수정 병풍이라 부르기도 했었다.

무등산을 서석산이라 칭했던 것은 이 서석대의 돌 경치에서 연유한 것으로 서석대의 병풍바위는 맑은 날 광주 시내에서도 바라볼 수 있다. 무등산 3대 석경인 서석대, 입석대와 광석대의 무등산 주상절리대 10만 7800㎡는 천연기념물 제465호로 지정되었다.

이상한 모양이라 이름을 붙이기 어렵더니,
올라와 보니 만상萬像이 공평하구나.
돌 모양은 비단으로 감은 듯하고
봉우리 형세는 옥을 다듬어 이룬 듯하다.
명승을 밟으니 속세의 자취가 막히고,
그윽한 곳에 사니 진리에 대한 정서가 더해지누나.

조선 초 학자이자 문신인 지월당 김극기는 고려가 망한 뒤에 세상일을 잊고자 이름난 산수를 찾아 시를 지으며 소일했다.

그는 자신의 시 '규봉암'을 통해 무등산 규봉의 경이로움을 저처럼 표했다. 규봉을 가보지 않고는 무등산을 논하지 말라고도 한다. 장불재에서 서면 쪽으로 능선을 따라 약 1km를 돌아가면 지공 너덜과 규봉 주상절리(해발 950m)에 이른다.

지공 너덜은 수많은 돌이 흩어져있는 비탈로 주상절리가 오랜 세월의 풍화작용 때문에 깨어져 능선을 타고 모여진 산물이며, 인도 승려인 지공 대사가 석실을 만들고 좌선 수도라면서 그 법력으로 억 만개의 돌을 깔았다고 말한 것에서 유래되었다.

규봉은 광석대, 송하대, 풍혈대, 장추대, 청학대, 송광대, 능엄대, 법화대, 설법대, 은신대 등 열 개의 대에 이름을 붙였는데 무등산 주상절리 중 그 규모가 가장 크다.

하늘과 맞닿을 듯 깎아지른 100여 개 돌기둥 사이의 울창한 수림과 규봉암 사찰이 조화를 이루며 지극히 어울린다. 특히 울긋불긋한 단풍이 수려함의 극치를 이루는 가을이면 그 풍광에 쉽사리 눈을 떼지 못한다.

오늘은 개방한 군부대를 시찰하러 왔으니 규봉으로 가고픈 마음을 접는다. 지척의 군부대 앞에는 적지 않은 사람들이 줄지어 부대 안으로 들어서는 중이다.

미사일 기지와 막사 등 군사 시설물들 위로 솟은 봉우리 셋이 천왕봉, 지왕봉, 인왕봉이라고 지칭되는 무등산 정상이다. 군이 장악하고 있는 셈이다.

민간인에게 선심 쓰듯 점유하고 있는 정상을 개방하고 군부대를 잠깐 구경시켜주기는 했는데 역시 개방의 의미를 그다지 느끼지 못했다.

부대 울타리를 나와 다시 정상부에서 쭉 둘러보노라니 바위에 새긴 글처럼 광주의 기상이 무등산에서 발원된 건 공감할만하다.

임진왜란 때 김덕령 장군을 비롯한 많은 의병장이 배출되었고 대한제국 때에도 의병 활동의 거점이 되었었다. 무등산이 광주와 전남도민의 정신적 지주 역할을 해오고 있음을 의식하게 된다.

"나는 받아들일 수 없네."

고려 말, 무등 산신은 찾아온 이성계와 무학대사를 차갑게 외면한다. 지리 산신, 천관 산신과 마찬가지로 이성계의 역성혁명을 반대한 것이다.

조선을 건국한 이성계는 장흥의 천관산을 귀양살이시켰던 것처럼 경상도에 있던 지리산을 전라도로 귀양 보냈다는 설화가 전해진다.

결국, 역성혁명을 불의로 간주한 호남지역의 역사의식으로 말미암아 조선시대 중앙정부로부터 외면당하고 상대적으로 피해를 본 지역 정서가 반영된 설화라 하겠다.

이러한 정서는 근현대에 이르러서도 정치적으로 핍박을 당하거나 지역감정의 폐해로 이어져 무등산은 더더욱 불의에 대항하는 호남의 상징으로 존재하게 된다.

"그러나 무등산은 우리나라, 우리 국민의 산이야. 호남의 산이기 전에."

상대적 폐해를 입은 무등산에 마음 한구석 동정심이 일다가도 둘러보면 카리스마 넘치는 광활한 풍광에 여지없이 압도되고 만다.

그러면서도 하늘과 접한 공원처럼 푸근하다. 서석대 전망대에서 본 서석대 역시 강인한 위용을 뽐낸다. 잘 다듬어진 오솔길을 따라 편안한 걸음걸이로 중봉에 닿았다. 그리고 다시 용추봉에 이르렀다.

돌아보면 선객들이 다녀간 거기엔 덩그러니 길만 남는다. 아직 내리막길에 본격적으로 접어들지도 않았는데 노을이 물들기 시작한다. 하지만 서두르고 싶지 않다. 올라올 때와 달리 사람들이 없는 석양 녘 장불재가 고즈넉하다.

노을 지는 가을 무등산에서 다시 시작하다

노을빛에 젖어 더욱 붉어진 가을 모습을 보여주는 백운암 터를 지나고 토끼등을 지난다. 날머리 원효사까지 3.2km, 길은 평탄한 데다 노랑, 주홍 낙엽 밟으며 느긋하게 걷노라니 어두워지는 중이지만 막바지 가을을 타기에 부족하지 않다.

창창하던 한낮 태양에 등 돌린 채 항명하듯 황혼은 속도 높여 노랗고 붉게 물들고 있다.

산악과 뜨락 전부가 붉게 지배당했고 땅 위엔 숱한 갈색 사연들이 화석의 제단을 마련한다. 흙빛 참상, 팽창된 외로움의 이유로 속으로 전해오는 쓰라림은 마침내 저리도 붉다 검은 피를 토하며 내일을 잃고 스러진다. 울긋불긋 찬란하게 시선 끌던 단풍들은 고엽 되어 이리저리 밟히며 계절을 인계하는 중이다.

곧 다가올 한파, 차디찬 허공과 드센 바람 몰아치는 백색 왕국의 퀭한 터전에서 세월의 파편들은 체념한 채 체온 잃은 흙을 끌어안을 것이다.

계절 변화에 수동적으로 따라붙는 막바지 단풍을 묵연히 바라보고 낙엽을 밟노라니 차라리 침엽수 늘 푸른 나무로 생겨나지 못한 게 큰 불행일 수도 있다는 생각이 이는 것이다. 그렇게 가을은 사내에게 감성을 일으키며 계절을 타게 한다.

바람재를 거쳐 공군부대 앞길을 지나자 낙엽도, 무등산도 그리고 광주도 어둠에 잠기고 말았다.

"막힌 속이라도 뻥 뚫어보려 무작정 배낭 메고 떠나 남도의 산을 유람하고 나니 지금 어떻던가?"

날 갤 때까지 안개 자욱하여 아무것도 볼 수 없었던 시절 있지 않았던가. 봄 올 때까지 겨울에 깔렸던 낙엽처럼 죽음

같은 고요를 내 삶인 양 인내했던 시절이 있지 않았던가.

억수장마처럼 쏟아낸 오열로 가슴 깨끗하게 비워내고 밤하늘 우러른 적 어찌 없었던가.

발버둥 치며 애태워야 할 것이 사사로운 욕구일 수는 없는 것이지 않은가. 우러러 부끄럼 없는 신념이 부족했음을 왜 여태 깨닫지 못했던가.

수줍어 살포시 미소 띠며 외지 나그네 맞아준 만추 단풍과 호방하게 펼쳐진 산정의 광활함이 삐죽 모나기까지 했던 지난 한주의 삶을 부끄럽게 만든다.

행이 있으면 불행도 있는 법. 어느 순간 평화에 금이 가고 위급이 행복으로 바뀔 수 있다는 면에서 산을 삶과 비견했었다. 변화가 있고 반복을 거듭하니 생의 소중한 가치를 망각하지 않는 것일지도 모르겠다.

그 변화를 모색하고자 배낭 둘러매고 산으로 향하게 된다. 거듭되는 반복의 매너리즘에서 새롭게 심신을 가다듬으려고 산을 향하곤 했었다. 깨우쳤다 싶으면 다시 잊곤 하는 게 일상이 되긴 했지만.

세상 한복판에서 머리에 담고 가슴에 지녀 무겁기만 했던 건 결국 현실과 동떨어진 걱정 부스러기요, 스트레스 조각에 불과했었다는 것이 정녕 깨우침이라면 산과 금맥을 동일시했던 친구의 말은 딱 들어맞는 거였다. 그렇게 자답하고 자책하고 자각하며 다시 왔던 길로 되돌아간다.

해 떨어져 어둑어둑 거무스레한 산비탈 흐릿하게라도 길 남겼다가 온전하게 내려주고 나서야 홀연 어둠에 몸 가리 니 무등산 배려가 하염없이 살갑기만 하더라.

때 / 가을
곳 / 증심사 관리사무소 – 증심교 – 증심사 – 신림 – 약사사 – 새인봉 삼거리 – 서인봉 – 중머리재 – 용추 삼거리 – 장불재 – 입석대 – 서석대 – 개방 군부대(천, 지, 인 삼봉) – 서석대 전망대 – 중봉 – 용추봉 – 중머리재 – 봉황대 – 토끼등 – 바람재 – 늦재 – 원효사 공원 관리사무소 – 원효사 버스종점

태백산국립공원

1989년 도립공원으로 지정되었던 태백산은 2016년 스물두 번째 국립공원으로 승격 지정되었는데 70.052k㎡이며 천제단이 있는 영봉을 중심으로 장군봉, 문수봉, 부쇠봉 등으로 이뤄져 있으며, 한강의 발원지인 검룡소 등 풍부한 문화자원과 야생화 군락지인 금대봉, 대덕산 구간, 만항재, 세계 최남단 열목어 서식지인 백천계곡 등 다양한 생태 경관을 보유하고 있다.

하얀 여백 함백산과 태백산에서 눈가루처럼 흩날리며

오르다가 뒤돌아보면 역시 백두대간 매봉산으로 잇는
금대봉과 비단봉도 하얗게 덮여있다.
보이는 곳마다 온통 설국이다. 간간이 물감을 뿌려
물체를 표현한 것처럼 세상은 대다수 흰 여백이다.

"이번 주말에 함백산 어때?"

"거긴 작년에 다녀왔는데."

"태백산은?"

"태백산은 많이 가봤지."

"그래? 그럼 함백산이랑 태백산을 연계해서 가는 건?"

"그거 괜찮은데."

함백산과 태백산은 각각 산행한 바 있지만 두 산을 연계해서 갈 기회를 산 좋아하는 친구 성수와 동택이가 마련했다. S 산악회의 신년 기획 산행을 예약한 것이다. 정초에 강원도 겨울 산의 경계표, 그 하얀 품에 안기고자 주말 이른 아침에 산악회 버스에 오른다.

기온이 뚝 떨어져 들어서면 무심히 외면할 것처럼 시린 설산이지만 보면 볼수록 그 비탈에 야박함이라곤 전혀 없이 널찍한 풍모를 지닌 산이 태백이다.

618

백두대간의 중앙부에 솟은 민족의 영산이며 한강과 낙동 강, 삼척의 오십천이 발원한다. 즉 한반도 이남의 젖줄이 되는 근원인 곳이다. 서울에서 출발한 지 세 시간 정도 지 난 10시경 함백산 두문동재에 도착하자 날 선 칼바람에 쌓 였던 눈들이 휘날려 몸을 움츠리게 한다.

보이는 곳마다 설국이요, 세상은 온통 흰 여백이다

크고 밝은 뫼라는 의미로 대박산大朴山이라고도 불린 함 백산은 국내 여섯 번째로 높은 산이지만 두문동재, 적조암 입구, 만항재의 세 곳 중 어디를 들머리로 하든지 해발고도 가 높으므로 산행에는 큰 무리가 없다.

함백산을 태백산의 한 봉우리쯤으로 여긴 적이 있었다. 태 백산의 변방으로 취급받던 함백산에 만항재와 두문동재를 잇는 장쾌한 능선이 백두대간 종주 붐을 타면서 독립된 산 행지로 탄탄하게 자리 잡은 것이다. 지금은 당당히 태백산 국립공원 내의 최고봉이다.

오늘은 남한강으로 흐르는 지장천 상류의 두문동재(해발 1268m)를 산행기점으로 잡았다. 태백시 삼수동과 정선군 고한읍의 경계인 큰 고갯길에 백두대간 두문동재라고 새겨 진 돌비석이 세워져 있다. 백두대간의 이음이자 상함백, 은 대봉으로 가는 등산로 입구다.

"무어라? 폐하께서 돌아가셨다고?"

조선 건국 후 벼슬을 마다하고 경기도 두문동에 기거하던 고려 유신 몇몇이 고려 마지막 왕 공양왕을 만나기 위해 유배지 삼척에 왔다가 공양왕이 타살되었다는 소식을 듣게 된다.

분노에 떨다가 실의에 잠긴 이들은 태백 건의령 아래 정선에 터를 잡아 두문동杜門洞이라고 칭한다. 두 임금을 섬길 수 없어 세상과 등지고 살겠다는 두문분출杜門不出의 사자성어가 여기서 유래되었다.

함백산이 품고 있는 정선 정암사의 적멸보궁은 국내 5대 적멸보궁의 하나이다. 적멸보궁 주변의 주목을 선장단이라 일컫는데 자장율사가 꽂아둔 지팡이가 살아났다고 해서 그렇게 부른다고 한다. 지팡이로 바다를 가른 모세, 그리고 자장율사는 그런 신비한 지팡이를 어디서 구했을까, 의구심에 고개를 갸우뚱하게 된다.

"그때나 지금이나 돈이면 안 되는 게 없어."

동택이 특유의 조크에 튀어나온 웃음이 하얗게 김이 서려 흩날리는 눈발에 섞인다. 오늘 가는 길은 시점부터 태백산 부소봉까지 대부분의 산행로가 백두대간으로 이어진다.

산길 들어서면서부터 깊은 곳은 무릎까지 빠지는 눈밭이다. 오르다가 뒤돌아보면 역시 백두대간 매봉산으로 잇는 금대봉과 비단봉도 하얗게 덮여있다. 보이는 곳마다 온통 설국이다. 간간이 물감을 뿌려 물체를 표현한 것처럼 세상은 대다수 흰 여백이다.

1.3km 거리의 은대봉(해발 1442.3m)은 헬기장이 있는 평평하고 널찍한 고원이다. 함백산 정상까지 4.3km, 두툼하게 쌓인 눈길이라 실제 거리 이상의 체력이 소모될 것이다.

적조암 갈림길을 지나 중함백으로 살짝 고도가 높아진다. 고사 되기 직전의 고목과 고사목들은 적설의 공간조차 없어 처량 맞아 보인다.

왼편부터 시계방향으로 매봉산, 백운산, 백덕산, 민둥산, 가리왕산 등 강원도의 내로라하는 고산들이 굽이굽이 늘어섰다. 매봉산 왼편으로는 더 멀리 두타산과 청옥산, 고적대를 연결하는 백두대간의 이어짐을 확인한다. 그리고 다시 눈길 지르밟으면서 중함백(해발 1505m)에 도착한다.

중함백을 조금 지난 전망대에서는 거의 수평으로 함백산 정상을 볼 수 있고 그 뒤로 태백산의 살짝 드러난 옆구리도 보인다. 숱한 비바람과 눈보라를 견뎌온 주목 몇 그루가 아직 살아 천년을 이어가는 중이라는 양 기운찬 모습으로 시린 눈밭을 밟고 올라서서 설분을 뿌려댄다.

함백산 정상(해발 1572.9m)에 이르자 작년 봄에 보았던 돌탑이 여전히 건장하게 버텨서 있고 KBS 중계소, 함백산 표지석 아래로 태백선수촌도 그대로다.

태백시와 정선군 고한읍 경계에 있는 함백산咸白山 일대는 우리나라의 주요 탄전 지대라 석탄의 원활한 수송을 위해 산업철도와 도로가 잘 정비되어 있다.

특히 북사면에는 철도 터널의 길이 4505m로 국내에서 가장 긴 태백선의 정암터널이 뚫려 있으며, 해발고도가 가장 높은 곳에 있는 철도역으로 알려진 추전역이 인근에 있다. 또 서쪽 사면으로는 해발 1200m 부근으로 지방도로가 지나간다.

"함백 어르신, 오늘은 바빠서 이만. 훗날 기회 되면 또 뵙기로 하고 물러가겠습니다."

"동상 걸리지 않게 다들 조심하게. 다음엔 여름에 오게나. 보여줄 게 많다네."

추워서 오래 머물 수가 없다. 그렇게 하겠다고 건성으로 대답하고는 창옥봉 방향으로 내려선다. 옛날 백성들이 하늘에 제를 올리며 소원을 빌던 민간신앙의 성지였다는 함백산 기원단이 사각으로 돌을 쌓아 민간 자연유산임을 표시하고 있다.

과거 석탄을 채굴하는 광부 가족들이 함백산 주변으로 이

주했는데 지하 막장에서 석탄을 생산하던 광부들이 잦은 지반 붕괴사고로 목숨을 잃자 가족들이 이곳에 찾아와 무사 안전을 위해 기도했던 곳이라고 한다.

함백산과 만항재 사이의 창옥봉이라고 불리는 야트막한 봉우리를 내려서자 자동차로 오를 수 있는 가장 높은 고갯길인 만항재(해발 1330m)에 도착한다.

만항재는 늦은목이재라고 불리던 한자 지명이다. 지금은 그저 하얀 눈밭이지만 만항재 산상의 화원 표지판에 국내 최대 규모의 야생화 군락지(300여 종)라고 적혀있다.

여름에 오라고 했던 이유가 있었다. 화원을 둘러보면서 수많은 야생화가 만개했을 여름철에 한 번 더 오고 싶다는 생각이 든다.

"여기서 간단히 요기하고 가자."

만항재에서 따끈한 고깃국물을 마시니 한결 추위가 덜하다. 짧은 시간에 요기하고 수리봉으로 향한다. 군부대가 보이고 그 왼쪽으로 백두대간이 이어진다. 우람한 낙엽송들에 얹혔다가 바람에 흩어지는

눈가루가 햇빛을 받아 은색으로 나부낀다. 이 구간부터는 좁은 등산로에 길도 보이지 않는다. 그저 하얀 포장길을 발자국 만들어가며 걷다 보니 수리봉 정상(해발 1214m)이다.

여기서도 지체하지 않고 화방재로 간다.

태백산의 겨울은 철철 창의가 넘쳐 난다

화방재, 함백산 날머리이자 태백산 들머리인 셈이다. 화방재로 내려서자 많은 등산객과 그들을 태우고 온 산행 버스들이 주차되어 있다. 휴게소에서 잠시 쉬다가 막 내려온 함백산을 휙 둘러보고 태백산 유일사로 걸음을 옮긴다.

1989년부터 강원도 도립공원이었다가 2016년 8월, 22번째 국립공원으로 지정되면서 도립공원일 때보다 4배가량이나 넓어진 공원면적을 지니게 되었다. 한강발원지인 검룡소와 국내 최대의 야생화 군락지인 금대봉 지역이 태백산국립공원에 속하게 되었다.

강원도청 자료에 따르면 여우와 담비 등 22종의 멸종위기동물과 열목어, 붉은 배 새매 등 10종의 천연기념물을 포함하여 총 2637종의 야생생물이 서식하고 있다고 한다.

태백산이 국립공원이 되면서 또 달라진 점은 입장료 징수가 없어졌다는 것이다. 그래서 사길령을 들머리로 했던 태백산행을 화방재에서 시작하는 이들이 많아졌다.

"권력을 쥐면 돈 욕심이 줄어드나 봐."

"그것도 산과 사람이 다른 점 아니겠어? 사람은 권력이 생기면 돈 욕심이 더 커지지."

"우리나라 국회의원들이 대표적이잖아."

국립공원 제도가 생기면서 국립공원의 입장료 징수가 사라졌다. 입장료를 재징수하여 국립공원의 시설관리나 생태계 보전에 사용하자는 의견이 분분하기는 하다. 어쨌거나 오늘은 지갑을 열지 않고 사길령까지 왔다.

경상도에서 강원도로 들어오는 주요 통로 중 하나인 사길령은 수많은 보부상이 길게 대열을 이루며 넘나들던 고개로 맹수와 산적들로부터 보호받기 위해 태백산 신령에게 제사를 지냈다는 산령각이 세워져 있다.

사길령을 거쳐 유일사 쉼터를 지나면서 겨울 태백을 즐기려는 산객들이 붐빌 정도로 많아졌다. 단풍철 설악산 흘림골만큼이나 많은 등산객으로 인해 길이 막히는 곳이다.

"남녀노소가 모두 모였네."

"이 초등학생 꼬마는 많이 힘들 텐데."

"저, 잘 걸어요. 곧 중학교 들어가요."

동택이가 걱정스러워 한 마디 던졌다가 앞서 걷던 예비

중학생한테 한 방 먹고 말았다. 머쓱해 하는 동택이를 보고 한마디 이죽거리고 싶어졌다.

"이 상황에서 갑자기 태백산 설화가 떠오르는군."

신라 때 자장율사가 태백산 자락에서 문수보살을 만나기로 하고 기다리던 중 누더기 차림의 노인이 칡 삼태기에 죽은 개를 담아 들고 와서는 자장을 찾는 것이었다. 자장은 미친 사람으로 취급하여 내쫓았다.

"자장이 해탈의 경지에 든 사람인 줄 알고 찾아왔는데 아직 멀었구나. 그냥 가련다."

삼태기를 땅에 내려놓자 죽은 개가 살아나 사자로 변하는 것이었다. 사자 등에 올라탄 노인은 빛을 뿜으며 빠른 속도로 날아가 버렸다.

"그래서 어떻게 됐어?"
"자장이 빛을 좇아 남령까지 올라갔지만 사라진 문수보살을 만나지 못했지."
"겉만 보고 판단해서 반성하는 중이야."

"신라 10성聖의 한 사람인 자장율사도 그랬는데 뭘."

예비 중학생은 더 빠른 걸음으로 저만치 앞서 걷고 있었다. 태백산은 예로부터 삼한의 명산, 전국 12대 명산으로 꼽으며 민족의 영산이라 칭해왔다. 세종실록 지리지에는 태백산, 토함산, 계룡산, 지리산, 팔공산의 신라 오악 중 태백산을 북악北岳으로 받들어 가을 제사를 지냈다는 기록이 있다.

고도에 비해 완만한 육산이라 산행 초보자도 어렵지 않게 다녀갈 수 있다. 태백산 일대는 산림자원이 풍부하였다. 특히 춘양목 등 양질의 소나무가 많았는데 이 지역이 석탄 산지로 개발되면서 광산 갱목용으로 벌채하고 대신 낙엽송을 심어 이 일대에 낙엽송 군락이 많아졌다.

정상 부근에는 고산식물이 자생하고 봄철이면 만개한 산철쭉을, 여름에 울창한 수목과 차고 투명한 명경 옥수를 접할 수 있으며 가을 단풍도 무척 곱고 아름답다.

뭐니 뭐니 해도 태백산은 겨울 정경을 백미로 꼽는다. 하얀 눈과 조화를 이루는 주목 군락을 비롯해 그 눈을 덮고 평화로이 누운 산등성이 마루금들의 설경이 사람들을 끌어모은다.

최대한 높이 올라 멀리 내다볼수록 겨울 태백산에서는 겨울이 얼마나 창의적 계절인지를 느끼게 한다. 아름다움을 창출하는 소재로서의 눈이 진가를 발휘할 수 있는 곳이 태백산이다.

역시 주목이다. 속살을 비워내고도 창창하고 풍성한 이파리를 생성해낸다. 풍파의 세월을 겪은 삶이 풍미할만한 연륜으로 다져졌음을 느끼게 한다. 그 연륜에 의해 후덕하게 드러난 거목을 보고 있노라니 결코 나이 드는 게 노쇠해진다는 것과는 절대 다르다는 걸 실감하게 된다.

눈꽃 가지 주렁주렁한 주목 군락지를 통과해 장군봉에 닿으니 여기도 인산인해다. 표지석 앞에서 사진을 찍으려는 이들이 줄을 늘어서 있다. 태백산은 일곱 번째로 높은 고도(해발 1567m)지만 겨울 산행에 어려움이 있다면 붐비는 등산객들 틈을 빠져나오는 정도이다.

곧이어서 천제단. 둘레 27m, 폭 8m, 높이 3m의 자연석으로 쌓은 20평가량의 원형 돌 제단인데 태고 때부터 하늘에 제사를 지내왔다. 삼국사기에 왕이 친히 천제를 올렸다고 하니 성산이자 영산으로 자존감이 강할 법하다.

1991년 국가 중요 민속자료 제228호로 지정된 천제단은 고려와 조선시대를 거치는 동안 수령과 백성들이 천제를 지냈고, 조선 후기에는 쇠약해지는 나라를 걱정하는 우국지사들이, 일제강점기에는 조국을 되찾기 위한 독립군들이 천제를 올렸던 성스러운 곳이다. 이곳 정상 일대를 망경대라 부르기도 한다.

지금처럼 신년 초에는 일출을 보며 새해 소망을 기원하고자 전국 각지의 산객들이 모여든다. 비석에 붉은 글씨로 한배검이라고 새겨놓았는데 단군을 높여 부르는 말이다. 단군제를 올리는 석단에서 많은 산악모임이 시산제를 지내기도 한다.

"전하! 어디로 가시나이까?"

조선 세조 3년 가을 저녁나절, 태백산 자락인 봉화군 석포면 대현리에 사는 주민들은 영월의 관아에 일이 있어 가던 길에 흰 말을 타고 오는 단종을 만났다.

"태백산에 놀러 가느니라."

단종이 말을 탄 채 대답하고 홀연히 앞서갔다. 영월에 도착한 석포마을 주민들은 그날 낮에 이미 단종이 죽임을 당하였다는 사실을 듣게 된다.

수양대군에게 왕위를 찬탈당한 단종을 무척 동정했던 석포마을 주민들은 조금 전 길에서 만난 단종이 그의 영혼이며, 죽은 단종이 태백산에 입산한 것이라고 믿었다.

지금까지도 무속신앙을 믿는 이들은 태백산 꼭대기와 산 아래 춘양면 석벽리 등지에 단종의 비각 또는 화폭을 걸어

놓고 단종의 신령을 섬긴다. 망경사 부근의 단종비각端宗碑閣을 보면서 백마를 타고 태백산 산신이 된 단종의 모습을 그려보게 된다.

"이래저래 제사 지낼 일이 많은 산임은 분명해."
"태백산에서 자연인 생활하면 밥해 먹는 수고는 덜겠군."

망경사는 대한불교 조계종 제4교구 본사인 월정사의 말사로, 전설에 의하면 태백산 정암사에서 말년을 보내던 자장율사가 이곳에 문수보살의 석상이 나타났다는 말을 듣고 찾아와 절을 지어 석상을 봉안하였다고 한다.
경내에 멋지게 용의 형상을 조각한 석조 아래 둥그런 돌샘 두 개가 있고 파란색 플라스틱 바가지가 놓여있다. 동해에서 떠오르는 아침 햇살을 제일 먼저 받아 우리나라 명수백선名水百選 가운데 으뜸으로 친다는 용정龍井으로 낙동강의 원천이 된다고 한다.

"크아, 이렇게 시원할 수가."

마시는 이마다 이구동성으로 그 시원함에 감탄한다. 태백산 정기를 마시는 기분이랄까. 그 정기가 짜릿하게 식도를 타고 장까지 스미는 걸 느끼게 된다. 천제를 지낼 때 제수로 썼다는 해발 1467m의 샘물을 마시고 부쇠봉으로 힘찬 걸음을 내디딘다.

부쇠봉으로 향하면서는 인파가 눈에 띄게 줄었다. 대다수 반재 하산로를 택해 내려가기 때문이다. 천제단 아래쪽 또 다른 제단인 하단을 지나 부쇠봉 가는 좁은 길은 더 많은 눈이 단단하게 굳어있다.

부쇠봉(해발 1547m)에 올랐다가 오른쪽 백두대간이 이어 지는 길 반대편의 문수봉으로 향한다. 바위 봉우리들이 하나의 산세를 이루는 북한산 문수봉과 달리 이곳의 문수봉 (해발 1517m)은 바윗덩어리들이 마당을 이룬 곳곳에 세 개의 커다란 돌탑이 세워져 있다.

가까이 다가가 보면 크기가 다른 각각의 돌들이 섬세하게 채워져 탑을 형성하고 있다는 걸 인식하게 된다. 봉우리 주변에 깔린 퇴적암들을 보니 아주 옛날엔 여기까지 바닷물이 차올랐거나 바다였을 거란 생각이 스친다. 천제단과 그 밑으로 망경사를 내려다보고 문수봉과 작별한다.

소문수봉은 조망 면에서 문수봉보다 낮다. 백두대간을 타고 경상북도와 경계를 이루는 산 등이 길고 넓게 펼쳐있다. 비닐포대를 깔고 미끄럼 타며 내려갔던 때를 떠올리면서 내리막으로 접어들었다.

당골로 하산하는 중 다리 밑으로 이어지는 계곡은 눈과 함께 꽁꽁 얼어붙었다. 조금 지나면 차디찬 옥수가 청아한 흐름소리를 낼 것이다. 숲길을 지나 단골 광장에 닿으면서 함백산부터의 산행을 마치게 된다.

산은 도심 속 공원이 아니다. 산은 자연의 비중이 문명에 밀리는 순간부터 속세가 된다. 광장에 설치된 무수한 인위적 시설들을 보노라니 혹여 국립공원으로서의 자존감이나 명예로움에 묻은 티끌이 큰 자국의 생채기로 이어질까 봐 노파심이 생긴다.

"태백이시여! 국립공원의 명함을 하나 더 지녔지만, 부디 더는 사람들 손길 닿는 군더더기 치장만큼은 마다했으면 좋겠군요."

때 / 겨울
곳 / 두문동재 - 금대봉 - 은대봉 - 중함백산 - 함백산 - 만항재 - 수리봉 - 화방재 - 유일사 - 태백산 장군봉 - 천제단 - 부쇠봉 - 문수봉 - 소문수봉 - 당골 석탄박물관

천상의 화원에서 한강발원지로, 금대봉과 대덕산

하늘에 인접한 넓은 풀밭에서 사방 조망이
조금도 막힘이 없다. 말 그대로 지천에 야생화가
넘실대고 잠자리 떼가 낮게 날면서
야생화들과 쉴 새 없이 속삭인다.

친구 찾아 강릉에 왔다가 제철 맞은 야생화 천국을 방문하고 싶은 기분 그대로 움직인다. 강릉에 사는 오랜 친구의 도움이 있기에 야생화 탐방에 나설 수 있었다.

"네가 산을 좋아하니까."

털털하게 웃으며 기사 노릇에 산행 목적지까지 동반해주는 친구가 여간 고마운 게 아니다.

"오늘은 내가 길 안내하면서 특별히 야생화 학습까지 시켜주지."
"고마워. 다음에 서울 오면 네가 한턱낼게."

하하하, 농담과 덕담을 주고받으며 웃다 보니 어느새 백두대간 두문동재 표지석 앞에 이른다. 태백과 정선 경계에 있는 해발 1268m의 높고도 큰 고개, 재작년 겨울 함백산을 오르면서 들머리로 삼았던 두문동재를 다시 오게 되었다.

"제수씨, 올 때마다 신세만 집니다."
"그런 말씀 마세요. 서울 가면 저희가 신세 지잖아요."

친구 부인이 오늘 탐방 날머리인 검룡소 주차장으로 다시 오기로 했다.

천상의 화원에 올랐다가 한강 발원지로 내려서다

이른 아침인데도 햇살이 창창하다. 탐방지원센터에서 예약 확인을 하고 탐방 허가증을 받아 초록 숲길로 들어선다. 오늘 산행 구간은 서식지 훼손이 가중되기 쉬운 곳이라 자연 자원 및 생태계를 보호하고자 탐방 예약제를 운용하고 있다.

"여기부터 천상의 화원이 시작되지. 어제는 물길을 걸었으니 오늘은 꽃길을 걸어보자."

현규와 함께 태백 12경 중 한 곳인 금대화해金臺花海에 발을 내딛자 어제보다 푸근한 안정감이 생긴다. 완만한 오솔 숲길을 느긋이 걷는데 걸음을 멈추고 자꾸 허리를 낮추지 않을 수 없게 된다.

"동자꽃이야."
"새 며느리밥풀이라고 하지."

보라색 꽃잎에 바짝 카메라를 들이대고 접사하면서도 꽃이름에 거침이 없다.

"이건 나리꽃, 말나리."
"그건 나도 알아."
"그럼 여기 노루오줌도 알겠네."
"……."

본 적이 있긴 하지만 그게 노루인지 사슴이 싼 오줌인지어찌 알겠나. 다양하고 희귀한 식물들도 지천에 널렸지만,이 지역은 희귀 동물들까지 살아 서식하는 생태계의 보고이다.

환경부가 주관하여 1993년부터 2년간 자연 자원 조사를했는데 우리나라 고유 특산식물 15종과 16종의 희귀 식물이 자생하는 걸 알아냈고 참매, 검독수리 등의 천연기념물을 발견하였으며 그동안 기록에 없던 희귀 곤충 13종도 기록에 올리게 되었다고 한다.

"조심스러운 곳이란 생각이 들지?"
"그러게 말이야."

귀하니 소중하고 소중하니 조심스럽다. 이슬 묻어 촉촉한 들꽃들도 조심스럽긴 하지만 마냥 상큼하다. 싱그럽기 그지없는 숲 갈림길에서 금대봉으로 향한다.

이 길 아래에서 화전민들이 불을 놓고 이곳에서 맞불을 놓아 진화함으로써 밭을 일구었는데 그래서 금대봉 오르는 이 길을 불을 바라본다는 의미의 불바래기 능선으로 부르기도 한다.

백두대간 마루금의 급경사 구간을 거쳐 대간의 길목이자 불바래기 능선 정점인 금대봉 정상(해발 1418.1m)에 닿는다. 행정구역상 정선군 고한읍 고한리에 위치하는 태백산국립공원 구역이다. 2016년 태백산이 22번째 국립공원으로 지정되면서 곧 가게 될 대덕산, 검룡소 일대와 함께 국립공원으로 편입되었다.

은대봉에서 중함백과 함백산 정상으로 이어지는 산마루도 푸릇하다. 재작년 겨울 온통 하얗게 덮인 백설을 헤쳐나가며 태백산까지 산행했던 때가 주마등처럼 스친다.

　사시사철이 있기에, 때 되면 계절이 바뀌므로 산은 친근하고 더 새로워진다. 옷이 날개라는 말처럼 사람도 치장하기에 따라 달라지는데 하물며 산에서의 계절 바뀜이 얼마나 커다란 변화겠는가.

　산과의 우정이 새록새록 오래도록 변하지 않았으면 하는 건 사계절 산의 다양한 변화에 늘 새로운 친근미를 느끼기 때문에 더욱 그러할 것이다.

　정상에서 오른쪽 매봉산으로 가는 백두대간에 눈길을 주었다가 왼편 고목나무 샘 쪽으로 내려선다.

　마타리, 둥근이질풀, 참취 등 끝없이 핀 야생초들의 환대를 받으며 금대봉 탐방안내소를 지날 때까지도 바람 한 점 없이 청초한 푸름과 간밤에 젖은 이슬 말리는 햇살뿐이다. 탐방객도 뜸해 걷기에 전혀 불편하지 않아 좋다.

"와아, 멋지네."
"범꼬리 군락이야."

　웅장한 산세를 배경 삼아 초록에 섞이고 바람에 동화되어 흔들거리는 붉은 꼬리의 물결이 탄성을 자아내게 한다. 그리고 고목 아래의 샘에 이른다. 이 샘에서 솟은 물이 땅속으로 스미었다가 저 아래의 검룡소에서 다시 솟으니 진정한 한강의 발원지는 여기 고목나무 샘이라 할 수 있겠다.

고목나무 샘을 거쳐 빼곡하게 군락 이룬 전나무 숲에 들어서게 된다. 낮음과 높음이 아우러져 신비의 화음을 자아낸다. 흙에서 멀어지지 않으려는 들꽃을 보다가 하늘 높이 뻗은 전나무 숲을 지나면서 역시 서로 달라도 얼마든지 조화롭고 융화될 수 있다는 걸 되새기게 된다.

"너하고 내가 많이 다르지? 그런데도 우리가 친구잖아."
"그런데 그게 왜?"

뜬금없는 말에 현규가 눈을 동그랗게 뜨고 의아해한다.

"그게 그러니까…… 금대봉에서 내려왔으니까 분주령으로 가자는 말이지, 뭐."

서로의 생각이 다르면 이념의 대립으로까지 치닫는 인간 세계의 일면을 끄집어내려 했던 거였을까. 꽃을 대하면서 칼을 언급하는 건 아니기에 얼버무리고 말았다.

다시 참나무 숲을 지나 동자꽃을 또 보게 되고 노란 달맞이꽃, 별 모양의 봉오리를 열어젖혀 분홍빛 수줍음 머금은 멍석딸기 등 현규의 설명과 함께 다양한 들꽃들을 보며 분주령에 도착하였다.

탐방 시점인 두문동재에서 4.5km 지점이다. 탐방 내내 수목원을 걷는 기분이다.

 고도 1200m가 넘는 산악 지대란 느낌이 전혀 들지 않을 정도로 산길은 부드럽고 산세도 아늑하다. 풍력발전기가 세워진 완만한 초지에 이르자 파란 하늘이 활짝 열렸다.

 야생화의 천국 대덕산 정상부에 올랐을 땐 역시 천상의 화원이 과장된 말이 아니란 걸 알게 된다. 하늘에 인접한 넓은 풀밭에서 사방 조망이 조금도 막힘이 없다.

 말 그대로 지천에 야생화가 넘실대고 잠자리 떼가 낮게 날면서 야생화들과 쉴 새 없이 속삭인다. 말나리에 앉은 꼬리 제비나비가 제 꼬리를 높였다 낮추기를 반복하며 다른 들꽃을 흉보는 듯하다.

 "오뉴월이면 이곳이 온통 하얗게 덮이지. 전호를 비롯해 은대난초 등 하얀 봄꽃들이 이 넓은 초원을 메꾼다는 거 아니겠니."

 "상상만 해도 그림이 그려지네."

 희고 고운 융단에 누워 목화솜 같은 구름의 가느다란 흐름을 보고 있노라면 스스로 천상의 제왕처럼도 느껴질 것 같고, 보이는 것 외의 다른 모든 것은 망각하게 될 것만 같다. 해발고도 1307.1m를 표기한 자연석이 그래도 여기가 낮지 않은 고산임을 말하는데 여긴 세상에서 멀찍이 물러나 하늘로 진입하는 접점 지대처럼 느껴지는 것이다.

KBS 송신소와 바로 옆에 함백산 정상부의 마루금이 뚜렷하고 백운산 능선이 안락하게 펼쳐있다. 다시 몸을 틀면 두위봉, 민둥산과 비단봉의 초록 몸통들이 뭉게구름과 어우러져 생생한 파노라마를 연출한다.

산정에는
한 줄기 바람이 일고
그대와 내가 지나쳐 온 길들은
신갈나무 숲속에 묻혀 있다네

사랑과 미움이 교차했던 날들
세상의 길들은 산 아래 놓여있고
비바람 휩쓸고 간 숲길을 지나면
하늘빛 호수에 눈물처럼 피는 꽃
행여나 그리운 마음에
꽃 속에 누워보면
지나간 날들은 꿈처럼 아득하고
기약 없이 구름만 흩어져 날리네

산정에는
한 줄기 바람이 일고
그대와 내가 사랑했던 날들은

신갈나무 숲속에 묻혀 있다네

- 대덕산에서 / 이형권 -

미나리아재비, 애기솔나물, 개망초 등의 야생화를 감상하고 꽃 향 풀풀 풍기며 화원을 빠져나온다. 그랬어도 여전히 곱게 피어 늘어선 야생화 길을 따라 하산하게 된다.

삼거리에서 느긋이 검룡소儉龍沼 방면으로 걸어 수림 우거진 길을 따라 세심 탐방안내소에 이른다. 출입증을 반납하고 검룡소로 향한다.

한강의 발원지로 1억 5천만 년 전 백악기에 형성된 석회암 동굴의 소沼로서 고목나무 샘, 물골의 물구녕 석간수와 예터굼에서 솟아나는 물이 지하로 스며들어 이곳에서 다시 솟아난다.

오랜 세월 동안 흐른 물줄기 때문에 깊이 1~1.5m, 넓이 1~2m의 암반이 구불구불하게 파여 있고 소의 이름은 물이 솟아 나오는 굴속에 검룡이 살고 있어 붙여졌다 한다.

추정키 어려운 깊은 굴에서 하루 2000여 톤가량의 지하수가 용출되고 수온은 사계절 섭씨 9도 정도이며 암반 주변 푸른 물이끼는 오염되지 않은 자연 그대로의 모습을 보여주고 있다.

금대봉을 시작으로 정선, 영월, 충주, 양평, 김포 등 평야와 산을 가로질러 서울을 비롯한 5개 시·도를 지나 경기도 양평군 양서면 양수리에서 북한강과 합류하여 김포시 월곶면 보구곶리를 지나 서해로 흘러가는 총연장 514.4km 장강의 원천이다. 1987년 국립지리원이 한강의 최장 발원지로 공식 인정한 바 있다.

"검룡소를 보면 세상사 모든 근원은 그리 대단한 게 아니란 걸 새삼 느끼게 돼."
"그러게. 장강을 거슬러 올라가면 그 근원은 종지에 담을 만한 작은 물방울이라지 않던가."

아주 작고 볼품없는 사사로움에서도 광대한 결과가 얻어질 수 있다는 걸 인식하자 요즈음 흔히 쓰는 금수저, 은수저 표현이 떠오른다.
세상살이, 동수저로 태어나서도 얼마든지 동등한 경쟁력 속에서 우뚝 설 기회가 생기기를 소망해본다. 삽질 몇 번이면 메워질 수도 있는 한강의 발원지를 다시 한번 내려다보고 천상의 화원을 빠져나온다.

"친구야, 오늘 고마웠네."

검룡소 주차장인 안창죽에 이르러 밝게 웃는 현규의 미소에 하얀 꽃 전호가 하늘거린다.

때 / 여름
곳 / 두문동재 – 금대봉 – 분주령 – 대덕산 – 삼거리 – 세심 탐방안
내센터 – 검룡소 – 검룡소 주차장